喜剧

陈彦
著

作家出版社

图书在版编目（CIP）数据

喜剧 / 陈彦著．-- 北京：作家出版社，2021.2
ISBN 978-7-5212-1333-1

Ⅰ．①喜… Ⅱ．①陈… Ⅲ．①长篇小说－中国－当代 Ⅳ．①I247.5

中国版本图书馆 CIP 数据核字（2021）第 016410 号

喜 剧

作 者：陈 彦
责任编辑：李亚梓
装帧设计：王汉军
出版发行：作家出版社有限公司
社 址：北京农展馆南里 10 号 邮 编：100125
电话传真：86-10-65067186（发行中心及邮购部）
86-10-65004079（总编室）
E-mail: zuojia@zuojia.net.cn
http://www.zuojiachubanshe.com
印 刷：三河市紫恒印装有限公司
成品尺寸：152×230
字 数：364 千
印 张：26.25
版 次：2021 年 3 月第 1 版
印 次：2021 年 3 月第 1 次印刷
ISBN 978-7-5212-1333-1
定 价：58.00 元

喜剧和悲剧从来都不是孤立上演的。当喜剧开幕时，悲剧就诡秘地躲在侧幕旁窥视了，它随时都会冲上台，把正火爆的喜剧场面搞得哭笑不得，甚至会提起你的双脚，一阵倒拖，弄得惨象横生。我们不可能永远演喜剧，也不可能永远演悲剧，它甚至时常处在一种急速互换中，这就是生活与生命的常态。故事纯属虚构，请勿对号入座。

——作者题记

一

谁在恋爱，谁就会以喜剧夸张的手法进入角色而不自知。有时可能会像鸵鸟，以为头钻在隐蔽的地方，身子和屁股别人也看不见了，往往就留下一堆笑料，让人间喜剧有了取之不尽的素材。贺加贝就是这样出场的。天快黑时，他看见廖俊卿溜进了万大莲的房里，还随手关了房门。那咯噔一声，就像心被针扎一般，让他很不是滋味。尤其是该开灯的时候，房里始终没有开灯。关键是几小时过去，里面依然漆黑一片，他就知道问题大了：廖俊卿可能得手了。

长到十九岁，这是贺加贝人生受到的最致命一击。犹如谁用八磅锤，砸了他的脑袋，并且是砸了一整夜。脑袋底下还垫了铁砧，锤是在上面硬对硬地猛烈敲击着。整整一个晚上，他都蹴在万大莲门前的一蓬冬青灌木丛里，努力想象着房里发生的一切。那个难受，难忍，难耐……他只感到这辈子，是连活下去的意思都没有了。他多么想房里的灯能突然亮起来，甚至万大莲能操着扫帚什么的，把廖俊卿赶在门外呀！可这种情况始终没有发生。房里风平浪静，静得甚至连在窗户上交配的壁虎，都没有任何不安的异动。他还凑到窗户下听了听，里面也没有任何动静，像是房里根本就没人。可他明明看见，万大莲下班后就回房了。廖俊卿在天快黑时也溜进去了。难道一切进行得这么快，牛困马乏到已人事不省了？几次他都想破门而入。甚至想喊起一院子人，逮了这对狗男女。可他没有。万大莲毕竟不是自己什么人，他也没公开向人家表示过什么意思，就是暗恋而已。并且没有人把他跟万大莲能联系起来。多少人喜欢万大莲哪！都说这是几百年才出一个的美人坯子。想下手的多得很，咋能轮到自己呢？自己就是个唱丑角的。万大莲看他，每每都是一种小丑好好玩、好好笑、好可乐的眼光。这阵儿，他只要点一炮，让一院子人起来抓个现行，也是够好玩好笑可乐的事了。两人肯定毁得一干二净。廖俊卿毁了活该，长一副小白脸，还以为自己就真是白马王子了。可万大莲，他有些不忍，毕竟是太爱了。爱得谁把这件瓷器哪怕是轻轻磕碰一下他都受不了。只是这夜太黑，风太利，他觉得心头肉，是被刀风剑霜的黑夜，削刮、磔诛得所剩无几了。“磔诛”这个词，是戏里最残酷的一种刑罚，也叫凌迟处死。用在此时，竟然是那么贴切。他今晚真的是快被凌迟处死了。

贺加贝也知道万大莲是喜欢着廖俊卿的。他们一起排秦腔《游龟山》，万大莲扮的小旦胡凤莲，廖俊卿扮的小生田玉川。天天在一起磨戏，导演还嫌他们下班后练习不够。说尤其是爱情戏没味儿，相互抚摸、拥抱得不自然。还说他们眼睛也不来电。只有贺加贝知道，他们已经练得快走火入魔了。两人拥抱得耳鬓厮磨的，万大莲的酥胸都被挤压沦陷了。那身体间距，绝对是针扎不透、水泼不进的。而两人眼里的电流，更是像火狱一样，能把他活活烧死。有时他们恨不得晚上在排练场，把戏走到十一二点还难舍难分。果然是走出麻烦了吧！俗话说：学坊戏坊，瞎娃的地方。你想想，嘴里说唱着哥呀妹呀恩呀爱呀的，再加眉来眼去，撩拨放电；外带手脚乱动，肌肤相亲；导演还反复要求“戏要入脑走心”。他们是理直气壮、合情合法、明目张胆地以排戏、工作和加班加点的名义，在相互勾搭且旷日持久啊！就是柳下惠，恐怕也要勾搭出毛病来了。

狗日小生小旦戏，真是太迷人了！

贺加贝打小就恨他爹不该让他唱丑。啥戏都在里面跟主角胡搅和、瞎捣乱。尤其是老跟人家相爱的痴情男女过不去。不是偷窥、抢亲、掉包、强奸，就是杀人、放火、使坏、告密。反正多数角色坏得只剩下入地狱了。他明明那么爱万大莲，《游龟山》里却偏偏扮的是花花公子卢世宽。带几个歪瓜裂枣的家郎，拉一条“赛虎犬”，咬死了渔民胡凤莲勤劳的爹不说，还老要胡搅蛮缠，企图把人家女儿也“办”了。面对万大莲，真让他有些不好做戏。就说今晚这蹲点夜守，又何尝不是小丑的勾当呢？可他死爱着万大莲，又有啥办法？想想，他是越来越痛恨那个演老丑的爹了。

他爹姓贺，名少天。小名羊蛋儿。七岁时顺汉江一路讨饭到陕南，遇见一个戏班子，死缠着撵不走，就跟着捡场、看台、学戏了。“捡场”是帮着前台撤换布景道具。“看台”是守夜，怕贼半夜偷了帐幕、戏箱。九岁时，羊蛋儿学演了一折小丑戏《顶油灯》，一下爆红，就被师父叫了艺名“火烧天”。戏班子在大秦岭的天南地北来回跑着讨生活，一时被“国军”征为慰劳队，一时又被“共军”编成文工团了。戏词攒来改去，他也捋不清里边的渠渠道道。有一回当着“共军”面，他昏头黑脑地大赞“国军”：“青天白日是蓝天，保家卫国斩匪顽。”被一个“儿童团长”，美美给了几红缨枪，差点把他两个小睾丸都戳散黄了。又一次当着“国军”面，他打快板说：“解放区的天是明朗的天，人民爱戴又喜欢。”竟被“国军”连长啪啪啪啪连扇十几耳光，从此半边耳朵都成了摆设货。那时他还不满十三岁。后来他们戏班子一股去了山西，完全从了解放军的宣传队。他师父眼皮子浅，觉得跟着队伍溜，没啥前程，而留在八百里秦川“戏窝子”里，有台口，见天还三顿燃面，是吃香喝辣的日子。关键是师父还有两个相好的女人，得靠他唱戏挣钱糊口。火烧天自然是得跟师父一条心走到黑了。可没想到，很快西京就解放了。那一股从了解放军宣传队的，回来成立了专业剧团，并且还到处打听他师父这一股的下落。听说替国民党唱戏的，已五花大绑了好几个，有一个编戏的还挨了枪子儿。吓得他师父撒身就躲进秦岭南边的镇安县塔云山上，做了老穿着诸葛亮戏服“七星锦绣云鹤氅”、摇着“太极八卦鹅毛扇”的道士。师父没让他去，说他年龄小，唱丑有前途。还说谅他们也不会要了一个娃娃的小命。后来火烧天果然就被剧团找了去。团里要排一个儿童团的戏，里边有个角色叫“驴打滚”，属“不良少年”，得按“娃娃丑”扮。他一演，竟然把剧场的大门都让观众挤破了。团长一拍桌子：“好娃！”火烧天这就算正式参加革命工作了。后来多次被拉出来“运动”，那是后话。可他生下大儿子贺加贝、二儿子贺火炬后，还都让唱了丑，非要弄出个唱丑的世家来，这让贺加贝实在有些想不通。尤其是在遇见美人万大莲后，更让他觉得唱丑，是倒了八辈子血霉的事。

直到天亮时分，廖俊卿还没从万大莲房里出来，但他已在冬青丛里快藏不住了。露水湿透了衣裳不说，腿脚也麻木得像是别人硬安上去的。关键是有人已经起床在吊嗓子了。可他又特别想看到廖俊卿出房来的贼相，他坚信现在是他“逃闺”的最佳时机。他只能在冬青丛里蜷缩得更小些，圪蹴得更矮些。

“加贝，你躲在这里干啥？”

把他吓一跳，身后原来是万大莲。她怎么是从外面回来的？

“我……看见一只蛐蛐，想逮着耍哩。”

他支吾着想站起来，可身子骨已不听使唤，一站，反而摔倒在灌木丛里。

万大莲扑哧笑了。

这时，廖俊卿也从万大莲的闺房睡眼惺忪地走了出来。

连万大莲好像也有点傻眼：“廖俊卿，你咋一早跑到我房里干啥？”

“你不是让喂猫吗？”

“一早喂的啥猫？”

廖俊卿支支吾吾的：“我……怕猫饿着。”

这两个到底演的啥戏，把贺加贝看糊涂了。

二

无论如何，贺加贝都想搞清楚，昨晚万大莲和廖俊卿到底演了一折啥戏。首先得弄清，万大莲是什么时间离开房间的。他明明看见万大莲排完戏，端着茶缸回去了，咋能不在房里呢？难道就在自己蹲厕所那阵儿，她出去了？出去为啥不锁门？天快黑时，廖俊卿轻轻一推就进去了，并且一钻进去就是一夜。真是撞着鬼了。后来证实，万大莲那晚的确没在。她排完戏回房，洗了一把脸，就跟另外几个女演员急急火火出去了。说是郊县一个歌舞厅开业，请她们去暖场，凌晨五点才结束，赶回来刚好上班。贺加贝在另外几个女演员那里也得到了证实。一整天排练，她们都是晕头转向的不入戏，一下场就打瞌睡。导演骂她们是被鬼缠住了。再骂，她们都在一起叽叽咕咕地笑。贺加贝听见，她们昨晚好像一人挣了一百块，而万大莲挣了二百。那阵儿一两百块可不是个小钱。她们好像商量着还要去。

只要弄清楚万大莲昨晚没在房间，贺加贝的心里就踏实了。至于廖俊卿进去怎么没出来，那只是吃了只死苍蝇的事。不过他严重感冒了，高烧到三十九度五。毕竟是深秋，风把一蓬蓬冬青，一次次刮趴下，又一次次刮起来，要不是妒火中烧，他可能早就冻得心凉如冰了。可直到万大莲出现，他都没觉得有多冷。就是气憋得受不了，心脑供血始终处于过激状态，眼睛也在吐火舌。一旦解除警报，他才发现这次病得不轻。吃不下一口，也喝不下一口，走路都得扶墙摸壁。他妈喊叫要打吊针，说只有吊针，才能把这么重的病扳过来。

他爹火烧天倒是冷静。贺加贝躺在床上说胡话，他还在对着镜子练他的“斗鸡眼”和“毛辫功”。火烧天头上寸草不生，长得奇险诡谲，是前抓金、后抓银的形貌。所谓“前抓金”，就是额颅前倾如瓠瓢；“后抓银”，是后脑勺凸出似倭瓜。整个头型是南北随意强调，各顾各地自由突出。关键是在南北分界线上，又异军突起地棱起两道十分抢眼的骨骼线，最终把一颗脑袋，就结构成了可以直接用来讲物理、天体、数学的菱形。加之他嘴大、耳大、鼻子大，眼睛却小如绿豆，只要一出场，几乎啥动作、表情不用做，掌声、拍椅子板凳声就响成一片了。他要再把双耳上下耸几耸，两片大嘴左右错几错，绿豆眼睛来回睃几睃，立马，剧场顶盖就能被掌声掀翻。有那笑点低的，出出溜溜，就乐得肚子抽筋，端直溜到椅子底下不敢再看他了。

可火烧天从来不笑，连生活中好像也不大会笑。冷不丁蹦出一句笑话来，别人都笑得捶胸打背的，他还是那副“老苦瓜脸”不变色。单位集合开会，他的确没乱说乱动过，最多自个儿练练“斗鸡眼”，对着墙壁，咧咧“血盆大口”而已。可他待的地方，就老是出现骚动。尤其年轻人，特别爱朝他跟前钻。领导就觉得他不严肃，爱搞怪。正经场合，几乎也从来没表扬过他。有人还故意煽惑说，领导咋不见表扬你哩？他会淡淡地说：组织忙，咱就不烦劳了！人哪，其实多做些自我表扬是一样的。大家就笑得喷饭了。他在家里，也从不跟两个儿子开玩笑，更不跟老婆草环胡搭讪。他单独有间房，是专门用来练戏的。那些上台要用的特殊道具，都是他自己琢磨出来的。放在那儿，也不许任何人乱摸乱动。他老婆即使要打扫卫生，也都只把那间房的地面掠一掠。两个儿子的丑角戏，全是他教的。火烧天会定期让贺加贝、贺火炬进自己的房，给他们过几招：或是几个眼神，或是一段唱，或是几句道白，再就是讲丑角上台所需把握的特殊要领。兄弟俩初学丑，有了几个咧嘴扯耳的动作，就爱出去卖弄，屡屡被火烧天骂个狗血喷头。说这几下小儿科，就值得出门显摆了？那是杂耍，是猴戏，是卖大力丸的在暖场子勾扯人。火烧天对两个儿子有严格规定：既然唱丑，平常就不能嘻嘻哈哈。不嘻哈，别人都觉得你在嘻哈，再一嘻哈，就甭想做人了，谁都想在你头上摸一把。尤其是他们父子仨，长得就跟克隆人似的，一起出行，见了没有不笑弯腰的。因此，火烧天平常也不跟儿子出去。即使在家里，气氛也是异常沉闷，沉闷得草环老要打开所有门窗，哪怕是听院子里的狗咬、蛐蛐叫。

草环张罗了半天，说要给贺加贝打吊瓶，加贝却死活不去。她让火烧天劝劝，火烧天说：“劝啥？一整夜在大风地里吃炒面，能不伤风感冒？我看他脑袋是让门夹了。”火烧天一边说着，一边还在练他的“毛辫功”。那是一根细溜溜的毛发辫子，用酒精胶粘在了后脑勺上。不知头皮使的啥力，辫子竟能一翘一翘地竖起来。

草环喊叫：“娃都快烧糊涂了，你还练烂毛辫子！”

“弄湿毛巾擦一擦，降降温就行了，没啥大毛病。看他以后还胡踅摸不。那都是你的菜？”

草环不明白地问：“你说啥？”

“说啥他自己知道。啥脚穿啥鞋，嫑胡思乱想，就啥都美美儿的。一胡思乱想，就啥都鬼鬼儿的。”

贺加贝爱上万大莲的事，火烧天早就看出了几分端倪。秦腔团人有句话说：别看火烧天是绿豆王八眼，可世上的事，还没有他看不明白的。儿子那点小九九，岂能逃过他的法眼。他也早明敲暗打过几次了。可爱情这玩意儿，一旦上道，又有谁能挣脱那种像是鬼魂附体般的魔咒呢？一个万大莲，几乎把一团的男人都搅得神魂颠倒了：这个说她像玛丽莲·梦露；那个说她像山口百惠；至于大陆和港台明星，几乎哪个红，就说她像哪个。总之，就是脸盘盘长得“祸水”突出，害人不浅呗。老的少的都有些魂不守舍。一些领导看戏也跑得勤了；财政拨款也不像过去那么难了。看来一个漂亮女人，是真的能让世界天翻地覆慨而慷的。贺加贝去凑这热闹，实在是蚂蚁驮缸——自不量力。何况螳螂捕蝉黄雀在后。昨晚贺加贝在冬青蓬里就近蹲守，更有上心上肝，又在他后边布景棚里加设暗哨的。还有人在对面南楼上架了高倍望远镜，整夜观察着“前沿阵地”的所有动静。万大莲倒是没逮住，贺加贝的蹲守，却比廖俊卿的笑话还整得生动传神、活灵活现。火烧天一早到团上集合，就听到了风声。他自己的绿豆眼，也观察到了各种嘲弄的神情。后来见贺加贝呕吐发烧，胡话连天，二儿子贺火炬，又进一步报告了外面听来的添盐加醋细节，他就决定，是得给贺加贝上一堂课了。

贺加贝吃了药，草环又物理降温，烧很快就退下来了。毕竟年轻，烧一退，就想出去走动，被火烧天叫住了。

火烧天关了小房门，单刀直入地说：“还想去蹲守，是吧？”

贺加贝愣住了。

火烧天：“丢人不？万大莲岂是你能夹进碗里的菜？你看操她心的有多少人？戏里老唱：金童配玉女，才子配佳人。你是金童？你是才子？也没拿镜子照照，人家能看上你个唱丑的？”

贺加贝不高兴了：“我也没想唱丑。”

火烧天说：“你就这样，还能唱啥？”

气得贺加贝就想说：我长这样难道是我的错？你也没拿镜子照照自己的模样。

“我老实跟你说，把万大莲的念想断了。老子是怕你折腾出大毛病来。”火烧天说着，还磕了磕桌子沿，“我唱了一辈子戏，知道这里边的套扯。太过漂亮的旦角，一辈子都别想安生。不是她不想安生，是世道不让她安生。她就是守身如玉、固若金汤、有金刚不坏之身，也会被各种坚船利炮，打得遍体鳞伤。更别说角儿身边，本来就会招惹一些死缠烂打的货色了。她一生只会把自己活成乱麻一团，没的选择的。你要安生，就得远离。何况万大莲把你朝眼里夹过一下吗？根本不可能的事，又何必上赶子动气，要死要活的。你看你妈，跟我过一辈子多美俏！多棱整！妥妥帖帖、稳稳当当、全全乎乎的。都说你妈丑，漂亮能当饭吃？福在丑人边，懂不懂？你懂不懂？！”他又敲了敲桌子。

说起他妈草环，贺加贝无法跟火烧天对答，那毕竟是他妈。可这个妈，真的是长得太过丑了点。儿不嫌母丑，狗不嫌家贫。他是不能这样说，也不能这样想。可既然话赶到这了，贺加贝也在心里嘀咕：难道让儿子一辈子也再找个丑媳妇，两人一天说不上三句话，还要早早分床过一辈子不成？

贺加贝小小的出门时，他妈一手牵着他一手牵着弟弟火炬，走到哪里，都老见有人发笑。他也不知笑啥。后来长大些才明白，是笑他们母子丑得“集体、协调、整单、生动传神”，这是团里一个老编剧的名言。老编剧还说：“贺家四口，把人间之丑算是一网打尽了。”

他爹火烧天也不饶人，有一次看完老编剧写的新戏，轻轻拍着大腿说：“不容易，也是才华呀！一出戏，能把天下所有戏的毛病都一绳子捆来，烂柴火一样摞一舞台，哪儿跟哪儿都不沾，实在不易啊！不过‘但愿人长久，千里共婵娟’两句伴唱还是写得不错的，很有文采、很见功力嘛！除此之外，好像可圈可点之处，还得拿放大镜再找找。兴许我眼睛小，一时没找见，对不起哦！”气得老编剧差点没吐出血来。

贺加贝之所以要上赶子地爱万大莲，也正是想对贺家的未来负点责任，把土壤好好改良一下。他相信跟万大莲合作，品种是会产生一种升级换代效果的。总不能再让自己的儿子，也长成他爷、他爹、他叔的模样吧。至于他妈草环，那就完全是个关中农村妇女的形象了。进城这么多年，她还保持着头上“戴帕帕”的习惯。陕西“八大怪”里，就有一怪是“帕帕头上戴”。那是农村灰尘大，旱原缺水，半月洗不起一次头的产物。现在，他妈竟然把帕帕当作一种装饰品了。在住满了红男绿女的剧团院子，顶出帕帕来，的确有点异类。贺加贝和贺火炬都极力反对过。但火烧天不这样看，他说你妈顶着帕帕，我才能找到演喜剧的感觉，要不然，跟关中戏窝子都活活脱节了。

火烧天给儿子上了半天课，贺加贝脑子里还是想的万大莲。那个美，要是弄不到手，还活屄呢活。

火烧天一拍桌子：“你在想啥？我说话你听见没？”

贺加贝咕叨了一声：“听着。”

火烧天：“从此刀割水洗，再别胡思乱想，知道不？想也是白想。谁想谁混账，谁想谁倒霉！”

贺加贝没吱声。

火烧天把粘在自己头上的“毛辫子”噌地拔下来，想粘到贺加贝光溜溜的后脑勺上去。

贺加贝头一歪：“我头晕。”

“练一下就不晕了。把那蹲坑守夜的闲工夫，用上一半，不定啥功夫都练上身了。”说着，他用毛笔蘸了些酒精胶，硬把小辫子粘在了贺加贝后脑勺上。

火烧天训示道："关键是头皮要起作用，牙关也得用力。窍道在咬肌上，看我咋用力的。有人弄一根细丝线偷偷朝上拉，那是假的，是把戏。翘咱就要翘它个真辫子……"

火烧天的好多硬功，都是需要精气神高度集中，才能练习得有点名堂的绝活儿。贺加贝这阵儿心思全在万大莲身上，尤其是那个廖俊卿，为啥就能钻进她的房里，一整夜都不出来呢？这个不弄明白，再闹啥，他神情都是恍惚的。

火烧天照着儿子的菱形脑袋，啪啪给了两下："瓜屃笨种，头顶粪桶。你走啥神？"

三

贺加贝跟弟弟贺火炬住一间房，总共不到十平方米。开始弟兄俩睡一铺，自贺加贝长到十六岁，火烧天才让分成两张窄床的。其实火炬只比他小一岁，但练功要开窍些。他能翻两三个"小翻"的时候，火炬都能连着翻二十四个，还带"死人提"了。"小翻"是用腰肌力量，将身体快速向后扔甩、翻卷的基础跟头，而"死人提"，则是像尸体一样僵硬凌空后腾的更高难度技巧。贺加贝偷偷爱上万大莲时，火炬隐隐约约知道一点。他哥老守着万大莲和廖俊卿加班排戏，有时明显是偷偷摸摸、贼眉鼠眼的盯梢行为。那阵儿，火炬见天在三张桌子上，练丑角高难度"动作戏"《时迁盗甲》。他哥看着也在练，功夫却在退步，连三个"小翻"都翻得歪来扭去的，完全一心二用。火炬早就听人糟蹋他哥，说是癞蛤蟆想吃天鹅肉，他也不好给他哥点破。结果，就闹出了"蹲坑守夜"的洋相。

这几天院子都传疯了，说连贺加贝都盯上万大莲了，意思是玩笑开得过大，就像蚂蚱跟草驴、老鼠跟大象恋爱了一样滑稽。走到哪里都是扑哧扑哧的笑声。他哥病得不轻，烧得嘴里一个劲说胡话："你廖俊卿是大马猴钻了小姐绣房；是马文才入了祝英台的洞房……”他爹火烧天也不住地撅他哥：“社火要进老坟园——你是走火入魔了！”他哥高烧退去，还真有些傻不拉唧的。爹让他练“翘毛辫”，不仅翘不起来，而且还把辫梢的几根马尾让烟烧了。气得他爹美美撸了他几耳光：“你还抽烟！”人是越撸越笨，最后他爹干脆把“毛辫”刺啦一扯，差点没扯下一块头皮来：“滚！”他哥就滚回房睡去了。

火炬是真的有些担心，怕他哥出啥岔子。剧团过去就出过这档事：两个人为争一个演《智取威虎山》里“小常宝”的，一个硬是喝“敌敌畏”，药得死翘翘了。何况万大莲不是一两个人在争。有人说，光团内就有一二十个、二三十个，甚至三四十个人在较劲。团外“胡盯”的，更是无法统计。他哥是注定争不过人家的。现在看来，最有可能的还是廖俊卿。都说廖长了副英俊坯子，又跟万演着爱情戏，早已是假戏真做了。可又有人说，连廖也没能得手。那廖一整晚上钻在万的房里，到底算咋回事？这不仅是他哥贺加贝之间，也是那一二十、二三十、三四十个男人之间，更是一团人之间。连贺火炬今天练《时迁盗甲》时，倒吊在半空中，脑子也突然闪出那个问号来：廖凭啥能钻进万的房里整整待一夜呢？因走神，他差点没从三张桌子上倒栽葱下来。

贺加贝都睡到半夜了，突然嗵地坐起来，眼睛直愣愣地对他说：“你都没听团里人说，廖到底在万的房里干啥住了一夜？万难道走时都不锁门？喂猫，猫能喂一整夜？见他娘的鬼绊了！”他哥既像是问他，又像是在自言自语。

他也不好回答啥，就说：“哥，别想了，好好睡。”

贺加贝又唉声叹气地噗通倒下去了。

贺火炬觉得作为弟弟，有责任把这事弄个水落石出。要不然，还真能把他哥折磨死了。

第二天上班，他哥请假没去，他就扯长了耳朵，四处探听风声。

因为廖俊卿钻进万大莲房里睡一夜的事，这几天成了全团的焦点。很快，各种版本都出来了。

版本一（据说是廖俊卿自己说的）：那天大莲急着要出去演出，让他去买点猪肝把猫喂一下。廖买回猪肝看猫吃食的时候，躺在那儿睡着了。排了一天戏，窝在哪儿都犯困。一觉醒来，已是后半夜。廖想着他爸最近刚来，睡觉打呼噜，还是不规律间歇状态，像拉老风箱，半天扯不上气，他就干脆在万的房里睡到天亮才离开。

版本二（有关群众的呼声）：廖进万的房时，万还没走，就是买猪肝喂猫，时间也足够把猫喂得饱饱的了。那么万离开后，廖有什么理由不出来？难道疲乏成这样了吗？这一问，语气还挺重的。

版本三（据说是万大莲自己说的）：那天导演排戏严重拖堂。她本来是有足够时间自己买猪肝喂猫的，可等导演宣布休息时，出发去郊县的时间，已经过半个钟头了。她哀叹了一声：猫还没喂呢。一起排戏的廖就让她先走，说他去喂。万说了声谢谢，就回房擦了一把脸，换衣服走了。门的确是给廖留着。

面对这三个不同版本，也出现了三种不同的质疑声。

质疑一：万跟廖到底发展到哪一步了？连门都能给他留着？

立即有人释疑解惑：留门倒也没啥，都在一个院子上班，短时间出去一会儿，大多不锁门，嫌麻烦。再说，这年月房里也没啥值得偷的。丢，无非是一根葱、几瓣蒜的事。何况万的房在院子正中，置身于众目睽睽之下。关键万又是“产量低得以百年做计算单位的美人坯子”，“贼眉鼠眼者众矣”，这都是团里编剧们展露出的比剧作更见才华的语言。何况万大莲平常到排练场排戏，不锁门也是常有的事。

质疑二：万为什么不给隔壁王妈交代，让她帮忙喂猫呢？王妈是万的老师，过去演小花旦，现在老了，演老旦，有时也客串一下“摇旦”。“摇旦”就是女丑，也叫“丑旦”“彩旦”“媒旦”，多以保媒拉纤著称。她跟万“好得能割头换颈”，连猫也是两家来回串着门地黏糊，万咋能让廖去喂呢？王妈解释：那晚她感冒，吃了头痛粉，早早睡了。

质疑三：廖在万房里到底干了一夜啥？说排戏累了，看猫吃食就睡着了，睡在啥地方？那时万的单身宿舍里就一张床，一个两斗条桌，一副洗脸盆架子，还有一把椅子，两个矮板凳。除此之外，再无可依靠之物。他不睡床，还能睡在哪里？这他妈就是让一二十个、二三十个、三四十个男人心里不舒服的地方。那床，最好是万一个人睡一辈子算了，其余男人谁也别想沾，沾上都是要背生蛆、腰缠龙、头长疮、脚流脓的。何况廖在谈到这个重要情节时，一直是闪烁其词、欲盖弥彰，有时又是欲擒故纵，甚至有点得意洋洋的。

好在这事发生的第二天中午，一院子人都看见，万大莲把被褥、床单、枕套全都翻洗了一遍，并且一一晾晒在院子中间的长铁丝上。这对一院子的男人，倒是有了些许安慰。

大致情况就是这样。

贺火炬把他所知道的一切，都详细汇报给他哥了。尤其是在听到万大莲把家里床上用品都洗了个遍时，贺加贝的体能突然有所恢复，并很快上班了。

四

《游龟山》马上要见观众了。自发生“加贝蹲坑守夜”事件，也有叫“俊卿客宿”事件后，排练场就热闹大了。戏里戏外，怪话连篇。贺加贝知道大多是笑话他的，就有些走神分心。连导演都话里有话地批评他说：“戏不见长进，连几句台词都记不住，干起闲事来，你的劲头倒是大得增了厉了。”排练场就哄地笑炸锅了。丑角戏需要十分松弛自如的表演感觉，一紧张，就没了半点效果。连跟着他的几个“家郎”和“赛虎犬”，都抱怨说：“加贝，你得是还在坑里蹲着没出来？这是光天化日下的明抢，不是夜半三更的蹲守瞭望。”又是哄的一下炸堂了。

“蹲你妈的头哩蹲！”贺加贝恼羞成怒地把扮演“赛虎犬”的那货，劈头盖脸骂了一顿。从此，排练场才安宁些。

最难堪的，是他再也不敢正面看万大莲一眼了。就连戏里调戏万大莲、强人硬下手的表情动作，也都是面红耳赤，四目难对，好像是正人君子与良家民女的虚寒问路。剧情要求他色胆包天，气焰嚣张，他却偏是缠绵悱恻、羞羞惭惭。气得导演又喊叫："你是湖广总督的公子啊！一个连皇帝老子都不知是何物的一方狂徒、色魔，懂不？看你那唧唧歪歪的样子，以为你是许仙，还准备跟白娘子演《路遇》《游湖》《借伞》《断桥》哩。下去，把戏搞明白了再上来！"

贺加贝都想找个地缝钻进去。

这事他爹火烧天也知道了。一下班回去，老贺劈头盖脸就是几耳光："你还在发晕是不是？演戏不进戏，你能干啥？你想干啥？我早说过，万大莲比你大两岁不说，那根本就不是你的菜。你几斤几两？拿筷子在人家碗里胡戳啥？你才十九哇，给你分这么大个角色容易吗？都是看你老子这张脸，才让你演了卢世宽，也算是反派二号人物了。看你那屌样子，不吃凉粉了早早给人家腾板凳，还有B组C组卢世宽等着哩。"

他妈草环听到火烧天又在撅巴儿子，站在门口说："声轻些，隔壁邻舍都能听见。"

火烧天一顿咆哮起来："把人都丢到爪哇国了，还怕人听见？怕人听见就别去丢人败兴！"喊着，火烧天又把圪蹴在门背后的火炬也拾掇了一顿："你哥脑壳让门夹了，你的也夹了？"

火炬有些反抗："我咋了？"

火烧天："你咋了，一个《时迁盗甲》，练了小两年，还是见不了人？你一天在功场耗着干啥？"

火炬说："你不是说，要演好《时迁盗甲》，得小磨三年嘛。"

火烧天更加来气："我说的磨，是你说的那个磨？你是磨你妈的×哩磨！"

贺加贝和贺火炬都看他妈的脸。

他妈懒得跟老贺招嘴地转身做饭去了。

火烧天一边用小刷子细细地刷着他那副特殊道具假牙，一边继续说："唱戏也要看大势，懂不懂？大势看准了，咋唱咋得手，咋演咋红火。知道未来唱戏的大势是啥吗？丑！看懂没？那些港台明星的脸盘盘好是好，已经让人看腻歪了。万大莲、廖俊卿他们美不美？在全国舞台上，也是公认的一对俊美坯子，可你还能美得过电影、电视、录像碟里的那些‘时令菜’？迟早是要看疲软的。就像老吃人参燕窝，突然想吃几个歪瓜裂枣一样，丑星时代很快就要到来了！没看看春节晚会，都是谁吃香？谁丑谁沾光！别惦记着老想演啥子林冲、田玉川、梁山伯、贾宝玉的。你信不，再过三几年，他们想改行演花花公子卢世宽都来不及啦！”

贺加贝从来都不相信他爹所谓“预料大势”的本事。这一辈子就他留的笑话多。说当初他今天给“国军”唱，明天给“共军”唱，打没少挨，钱没多挣，问题都出在对大势的预料上。当然，主要怪他师父。可也有几次，师父是让他预料的。但凡他一预料，洋挫注定挨得更多，暴打也挨得更重。有一次，他和师父的裤子都让“国军”扒了，双双倒吊在城门楼子上，还夸张地给他们裤裆绑了大红苕，粘了包谷须子，说是要让一县的人，都好好看看这两个耍丑的“瞎屄货”。

今天他又预料大势，谁信？贺加贝鼻子哼哼了一下，但没敢出声。谁不知道剧团就是旦角、生角的天下。要吃饭，一窝旦！还没听说过，要喝酒，一窝丑的。丑角永远都是插科打诨、填空垫碗的料。几百本秦腔大路演出剧目，让丑唱主角的，也就十来出。唯一的好处，就是丑角在后台任何戏箱上都可以乱坐。包括大衣箱、二衣箱、三衣箱、头帽箱，生、旦、净、丑，唯有丑可以把屁股随便撂上去。那是把丑角当了要娃娃，没大没小、没高没低的意思，倒不像是要高看一眼。可火烧天这次信心百倍，反复要他们认清大势，并用了两个很时髦的词：抓住机遇、乘势而上！他还对他兄弟俩，做出了演出剧目方向上的适时重大调整。

火烧天郑重其事地说：“‘样板戏’时代结束后，以《逼上梁山》为代表的一批正剧，红火了很久。包括秦腔改编的《于无声处》《枫叶红了的时候》《天云山传奇》等，俱往矣！”老贺在说“俱往矣”时，还用了个领袖横扫一切的手势，“知道不？现在到了一个喜剧时代。人们需要轻松，需要喜兴，需要按摩，需要刺激……懂不懂？因此，火炬的《时迁盗甲》排练，可以暂告一段落。功夫不能丢，但戏得以‘热料’加‘冷彩’、外带一定绝活、能笑破观众肚皮为主。我给你们教几个喜剧段子：一个是《教学》，一个是《拾黄金》，一个是《杨三小》，还有一个《顶油灯》。《教学》《拾黄金》都是阎老先生的好戏。阎老先生是省上大剧团的名丑，门楼子高，但他跟我师父是同辈，路数不同而已。我师父是‘热料’足，阎先生是‘冷彩’多。一个嘻嘻哈哈，一个不苟言笑，可都能把观众整得前仰后翻、喊娘叫爹。他们都不在人世了！我师父在时，我还不敢拜阎先生，他们有门户之见。可我一直在偷偷学着阎先生的‘冷彩’，大学老师把这叫‘冷幽默’。阎先生去世时，突然拉着我的手说：‘你对外可以称是我的弟子了！’说这话时，他身边围了一堆唱丑的。他们都想拜阎先生为师，可先生偏偏就只对我吐了口，还引来一地的嫉恨。秦腔地面上，唯有我火烧天是得到过两位丑角大师真传的。老子这一辈子也不准备收任何徒弟，就你俩宝货了！并且就这四五折戏，你们只要能学个七八成，哪怕五六成，大西北的舞台上，就有咱父子仨唱不完的戏，比他谁都红火，不信你们走着瞧！”

火烧天给墙上画了一个很大的饼，无论是贺加贝，还是贺火炬，都有些不大相信。要命的是，万大莲跟廖俊卿把《游龟山》演了一段时间后，还真睡到一块儿去了。这次不是贺加贝蹲的坑，而是扮“赛虎犬”那位老兄守的夜。保媒拉纤的，还正是老“摇旦”王妈。当消息广泛散布开来时，一院子男人，突然觉得像是活得没了半点滋味似的萎蔫下来。有些喝酒发疯的，竟然把排练场的窗玻璃都砸得一块不剩了。气得团长早上集合，嘴脸乌青的，把手在桌上都拍烂了，直追问是谁破坏了公共财产。有那瞎㞞说：“其实团座的气也正没哪儿撒呢。”这话谁听着，都觉得味味道道的话里有话。

贺加贝痛苦地跑到城墙根，把自己倒吊在树上，任眼泪哗哗地朝草坪上流淌。那眼泪，竟然把土里的蚯蚓都勾引出来，以为是行风作暴了。

“廖俊卿，我 × 你大爷！你那玩意儿再不烂成一包蛆，我都不姓贺——！”

一条游狗，正在护城河北边向南岸的狗联络感情，突然被贺加贝歇斯底里的喊声，吓得一个趔趄，跌进了稀泥逛荡的护城河里。

五

万大莲激怒了一院子的男人，唱戏立马少了众星捧月般的支持。在跟廖俊卿同居前，似乎好多人都满怀希望着。自打他俩“合卺”后，一切就不大对头了。唱戏人爱说戏词，偏把同居叫“合卺”。卺是匏瓜剖开的两个瓢。没有人喜欢他俩把瓢合到一起的。自扮演“赛虎犬”的抓了个“合卺”现行，许多希望便在一夜之间都破灭了。从此，万和廖这两个“红火炭”，就像被大水漫灌过一样，渐渐跌入了舞台生涯的“黑洞”期。

万大莲、廖俊卿、贺加贝、贺火炬都是一班学生。万大莲招进来时十一岁，廖俊卿十五岁。而贺加贝那时才九岁，火炬八岁。按当时的招生简章，加贝和火炬是进不来的。可有火烧天的面子搁在那儿，加之那时弟兄俩经常上台演“狗娃”“吊罐”“牛蛋”之类的小角色，已显现出唱戏的天分了。秦腔历史上“八岁火”“九岁红”的先例有的是。一对小丑“内部子弟”，就算混了进来。

万大莲是十六岁演“聊斋戏”火起来的。因为她长得特别漂亮，团上就连续给她量身打造了三部聊斋系列剧，她都演的是“夏雨雪，天地合，乃敢与君绝”的貌美心善狐仙。而廖俊卿扮的是懵懵懂懂、误打误撞、最后又甘愿“伴你万世轮回”的痴情小生。贺加贝不是演拆散鸳鸯的“秃驴”，就是扮破坏恩爱的“妖道”，再就是要喝了人血的“蝎子精”。每每廖俊卿与万大莲爱情到高潮时，他便舞刀弄棒地扑上来搞破坏。万大莲为保护公子（廖俊卿）性命，死死纠缠住他，魂灵附体，身形百变，还不停地在他身上“绞柱”“滚背”“展翅”“过山”。那段时间他可喜欢排戏了。一般情况，都是主演求着配演排。可他颠倒过来了，老是主动要求万大莲“再练一会儿”。他喜欢万大莲在他身上趴来滚去的感觉。虽然他很瘦弱，万大莲飞、扑、骑、扭上身，他的小腿晃悠得跟梯子快要倒了一样吓人。但巨大的意志力，使他每每还是扎稳了“底桩”，让万大莲一次次在他细得跟麻秆似的腿面上，还有“算盘珠子”一般脊骨凸显的窄背上，以及不堪重负得如踩上滚珠一般的瘦肩上，完成了“英姿飒爽”“智斗恶魔”的连环绝技。他最喜欢万大莲胸脯紧紧贴在他背上，让他背着，“借鬼力夜行”的动作。他能清晰体味到，从万大莲的骨盆到小腹，再到胸脯的一切构造。虽然背着她，他得使出难以想象的苦力，有点像“刘文彩收租院”里驼肩勾背的那些泥塑。有几次排练完，他甚至尿血了。但他没有声张，仍是喜欢她朝他身上“附体”，甚至可以称之为“暴虐”。万大莲胸前那两个紧揪而富有弹性的生命活体，每每在他瘦骨嶙峋的脊背上都挤扁了。他能感觉到变形的样子。尤其是她双腿架在他脖项上的“绕颈旋转”，更是让他千般痛苦，却万分受活。他跟万大莲之间是有一些人生秘密的。有一次，狐仙万大莲朝他脖子上骑的时候，“嘣”地挣出一股气体来，正打在他的后颈窝上。要不是铜器响，满排练场人都能听见。可这个秘密，一直只在他和万大莲之间独守着。那天万大莲从他身上下来，是给了他一个羞惭而又歉疚的红脸的。还有一次，万大莲由于上他脖子时，用力过猛，竟然连溺都挣了出来，滚烫了他一脖项。好在那天排练场只有他俩。万大莲当下羞得捂住脸，就跑回宿舍换裤子去了。他知道，其实万大莲做这些动作，也是使尽了浑身解数和力气的。他妈草环，为这事还有些不乐意，有一次到排练场看戏，见儿子被“当牛做马骑”，挣得脖子青筋暴多高，小腿直打闪，就给团长说：加贝还小，给人“扎底桩”，只怕挣坏了身子，将来个子都长不高。加贝还让他妈闭嘴，说这是搞艺术，她不懂。后来正式演出，万大莲一下爆红舞台，贺加贝很是为师姐高兴着。为了每晚“扎稳桩子”，让万大莲表演得更加出彩、风光，他甚至还偷偷去买了麻黄素，演出前加倍吃几片，以促使体能爆发，好让“底座”稳如泰山。

还有一件更不能说的事，就是万大莲从他身上绕颈旋转，做一个叫“过包”的动作下来时，需要他双手保护所带来的难堪。那时舞台上火把被妖狐吹灭，钢叉被鬼魅踢飞。他一手扶着万大莲的左肩，一手搂着万大莲的右腿。每每搂大腿的那只手，在黑暗中把位不准确，就搂在了万大莲的交裆处。一条薄薄的彩裤内，其实什么都被他搂得清清楚楚了。第一次他像被电击了一样，差点没把万大莲从背上撂下来。他绝对不是故意的。要是故意的，他就得手癌死，他敢赌咒发誓。他试着尽量朝远处搂，但把位不准，又差点把万大莲摔下来。最准确的位置，就是万大莲右腿的大腿根部。他尽量朝那儿靠，朝那儿找，可总是没个准头。每每有所偏移，都让他千悔万恨，怕万大莲不高兴。他也想剁了自己的爪子，这只死爪子！烂爪子！臭爪子！流氓爪子！可万大莲从来没有为这事，给过他任何难看脸。有几次演出下来，他想是搂得太紧，手指勒得太深，怕招骂。可当领导慰问气喘吁吁的万大莲时，她还总要说一句：“加贝也很累！”他才稍感安生些。

他老以为，万大莲与他之间，是有一种默契的。可事实却一直在朝相反的方向发展。直到廖俊卿公然酣睡在万氏卧榻上。

演了聊斋系列，万大莲就火得像冲天炮一样，一个劲地朝云端蹿。接着，团里又给她排了《白蛇传》《王宝钏》《游西湖》《女巡按》《玉堂春》《小白菜》《春草闯堂》《会阵招亲》《梁山伯与祝英台》。二十几岁，她就拿过三次国家大奖。这代表、那委员的，头上也摞了好几摞。总之，是要多红火有多红火了。与她一道领衔主演的男主角老是廖俊卿。《白蛇传》廖是许仙；《王宝钏》廖是薛平贵；《游西湖》廖是裴瑞卿；《玉堂春》廖是重恩重义的王景隆；《谢瑶环》廖是豪侠仗义的英雄袁华；《小白菜》他演的杨乃武；《会阵招亲》扮的杨宗保；《梁祝》不用说他是梁山伯。但见上戏，人家全整的是爱得死去活来的夫妻。而他呢？在《白蛇传》里扮的“水怪”；在《王宝钏》里扮的“叫花子头”；《女巡按》里演的强抢民女的瞎㞞武洪；《玉堂春》里是“众嫖客甲”；但凡戏里有正经大丑，都是他爹火烧天上。他多数就是上台使个坏，或是干点强奸、偷盗、欺负弱小的勾当。然后就被打得腿断胳膊折，或一命呜呼后，被吩咐“抬下去喂狗”了事。他弟火炬更惨，老是跟在他屁股后边吆五喝六。正经差事捞不上，群丑甲乙丙丁，还老在“丙丁”位置上排着，挨黑打却是第一个上。死，都死得花样百出，极尽荒唐，总是引起掌声雷动，不沾半点同情哀伤。

贺加贝想：自己演些鬼怪、“瞎㞞”，只给人家做了几年“底桩”，闻了氮气，接了溲溺，臭手爪子摸了不该摸的地方，竟从十三四岁，暗恋到年方弱冠。而人家但见排戏演出，就眉来眼去，搂搂抱抱，要死要活，洞房花烛。人家不朝一块儿“合卺”、合瓢、合床，莫非还让“秃驴”“妖僧”“水怪”“卢世宽”“众嫖客甲”去合了不成？

再痛苦，日子还是得朝前过。贺加贝在城墙根的那棵老槐树上，双腿钩着一个枝丫，倒吊了半天，流了很多猫尿，最终还是缓过来了。本来他是割了一截拉大幕的绳子，准备在树杈上把脖项一挂算了。结果倒吊一番，有些清醒，就再没朝“吊死鬼”的方向前行。

现在看来，万跟廖是早好上了。他那晚蹲坑，可能反倒把窗户纸捅破，让人家干脆就汤把面下锅算了。

就在“赛虎犬”守候的那一夜过后三天，万大莲就去找团长要开结婚证。团长也并没吃惊，他正不知该如何处理这事呢。他们一完婚，倒不失是一种较好的了结方式。都睡到一块儿了，团上还能有啥高妙的秘方解药？虽然没结婚就明目张胆睡到一起的也大有人在，可万大莲是主演，是团里重点培养对象，还是区上人大代表、市里政协委员、“八大巾帼风采人物”、“十大杰出青年”……反正能给的荣誉都给了，再给，就剩团长这顶不值钱的帽子了。虽然按照团里规定，演员必须晚婚晚育，尤其是主演。可万与廖已生米做成熟饭，团内外议论纷纷，上边领导也在过问细节：到底睡了没？团长咋撒这个谎？不让了结了，岂不是自己给自己屁股底下支蜡？团长嘭地就把公章盖了，盖得气鼓气胀、怒火满腔的。介绍信都被公章盖破损了大半圈。

也怪，从此后，万大莲便不火了。就连演聊斋戏，他的“秃驴”“妖僧”底座，也没有过去扎得稳当了。麻黄素他也懒得吃了。

他的手，绝对不朝敏感地方抓，宁愿让她掉下来。这不是艺德问题，也不是配合不配合的问题，而是心中有了一种说不清道不明的律令：绝对不能再错“把位”了。他也不想再错抓了不该抓的地方，那是与他毫不相干的处所。一切美好都让廖俊卿破坏殆尽了。他想到自小与廖一块儿上厕所，见到的那根赘肉还是包头，就预料他迟早都得美美挨一刀的，活该！可再活该人家还是“合卺”了……真是越想越觉得撒（头）痛得很！

跌到护城河里的游狗，磨叽了好长时间，到底还是与对岸的那条狗，鼓捣着链接在了一起。“赛虎犬”对那晚万大莲和廖俊卿的“合卺”，侦查结论也是：廖跟公狗一样，把万踅摸到半夜，房里才黑了灯。随后，有东西跌倒在地上，可能是手电筒。是的，那手电筒常年就放在万大莲枕边，装了三节电池，很长，很重。她既用来照明，也是用来防身的。这一晚，看来身是不用再防了……

“好好演丑。丑角的春天，马上就要到来了！”贺加贝耳旁突然回响起他爹的聒噪声。

他爹预判的是三年，结果还没到三年，春天就提前来临了！

六

艺人的红火有时是说不清道不明的事。比如贺氏父子由三秦大地，到西北大地，以至更广袤地区的红火，几乎是在一夜之间。火烧天凭着他的老折子戏《教学》《看病》《看女》《拾黄金》《杨三小》《打城隍》，以及诸多大戏，“烧”是一直在烧着，可“发烧”的地界并不广，更多还是在关中大地上。而贺加贝、贺火炬却是靠对传统折子戏的改头换面，再与电视传播手段相结合，一下就成了“致广大”的炙手可热人物。尤其是被一个十分有名的卫视娱乐台导演发掘出来，让父子仨打了一套漂亮的“组合拳”：把《拾黄金》改成《有梦成真》，从内容到形式都“旧瓶装新酒”了，是传统与时尚的“大串烧”。加之父子仨克隆人般的奇特长相，就迅速成了好多台都反复重播的热门节目。三人立马蹿红成了大明星。五花八门的晚会、开业、庆典，尤其是“文化搭台，经济唱戏”的各种宏大场面，简直应接不暇。只要把他父子仨请到场，啥子物资交流会、房产大开盘、银行大揽储、彩票总动员，他们出场之际，就是轰动一方之时。所有唱段，老贺只在去的路上改几句词，便与现场内容气氛高度吻合，主办方无不拍手称快了。老贺反复强调：不敢在楼盘会上说拆迁、揽储会上说彩票，因为他过去吃过大亏的。被国民党抓住，却唱了共产党不纳税、不纳粮的好处，差点没被人家拿盒子炮毙了。今天虽然不至于遭毙挨揍，可总还是个艺术创作不严谨的问题吧。严谨，是一切艺术的生命线，包括喜剧。不，尤其是喜剧，火烧天再三强调。

他们父子每每出去演一回，都是小车到剧团院子接送，并且车还越来越高档。出去时，他们只带着演出“行头”，回来后备厢送的土特产三人拿不完。常常火烧天还要喊草环下来帮忙拎活鸡、活鸭。有一次，竟然拎回一铁丝笼养殖兔来，跑得满院都是。看得一院子人心里又是艳羡又是气的。在他们爆红的时候，舞台正规演出果然基本都停了下来。有好多人不得不出去开门面、做生意了。一些姿色好的，也下海南、深圳、广州走模特儿去了。万大莲那时还有些清高，倒是没参加她认为有点“乌七八糟”的队伍，就跟人在院子葡萄架下打麻将。大热的天，晚上家里没空调，她和廖俊卿能在麻将摊上一守一夜。有时是她打，有时是廖俊卿打，她在一旁盯牌。贺加贝每每半夜回来，都要到葡萄架下撩拨几句。有时还故意把别人送的“三原猪蹄”“陕北红枣”“镇安板栗”撂一些，让大家“随便咥”，其实眼睛是睃着万大莲的。看她此时此刻都是什么感受、什么表情，最让他受不了的，是万大莲常常没表情。即使有，也看不出丝毫悔恨之意。有时她还抢过猪蹄，先给正打牌的廖俊卿嘴里喂一口，胀得廖的嘴，像正挣着生蛋的鸡屁股，还油汪汪的。弄得他只在心里骂：咱就是一贱种！

火烧天十分反感他的这种张扬，回家就骂：“记着，再好的日子都别在人前显摆。啥事都没有让你永远红火的时候。不光要把嘴闭严了，把尾巴夹紧了，还得连脸上的得意都抹平了！咱就是要丑挣了几个下苦钱，下作钱，招摇不得。活得宁愿让人同情，别让人眼红，那是招祸！是找死！”

可贺加贝忍不住，还是想招摇给万大莲看。看她当时是不是眼睛缺水，把一个好男人放生了，而跟了一个现在显得一无是处的“破柳败絮”。廖俊卿自从没了演出，确实有些破败相，连胡子也蓄得把嘴脸缩水了一般乱糟。可恼的是，万大莲好像并不这样认为，眼见她肚子还大了起来。那肚子过去可平展、腹肌可有力了。她“吹火”站到自己背上，他感觉那腹肌是可以把他弹出去的。而现在，那里鼓得跟没捆扎好的棉花包一样，突然膨出一大疙瘩来，难受得他有些不忍直视。那里面就是廖俊卿的种，可能也是一团男人们的眼中钉、肉中刺。关键是万大莲还迟早把胳膊吊在廖的肘弯上，屁股拉多长地在院里走出走进。整日又是吃涮牛肚，又是烤羊肉，又是去交大看樱花的，又是去曲江池划船的，好像爱情还在升级，日子还没塌火。真是有点他妈妈的！

正在贺家最红火的时候，却出了一件大事：火烧天有一天突然查出癌症来，喜剧一下就转化成悲剧了。照说老贺喜兴一辈子，是不可能得这种病的。但偏偏就他得了，并且还是口腔癌。

那段时间，好多单位把他父子都抢不到手。有时一天定三场演出，还能得罪一两家。除了电视台，其余的得罪也就得罪了。他们知道电视台得罪不起，擅长玩“封杀”那一套。关键那是一个几何形扩大知名度的地方，封了杀了也委实可惜。好多台、好多栏目都在搞综艺晚会，也都在抢他们。他们父子是以戏曲改良小品为主打。电视台会雇新编剧，提前把他们的戏本弄好，然后找专司小品曲艺的导演，把他们的戏改造得面目全非。有时火烧天也会跟编剧、导演争执几句，但终是胳膊拗不过大腿。人家要的就是这种“包装”与“偷梁换柱”“不伦不类”的效果。自己既然登了舟，也就不好说那是贼船了。

由于要赶无尽的场子，整个时间就活颠倒了。他们基本是在来回路上乘车时，才能眯瞪一会儿，其余都在高度兴奋状态。不管走到哪里，演出外，还有人要簇拥着，跟他父子仨合影留念。那不仅是一种跟名人同框的荣幸，也是在与少见的歪瓜裂枣“集群效应”的相互映衬中，获取一份长得还算优越与自信的立此存照。尤其是电视台录节目，大多一耗几天几夜。发现笑点不够，还得现场改戏、调戏。一个小品，无论副导演怎么忽悠，如何领掌，自身总得有几处观众自发的笑声和掌声吧。有些演出的确是找不到一处，全凭副导演和观众把手心朝烂的拍。而他们父子仨一出场，观众就能笑得勾肩搭背起来。导演就总是在他们身上寄托了更多希望。因此，戏也就改得没完没了。贺加贝和贺火炬倒能适应，火烧天却渐渐体力不支了。有一次在后台就高烧到三十九度多，满嘴燎泡。勉强等着把戏录完，住院一检查，就判定是口腔癌，并且还是中晚期。

这时贺加贝已经是二十二岁的人了。那天，他突然感到自己不是孩子了。这个家，自己恐怕得拿事做主了。他妈草环哭得跟泪人一样，六神无主，直逼着他们赶快到八仙庵去求菩萨烧香。弟弟贺火炬就那样傻愣着，突然不会了调皮捣蛋。平常连跟观众、戏迷合影，他都是能闪现灵感、古怪动作层出不穷的。这阵儿，瓷得跟泥塑木雕一样，只傻看着他哥，好像他哥是有回天之力似的。

贺加贝果然做决定了：一是让他妈不要哭了，尤其不要再在医院哭；二是病情先不告诉火烧天，怕他爹接受不了；三是暂停接戏，三人轮班倒，在床前服侍。火烧天高烧一醒来，就问下一场演出在哪儿。他以为自己是太累了，没休息好，美美睡几天就没事了。当听说贺加贝准备暂时不接戏时，他很是生气：“戏这玩意儿，就是热脸子，越热越能往上贴。一旦冷场，连热尿都浇不上墙了。”任他再说，再生气，贺加贝还是说先看病，等身体好些再演出，天下的钱，哪是能挣完的。他一边安抚火烧天，一边找熟人，把他爹端直转移到四医大高干病房去了。那里也是全国治口腔癌最好的地方。

这事也不知是咋的，就像长了腿脚，很快就在团里团外传得沸沸扬扬。贺加贝让压住，不想让外人知道，尤其是不想让团里人知道。

结果，还没等他们把人转到四医大，团里已说得神乎其神，好像火烧天就是这几天的“人间过客”了。一些娃娃甚至在黑暗中用“火烧天来了——！”的锐叫声吓唬同伴。都在叹息，说老贺是个好人，走得有点早。紧接着这话就是：“可惜揽树叶一样挣钱的路径，咯嘣，齐茬断了。”还有人说：“老天给谁的福分都是有下数的，挣也白挣。你挣得再多，死时一手狠命抓一把，看能抓多少走？”“十万撑死。”“要是碎钢镚，抓十元还有漏的。”“挣死呢，还不如打麻将消停。”院子葡萄架下的麻将摊子，无意间就又增加了两桌，二十四小时搓得昏天黑地。哪怕是输了，都有点庆幸阎王还没来抓自己的笑逐颜开。

有一天贺加贝换班回来休息，看见万大莲挺着个大肚子坐在麻将摊上观阵。见了他，还故意站起来，问起了贺老师的情况。他没好气地说：“放心，再过一礼拜就出院了。”

再过一礼拜，火烧天还真出院了。

七

火烧天那天回到院子时，所有目光都是呆滞的。这很不符合一院子人往常见他时的景况。往日见了他，都爱开几句玩笑。即便小孩，也会远远地跑过来，学几句火爷爷的丑角戏，咧咧嘴，抽抽耳朵，扮几个鬼脸啥的。今天却大不一样，都微张着嘴，像看外星人突然降临一般地纳罕惊悚。孩子们更是吓得飞毛腿似的乱跑乱躲，生怕谁落在后边，被活鬼捉了去。院子里外号叫“花脚婶”的狗，朝他跟前凑了几凑，都被主人呵斥到一边去了。火烧天是何等精明的人，见了这般反应，加上最近在医院，草环老止不住要抹泪，两个儿子神秘兮兮，医生护士也是闪烁其词，他就越来越意识到了自己病情的不大乐观。但他还是保持着淡定而又从容的谈笑风生，把发烧和嘴里的水泡，说得跟傻子喝了过烫的开水一样轻松。

回到家里朝床上一躺，其实火烧天就吃力了。他突然变得一句话都没有了。草环细细发发弄些汤汤水水的流食，他也一口不吃，就那样面朝墙侧卧着。大概一天一夜过去，他才问草环，是不是自己得了“瞎瞎病”？关中人把不治之症，都统称为瞎瞎病。草环边流泪边哄他，说就是发烧，烧一退就好了。气得火烧天一掌把药碗掀翻在地上。

草环急忙找加贝和火炬商量，说只怕是瞒不住了，问咋办。

加贝想了想说：“给爹说了算了。”

草环说：“一下让你爹吃了死力，咋办？大夫说了，这病养得好，还有一两年的活头。”

加贝说：“爹太精明了，咋瞒？与其瞒着，还不如跟他说实话，让他把这一两年活好。不定奇迹还出现了呢。”

火炬一直没说话。

草环又说：“这院子好几个得癌的，都是知道后，一两个月就走了，多半是吓死的。”

加贝说：“爹跟他们不一样。”

“咋不一样？”他妈问。

“爹乐观。”

草环说：“唱戏的谁不乐观？看着平常嘻嘻哈哈，一见说死，也都是三天两后晌就蹬腿的事。”

火炬突然说：“我的意思还是不说，能瞒多久瞒多久。”

草环说：“他既不吃又不喝咋办？连药也扔在地上了。”

这时，隔壁房突然“嘭”地响了一下，像是什么重物倒地声。

他们急忙过去看，原来是火烧天故意把床边的凳子踢翻了。

火烧天强撑着满嘴的水泡，嘶哑地喊：“啥天大的事，不能当着我面说，老要在隔壁房里唧唧歪歪的。说，我到底得的啥子瞎瞎病？还能活几天？或者是几个时辰？死也教我死个明白。”

草环一听这话，眼泪止不住又汪涌出来，捂着嘴就出去了。

加贝想张口，火炬在一旁使眼色，意思还是不让说。

但加贝到底还是说了。他觉得让父亲这样疑神疑鬼，猜来猜去，反倒不利于治病。他说："爹，你既然非要知道，我也就实说了。也不算太瞎的病，就是口腔……有点病变。"

火烧天把眼睛睁大了一下，意思是没听明白。

加贝继续绕着说："就是你口腔里，过去发现的那几个老治不好的溃疡点，可能有点问题。"

火烧天："是癌吗？"

加贝有些张口结舌："也算……是沾点边吧，但跟其他癌不一样。"

火烧天："是癌就没有啥不一样的。"

贺加贝说："爹，这你就不懂了，癌分好多种。像你这种癌，要是配合治疗得好，就能活较长时间。"

火烧天问："能较多长？医生咋说的？"

加贝怔了怔，说："少则……两三年。治疗效果好，心情舒畅，还能活得更长，八……九……上十年的都有。"

"这到底是你们的话，还是医生的话？"火烧天追问。

"医生说的。"

火烧天突然如释重负地坐了起来，把加贝和火炬都吓一跳。他说："这不就对了。至少能活两三年，还不满足？阎王是你舅爷，是吧？都想赖皮朝千年王八地活，那地球还不压垮塌了？哭丧着脸干啥？吃药。有叫戏的，咱还接！"

加贝和火炬都愣住了。

火烧天接着说："看一院子人那表情，以为立马就要算我的伙食账了呢。两三年还能唱多少戏？接着唱！戏啥时能唱得火成这样？让你妈熬骨头汤，加点天麻、红参、枸杞、大枣。"说着火烧天就要靸鞋下地。加贝和火炬挡都没挡住，他还真下地大踏步地走动起来。

草环进房来吓一跳，以为把老贺吓神经了呢。

火烧天故意大声对她耳朵喊："要怕，至少是两三年以后的鬼。饿了，弄好吃的。人家给的长白参都长虫了，立马拿出来和老鳖一起炖了。"说着，他就要朝门外走。

“爹你干啥？”加贝问。

火烧天说：“我得到院子走动一下。别让人感觉贺家刚红火几天，就要塌火了。放心，再有一两年，你弟兄俩就都彻底起来了，没了我，戏照样唱得红翻天。我就怕阎王叫得急了，把几个没教给你们的好戏，烂到我肚子里了。”说完，他还真出院子逛荡去了。

院子里的人，见火烧天还能如此精神地走出来，倒是有些不自在、不适应了。唱大花脸的雷惊天还起身趔了趔，生怕沾着晦气。

“咋的，真怕我死了？放心，阎王不爱看丑角戏，阎王最爱看毛净、大花脸。”火烧天说得雷惊天浑身越发麻酥酥的。他还故意大声吩咐：“惊天，明晚有个场子，咸阳城里一个捣鼓‘一贴灵’的药神，要建厂开业，你给垫一折《黑虎坐台》，咋个样？三百块，车接车送，去是不去？”

听说垫一折“封神”戏，能挣三百，雷惊天好像突然换了个人似的，噌地蹿到火烧天跟前说：“去，咋不去，老哥抬举，还有不去之理。要扮上吗？”

火烧天说：“封神戏不扮上，就你这猪头相、鼾水嘴，给谁封的哪门子神？哄鬼也得把鬼哄睡着吧。”

大家都被惹笑了。

火烧天又对万大莲和廖俊卿说：“你们愿不愿唱一折《花亭相会》，给你俩五百，干不干？”

廖俊卿说：“还有人看这丝丝蔓蔓的爱情戏吗？不都要看喜剧嘛！可不敢让观众把咱轰下台了。”

火烧天说：“放心，前后都有我和加贝、火炬拿丑角戏包着哩。”

廖俊卿看看万大莲，万大莲说：“我都这样了，还能唱？”

火烧天说：“能，咋不能？不用扮，穿上布拉吉，看着还富态。”

大家又是一阵笑。

火烧天安顿完去咸阳的“场子”，才故意精神抖擞地往回走。刚进楼梯拐角，身子到底还是有些摇晃，就赶紧靠在墙上稳了稳，才扶墙摸壁地回到四楼。

一院子人又都议论起来：是不是传话有误，老贺不像是得了绝症的人哪？

火烧天回到家里，一再叮咛，不要把他的病情传扬出去，这是贺家当前一等一的机密。一旦让社会上知道，财路咔嚓一声，立马彻底断送。他说："你都想想，唱戏本来是红火事。眼下大兴丑行，是红火中追求更红火。谁愿意让一个得了瞎瞎病的人，去掺和人家大红大火之事呢？关于我的病，谁再胡说，就回敬他两个字：扯淡！"

贺家一切又都进入到正常状态了。尽管老贺嘴里的泡消不下去，烧也退不到三十七度五以下了，但他仍是精神矍铄地每天领着两个"瘪脑壳"儿子，在各种高级小轿车里蹿上蹿下。并且每每都有人用手护着老贺的菱形脑瓜顶盖，像是接待什么要员似的。三颗寸草不生的脑袋，亮晃晃地到处游走着，总给人一种滑稽感。引得一院子人老骂：真是走狗屎运了，见天父子仨大概收入小三千。看来阎王也是舔肥沟子的货。

八

贺加贝最喜欢他爹的一点，就是时不时叫万大莲来"垫场子"。只是不喜欢廖俊卿老跟着。无论唱《花亭相会》，还是《十八里相送》，那种"爱情黏稠感"，都让他有点不堪忍受。他也曾给他爹建议说："能不能减少开支，只让万大莲一个人来，就唱《我爹爹贪财把我卖》，再加一段《打不尽豺狼决不下战场》，还省钱。《花亭相会》也老掉牙了。"他爹瞪了他一眼说："眼睛光盯在钱上能成？这是笼络人心，懂不懂？钱都让贺家挣了，你能长远？大凡团里的能干人，都得笼络住。这是唱戏的政治，明白不？人家结婚这长时间，肚子都显怀了，你还胡踅摸啥？没出息的东西！把眼界放大些，赶快把爹这摊摊接过手是大事。我就是能活过两三年，也是一眨眼的工夫。始终记住，弄正事要紧。唱戏就是咱家最大的正事。"

加贝和火炬除了演出，就是在家学戏。老贺不仅给两个儿子教了好多传统丑角戏，而且还根据市场需要，亲自改编整理了《墙头记》。戏里两个儿子都不想养爹，硬是掐尺等寸地一家管一月。逢闰月和大月多出的那些天，就将老汉架在墙头，看跌到哪边算哪边。他们把生活演绎得十分真切生动，可谓妙语连珠，包袱迭起。加之父子仨如出一辙的长相优势，但见演，就能把观众笑得坐劈叉了椅子板凳起不来。

老贺不仅是个演戏的精怪，而且也是编戏的高手。据说过去戏班子里唱丑的，都能编戏本。尤其是丑角戏，别人掌握不来火候，只有自己编，才能演得得心应手，风生水起。并且边演边改，见天晚上还都有新词新动作。有很多包袱，其实是靠观众刺激出来的。用老贺的话说，台下想吃啥，你能喂出啥来，那才是唱戏的真本事。当然，也不敢喂“惊奶”、喂吐了。就是要喂得适当，喂得高级。不成的戏，都是跟观众反憋着劲在演哩。市场的巨大需求，不仅让父子仨台口遍地，揽钱如扫树叶，而且也极大地催生了他的创作。就在他弥留之际，还整理改编了《三个和尚》。那天在三省物资交流大会上，甫一曝光，立马笑翻数万人。订戏的络绎不绝，甚至是先付款，后敲日子。可老贺是真的不行了，不仅满嘴的水泡弄得说不出话来，而且高烧持续不退，连下场门都摸错了地方。此时离检查出癌症，还不到一年时间。

火烧天如今住院，已是一件大事，连市上领导都要到病房探视了。老贺自己也明显感到，告别喜剧人生的日子不远了。社会上来看望的络绎不绝。他不想让人看，已身不由己。有时病房内外都挤得插脚不进。大多数是陌生人，不让看还死不走。都想近距离瞧瞧这个“活宝”到底长啥样儿，再不瞧，今生就没的瞧了。也有看完忍不住扑哧笑了的。大概还是笑那与常人区别较大的菱形脑瓜，的确是长得有些欢乐无限。虽然病恹恹的，可喜剧色彩愣是不减。看就让看去，演员嘛，反正一辈子生来就是让人看的。但市秦腔团人来看，火烧天心里就有百般的滋味挠搅着。

有几个老哥儿来看他，倒是亲热。为了逗他高兴，甚至还拿他年轻时的事开涮。直到这时贺加贝才知道，他爹年轻时也风流过。为追求团里他们那一代的“当家花旦”，闹的笑话并不比他少。甚至还跌进茅坑过。有一老哥儿故意逗他说：“老贺，你知道刘珍珠现在腰有多粗吗？”火烧天耸鼻子笑了一下。刘珍珠就是他们那一辈的俏花旦。老哥儿继续说：“珍珠自打调出剧团，跟了物资局的老匡，脸和腰就一直在发胀。现在那小蛮腰，你三个老贺都搂不住。听说一屁股把邻居家的狗都坐死了，你还想要不？要不我老哥儿几个把你扶起来，去走一趟？压死你我们可不偿命。起来，去搂一下试试吧？”火烧天已说不出话来了，只颤颤巍巍地给几个老哥儿竖了个中指，嘴里喃喃半天：“……责！”

也有那说话不中听的，看似在慰问，却更像是幸灾乐祸。尤其是唱“毛净”的雷惊天，几句话就差点没把老贺提前气死。其实这一年，火烧天也没少叫雷惊天去“垫场子”。但也不能场场叫吧。叫了，把钱挣了他就高兴；没叫，他立马翻脸。尤其是后来，好多场合明确不要花脸，嫌太吵，说耳膜受不了。现在都讲究轻音乐、轻喜剧，“吼破撒（头）”的黑头，就只能去野场子唱了。而贺氏父子如今走的都是高档宾馆、俱乐部、会所、度假村，想照顾一下雷惊天，都没去处。雷惊天家口重，工资常常发不下，全靠唱堂会挣几个钱使。火烧天叫得少了，自然就把他得罪了。所以当火烧天快死的时候，他来看望，好像话里也就有些夹枪带棒的：“还是太累了！钱这玩意儿，生不带来，死不带去，挣多少是个够嘛！这不，你倒挣得多，还不是让瞎瞎病折腾完了。人要满足呢！你这几年，把一团上百口人几十年的戏都唱了，还要咋？老天都是有下数的。也不定那边还有红火台口等着你哩。好着呢，安心走吧，大概阎王爷如今也爱听丑角戏了。”气得火烧天手抖了半天，也颤巍巍地给了雷惊天一个中指。只是那中指再也伸不直了，倒像是要勾魂的样子。吓得雷惊天立马起身跑了。

最让贺加贝感到满足的是，万大莲也来看他爹了，并且是一个人来的。从万大莲跟他爹的交流中听出，廖俊卿改行唱歌去了，是跟一个轻音乐团走的。并且走得很远，一去就是大半年。家里就剩万大莲和才生下几个月的儿子了。那天万大莲哭得很伤心，好像是对他爹叫她去唱戏，贴补了生活，还有一份感恩在里面。这让老贺、草环和两个小贺都挺感动。出来时，贺加贝把万大莲一直送到医院大门口，她还在哭。并且万大莲要他好好照顾贺伯，说贺伯是个难得的大好人。这是自万大莲结婚后，他们第一次单独在一起，但也没有说别的话。万大莲还是那样大大咧咧的，像是他们之间从来就没发生过什么一样。

贺加贝目送着万大莲远去，甚至还有点伤感：那么红火的角儿，怎么说寂寞就寂寞了。像一条活蹦乱跳的鱼，突然被撂到了干滩上。侧面斜睨一下，他发现，万大莲的胸脯，已不似昔日那么坚挺有力，富有弹性了。那弹性，他演“秃驴”“妖僧”时是反复触碰过的。现在，倒更像是临时安上去的两坨松松软软的棉花包。背影也明显发胖了。屁股甚至还有点浑圆。但这一切，都没能改变她的魅力。无论从哪个角度看，她仍然是这个城市最出色的女人。他多么希望她走出大门后，能回头看他一眼啊！如果能看上一眼，不定将来还有什么戏呢。可万大莲始终没有回头，就那样一直消失在了大街尽头。不知咋的，这种对他的不介意，仍然让他感到十分失落甚至刺痛。

就在这天晚上，火烧天彻底不行了。他一阵阵犯迷糊，还不停地用双手撕自己的喉咙。火炬和草环在病床两边紧紧抓着他的手。加贝几次喊来护士医生，医生说，可能熬不过今晚。一家人的眼泪又欻欻流出来。他妈一个劲捶打自己的胸口，说不知造了什么孽，这好的日子，竟然让她把夫克了。

其实老衣加贝已经准备好了，就在病房放着，随时可以穿。

医生让加重镇痛棒的剂量，尽量减少病人痛苦。

大概在后半夜的时候，火烧天突然睁开眼，把四周很是空洞好奇地看了好半天，才把草环、加贝和火炬认出来。一家人紧紧凑在一起，狠命拉住他的手，像是一松，就要阴阳两界了。他要喝水，草环急忙用棉签给他嘴边蘸了蘸。他十分努力地把每个人的手都抓了抓，似乎还蛮有点力气的。随后，他断断续续、若隐若现地说了一会儿话。有些能听清，有些只能靠猜测了。他先是说了一段顺口溜，这是他的拿手好戏，张口就来：

地球本是一堆土，
你来我往都得走。
倘若个个耍死狗，
人满为患往哪蹴？

说完顺口溜，他又说，死后不要给他化妆。六七十岁的人了，化得艳若桃花，能吓死人的。尤其是殡仪馆那些人化的妆，大白粉刷老墙，到处都皮翻翻的。再给脸蛋子和嘴唇上涂些脂粉，活像白骨精她妈转世，相信没人能看出啥子美来。吓唬吓唬不听话的娃娃倒是可以，可娃娃们谁去赶那热闹。他还说，化一辈子妆，也化够了，把他的老脸，洗得干干净净的就成。他还特别叮咛，不要搞啥子遗体告别，说他这一辈子展览够了。舞台上也没少死过。小丑但见死，底下都是掌声雷动，笑破肚皮的事。他真死了，那样子不会好看到哪儿去，也不大会好笑，就别再仰面示众了。僵尸挺在那里，是不可能有啥喜剧效果的。个别人也许会在心里有点喜兴，但人生的包袱终究是抖尽了，想笑，那阵儿大概也觉得不值乎了。他说要不听话，非展览不可，他是会诈尸吓人的。说得大家浑身都麻森森的。

歇了几起，火烧天又对加贝说："你是老大，家里一切就靠你了。丑星还会红火不少日子，但也不会持续太久。三十年河东，三十年河西，人很难逃过这些劫数。老天不可能老朝你碗里撒米、赏饭。背运来了，也许最红火的人，比谁都活得更背时。我走了，贺家铁三角就算缺了一豁。可好多戏，你弟兄俩也能演。只是得变，不停地变，不变就没你的活路了……"火烧天说得没气力了，还让把他扶起来，硬撑着又说了这样一段话："丑行现在红火，靠的是脸面，靠的是嘴皮子。我最近反复想，这玩意儿迟早还是有些靠不住。唱戏得有点硬通货。啥是硬通货，爹唱了一辈子，总结了几点：一是得有点硬功夫。所谓硬功夫，就是别人拿不动的活儿。耍贫嘴，需要一点，但不应成为丑角的强项，更不是唯一……一句台词没有，你也能把观众拿捏住了，那才是真本事。二是得有底线。台底下再起哄，你都不能说出祖孙三代不能一同看演出的下流话来。尤其是丑角，不敢人家要褂子，你连裤子也一起脱了。三是凡戏里做的坏事，生活中绝对要学会规避。戏里的反派，观众心里的反派，也是你自己的大反派。不敢台上台下弄成了一个样儿，那你可就成真丑了……你们这辈子没念下书，打小入了戏行，也只能在戏行做文章了。这一行门道大得很，一辈子也是学不完的……学不完的……总之，不要把好日子，想成是千年瓦屋不漏水的事。我这不……一下就砸锅倒灶……日塌得完完的了……”

大家又哭了一阵，火烧天到底撑不住，还是溜下去了。他说了最后一句话：“把你妈……招呼好……”就再也没有睁开眼。

草环说这是回光返照。

很快，火烧天就又糊涂了，他一个劲地比划着要东西。拿这不是，拿那不是。直到火炬拿过一个他正改编的戏本，他才在上面乱画起来。字摞字，笔画叠笔画的：《三个和尚》改成了《两个和尚》。《拾黄金》改成了《兄弟拾金》。他想再写，笔就捉不住，彻底昏迷过去了。

火烧天突然呼吸异常急促起来，随时都有致命的可能。医生征求家属意见，问要不要把喉管切开，说还能延续一下生命。火炬不让切，可草环闹着非要切，说哪怕能再活一宿，人也总是个活的。加贝就让把他爹的喉管切开了。但没挨到天明，火烧天到底还是走了。

一切都没按火烧天说的办。这么大个艺术家逝世了，报纸、电视、电台一发消息，剧团院子立马围满了人。都在出主意，都在拿事。贺加贝也不能改变组织的精心安排和戏迷们的拳拳之情。不仅搞了遗体告别仪式，而且还给火烧天化了浓妆。他就睡在万花丛中，脸上果然是白粉打底，胭脂扑面，红嘴唇外翻着。里面人头攒动，哀乐声声。外面民间戏迷自发组织的各种唢呐队，还有穿得歪瓜裂枣的假军乐团，分头演奏着《在希望的田野上》和《想说爱你不容易》。看似上演的悲剧，却仍然是以喜剧的形式，搞得场内场外此起彼伏、高潮迭起的。

好在，火烧天没有诈尸吓唬谁。他就那样静静地躺着，比在舞台上表演死亡，倒是规矩了许多。舞台上死，他有时是要做鬼脸，故意逗主演笑场、忘词，好让业务科扣他们演出费、写检讨的。而现在，他的确是很正式地死了，死得硬桄桄的一派严正。尤其是草环的哭声，更是证实了死亡的真实性。只是团长的告别辞，念得有点小骚动。让熟悉老贺的人，都以为是在说别人。那些无限拔高的排比句，多是老贺平常演戏用来讽刺人的。这阵儿，“高帽子”一摞一摞的，都一股脑儿摁到了他的菱形脑袋上，让庄严肃穆的现场，就充满了滑稽感。几个老哥儿甚至在相互用指头戳胯骨嘀咕：“让这些大话把老挨球的自己也给吓一下。”“快看，快看，老贺快憋不住要笑场了。”难怪老贺一再叮咛不要告别，不要告别了。尤其是外面那该死的假军乐团，又奏起了《纤夫的爱》，声音七长八短的不说，高音还老吹破。就见水晶棺里那张粉底胭脂的老脸上，似乎眉眼、耳朵和嘴都想再咯咯吱吱地错动起来。

九

火烧天一走，贺加贝突然觉得一家的担子，是实实在在压在自己肩上了。日子倒不愁。这几年父子仨挣的钱，花在老贺病上的并不多。自老贺知道自己得了瞎瞎病那天起，就不主张再乱花钱。加上名人效应，知道火烧天得了口腔癌，各路神医就纷至沓来，都想一显身手，再通过老贺扬名四海。连气功大师也先后来过十几个，有的甚至自愿跟着老贺一道出行。他们坐在车上或演出中间，还在给老贺口腔发功。几个扬言能治好各种癌的民间神医，也相互不待见地紧紧围绕着他，不停地奉献各种神药神水，让他喝得上吐下泻，仍探索实践不止。虽然最终没能挽救老贺的性命，可终究是没费太多的冤枉钱财。贺加贝所觉得的压力，主要还来自丑角事业。过去有他爹在，天天跟着出门挣钱就是了，节目一概不用操心。他和火炬，只按老贺修改的词句排练演出就成。可现在，几乎天天都得收拾戏，每个场子的“定场诗”都不一样。包戏单位或老板，总是想让在戏里多表现与他们有关的内容。过去老贺在路上就把词闷好了，边走边改，并且十分精彩。可他没这本事，每每得提前收拾词。有时一熬一通宵，第二天“刀下见菜”，效果还总是没有他爹弄的谄活。火炬从来不操心这些事，只管跟着演就是了。因此，加贝的工作量，几乎比过去增加几倍不止。这让他常常想起他爹的能耐和不易来。

父子仨的喜剧，变成弟兄俩的喜剧后，开始有点单调，可很快就又红火起来，见天仍是好几个包场。忙得他们有时一天都没法卸妆，是连轴转着，多数时候吃饭都在车上。贺加贝最操心的，还是如何给万大莲多安排些演出机会。让她能迟早跟着自己，不仅挣钱，还有一种莫名的优越、成就与幸福感。可万大莲好像并不热衷跟着他跑，有时会来唱两段，有时就婉言谢绝了。怀里那个孩子，似乎要把她彻底改变成家庭妇女了。这让他每每有些揪心。他老在打听廖俊卿的情况，一时说在外面唱歌挣了大钱，给万大莲一月能寄回上千块；一时又说演出团在哪里让人骗了，连乐器都抵了债。总之，廖俊卿远远没有他贺加贝挣得多。他老想对万大莲表现一二，可万大莲好像故意不给他这个机会。有几次，他借说演出的事，想进她家里坐坐，万大莲但见他来，偏故意把门窗大开，说话声音也变得高起来，像是要避什么嫌似的。这很是有些伤他的自尊。他如今走到哪里，不是三迎四接的？他到谁房里走动一下，还不是给谁面子？连团里过去很是瞧不上他的人，也都尝试着想跟他套近乎，以便得到“垫场子”演出挣钱的机会。可万大莲对他始终是那种不甩的样子，这让他心里颇为不快。但那股爱意，又总是排解不去。终于有一天，他在红石榴度假村演出时，发现了一个跟万大莲长得一模一样的女服务员。然后，他的爱情故事，就分出一道很大很深很诡异的岔来。

说起红石榴度假村，已是这个城市休闲度假少有的一个好去处了。它离终南山不远。这里原来是一片石榴园，还有一个烂泥塘，自从世外桃源等农家山庄经营模式兴起后，这里很快就挂起了红石榴度假村的牌子，不几年，就到处都是石榴艳艳、荷花灼灼、园门花亭、竹林茅舍相映成趣的小桥流水人家了。一般人，只是周末带着家人去转转看看，再吃吃小吃，让孩子玩玩跳跳床什么的。达官贵人，白领精英，便都在浓荫蔽日的一个个农家小院里，打牌、品茗、按摩、喝酒。据说还有其他很刺激的项目，都是端直进院子服务的。闩起门，那些小院就成了一个个非常独立的隐秘世界。

拥有这个世界的老板，叫武大富。据说几年前还是这一带给人劁猪骟狗、盖房搪墙的匠人。他有个妹妹，是他供着上了大专，后来才分到政府打字当差的。妹子因长得颇有几分姿色，小巧玲珑，人见人爱，就跟领导出差学习多，见识也广。她竟然撺掇武大富把这一片别人看不上的烂泥湖包下，做了度假村。先是攀扯些领导来休息放松，然后弄来好多机关会议包吃包住。很快名气传开，就成炙手可热的地方了。武大富粗胳膊粗腿的形貌，常年剃着光头，不是剃，是实际上的头发缺席，整个头皮呈古铜色，上面的“杂草”属顺势除掉而已。在办公室，他爱袒胸露肚、盘脚搭腿地摇着一把印有花脸脸谱的大折叠扇，有时端直还把下肢圪蹴在凳子上。背后，就常有人唤他作牛二的。随着生意越来越兴旺，谁还敢唤牛二了，也不知怎么演化着，牛二就成武大了。姓武，事闹得大，可不是武大郎的简称。其实武大是个马大哈，有时也很谦和，尤其是他妹带来的领导，一叫他武总，他就咧嘴直笑说：“咱就是个劁猪骟牛的，别五总六总的，领导叫我武大郎都行。”说着他在前边带路，一只手朝前，半边身子侧着，是一颠一颠的一路小跑状。连不碍事的树梢，他都粗笨地跳起来刨在一边，生怕枝叶扫乱了领导发型，有的甚或露出脱发顶盖，遮掩不及。总之，几年搞下来，连他也没想到，这么个石榴坡、烂泥塘，竟然每个周末都能吸引上千人来吃喝玩乐。武大自小有个嗜好，就是爱看戏，爱看大花脸、二花脸和三花脸戏，尤其是三花脸，就是丑角，他觉得喜兴得要命。很快，他就搭建起了一个简易舞台，先把火烧天请来暖场。没想到这一招很灵，光火烧天父子的演出，一天都能额外吸引来几百看客。弄得小吃部几番扩建，都满足不了要求。火烧天得口腔癌，武大是第一个痛哭流涕的。火烧天在生命的最后那两个月，武大专门给他开了一个风光最好的院子，让他来静养过。那院子，平常都是省市领导才能享用的。老贺火化那天，唢呐队和假军乐团，还有咸阳有名的牛拉鼓，都是武大掏钱雇来的。他爱老贺这个丑角，胜过这个城市的所有人。如今，剩下两个小贺，他仍是每周必须要请来演出三五场的。并且每演必看，每看他必乐泪四溢，笑得自己先是要溜到椅子下，得旁边人朝起搀。有时刚搀起来，他又溜下去喊："不敢看了，两个小挨刀的，把人笑不死是命长啊！"

关于那个长得跟万大莲一模一样的服务员，是贺加贝有一次突然在演出时发现的。武大笑得刚溜下去，就见站在一旁的女服务员，急忙把他搀了起来。刚搀起，加贝在舞台上把上嘴唇错向左耳根，下嘴唇错向右耳根，整个大嘴拉成了一条连接双耳垂的平行线，并且还做蚯蚓般扭动，拉得两只耳朵也像天平一样上下忽悠起来，就把武大又笑得溜下去揉肚子去了。也就在那一溜之间，贺加贝突然发现，那个服务员简直就是万大莲的翻版。他还有些不相信，以为是真万大莲来了呢。当天演出，是请过万大莲的，她说来不了呀！再看看，这女子的确是度假村的服务员装扮，并且人也比万大莲略小一号。她只在太平门口看了一会儿戏，转眼就不见了。贺加贝心事重重地演出完，就急忙找到武大，想弄个究竟。

武大早就在茶社，给他和火炬弄好茶点，等候着了。

武大到这一阵还在擦眼泪，说小贺老师把老贺老师那一套，简直是鸡生蛋、蛋变鸡一样继承下来了。

有火炬在场，贺加贝还不好打问。好在火炬三下五除二地一吃一喝，就要进游戏厅打游戏。剩下他和武大两人时，他才问："武总，看戏中，那个闪了一下面、扶了一下你的服务员是谁？"

武大诡秘地问："咋了？"

贺加贝说："没咋，就问问。"

武大一笑说："咋让你也给盯上了？"

贺加贝一愣，但没接话。

"像不像你们团的万大莲？"武大问。

贺加贝一拍大腿说："你也这么看？"

"不是我这么看，都这么看。"

"才来的吗？我过去咋没见过呢？"

"来的时间不长，主要在湖东区服务。"

"难怪。叫个啥名字？"

"跟你们万大莲还重一个字，叫潘银莲。"

"潘银莲？！"贺加贝嘴里嘀咕着。

"这可是个很古怪的女子，好多领导、老板来，都想叫她服务。可服务上几天，又都要换人，说她服务得不行。"

加贝问："是脾气太耿吗？"

武大说："好像也不是。反正还没调教过来吧！"

加贝红着脸说："不行了，就让她到舞台上来服务吧。不定……我还能给你度假村培养个万大莲出来呢。"

武大笑笑说："既然贺老师看上了，那我就让他们把潘银莲调到后台吧！唱戏大概不行，端个茶，倒个水，服侍服侍老师们问题不大。"

那个叫潘银莲的服务员，从此就调到度假村的演出娱乐部了。

十

潘银莲的工作就是在后台为演员服务。那段时间，刚好是暑期，红石榴度假村到处人满为患。一个能坐三百人的简易剧场，更是拥堵得水泄不通。这里不似正规演出场所，观众是可以到处乱窜的，他们动不动就跑到后台，要看两个贺老师到底长啥样。潘银莲除了倒水、洒扫、应对外，多数时候都在吆喝人。让不要朝后台挤，影响老师化妆、闷词、默戏。这都是她新学的行业术语。潘银莲明显对这个工作是满意的。不仅能看戏，而且还能看到后台的戏。尤其是能这样近距离地，参观两个的确长得稀奇古怪的贺老师，那简直是一种恩赐和福分。其他服务员可没有这种待遇，她们都得在自己的岗位上伺候人。即使伺候的对象来看戏了，也得留在院子打扫卫生，清理房间。演出如何如何精彩，都是听说的。有时借出来办事，也能站到剧场门口瞄一眼，但很快就得回到自己的岗位上去。而看戏，现在就是潘银莲的岗位。这几乎让所有服务员，都快嫉妒得要骂她“碎婊子”了。

两个贺老师人都很好。为了区别开，好称呼，她把大贺叫加贝老师、小贺叫火炬老师。火炬话不多，也很是睄过她几眼，睄完，就朝他哥脸上看。而他哥加贝老师，只要有空，就把眼睛号在她的脸上、身上，看得她怪难为情的。她能感到，这股眼神里，是有些啥意思的。不过不像小院里住宿的那些男人，有些端直像刀一样，是能把人浑身上下的衣服，迅速剔除干净的。她来度假村几个月，几乎天天都要碰到不愉快的眼睛，还有不安分的手。更有吃了大蒜、喝了烧酒、像猪一样朝她脸上乱拱的臭嘴。如果她不戒备、不矜持、不反抗，也许早已不是自己了。她知道她已为此得罪了不少顾客。有的甚至听说是啥子大人物、大老板。但她宁愿离开，也没有做出半点让步。倒是武大富武总，并没有为难她。每每有人告状，都见他笑着说：“立马换人！”她就会被调到另一个院子去。她经常听人说，自己长得像市里剧团一个叫万大莲的名演员。还有人问：万大莲是不是你姐？她说自己哪有那么大的脸面，还有名演做姐呢。万大莲的确来演出过几次，她还挤着去看过。模样倒是很像，不过她不敢承认。人家是什么角色？穿的戴的，走路说话，哪一点倒像是潘银莲的姐了？自己就是个伺候人的服务员。穿戴像老戏里丫环的服装，胸前还系一个绣着红石榴的裹兜，那就是度假村最底层的标配。走路说话，都不敢大声，哪里还配跟人家攀亲扯姐了。

可加贝老师偏偏老要扯起这个话题，死问她：跟万大莲到底认不认识？沾不沾亲，带不带故？她都否认好几回了，他还偏要问。她是秦岭南边的人，关中人叫南山人。而万老师听说是西府人，八竿子打不着的事。加贝老师人多的时候，还能克制些，顶多忍不住多踅摸她几眼。人一少，尤其是偶尔只有他两人时，就爱问她：有对象没有？愿不愿嫁人？每每这个时候，她就羞得一脑袋钻到后台外面去了。

这事还真越闹越糟。有一天，武总竟然找她谈话了。

武总笑眯眯地问她："银莲，想不想嫁人？有人打听呢。"

潘银莲的脸一下红了，就要朝远处躲，被武总叫住了："看你这娃，男大当婚，女大当嫁，那有个啥？你也是二十岁的人了，问问怕啥？是不是在老家有对象了？"

潘银莲也没说有，也没说没有，到底还是扭转身，羞红着脸跑了。

武总车过身，就去茶社找到等回话的贺加贝说："这娃是个羞脸子，问不出来。你既然看上了，就自己说去吧。都啥年月了，还需要人保媒拉纤。"

贺加贝说："山里娃，好像还很封建。"

武总说："一勾就上秤的，你喜欢？"

"那倒是。可没机会跟娃说话么，后台老有人。"贺加贝说。

"我给她放假，只要贺老师需要。"

贺加贝说："你放假，她就愿意跟我出去？"

"那倒是。过去有老板想勾扯，硬缠着我放假。假倒是放了，她人给躲起来了。"武总笑着说。

"那咋办？"

"你贺老师在台上恨不得有一千个计谋，把人家良家妇女勾引得团团转。我就不信，生活中还没个主意了。"

把贺加贝说得直挠头。

武大富也是喜欢贺加贝的丑角戏，才答应帮他圆场、圆梦的。其实像潘银莲这样漂亮的服务员，他也舍不得让人勾扯走了。对于服务行业，一个漂亮妞，就是一份重要资源。尽管她性子硬，得罪了一些人，但好多人来度假村小住，仍是为把潘银莲多看几眼的。男人这动物，贱骨头多，越是得不了手，越爱踅摸。踅摸不上潘银莲，吃住花销却少不了。漂亮女孩子就是度假村的钓饵。不过有的太容易钓走，而潘银莲却死不咬钩。凭他的判断，大概贺加贝把这女子也降不翻。多少比他有权势、有风度气质的男人，阳谋、阴谋施遍了都没得逞，他个丑得万怪的贺加贝，还能得了手？度假村办得正红火，而最聚人气的，就是贺氏兄弟的丑角戏了，他不能不去满足贺加贝的要求。他早听说，贺加贝为爱万大莲，闹了不少笑话。如今盯上潘银莲，大概也是爱万大莲的余震、余波吧。他把条件提供到，至于成不成，那就是他贺加贝自己的能耐和造化了。

贺加贝觉得武总还是够意思的。至于怎么才能把潘银莲引出度假村，找个地方，摊开了好好谈谈，还真费了他一番心思。

这仍然得力于武总的配合。那时有车的人还不多，但武总有三辆。并且武总很是大方地把凯迪拉克借给了他。他想来想去，还是得打亲情牌，就哄潘银莲说：我们要到南山的河口镇去慰问演出了。

潘银莲激动得“啊”了一声，贺加贝就知道有戏。他早已打听出潘银莲是河口镇人。然后，又编了一连串的谎话，希望她能带路。并且说他给武总讲好了，这趟带路算上班。

潘银莲想着去演出，肯定就不是一个两个人。跟着这么多名人回一趟老家，也是颇有面子的事。她打小在河口镇长大，几年都看不上一场戏。偶尔看，也是县剧团来演。哪有像贺加贝、贺火炬这样的大名演，人没出场，一报名字，底下就先炸窝了。她还真有点想回家看看了。到省城打工，也有小两年没回去过。很快，武总也来说，同意她跟贺老师一道去演出。并且让她依然像在度假村一样，要做好贺老师的服务工作，她就信以为真地上车了。过去她是上过当的。有老板说拉她出去办事，结果把车开到撂荒地里，就要对她动手动脚。反抗时，连裤子都撕烂了。撕烂了裤子，她仍从车上逃了出去。她是山里孩子，天再晚，都敢朝旷野里钻。后来，就再没人敢哄她出门了。

贺加贝把人哄上车，先是一阵高兴。第一场铺排好了，第二第三场戏就好演了。以武总的分析，说恐怕潘银莲是车都不会上的。即使上，她很快也会逃下来。可没想到，他克利麻嚓就把人拉出了度假村，并且直朝丰裕口方向奔去。此时天色已晚，月亮都镰刀一样挂到山头上了。

潘银莲很快就问："哎，火炬老师不去？"

贺加贝连忙说："去，另一辆车。"

"这车就坐我一个人？"

"我不是人吗？"

潘银莲突然说："我不去了，你让我下来。"

"前边就会接到人。"

"谁？"

"管音响的宗明，路边等着呢。"

潘银莲十分警觉："这都快没人烟了，到哪里接？"

贺加贝支吾："前……前边。"他听说潘银莲很难缠，也很精明，只怕端直朝山里开，会露马脚。他就故意绕到城边，拣有人烟的地方走。反正只要有足够的说话时间就行。

潘银莲老要问，去多少人？都演些啥戏？到底在哪里接人？

贺加贝看这家伙不好糊弄，就顺着城边打起转圈开，以免咬上钩的鱼提前脱落。这方面他还真的没啥经验。好不容易制造了只有两个人的表演空间，却死活找不到合适的台词。他手脚也有些慌乱，挡位老挂错。从反光镜里看，自己先是五官扭曲，满脸通红，像是偷了人家的东西，随时都会人赃俱获。

潘银莲的确是精明过人，很快就看穿了他的剧情。也不戳破，却说不想回河口镇了，要他把车开回度假村。或者把她放在公交车站，她自己回去。

贺加贝看不说不行了，才开口道："银莲，你真的感觉不到吗？"

"感觉啥，加贝老师？"

贺加贝明显觉得，潘银莲是在用老师的尊称，故意拉开他们的距离。

他想了想，干脆单刀直入地说："跟我吧，我想娶你！"这还真不是假话，他的确是想娶了潘银莲。

谁知潘银莲哈哈大笑起来："笑话？你娶我？加贝老师，你把我当傻子是吧？"

贺加贝认真地说："我真的想娶你。自看见你第一面，我就在心里说，这就是我老婆了！"

潘银莲又怪笑一声说："你不是把我当万大莲老师了吧？我不是万老师。我给好多人都说过，我不姓万。跟她既不沾亲，也不带故。我就是个抹桌子扫地、端茶倒水伺候人的服务员。"

没想到潘银莲会说出这番话来。难道她也知道自己喜欢万大莲？

潘银莲接着说："加贝老师，我喜欢看你演戏，也喜欢你和火炬老师尊重我们服务员。我能跟你出来，是特别相信你，以为你们真的要到河口镇去演戏呢。没想到，你也跟那些看起来正经得不得了，做起事来，瞎得了不得的人一样，欺负我们伺候人的人呢。你立马送我回去。不送，我自己回！"说着，就要开车门。

加贝急忙喊："哎别别，危险……"还没等"危险"二字说完，他本来就是"半米儿"的开车身手，一下把凯迪拉克撞到了南郊电视塔下的水泥桩上，自己差点没从前玻璃窗里飞出去。

玻璃碎了一车，没掉下来的，也跟糖一样胡乱网状地粘连晃悠着。

贺加贝的第一反应是，先看潘银莲怎么样。只见她双手捂着脸，指缝里好像有血迹。他急忙侧身去扶，潘银莲身子一趔，不让他动。他试着下车，发现腿脚还算灵活，可车门已变形。他勉强从车里挤下来，看见车鼻梁，已与水泥墩柱你中有我、我中有你地彼此难分了。

这阵儿还顾不得车，他怕潘银莲会有重伤。谁知他摇摇晃晃，还没走到副驾位置上，就突然眼前一黑，自己先噗通栽倒在地了。

十一

贺加贝醒来时，床边坐着武总。他不知道发生了什么事。从他们的眼神中能看出，像是出了大事。他记得昨天开车撞在了水泥墩子上，后来就晕倒了。那潘银莲呢？他努力扭脖子朝四周看了看，没有看到潘银莲的身影。他想问，又没问出口。倒是武总主动告诉他，潘银莲没事，已经上班去了。他印象中潘银莲好像是脸上有血迹的。

武总说："是银莲给我打电话，我才赶紧让交警队的朋友，把你就近弄到医院的。"

加贝又扭头在屋子里看了看，没见潘银莲，倒是看见了他弟贺火炬。

火炬嘟哝说："你才学会开车，咋就敢上路。"

武总说："车就是要到路上才能学会呢。老在院子转圈圈，再转也是瞎转。"

火炬说："看把武总车碰成啥了。"

武大富说："只要加贝老师好着，还能唱戏，比啥都好。车就是个物件么。"

最让贺加贝感激的倒不是这句话，而是武大富安排潘银莲来医院伺候他了。据说开始潘银莲并不愿意。武大富说："贺老师为你差点把命都要了，你去伺候人家几天还不应该？刚好你脸上有伤，顺便也好换药么。"

潘银莲就来了。

潘银莲脸上果然是有伤，但都是划伤。潘银莲在车撞向水泥墩子时，是有警觉的。而他毫无防备，正身心放松、春情荡漾着，就外伤内伤都留下一些。他脸上包扎得跟前线回来的伤兵一样，胸腔里还老闷胀着。潘银莲一来，他倒是好了许多。还突然觉得伤得很值，很适时，轻重也很恰当。要再重些，兴许继续爱情的可能性就不大了。

潘银莲看着他脸上的样子老想笑。

他故意心情沉重地说："还笑呢，都怪你，差点把哥都牺牲球了。"

潘银莲说："咋怪我，你不哄人，能撞了车？"

贺加贝做着鬼脸说："你不撩哥，车能撞了？"

"谁撩你了？"

贺加贝说："还没撩，都快把哥撩疯了。"

"你再胡说我就走了。"

“我就不信，你能把亲手谋害的病人撂在床上，拍屁股走人了。我要告你个遗弃罪！”

潘银莲被惹笑了：“覅拿大话吓人，都是吃饭长大的，吓不死。我好歹也是念过高中的人，遗弃罪告不到我头上。我要成心告，倒是能告你个诱骗拐带罪。”

贺加贝没想到，真要跟潘银莲斗嘴，自己还不是她的对手。不过，潘银莲越斗，让他越发喜欢上这个小家碧玉了：“我就是要诱骗拐带你，咋了？”

潘银莲一撇嘴：“笑话，我要是能让人拐带走，十三四岁就让人贩子拐了。我们河口镇附近，十几个妇女儿童都让人贩子拐骗走了，就我偏偏让派出所把人贩子抓了个活的。”

贺加贝被逗得想笑，脸上的伤扯拉得有些痛，才咧了咧嘴。一切的一切，都像是让他一个跟头跌进了蜜糖罐。这比舞台上的任何掌声、笑声更让他滋润、受用。他甚至担心住院时间会不会太短，而让这种幸福感稍纵即逝了。

贺加贝在想着法儿地与潘银莲亲密接触：一会儿让她拿棉签给他嘴角蘸水，一会儿又让给他掖被子，还让她帮着挠脊背，总之是不得安生。潘银莲都在做，但又都极有分寸。在给他挠痒时，他把手故意朝潘银莲手上搭，潘银莲会立即制止：“覅胡动。”他讪皮搭脸地一笑了之。过一会儿，他又喊大腿根痒。潘银莲说：“自己挠去！”“痒得不行么。”“痒不死人，我知道。”反正就是不帮他挠那里，他又不得不去想新的招。潘银莲没来伺候时，上厕所，他其实是能自己提着吊瓶去的。这阵儿，就突然装起不行来了，非要让潘银莲提着。并且还故意走得一瘸一拐的，像是伤得很重。不是很重，而是几近瘫痪，不得不靠搀扶的力量了。潘银莲搀是搀扶是扶了，却保持着身体的距离。他一靠，她一趔；他再一靠，她还是一趔。她把吊瓶提进去，挂在一个铁丝钩上，就朝出走。趁她出去打饭时，他扑进厕所，把铁丝钩连根拔掉扔了。再上厕所时，怎么铁丝钩又扭上去一个，说明潘银莲早发现鬼了。既然吊瓶能挂住，也就没什么理由让她留在厕所服侍了。气得他掏出那话儿，尿得高山飞瀑、泉水叮咚的，只遗憾身后的门她早已关上了。放完水，他恨甸甸地喊：“好了！”潘银莲先开一条门缝，见他确实把裤子已提起，才进来取吊瓶。他懒得再装，也不想要那泥塑木雕般的冷搀凉扶，就自己回床上嗵地躺下了。

潘银莲偷着笑了。

“笑啥？”

“没笑啥。”

贺加贝像演戏一样，很是严肃地跟她说：“我可给你说，你要把我伺候不好，我就让武总把你炒鱿鱼了。”

潘银莲说：“你赶紧说，我还不想在那儿待了呢。”

“为啥？”

“不好。”

“咋不好了？”

“反正就是不好。”

贺加贝说：“红石榴是西京最有名的度假村，环境好，工资高，都寻情钻眼想来当服务员呢，你还嫌不好？”

“就是不好。”潘银莲说得很坚定。

“总有个原因么。你嫌啥不好，我给武大富说，保证给你弄得美美的。”

潘银莲摇摇头说：“没啥不好，反正我不喜欢这环境。”

“莫非你还想到月球上嫦娥奔月去？”

潘银莲说：“我没恁大的野心。我说的环境，不是你说的那个环境。”

贺加贝有所明白地点点头说：“我明白了。你要跟了我，就不用再当服务员了。”

“你们唱戏的我也不喜欢。”

贺加贝忽地坐起来：“你还瞧不起唱戏的？”

潘银莲说：“我是做啥的，还瞧不起唱戏的？我就是不喜欢你们见了谁都哥呀妹呀，随便勾肩搭背的。都说你们那里乱得很。”

贺加贝骂了起来："狗日都糟蹋唱戏的，其实你在红石榴度假村看看，那些在房外还背着手、挺着啤酒肚子剔牙花子的货，一进门，连帽子都顾不得卸，就露出了另一副嘴脸，老虎下山——生扑呢。"

潘银莲问："你咋知道？"

贺加贝说："我经常住那儿，门对门窗对窗的，稍留个心眼，就没少戏看。唱戏的搂搂抱抱，是明来直去，反倒没那些人活得假气。"

潘银莲定定地把他看了一会儿。

"看啥？"贺加贝问。

潘银莲说："没看啥。"

贺加贝说："我都看见你拳打脚踢过一个老货，那家伙可是很有权势的。听说安排个人，就一句话的事。你只要想安排，他保准能安排了。说是一个歌厅小姐他都安排到政府打字去了。你还敢踢他这儿。"指下腹。

潘银莲的脸一下红完了："胡说啥呢。"

"没胡说，我真看见了。"

潘银莲忙制止："再覅瞎说了。"

"武大富是不是不让说？"

潘银莲说："武总也要做生意挣钱吃饭是不？"

虽然在伺候贺加贝的那些天，潘银莲始终与他保持着距离，但毕竟是有了一个多礼拜的单独相处。本来三五天就能出院，贺加贝硬是暗中给大夫说好话，让多赖了几日。那大夫也是他的戏迷，就让他多挂了几天葡萄糖盐水。他是自己睡得有些乏味，加之有演出，火炬也来催，才办了出院手续的。

出院的头一天晚上，其实他感到潘银莲已有所松口。虽然没明确表示要嫁给他，但已含含糊糊地答应跟他往来了。想要潘银莲痛痛快快嫁给他，看来是不可能的。那就是个山里的涩柿子，看着红了，可还下不得口。须得霜杀一遍，再搁一段时间，放软溜了才能进嘴。这也恰恰是他更喜欢潘银莲的原因。只要有机会磨，这事就不怕成不了。潘银莲长得像万大莲，可毕竟不是万大莲，她就是个小小的服务员。如果连这么个小家碧玉都降伏不了，那他贺加贝就算白活了一趟人。还名演呢，不如自家尿个潭，把自个儿撂进去淹死算了。

十二

武大富为了拉住贺加贝弟兄俩的演出，给度假村聚人气，可是太给贺加贝的面子了。贺加贝啥时要潘银莲服务，都是随叫随到。贺加贝甚至给武大富提出了无理要求，说以后不许安排潘银莲到各个院落服务，就让她长期管理后台。武大富为了每天能正常开戏，尤其是周六周日一天两场，最怕贺加贝造怪不来，凉了场子，就彻底答应了他的要求。有些常客，偏要点名，让那个长得像唱戏的万大莲来服务，弄得武大富没主意，只好另想办法。他甚至把手伸到大学，费了九牛二虎之力，才相中几个既有模样又愿意来服务的女生，以满足特殊顾客的需要。当然，也是掏了高出潘银莲几倍的工资，才算把客房稳住。

贺加贝与潘银莲一来二去的，倒是越发有了一种默契。但贺火炬有些不相信这事，问他哥："你真的看上潘银莲了？"

贺加贝嗯了一声。

贺火炬说："不会吧？"

贺加贝："啥不会？"

贺火炬说："你可要想好，潘银莲就是个服务员。"

贺加贝："服务员咋了？"

火炬顿了一会儿说："她是长得像万大莲，可毕竟不是万大莲。万大莲是大西北的名旦，可她说来说去……就是一端盘子的……"

"要胡说。我就要娶她做老婆。端盘子的也要！"贺加贝还来气了，说，"她哪怕是全中国的名旦，全世界的名旦，不稀罕！"

贺加贝毕竟是他哥，既然这样发话了，火炬也就再没说啥。

很快，贺加贝就把潘银莲领到家去了。潘银莲并不愿意，也是贺加贝三番五次地说，她三番五次地推，最后再没哪推了，才跟着贺加贝去了一趟秦腔团。

那天贺加贝很高调。他故意弄得满院子的响动，就是要大家都看看，他领了个比万大莲还年轻的小万大莲回来了。是开着武大富新买的大奔回来的。一进院子，就有人嘀嘀上来围观。大奔倒关注不多，硬是让小万大莲给惊呆了：世上竟然有这等巧事！也都在打问，是不是万大莲的妹子？

贺加贝不屑地说："难道世上就只有唱戏的万大莲长这样？别人就不能长这样吗？大千世界，奇事怪事多着呢。"

贺加贝特别想让真万大莲出来看看。

想花竟然来了朵，真万大莲还果然给出来了。大概也是有人故意喊出来看稀罕的。

真万大莲怀里抱着孩子。娃刚拉过，腿面子上还黄蜡蜡的没擦净。人明显是邋遢了不少，突然与灵灵巧巧的潘银莲站到一起，还真没有人家光彩夺目呢。何况今天回来时，贺加贝是刻意给她打扮了一番，头发都焗得有点泛金黄色。衣服也是硬弄到专卖店现买的。潘银莲本来在度假村就见过些世面，走路说话气质也不差，加上一刻意捯饬，还真给贺加贝争了脸面。一院子看热闹的人，都是满脸艳羡的表情。当万大莲出场后，这折戏算是演到高潮了。高潮一到，贺加贝立马转身，把潘银莲一搀，就上楼去了。他能感到，身后的目光，都是热腾腾地泛着蒸汽。他相信，万大莲多少是会受些刺激的。而他要的正是这个效果。

刚一拐上二楼，潘银莲就把他的手一筛，抖掉了："你干啥？"

贺加贝刺啦一笑。他觉得潘银莲今天已给够了面子。这场戏比他预想的演得要好十倍。

进房后，他先直奔窗口，看楼下都是啥动静。那些围在大奔旁的人还没散去。有人在调侃万大莲："大莲，看出来没，加贝爱你的心思还没死，这是在给你演戏呢。"大家哄地笑了。

剧团这些货，把人的啥心思都能参出来。不过今天就是回来演戏的，怎么着？

只见万大莲哄着孩子，笑着进房去了。贺加贝能观察到，万大莲进房的脚步，明显有点乱。这就对了！这就他娘的对了！

贺加贝再三哄着潘银莲回来，说是要给老娘过生日。他说早就答应过他妈，过生日这天，一定要把女朋友带回来看看。一旦带不回来，老娘病情就会加重。潘银莲问什么病，贺加贝临时给他妈安了个胃癌。他妈也的确瘦得皮包骨头。不过安这么个瞎瞎病，也是万不得已。比起老人家希望他早早讨个媳妇回来的那份殷切，真不算太过分。谁知潘银莲与他妈草环一见如故，竟然亲热得像是前世已婆媳过一场，今生得再重逢了。那些体己话，唠叨得针插不入、水泼不进的。贺加贝高兴得在床上直打滚。

这事基本是按他的戏路，演得环环相扣，持续升温起来。吃饭时，他妈就单刀直入地表态说："我喜欢这孩子，有本事年底你就把银莲娶回来。娶不回来，你过年也别踏这门槛。哪里好野，你就到哪里野去。"

潘银莲很是配合，面对一个"弥留之际"的胃癌老人，丝毫没有表示出反抗的意思。按贺加贝的话说，他妈就活不到过年，也就不用担心那时的难以面对。潘银莲就那样羞答答地低头喝鸡汤，吃老人夹到碗里的大块糖醋鱼。贺加贝怕银莲吃不完，帮着从碗里夹了一块出来，还被他妈夺了去，说："我给儿媳妇做的鱼，哪有你的份。"硬是又夹回潘银莲碗里了。

从家里出来，他妈一直把潘银莲送到车旁，手拉得像是黏上了蜂蜜扯不利。车都开动了，他妈还在跑着大声喊："年底要是娶不回来，你就不是我的儿子！"这话几乎让一院子都快听见了。

贺加贝想，他妈这话也不是喊给他一人听的。

车刚开出院门，潘银莲就一拳头砸在他的肩头，痛得他哎哟一声："咋了？"

"你说咋了？给我挖坑。"

"我咋挖坑了？"

“还没挖，你让我咋办？”

“看着办呗，反正满世界都知道你是我的人了。”

“要死，要死，要死的！”潘银莲把拳头像雨点一样朝贺加贝身上砸去。

贺加贝明显感到，这是一种越来越幸福的敲打法了。

这档事后，贺加贝觉得可能差不多了。可没想到，真正把人弄到手，还有那么多的麻烦。有点像他演的秦腔小戏《拾黄金》。那戏是讽刺一个要饭的花子，做梦拾到了一疙瘩黄金。醒来后，随手还果然捡到一个包装十分精美的东西，让他便有了非分的幻想。当他说着、唱着、畅想着、谋划着一层层剥开来时，原来几十层金纸里却包着一块烂砖头。他突然有点担心，与潘银莲的婚姻，该不是也在演一场《拾黄金》吧？

十三

贺加贝是定好了日子，要元旦娶人的。可这个潘银莲比谁都矫情，又想跟他，又不想跟他，又想结，又不想结得拉不直，抻不展。那天从家里出来，说她除了看上他老娘外，其余的一概不感冒。感冒是他们那儿说感兴趣的意思。他问她为啥对老娘感冒，她说你老娘看上去靠得住。难道我贺加贝靠不住？她说世上凡靠耍嘴皮子过活的，都靠不住。她还说，他妈跟他们弟兄俩，除了长相外，简直就不是一路人，怎么还成娘儿仨了？她笑得嘎嘎嘎的，但明显，印象倒是不坏。可当提起成亲的事，她就故意朝一边扯，也不说不行，也不说行，反正古里古怪的。贺加贝还找武大富说了一次。武大富也找潘银莲谈了，她仍是那种顾左右而言他的态度。贺加贝干脆屎管，就准备元旦办喜事了。谁知眼看到了最后期限，潘银莲仍是不上套：结婚照不拍；新婚礼服不试；戒指不要；回娘家认亲不去……天哪！急得贺加贝还真感冒上火，又高烧到三十九度一卧不起了。

潘银莲来看他，他也懒得理，只把满嘴的燎泡，吹得呼呼响。潘银莲又笑了，说："何苦呢，非要凑这热闹。光元旦这天，红石榴度假村就十六对结婚的，也不嫌挤？"

"滚滚滚，甭跟我说这些。你快滚远些，我不要女人了不成吗？"贺加贝气得把身子扭一边去了。

潘银莲还是笑，笑完又说："你真要结？"

"结死呢结。"贺加贝已经没有信心了。

潘银莲笑着说："结了可别反悔。"

"去去去，不跟你说这事，烦死人了。"

"那我可就走了！"

还没等潘银莲说完，贺加贝忽地坐起来喊："你敢！"到底还是头晕，他又倒下去了。

潘银莲又温了一下热毛巾，给他搭在额头上。

贺加贝一把抓住她的手说："你给个准话，到底结不结？"

潘银莲这次没有撕开他的手，说："我说过，你别反悔。"

贺加贝："我这样爱你，能反悔吗？"

潘银莲想说什么，又把话缩了回去。但这次她没有把贺加贝紧紧抓着的手推开，甚至撕开、打开、咬开。这也是他们接触半年多来唯一的一次。每每贺加贝动手动脚，都会招致打、掐、咬、踢的反击。他爱动她，就像面对可爱的小猫小狗。可这只小猫小狗却偏不喜欢人动。常常他手背上、胳膊上，就会留下两排细米一样的牙印。有时搞得贺加贝很恼火，觉得这山妞完全不懂人情世故，实在青涩难啃。可事后又想，不正是这种守身如玉的性格，让自己的爱在步步加深吗？一勾就上的女人又有什么意思？那能娶回家做老婆？

他紧紧抓着潘银莲的手说："我要反悔就是王八蛋，浑身上下都长满燎泡死。"

潘银莲说："别赌咒了，那你赶快好吧，好了我们元旦结。"

贺加贝听到这话，重感冒似乎已好了大半，就要下地，硬是被潘银莲摁在了床上。

眼看离元旦不到一礼拜了，潘银莲仍是提出不拍婚纱照，不举办婚礼，不回娘家认亲。贺加贝说：“我们都是新婚，为啥不热热闹闹办一场呢？我的朋友、戏迷多，都要等着热闹、随礼呢。”

潘银莲说：“我不喜欢。结婚是两个人的事，为啥要闹得满城风雨的？你结了结，不结拉倒！”

直到这时，贺加贝才怀疑，潘银莲是不是有啥问题。但他又不好细问，只怕问了会前功尽弃。依他对潘银莲做女人的判断，不会失了啥大节。那到底又是什么问题呢？离元旦越近，他越有些迷糊了，甚至说话做事都有些颠三倒四。一切都依着她：不办婚礼，不拍照，不收礼待客。可他心里，总还是密集地敲着小鼓点。

就在要办结婚登记的前夜，潘银莲突然提出，让他到宾馆包一间房，她想见见他。他说那还不如端直进自家的洞房算了。可潘银莲坚持说不，就要在外面包。他说让武大富安排。潘银莲也说不行，得在城里包，还不能让人知道。这是搞什么鬼？贺加贝更是有些十五只吊桶打水——七上八下地扑腾个不停。

他按潘银莲的要求，在一家五星级酒店包了一个套房。潘银莲嫌花钱太多，说有个标准间就行了。贺加贝说这是大事，包个总统套都应该。潘银莲也就再没多说啥了。她准时去了酒店，却只端坐在那里，怔怔地看着贺加贝。贺加贝被看得有些不好意思了，就问：“你到底要搞什么鬼？”说着，上去要抱她。放在过去，潘银莲是会一掌把他掀开的。实在掀不开，就会连手带脚一齐上。可今天，她没有做任何反抗，只是说：“把灯关了。”

“咱又不是黑夫妻，明天就办登记，怕啥？”

“把灯关了！”潘银莲又说了一遍，态度很坚决。

贺加贝就懵里懵懂地把灯关了，嘴里还咕叨一句：“这是鬼子进村吗？”隐隐糊糊中，他把潘银莲还呆看了一会儿，到底忍不住，又上去搂她。

潘银莲这次十分温顺地朝他怀里靠了靠。

贺加贝顺势就把她抱起来，腾地撂到床中间，还弹了几弹。

他故意做了个饿虎扑食状，就在腾空而起的一刹那间，又控制下来，生怕砸坏了身子下的小可爱。他先把潘银莲狠狠亲了一阵，潘银莲也给了他从未有过的热切配合。吻脖项，她会拉长绸缎一般柔美的脖颈；吻耳朵，她会把元宝一般棱角分明的耳朵侧给他；吻眼睛，她又会轻轻眨动长长的睫毛，让他充分享受两潭深不见底的秋水的碧波荡漾。贺加贝没有急于去探索他最想探索的地方。他把大量时间，用在了最美丽的胸脯上。潘银莲把一对十分壮丽的嫩笋，毫不保留地和盘托出，让他充分享受到了简直是秘不示人的瑰宝的“千年一现”。终于，贺加贝还是忍不住要探索最后那道防线了。潘银莲突然一把捏住他的手说：“你还可以反悔。”

贺加贝傻愣住了：“你说啥？”

“我说你还可以反悔。”潘银莲重复了一句。

贺加贝怔了一会儿，到底是什么秘密，要搞得这样惊心动魄、险象环生呢？事到这阵儿，他觉得刀山火海也得上，地雷阵也是要蹚的，就继续孤军深入地朝前探察。潘银莲把他的手抓得更紧了，说：“你人好，所以……所以我给你一次反悔的机会。”

贺加贝咬咬牙：“反啥悔呢？！”

潘银莲说：“不，你可以反悔！明天才正式结婚，今天……我就是让你反悔的。”

贺加贝虽然觉得脚下似乎已濒临万丈深渊，但这种要命的刺激，交织着他对潘银莲的喜爱，再加上扑朔迷离的神秘感，让他再也无法终止探索的勇气和好奇心。他终于挣脱双手，向最后的秘境伸去。也就在那一瞬间，潘银莲完全解开了束缚他的缰绳，让他尽情去认知他所想认知的一切了。

贺加贝的手，突然像触电一样反弹了回来。

潘银莲嘤嘤地哭起来。

贺加贝：“怎么回事？”

潘银莲没有回答。

贺加贝：“像是烫伤？”

潘银莲仍是哭。

贺加贝安抚地说："没事，你说怕啥。"

潘银莲哭得更伤心了。

对于贺加贝来讲，摸到这么一块硬伤疤，似乎比其他难以预料的境况，还要好出许多来。但毕竟烫的不是地方。沉静了一会儿，他说："啥时烫的？"

潘银莲终于开口了："小时候，在家里火炉上。"

贺加贝："啥火炉……能烫成这样？"

潘银莲："农村柴火炉。爹娘不在，我一屁股坐到火炉上，是我哥发现……才拉起来的。"

贺加贝不知这双手是继续抚摸呢，还是该朝哪里置放，一时有点手足无措。

"我实在……摆不脱你。只好……让你先知道。我说过，你可以反悔。"说着，潘银莲就要穿衣服。

贺加贝一把将潘银莲的手抓了起来："别动。咱们……现在就入洞房，明天照常办手续！"

"你可想好，我不想……哄你。"

贺加贝说："你没有哄我。自始至终……都是我情愿的！"说着，贺加贝再次搂住潘银莲，开始了他们终于要开启的婚姻生活。

十四

贺加贝把婚姻大典依然搞得很是浓重热烈。他是做给朋友看，做给同事看，尤其是要做给万大莲看的。都议论他娶了个小万大莲，收拾打扮出来，比现在正奶孩子的万大莲，要出挑许多。剧团人都说，贺加贝总算如愿以偿了。说这话时，弦外都有音、话里都带着针。贺加贝忙得还一直顾不上梳理这事。等几天婚礼闹完，他躺在床上，才突然扑哧笑了。干了一场何事？开始就为潘银莲长得像万大莲，才临时动的意。中途也确实爱上她了，可没想到，竟然是这样一副境况。好在对夫妻生活影响不是特别大，还能成。就是烫伤的疤痕有些紧结、生硬，少了柔软和弹性而已。连将来生孩子他都想好了：剖腹产。也只能是剖腹产了。面对潘银莲的秘密，他倒是产生了许多同情。尤其是在宾馆的那一夜，他觉得潘银莲是单纯的，是诚实的，更是善良的。他没有理由在那一刻，为这个原因而停滞不前。尤其是潘银莲被化妆师打扮出来的神情，极度满足了他的虚荣心。那可真是一个小美人啊！婚礼上，他看见万大莲抱着孩子坐在一角，始终没有抬头看他一眼。而所有来宾，都在他面前高谈阔论着潘银莲比万大莲的诸多好处。就在他既满足又有点硌硬地度过了蜜月后，突然听到一个消息，说万大莲跟廖俊卿离婚了。并且就在他跟潘银莲结婚的前几天。贺加贝突然将自己的菱形脑袋，放在门框上，把几个面都狠狠磕了磕，发出的，是榆木疙瘩的声音。

万大莲跟廖俊卿的确离了，是在他跟潘银莲结婚的前一个月，而不像大家说的那么邪乎，只前几天。可婚肯定是离了。据说离得很平静，离得微波不惊，无人察觉。最后是跟廖俊卿一块儿出去演出的人，回来透露说：廖早跟一个女歌手在唱《纤夫的爱》时就好上了，一路都公开睡在一起。那女歌手还堕了胎，不依不饶地要让廖离婚。廖不离，人家端直把跟廖哥睡觉的照片，寄给了万大莲一厚摞，多是“荷枪实弹”的场面。附言还说：想看吗？还有更刺激的！万大莲便什么也不说，就跟廖离了。为了怀抱中孩子的脸面，她没有让别人看这些淫秽物，有泪独自一人淌了。当贺加贝知道这事后，人一下就像跌进了刺架，扎得浑身没一处神经不痛疼的。放到正常人，可能第一感受是：活该！可他偏偏觉得自己是有了巨大的责任：莲怎么办？大莲怎么办？万大莲怎么办？他的追问声，甚至让潘银莲都听见了。潘银莲狠狠瞪了他一眼，可他还是不能放下这个纠结。他得去看看莲，必须的！

万大莲仍然住在结婚时的那个单身宿舍里。

贺加贝进门时，孩子正制造着地雷阵一样的小粪朵，万大莲在用火炉灰收拾着。见他进来，她有些难堪地直喊小心脚下。贺加贝左跳右闪的，还是踩上一雷。万大莲不好意思地笑了。贺加贝说：“运气运气，走狗屎运哩，我妈老说。”

万大莲说：“那你就多踩踩。”

贺加贝还真又踩了一朵。

万大莲急忙制止地：“别别，你傻呀！”

贺加贝傻笑着说：“我还不傻吗？”

万大莲就帮他清理起脚下来。

“你咋这时来了？今晚没演出？”

贺加贝说：“歇一晚上。”

“你看，家里连下脚的地方都没有了。”

“我坐这儿。”说着，贺加贝坐在了堆满衣物的沙发上。屁股刚一挨，叽哇一声，原来是坐在塑料寿星的大脑袋上了，“到处都是雷呀！”

万大莲笑着说：“赶明日你也一样。”

万大莲说这句话时很轻松，这是贺加贝不愿看到的。大凡听到万大莲的所有消息，他心中都会咯噔一下。而她在说她的日子时，却有一种满不在意的平常感，这让他颇为失落。他故意问：“咋了，那事是真的吗？”

万大莲似乎也没有要刻意回避，说：“真的咋了？”

贺加贝说：“狗日廖俊卿，我早就看出，那不是盏省油的灯，竟然花成这样！吃了这好一口，还不满足，猪嘴还要到处乱拱！那唱歌的鼻梁是垫的，乳是假的，我都知道。”

万大莲说：“别提这事，我嫌烦。这年月，出啥事都不稀奇。”

贺加贝说：“你就不该给他贼驴儿的生这个娃！”

万大莲把他看了一眼，好像是不该骂她娃又是贼又是驴的。

贺加贝急忙说：“你多好一个演员，结果让娃拴住了。他却在外面五花六花糖麻花的。你记住我的话，他到处乱钻探，非得瞎瞎病，把钻头烂掉不可。”他还从来没有像今天这样当着万大莲的面，把廖俊卿骂得如此痛快过。当骂完，见万大莲并没回应，甚至还瞪了他一眼，意思好像是让闭嘴，他又觉得自己是不是有点过火，犯贱。

这时孩子突然大哭起来，像是听懂了不速之客的恶意。万大莲急忙把娃抱起来颠动着，如同抱着自己的心肝一样悉心贴肉。这让贺加贝越发讨厌起这个肉肉的虫虫来。他说："你恐怕不能把心思全用在娃身上，还得唱戏，搞事业。"

万大莲边哄孩子边说："等木犊儿上幼儿园了再说吧。"

她还把这肉虫叫木犊儿。木犊儿可是关中人对孩子的一种昵称。在贺加贝看来，这就是个孽种，还叫啥子木犊，应该叫木头、魔头、墨斗、黑货……想着想着，自己先笑了。听说他们给孩子起了个名字叫廖万，叫得他心里也直犯硌硬。这阵儿，万大莲倒是不太大声叫廖万了。廖跑了，只剩万了，总不能叫个万了（廖）吧。可万大莲偏把这木犊娃爱得要死要活的，当着他面，都亲昵得搁不下。这让他很是有些坐立不安。他甚至都有些后悔，不该来。既然来了，又不能不说上几句。他说："还是别把事业耽误了。十来岁学戏，啥苦都吃了，这阵儿撂下太可惜！"

"唱也是三天打鱼两天晒网，又不能正经唱，何苦呢！"

贺加贝说："跟我一起唱吧，台口多着呢。"

万大莲说："你们是演喜剧小品，我又没有喜剧天分，戳在台上跟拴马桩一样，丢人死了。"

贺加贝说："适应适应就好了，现在啥都得适应。你演小品，还不是跟玩一样。"

"等等再看吧。木犊儿还小，等大些了再说。"

"一月就那百分之六十的工资，廖木头（木犊）咋养活？"

万大莲说："廖俊卿每月还给木犊儿生活费。他的娃，他总得养吧。"

还说是他的娃！贺加贝冷冷地问："给多少？"

万大莲顿了顿说："反正够娃用了。"

贺加贝知道廖俊卿嗓子好，改唱流行歌后，一下成了"红通灌"。

加之长得特别潇洒帅气，在舞台上又是飞吻又是抛臊眼的，走到哪里都有一群女中学生、女大学生簇拥着。他是靠脸吃饭呢。要放在唐代，驴势的，不定都被武则天选去御用了。这货肯定能挣不少钱的。他就站起来了，说："要是有用得着的地方，你吭声。"

万大莲只说了声"谢谢"，也没特别表示出一种感激，也没挽留，就送他出门了。他刚一出门，那肉虫立马停止了哭声，还真有些邪行。

他都有些后悔，不该贸然撞进万大莲的家。一切并不像他想象的那么悲情、那么需要他出场去进行剧情大反转。从万大莲的神情看，好像廖俊卿还是她丈夫，尤其还是木头、魔头、墨斗他爸，不过暂时被别人租用了而已。难道男人的美色，对一个女人也是有这样大的不可抵抗力？他有些想不通。正想着，却在院子的拐角处，碰见了潘银莲。

潘银莲明显的一脸不高兴，硬生生甩给他了一个冷脊背。他紧追了两步才追上，解释说："同事，顺便去看看。"

"解释啥，我又没说你不该去。"说完，她头也不回地上楼了。

贺加贝回到家里，他妈草环先唠叨开了，说："你去看万大莲了？"

这事怎么连他妈都知道了。他没好气地说："看了，咋了？"

"你才结婚，去看她干啥？"

贺加贝知道可能是潘银莲说的，就说："同学，去看看不应该？"

他妈说："寡妇门前是非多，你不懂？"他妈说这话时，故意有些大声，明显是想说给潘银莲听的。

贺加贝说："看说得难听不，什么寡妇不寡妇的，廖俊卿又没死。"

"离了婚就是寡妇，管人家廖俊卿死不死。你是才结婚的人，就得守着家，守着媳妇，懂不懂？"这句话声音更大。说完，他妈还给他眨了眨眼睛。

他就回了句："知道。"然后，就出门找剧作家南大寿去了。

十五

南大寿住在南院门一个老旧的四合院中。他曾经是火烧天的“戏师”。火烧天文化程度不高，虽能编戏，却显得有些粗糙，总是需要南大寿润色。因此，好多人都知道南大寿是火烧天的“师爷”。

南大寿形象高大魁伟，一米八八的个头。长得也是五官周正，嘴大鼻阔。张口一笑，两排大白牙，像是整顿过一般修齐治平。笑声过墙，说话声过河，连干咳一下也是震耳几近欲聋。坐在哪里，无论凳子、沙发，都感觉有些快散伙的摇晃。要不是个子大，那屁股的确显得有些异样地夸张：肥、厚、宽、吊、闪。因而，外号也叫“南大臀”。更有叫他南二大、南三大、南四大、南五大的。牵扯到脑袋、鼻子、嘴、胸、屁股、大脚片等多个部位。当然，每一大也都会涉及他的隐私，只是晚辈都从来不敢开这种玩笑而已。南大寿还有一个癖好，就是一年四季，背上都斜插着一根擀面杖。那擀杖也是一个金丝楠木的老物件。他自嘲是前世造了孽，今世负荆请罪来了。其实是接触性皮炎，让他整日不得不把衣服与皮肤分离开来。即使是大冬天，那擀杖也得插着。因此，又有了另一个外号，叫“南擀杖”。总之，南老师的形象在圈内被搞得蛮喜兴、蛮逗人乐的。加之他的剧作又以喜剧见长，因而，说起南大寿，便都是自个儿先乐和起来。

南大寿跟火烧天是出了名地好。贺氏父子演出的保留剧目《三个和尚》《墙头记》《杀贼》等剧目，都是南大寿加工整理后，才名满天下的。南大寿是西京通，关中通，三秦通。尤其民俗俚语，他张口就来。用在戏里，常有化腐朽为神奇的效果。贺加贝之所以今天要来找南老师，就是因为最近老演以前的剧目，大家都觉得不新鲜了。连武大富都说：“恐怕得弄些更好耍的玩意儿，老段子眼看不逗人笑了。笑不起来，这场子不就塌火球了。”开始说，贺加贝还不在乎。最近演出，果然场子不是那么爆满，并且中途还有退场的，他就有些额头冒虚汗。演喜剧就这特点，三个包袱撂不响，脑门、脊背上的汗就出圆了。他来找南大寿，就是想给他弄新戏本的。

还没进门，就听南大寿在房里笑得声震屋瓦，把院里桂花树上夜宿的鸟儿，都吓得失脚趔趄地四散逃去。加贝搭了一声腔：“啥事把南叔高兴成这样？”

南大寿从窗户探头一看：“是加贝来了，快快，屋里坐！”

贺加贝进房一看，竟然没有外人。只有两只猫，在不同角度，警觉地盯着他。再就是南大寿靠在摇摇椅上，正看一本翻得稀烂的书。

贺加贝问：“我姨呢？”

南大寿说：“见晚上在南门舞扇子、扭秧歌呢。一天就这阵儿我最享福，最清净，最受活。”

“叔是书把你惹笑了？”

“闲书，就闲书看着得劲啊！”

贺加贝问：“啥书看得这得劲的？”

南大寿说：“清人笔记，里面好东西多得很哪！”

贺加贝一看，是一本叫《谈美人》的竖排本老书，已经翻得有皮没毛的了。旁边还打开着一本《老残游记》。

“叔，我来找你，是想让你给我和火炬再弄几个新段子。过去那些老段子，越演越不出活儿了。”

南大寿听到这话，把《谈美人》一撂，叹口气说：“加贝呀，不瞒你说，现在这段子，叔恐怕弄不了了。”

“咋弄不了了？”

南大寿说：“喜剧不是这个弄法呀？现在的喜剧不叫喜剧，那叫把人压倒，硬胳肢人的脚板心哩。不笑，除非你是死人，或者下肢瘫痪了。”

贺加贝说：“就是都不好笑了，我才来找叔的。”

“找叔、找伯、找爷都没办法笑。加贝你别嫌我说话难听，自你爹这一辈丑角去世后，舞台上基本就没有丑角这门艺术了。艺术，你懂不懂？我说的是艺术！是丑角艺术！丑角多得很，可那不是艺术，是杂耍，是搞怪，是胡球鸡巴闹！”说着，南大寿把摇摇椅的扶手狠拍了几下，吓得两只猫惊恐万状地趔趄到老五斗橱下，才敢做回头窥伺状。

贺加贝也被说得脸红一阵白一阵不敢搭腔。在他眼中，南大寿跟父亲一样，都是不能随便犟嘴、不敢胡乱挑衅的人。

南大寿接着说："你跟火炬就好好把你爹那点玩意儿继承好，一辈子都是吃香喝辣的日子。"

贺加贝结结巴巴地说："真的不行了，叔，现在不吃这个了，都要更刺激的玩意儿。"

"啥玩意儿刺激？那就端直给他们上人肉包子么，还看啥子戏呢？记住，咱是高台教化，不能让台底下的笑声掌声牵着鼻子走。就你爹那话，他要看你脱裤子你脱不？你脱不？"

贺加贝一笑。

"你笑呢，话丑理端。你信不，只要你让笑声牵着走，迟早就得脱、裤、子！"南大寿说着，气得站起来把老条桌也敲得嗵嗵嗵直响。

两只惊诧的猫，又吓得从老五斗橱下，钻到老雕花床榻上躲来藏去。那是清代的物件，加贝他爹过去来说戏，老朝上面一卧就是半天。大概是好久没见老南发这么大脾气了，两只猫在惊悚之余，也向主人龇牙咧嘴地示威起来。

老南气不打一处来地喊："滚！"

猫就争先恐后地从老窗户里射出去了。

"没有那么严重吧，叔，这不来请你出山嘛。只要你出山了，还愁不艺术？"贺加贝有点讨好巴结的意思。

"老猫不逼鼠了！"南大寿语气看似有所缓和，并且把背上的擀杖还从左边倒向了右边。这时，从他摇摇椅后边又钻出一只小花猫来，噌地跳到他怀里，他还爱怜地摩挲起来，说："我弄的那些戏本，你们已看不上了。不改个牛头马嘴、乌七八糟，就算把我饶了。我就奇了怪了，《三个和尚》的戏，怎么能调侃出'打飞机''打炮'来。我知道你们'打飞机''打炮'的意思，安在和尚头上很有趣是吧？你们是在挖、祖、坟！"这次猫不是吓跑的，而是他要拍老茶几，气得把小花猫撂了。

看来改戏的事，南老师是知道了。他急忙解释说：“南叔，对不起，你批评了，我们就尽快改回来。”

“我给你们捎话，让别挂我的名字，都捎到了吗？”

这话早捎到了。其实字幕上也早没有编剧、导演、作曲的名字了。只有“武大富总策划、总监制。贺加贝、贺火炬作品”字样了。老师要看见，只怕更是气得要敲掉桌子腿了。

贺加贝见南大寿气得浑身有点发颤，就帮他捏起肩来。他爹火烧天过去带他们来，也是要他和火炬换着给南叔捏肩捶背的。说南叔就是他们饭碗里的米面，没米没面，干瞪两眼。每次乘捏背，他和火炬都会抽出擀杖，把玩再三。南叔说这玩意儿也值这个数，他大手一张，意指五万，是清代一个秦腔班社的演出道具，上面还有题款。反正他家啥玩意儿都是宝贝。捏着捏着，南大寿才慢慢和缓下来，不过嘴角还是一直在抖动。

“南叔，能不能请你到红石榴度假村住几天，看看我们的演出，也再看看观众的需求。你不是一直说，戏是写给观众的吗？要是观众不买账，等于白写。”

南大寿说：“那也要看什么观众。”

加贝说：“就是西京的市民，还能有啥观众。你就去看看吧，兴许有了灵感，能创作出大作来呢。”

这时，师娘回来了。她上身裹红，下身穿绿，手里还拿着太平伞、红绸扇、花腰鼓。脸上化着浓妆，除两蛋蛋腮红外，额头上还点着胭脂痣。嘴故意像唐朝仕女一样，画得老樱桃一般微小。一说话，那被汗水腌渍过的两片嘴唇，就跟白墙皮炸裂出一道宽缝那样修补枉然。连南大寿也有些难为情地把脸迈向一旁了。

贺加贝偏说：“师娘，还搞艺术哩？”

师娘立马兴奋起来，说：“你南叔就是个钉秤的。晚上都到南门外跳舞，他偏抱着本烂书死不丢。我原来在区文化馆学的那些舞蹈，现在全用上了。我们很快还要到一个大楼盘开工典礼上去演出呢。一人给管一顿盒饭，还发纪念品。”

“预祝师娘演出成功啊！”

师娘信心满满：“成功是肯定的，练八百遍了。哎加贝，听说你现在火得很么，也不把南老师和师娘请到度假村去玩一玩？”

“我这不就是来请南老师和你的嘛。南老师可得你做工作哟！我是想请南老师去帮我写几个段子。你们就在度假村好好住上几个月，管吃管住，还是桌餐。啥都不用愁。你要培训舞蹈队也行，那里不缺人。”

师娘狠狠把南大寿的肩头拍了一下：“去，老南，咋不去？”

南大寿：“写不了。”

师娘说：“熬啥呢熬，小心一吊熬成八百了。见天在家弹嫌没人要你的戏了，这阵儿又傲娇开了。加贝就跟自己娃一样，又不是外人。”

气得南大寿就想给他老婆一脚。

贺加贝说：“南叔写戏，我保证给最高的费用。”

听到这话，师娘更是来了劲儿：“娃这面子还不给？狗坐轿不服人抬！加贝，你安排房，你叔有我哩。”

南大寿就这样背着擀杖，被弄到红石榴度假村写戏去了。

十六

武大富急着要剧场吸引人，自然是十分注重对南大寿的接待了。专门给他弄了一个小院子。窗外就是人工湖。湖上荷叶轻轻舞，鸭子呱呱叫。水虽然脏点，但毕竟是满眼湖泊，还有扁舟乱摇着。南师娘来到这么个热闹地方，虽然不让在户外集中舞扇子、摇太平伞、扭秧歌了，顾客嫌吵，但武总却在度假村拐角的临时厂房里，给她开辟了一个腰鼓培训班，见天也是打得昏天黑地的。南大寿刚好憋在院里弄戏本。他搬来了好多书，这些书上都曾发现过让他有创作冲动的段子。在看书过程，他不是把书角折起来，就是在上面画得五马六道，那都是有戏的地方。一边憋戏，他也一边去剧场看加贝兄弟的演出，深感舞台需要净化，喜剧必须纯粹。可怎么净化？怎么纯粹？落到字面上，立到舞台上，难度的确是越来越大了。好在自己搞了一辈子喜剧，并且写了不少大戏，弄这碟小菜，还是有把握的。他没有急于把戏落在稿纸上，而是反复琢磨、反复推敲着。度假村地广人多，他专门拣人少的地方走。不过背上背着一根擀杖，还是老要引起人的注意。都发现度假村最近来了一个很古怪的老汉，见人不搭理，像是活在一个人的世界里。他有时为一句道白，都要研究很多修辞方式，直到把自己笑得快要失脚跌到湖里，才用笔在手心记下来。

武大富虽然是外行，也懂得了戏本的重要，甚至亲自抓起创作来。听说文人都好美女这一口，为了出活，他还特意给南大寿安排了伺候的“小妖精”。口口声声让南老师放开了手脚干，只要能出好戏，提啥要求都满足。他说除非是杀了人，可能不好摆平，其余的，在度假村一概莫操心。可南大寿偏偏是个只在书里“骄奢淫逸”的老古董。念起清人笔记里的云雨情话来，摇头晃脑，快活倍增，好像是他在寻花问柳、偷香窃玉。但真的面对如花似玉的“碎妖精”，却比手比脚、傻眉奓眼的不敢越雷池一步。他手中始终转着两个核桃，据说也是清代的物件，包浆剔透得如珍珠玛瑙。每遇此事，他都把核桃转得飞快地说：“不敢不敢，你师娘要是知道，能卸了我的腿。再说，我腰也不行，长期椎间盘突出。轻轻一拧，咯嘣，老命就要了。看见这擀杖没，就是帮着撑腰的。热闹事，早都戒了，戒得一干二净了。”并且南大寿好一个人待着，时而大笑，时而扑扑哧哧地乐和得似要喷饭。武大富就对贺加贝说：“你请来的这个南老师，大概搞不出咱们需要的段子。”“为啥？”“不食人间烟火么。”贺加贝说：“南老师要是不行，西京恐怕就再也没有写喜剧的高手了。”武大富有些不以为然地摇了摇头。

果然，南大寿先后拿出好几个戏本，都被武大富毙掉了。

南大寿每次拿出本子，都是很谨慎的。别人的本子是七稿八稿，他的本子，甚至是七十稿八十稿地改。尤其是小戏，一天都能改十几个来回。过去戏搞好了，先是念给老婆听。老婆快要笑死了，他才请秦腔团的门房、炊事员听。如果他们都觉得戏好时，才交给团上。团上又安排艺委会听。上上下下都觉得好了，搬到舞台上就基本没麻达。退休了，团里也找他写过戏，可外请来的导演，多数不懂本地方言，把很有意思的戏，都改得味同嚼蜡。有时团长也敢下手改，还说是上边的意思。他去争辩，因抗不过人家的名头，也辩不过人家的时髦理论，而时时“惨遭蹂躏”。用他的话说，叫“非法强暴”，甚至是“诱奸”“轮奸”。因此，他也就懒得再给人写戏了，只钻在故纸堆和古玩市场里怡然自乐。这次贺加贝是几次三番邀请，他才出山的。当然，也有想小露一手的意思。他对当今的喜剧，实在是有些看不下去，总结了四个字：佛头着粪。若不是想改变一下喜剧现状，他才被人绳捆索绑不来呢。不过他的确很慎重，第一个戏拿出来快一个礼拜了，都没跟外人见阵仗。只是晚上关了门，先念给老婆听。老婆笑得从床上都滚到地下了，他还没有满足，仍在字斟句酌、精雕细刻。老婆说该往出拿了，他总说不急，不急！白天等老婆去辅导腰鼓舞时，他又自排自演地，把戏在房里过上几遍。直到自己觉得是个“炸弹”了，才说让加贝兄弟俩先听听。贺加贝和贺火炬一听，倒是有感觉，喜剧反应却不像他想象的那么强烈。念完，自己先冒了一头虚汗，让花白的头发湿溜溜耷拉下几缕来。并且背上的擀杖，也滑溜得自个儿从右边倒向了左边。加贝说，赶快让武总听，武总已等不及了。南大寿却觉得还有修改余地，又让等了两天，再捋码了十几遍，才终于拿出来。

那天，南大寿还特意把胡子刮了刮。他想着武总就是个生意人，哪里还懂了喜剧。不定他一开口，武大就笑得窝在地上了。他还跟加贝开了句玩笑说：“注意把你武总招呼着点，小心当场笑失塌了，我可没钱偿命。”

武大富不仅没有笑失塌，而且压根儿就没笑。竟然那么奇怪，平常看戏就数武大最傻，又是笑，又是哭，又是弹腿，又是捶人背的。可今天，他脸上一丝笑纹都没有，仰躺在沙发上，自始至终不见任何反应。南大寿整整念了十五分钟，排出来大概就是半小时的戏。有好几处，连他自己都念得扑扑哧哧笑了场，可武大富却像听悼词一样，眉头紧皱，全然无动于衷。直到念完，贺加贝、贺火炬礼貌地鼓了鼓掌。武大富还是仰在那里，只把金鱼一样的眼睛鼓了鼓，问："完了？"

"完了！"贺加贝说。

都在等武大富的最后反应。

武大富欠了欠身子说："没啥戏么。"

南大寿的脸一下红到了耳根。

武大富说："我不懂噢。可现在你弄弟兄俩在台上，说了半天做生意不能日弄人，日弄来日弄去，是把自己日弄惨了。这戏怕是没人觉得有意思吧？人都忙忙的，到度假村是休息来了，娱乐来了。他们就是要放松，要刺激，要好好耍耍。你戏里弟兄俩虽然屁话蛮多，对不起，我是粗人，转不了文，直来直去噢。看着挺好笑，可没点荤腥、没点酥脆、没点时髦的玩意儿，只怕还是吸引不来年轻人。只有把更多年轻人吸引来了，才能拉动消费。中老年人来了固然好，可把钱袋子捂得死紧，镚子儿不掏，来得再多又顶啥？只能弄去学打腰鼓，咱赚个盒饭钱，还嫌放的鸡大腿像鸽子腿、鹌鹑蛋像麻雀蛋。我有个建议，看南老师能不能把《三个和尚》再改一下，加个女角儿进来，让两个和尚争着还俗，最后还都要到红石榴度假村来休闲度假，一下不就把戏搞出来了，保证笑得人满地打滚……"

还没等武大富说完，南大寿起身就要走。是贺加贝与贺火炬两人死拉活拽，才勉强把人留住。

武大富急忙说："我说过我不懂噢。仅仅就是建议，南老师莫见怪。请师师为主！到底咋写，还是听你的。"

是贺氏兄弟反复劝留，南师娘也觉得此间乐，不思蜀，才算把南大寿勉强留下。他们也的确想让南老师搞一点时尚的段子。南大寿又憋了一个多月，思谋了好几个"戏管子（故事核儿）"，连他自己也觉得是一个不如一个。武大富自然越听眉头皱得越紧。最后一次讲完段子，武大富啪地把画有关公脸谱的大扇子一合说：“行了，到此为止。送客！”说完起身就走了。

南大寿气得嘴脸乌青的，跳起脚来大骂武大富“狗屁不懂”！连擀杖都从腰上溜下地弹了几弹，还碰磕了几处包浆，心痛得他拿手直捋抹。骂完武大富，又指责贺加贝，嫌不该让他老巴巴地来受这等羞辱：“说不来不来，偏要死乞白赖地把我弄来，老师岂是跟这种草莽、白丁打交道的人？我是要给人穿裤子，让人懂点羞耻。他是要脱裤子，还要掰着给观众看。他懂戏？他懂喜剧？懂他妈的个腿！一看就是武大郎开店的货。南老师老了老了，说不受羞辱了，又让你们弄来羞辱一番。你让老师这老脸朝哪儿搁？让老师咋走出这贼窝淫窟的大门？”

贺加贝去找武大富，说：“无论如何都得给南老师一些稿费，不能让南老师白出力。”

武大富说：“给么，咋不给。给了让赶快跌瓦。”“跌瓦”是武大富他们的土语，就是滚的意思。武大富平常很少说出这样的话来，可今天对南大寿却没什么好气：“背上迟早别根擀杖，是演廉颇哩？我一见就烦。弄到厨房擀面，年岁又不饶人，赶快让他走！”

贺加贝拿着一万块钱酬劳来见南大寿时，南大寿已经与师娘拉拉扯扯出了院门。师娘还不愿意走，说不行重打鼓另升堂就是了：“你读了一辈子书，还能捏不出几个好段子？”南大寿直撅她：“老汉都让劁猪骗牛的鸡奸了，你还有脸赖着不走。”

“看你说得恶心人的。”

“比那还难受，你懂个啥！”

“镚子儿不给就走了？”

“你是想钱想疯了吧？”

贺加贝截住说：“南老师，师娘，对不起，吃了晚饭再走吧！”

南大寿突然抽出擀杖，指着贺加贝的鼻子骂道：“贺加贝，老子跟你爹合作一辈子，乐和了一辈子。你爹才是喜剧大师！你这喜剧，就是下三烂、臭大粪！没想到，还让你这个碎鸡把老鸡的蛋给踏了。我给你说，今辈子，都别再来烦老师，你就是个只配演下作戏的贱货，呸！”说完夺路而去。他想把搟杖再插进脊背，却几次插到了空里。

贺加贝直喊：“南老师，给你的辛苦费！”

南大寿哪里有回头的意思，走得臀部直闪，大撅道：“缺你那几个下作钱，我手头哪个物件不值几万、几十万，老子就是混心焦来了！”搟杖倒是插进去了，手上的核桃又跌在地上乱蹦一气，捂住了这个，却弹起了那个。是师娘折回身，接了贺加贝递过来的钱。气得南大寿又一脚踢在师娘手中，把钱弄得满世界乱飞起来。师娘痛得手直甩，还在风中挖抓了几把。没挖抓住的，就都飘到脏兮兮的湖里去了。

可恼的是，南大寿把一颗玛瑙一样的核桃，到底没捉拿住，也滚进了湖里。眼见着一圈比一圈更大的涟漪，气得他都想把贺加贝和老婆一起扔进湖里算了。

十七

南大寿不行，还得找北大寿、东大寿、西大寿。总之，得有好剧本，要不然，在红石榴度假村的驻场演出就要塌火。贺加贝四处打听着能弄戏本的人。要说偌大一个西京城，文人拿把抓。自称为作家的，一火车皮也未必能拉完。编戏本的，一个剧团就好几个。省市七八个剧团，至少也能聚起一卡车吧，咋就没人能写了度假村的喜剧呢？贺加贝挨个打听，挨个找。也有答应试试的，结果一试，比南大寿还差得远。急得他满嘴的火泡，不知如何是好。也就在这时，天上掉下个林妹妹来。不过这个林妹妹脸黑得跟锅底一样，还满面的络腮胡。

这人原名叫彭跃进，是南山一个地区行署的笔杆子。因仕途不顺，几次提副处都打了擦边球，死活擦不上。眼看要擦上了，领导又调走了。新来的半个眼看不上他，啥材料不改个七八上十稿，都过不了关。新领导还尤其爱搞调研报告，啥事都要拿调研报告说话。有时领导连自己也不知道要表达什么，反正就是让反复改、反复磨，想一出是一出。他的头，便日夜埋在调研报告堆里。领导还特别喜欢鼓动性语言，四到八句以上的排比还要求对偶。彭跃进倒是不缺文采，却缺眼色，甚至给领导建议了几次说：有些调研报告，其实可以从万言以上简化到二三百字就说明问题了。时隔不久，他就被踢出去搞会场布置接待了。他的面子自然受到了极大伤害，一气之下停薪留职，到省城混来了。靠笔杆子起家，自然还得以笔杆子谋生。那时省城有特别多的软文学杂志，也就是似文学非文学的东西，说说家庭、男友、女友、酒友、朋友什么的。他做做编辑，组组稿，另外自己也写一点，倒是不愁糊口。可糊来糊去，也仅仅是能糊住自己一张嘴而已。何况这个圈子，都爱抽烟、喝酒、打牌，钱是费得一塌糊涂。那时大家才刚知道日本有个作家叫村上春树。他也给自己起了个笔名，叫镇上柏树，比村上还大一轮。一时间，镇上柏树在西京写软稿子，还小有名气。他听说一个专门写喜剧段子的杂志，稿费比其他软稿子要高出几倍，便试着写了几个。内容无非是过去在行署工作时经历的一些事，属官场小品。没想到，一下给大火起来，弄成了那个杂志的“支柱作家”，端直还给他开了特邀专栏。每期到印厂出刊前，给他都留着空白，他只说字数就成。这样大的喜剧作家，不可能传不到贺加贝的耳朵里。他正准备去拜访呢，凑巧，有一天他正在台上演出，有人传话说，台底下就坐着镇上柏树。

镇上柏树那天是来参加活动的。一家杂志在度假村搞作者与读者见面会，他是被约的重点作者之一。搞完活动，作家们都聚集在几个小院打麻将，镇上柏树就到剧场看贺氏喜剧了。他早就知道这兄弟俩的名气，但始终没看过演出，一看，还的确有点意思。倒不是戏有意思，而是弟兄俩长得太喜剧了。几乎不用说任何话，朝那儿一站，观众就想笑。是自然而然从骨子里生长出来的喜剧，而不是硬胳肢出的那种。只是内容太陈旧、直白、浅陋，把喜剧天才在台上搞得有些生吞活剥、捉襟见肘。不过作为欣赏演员，他还是坚持看到底了。没想到，戏刚结束，还没走出太平门，贺加贝连妆都没卸，就端直来到他面前了。

“也不知到底该叫你镇老师，还是镇上老师，还是柏树老师。我就叫镇老师了噢！”贺加贝先搓着手，很是恭敬地主动与他握了握。

这一着，让镇上柏树有些蒙。以他的判断，贺加贝这样的喜剧明星是未必知道自己的。演员又不咋读书看报，怎么能知道西京城还有他这么个三四流作家呢？称作家，那就是个职业称呼。在西京，叫作家也不是个啥稀罕名头。但凡能写几笔的，名片上都以作家自居。他的名片上就印着七八个头衔：这个杂志的编辑、记者；那个杂志的栏目主笔；还有专栏作家、特稿作家、卷首语作家等等，两面印的全是。他心里知道，那都是糊弄人的。尽管如此，他还是把名片给贺加贝递了一张，说：“叫啥都行。”平常也的确有叫他镇老师、镇上老师，或者柏树老师的。他从贺加贝伸出的双手和眼神看，这小子明显是有求于自己。他稍镇了镇，以免显出对一个明星的惊乍之态。

贺加贝说：“镇老师，早就想拜访你了。我是从《喜剧花开》上知道你的。你在那上面写的段子可吸引人了。”

镇上柏树没想到，贺加贝不仅演喜剧，而且还关心喜剧文学，权且叫文学吧。

贺加贝三请四让的，就把镇上柏树请到了他平常住的小院中。

潘银莲笑吟吟地把他迎进了客厅。

镇上柏树还以为潘银莲是另一个啥名演员呢。

贺加贝介绍说：“这是贱内。”

镇上柏树立即有些羡慕起这个丑星来。他的脸面长得如此皱巴挤掐、奇险诡谲，竟然找了这样一个眉舒目挑、出脱抢眼的小娇娘来。其本身不就充满了喜剧色彩吗？

茶还没喝下几口，贺加贝便急不可待地把要紧话端出来了：“镇老师，你是喜剧大家，看能不能给我弄几个剧本。我们现在就是缺好本子、好段子，把人都能急死了！”

果然是有求于自己的。镇上柏树缓缓地吹了吹滚烫的茶水，说：“我是搞文学的，不会弄戏呀！”

“可你那些段子，比戏还戏，为啥不干脆弄成戏算了呢？”

说心里话，镇上柏树有点瞧不上刚才贺氏兄弟演的那几个破段子，真的是老掉牙了。兄弟俩随意镶上去的几颗“新牙”，又与“老牙”相互打架，很是有些不伦不类。要不是人长得很喜剧，只怕观众早一哄而散了。看戏过程，他也在想，倘若自己那些段子弄成戏，不定哪个都比这些好看许多。没想到，立马就有请求兑现的。可他毕竟没搞过戏。加上这几年在西京混打的经验告诉他，啥都不要轻易答应。一轻易，就把自己套进去，甚至搞贱作了。他还是吹茶，呷茶，表现出一副很不在乎的样子。

潘银莲不停地续水、添点心。她那副小脸，倒是让镇上柏树感到挺舒服、温情、受用。

贺加贝又说：“镇老师，我知道你很忙，可再忙，还是想请你帮我们写几个段子。这个影响不比报纸、杂志小。你就住到这院子里，打开窗户，东面是十亩桃花林，南面是二十亩荷塘，西面还有百亩石榴园。好多作家都到这里写作。还有住在这里画画、写字的。你要来了，到食堂吃也行，在院里开小灶也能成。我让贱内给你擀面、包饺子、揪老鸹撒（头），这些她都是一把好手，保准能把你伺候得到到的。”

潘银莲站在一旁，不无羞涩地微笑着。这种笑，是镇上柏树平生最喜欢的笑貌：不媚上、不掺杂质、不皮笑肉不笑。他倒是很想住在这里，让这小娘儿们擀面、包饺子吃。还乐得前看有灼灼桃夭，后看有倒影荷塘。但他还是不急于表态。在他的记忆中，成熟的领导，明明主意定了，还偏是要神情笃定、拿捏再三的。只有那些好激动、好把内心写在脸上的领导，才又是拍板又是蹭屁股的坐立不安。常常这种领导，最后都被以“不成熟”打发了之。他还是吹茶、喝茶，皮笑肉不笑的。皮笑肉不笑，是高明领导最好的表情。

“给镇老师换上热茶。”

这时镇上柏树才发现，自己碗里的茶，早已凉过心了，是不需要再吹的。

潘银莲刚给他换了热茶，武大富就进来了。

武总，镇上柏树是早上搞见面会时认识的。作为支持赞助单位，武总出席了会议，致了辞，而且还给几个优秀写手颁了奖。武总是来商量剧场上座率的事。听贺加贝一介绍，他立马给镇上柏树拱手说："镇老师，那就请了！度假村离城里远，要想吸引人，就全凭演戏暖场子。贺老师他们已经尽力了，可观众需要新段子，我看需求量还大得增了㞞了。"

镇上柏树能听懂武总的土话，增了㞞了，就是需求量大得很的意思。

武总接着说："就请你来帮帮忙，吃住都很方便。咱就是管人吃、管人住的。镇老师只要喜欢，我专门给你弄个好院子住上都行。写了好段子，钱另讲。"

这些条件的确让镇上柏树心里很是痒痒，他恨不得今晚就搬来住下。可他到底是从行署院子出来的人，经见得多了，尤其表态，可是一门大学问。他最后的表态是："我手头活多得很，只怕一时排不开。让我想想再说。想想再说。"

他的眼睛，突然睄上了潘银莲低头给他续水的耳朵。这耳朵竟然是那样汁水饱足，轮廓分明，并且洁净透亮，犹如垂露。一刹那间，他甚至都有把那个美丽的耳垂，捏上一捏的意思。可立即，他就恢复了正常状态，仍是皮笑肉不笑地吹着水、呷着茶，嘴里喃喃着："容我再想想，排排时间……"

十八

镇上柏树一想一个礼拜没了音讯。贺加贝猴急得跟啥一样，就要去找。潘银莲说："人家就没有要给你写戏的意思么。"贺加贝说："舞文弄墨的人，都这毛病，大概是想煞价钱呢。要真不弄，早一口回绝了。"

镇上柏树的名片上留有联系方式，贺加贝连发几个短信，半天没回音。他又按名片上留的电话打过去，是《喜剧花开》杂志社的。一个女的说，镇上老师没来，平常也不坐班。贺加贝问咋能找到镇上老师，那女的说了一个地址，他就开车找去了。

没想到，镇上柏树能住在这样一个窄巷子里。虽然离南门很近，可巷子却是七弯八拐都走不进去的。他把车停在一个酒店门口，然后朝巷子深处找。好多处都乱停乱放着摩托、三轮、自行车，几乎是侧着身子，才能斜仄过去。就这还有踢球的野孩子，在里面猛蹿。一个旋球，正砸在他菱形脑袋上，吓得孩子们连球都不要，叮叮咚咚翻滚到两边院子去了。外面看着世事不大，里面却像肠道一样越走越深。终于，他看见了杂志社那女的说的一溜矮房。矮房上有几个大字，是省报的报头。说第三个房就是。贺加贝轻轻敲了敲门，里面有一个男人拉开门探了下头，问找谁。他说找镇老师。那男的见眼前人似曾相识，很客气地说，这里没有姓镇的。他说是镇上老师。那男的问，是不是彭跃进？他说不是的，是镇上柏树。男的嘴角泛了一丝笑意，对着床上蒙头大睡的一个人喊："彭跃进，起来，有人找。弄些怪名字，以为就能写了《瑞典的森林》。"

贺加贝从半开的门扇里，已经看见床上是睡着一个人的。他还以为是这个老师的老婆呢。没想到，那人呼地掀开被子，竟然是满脸黑毛的镇上柏树。不仅脸上须发生硬，胸口上也是黑毛乱爬。见门口站着贺加贝，他的黑脸还有些不高兴，嘟哝道："你咋找到这儿来了？"贺加贝急忙说："我看你没回电话，就急着找来了。"

镇上柏树边穿衣服边介绍说："这是你孔老师，大作家，省报的主笔。"

贺加贝被孔老师请进了房里。房很小，除床以外，还有一只双人沙发和两个很矮的板凳。再就是小茶几，上面还摆着一盘没下完的围棋。孔老师正在桌前写着什么，一堆烟屁股还在冒着浓烟。

镇上柏树又介绍贺加贝："这是喜剧明星贺加贝。"

孔老师点点头说："我就说哪里见过。是在报纸上看过图片。"孔老师仔细看看贺加贝的长相，有些想笑，但还是很礼貌地忍住了。

镇上柏树大概有想显摆给孔老师看的意思，问贺加贝这远来干啥。贺加贝又说了请他写戏的事。还没等他拿捏住，孔老师就说："到你会客厅谝去，我还要赶稿子。"

镇上柏树就请他出门了。

原来镇上柏树连个固定住处都没有，几乎是四处"打游击"。孔老师面情软，好说话，大凡一些从地县来的"文漂"，基本都在他这里打秋风、蹭过夜。其实孔老师也调来时间不长，报社给了他一间临时过渡房，便成了"文漂"的据点。镇上柏树尤其住的时间长，孔老师也是拿他没办法。见他挣几个钱不容易，一半得寄回老家，上有老下有小的，一半留下自己糊口，想租房就得把嘴吊起来。因此，只好让他赖着住。两人约好，镇上柏树半夜写稿子，白天睡。孔老师白天写东西时，只能忍受着他在床上猪一样的呼哧大鼾。实在听不下去了，孔老师才喊一声："回你高老庄睡去！"他才不吭声了。

这样难堪的日子，镇上柏树本来是不想让贺加贝知道的，可他竟然能找上门来。镇上柏树过的是"夜猫子"生活，白天谁打呼机，自然不会得到回音。一般约人，他都是约到一个五星级酒店的大厅，会见什么样的客人也够档次了。有时家乡有人来，为顾面子，他还故意从楼上走下来，给人以长住豪华酒店的感觉。会见完，各走各的路。等客人走远了，他钻进厕所，办完事，还顺手卸下一两卷卫生纸带回去。

走进他数百平方米的豪华"会客厅"，两人朝沙发上一坐，就谈得有些单刀直入。这下似乎也没啥势可扎了。贺加贝三两句话下来，他就答应去红石榴度假村安营扎寨。也实在是不好再跟孔老师同居了。把孔老师的生活搅乱完了不说，自己的生活也是支离破碎，一塌糊涂。能住上度假村，那简直就是瞌睡遇见枕头的事。

贺加贝把他接到度假村，还一口一声地要潘银莲全盘伺候。这对他来说，已经不是瞌睡遇见了枕头，那简直就是蜜蜂跌进了糖罐罐——甜美到家了！

潘银莲始终保持着那份笑意。为了弄到好喜剧段子，先前请南大寿时，武大富做的多种安排被南老师一一否决后，就是由潘银莲亲自伺候的。南老师好清净，写作不让人打扰。他一整天一整天地关在房里，独自说，独自笑，有时还独自比划着演戏，像是一个老疯子。南老师有时也喜欢多看她两眼，但至多说一句，娃长了这么好一副脸坯子，不上台演戏可惜了，仅此而已。而镇上柏树就麻烦多了。首先是他那双眼睛圆咕棱登的，一看人，里面好像在闪电。并且电量还不小，很是烫人。潘银莲在度假村见的各种眼睛多了，可像镇上老师这种既不是直勾勾，又不失热辣辣，还颇有几分礼数的眼睛，倒是不多见。镇上老师既像创作，又像在胸怀世界，耳听八方。一是电话多，老听他在说什么稿子，另外也在电话里谝股票、谝房产、谝棚户区改造谁拿到了多少亩地皮；还谝谁买通了啥局长、啥行长、啥董事长；谁又出任了哪个县的书记、县长、法院院长；等等。总之，天上地下，民间官场，稿子嫂子，商场情场，无所不包。半夜才见他伏案写作。无论何时，只要潘银莲进来，他都会立即放下电话，或停下翻阅、思考，要跟她搭讪、交流、放电。潘银莲虽然应对自如，却终是消受不了在她转过身出门时，还要 X 光线一样深度跟踪扫描的眼睛。她甚至怀疑，这双眼睛能窥探到她最隐秘的疤痕。

潘银莲回到自己房间，贺加贝总要问，镇上老师在写没有？潘银莲说，老见他在打电话。

“镇上老师是名人，自然电话多些。”贺加贝说。

潘银莲说：“你给武总说，让别人去伺候吧。我不喜欢伺候这个人。”

“咋了？”

“就不喜欢。那眼睛怕人。”

贺加贝笑了，说：“镇上老师的眼睛大，溜圆，像鹰鹞眼，还有些朝出凸。可能是爱熬夜，满是血丝。加上眉毛浓，串脸胡，是有些野相，不像个文人。可人家就是文人。是西京城有名的写幽默小品文的高手。他编的好多段子，连大作家都朝小说里边用呢。别人伺候，我害怕不到位。人家不好好用心、用功，咱不是又杨白劳一场。”

以贺加贝对潘银莲的了解，任他镇上柏树用什么样的秃鹰光束、鹞子眼神，也只是给自己制造一些哭笑不得的段子而已。他要求潘银莲还是要好好服侍，直到逼出“好货”为止。

武总也有些担心，看镇上柏树的样貌，似乎不是个太会开玩笑的人。不会开玩笑，能写出好看好玩的段子？这委实让他生疑。武总也让贺加贝加快速度，说别又是个南大寿，带着夫人，一吃喝几个月，竟然生不出一个像样的蛋来。哪怕生个鹌鹑蛋也行啊！可南大寿的那些蛋，在武大富看来，连麻雀蛋都不如。南大寿走了这久，武大富想起来还气呼呼的，说：“老东西动不动说我不懂喜剧，不懂艺术，对我说戏是对牛弹琴。还文绉绉地说了个啥子：夏虫不可语冰。我不让他滚蛋让谁滚？我一见他背着擀面杖那样子就来气，本事不大，谱大！我看也可以叫南六大、南七大。你可不敢再给我整个南八大来。”

镇上柏树写的文章，贺加贝都弄来给武总念过。也有让他觉得好笑的，可都是三五百字的小玩意儿，搬到舞台上到底咋样，还没把握。因此，武大富不停地催着要快些出活，说剧场那边等米下锅呢。

十九

镇上柏树自进城以来，算是第一次有了相对安定的居所和生活。他对这种庭院式农家院落，有一种怪异的感觉。到处都是土炕、磨盘、风扇、爬犁、铁锤、镰刀、牛鼻绳。檐梁下还吊着小米、包谷、辣椒串。尤其是床底还放着一把陶夜壶。有没有人尿，不知道，院里是有卫生间的。可夜壶朝那儿一摆，与土炕立马就形成了和谐统一感。一切都好像是从他老家端直搬过来的一样。那是当年他最想挣脱的环境，直到考上大学才离开。现在这些远去的东西，又赫然把自己重围了起来。在城里，这是一种时髦，一种景观，一种喜剧。在他，那就是苦焦、单调、落后、悲凉的代名词。住在这儿搞喜剧，对于他，首先产生了某种环境上的障碍。好在是宾馆式管理，连被子都不需叠。在孔老师那里，起码你还得出去接水，泡茶，倒烟缸，打扫卫生吧。这儿，连饭都有人端到桌上了。何况还是潘银莲亲自服侍。也不知咋的，自见第一面，他就对潘银莲有好感。似乎不仅是漂亮，鼻梁高，眼睛大，皮肤紧致，像三月垂柳一样娇嫩欲滴。关键是还有一种含蓄感。这种感觉城里已经比较稀罕了。越漂亮的女人越冷漠，时尚杂志上称之为高冷型。城里女人反正高不高都很冷，冷得让人不敢直视，视而寒心透骨，不轻自贱。他倒还没敢有什么非分幻想，潘银莲毕竟是请他来干活的东家贺加贝的老婆。觊觎东家老婆，从道德上，也是不咋站得住脚的。他只是喜欢潘银莲在他房里走来走去、嘘寒问暖的感觉。他觉得这女人，可以用“洁净”二字来完整形容。有时他甚至想入非非，觉得潘银莲一定是浑身上下连一颗小痣都找不到的干净主儿。

虽然他不大喜欢这种土不拉唧的院落，但他喜欢潘银莲来红袖添香。喜欢这种久违了的安定生活。他甚至有点珍惜这次机遇。贺加贝和武大富都说了，只要镇老师写得好，度假村就是你的家了。如果常年能住在这里，吃喝不愁，写写喜剧段子，再给几家杂志开点小专栏，也就是丰衣足食的日子了。可要搞出像样的喜剧来，还真不是闹着玩的。他上过三流中文大学，知道喜剧的概念，绝不是武大富所要的那个东西。但今天住在武大富的度假村，吃着武大富的五谷杂粮，接受着贺加贝老婆的周到伺候，就不能不去琢磨他们所需要的那些喜剧段子了。

他随身带着《世说新语》《笑林广记》《搜神记》《青泥莲花记》和蒲松龄、冯梦龙、纪昀、李渔、林语堂的作品。外国的有薄伽丘、乔叟、马克·吐温、契诃夫、欧·亨利的小说集。枕头边还放着《一千零一夜》。他的好多喜剧段子，都是在这些作家的语言和故事中找到了灵感。可最近翻来覆去，还是没有找到红石榴度假村能用上的戏核。荒淫的、偷情的、吝啬的、虚伪的、行贿的、贪赃的、懒惰的、昏昧的、假道学的、假正经的、整当官的、害主教的、失言失信的、猥琐惧内的，故事很多。要说滑稽幽默，他一个人读来，时时笑得失声岔气。可要弄成戏，让满场的观众捧腹、喷饭，都还差点劲道。外国的故事，硬扭过来也不服水土。也许是今天可笑的事太多，一般的段子，扔到观众池里，连点涟漪都泛不起来。想来想去，镇上柏树还是想到了青少年时的一些记忆，作家最能写好的就是那个存储。好多作家写一辈子，都在那里面转圈圈。他突然想到了自己偷卖家里老香炉的故事。当然，那不是喜剧，那是黑色幽默，幽默得让人想掉泪。

那是他上大学的第一年，"不知口体之奉不若人也"的日子，在比对中越来越明显，让他不能不回家打老香炉的主意。香炉是祖爷手上传下来的，典型的青花瓷。炉底有"大清乾隆年制"的篆书款，两侧还有"福海珍藏""万寿无疆"的吉言款，形状像个宝葫芦。每年春节前，奶奶都会从香火台上小心翼翼拿下来，用灶膛灰和老酒擦洗一新。村里有见过世面的说，这玩意儿是文物，能卖个好价钱，镇上柏树便惦记在心了。不过奶奶从来都没有要卖的意思。那是供了祖辈几代人的香火炉，咋能拿去换钱呢？奶奶说，兴许彭家人老几辈子混得没要饭、没出贼、没短寿、没遭牢狱之灾，就是靠了这瓷香炉呢。

镇上柏树知道跟奶奶商量，是不会有结果的，便在一天早上离开镇子时，顺手把瓷香炉塞进包里了。他准备卖了钱，再二一添作五地给奶奶一些回报。想必奶奶对这个最有希望、最疼爱的孙子，也只能骂几句了事。谁知剧情迅速朝极端方向陡转了。也许是奶奶有察觉，就在他偷了香炉，准备悄然出门时，突然咳嗽一声，挡住了去路。奶奶没有多说啥，就只拿出一沓揉得皱皱巴巴的毛票子，硬要他把香炉放下。他现在的生活亏空，岂是一把毛票子能解决的，便有些强制地要夺路而走。奶奶偏不依不饶。三拉四扯的，他也是有些故意的成分，便把一个瓷香炉跌在了地上。门口台阶是青岗条石铺就。细瓷碰上糙石，只听嘭的一声，不是碎成一块两块，而是瓷花四溅了。把条卧在门口的瘦狗，吓得像是遇见山崩地裂一般射出老远，趔趔趄趄好半天，才回过身继续倒退着汪汪乱叫。奶奶当下就卧在地上了。任一家人怎么掐人中，捏虎口，嘴对嘴地"接气""导引""叫魂"，都再没叫醒来。他爹劈头盖脸、砍腰拦胸地就是几扁担，打得他脑海爆裂，麻筋倒抽。他爹还直喊叫要结果了他的小命，跟狗一起给奶奶殉葬去。彭跃进，那时还不叫镇上柏树，硬是被打得睡了三天，才被人强搀起来，一瘸一拐地，给奶奶披麻戴孝，磕头如捣蒜去了。

咋想这都是个悲剧。可在悲剧里面，镇上柏树老觉得有一种黑色幽默隐含着。他好多次都想写，可写出来又不是那么回事，终究是一场很凄凉的悲剧。突然，他的眼睛又睄到了土炕一角的那把陶夜壶上。他想拿起来看看，又怕人用过。正打量着，潘银莲送水果来了，他就问："这玩意儿是用过的吗？"

潘银莲羞涩地一笑："啥玩意儿？"

"夜壶啊。"

"镇老师还知道这是夜壶。"

他说："我也是农村来的，咋不知道夜壶？"

潘银莲说："城里好多人以为是大茶壶呢。"说完她还笑着捂了下嘴。

镇上柏树有点故意挑逗地说："那让他们对着嘴吹好了。"

潘银莲的脸就羞红完了。

镇上柏树继续说："这到底是个摆设，还是真能用？"

潘银莲一笑说："过去的能用。后来武总嫌脏，就都改成不能用的了。"

"不能用？"说着，镇上柏树拿起那把夜壶一看，才发现入口处是实心的，的确就是个摆件。

潘银莲说："是武总专门到耀州陈炉镇烧的。"

镇上柏树也一笑说："有趣。"

他还故意把那个夸张得像阳具一样的管道，来回摩挲了摩挲。

潘银莲把眼睛就迈向一边了。

镇上柏树对这个陶瓷工艺品还有点爱不释手，又拿到窗前，对着太阳光细看起来，说："陈炉陶瓷还确实精到，这把夜壶，恐怕也不老少钱吧？"他的手，还在那个乌龟脖项一样的管道上把玩着。

潘银莲回答了一句不知道，就想离开。

谁知镇上柏树有点走神，一不小心，夜壶掉在地上，喀嚓一声，单单把那个乌龟脖项摔得与壶体分裂开来。那玩意儿更像是被谁割下一般，痛得蹦了几蹦，又不屈不挠地坚挺在了那里，更加酷似阳物。

镇上柏树“哎哟”一声，先捡起那怪货色，扑哧一笑：“的确烧得好！想象力丰富！造型美观、大方、精致！”

潘银莲急忙捡起壶体欲走。

镇上柏树有点故意地说：“还能接上。”说着就要拿起那一截去对接，反倒把潘银莲手中的壶体也跌落在地了。立马，又是个瓷花四溅，特像好多年前他和奶奶争夺香炉的情景。也就在那一刻，他脑子激灵了一下，突然出现了喜剧灵感。

一个好喜剧小品可能要诞生了！

他甚至都想把潘银莲紧紧拥抱一下。可还没等他下手，潘银莲早已吓得从房里跑出去了。他拿着那截怪物说：“成了！戏成了！”

二十

翻书、郁闷、困惑、冥想了快一个月，真正创作仅一晚上，小品《老伙计》就成形了。真是一句三年得，一吟泪双流。镇上柏树特别相信灵感这个东西。如果不是潘银莲，也许这个作品永远都不会诞生。美妙的潘银莲的到来，以及由潘银莲引申的夜壶话题，再到夜壶失手，瓷花四溅，让他把历史与现实的故事立马拼接到了一起。有作家说，世间的好故事、好作品是本来就有的，只看你有没有眼力和机遇去发现、获得。就像雕塑，一块花岗岩上，本来是有着一个美丽造型的，只需你去凿掉多余部分而已。镇上柏树终于把这个好故事给凿出来了。他把《老伙计》念给贺加贝、贺火炬和武总、潘银莲听时，几个人先是笑得扑哧扑哧的，继而，又像湖里的鸭子一样嘎嘎乱叫唤起来。再后来，贺加贝就在床上打起滚了。尤其是潘银莲，笑点低，也是有关夜壶的双关语弄得她有些难为情，干脆一头撞出去笑去了。

潘银莲是镇上柏树专门让叫来的，她不在，他朗读剧本的兴趣即减掉大半。直等到潘银莲再返回来，镇上柏树才绘声绘色地把剧本念完。大家不是鼓掌，而是拍桌子打板凳地齐声喝起彩来。都认为这个戏成了。

武大富喊来值班经理，让给厨师长传话，说中午加个辣子炒鲍鱼，还要一个“龟蛇锁大江”。

镇上柏树把真实的故事做了三个置换：一是把他奶奶，换成了爷爷；二是把老香炉，换成了老夜壶；三是把卖夜壶还债，换成了买电脑学习、搞科研。他甚至还暗暗禀告冥府中的奶奶，不要怪他佛头着粪。香炉换夜壶，也是迫不得已，谁让老香炉没有喜剧性呢？戏中夜壶跟香炉一样，都是祖上传下来的。祖爷用了太爷用，太爷用了爷爷用。据爷爷讲，这瓷夜壶已在彭家传了八辈左右，竟然没打，甚至连一点磕碰都没有。一代代、一夜夜偎在床上，至今尚能感受到祖上的体温。关键是让人老几辈，少了多少起夜的麻烦、增添了多少幸福指数啊！晚上尿一憋醒，转过身，眼睛都不用睁，摸到壶口就把事办了。迷迷糊糊放完水，仍睡，一般不会把瞌睡打断。省了多少失眠、风凉、感冒之苦哇！尤其是年岁大了，起居不便，这玩意儿简直就是个老伙计、小伴当：省心、省力、省时，还防跌打损伤。老人谁能跌打得起？而起夜就是最容易磕绊、跌跤、中风、猝死的生命危险环节。那是人与地球引力终身搏斗的最薄弱时刻。他老爷在强调夜壶的好处时，还特意讲到了当下最时髦的养生学，说彭家祖辈都是高寿，多半与这个老夜壶有关。睡觉是天下第一等的大事。托夜壶之福，彭家人都睡好了，才个个活得八十往上。老爷突然发现孙子偷走了“老伙计”，自然是要奋不顾身地穷追力讨了。镇上柏树把爷爷的回忆写得妙语连珠。爷孙冲突对话，更是提炼得精彩绝伦，几乎句句都是笑点，一抖一个包袱。争来夺去，直到把夜壶跌在地上，粉身碎骨。爷爷大呼：彭家天伦顿失，福寿不再，大厦将倾矣！

戏的着力点，是在讽刺老爷的抱残守缺上。因为镇上柏树给了“孙子”这个人物一抹亮色：卖夜壶是为买电脑学习、搞设计。武总还说了一句：祖业都是让儿孙这样败葬完的。不过他承认戏好，把个夜壶说得活灵活现的，一准能抓住观众。但他也提出剧名叫《老伙计》不好，干脆叫《老夜壶》得了。镇上柏树觉得端直叫夜壶不雅。武总说啥子雅不雅的，谁还不尿了，就叫《老夜壶》有味儿。武总说话自然是最有分量的，因为人家是大东家。贺加贝和贺火炬都只提了一两点小意见。而潘银莲光笑，直说不懂。到人都散去后，镇上柏树才问她，戏到底怎么样？

潘银莲还是说："我不懂。不过听村里老辈子讲的戏，都干干净净的。说的是咋做好人，咋行善积德，咋行侠仗义，咋寒窗苦读的事。把尿壶说半天，笑是好笑，那是戏吗？那些话能拿到台上说吗？村里只有流氓，才爱当着别人家的婆娘说这些烂杆话。我不懂，别在意噢。"她还是捂着嘴在笑。

镇上柏树先是一愣，没想到潘银莲乐是乐、笑是笑了，却撂出这样一段话来。从某种程度上讲，他也部分认同潘银莲这些话，自古以来唱戏就是移风易俗、高台教化么。写老夜壶，也并非他的初衷。里面的确有黑色幽默成分，但明显缺乏雅趣。可毕竟是吃住在武大富的度假村里，多少次交谈，他也听出武大富想要什么样的产品，最终灵感火花，也就自然全都闪现在这方面了。关于《老夜壶》剧名，他还坚持了一番，最终胳膊拗不过大腿，海报上还是写了"喜剧明星贺氏兄弟倾情巨献《老夜壶》"字样。并且设计海报的人别出心裁，画面上栩栩如生地画了把老夜壶。剧场门口，也故意叠架起了一堆形形色色的夜壶来，看上去很是滑稽。气得他还跟贺加贝顶了几句嘴。贺加贝一来得听武大富的；二来毕竟是演员，文化程度低些，觉得这把《老夜壶》挺刺激、喜兴、有戏，也便跟着锦上添花起来。

演出果然很火爆。火爆的程度大出镇上柏树的意料。本来他是有点担心，怕观众提意见，说高台教化的地方，竟然不停地说夜壶。由夜壶带出生殖想象；由生殖想象，又勾连起性与传宗接代的诸多话题；尤其是爷孙之间，这话题既欲掩还露、欲盖弥彰，又肆意放胆、没高没低；总之，近四十分钟的戏，都让人在一个很敏感的器官上跳来荡去。真有点潘银莲说的，像乡村流氓“胡搭挂”，三句不离“下三路”。观众竟然大为接受，这让他有了一种对舞台底线的重新认知。当不断涌进剧场的人流，用掌声赞许他这样突破时，他的创作底线便像滑板一样，很是自然地向下滑落了几度。开始他坐在剧场里，甚至有点诚惶诚恐。后来，便被这种掌声搞得理所当然，并沾沾自喜起来。没想到，舞台上的喜剧，比杂志上发表的段子尺度还能大一些。他对编戏立马有了底气和自信心。

场场不落的武大富，每看完演出，总要对镇上柏树说：“咋样，我太了解观众了吧？没有不喜好这一口的！忙忙的，都是来解馋的，你得给他牙缝里塞点刺激的。名字改得好吧？你还嫌俗，要是叫了《老伙计》，鬼看。抓紧写，镇上老师要再能搞出这样几个好本子，只怕西京都留不下了！你不是喜欢吃‘龟蛇锁大江’吗？再弄个好的，我给你上金钱龟。”

虽然初试牛刀便一举成功，可要再写第二个，的确还没把握，这就是创作。创作有时简直是可遇不可求的怪物。再大的作家，都不可能写啥成啥，一下手就挖个金娃娃。镇上柏树也在总结自己的成功经验：核心是生活底子；再就是潘银莲所起的化学反应。他仍回到生活的记忆里，去寻找可以脱胎换骨的那些戏核。终于，他又翻检出了另一个段子：《听床》。

小时在村子里，一有人结婚，孩子们便被弄到床底下去听床。他就先后听过好几回。开始两次，才六七岁，早早就睡着了。有一次因鼾声大，还被新郎新娘倒拖出来，把后脑勺的皮都蹭掉一块。又一次倒是听成了，夫妻没行房事，却一顿乱打起来。原因是男的到深圳打工，回来听到了风言风语，说村长已把一村的“鲜奶”都尝遍了。并且那晚喝酒，村长又被灌得烂醉如泥，烂嘴还有所显摆。入了洞房，两人只说了几句，便大打出手。关键是媳妇也不是善茬，竟然三两下，就把那男人踢在了床下。听床人立马暴露了。弄得他还挨了几脚，才被扔到了门外的柴火垛上。这件事，他开始觉得是可以写悲剧的。没想到，发酵到现在，也成了上好的喜剧材料。

他把故事讲给潘银莲听。潘银莲说："村长这么坏，你不替那些出门打工的出出气，还嘻嘻哈哈当笑话讲。村里人没有觉得这是好笑的，都觉得没世事了。坏蛋咋不遭天雷报应呢？农村人都喜欢看《雷打张继宝》《铡美案》《窦娥冤》，就是觉得有人收拾这些货色，替可怜人伸冤呢。"

武大富可不这么看。当他听到这个"戏管子"后，连着拍着大腿说："成了，镇老师，这个戏可成了！保准不亚于《老夜壶》。不要叫《听床》，农村把这叫'耍媳妇'。端直叫《耍媳妇》多豁亮！床上戏可以多一点。打的时候，还可以把老夜壶拎出来，这样把前边的戏也挂起来了。赶忙写，出来保证大火！镇老师，我给你把金钱龟都弄回来了，戏一出来，咱立马咥！"

镇上柏树也考虑过潘银莲的提议，可毕竟是为武大富写戏，出来得合武大富的口味。

写起来很快，几乎是一夜之间就完成了。搬上舞台，演出效果果然没出武大富所料，竟然比《老夜壶》更火。

武大富立马兑现了金钱龟做的"龟蛇锁大江"宴。蛇是云南运来的金环蛇；"大江"是南非干鲍、金华火腿和广东怀乡鸡煨了二十四小时吊的高汤。并要潘银莲和贺氏兄弟作陪。潘银莲刚见把"金蛇盘龟"的主菜端上来，就恶心得一头打出去吐了。她说河口镇人从来不吃龟和蛇，那是灵物，吃了不得好死的。武总笑话说："都是鸡嗉子装不下二两米的命。看人家活猴脑都吃，谁还不得好死了？"他首先给镇上老师夹了龟头，挣眉活眼地放在盘中昂首兀立着。还再三给镇上老师敬酒，要身边伺候的女服务员，多陪镇老师到村里走走，呼吸呼吸新鲜空气，也好多打粮食，多出精品力作！

镇上柏树作为喜剧作家的地位，就算在红石榴度假村奠定了。

二十一

贺加贝终于尝到了原创作品带来的甜头。过去老见剧团晋京演出归来，媒体总要报道“轰动京华”。他爹火烧天就开玩笑说：全国每个剧团进京一次，都轰动一次，一年进去几百台戏，还不把京城给轰垮了。看来以后打仗，都可以不用大炮，让剧团去就行了。可这次《老夜壶》和《耍媳妇》的演出，的确是轰动了古城。古城墙的老砖松动了没有，不好说，反正度假村的剧场大门，的确是挤得歪歪斜斜，不得不换上钢架内衬了。媒体被武总一拨拨弄来，吃了喝了玩了，连篇累牍，持续报道，绝对把全城搅动起来了。有一天，连剧场的后门都挤垮了。可见那剧场，也不是个正经设计施工的建筑。戏一红火，武大富的住宿、婚宴、庆寿、丧葬包席就红火起来。有时一天三场，不得不搞“大会串”。贺加贝看到了原创的厉害，就越发地对镇上柏树好，要他抓紧创作第三个本子。再有一个小品，凑起来就是足够两小时的一整场晚会了。

当然，看着剧场的红火，贺加贝心里也逐渐不平衡起来。武大富虽然对他好，可面对最近的火爆，给他和火炬加的钱却并不多。他在思谋着，一旦时机成熟，就想自己干。已有不少人建议，要他到市中心去驻场演出。寄人篱下终不是个事，也走不远。

为了尽快催生出第三个戏，贺加贝要潘银莲多关心镇上老师的身体。他听说镇上柏树晚上加班爱喝汤圆鸡蛋醪糟，并且要放古巴糖，就让潘银莲半夜起来给镇上做了送去。潘银莲为此很不高兴，问他把她当啥人了，贺加贝说：“镇老师是为我们写戏，那就是我们的雇工。要想戏好，你就得对雇工好。”

“反正深更半夜的我不送醪糟，要去你去。”潘银莲并且说，“我不喜欢那个人。”

贺加贝说：“镇老师挺好的呀，咋了？”

“没咋，就是不喜欢。都写了些啥名堂，脏不兮兮的。还是那话，跟我们村上那些流氓说的话差不多。”

贺加贝说：“你村上的流氓，能说出这样幽默的话来？你看镇上老师说得多俏皮，多有才气！明明是说那事，偏不直说，弯来绕去、借东说西的，那就叫艺术。”

“再弯来绕去，还是流氓话！”

“你跟了我，就得学会欣赏艺术。”

“这样的艺术，我老家人早八辈子就会了。他们要媳妇、听床，比你们玩得疯狂多了。那就是村里一些流氓喜欢干的事。”

“娃娃听床也是流氓？”

“都是村里那些坏蛋教的。”

气得贺加贝手直摆：“跟你没共同语言。你只管伺候好镇老师就行了。”

潘银莲嘟哝说：“还有男人让自己的女人，半夜去伺候别家男人的。”

贺加贝说：“镇老师不一样。”

“咋不一样？是男人都是一个货色！”

“镇老师是作家。”

潘银莲说：“他坐在家里才胡想心思呢。反正我半夜不去。”

“好，我去送。写下新戏，让咱唱好戏，还不都是为了这个家。”说着，贺加贝还真送汤圆鸡蛋醪糟去了。

镇上柏树听到敲门声，先是一阵惊喜。结果看见是一颗削得过于光溜的菱形脑袋钻了进来，就有些不大愉悦，说：“这半夜你还没睡。”

“睡不着呀镇老师。那两个小品一上演，西京就炸了锅。大家都等着看第三个好戏呢。有了这三个戏，就算凑成一整台晚会了。对你镇老师，也是天大的荣光啊！”

镇上柏树说：“不敢催，急不得。前两个演出效果这么好，我也没想到。给后边就加了压力啦！”

贺加贝说：“不急不急，镇老师啥时觉得好了，啥时再朝出拿。

只是观众的热情不敢等过撇了，一旦过撇，也就再不好朝起煽惑了。”

“那也得一口一口地吃。心急吃不得热豆腐呀！”镇上柏树挑着滚烫的汤圆，一口咬下，烫得脑袋左右直摆，仍是有点忍不住地问，“弟媳妇睡了？”

贺加贝说：“睡……睡了。今天有些累。”

“你小子艳福不浅哪！奇人异相，却找了这样一个绝色美人，小心身体着！”镇上柏树说这话时，眼角还诡秘地夹了一下。

贺加贝笑笑说：“村野小家碧玉而已。”

镇上柏树说：“看惯了城里的时尚大餐，还是村野小家碧玉有味道啊！”

这话让贺加贝稍稍警觉了一下，难怪潘银莲对伺候镇上柏树有些不热心。除了他创作的作品，在潘银莲看来，跟他们村上那些老流氓说的话差不多外，大概还有其他让她不喜欢的地方。好在他太了解潘银莲，除了精神上的抵抗力外，生理抵抗力也没有任何被撼动的可能。他就还让潘银莲伺候他。因为他发现镇上老师喜欢她伺候。潘银莲伺候他，能出活，并且出好活。果然，又过了一个月，镇上就把第三个好本子拿出来了。为了与上两个本子形成统一风格，最后还是武大富一锤定音，叫《尿床王》。

第一个对《尿床王》表示反对的仍是潘银莲，说太恶心了，农村尿床是很丢脸的事，你们怎么拿到舞台上说了快五十分钟？主角从小尿到老，真应了里面那句歇后语：六十岁尿床——老毛病了。就这样一个老毛病的人，把三个老婆都尿跑了，还尿垮了三个炕。剧情夸张到了无以复加的程度：先是村里领导带他进城去治病，把人家酒店的席梦思尿得漂了起来；后来又投到外省一个专治尿床大师的门下，竟然差点把大师淹死在挂满了“妙手回春”锦旗的诊所里……总之，从头到尾，逗得一些观众捂着肚子抽着筋地笑得直不起腰。据说，这也是镇上柏树的生活积累。他说他有一个舅，就尿了一辈子床，娶了三房媳妇都离了。他舅最后死时，啥都不要，就要外甥给他坟里放一把夜壶。舅说那边冬天冷，尿湿了炕，怕煨不干，容易得褥疮。《尿床王》的最后，竟然也是这样结尾的。有人还戏谑说，这也算是镇上老师的欧·亨利式结尾了。

这个戏演出后，不是没有人提出对格调上的质疑。可到红石榴度假村来度假的一个领导说：“挺好啊，现在生活节奏太快，压力太大，一天抓钱抓经济够累的，就需要这样放松放松。唱戏嘛，就是耍耍，就是娱乐嘛！我看这个《尿床王》还可以搞个系列嘛！只是到县政府找县长上访那一节有些不真实，是不是？怎么能在过道椅子上就睡着了？还尿得县长以为是管道爆裂了才跑出来，啊？这么被动的接访……何况你尿床县医院没治好，嫌白花了冤枉钱，就直接找县长上访也不合适嘛！是不是？连吃喝拉撒这样的小事都找县长，那还怎么办公？这一节得好好改改，必要时拿掉，其余的都不错！能逗人笑，能招来顾客，能把度假村经济搞活，能让人快活起来，我看就是好作品嘛！”而镇上柏树最得意之笔，就是找县长上访的那个情节。他想坚持不改，可武总非让“立即骟了”不可，说别自己给自己找抽。他就无奈地“骟了”。尽管如此，《尿床王》还是成了比《老夜壶》《耍媳妇》更红火的节目。都在夸奖镇上柏树的创作是芝麻开花节节高。有了三个既独立成篇又相互照应的原创作品，最后武大富给晚会冠了个总名字叫：《请到村里来快活！》。镇上柏树觉得有点直白，说能不能叫个《村庄喜剧》，哪怕叫《让我们快乐地活着》都行。可武大富很武断，啪地随地吐了一口唾沫，几乎把地砸个坑：“就这样定了！”

二十二

贺加贝做梦都没想到，三个节目组成的晚会，会这么火，火得一城人都到处逢人说“快活”。红石榴度假村像法国红磨坊一样，一下成了高度聚焦的场所。连好多政府会议，都挪到这儿开，还别说其他各种接待了。搞得武大富连着招了几拨服务员，都应付不过场面来。有领导说：“大富，你这啥都好，就是服务质量每况愈下呀！服务员半天叫不来，来了还都长得七长八短、挤眉弄眼的。”武大富知道，顾客增加了十几倍，连他自己平日不太愿意示人的胖婆娘、丈母娘、大姨子姐都亲自上阵端盘子端碗了，哪还顾上长短粗细、眉眼是否周正。

眼见武大富一天两场甚至三场地加演，累得贺加贝兄弟俩一人瘦了好几斤。每天早上十点多就开脸，直到晚上十一二点才卸妆。吃饭也是端到后台凑合。到没人的时候，一贯不太爱说话的贺火炬，突然蹦出一句来：“哥，你看咱俩像不像外国斗兽场里的牲畜？”

贺加贝还把他睖了一眼。不过这话，让他在再次登台时，也有了某种相同的感受。满场的吆喝声，让他们的出场，真的像在呼唤两条斗牛的破栏而出。剧场由于加凳子太多，尤其显得混乱不堪。武大富总是站在观众池座的前方，带头把又短又粗的手，举过头顶，引领欢呼。引领完观众，他又面向舞台，把双手举得更高，似乎是在用一块带着血腥的红布，撩拨台上的“斗牛”，更加疯狂地向前奔突。贺加贝看了看弟弟的脸面，画得斜眉吊眼、口鼻歪抽的，他突然产生了一种悲哀感。本来就长得稀奇古怪，加之前两场演出刚结束不久，汗水已将小丑腮红、八字吊梢眉和血盆大嘴的口红，渍洇得五马六道，看上去就更加滑稽可笑了。从弟弟的样貌，他立即判断出了自己形象的诡异、变形、丑陋。因为这是高度对称统一的两副克隆嘴脸。滑稽而又嬉闹的深处，一种悲凉掠过心头。他突然产生了一种想法：不能给武大富当牲畜了，得自己出来干！

他把这个想法首先说给了镇上柏树。

镇上柏树虽然在度假村落了个吃喝不愁的日子，可对武大富那套横加干涉艺术创作的态度，心里已是老大不舒服。用他的话说：“球都不懂，还爱谈艺术。并且非得照他说的改不可。改来改去，看把戏改成啥了？”尽管戏是整得热闹非凡，把观众现场笑翻一地，可对镇上柏树来说，太过粗俗的语言，听着还是觉得有些丢脸。尤其是一些有点意思的东西，每每都被“劁干骟尽”，让他心里很是挠搅。自己毕竟还是个文人嘛！特别是有一晚上，他专门把孔老师请来看了一次，孔老师看到一半就说："你饶了我吧，还是下围棋走。喜剧总得有点思考，有点人文立场吧？也需干净、节制，不能趣味过于低下。你看你们把喜剧快搞成厕所文化了，说文化都是高抬。"孔老师这番话对他打击还是不小。走吧，又舍不得这份款待、收入，尤其是潘银莲的笑脸。不走吧，按武大富的弄法，第四第五第六个戏出来，只会更加粗俗，似乎又不是他对创作的向往和追求。贺加贝要另立门户，他当然是坚决支持的了。加贝毕竟还好商量些，不至于像武大富那么武断。吃住仍有人管，潘银莲还伺候着，何乐而不为呢？

定下了镇上柏树，贺加贝就有了信心。他跟弟弟商量这事，火炬早就不愿寄人篱下了。只是担心自己置办演出，麻烦太大，一旦上座不行咋办？贺加贝对此倒是蛮有信心，他就开始在外面张罗剧场了。

有一天，武大富突然头不是头、脸不是脸地对着贺加贝说："咋，翅膀养硬了，要飞了，得是？"他手里还托着一个大西瓜。每每到后台慰问演员，都是服务员送东西，他跟着。今天的西瓜却是他亲自托着，足有二三十斤重。

贺加贝开始还有些辩解的意思，毕竟剧场还没谈好，一切都在两可中，不能立马跟武大富闹掰了。再加上起事是从红石榴度假村开始的，就是分锅立灶，他也想两头都兼顾上，不能弄个硬折腿、猛跳崖。可武大富似乎有点不依不饶，说："你要另拉杆子，行！但得把我红石榴的投入都吐出来！"看着平常十分谦和、大度，甚至故意有点卑微的武大富，一旦翻脸，腰轴得生硬，脸定得死平。把贺加贝也不叫贺老师了，而是端直叫戏子、戏娃子。开口闭口都是你们戏娃子长、戏娃子短的。贺加贝让他文明些，武大富突然把手里那个大西瓜，嘭地砸到地上，溅得满世界一片血红。连他自己脸上也飞来一块西瓜瓤，刨了几刨，大嘴越发血糊淋荡地直喊："我们村里把唱戏的就叫戏娃子，咋？戏子！臭戏子！烂戏子！不唱了给老子滚！"弦索一旦绷断，一切便都变得嘎嘣利落脆了。他们的演出当晚就停了下来。武大富大概早有准备，人家端直弄了一批俄罗斯美女，跳起了半脱不脱的"脱衣舞"，整得比贺氏兄弟的喜剧还火。他们便不得不灰溜溜地退出度假村了。

武大富把南大寿两口子白吃白住三个多月，“连个麻雀蛋都没生下”的账，也都一齐算在了贺加贝头上，那叫“用人不当，造成严重经济损失”。而镇上柏树的三个“蛋”，又算是红石榴的“蛋”，必须留下。外面一律不得演出，但演，就是侵权。为此，镇上柏树还要跟武大富打官司。可咨询后，律师说：“这‘蛋’，的确算是红石榴度假村的‘蛋’，你属职务创作。”

镇上柏树说：“他给我啥职务了，叫职务创作？”

律师说：“职务作品，是指公民为完成法人或其他组织工作任务所创作的作品。一般而言，职务作品的著作权由作者享有。”

“是呀，他凭什么不让演出？”

“但著作权法规定，法人在其业务范围内可优先使用。”

“他用么，没有说不让他用么。”

“注意，”律师继续说，“在其作品完成后的一定期限内，未经单位同意，作者不得许可第三人，以与单位使用的相同方式使用该作品。”

贺加贝说：“我们重排，不用老舞台调度演出，总该可以吧？”

律师制止他：“你听我说完。主要利用法人或其他组织的物质技术条件创作，并由法人或其他组织承担责任的工程设计、产品设计图纸等职务作品，等同于法人作品。”

镇上柏树说：“要说工程设计和产品设计图纸，都是我个人的。”

律师说：“可你是在利用法人的物质技术条件进行创作。”

“就吃住在那儿？”

律师说：“生产技术条件，包括桌椅板凳都算。你总得坐着创作吧？据说笔、纸、钢笔水，连削铅笔的电动转笔刀都提供了。还说你都拿走了。为创作，你要了一个自动按摩靠垫，一个颈椎红外线护套，一个加速腿部血液循环的什么‘夹腿器’，以及大量安眠药，还有马应龙药膏和肛泰产品等。你痔疮是不是很严重？说光治痔疮的药就花了两三千元，对不对？并且武大富一再强调，三个戏的产品设计图纸，他不仅是参与者，而且是‘总把舵’，是最终拍板人。好多精彩台词，也都是他亲自修改的。”说到这里，律师还翻出作品细节给他看：“比如《老夜壶》里他爷的一句台词：‘你把爷的夜壶打了，让爷到你娘的腿上尿去？’还有《耍媳妇》里，说好多台词都是他亲自加的，比如‘天哪，这媳妇在床上叫唤啥呢？是狗尾巴夹到门缝里了吗？’等六处。还有《尿床王》，说他修改达二十一处之多。武大富说，在某种程度上讲，他是三个戏的总设计师。你只是帮助完成设计图纸的车工、钳工、刨工而已。”

气得镇上柏树啪地站起来，一脚踹倒桌椅板凳，连着怒斥了四个成语：“黑白颠倒！厚颜无耻！卑鄙下流！恶俗不堪！”

说归说，骂归骂，打官司是个没深浅的事，加上又遇见了恶人，只怕是凶多吉少，也便自认倒霉算了。

很快，贺加贝便找到一家还算合适的小剧场，便收拾着准备自己开张了。

二十三

这家小剧场在城市的正中心。过去就是唱戏的地方，后来做了歌舞厅。再后来，歌舞厅越来越小型化、私密化，就又改了洗脚房，还洗腰。洗脚、洗腰的私密性也越来越高，大场面的洗、揉、捏、搓，就没多少人来了。贺加贝跑了两趟，就把地方盘了下来。

剧场在钟鼓楼附近的一个深巷子里。上世纪二三十年代，据说这里特别红火，戏院旁边就是“鸨鸡巷”。鸨鸡巷原名叫烧鸡巷，是一条街都在卖烧鸡，故得名。前面卖烧鸡、烧鹅、烧鸭，还有卤蛋、卤豆干、卤猪蹄，醪糟、油茶、枣沫糊，后面便有了越来越多的皮肉生意。开始只是满足一些地痞、二流子的玩耍乐子。后来，越来越多的官家、客商、教授、记者这些体面人物，也改头换面地前来造访。档次越来越高，门楣、床笫也都越来越讲究。接客的女子，也由乡间丫头，逐渐向城市摩登女郎转化。一条街的各种生意也就成了大气候。说那时见天热气腾腾，车水马龙。人员也是三教九流，七股八杂。尤其是到了晚上，竟然有侧身收腹挤不过去的地方。戏园子，自然也就大火特火起来。由于来客四面八方，因而，戏也是秦腔、豫剧、晋剧、京剧、评弹的不固定。来客点啥唱啥，有时一天都能包出好几场来。

贺加贝盘下的剧场的确很小。最早是“山西会馆”，后来改叫“梨园会”，再后来改为“跃进剧场”，再再后来又改成“红卫剧场”了。上世纪八十年代，把“梨园”二字改回来，叫了“梨园春剧院”。演了几年戏，撑不住台面，又改叫“梨园春歌舞厅”了。弄成洗脚房时，“梨园春”几个字仍在，不过后边加了“濯足堂”，全称就叫“梨园春濯足堂”了。后来又添了洗腰这个项目，濯足堂下面，加钉一块木板，鲜红的“洗腰”二字便歪斜其上。贺加贝接管时，洗腰牌子的半边钉子已经不在，是横牌竖吊拉着。上面“梨园春濯足堂”的金字招牌，也掉了好多笔画：“梨”把“利”掉了，“园”把里面的“元”没了，“春”把脑袋不见了，只剩下了“日”字。后边三个字也是缺胳膊少腿的。

贺加贝跟镇上柏树反复商量，觉得还是恢复梨园的招牌好。最后就定下叫“梨园春来”了。

因为开张急促，装修就十分简单。贺加贝把团里的舞美设计请来，按舞台美术的要求，只画了几大块画幕，就把破损不堪的烂剧场，搞成了《清明上河图》一样的美丽街景。不过不是古街坊，而是中西合璧的时尚都会：美国百老汇弄一截，拉斯维加斯也弄一截，巴黎塞纳河弄一截，红磨坊也弄一截，香港维多利亚港弄一截，上海外滩也弄一截，还弄了一截海南亚龙湾的。剧场顶端是灿烂的星空，那是从科幻电影上扒下来的。演出就如同在华美的世界中央，给人一种十分异样的感觉。不过镇上柏树说，有点不伦不类。尤其是与“梨园春来”不搭调。但一切都来不及了，搭调问题只能留待以后去解决了。眼下关键是剧目问题。镇上柏树倒是快手，不仅很快又弄出几个喜剧段子，而且把《老夜壶》《要媳妇》《尿床王》都改了剧名，分别叫了《爷爷的忠仆》《新娘子夜话》和《一个人的战争》。台词和细节也做了调整，尤其是把武大富硬加上去的那些俗语，一一都剔除干净了。尽管武大富还是闹腾了一阵，但毕竟再也找不到自己创作的那些脍炙人口的“金句”了，就见人乱骂一通，任由“婊子无情，戏子无义”去了。

潘银莲既然已是贺加贝的老婆，自然也就跟武大富断了关系，彻底从红石榴度假村离开了。离开那天，她还专门去跟武总道了别。

武大富虽然跟贺加贝闹翻了，但还是给潘银莲留着一点好脸。他知道，这一切都跟潘银莲无关。潘银莲自招进度假村，就是红石榴的一块金字招牌。首先是漂亮；其次是听话；再次是肯干；还有就是“拿捏得住自己”。也有长得漂亮的，可三天两后晌，就被各种诱惑拐带走了。有的搞得声名狼藉，被打得腿趔腰扭、鼻青脸肿，不走不行的。唯有潘银莲，始终立脚很稳。凡重要接待，都是她出面应对，有的还指名道姓要她服务。当然，也有存心不良，企图扳倒硬上者。还有几番周旋，仍降不翻、压不住，是鱼一样在干滩上乱蹦跳着，弄得不得不含恨放弃，怕出事影响前程的。总之，只有潘银莲心里清楚，在这个村子，她亲自参与主演过多少惊心动魄的灵肉搏击与厮杀，反正都挺过来了。就连武大富，对她也不是没有用心用意用情过。为了生意和管理上的秩序正常，也是他老婆看守严密，武大富才很少在村里与服务员之间有什么勾搭。听说早先有一个服务员，就因为与他有染，而被他老婆揪耳环时把耳朵都扯豁了。自此后，武大富即使玩，听说也是与其他酒店老板“交换场地”。他跟人喝酒时常叨叨：兔子乱吃窝边草，那是蠢货干的事！一来老婆犯病；二来管理权威失效；三来小费支出暴增。背着儿媳朝华山——真正的出力不讨好！可在潘银莲身上，武大富也想花点钱，但没花出去。潘银莲除了工资，绝不贪任何便宜。他纠缠了一阵，也扭打过几回，每每扭住，潘银莲的嘴，都能拧到脑后去。他把短粗短粗的身子勉强顶上去，也会被她金刚钻一样的脚尖，踢得要害部位立马解除武装。他也就再懒得费那闲力气了。潘银莲最终能跟贺加贝，都是武大富没想到的事。以他的判断，贺加贝也就是玩玩而已，碰了钉子，自会勒马收缰。谁知他们最后还玩成了真的。一个绝色美女，竟然被一个丑得失了人形的货，生生牵入了洞房。以他的心思，是有些舍不得的。可为了度假村的人气，得用贺氏兄弟来“耍丑”，也就不得不顺水推舟了。可憎的是把人用到关键处，贺加贝竟然生了二心，尥蹶子要另立门户，武大富是真的气得七窍都要冒烟了。好在有人建议，找来了俄罗斯美女，倒是没让度假村的人脉垮塌。不过与贺加贝，他是实实在在地摽上了。要不是有潘银莲，他会给很多难堪，让他们吃不了兜着走。不是走，而是让从村里倒爬出去！

潘银莲告别的时候，武大富说：“银莲，我这一辈子做得最日巴欻的事，就是把你给了贺加贝那个丑屄。你是个好女子，跟了他，把你亏死了。关键是我担心，戏子无情，将来会欺负你。一旦有那一日，你还回来找我吧！只要有我一碗干的，就少不了你一碗稀的。”

武大富说这话时，很是有些声情并茂，甚至有一种想哭的感觉。潘银莲倒是依然微笑如初，说：“谢谢武总！混不下去了，我就回来找你。”

“村里的大门永远为你敞开着！”

武大富还站起来做了欲拥抱的姿势。但潘银莲没有迎上去，而是很礼貌地后退两步，鞠了一躬，才转身离开。

武大富还在后边喊了一声：“银莲，我让多给你开了一个月的工资，你领了吗？你是你，狗日贺加贝是贺加贝，茄子一行，豇豆一行。”

潘银莲还是笑笑地说：“武总，没上班，我就不领那工资了。谢谢你！”

武大富把潘银莲送出了好远，他是希望她能回头看他一眼。但潘银莲自走出他办公室的门，就再也没有回头。尽管她的面庞，始终微笑着，笑得跟桃花一样春风满面。

潘银莲到了“梨园春来”，贺加贝就告诉她：“你已是老板娘的角色了！”什么叫老板娘角色，她还没有找到感觉。尽管在红石榴度假村，她也一直在台前幕后伺候着，但毕竟还是服务员的角色。一下成了戏坊的老板娘，还真不知该干些什么呢。后台洒扫应对，贺加贝添了新人；前台捡场，为了节省成本，都是演员自己干；老板娘便只好到门口卖票去了。

镇上柏树成了梨园春来的签约作家，关心票房收入，自是合情合理。一有时间，他便挤进只有四五平方米的小房里，帮着潘银莲滚日戳，撕戏票，点钱款。眼睛，自是少不了要在潘银莲毛孔细密、汁水蓄含欲滴的嫩脸上，寻找润物无声的滋养了。

二十四

贺氏兄弟的名气的确是打出来了。戏一开锣，立马人头攒动，座无虚席。尽管只有二百来个座位，可场场爆满，有时还在过道加座，自是令人喜出望外。

首先是地方选对了。“鸨鸡巷”已成新的“红灯区”，好多门牌也都挂着“大峡谷”“塞纳河”“维多利亚湾”的字样。里面不是跳舞就是洗脚，再就是洗浴中心。本土名字，像“聚和园”“仁寿坊”“信义堂”等招牌，基本都废弃或改头换面了，连“刘一手澡堂”都弄成了“梦巴黎”。过去街边小铺面里的吃喝，大多变成了占道经营的摊点。但见城管过来，就没命地朝背巷子钻，眼瞅见还燃着炉火的摊摊，被拉上了滴汤洒水的昌河车。而诸多铺面，都变成了咖啡屋、茶道、日式韩式料理。还有朝鲜人开的“金达莱餐馆”，门口总是站着成双成对的美女，一有客人来，就又是唱又是跳地把人迎进去。梨园春来左边，是一个温泉浴，名叫“北海道之春”。右边是麻将馆，外带老虎机之类的游戏，干脆就叫“拉斯维加斯之夜”了。那时这个城市夜晚能闹腾一宿的地方，大概就一两处。全城都睡了，这儿的神经末梢还在抖动。贺加贝的喜剧加盟进来，自是又让这条街的热闹增添了许多。

中午一场，晚上一场，演着虽然累人，但收入都是自己的，这让贺加贝很是快活。有叫他贺老板，也有叫贺团长的，感觉自然是不同于在红石榴度假村了。这期间，镇上柏树的创作激情也大大迸发，竟然又连着弄了几个好段子。一经推出，没有不喊叫看得痛快过瘾的。贺加贝就又想到了万大莲，他想让她加盟到贺氏演出团来。一是团里人手的确不够；二来也需要新面孔，尤其是女角；三来他也实在想把万大莲拉一把。听说她日子很苦。他觉得自己有责任，有义务，也有这个能力，让万大莲分享到自己这份幸福和快乐了。

贺加贝又去找了一次万大莲。

离了婚的女人，就像水仙花突然失了水分供养，花倒仍是开着，却有点蔫干，且枝体也显得有些东倒西歪。这是贺加贝走进万大莲房间的一种古怪感受。照说，万大莲离开花花公子廖俊卿，是件大好事啊！自打万大莲结婚后，他就觉得她活得越来越不讲究了。怀孕、生孩子，更是把一个花骨朵儿，搞得花蕾、花蕊不再。再加上离婚，她还真把自己当寡妇对待了。这年月，离婚的也不在少数。有些把结婚离婚当玩儿似的，说结便结，说离即离，就像脱下本来就带着装饰味儿的手套一样随便。离了的，比在婚还收拾得鲜嫩出挑，仍是玩着纯情少女般的娇媚，只是总有点包不住那失去了天然羞涩的风骚而已。可万大莲偏是一心围着那个叫木犊儿的孩子廖万转。她把生命的花瓣都快蹭掉光了，只留下一个撑持过花朵的光秆秆，立在房中，还抱着廖万摇来晃去。

那碎货也一岁多了，却老赖在他妈怀里揪着奶玩。

过去他们在一起练功时，他从练功服外，踅摸过那对吸引了无数双眼睛的“双子座宝塔”。后来排演聊斋戏，这对挺拔的宝塔，又无数次从自己身上、心尖擦过。他感到了塔的饱和度，也感到了塔的弹性和韧劲。她跟廖俊卿入洞房那天晚上，他也无数次想到这对宝塔的污损与变形程度。今天，当他第一次借廖万的手，看到这两座原塔时，兴奋之余，却又感到了无尽的酸楚与疼痛。塔是彻底变形了：基座越摊越大，塔尖却显示出了向塔基倚重、后坐、软卧的趋势。不似当初仰躺在那里做“犀牛望月”科时，都那么向往云端地尖峭、怒放与挺拔。颜色也让他有些不敢相信自己的眼睛。他突然又恨起狗日的廖俊卿来。

他在窗外偷看了一会儿，才推门走进去。万大莲立马把廖万的手从胸前扯开，盖上了衣服。她既没表示出对他过分的热情，也没表示不快，就那样随便笑了笑，让他坐。

往哪里坐呢？二十几平方米的小房，连沙发上都搭满了刚洗过的衣服、床单。万大莲一手抱着廖万，一手随便抓了抓，才算是给他腾挪出一个下屁股的地方。

“看我把家里搁的。”万大莲有些不好意思。

“过日子么。”贺加贝也回了句言不由衷的理解。

廖万又掀她衣服，要摸奶，她还有点阻挡不住。

他就站起来，弹了一下廖万的脸蛋说：“都多大了，羞不羞？！”眼睛却把万大莲的胸部又近距离扫射一下。

廖万还是要摸，只是万大莲死死用衣服把他的小手捂在了里面。

他又坐下问：“团里一直没事？”

万大莲说：“你还不知道？现在连周一集合都散伙了。团长也不想干了，交摊子还交不出去。”

贺加贝说：“放在我，也把这摊子交了算了。排戏演戏都没人看，工资只发百分之五十，还干啥？”

万大莲说：“就你红火么！”

这话贺加贝爱听。说明她总算还是关注着自己的。他说：“我就是二次来请你出山的。”

“你演喜剧，我唱花旦，就不搭嘎么。再说，我爱笑场。过去在台上，但见你爹和你弟兄俩演出，就笑得忍不住。有几次都让团上把演出费扣了。我不适合演太闹腾的戏。一见你们做鬼脸，就完蛋了。”说着，她还真又笑了起来。

“我不朝你做鬼脸就是了。”贺加贝说。

“哪能成。演出还能不交流？一交流准完蛋。”她又笑了。

贺加贝说：“你绝对放心，笑场了也没人扣你演出费，现在是我贺加贝说了算。再说，演一演就习惯了，跟你演小旦谈情说爱是一样的。演多了，也没啥好笑的，只是底下人觉得乐和而已。咱就跟吃饭睡觉一样平常。”

说了半天，万大莲一直抱着廖万乱晃荡，手还不停地跟那碎货的小手在胸部衣服里玩搏斗，就是不应承。

他起身又把那碎货的屁股拍了一下：“玩够没？”

那碎货竟然还被拍哭了。万大莲就一直哄着：“叔叔跟你要哩，叔叔跟你要哩么！”

从她家里的景况看，日子是过得蛮恓惶的。万大莲迟早都穿着那身练功服、练功鞋。一件刚洗过的丝绸衬衫，还是他们在杭州演出时买的，他清楚记得那上面的牡丹图案。吃的饼干，也是街道上私人摊子打的那种马蹄掌大的桃酥饼。茶几上半碗剩米饭里，稀软着几片烧茄子。尤其是擦脸毛巾，他看都有点发硬了还在用。说明廖俊卿那头猪走后，就没关心过万大莲。他觉得是时候了，就有点强制地说：“不说了，明天就到我团里上班。演一场五百块，把把清！”把把清，是一场一结算的意思。

这个数字对任何人都是有诱惑力的。那时剧团演出一场，一人也就三五十块钱演出费，并且一拖好几个月发不下来。

“我去这个咋办？”她用嘴努努怀里的孩子。

爱屋及房上的乌鸦，可贺加贝对廖万这个“乌鸦”，却总是有些爱不起来。他说：“你也不能老让孩子吊拉着。真的不做事了？光给廖俊卿看孩子？就让人家在外面龙爪凤爪野鸡爪，五花六花糖麻花……”

万大莲被惹得扑哧一笑：“你再别说他了！这是我的孩子，与他无关。”

“那还叫廖万？应该叫万廖。我看叫万货（贺）都比他强。”贺加贝说的那个“货”字，是故意向“贺”的方向滑了一下。

万大莲又扑哧笑了：“别说了，娃真的小，我还得再等等。”

“等啥呢，我明天就给你弄个保姆来，一切费用都是我的！”

万大莲说：“那咋行。”

贺加贝说：“咋不行？我说行就行！用人才，现在不都给优惠政策嘛！还有给房、给安家费的呢。房子本团以后会有的！眼下保姆费，梨园春来包了！”

他所说的本团，自然是指贺氏喜剧艺术团了。

万大莲还想说什么，贺加贝就起身要走了。他能感到，这次万大莲是会同意的。反正同意不同意，他都会把她弄过去，有这么个摊摊，是能为她负点责任的时候了。尽管万大莲没有半点想让他负责任的意思，可秦腔团如此不景气，她把日子过成这样，他心里实在搁不下！

本来贺加贝是想多待一会儿，啥时见了万大莲，他都会有释放不完的激情。可又不能多待，他知道潘银莲会吃醋的。

潘银莲最见不得的就是万大莲。每次回家，他哪怕把万大莲的房子多睄一眼，她都会有反应。他知道，把万大莲弄进梨园春来，肯定会惹些麻烦，但他又不能不作出这个决定。镇上柏树新写的段子，的确需要女角儿，并且戏份还很重。他也故意与火炬一起，当着潘银莲的面商量过。火炬倒是没提具体人选，他端直就提到了万大莲。火炬还看了他嫂子潘银莲一眼。他有些不由分说：“要用就用最好的！”

潘银莲说：“最好的，那就是人家省秦腔团的忆秦娥么。”

贺加贝说：“忆秦娥肯定请不来，加上她也不适合演喜剧。听说忆秦娥整天背着傻儿子全国到处去看病呢，恐怕也没心思演戏了。”

火炬说：“省秦的楚嘉禾也行，那家伙我看撒得开，电影、电视、唱歌、模特儿啥都能来，不定演喜剧也蛮合适。”

贺加贝摇摇头说：“伺候不起，听说楚嘉禾难伺候得很。还是叫万大莲保险，毕竟一个团的，人熟。”

贺加贝心里既然想好了万大莲，那就是谁也改变不了的事。

果然，他刚从万大莲房里出来，就见潘银莲在家里四楼窗户前朝这边死盯着。他一出门，潘银莲就把窗户噼里啪啦关上了，声音关得很重，有些像乡间老油坊上榨子。

二十五

万大莲的加盟，的确使舞台演出样式、色彩都丰富了许多。但台下的矛盾，却立即变得不好调和起来。

这倒是让镇上柏树心里，有了点说不清道不明的希望感。

镇上柏树开始只是对潘银莲的美貌，时时怦然心动。时间长了，美貌以外的东西也与日俱增，麻烦就有点大了。他知道，自己是跌入了一场情欲的粘网。他对粘网印象很深。那还是在地区行署工作时，分管他的副专员爱扑鸟，并且有一副特制的粘网。网上抹满了蜂蜜，鸟一飞上去，扑扑棱棱，注定在劫难逃。除非撕掉皮毛或翅膀。他感觉潘银莲就像那张涂满了蜜汁的丝网，任他如何开展理性斗争，都愈粘愈紧，欲拔不能。这毕竟是老板贺加贝的老婆。他虽贵为策划、师爷、“书会先生”（这是宋元杂剧里对勾栏瓦舍中编剧的称谓），明清也叫“京师老郎”，但毕竟还是人家贺班主的打工仔。

贺加贝把他安排在剧场二楼上的一间库房里居住、写作。虽然不能与度假村同日而语，但收拾收拾，倒也蛮像一回事。房子宽大不说，而且看街景一目了然。就是后窗户外一家叫“梦里桑巴”的歌舞厅，有些让他受不了。见天半夜两三点，还在恩呀爱呀的唱个不停。歌舞厅外的窄巷子里，时时有紧紧拥抱着吻别不去的。沉浸在情欲中的人，智商大概不会比三岁小孩高多少。借着夜幕，以为巷子人都痴聋瓜傻，睡死过去了，端直就哼哼唧唧地连欢起来。也有雀占鸠巢，被打得抱头鼠窜，飞刀见血而不敢声唤报警的。总之，这是一个地形十分有利的夜生活观测点。只要你有精力，有兴趣，几乎不会有让你失望的夜晚。镇上柏树开始还信心满满地观测了几夜，想着不定还能找到创作灵感呢。可太刺激的观测，有时也把自己折腾得够呛。见天头重脚轻，还感冒发烧，他也就不敢再深入细致地窥伺下去了。

贺加贝听说这儿太闹腾，把镇老师都整生病了，就说给换个地方，他又有些不舍得。到哪里能找到这七八十平方米的大仓储呢？虽然低矮点，可他个子又不高。伸手就能触着顶棚的屋子，让舞美设计绷了几条印满了繁星和月亮的花格子布，还真有一种说不出的美妙感。加之潘银莲会时常上来送饭、送茶。有时他故意要做出创作得分娩艰难、痛不欲生、废寝忘食、水米不思的样子。贺加贝就会安排潘银莲，特别去弄些可口的饭菜，一次次端上楼去。

楼上和楼下是截然分开的。任何人要上楼，都能听到木楼梯的吱扭声和咯噔声。因此，这里实在是一个妙不可言的幽会地点。

在镇上柏树看来，潘银莲是个再古怪不过的人。该说的说，该笑的笑，大大方方，自自然然。可就是有种难以迫近的距离感。每次端上饭菜来，她会一屉一屉拉开，给你摆得整整齐齐，汤匙、筷子、餐巾纸齐备。她若要走，你挽留一下，她也会停下来，就坐在离你不远的地方，看着你吃，让你胃口大增。可你就是不敢凑近。甚至不敢说出一丝半句猥亵的话来。想说，看看她的真诚、善意和一种亲情感，就张不开嘴了。等你吃完，她问问饭菜味道，又会一一收拾好屉笼，颔首一笑，下楼去了。每每离去，他都要久久看着潘银莲背影消失的地方。那是怎样一副“亭亭净植，可远观而不可亵玩焉”的身姿呀！他不敢想象，在她时常都爱穿着的那身藏蓝色职业装里面，是包裹着怎样一副大概不存一丝瑕疵的玉体啊！他都快被这种无尽的想象整疯了。他甚至在整夜整夜地呼唤着潘银莲的名字。七八十平方米的房间里，全是潘银莲在走动。他的创作，也便在对潘银莲的想象中，无限扩散放大开去。连贺加贝都说：镇上老师写爱情喜剧，真是脑洞大开了。

潘银莲并不喜欢给镇上柏树端饭菜上楼。那个空间虽然很大，她却觉得十分逼仄，还不如门口售票处的小房宽展。那几平方米虽然脚手都不能伸展，却面朝街道，窗口大开，毫无秘密可言。即使镇上老师局促得很近，她也觉得安全。可这间二楼储藏室就不一样了，好像天然是个四面隐秘的处所。即使有两个小窗户，镇上老师都用废景片挡着，说是嫌外面嘈杂，还说他写作不喜欢光线太强。她一上楼来，镇上老师眼睛就放光。满脸的毛胡子，见天刮得青冈冈的，像是舞台上才刷过颜料的假太湖石。见面啥都问，好像他是局外人，对楼下一无所知似的。问来问去，无非是不想让她离开而已。贺加贝给她的任务，仍是把镇上老师服侍好。他就那么放心她，放心这个镇上柏树，这让她很是不快。她觉得贺加贝的心思全在万大莲身上。不由分说地把万大莲弄进剧组后，见天都凑在一起排爱情喜剧，没有一句台词是她听着不肉麻的。可贺加贝乐在其中，并且日以继夜地加班加点，就跟打了鸡血一样兴奋异常。听说万大莲家的保姆，都是贺加贝亲自找的。她想质问贺加贝几句，但到底没有张开口。只是给他拧屁股甩脸子了几次，她想让他自己想去。

镇上老师也不是一盏省油的灯。有几次偏把话朝万大莲身上引。他说："万大莲咋能跟你长得这么像？"说这话时，他脸上表情是怪怪的。"不过，她比你的味道可差远了。"

"什么味道？"她问。

"女人味儿！清纯味儿！草泽香木味儿！鲜花露珠味儿！"他说了一大串。

潘银莲不好意思："别瞎说。人家万老师可是大名演。"

镇上柏树说："好女人与名气、财产、身份、地位一概都没关系。好女人就是天地间的尤物，兴许由山野露珠生成，荒郊狐狸所变；也许长在陋巷，也许生在豪门；不因衣饰金贵而眼生双皮、瞳眸如漆，也不因粗茶淡饭，而汁水干瘪，肤色失血。好女人就是三月的鹅黄柳梢、六月的荷塘水莲；无论豪宅深院的柳梢，还是山野沼泽的水莲，其本质都是汲日月精华所成。功名利禄固然好，那都是硬粘上去的。就像庙堂里的金佛，多是一层层刷上去的黄颜料。尤其是美人，一旦沾上名声、财气、地位这些东西，便顿失柳梢之鹅黄、水莲之清纯。要是再特别喜欢这个，那就更是欲鹅黄而偏呈古铜，甚至茄子色了。你呀，好就好在，还保持着这份对鹅黄与清纯的淡持。"

潘银莲急忙起身说："镇上老师说的啥，我也听不懂。我就是个服务员，给人端盘子的。啥子鹅黄不鹅黄、清纯不清纯的，都跟我没关系。”说着便要走。

“等一等。”镇上柏树实在不想让她走，又问，“贺老师和万大莲还在下面排戏？”

潘银莲有些不高兴：“我不知道。”

镇上柏树偏说：“你听，不正在排吗？”

楼下的确传来了贺加贝和万大莲的排戏声。

镇上柏树是想用这件事，来刺激一下潘银莲，也许还能刺激点意外效果出来。

可潘银莲头也不回地下楼去了。

镇上柏树尴尬在了那里。他自己摇摇头，笑了笑。也不知后边还有什么好戏等着，反正他对这出戏的剧情发展，还是充满了希望和信心。

他的创作劲头也就更大了。

二十六

贺加贝正在与万大莲排一出叫《扇坟》的轻喜剧。这本来是庄子试妻里的故事，却被镇上柏树改写成了一则现代喜剧。一个煤老板，娶了一位年轻貌美的妻子，自己却被酒喝死。煤老板生前有言，他死了，也要学古人，坟干，妻子即可拿着存折、拥有房产、开着奔驰改嫁。妻子（万大莲饰）便与昔日的情人（贺加贝扮），用十轮大卡车，拉了大排量的鼓风机来，扇得满台飞沙走石，暗无天日，连道具树木都连根拔起了。不仅坟土俱没，重达一吨的花岗岩碑石，也十分夸张地扇进了阴沟。棺材咯咯叭叭掀飞了盖板。煤老板（贺火炬饰）竟然被扇得罗盘一样在台中间旋转起来。机关布景突然定格，煤老板怒睁两眼，死而复生。见妻子这样性急，是用十轮大卡拉了水泥厂的鼓风机来作业，气得他连鼓风机都砸了。

演出时，火得观众都快疯癫得要上房揭瓦了。

梨园春来的春天，是真的来了。

贺加贝乐得见天合不拢嘴。他除了与万大莲在台上眉来眼去，挽胳膊拉手，很是滋润外，生活中，更是行情见长，粉丝、粉条、粉带倍增。出门就有人指指点点，嘻嘻哈哈，见他无不乐不可支。开始是散客居多，渐渐包场也多了起来。先是有钱的企业包，后来政府部门开会也包。名气大了，游客团队见天也络绎不绝。有时搞得一些全国性会议要看，都得错时错点地避来让去。

贺加贝在考虑开辟新的演出场地问题了。他跟他弟弟商量，火炬满以为会把自己重用一下，在新的场所负点责任呢。谁知说来说去，还是以他为主，兄弟搭伙。贺火炬就没了兴致，只说："一个点都累得贼死，还开那么多点干吗？"

他跟万大莲商量，万大莲只笑不答。问得急了，万说："我就是打工的，你开多少点，我也就只能演一两场。还得回去照顾廖万呢。"

"廖万不是有保姆吗？"贺加贝说。

万大莲摇摇头："廖万只要我。我不在，都快把保姆气死了。我还害怕保姆给娃吃药呢。听说有保姆嫌娃吵闹，就偷偷给吃安眠药，一睡一天不得醒。廖万可闹腾了，我害怕！"

贺加贝最不高兴的，就是万大莲的心不在焉。看着是在排爱情戏，演爱情戏，她的爱情，却一直是在廖万身上。姓廖，姓得他心里十分硌硬。当然，他只是在心里骂，当着万大莲面，还得表示出一种替她着急的样子。

贺加贝跟镇上柏树商量扩张的事，只是说扩张，却没有涉及创作知识产权与分账问题。因而，镇上柏树不紧不慢地敲着桌沿说："那要看你咋干了。"

贺加贝说："按现在的人流量，再开一个五六百人的中型剧场，一点问题不成。"

镇上柏树还是在有节奏地叩击着桌沿说："也许吧。"

贺加贝就有点着急："镇老师，你得给个话。我想听听你的意见。"

镇上柏树摸摸刚长出的硬胡楂说：“剧目咋弄？”

贺加贝说：“还请镇老师您多写呀！”

镇上柏树把桌上旋开的笔帽使劲一拧上，说：“写不动了。狗肚子就那点万货，都让你掏空掏尽了。”

贺加贝就知道镇上柏树的意思了，说：“放心，镇老师，新开的剧场，会给你新开的稿费。要是你愿意入股分红，也可以商量。”

镇上柏树猫头鹰一样的圆眼睛里，立马有了光的强劲反射。他说：“你先找地方吧。地方重要得很。戏嘛，我给你慢慢捏码着。”

贺加贝看镇上柏树的桌上，放着半碗剩方便面，就说：“咋让镇老师吃方便面呢。银莲没给你买可口的饭菜？”

“不不不，我有时就喜欢吃口方便面。那时在政府部门加班赶稿子，办公室一摞好几箱。”镇上柏树急忙解释说。

“我这可不是政府部门。镇老师是我们的大熊猫，大熊猫就得有大熊猫的待遇嘛。我找银莲去。”

“别别别，你可千万别批评银莲。银莲一天够辛苦了，把我也照顾得很好，就别难为她了。”

“不行！她的主要任务就是服侍老师写戏。伺候不好，那就是失职！”说完，镇上柏树叫都没叫住，贺加贝就嗵嗵嗵地下楼去了。

贺加贝在售票房找到了潘银莲。她正在给几个包场单位分票。贺加贝坐了下来。

这是贺加贝第一次在票房坐下。

票房一共就两个坐凳，相距很近，稍不注意，两人的膝盖就会碰上。镇上柏树倒是常来帮忙，他的膝盖，也碰上过潘银莲的膝盖骨，她总是立即就把腿脚缩了回去。他却偏要继续朝前探索。包括手，有时镇上柏树滚日戳和帮着撕票时，也要故意把潘银莲的手触碰一下。一碰，她就反弹。当然，反弹得很有分寸，也算是给足了镇上柏树的面子。

现在，贺加贝就坐在镇上柏树常坐的那个凳子上。那把凳子已经摇得有点卯榫脱落，立脚不稳了。贺加贝还低头看了看，摇了摇，又坐了上去。

贺加贝说："你咋让镇老师吃方便面呢？镇老师出的啥力？春发生棒棒肉、樊家腊汁肉夹馍、坊上老铁家牛肉、老刘家烧鸡，放开上，看他能吃多少。"

潘银莲说："都买过。他说要吃方便面，换换口味。"

贺加贝说："反正得关心到。他就是咱的摇钱树，知道不？创作跟不上，一切等于零。"

潘银莲非常反感贺加贝老让她关心镇上柏树。这毕竟是个男人，看那一脸的硬胡子楂，像是李逵、鲁智深式的粗糙人物。可眼睛里的光，却似一对油腻腻的剔骨刀，有时简直能把她的衣服挑开了往里扎。尤其那光从背后来，她感觉总在腰上、屁股上乱扫，让她极度难受、难耐、难堪。好在只要她一暗示，他还能适可而止。不像红石榴度假村那些所谓的头脸人物，你愿意不愿意，他都敢老鹰一样地生扑硬抓。截至目前，镇上柏树都是有所节制的。但贺加贝如此一而再、再而三地把她朝虎口推，让她就很是有些心生寒凉。她也给贺加贝暗示过，说镇上老师有时说话做事都怪怪的。他问咋怪了，她说男人么，你说咋怪了。他只一笑，说一个文人能翻起多大浪。在潘银莲看来，那就是贺加贝心中没有她。她几次听见，贺加贝连万大莲的儿子叫廖万，都心生嫉妒，还让早早改了廖姓。怎么让她去伺候镇上柏树，就那么心胸宽阔，任由来去呢？他咋不让万大莲给镇上柏树端水倒茶呢？万大莲也在演镇上柏树的戏，给老师端水倒茶还不应该吗？可有一次，镇上柏树跟万大莲多说了几句话，还是在解释剧情，分析角色，贺加贝都立马制止了。他明显是嫌镇上柏树眼睛里的光芒太献媚、太黏糊。我潘银莲是他的妻子，却被这样支使着去伺候别的男人，并且还嫌不到位、不细心。这让她心里聚起了不小的疙瘩。

贺加贝把关于演出扩张的事，也顺便给潘银莲说了一下，问她怎么样。潘银莲能怎么样？这事她早已听说了。最早还是听万大莲在跟别人议论，说加贝可能要再扩一个演出场地呢。她就一直等着贺加贝跟她说，可一直没说。即使晚上躺在床上，也不见他提起。他的确是累，但见躺在床上，就立马能呼哧大鼾起来。结婚的头几个月，他倒是稀罕着她，后来就渐渐稀疏了。她知道他不喜欢她那里的疤痕。她老觉得是欠着他的。最近倒是又稀罕了，那是在跟万大莲排爱情戏《扇坟》以后。有天晚上，他竟然在她身上喊起大莲大莲来，气得她忽地一下，用小腹把他顶到了一边。问他喊谁，他支吾了半天，说喊银莲哪！她也不愿意跟他吵闹。吵闹也无益。她更不想让贺加贝他妈和住在隔壁的火炬听见。她也心疼着贺加贝的日夜操劳。喊就喊了吧，反正搂着的，毕竟不是她万大莲。

贺加贝说："咋，再开一个演出场子，你还不高兴？"

潘银莲说："那都是你的事。"

"你不是我老婆？"

"我是你老婆吗？"

贺加贝气得腾地站起来说："女人都是些怪物！"连凳子倒了他都没扶，端直就走了。

潘银莲心里倒是一阵甜蜜，他心里总算还是把我当自己亲老婆的。

二十七

贺火炬对他哥贺加贝越来越有一种不适感，活得像他哥的影子。并且这个影子，是被一个高一头大一膀的影子笼罩着。过去可不是这样，他爹在时，但见演出，他弟兄俩都是平分秋色的。有时他还出众些。他比贺加贝小一岁，那时家里更宠他。加之他练功勤快，"小翻""死人提""连前搏"这些高难度跟斗，都比贺加贝翻得好。十二岁的时候，他就有了看家戏《戏妖》。那是《西游记》里的一折：孙悟空变作小沙弥，戏弄、惩治贪色、吃人、喝血的"玉鼠精"。第一场演完，就炸锅了。全团异口同声地称贺火炬为演戏神童。表扬的力量是巨大的，他便由此整天钻在排练场，练《悟空借扇》《杀六贼》《闹龙宫》。他本想搞个猴戏专场，谁知《闹龙宫》用人太多，都不配合，便改《时迁盗甲》了。那也是个硬扎武戏，一般人是不敢去触碰的。可还没等他把武戏专场推出来，靠“耍嘴皮子功”吃饭的时代就到来了。他爹适时改变策略，紧急炮制了几出新戏，以父子仨的独特样貌，迅速红遍三秦大地，直至大西北。

可好景不长，老爹竟然得了口腔癌。老天这玩意儿，真是啥要害，偏从啥处害起。都说快乐能治癌，他爹快乐得见天演出，没把人活活笑死，却还是没把癌细胞快乐死。“阎王爷毅然决然地召回了他设计不过关的产品。”这是另一个丑角调侃他爹的话。

要说他哥贺加贝也算厉害，在不长的时间里，就把他爹的喜剧衣钵继承了下来。无论在红石榴度假村，还是梨园春来，都弄得像模像样的。可他却越来越有些不能忍受他哥的自以为是和独断专行。什么都不跟他商量，有时词改得不顺，他说一句都不行。午场演啥，晚场演啥，都是到后台化妆了才接到通知。他好像就是一个配演，一个伙计，一个外人。他爹那时对他们那样专断，甚至哼哼瓜瓜、骂骂咧咧，他都能接受，那毕竟是老子。可贺加贝不是，他就是一个哥，他们迟早都是要单另过日子的。

每天收入到底多少，他不知道，但能算个大概。反正每月发给他的工资，连零头都不到。他哥老说要装修、要扩建，钱不够使。这个他也信，梨园春来一直在建设，摊子越来越大。一处烧火，八处冒烟，用钱的地方的确很多。可账目总得让他清楚吧？他不是伙计呀！他是亲兄弟，他是合伙人哪！

他哥有老婆潘银莲，卖票、收款一身兼，好多人都称老板娘。可他没老婆。有时朋友要张票，他哥还要盘三问四的，说不要给那些闲人养成白看戏的瞎瞎习惯。他哥把镇上柏树都尊重得跟爷一样，生怕吃不好、喝不好，说话声音高了呛着人家。可对他，总是摆出一副兄长甚至老爹的样子。对谁都嘻嘻哈哈，对他却像淡若没盐的凉拌菜。只是上了台，才老弟、老哥、老爹、老爷地乱叫。几次他都想反抗，但又说不出口。回到家里，他妈还老叮咛：要听你哥的话，两人把戏唱得美美的！也不知是哪辈子积下的福分，这辈子父子仨都把戏给唱成了。就是你爹福薄命浅，没享受几天好日子，被瞎了眼的阎王叫走了。要是在，还不知贺家要火成啥样呢。

他也不想告他哥的状，告了也不顶啥。他爹活时，他妈事事听他爹的，他爹不在，他妈又事事听他哥的。转眼他也是二十好几的人了，他妈老问媳妇有眉眼没？并且也找人给他介绍过几个，都是歪瓜裂枣的，他半个眼看不上。他跟他哥一样，都有点不服气，自己长成这样，总不能找个媳妇，也是半斤对八两，王八瞪绿豆吧？他哥为染扯万大莲，弄出了多大的响动，至今都还是一些人的笑柄。为弥补失去万大莲的遗恨，他哥硬找了个酷似万大莲的服务员，都要争回这口恶气。问题是婚都结了，他又把万大莲绊扯回来，算咋回事？他已看出嫂子潘银莲的不满，但他哥就像是吃了迷魂药，人叫不醒，鬼叫飞跑。对万大莲的那个殷勤，不，是骚情，已是尽人皆知的丑闻了，可还在加火升温。总之，他对他哥是越来越不满意了。尤其是扩大演出经营的事，说是跟他商量，其实早已胸有成竹，就是给他通了个气。他就像个马仔，任务只是排戏、演戏，推磨拉碾子。多一个场地，无非是跟着跑断腿、累断肠而已。

他是真的想另有打算，可眼下还不是时候。兄弟俩闹掰，似乎还没有太正当的理由。眼下他最主要的任务，还是找媳妇。先有媳妇，再说成家立业、另起炉灶的事。到那时，他不说，也许媳妇就会闹腾起来。

也怪，唱戏看着红火，是千人捧、万人抬的事，可一旦找起对象来，又都嫌不该是唱戏的。好像唱戏在哪个年代，都是低人一等的事。除非你是绝色美女、稀世尤物，有那高贵人家娶回去，也是为了显摆他过人的艳福。男优，长得即使身形出挑、相貌堂堂，也多是恋爱的游戏中人，一到谈婚论嫁，便阻隔重重。玩来玩去，最终也是打了水漂。何况贺火炬长得如此冤假错案似的，该起来的鼻梁，塌下去了；该塌下去的眼窝，金鱼一样鼓了起来；该长的下巴，短了几分；该短的人中，却长得能当鸡槽，真是人见人奇，人见人乐和。尤其是美女们，都爱挤着看他兄弟俩。可看完，又总是乐得一哄而散，好像是见了不曾见过的UFO上的天外来客。尽管如此，贺火炬还是下狠心要找一个美女做媳妇。毕竟是喜剧时代，笑星时代，丑星时代，也该有他一块想吃的奶酪了。

你不能不服贺火炬的能耐。就在梨园春来开业半年的时候，他就稳准狠地薅住了一个美女。并且不是一般美女，还是一个俄罗斯洋妞。

那是一个午场演出。贺火炬一出场，便发现一排坐着这个洋妞，十分漂亮。他的第一参照物，就是万大莲和嫂子潘银莲。长相最起码是不相上下吧！何况风味独特，行止别样。当然，当时他没想到，会与这个洋妞能有啥瓜葛。可演出完，洋妞竟然端直跑到后台，要跟他哥和他合影留念。她还能说简单的汉语，连单词带比划，沟通不算困难。她说她是到中国来学戏曲的。他哥的心思在万大莲身上，一演完，就操心万大莲的汗水，万大莲的嗓子，万大莲的午餐盒饭去了。那洋妞便与他攀谈起来。他顺势领着洋妞去同盛祥吃了顿羊肉泡。晚上，他又从嫂子潘银莲那里，弄了一张一排一座的票，让洋妞继续欣赏她十分喜爱的《扇坟》。洋妞有个中文名字叫摸鱼儿，那是一个词牌名。她说她喜欢这个名字，鱼儿活泼，有动感。她还说她小时最爱跟男孩子一起下河摸鱼了。这天晚上演完戏，摸鱼儿又与他到东新街吃了烤鱼、烤鱼排、锡纸烧鱼子；还喝了藕粉、莲子羹、醪糟滚汤圆；肚子大得增了尿了，贺火炬吃的还没她一半多。吃完，他们就轧着马路，逛了半夜。最后，摸鱼儿说她该回去了，他才把她送到一个酒店门口。随后，摸鱼儿便天天来找他看戏，他也天天等着她来。偶尔一天不来，他便心慌意乱的，演出都没心思，老错词忘词。他哥就骂他说："你是脑子进水了，那么熟悉的词能忘得一干二净？"

万大莲就笑着说："怕是等一个戏迷吧？"

贺加贝毫不客气地说："等死呢等。也不知是哪来的过路鸟，你能抓住了。"

气得火炬就想给他哥一拳，但他不敢。

摸鱼儿还是来看戏，他就下了决心，要跟摸鱼儿弄出一点故事来，让他哥看看，也让所有人都看看。

贺火炬还是每天给摸鱼儿弄票，不过是买，就固定在一排一号。并且演出完，就领摸鱼儿出去吃，出去逛。摸鱼儿还有抽烟、喝酒的习惯。那派头，也让他很是喜欢。他恨不得把这女人领到所有熟人面前，一展绰约风姿。有时连排戏，他都能误了时间。

最近镇上柏树又写了个新脚本，叫《巧妇潘金莲》，安排贺火炬演武大郎。他第一次跟他哥上了硬弓，坚辞不就。他嫌这个角色太自我丑化，还得走一晚上“矮子步”，他本来就不高，不希望摸鱼儿在舞台上看到他这种形象。贺加贝无奈，只好用了另外一个从县剧团招聘来的小丑。贺火炬倒是落得轻松自在，便有更多时间陪着摸鱼儿吃来逛去了。

眼看他们把西京城该吃的都吃遍了。贺火炬终于连比带划地说出了他的爱情。他的确是爱上摸鱼儿了，并且不是一般的爱。在爱情上他还没上过道呢。他甚至把跟外国人怎么办结婚手续都打问好了。摸鱼儿先是一阵大笑，然后也说很喜欢他。两人比比划划的，贺火炬就想进摸鱼儿住的宾馆里去谝。可摸鱼儿死都不让他去，说要去，也得进另外的宾馆。贺火炬便立马把他领到了喜来登。没想到，很快他们就温存上了，还不能说是摸鱼儿主动的。虽然她冲澡过后穿得有点过于暴露，但毕竟是他爱得有点难以自持，摸鱼儿只是配合得密切、疯张了些而已。可惜时间太短，大概不到五秒钟，他就傻眼了。笑得摸鱼儿用吃烟的指头，还夹着他那点小冲突摇了几摇，羞得他急忙用瘦腿掩藏了起来。在摸鱼儿的胴体面前，他才感到了自己的瘦弱单薄。不过摸鱼儿并没有嫌弃的意思，只是说喜来登比她住的那家酒店好，能不能让她就住这儿。他当然是乐意了。然后，他便把自己的积蓄，全都用在了摸鱼儿的吃住花销上。

很快，贺火炬的那点存款就花完了。他问他妈要，他妈给了一些，但哪里经得住五星级酒店的耗损。他不敢问贺加贝要，因为贺加贝最近正在弄新剧场，听说在外面还贷了款。他就向嫂子潘银莲求助。嫂子倒是没让他失望，一回两回地给，最后弄得也不好意思再开口了。他便要摸鱼儿住出来。摸鱼儿问住哪里，他说在外租房，并且想很快办手续。摸鱼儿跟他一起去看了租的房子，有点儿失望。吃的喝的，也在日渐缩减。纸烟她原来抽的是骆驼、万宝路，现在也降成了澄城卷烟厂生产的钟楼牌。一天，当贺火炬演出完，回到租房才发现，摸鱼儿已经不翼而飞了。

贺火炬跑到她原来老出入的酒店找，才问出，这个人不叫摸鱼儿，叫蝶恋花。还有人来找一剪梅、满庭芳、念奴娇、虞美人的，其实也说的是她。她好像不是俄罗斯人，有人说是乌克兰的，还有说是立陶宛、哈萨克斯坦、白俄罗斯的。在酒店歌厅当过脱衣舞女，也做过车模。说是一年前，就以醉花阴的名字骗过一个大学老师。还用鹧鸪天的名片骗过一个报社记者。总之，是雾里看花，水中望月，已好几个月照不见人影了。可他是认真的，他是打算要跟她完婚的，没想到这么快就鸡飞蛋打了。

直到这时，他才痛苦地上网，老要敲出“摸鱼儿”三个字来，希望找到些蛛丝马迹。可那上面老是干巴巴的解释：唐代有教坊曲叫《摸鱼子》，北宋才改叫《摸鱼儿》。这词牌用得最早的是欧阳修，后来却是辛弃疾作得最好。他擅长以幽咽之情写景抒情，其中一首，让贺火炬竟然还吟诵出眼泪来：“更能消、几番风雨，匆匆春又归去。惜春长怕花开早，何况落红无数。春且住，见说道、天涯芳草无归路。怨春不语。算只有殷勤，画檐蛛网，尽日惹飞絮。长门事，准拟佳期又误。蛾眉曾有人妒。千金纵买相如赋，脉脉此情谁诉？君莫舞，君不见、玉环飞燕皆尘土！闲愁最苦！休去倚危栏，斜阳正在，烟柳断肠处。”好多意思他也不懂，但“摸鱼儿”的字字句句，又似乎与他此时心境十分相干，就在“更能消、几番风雨”“准拟佳期又误”“蛾眉曾有人妒”“脉脉此情谁诉”“玉环飞燕皆尘土，闲愁最苦”“烟柳断肠处”上大做了些借灵堂哭恓惶的文章。一段时间，简直不敢有人提“摸”提“鱼”字。而舞台演出，竟然与“鱼”是那么地密不可分。单“鱼肉百姓”就是无戏不唱的。而生活中，“鱼”就更是随手可“摸”了：瞎子摸鱼、浑水摸鱼、临渊羡鱼、缘木求鱼、沉鱼落雁、如鱼得水、鱼欢水爱、鱼目混珠、鱼龙混杂、鳄鱼眼泪、漏网之鱼、葬身鱼腹……

贺火炬为这个摸鱼儿整整消瘦了一大圈。演戏没了神气，生活也没了兴致。排戏错词，上台忘词，下台发瓷。贺加贝气得直骂：“毕了，火炬是毕毕地毕了！这下真正叫‘鱼死网破’了！”

二十八

贺加贝终于把第二个演出场地撑持起来了，还叫梨园春来。这次是在一个开发区的“白菜心”开的业。上演的第一出戏，就是《巧妇潘金莲》。还有《李逵见李鬼》《夜战阎婆惜》等两折，都是《水浒传》里的故事。过去舞台上也有过类似的戏，但镇上柏树全做了时尚化改造。让潘金莲、李鬼、阎婆惜都变得毒舌如花、理直气壮起来。几乎一句台词一个包袱，把观众席整得海啸一般，不住地卷起千层浪、万堆雪。

贺加贝还专门把他妈草环请来看了首场演出。看完，问咋样，他妈说：“笑是好笑，真的能笑死个人。可潘金莲、李鬼、阎婆惜都是些啥货色？你爹他们过去演的老戏里，这三个人，不是淫妇荡妇，就是搞坑蒙拐骗的。他们都伶牙俐齿、活得理直气壮了，武大郎、李逵、宋押司反倒受尽捉弄，让人笑掉大牙，只怕是于看戏人不好吧？你爹老说，唱戏就是高台教化哩。你们不敢尽搞了耍戏子，没了正形。弄不好，会损了唱戏的阴德呢。”

镇上柏树笑着问：“草婶，那你说，潘金莲这么漂亮个女人，被卖给武大郎过一辈子，就对吗？”

草环说：“对不对，反正武大郎也没白吃白喝，日夜出去卖炊饼，算是个勤劳本分人吧。他还不是盼着让潘金莲的日子过好么。笑话他，作践他，也不见得都对吧。乡下这样的人多了，莫非都让潘金莲杀了不成？”话虽说得软软的，却绵里藏着针，让镇上柏树和贺加贝思谋了好半天，都没法应对。

但观众是一哇声地反映好。开发区大都是白领，梨园春来就在二十几栋大楼中间的南广场开着。那是六百人的池座，比老梨园春来高出近乎两倍的上座率。广场四周都是生活区，金店、玉器店、奢侈品店、美容美发、鲍鱼海鲜馆，比比皆是。这里明显高过城市其他区域的消费水平，有人叫中产区。再远一点，还有一个别墅群，也叫富人区了。贺加贝和镇上柏树在演出后，还多方征求过意见，都说这儿开个喜剧剧场好。上班压力太大，总算有个释放、宣泄、搞笑的场所。不过普遍认为：包袱可以再多一点，故事可以再荒诞一点，人物可以再变形夸张一点，语言也可以调侃得再荤腥一点，尤其希望能把古代生活与时尚生活完全打通。唯一比较集中的意见，就是嫌一说到底，不够活泼。特别是年轻人，普遍要求插演流行歌和摇滚乐。这个意见贺加贝立马就接受了。很快，他便弄来了几个在舞厅唱摇滚的，晚会立马多姿多彩起来。有时台上台下一互动起来，动静大得外面人还以为里面“谁把地球戳破了”。

新开的剧场，管理也用了一套新的模式。潘银莲仍留在老城区卖票。主要还是镇上柏树舍不得离开那个二楼储藏室，说那是一块创作的风水宝地。贺加贝还说要在开发区给他弄个工作室，他都坚持不去，说怕挪了地方，灵感就枯竭了。其实他心里是打着小九九的。贺加贝从此把精力就放在新的演出场地了。镇上柏树留在这边，潘银莲自然也得留下。他接触的机会就更方便、更自然、更无任何心理障碍了。

镇上柏树说最近有新的构思，就不下楼吃饭了。潘银莲不得不一日三餐地往楼上送。每送上来，他都要拽出很多话题，牵绊着潘银莲无法脱身。

他问：“你觉得《巧妇潘金莲》这戏怎么样？”明显是有点炫耀自己得意之作的成分。

潘银莲说：“我不懂。不过你是想听真话，还是听假话？”

“什么真话假话，我俩还需要来这个？随便说！”镇上柏树跷起了二郎腿。

潘银莲单刀直入：“不咋样。”

“怎么不咋样？”镇上柏树还有点吃惊。

潘银莲说：“我同意我婆婆说的，武大郎再没用，总是在尽力挖抓生活。你们拼命嘲笑他矮，嘲笑他傻，把西门庆当他亲爹一样伺候，我笑不出来。”

“难道你不同情潘金莲？”

“我同情潘金莲，但也同情武大郎。真的，乡下这种人一层，不是个子矮些，就是人憨些、笨些、老实些，活得不懂拐弯抹角。他们就该被人嘲笑？被稀里糊涂地杀掉吗？你们老同情美化潘金莲，为啥就不从武大郎的角度想想，他苦不苦？冤不冤？实话告诉你吧，我哥就是跟武大郎一样的矮子，在乡里受尽了欺负。但他撑持着一大家人的日子，很不容易！”

镇上柏树没有想到潘银莲会说出这样的话，并且还举出了她哥的例子。在创作这个喜剧时，他的灵感完全来自潘银莲。这么美妙的一个女子，竟然跟了丑男贺加贝。甚至让他常常想起《巴黎圣母院》里的爱斯梅拉达和卡西莫多。当然，贺加贝没有卡西莫多那么丑，那么惨。但与潘银莲比起来，还是白天鹅与癞蛤蟆的关系。可生活就是这么怪诞，贺加贝竟然以丑星的光环，将美似爱斯梅拉达的潘银莲，完全当作可有可无的影子，心中却始终保存着另一个绝色美人万大莲。他是替潘银莲打抱不平，才在《巧妇潘金莲》中狠劲嘲弄了武大郎。嘲弄的语言里，有好多都直指贺加贝的相貌缺陷，让观众忍俊不禁，连连捧腹喷饭。没想到，潘银莲并没有读懂他感情天平的倾斜，还一味强调他对武大郎的尖酸刻薄、有失公允。他也不便挑明，但在两个人的世界，探讨夫妻、相爱、偷情等话题，的确是一种十分滋润的享受。

他继续说：“人的一生多么短暂，而生命又是多么地美妙哇！不知道让美妙生命充分释放的人生，还叫人生吗？难道潘金莲一生就守着武大郎？面对如此风流潇洒的西门庆，她总不该出轨一下吗？”

潘银莲脸一红，说：“我不懂。我哥的媳妇就被有权势的人欺负过。我哥为这个喝了老鼠药，但救过来了。如果不救过来，潘家就彻底没日子了。”

镇上柏树老想把话题朝浪漫、轻松、快乐上引，而潘银莲总是把话题朝十分沉重的现实上靠。一时找不到弥合缝隙的错位对话，甚至有点让镇上柏树着急。他换了一个话题，不过这个话题更刺激：“你对万大莲这个人怎么看？”

潘银莲的脸，这下刷地红完了，她说：“你问这话啥意思？”

“就问问。”

“戏演得好。有观众缘。你还想听啥？”没想到，潘银莲是这样回答他的。说完，她起身就要走。

镇上柏树猛然叫了一声：“银莲！”

“咋了？”

“哦。没咋。”镇上柏树已经战战兢兢，魂不守舍，语无伦次了，“再……再坐会儿吧！”

“你要写东西，忙得很，我就不打扰了。”

“不，不，我特别喜欢跟你聊！”

潘银莲已经看出了某种危险性。男人在失控时，其实幼稚且生猛得跟野兽没有两样，她必须立即回避。

可镇上柏树站了起来，并且在拦截她的去路：“银莲，你……难道……都看不出……我……我对你的意思吗？”

潘银莲郑重其事地说：“镇老师，我一直很尊重你。我把你看得比我的小学老师和中学老师都尊贵。请你多帮我学一些知识，让我做个好人吧！”

这话一下让镇上柏树有些不好下手了，他支吾道：“当然，当然。学知识……也不影响相好么……相好……跟好人……是两个概念……但，并不矛盾……”说着，他再也控制不住情绪地就要上前熊抱。

潘银莲一下将他推开了，说：“镇老师，加贝对你不薄呀！他那么信任你，你觉得……这样做好吗？”

“咋不好？他心中只有万大莲，难道你……傻成这样……”

潘银莲终于忍无可忍："请镇老师尊重些！贺加贝跟万大莲到底怎么回事，我不知道，也不想知道。但我是我！我是潘银莲，不是潘金莲！更不是阎婆惜！"说完，她嗵嗵嗵嗵地下楼去了。

镇上柏树僵在了那里，突然觉得面皮好像被潘银莲剥掉了一层。世间还真有如此守身如玉的女人？他有点不信。他是真的被潘银莲吸引住了，吸引得甚至半夜要几次呼唤她的名字才能入睡。连潘银莲刚坐过的凳子，他也觉得坐上去是那么惬意、温情、美妙。他不相信得不到这个女人。如果讲梨园春来有吸引力，那根本还是潘银莲。没有潘银莲，他也许不会坚守这么久。他毕竟还是想创作一点更有意义的东西。写小品，说到底离文学比较远，算是一种捧演员的活儿。尤其是这种喜剧段子，演出后，都说贺加贝怎么有天分，有才华，没有人说要见见写手的。有时贺加贝给人介绍他，人家也是头都不扭地握着贺老师的手，摇来摇去死不丢。要说挣钱，去给企业家写报告文学，也不少挣。可他偏就困守在了这个二层阁楼上。是一种希望，扭结着他难以断臂而去。不知这个希望何时能实现，他还得等。无论多长时间，他都有耐心等待下去。

潘银莲是太美了！人活一世，与如此大美失之交臂，还不如不活这个人算了。他突然把贺加贝给他弄来锻炼身体的一对哑铃，飞起一脚，踢得满楼乱滚起来。而后，他又把浑身挥发不出去的荷尔蒙，猛使到俯卧撑上，一气做了一百二十个，才卸磨驴一般软瘫下去。

二十九

潘银莲不想在老梨园春来卖票了，主要是不愿再伺候镇上柏树。镇上的眼睛，越来越发烫，越来越长满挂钩、倒刺，她有些受不了。倒不是热得烫得受不了，而是刺刺啦啦的，应对起来很麻烦。自从跟贺加贝结婚，她就觉得自己是贺加贝的人了。这与打小受奶奶和娘的唠叨分不开。奶奶嫁爷爷一辈子，娘嫁爹一辈子，都是实打实地过日子。在红石榴度假村她才知道，原来世间男女的事情，不像奶奶和娘说的那么简单、单一，甚至还可以如此随便。她亲眼撞上的，都好几次。但在度假村，被人逼得太过随便的女子，又多没有好下场。有几个，甚至都被城里女人撕烂了脸，打折了腿。还有一个，会终身不育。因此，她更坚信奶奶和娘说的，安分守己，祸不惹身。当然，她也有难言之隐，刚好拼死坚守。那坚守的不仅是一份尊严，也是一份隐私。贺加贝是因为赌咒发誓，说爱上了自己，她才把尊严和隐私，一齐交给了他。但没想到，他跟万大莲是这样地纠缠不清。直到结婚后，她才知道得更多、更细。贺加贝是的的确确因她长得像万大莲，才李代桃僵的，并且越来越严重，越来越让她难以忍受。

自从在开发区有了新演出点，贺加贝到老演出点就来得少了。每天一边剧场演两场，贺加贝、贺火炬和万大莲都是两边跑。配演和唱歌跳舞的“垫场”越来越多，他们三人的戏，是压四场演出的“大轴”。因此，赶场特别累，都是掐时卡点地跑。多数时候，他们从一个剧场出来，就跟飞人一样，是拼着命地朝另一个剧场狂奔。但平常，贺加贝明显在新剧场待得多些。有时一待好几天，潘银莲都只能在老剧场的舞台上跟他照一面。下了台，就见他跟万大莲飞跑着钻进车里被拉走了。每每看到这种场景，她心里都是酸溜溜的。有时再与镇上柏树怪不唧唧的眼神一对上，就尤其感到灰头土脸的下不来台。

她正式跟贺加贝提出，要到新剧场上班。贺加贝问原因，她也没多说，就是想换地方。贺加贝问：“那镇老师的吃喝咋办？现在最缺的就是戏本，你不是不知道。”

“我难道就是伺候人的？”潘银莲的话有些冲。

贺加贝说：“这是在给咱家伺候爷，知道不？挣多挣少都是咱家的事。”

潘银莲没好气地说：“我还是这个家里的人吗？”

“你啥意思？”

“你说我啥意思？”

贺加贝有些不耐烦：“你脑子进水了是吧？”

“我脑子咋进水了？你把我当傻子是吧？”

“我把你咋当傻子了？”

“你说你咋把我当傻子了？”

贺加贝也的确是忙，就没跟她多说：“好吧好吧，那你过去，你过去，行了吧？”

潘银莲还真就过新剧场卖票去了。

潘银莲一走，镇上柏树就坐不住了，烦躁、焦虑了好几天。气得他半夜把一对哑铃都从后窗户扔出去了，嫌一对“狗男女”，不该在他窗户下哼哼唧唧地“伤风败俗”。贺加贝这个不长相的货，还给他派了个想学写戏的毛头小伙子来伺候。小伙子是少有的“不耻下问”，嘴多得要了人命了，一会儿请教戏咋开头，一会儿又请教戏咋结尾，烦得他都想把他也从后窗户撇下去。连他自己的新小品还不知咋开头呢，都五天了，才只写了九个字：

［幕启。

［村头传来狗叫声。

第六天改成“村头传来狗咬声”，第七天改成“狗吠声”，第八天又改成“狂吠声”，就再也写不下去了。他终于跟贺加贝摊牌了，说：“这地方实在吵得不行，恐怕得换换了，要不然才思就枯竭了。”

贺加贝二话没说，就把镇上柏树也弄到了开发区。他在剧场附近的宾馆里，给镇上柏树长租了一个套间，立马把人接了过来。

这地方的确豁亮，在十九层楼上，一眼望去，开发区几乎尽收眼底，是与“鸨鸡巷”完全不同的外部世界。除了高楼、广场，就是草坪、花园；攒动的人流，也年轻时尚许多，很少看到引车卖浆者。“鸨鸡巷”虽然日复一日地朝前渐变着，但没有开发区来得彻底，一下连老城郊的蛛丝马迹都找不见了。好像一夜之间，就进入了电影里的西方世界。镇上柏树面对起来，似乎还有点措手不及。虽然那边的阁楼面积大些，可毕竟是简易仓储。而这里是一望无边的像梦一般的

“海市蜃楼”。站在窗户前，就能看到剧场大门。潘银莲卖票的地方，刚好在他眼皮底下。要在窗前多站一会儿，他甚至就有可能看到潘银莲进出的身影。这仍是一个绝妙的所在啊！

镇上柏树继续保持着加班加点的姿态，并且不断给贺加贝传递着构思与创作的苦累艰辛。一旦加班，就需要特殊照顾，需要送餐、送点心、弄咖啡。他明确表示，那个想学写作的小伙子不行。说他嘴碎，比较适合搞传销、卖保险。而服侍脑力劳动者，还得是潘银莲。

在老阁楼时，上演的那场熊抱未遂的尬剧，让镇上柏树甚至有点担心，怕潘银莲给贺加贝告状。但经过几天观察，他发现此事并未暴露。说明剧情还有巨大的发展张力和空间。潘银莲见他，仍是什么也没发生一样的笑得自然随意，动作坦荡大方。尽管他十分想一把搂住这个尤物，可潘银莲的气息中，似乎越来越透出一种凛然不可侵犯的东西。他就还得克制、隐忍。过去在幽暗的阁楼中，只能看到潘银莲美丽的轮廓。而在这间套房里，四个通透的大窗户，把她的脸庞纤毫毕见地立体照耀出来，甚至能看到细嫩面皮下的青春汁水涌动。他第一次发现，潘银莲高挺的左鼻翼旁，还有一个小黑点，只有针尖那么大，不仔细看，是完全看不出来的。这是她所有能暴露出来的面部、脖颈、手臂、大腿上的唯一缺陷。当然，也是最独特的美感，美得甚至应该在脖项或者其他什么地方再搭配一颗。他真想再挑出一点致命的毛病来，好让他减弱这种痴念的痛苦，可偏是再也挑不出来了。并且还越挑越美，美得令他窒息、销魂、失态。潘银莲每每离开，他都会狠劲做俯卧撑，现在已是能连着做一百五十个的体能了。做完，脸憋得跟紫茄子一样，傻站在窗前，死盯着潘银莲在售票间的一举一动。这个该死的女人，的确把他害惨了！可心里越骂，越失魂落魄。真的是老房子着火，半点都没得救了。但他得磨！得等！得忍！他感觉，自己既像是梅尔维尔《白鲸》里那个亚哈船长对那头抹香鲸的生死胶着，又像是海明威笔下的古巴渔夫与那条大马林鱼的苦苦周旋。太累了！但又太有意思，太值得了！

潘银莲对镇上柏树的那双眼睛，已经有点忍无可忍了。但他毕竟还没做出太特殊的举动，她就还忍着。让她不能忍受的是贺加贝对万大莲的态度，那是真的叫“贼眼放光”。那光芒与镇上柏树的“贼眼”比起来，有过之无不及。见了万大莲，贺加贝是腿都挪不动的姿态，台上台下都表现出一种贱酥酥的殷勤。连他弟贺火炬有时都有点看不惯，要瞪他哥两眼。可贺加贝全然已痴迷在其间，不知“吃相”的难看了。潘银莲以为离得近，盯得紧，贺加贝就能收敛些。可越凑得近，见得多，越是痛苦不堪。贺加贝就像没她这个人一样，该怎么殷勤还怎么殷勤，该怎么“胡盯”还怎么“胡盯”。她就想着乡间那些妇女的命运了。有的女人为此端直抹脖子上吊，以抗拒男人在外面的鬼混。难道她最终还是逃脱不了那些苦命女人的下场？她知道自己就是个度假村服务员出身，与贺加贝之间有很大距离。除了长得与他千差万别外，其余更是万别千差。可他当时就那么死乞白赖地要自己。这才多长时间，那场像老电影里攻占山头的战斗，就烟消云散，而在另一处，却又炮火连天了。关键是万大莲还装作没事人一般，见她竟毫无愧色。她几次都想给那不要脸的骚货啐一口，可终于还是没啐出口。除了台上演出眉来眼去，台下出双入对外，潘银莲也没拿捏住人家啥抗硬的证据。最让她嫉妒的，就是这个场子演完，两人一道钻进小车，一下跑得无影无踪。她的心，就像被人掏空了一样，直到再次见贺加贝，才复归原位。每每见贺加贝拉着万大莲绝尘而去，她就钻进售票间，关起门来嚎啕大哭。她觉得他们的婚姻变得有些绝望起来。当贺加贝与所爱的真人接续上后，又何须她这个替代的影子呢？关键是在贺加贝与万大莲说不清道不明的感情中间，又夹杂了一个莫名其妙的镇上柏树，真的是让她快崩溃了。她有时甚至也有了暴力倾向，把滚戏票的日戳，都摔烂好几个了。有一次弹起来，竟然恰恰崩在推门而入的镇上柏树的大腿上。那张刮成青冈色的脸，笑起来，尤其让她心生寒战。

三十

贺加贝虽然忙得快要小命了，但却幸福得本来就有些咧巴的嘴，竟然咧得更大更开了。最让他幸福的事，的确是万大莲加入了他的队伍。万大莲何许人也？社会公认的秦腔名旦。他给人家配了几年戏，也不过是“贼眉鼠眼”“探头探脑”“癞蛤蟆想吃天鹅肉”，最终被打得“腿断胳膊折”的主儿。这都是过去的舞台提示和台词。现在竟然天天就在自己麾下，排戏演戏，而且还是他绝对的配角。这是怎样一种天翻地覆的人生变化呀！关键是他还爱着这个女人。把爱着的女人弄到身边，几乎是全天候地相伴相守，那又是一种什么滋味呢？哪怕她不爱呢，可时间和空间，已经把她锁定在同一相框了。爱不爱，他相信那都是迟早的事。何况万大莲已变化不小，完全不是过去对自己的那种态度了。过去在她眼中，他也许是可有可无的，是可笑的，有时甚至是极其可笑的。总之，不在她含情脉脉时的眼眶之内。而现在，他是主角。她由不会配演，渐渐转向很会配演；由掌声因她而起，转向全都因他而裂帛雷鸣了。

没办法，这就是喜剧，这就是丑星时代。观众走进剧场，不是因著名花旦万大莲而来。他们是因贺氏兄弟才买票，兴奋点自然也就在丑星身上了。尽管为了吸引万大莲来，他改变了许多惯常做法，对万的重要性，进行了着重强调。比如舞台调度，还有出场亮相、重场戏设计、尾声谢幕等，都把亮点给万大莲分配了不少。但终是无法抢夺他们兄弟，尤其是他的光芒。开始万大莲明显有些不适应。演着演着，也就渐渐从以自己为中心的舞台环境中走了出来，似乎是认同了她的次要性。当然有时也有些小不遂意，小噘嘴吊脸，小脾气。他也在不断地提高薪水，以强化她的适应度与坚定性。

万大莲自从进了梨园春来，生活也在显著改变。首先是从邋遢状态中走了出来。怀孕那阵儿，她几乎成了织布梭子形。因肚子特别大，有时还见她把那个肉球托着。生下廖万后，也没利索过。大腹没了，身子却懈了，老是拎不起来。加上迟早都穿着磨损度很高的练功服，头发也大多散披着，就都说这女人光彩不再了。可在贺加贝心中，她咋穿，都是妩媚的，性感的，楚楚动人的。最让他没想到的，就是她跟廖俊卿的离婚，竟然在他与潘银莲结婚的前二十八天。这个巨大错位，对他来说，简直是登月登到了木星上，回旋都没个轨道。可他对万大莲的那份心，始终没变，尤其是在万大莲被廖俊卿抛弃以后。当然，万大莲始终不承认这是抛弃，对谁都说是自己先提出离的。可一团人都知道，廖俊卿那头种猪，你敢放出去，那就是放虎归山，纵龙入海。他不拈花惹草，除非那几天他牙痛，或者小便水肿失禁。即使他不惹，也有那些轻狂的女人，会主动上去亲一口。因为他实在长得他娘的英俊潇洒得有些过分。用英俊潇洒，似乎都不足以说明廖俊卿独具的那份当种猪、种牛、种马的上佳天资。好像老天爷创造他，就是为了证明他们还有这等精致无比的造人手艺似的。偏偏就给贺家，造成了如此不堪的两代“窝丑”局面。他一直对廖俊卿没有好感。当学员时，那就是个以超人的小白脸长相而鹤立鸡群的货色。连一些女老师，都忍不住要把他抱在怀里乱亲几口，说我娃好，我娃乖的。咋不抱起他和火炬也亲几口呢？他和火炬就不好不乖吗？好像廖俊卿天生就是来反衬他和火炬的丑陋的。要不是丑星时代到来，他还真不知要怎么像窦娥一样，抢天怨地地声讨造物主的不公呢。总之，贺加贝是不敢想廖俊卿的。一想起，头皮就发麻，心头如针扎。好在这只种猪跟他的小骚货，夫唱妇随，永远云游在天涯海角了。也就在他知道万大莲离婚后，肩上的责任，忽地重如泰山起来。几番邀请，总算入伙。万大莲开始也是抱着试一试的态度，结果越试越深度卷入。人也从“拉娃婆娘”的随意中，日渐讲究起来。如今，明星风度日盛：指甲、嘴唇血红；就连高跟鞋，也是锥子一样的六寸悬垂，上下车，他不搀扶一把，几乎连车门都难以出进。看来万大莲是归顺了，可潘银莲怎么办呢？这已是他不得不思索的重大问题了。

潘银莲已经几番给他甩脸、撒倔、难看了。他能感到，就这她还是一忍再忍的。其实他跟万大莲之间也没啥。也许是忙，截至目前，还没涉及排戏演戏以外的任何事。就是在一起的时候多一些。尤其是到了新剧场，活动空间大了，化妆、换装房间多了，潘银莲就怀疑起来。她要跟过来，他也就让跟过来了。她会不时到排练的地方，化妆的地方，尤其是换服装的地方，进行突击检查。当然，她总是以端茶倒水、打扫卫生的名义。好像来得挺自然，但他心里，万大莲心里，还有贺火炬以及其他演员心里，都很清楚她是干啥来了。贺加贝真的很是自责起来，怎么就那么急头绊脑地爱上潘银莲，并迫不及待地结了婚呢？现在回想，一切都是把对万大莲的美妙臆想，全盘寄托到潘银莲身上了。她们长得那么像，像得生人难以分辨。他便把这种像，转换成真与实，是亦真亦幻、亦醉亦梦地生活了起来。当真万大莲再次单身自由地出现在自己面前时，假万大莲，便越来越显出虚假与多余来。

潘银莲毕竟就是一个山里的小家碧玉。她是河口镇送到县上，再经过层层筛选，进行了严格家政培训的第一批保姆。这批保姆是要专门送到京城和省城领导家去服务的。主要是为了“安插内线”，联系这些领导方便，以便促进家乡经济发展。潘银莲因为长得太好，而就近在省城一个重要局长家安插下来。谁知局长的老婆，见这个漂亮妞来家后，局长回来得也早了，也勤了；有时手头还摇摇晃晃提几根葱、几把时令菜啥的，说是顺路买的；见天他也不加班加点朝半夜十二点以后开马拉松会，折腾处长们了；外面喝酒应酬也少了，说该养养胃、调理调理胃穿孔了；并且连文件都拿回家来看，拿回家来批；有时还亲自下厨，要表现几个拿手菜什么的，是异常热爱起生活和家庭来了。老婆在这等事上是何等机敏之人，立即就怀疑有情况，可能已十分危急。潘银莲便在一顿晚饭后，刚洗完碗，就被不明不白地宣布辞退了。好在局长给武大富搭了一句话，潘银莲便成了红石榴度假村的特别服务员。那局长以为在度假村可以更好地亲近她。谁知这才是颗咋都蒸不熟、煮不烂、砸不扁、整不明白的铜豌豆。摸一把，她就像弹子一样地乱蹦乱跳起来，他也就含恨放弃了。因此而入迷、实验并最终放弃的各色人等，据说还不少。结果被贺加贝这个

"丑屄"黏糊上，竟然还入车入辙地入了洞房，武大富至今都觉得是活见鬼的事。

贺加贝开始缠上潘银莲时，也觉得幸福无比过。虽然那里的疤痕，不免有点硌硬人，但他依然像得到了万大莲一样，十分兴奋。只是这种兴奋，随着正宗万大莲的介入，而日渐萎蔫了。他甚至突然发现，潘银莲缺陷很多，不仅仅是遮掩着的那块疤痕问题。更重要的，是一个生活在城市白领区域的人的气质缺陷、情趣缺陷，甚至心理缺陷。只有在万大莲归来后，他才发现，潘银莲竟然有如此多的小心眼。她是死死地把他盯着，看着，企图不想给他任何自由呼吸的空间。这让他不由得讨厌起她来。尽管她也并不令人讨厌，任何事情都没有失去分寸，只是眼睛盯得死紧而已。但这已经令他很是烦心，并觉得多余了。他甚至突然发现，潘银莲的五官虽然没有任何改变，但已失去了昔日的光彩。而昔日他在她脸上看到的那些光彩，都跑到万大莲脸上去了。他觉得潘银莲的一切，都是模拟、仿造、克隆的结果。这种仿造感，让他感到很是不适了。他觉得万大莲才是万大莲的唯一创造者和拥有者。他也不知该怎么办，有时想着都有点后怕。但在潘银莲与万大莲的比较中，他还是越来越把砝码移向万大莲了。

三十一

镇上柏树觉得，该是要跟潘银莲好好谈谈的时候了。

潘银莲来了，还是给他送餐。

本来他完全可以到餐厅就餐，服务员也可以送到房间。宾馆是二十四小时服务的，即使半夜想吃，也一样送来。可他偏要潘银莲送，这是他最重要的福利待遇。

潘银莲越来越憔悴了。他甚至感到了她皮下脂肪的汁水不足。

"休息不好吗？"他问。

潘银莲掩饰道："没有哇。"

镇上柏树诡秘地一笑："你知道我是干啥的，还能逃过我的眼睛？"

"你干啥的？"

镇上柏树说："研究人心理的。这是写作者的基本素养。"

潘银莲笑笑说："你把我啥子心理研究出来了？"

"这还用掩饰吗？"

潘银莲有些心虚地一怔，问他："掩饰啥？"

镇上柏树一针见血地指出："另一个女人已经搅扰得你痛不欲生了。"

"胡说八道！"她立即反驳。

"不是胡说八道，而是有人横空挡道！"镇上柏树说着还站了起来，并且不无义愤地在房里来回走动着。

他每朝前动一步，都吓得潘银莲要后退好几步。

"你看你，怕我？人家都已鸠占鹊巢了，你还防着我咋的？这个贺加贝也太不像话了。放着比那个女人清纯、动人多少倍的女人不好好心疼，却天天惦记着别人抛弃的寡妇。"

"你不要胡说！"她还在制止，其实心里已经很虚了。

镇上柏树抓住机会，继续进攻、突破道："我胡说，秃子头上的虱，已经摆得明晃晃的，我还胡说。看看大家的眼神，听听大家的声音，没有人不为你打抱不平的。"

潘银莲的脸，已经红到了耳根。不过她还在掩盖："没有的事，别瞎说。他们就……就是演戏。"

"假戏已经唱成真的了，你还看不出来？好多戏都是戏外戏，跟剧本毫不相干。那就是他们真实感情的外露，是胡发挥！"

潘银莲有点被当面击溃的意思了。

镇上柏树继续说："西门庆跟潘金莲已经偷情好些时日了，在武大郎突然回来找东西走后，还需要那样从床底钻出来，迫不及待地紧紧拥抱一下吗？"

"那不是你写的剧本吗？"

"我写的是西门庆从床下钻出来，拍打着一身灰尘，笑笑说：看来老鼠钻洞狗钻窝的日子，也不大好过。然后，潘金莲也过来帮他撣灰尘。谁知他们嫌戏剧节奏太慢，一出来就端直抱到一块儿了。”

潘银莲气得已经有些不知说啥好了。镇上柏树继续点穴道：“阎惜娇跟张怀远的戏，也演得过得厉害。宋江拿走书信后，张怀远一下从后窗户跳进来，端直就扑到了床上，啥过渡戏都没有。我原来是安排还有几句台词的：张怀远问宋江会不会返回来？返回来咋办？阎惜娇说返回来就让他当绿头王八。谁知他们在排练过程中也减了，只有一些哑语和肢体动作，他们认为那样更具喜剧色彩。那些哑语与肢体动作好笑是好笑了，可把如此绝妙的语言艺术，又置于何地呢？真是不可救药！”

镇上柏树说完，也感觉自己像个长舌妇，有点想扇自己嘴巴的意思。可潘银莲的火炮捻子，已经点得哧哧冒烟了。但她还是在掩饰：“不就是……演戏嘛！”

镇上柏树有些急不可耐了，说：“演戏？你是真傻，还是装傻？”

潘银莲终于脱口而出：“那你说咋办？”问完又有些后悔。

镇上柏树终于松了一口气，说：“咋办？你说咋办？”

潘银莲没有问出口，但眼神在追问。

“要放在我，就以其人之道，还治其人之身。”

“啥意思？”

镇上柏树又不好明说他所指的意思，就说：“总……总会有办法的。放任不管，总不是个事。”

“咋管？”潘银莲战战怯怯地问。

“你……你太傻！”

“我咋……咋傻了？”

镇上柏树说着，又朝她跟前走。她又退，直退到墙根，差点跌倒。镇上柏树贴了上去。

“你干吗？”

“他能做得，你就做不得？”说着，他把又厚又大的嘴唇，已经贴在潘银莲薄薄的嘴唇上了。就在贴上的一刹那间，潘银莲一闪身，镇上柏树的嘴拱在了墙上。

潘银莲有些恼怒："你们男人怎么都这样？"

镇上柏树揉着磕痛的嘴唇，讪皮搭脸地说："贺加贝跟万大莲好，你都不会报复他一下。"

"他学坏，我也学坏，那都成啥人了？何况，贺加贝……他们就是演戏。"潘银莲始终不愿意把事情想得太坏。自己再痛苦，也不愿意告诉人，何况是镇上柏树。

镇上柏树苦笑了一下说："银莲，你真是太单纯、太可爱了。他们都成这样了，你还替他们辩护。难道真要捉奸在床，你才承认吗？"

"你啥意思吗？"潘银莲有些恼怒了。

"没啥意思。就是喜欢你，为你好，怕你吃亏。"

"你凭啥喜欢我？"

"看你问的，喜欢就是喜欢么。不怕你笑话，我已经不是喜欢你，而是爱你，深深地爱着你了。"镇上柏树似乎终于找到了突破口，便一泻千里地把心里积攒下的几十箩筐话，一股脑儿倒了出来，"从第一次见你，我就一下被你的美貌所吸引。告诉你，我不是为贺加贝而来，就是因为你。如果不是你，在红石榴度假村，我就跟他拜拜了。你大概还不了解我，我是几十家报纸杂志的撰稿人。不是贺加贝的私人写手，更不是旧戏班子里雇的臭'打本子的'。我在报纸杂志写东西，变成铅字，还有一种成就感。那是发表，那叫作家。而在这里给贺加贝写戏，完全像私人雇的秘书，充其量就是个'文案庖厨'，跟拉大幕、捡场子的没有两样。演出以后，都说贺加贝、贺火炬、万大莲怎么有才气，有幽默感，喜剧天分怎么高。完全不知道他们的天分，都是我日夜点人蜡，熬人油，生熬出来的。我没有作品的发表感，更没有成功的荣誉感。他们接受观众欢呼，谢幕，一再返场拥抱、飞吻。而我就困守在牢一样的房里，拼命给他们'抖包袱'，找笑点，引爆那一个接一个的'剧场炸弹'。一两分钟不炸一次，那就不是好戏，就该回炉或枪毙。我图什么？就为的是你。如果不是你吸引着我，也许在'鸨鸡巷'剧场我就走人了。他们挣多少钱，我不知道。我想我的地位不会比万大莲更高。唯一支撑我的，就是精神生活，就是你潘银莲。你每次到我跟前，我都会激动得浑身颤抖。难道你没有发现这一点吗？你每次离开，我都会目送着你的身影。你来看，这就是你每天走过的路线，十九楼看得清清楚楚。你怎么在售票处卖票，怎么从票房出来活动身子，又怎么进排练场看排练，看演出，出来怎么生气，我都一清二楚……”

“你监视我？”

“不是监视，是重视，是呵护，是爱！”

“不许你用这个字。”

“除非你剥夺了我的生命权，要不然，这个字就是我对你的一切！我无时无刻不想着你。即使半夜做梦，也都是你的身影。我已经被你折腾得身心疲惫，快一命呜呼了。你别说话，让我讲完。我从来没有这样爱过一个人，你别插嘴！中学、大学时，也曾有过冲动，但都是一闪而过，稍纵即逝的流星式体验。但这一次，是深陷泥潭、难以自拔。你跟他贺加贝，本来就是天鹅蛤蟆、鲜花牛粪的关系。他还不知道惜福感恩、珍重爱怜，反倒五花六花、西瓜芝麻的。万大莲与你是百般吻合、形同克隆，但生命细部却南辕北辙、判若两人！如果让我选择，我会安排万大莲去看门收票，洒扫应对，而让你登台表演，收获赞美。你别说话。就我写的喜剧，把猪吆上去，都是一两分钟一个通堂好。完全是戏包人，而不是人包戏。我在写作时，每每想到你的形象，才落笔生花、点石成金……”

“我是潘金莲？我是阎惜娇？”

“我说的是戏剧人物塑造，而不是道德品质。潘金莲、阎惜娇都是绝色美人。我想象她们的美，都不可能超过你。而在写作时，我把她们都拔到了你的高度。她们的美，并不是她们的过错。错在武大郎无能，也错在宋江无味无趣无情……”

“别说武大郎无能，我不喜欢听！”

“可武大郎丑陋，总是事实吧？如此美妙的潘金莲，怎么甘于常年侧卧于他的身旁，面对西门庆，而心猿紧锁、意马收缰呢？”

“我打小就听说西门庆不是好人。”

“亲爱的，存在的即是合理的。西门庆已经成为一种现实的大量存在，他就有他的合理性。我们且不去探讨这种合理性的合理程度。我们还说爱……让我把话讲完。难道你不懂爱？我这样深深地爱着你，难道你无动于衷？让我讲完。爱，我在爱，在爱你，深深地爱着你，懂不懂？你听我说。我的喜剧感觉、我的一切的一切，都因你而存在、而蓬勃、而精神抖擞、而才华横溢、而奔涌不息！难道你真的希望我跪下，才接受这份惊天动地，也可能风流千古的爱情佳话吗？”

说着，镇上柏树还真跪下了。在跪下的一刹那间，竟然把一厚摞当下的笑话大全，全都绊翻在地，甚至砸了他的脑袋和脚后跟。

潘银莲完全被他这个动作惊悚在那里。

镇上柏树被那么厚一摞书砸中后，还在跪步前进。吓得潘银莲左躲右闪地问：“你难道没有老婆？没有孩子？怎么能这样做呢？你有老婆没有？你有老婆没有？”她在连连发问。

“自我三次与副处长提拔擦肩而过，她父母就觉得我是一个蠢货，我们的夫妻关系早已名存实亡。”

“但你毕竟是有老婆。你有老婆，我有老公，就不能这样，知道不？”

镇上柏树直到此时，才看清了他们之间可能遥不可及的距离。当你与一块完全没有开化的山里石头，谈现代、谈觉醒、谈本能、谈纳米技术、谈人工智能、谈无性繁殖、谈体外受精的时候，那种结果可想而知。如果说一直没有绝望过，那么今天，现在，镇上是彻底绝望了。

潘银莲用连连发问的方式，延缓了紧张情势，然后退到门口，夺路而逃了。镇上柏树看见，她甚至急急慌慌的，在门口倒退了一个屁蹲儿。那屁股的确迷人，是想不来的那种含苞、微翘、圆融、紧致、美好……

一刹那间，镇上柏树心内突然闪过一丝美好来：那是昔日读某部经典名著时的记忆。是哪部名著，他一时想不起来了。这种记忆，与整日搜肠刮肚、竭泽而渔出的“段子”“包袱”“爆料”完全不同。他觉得他似乎应该有所改变了。怎么改变，他不知道，反正是突然厌恶起了现在这种生活。

他点燃了一支烟，抽得想流泪。他眼前不断复制出当年那个怀揣大梦的文学青年，怎么就走得这样山重水复了呢?

第二天中午贺加贝才发现，梨园春来的“文案大厨”镇上先生，昨晚不辞而别了。

三十二

镇上先生给贺加贝留了一封信：

加贝兄，你好！

来不及告别，是因为诸多原因，不宜详告。当然，都与你们无关。事涉兄弟个人事体，原谅不一一赘述。

跟你一起搞喜剧，算来也有一年又六个月的时日。大大小小，从几分钟的段子，到几十分钟的小品、短剧，已是二十有余。演出场所先后三迁，每迁，必是热油崩豆，火上加爆。一切得力于你和火炬的喜剧天分。当然，一剧之本也是釜底柴薪，没少给劲。本当继续合作，以成就你红破西北、走向全国的大业。皆因不得已而离去，还望见谅海涵。

临别之时，思量再三再四，还是想有所提醒。弟妹潘银莲是个忠诚、本分、懂礼、谨严的好女人。美貌自不必说，单就为人，时下绝对是凤毛麟角，难有出其右者。兄弟是已有妻室，若无妻室，当以娶银莲这样的妻子为荣、为福、为幸！有些美好，也许诱人，但动因到底如何，难以料断。何况你我一样，也是婚配之人，礼当谨守，不以红杏出墙为高。兄斗胆劝小弟一回：好好爱银莲吧！别让世间一朵最可宝贵的花朵，枯萎在无助的冷落与也许是错谬百出的花眼比对之下。恕我冒昧，也许担心纯属多余，权当妄言。

兄弟向日蠢发茂密，须髭遒劲，见剃，便面目瓦蓝，青冈如石。自改行为你写戏，因观众索逼喜剧“包袱”故，顶端渐脱，盖骨朝天，发际线也后退不止。虬髯更是越剃越灰，脸色越刮越暗，青蓝不再，枉塑了李鬼李逵矣。兄虽不才，为你明星大业，也是悬梁刺股，呕心沥血。不求功劳奖赏，只求苦劳有记。若不辞而别，还能发放相关稿酬，并兑现年度奖承诺，银行卡号在此，烦劳注入。

另：请告知弟妹银莲，谢谢她一年来对我的精心照顾。受人点水之恩，理当涌泉相报。我今生今世会铭刻在心，须臾难忘……

镇上柏树草于凌晨三点

信是潘银莲先看见的。

潘银莲中午依然来给他送饭。尽管十分不情愿，可还是来了，并且还做好了心理抗击的准备。她想了很多抵御手段，甚至还考虑过剪刀这些利器，但最终没有带。她觉得，镇上柏树与红石榴度假村某些泼皮淫棍，还是有所不同。他爱激动，爱表达，爱像戏里一样说得天花乱坠。他还爱眼里放电，尽管那电流，在她看来像森森鬼火。但他还不至于饿扑、冷抓、暴压。因而，她还是敢来见他。但门没敲开。平常饭刚送到门口，门就会自然打开。她还问他是怎么知道她来了，他会说是心灵感应。潘银莲敲了一会儿，心里突然害怕起来，怕昨天的拒绝，是不是引起了意想不到的什么后果？她越想越觉得恐慌，就让服务员开门。门打开，灯光通亮。床上的被褥，服务员说还是前一天的折叠模样。紧闭的窗户，让过度刺鼻的烟味儿，弥漫得呛人眼泪。服务员在开窗时，潘银莲睄见了那封信。信旁边，是一烟缸胡乱蓬出的烟屁股。

潘银莲把信大意睄了一眼，首先判定是人走了，而不是出了其他事。她心里稍许松了口气，然后才定下神来把信细细看了一遍。虽然文绉绉的，但她还是能读出大概。读完后，她甚至眼里还涌出一股热泪来：镇上柏树在替自己说话！这到底是个什么人呢？她有点纳闷。可她没有更多去细想，就觉得这是大事，应该立即让贺加贝知道。她就给贺加贝打了电话。

贺加贝来一看信，暴跳如雷，开口就是一声骂："放他妈的屁！什么玩意儿？什么东西？"在连着责问几声后，他立即把火撒给了潘银莲："是不是你跟他说什么了？"

潘银莲辩解道："没有哇！"

"没有他敢这样胡言乱语？"贺加贝质问道。

"我怎么知道。"

"你怎么知道？你不是老见他，老给他送吃送喝的，你怎么知道？"

潘银莲气得有些发蒙："是我要送的吗？"

"不是你要送的，他……他这什么意思？什么意思？"贺加贝敲着信逼问。

"我知道他什么意思？难道你看不明白这是什么意思？"潘银莲也不示弱起来。

"都是你胡言乱语，才给他造成了这样的错觉。"

"还需要我胡言乱语吗？你的事谁不知道？"

贺加贝质问："我的啥事谁不知道？我的啥事谁不知道？都是在瞎胡猜疑，乱嚼舌根！"说着，他把镇上柏树的信撕得粉碎，并朝潘银莲脸上扔去。

潘银莲终于忍无可忍地第一次跟贺加贝撕破了面皮："贺加贝，你是不是看我潘银莲太好欺负，才敢这样明目张胆？你把万大莲叫到身边，是生生揭我的面皮、戳我的心窝你知道吗？告诉你，我……我死的心思都有了……"说着，哇的一声，哭晕在地毯上。

贺加贝被眼前这一幕弄蒙了。是什么事，竟然搞得"包袱"连连、高潮迭起呢？他与万大莲怎么了？竟让镇上柏树留言指责，潘银莲又寻死觅活。虽然镇上柏树的信咬文嚼字，有些地方的意思，就跟他开始写的戏一样，弯来绕去，戳不到穴位，可他还是读明白了意思。读明白了，他就很生气。凭什么这样指指点点，无事生非？还没把他当爷敬奉够吗？你真以为你就是贺加贝的祖宗、梨园春来的救世主了？舞台上好多喜剧点子、包袱，不都是大家帮着攒出来的。就凭你镇上柏树那张李逵脸，呆头鹅，还能把梨园春来搞火成这样？做梦去吧！关键是挑拨潘银莲那些话，看了实在让他火冒三丈。还嫌不够乱吗？你凭啥让我好好爱潘银莲？突然，他脑子闪出一个问号来：是不是他们之间发生了什么？可问号很快又被自己拉直了，潘银莲在这方面的免疫力，他还是绝对信任的。潘银莲什么都会做，唯独不可能在这方面有差池，他坚信！想来想去，就觉得镇上柏树可恼可恶可憎！他可能是惹上了别的麻烦，或是过去的啥瓜葛纠纷又起，才不得不一走了之；也可能是贪上了其他财路，或攀上了别的高枝，而背信弃义。总之，他没有把镇上柏树与潘银莲进行更多的联想。他就操心眼下怎么办。潘银莲近来的一系列表现，已经让他不知所措。这下再朝地上一躺，他都不知拉起来该说啥好。但他还是急忙去朝起拉。潘银莲似乎是真晕过去了，再拉都拉不起来，并且好像已停止了呼吸。吓得他大喊起来："银莲，银莲，你这是咋了？你醒醒，你醒醒，可别吓唬我呀！"喊着，拍着，他狠命地掐起了潘银莲的人中。潘银莲眼白一翻，才渐渐苏醒过来，她再次哇的一声大哭起来。

啥也说不成了。本来他是想借这封信，痛痛快快地把镇上柏树骂一顿，敲山震虎，杀鸡吓猴，从而让潘银莲再别给他扭尻子甩脸。没想到，鸡还没杀，猴已躺倒在地。不是吓的，而像是借鸡撒泼、借虎立威，把他整得只有"哄娃"一条路了。贺加贝最害怕的就是女人哭。他妈草环就爱哭。据说他爹过去也有一阵"不省油"的时候，好像是跟团上管"三衣箱"的刘妈"有一腿"。刘妈的妈字，本来是平声，地方方言却偏是读第二声，就成了刘麻。团上人还故意把麻字读得很响亮，很俏皮。刘妈胸部大，屁股也不饶人，肥是肥了些，却十分性感。加之平常跟男人一样，爱说糙话，爱讲臊段子，就跟火烧天在后台打得火热。他妈草环让他和火炬把刘妈那个老骚货盯紧些。他想，他爹虽然丑，也不至于看上“老倭瓜”刘妈吧？谁知怕怕处有鬼。有一天，他爹说要早早去化妆，晚上他是“开台戏”。结果他妈多了个心眼，神出鬼没地溜进后台一看，他爹正给躺在三衣箱上的刘妈揉肚子，触摸的范围的确有点偏大。见草环来，吓得刘妈一个肉滚子跌在地上。他妈就在后台大闹起来，整得差点开不了戏。最后是几个小伙子把他妈抬回家的。他爹勉强把戏演完，一回来，就见他妈拿一根绳子，要朝晾衣杆上吊。两人为这事闹了小半年。他妈光上吊、服毒、拿刀抹脖项，就搞了无数次。这事他爹曾跟他有过一次深度长谈，说：你妈是农村来的，动不动就爱喝药、上吊，怕怕得很！你说刘妈在后台吃凉皮儿，突然喊肚子痛，让帮忙揉一下，放在谁也得揉不是？人还能没个互相帮助、互相爱护了？唉！爹这辈子，就落了个嘴快活，是啥啥事都没弄成，只在台上让别人受活了一辈子。后来每每提起这事，他爹都会唉声叹气好半天。贺加贝想想，真是后怕得要命：潘银莲也是农村来的，并且跟他妈很投缘。她好像说过，她们那里的女人，斗不过男人了，就喝药，就上吊，也爱拿刀抹脖颈。他身上的冷汗，立马就吓得出圆了。

他像哄娃一样，把潘银莲抱在怀里，边拍边说：“我也没说啥，看你，咋了吗？你看你！”

潘银莲还哭。

“好了，不哭，莲不哭。我错了还不行？我说错了还不行嘛！别听镇上柏树胡扯，说没有就没有的事。你看我忙得两头不见天，新开的剧场还欠这么多债，哪有心思想其他事。不哭，算我求你了行不？！”

潘银莲没有再说任何话，只抽搐了抽搐，就朝贺加贝的怀里狠劲地钻，像是要钻到最深处，去寻找鸵鸟钻沙般的那种安全感。

三十三

贺加贝的确忙，两摊子剧场要管理，要演出，还得操心万大莲，操心潘银莲。镇上柏树再一跑，没个搞文字的，更是成了大问题。好多包场，按单位或企业的要求，都要改串联词。有时还得即兴编些段子，以讨好人家领导和员工。为的是把演出费要得多些，付得快些。镇上柏树一溜，立马坏了菜。他到处挖抓人，也没个合适的。有名望的，不愿跟在他屁股后边溜。没名堂的，编出来的水词又使不得。直到这时，他才越发知道了镇上柏树的重要。

两个演出场地，倒是步步看好。不过经营压力也大，都有租赁、装修欠款。摊子大了，雇的人多了，蛇大窟窿也就粗。总是一种入不敷出的状态。但别人似乎不这么看，见天四个满场，觉得他是赚得盆满钵满了。有人就老飘风凉话，嫌演得多、发得少。就连贺火炬，最近情绪好像也有些不大对劲。有一天，他突然提出要买辆进口摩托车。并且说话口气，没有商量余地，好像是欠着他的。贺加贝没有给。他给贺火炬算了一笔演出收入和租赁、装修以及演职人员的工资账目。贺火炬也没表示认可，也没表示反对，只哼了一下鼻子就走了。那明显是不信任的一哼。这在他们兄弟之间还是少有的事。可他没有更多时间去解释。他需要给人解释的事太多。他想亲兄弟之间，也大可不必。

潘银莲自镇上柏树走时闹了那一场后，倒是平静下来了，并且对他是越发地好起来。演出时，但凡他从场上下来，她都会守在下场口，立马递上一杯温度十分适中的胖大海水。有时为了顾及万大莲，他会扭过头，坚持不喝。但潘银莲很执着，硬是要塞到他嘴里。他也就只好抿两口。抿完，他还要踅摸一下万大莲的表情，怕万大莲不高兴。可万大莲好像总是没看见似的无动于衷。潘银莲不仅递水，还要擦汗。贺加贝每每演出下来，都是一身臭汗。她会擦了上身，再把毛巾塞进裤腰里也擦一擦。有那爱掿杂嘴的，就喊叫："再不敢往下擦了，小心把贺团的印把子擦掉了。"潘银莲害羞地一笑："操你的闲心！"但她还是要在他腰腹上多擦几把，似乎有故意做给万大莲看的成分：这是我老公，我想擦哪儿擦哪儿！弄得贺加贝还挺难为情的，但又不好不让她擦。这女人也不是好惹的，惹急了，她再寻死觅活咋办？

万大莲始终像局外人一样，处在贺加贝与潘银莲之间，这让贺加贝很是不快。他多么希望万大莲把情感介入进来，甚至吃醋、发飙都行。可她没有。这样虽然保持了某种安宁，可又不是他想要的结果。他希望万大莲像当初爱那个死廖俊卿一样地把他爱起来。至于结果怎么处理，他相信船到桥头自然直，车到山前必有路。关键是得爱起来。他也有足够的耐心和信心，等待她爱起来。不过眼下，他还是觉得找一个替代镇上柏树的写手最当紧。

这是一个谁都能开几句玩笑的时代。就连讲几句荤段子，也以为是懂了诙谐和幽默。但却又实实在在是找不下一个好的喜剧编剧的时代。剧团现在也不大养这类人才，都“生死由之”，好多编剧就投奔影视而去了。那里挣钱多，也比写戏高档些：住的星级宾馆，还能在电视上露些头脸。真正的大编剧也不屑于给人写段子。贺加贝四处打听，找来找去，竟然有人推荐了一个卖葫芦头泡馍的“牙客”。

所谓牙客，在西京就是嘴特别能说的人。贺加贝开始也没把这人当回事，觉得有点开玩笑。写段子再低档，也不至于要让一个卖葫芦头的上。可推荐的人多了，他就去考察了一下。

“牙客”的葫芦头泡馍馆开在西门附近，也就四张桌子的铺面。夏天，会在马路道沿上，再趔趄着摆几桌。有时碗里的汤水，都能歪斜出来，就老有顾客急得偏起脑袋直吸溜。无论人多人少，都不影响“牙客布道”。“布道”，是附近一些来吃葫芦头泡馍的大学老师对他的嘲谑。说一年四季都听他在“磕闲牙”：天文地理、政治经济、军事科技、宗教哲学、文学艺术，没有他不涉及的。但也都经不起教授们推敲、细问，一问，他就要回操作间收拾猪肠子去了，还要撂一句：“没时间跟你们掸闲牙。”

贺加贝悄然坐在道沿最外边的一张桌子上。一坐，三条腿管事的凳子，把他还差点闪了个嘴啃泥。“牙客”立马就撂过一串顺口溜来：

那位客官对不起，
没吃嘴唇先抢地。

不是凳子腿不齐，
而是地面有问题。
我代政府赔个礼，
马路维修上议题。
治理懒政强管理，
别让人民嘴啃泥。

惹得内外吃客哄堂大笑起来。

贺加贝来时怕被人认出，还戴着一顶罐罐很深的黑礼帽。结果礼帽也被闪在了道沿上，他急忙抓起来，深深地扣在刮得白亮亮的脑袋上。旁边人似乎还没来得及认清他是谁。

没等贺加贝再坐稳，又有顾客喊："苍蝇，老板！"只听"牙客"又是一段韵白：

那位先生把我喊，
苍蝇老板一锅粘。
苍蝇不是我家眷，
老板苍蝇两不沾。
我视苍蝇如寇仇，
苍蝇见我心胆寒。
轻易不敢来冒犯，
一剑封喉斩敌顽。

说着，"牙客"用蝇拍已狠狠将苍蝇拍住。一跐溜，死蝇便跌在他迅速翻转过来的蝇拍上。

又是一阵叫好声，既像饭馆，也像剧场。难怪有那么多人要向贺加贝推荐这个"牙客"了。

贺加贝有些感兴趣地坐了下来。"牙客"走到他面前，还是一阵"贯口"，报了菜名，让他觉得这家伙的确有喜剧天分。吃饭时，不时有顾客问起股票、楼盘、房市等问题，他都一一作答，且妙语连珠。贺加贝故意等到客少时，才慢慢跟他聊起来。先聊葫芦头生意，后聊艺术。说起葫芦头，“牙客”自是一溜一串的，从唐朝孙思邈，一直说到现如今西京城葫芦头泡馍的兴衰史。贺加贝只喜欢吃葫芦头，还不知里面有这么大的学问。“牙客”说，最早猪肠子是没人吃的“下水”。后来下苦人弄回来煮着充饥，并且开馆子，也只能贱卖给下苦人。有一次孙思邈从下苦人堆里走过，也就是现在的贫民窟吧，见许多人抢着买煮猪肠子吃，也买了一碗尝尝，觉得味道不错，只是腥气太重，就给开了一个方子，叫“八大香”：无非是陈皮、肉桂、豆蔻、白芷、丁香、花椒、八角、良姜这几味。“牙客”说其实还有草果、葱白、小茴香、干辣椒等几样。这些东西与猪肠子一起熬炖出来，立马香气扑鼻，鲜美无比，因而流传一千多年，成了西京人的最美味道。贺加贝问葫芦头是不是大肠头子，就是长痔疮的那个地方。气得“牙客”美美炮制了他一顿：“小伙子，不咥别说瞎话，千万别败葬了祖宗的这口吃食。葫芦头是西京人共同的一点念想，不是哪一个人的，败坏了都跌口福。为啥叫葫芦头，我还得给你普及一下常识：过去大夫家门口，都要挑个药葫芦，那是幌子，是执照，懂不？就连出门行医，腰间也要挎个那玩意儿。孙思邈给猪肠子开了八大香，那就是药膳。比如肉桂，是清理口腔细菌，防止口臭的；良姜是治胃寒、胃痛、呕吐，还能调理疝气的。这样好的健康食品，挑个药葫芦在门口，时间一长，干脆就叫葫芦头泡馍了。再给你普及个常识：猪没有痔疮，因为它不能直立行走，肛门压力不大，毛细血管聚集密度较小。那里非常光滑、润泽、通畅。经过十几道工序的漂、翻、捋、刮，干净如荷塘漂出的洁白麻絮，再下锅三番五次地滚水去腥，然后才文火清炖，烈火炙香。请你在舞台上把这个常识也给观众传播传播，西京葫芦头，绝对是十全大补，卫生健康；人间美味，大致无双；尤其是西门外的老王，不吃，你枉来一世，白活一趟！”说完，他还啪地把贺加贝肩头美美拍了一下。

直到这时，贺加贝才知道，“牙客”早已把他认出来了。

“西京能有不认识你的人吗？到我这吃饭的，也都常提起你兄弟俩。我是忙着弄葫芦头，没时间看你们的戏。可你爹火烧天的戏，我是打小就看。并且为看戏，钻你们剧团的下水道，还让看门的朱师揪过耳朵。有一次，大冬天我耳朵长冻疮，他把一块皮都揪下来了，还让我爸把他踹了一脚。朱师还在不？不在了。那老汉也长得喜兴。打那以后，我再去看，就没人敢挡了。你爹戏好，一出场就把好多人笑得蹴到椅子下了。两片嘴唇，能分头扯到两个耳朵根；鼻子能弯成S形；耳朵上下移位，竟然能错动出一拳头来；尤其是眉毛，可以耍出‘立楞关公眉’‘八字吊梢眉’‘残云扫帚眉’‘弯月钩心眉’等十几种。我那时也学过，差点没被我爸把半个脸打成酱油铺。”老王无论说出啥逗人笑的话来，自己都一丝不笑，倒是颇有些喜剧感觉。

老王叫王廉举。他的泡馍馆叫“王记葫芦头泡馍馆”。

王廉举说，他不是《红灯记》里的那个王连举，那是举手投降的举，他是举孝廉的举；那是连裆裤的连，他是举孝廉的廉。要是他爸早知《红灯记》里有个叛徒王连举，也就不会给他起这么个名字了。起就起了，反正他当叛徒的可能性不大，手头也没“密电码”，不值得人家去严刑拷打和上美人计。要真上美人计反倒好了，可至今还没有这方面的动静和迹象。并且借戏的知名度，他也正好开饭馆。

闲扯中，贺加贝才知道，王廉举过去在区上文化馆干过，还写过快板，编过对口词。也攒过小戏、小品，并且在业余宣传队还演过戏。最辉煌的业绩，是有一个小品还上过市上的春晚呢。他大手一挥说：“历史，俱已过往，不提也罢！”五年前，文化馆多数人去训练模特儿队，一拨一拨拉出去挣钱，他也“挥泪洒别文化”，出来开葫芦头泡馍馆了。跟他一块儿出来开馆子蒸罐罐馍、卖米皮子的，都赔了个底儿掉。他的生意还行，用他的话说，给个小处长他还未必枉尊屈就。

当贺加贝提出想请他出山，去给他写剧本时，他自是先一口回绝了：连处长都懒得屈就，还给你写戏哩。他说今生都不想再染指文化了，文化把他弄伤心了，现在卖葫芦头就嫽扎咧！

贺加贝说：“你开口就是顺口溜，那不是文化？”

王廉举说："那叫文化搭台，经济唱戏。本质还是为了拉拢顾客，挣更多更多的人民币，目的不一样。"

"跟我干，也不少挣。"贺加贝说。

"挣得再多，还是跟屁跑脚。而现在我就是老板，我的事情我说了算。肠子下锅，自由快活！胡说乱谝交往多，除了神仙就是我！"

王廉举说着，喊叫店小二："驴儿，关门，晚上看《秦之声》。今晚刚好放你爹火烧天的几个老折子戏，有《杨三小》《柜中缘》，还有《教学》哩。"

果然，叫驴儿的把门一关，打开电视，《秦之声》已经在播他爹的《杨三小》了。

一个叫玉珠的洗碗刷盘子女子，又给王廉举端来了一盆洗脚水。王廉举一边泡脚，一边看起了戏。他说："你爹的戏，都有活儿在里面呢，现在人不大看重这些了。我这点嘴皮子功，也都是跟你爹戏里学下的。不过我听电视台人说，《秦之声》也红火到头了。正经戏是越来越没人看了。"

贺加贝说："现在都要听新鲜的，爆料的。我爹那些戏，只有老汉老婆们才看得津津有味。"

"你胡说，难道我也老了？刚过五十就老了？"王廉举激动得把一盆洗脚水都踩翻了。

"没有没有，都喜欢听你说段子。好多年轻人也喜欢，我才来请你的。"

"不去不去。文化没搞头，坚决不走那回头路。"

"王叔，你就权当是支持侄儿一把吧！"

王廉举的头，还是摇得跟拨浪鼓一样。

没个编段子手，摊子真的混不下去了。贺加贝就慢慢跟王廉举磨，直磨到两人把火烧天的《教学》看完，节目转换成一个劲地卖性药广告了，王廉举才喊叫驴儿关机。他说："吃这些玩意儿，都没有吃我王记葫芦头泡馍给劲，常来吃的都深有体会呀！哪天我王廉举也上电视台，给葫芦头做个性广告去。"

“那你到舞台上写段子做啊！见天观众上千人，还不把你的店面撑破了！”

贺加贝这话，倒是引起了王廉举的一些兴趣。两人三黏四扯的，王廉举就答应去试试。不过他不住那儿，每天还是要招呼葫芦头泡馍馆的生意，写段子只是客串客串而已。

只要有这话就行。贺加贝像唱戏一样，立马跟他来了个“三击掌”。

三十四

王廉举一到梨园春来，先把过去的节目齐齐过了一遍。既是过节目，也是过观众。看观众都喜欢吃啥。让他吃惊的是，观众比他想象的要油腻许多。他本想，舞台毕竟是高台教化的地方，饭馆里说的那些脏口大概不好用。没想到，这儿的观众也喜欢吃这一口。哪儿荤腥，那儿就掌声雷动。他还做了些观众调研，问他们到底喜欢啥节目。大家几乎异口同声，说得整点轻松的。一天上班挣钱，压力山大，尽跟冷冰冰的老板、数字、文案、电脑打交道，晚上就想洗洗脚，蒸蒸桑拿，按按摩，尤其是听听荤段子好解乏。别一上来就跟正经演戏似的，让人受不了。王廉举一想，贺加贝他们本身也弄得不像演戏了。叫梨园，纯属挂羊头卖狗肉。再要像火烧天那样，用老故事套路演，自然是南辕北辙了。前边那个叫啥子柏树的写手，已经把套路，从高台教化扳向了“平面直播”。他无非是把台子再朝低处放放，让大家俯瞰着打开减压阀，拔掉气门芯，撒撒气，能充分交流互动起来而已。而即兴说道、即兴表演，正是他的强项，如今文绉绉的叫什么“脱口秀”。其实也没啥窍，就是提前得有几套方案，看着是即兴说凳子，说苍蝇，实际上早有准备，张口就来。舞台演出为了万无一失，底下再安排一两个托儿，朝他需要的方向回答、忽悠，准把观众糊弄过去。很快，他就编了个吃葫芦头的段子，也少不了给自己西门店做点软广告，竟然就大火起来。

吃葫芦头的段子故事很简单：兄弟开店，一个漂亮女士误打误撞来吃饭。她从恶心，到吃出美味，全是兄弟俩在大实话与大虚话中捧逗搅扰。兄弟俩，自然是由贺加贝、贺火炬扮演。漂亮女士，当然是万大莲饰了。王廉举在文化馆的业余创作学习班上，就听省城的大编剧讲课说，要懂得给演员写戏的重要性。一个编剧，如果不知道按演员的特点量体裁衣，很多好故事，也会写成“温吞水”“散黄蛋”“蔫萝卜干”。他把多年来在店里积攒下的精彩语言，一下提炼到了半小时的创作中，自是张口碰彩，句句见好，有时甚至是“一炮三响”。不仅穿插道尽了葫芦头的炮制手法，而且把他的店铺号牌，也都广告得一清二楚。有那吃过的，还叫着要让编剧王廉举先生出来谢幕。

王廉举本来说只试试身手，没想到竟然一炮打红，让他突然在舞台上又找到了“搞文化”的感觉。这里咋都比卖葫芦头高档，他也就把心思多朝梨园春来拧了拧。他的特点是能编顺口溜、善说“贯口”、整歇后语也特别老到。加之在葫芦头泡馍馆这几年，听了不少好段子，包括一些很黄的段子，稍加改造，就都派上了用场。因此，在整体创作风格上，王廉举创作时代，比镇上柏树时代，明显更让观众喜爱。有人统计：镇上柏树时代，每场演出一小时四十分钟，观众笑点六十处左右；而爆炸性效果，在三十处上下。而王廉举时代，推进到了一场演出七十多个笑点；爆炸性笑料，也一下提升到了近五十处。大家都觉得，王廉举是请对了。

换人如换刀。梨园春来的上座率在持续走高。

让贺加贝感到麻烦的是，他弟贺火炬越来越难驾驭了。演出倒在参加，但热情明显没有过去高涨。先是为了那摸鱼儿，痛苦得要死要活的，喝了一阵滥酒，发了几个月痴呆。后来渐渐好些，可仍不在状态。喜剧是需要澎湃的激情投入，才能铁锅崩豆、烈火烹油的。看着在演出同样内容，抖同一个包袱，一旦缺乏投入和激情，效果会判若两样。一切都取决于演员对现场的把握和调适。这种调适在很大程度上，更取决于生命融入的深度和浓度。贺火炬越来越表现出一种“过趟趟”的淡然。观众乐是乐了，笑是笑了，可那种“诡异的挑起和爆发感”，却越来越差。诡异的挑起和爆发感，是他爹火烧天对喜剧表演的一种总结。喜剧，是每天都需要演员随着现场反应，进行反复调适的鬼把戏。而贺火炬却在应付，在“走大路”，细部的诡异挑起感越来越少。以至于连潘银莲都看出，火炬的演出是在退步了。

贺火炬想摸鱼儿，潘银莲没办法。可她听说火炬也可能是因为要进口摩托，加贝不同意时，她就坚决要求贺加贝给他买。她说：“这就是你这个当哥的不对了。火炬要摩托，也是应该的，现在年轻人都爱玩这个。他这么有名气，又这么能挣钱，要辆进口摩托算啥？买！”

贺加贝说：“不是不买，是不能买，玩摩托车特别危险。听说西京最早买进口摩托的那批人，都把命玩没了。火炬是演员，见天几场戏，不敢有半点闪失。给啥都行，就是不能给摩托。这事你别掺和。再说，两个场子的租金、装修费还没挣回来，见天开支这么大，他又不管账，哪知道难场。”

潘银莲说：“亲兄弟都要明算账哩，这是农村的古话。账你不能不让他知道。”

贺加贝说：“放心，我的兄弟我知道，他不会计较这个的。我们都在一个锅里搅勺把，挣了钱，将来还要给他买房，成家。爹不在，这一切都指靠我了。”

可贺火炬不这么看。他越来越感到了他哥的霸道、自私。梨园春来是以贺氏兄弟名义开的，实际上已成贺加贝一人的领地。卖票，由他老婆潘银莲亲自上手。票款也是他们夫妻暗箱操作。贺加贝用钱可以随时支取，而他要用，在工资以外是难上加难。所谓“贺氏兄弟喜剧”概念，他不过是个摆设，一个附属品而已。媒体报道，也越来越加重了贺加贝的分量，有时只是提他一下了事。因为贺加贝是团长，团长就成了什么法人代表。这里面，似乎已经没有他的什么事了。他也越来越不想给贺加贝配这个合了。加上王廉举来了以后，一些节目的台词也让他有点说不出口，不仅低俗，而且时时显出一种巴结讨好观众相，弄得自己越发像个小丑了。他有时甚至还闪现出这样一种不好的愿望：干脆让梨园春来垮塌算了！当然，只是一闪即逝。他还没有更好的出路，还不知道离开了梨园春来该怎么办。突然离他哥而去，他妈也是不会同意的。他妈平常一切都让听他哥的。尤其让他难堪的是，他哥对万大莲的那份丧眼情感，很多时候，都让他活得转不过向。

他有时也很同情潘银莲，老老实实一个女子，让贺加贝当影子娶回来，他偏又吃相难看地回头乱踅摸。真是难为这个女人了！但有时他一想到潘银莲卖票数钱的样子，又觉得她活该！得了钱，失了人，也算是一种平衡报应吧。虽然潘银莲对他这个小叔子很好，总是用一种服务员的眼光，几乎是无微不至地关心着他的生活。穿脏的衣服，她随时就收走了，送回来时总是熨烫得板板掖掖的。连吃了饭的碗筷，也都是她拿去洗。演出中间眯瞪一会儿，只要她见了，总是立即会给他身上搭片什么东西。可那毕竟都是表面现象，而骨子里，他们才是一家人。因为钱在她手上掌管着。他是越来越看不上这个叫嫂子的女人了。

对于万大莲，贺火炬也有他的看法。你既然不喜欢贺加贝，离了婚，就不该再来蹚这潭浑水。这浑水真不是好蹚的。潘银莲开始死不跟贺加贝，一旦跟了，就贴了心地爱着他。你万大莲再插一杠子进来，后果都想过没有？他也越来越看到了万大莲的精明：知道你贺加贝喜欢，偏三番五次请不来。请来了，自然就有一种“大姐大”的势。你潘银莲不高兴，也得看贺加贝的脸，还得顾及摊子的浑全和票房。万大莲以她当家花旦的影响力，也确实把过去爱她的观众吸引了一部分来。老天赏饭，她演喜剧也是一点就透。开始她大概还有点不屑于搞笑，可场子里的氛围，就像温水煮青蛙效应，很快就自然而然地把她煮成了喜剧明星。有人甚至还提出了他们的喜剧“铁三角关系”。反正贺火炬不喜欢万大莲，要选嫂子，他还宁愿选潘银莲。

贺火炬能感觉到，万大莲从骨子里并没有觉得他兄弟俩有什么了不起。有时，对他们甚至有一种大角儿对杂角儿的居高临下感。她只不过是在这里临时找口饭吃而已，并不像当初在大团做当家花旦时的万大莲，对角色是那么投入，对演戏是那么敬畏。她给家里是挂着

“戏比天大”四个字的。他觉得他哥是人在事中迷，只踅摸着她的美色。万大莲的确很美，连摸鱼儿都当他面说过几次：万大莲好美呀！他说：没你美！摸鱼儿说：这是你们东方的古典之美，你们司空见惯，不知美在其中了。仔细看，万大莲的确是很美，美得在任何场合一出现，四周都会卷起惊涛骇浪。不像潘银莲，就是小家碧玉一个，也很美，却像凌寒斜出的一枝腊梅，值得细品，但无缘掀起骇浪惊涛。他哥台上台下都在搜寻着万大莲投射出来的目光，在享受着那里面说不清道不明的各种美妙意蕴。可也许他理解的那些意思都全然不对。但他已沉浸其中，不能自拔，并越陷越深。

贺火炬总觉得梨园春来迟早是要爆发一场灾祸的。

三十五

的确，最麻烦的还是万大莲和潘银莲的关系，贺加贝是按下葫芦浮起瓢。

在贺加贝看来，问题主要出在潘银莲身上。潘银莲小气，会节外生枝，爱小题大做。他总感到身后是有一双眼睛在盯着自己，那是潘银莲的眼睛。这双眼睛又会引来无数双，盯得他很不自在。而万大莲却始终还是那副做派，大大咧咧，全然事不关己的样子。有时也许还有些故意，在潘银莲眼里快放射出怒火的时候，她偏要把正吃的烤红薯或香蕉什么的，分给他一截，让潘银莲恨不得连他的手都要剁了。万大莲却借其他事，发出哈哈大笑声。其实那件事，是完全不值乎这样大笑的。在他看来，万大莲有时有小捉弄潘银莲一下的成分：你关心那事，我偏在那事上给你弄点喜剧，让你看后生出些苦痛来。他几次都想提醒万大莲，又说不出口，怕万大莲生气。自己不是正喜欢她这样黏糊着自己吗？可在潘银莲不在场时，万大莲又很是一副公事公办的样子，全然没了那点暧昧劲儿，真是让他有些无可奈何。万大莲心里那口井，到底有多深，他还真的测不出来。

有一天，万大莲的儿子廖万，又在后台缠着要摸他妈的奶。都两岁多了，万大莲还是惯着他，人多人少地要玩那个游戏。他不仅自己头钻进去，而且还故意要把他妈的衣服掀起来让人看。好在跟前只有火炬和一个跑龙套的演员。火炬扭头就出去了。那个演员也借机开溜。后台就只剩下他、廖万和万大莲了。万大莲不让廖万掀，廖万偏不住地掀起来让贺加贝看，好像是要故意展示他的俘虏和战利品。

就在廖万没完没了地玩着掀开衣服又放下、放下又掀开的游戏时，潘银莲到后台来了。

潘银莲啥时来的，贺加贝真的不知道。他当时太沉浸在一种“读图”与回想的思索打架中。万大莲反复制止，可一制止廖万就哭。贺加贝倒也没有那么丧眼，看了一下，就继续化妆，只从镜子里斜瞥一二而已。但廖万偏要逗他看，不看还来扯他的裤脚：“叔叔，你看！你看！快看嘛！”他就不得不看了。要是放在别的女人，他也会开几句玩笑。可万大莲，他的玩笑开不出口。就在廖万又一次扯他裤脚，他不得不再一次张目面对时，从化妆镜子里，他突然看见了潘银莲那对快喷涌出火舌的眼睛。大概万大莲也看到了，她立即不再掩饰，偏要故意给廖万以更大的自由，让他掀着玩去。潘银莲嘴里咕叨了一句：“真不要脸！”然后就拧身离开了。就在潘银莲说真不要脸这句话时，廖万也在抓着他的两个战俘乱喊乱叫。因而，万大莲把这句话大概听了个半虚半实，但她明确判断出，潘银莲是骂了她一句什么才走的。

她就问：“你老婆骂啥了？”

贺加贝急忙掩饰：“没有哇，没有骂啥呀！”

万大莲一笑说：“山里妞，脾气还挺倔的。”说完，她嚓地点燃一支烟，跷起二郎腿抽起来。

这是贺加贝第二次看她抽烟。第一次他还有点吃惊，怎么抽起烟来了？他还问了她一句。她说：“玩儿玩儿！”这一次抽，似乎不是玩儿。他看她的嘴唇有些抖动，但神情还是极度放松着。在她眼里，潘银莲就是个山里妞。似乎还有一种解读，就是伺候人的服务员，与她万大莲不在一个秤星上，不值得她去做什么还击。要还击，也是猫戏老鼠一样，会玩得有点夸张变形。

这一点，有时也让贺加贝极不舒服。潘银莲毕竟是自己老婆，瞧不上潘银莲就是瞧不上自己。但很快，他又会被万大莲一切的一切所吸引，包括对潘银莲满不在乎的态度。在这种“万有引力”中，他又一点点在排斥潘银莲，并越发感到她的不好来。

这天晚上演完戏，贺加贝有点不想回家，怕潘银莲给他脸子，让他半天不能入睡。他真的是很累很累了。到台上给人捧出一脸的欢笑来，下了台，直想把脸封存起来，好好蒙头睡一觉。可看万大莲胸脯的事，好像不是那么轻易能过得去的。

万大莲倒是过去了。第二场演出完，好像还有人约她要出去吃夜宵。他想问，又没好问。万大莲是不喜欢人打听她任何事情的。加之卸妆时，潘银莲就在远远的地方等着他了。他三下五除二，把脸一抹，就跟潘银莲回家了。

本来说把火炬也拉上，可火炬说他还有事，独自出去了。这个弟弟也越来越不好收管。过去他说话，就跟父亲火烧天说话是一样的。但现在，说啥他都没反应，脸迟早定得平平的。背后分明有诸多不快，问也问不出来。好在是自己的亲弟弟，他坚信一切还都在掌控中。

让贺加贝没想到的是，潘银莲这晚并没有跟他提起万大莲的事。而是先伺候他泡了脚，又上床给他按摩穴位。当他快睡着时，她突然翻到他身上，千妩百媚地热吻起来，吻得她自己先热泪涌流，抽抽搭搭不止。贺加贝不能不引起重视。虽然这种吻，让他有点猝不及防，也冷热得不相交融，可潘银莲已哭成这样，他就不能不短兵相接起来。潘银莲从来没有这么放浪过，过去总是羞羞答答、畏畏缩缩地放不开。今天却荡妇一般，几下就要把他摇散架了不说，还整得像是谁要杀她一般锐叫不息。他怕他妈听见，让她别喊，她却偏要喊个不住。战马直奔腾到凶顽扫净，敌旗猝倒，才卧槽歇息。

她还在哭，任他怎么擦眼泪，仍是涌流不住。她什么也不说，他也什么都不能问。他知道一问，话就会多起来。话一多，今晚这局面也许就会失控。他们就那样静静地躺着。潘银莲直抽搭到快天亮的时候，才说，她想回老家去看看。

贺加贝觉得有点突然。这么长时间了，潘银莲还是第一次提出要回老家。就连结婚，她也是没有提出要回老家一趟的。也没有提出要接老家亲戚来，只说她的事情她能做了主。这个时候，突然要回老家，他也不知她心里到底想了些什么。但好像她还有点坚决，他就同意了。他问要不要找朋友的车送送，她说她就坐班车。他让她带些钱，先从剧场票款里支，回头扣除他的工资就是了。她说她有。天亮后，她要走。他说他去送。她说不用，并把票款箱交给了他。里面的钱和票据都整理得清清爽爽，利利索索。然后她就走了。

潘银莲走后，贺加贝还有点小不适，突然觉得好像有些对不住她。但很快，也就变得轻松起来了。尤其是背后少了一双盯着的眼睛，让他感到很是自在。他觉得这段时间，也许与万大莲之间还能有所突破。

可万大莲偏偏在潘银莲走后，也变得忙碌起来，一演出完，就急急呼呼离开了。他几次到她家找，保姆都说，没有回来，他就有些失落。一个女人，有时晚上演出那么晚，还不回家，能到哪里去呢？他就在院子阴暗处等候着。几年前，他就在那里蹲守过。蹲守着蹲守着，就见万大莲与廖俊卿入了洞房。这次蹲来守去，终于蹲守出：万大莲是与一个开着加长林肯的男人在出出进进。这辆加长林肯曾经在两个演出场所都出现过，但并没有引起他的注意。因为来看演出的，有不少都是大老板，也都开着越来越高档的豪车。可没想到，这里面竟然就有来勾引万大莲的。并且他已经看出一种不妙：加长林肯把万大莲送回家时，那个男人先下车给她开的车门，而且还把她头顶护了一下。这人明显不像司机，司机对女主人会显得过分殷勤。而他不是，是热情，是呵护，甚至有点亲密无间的意思。这个男人仍是廖俊卿一样的形状，当然没有廖俊卿帅气，但也是五官方正，身材高大，且举止洒脱不羁的那种。万大莲在车旁目送他离去时，车速欲滑不滑、欲动犹止的，有些流连忘返。

贺加贝的腿，又一次稀松地瘫软在冬青树后。

三十六

潘银莲回到老家河口镇时，她哥潘五福正在街上卖芝麻饼，这是她哥的独门手艺。整个河口镇，要吃芝麻饼，都承认是潘五福的最好：薄、脆、焦、香。尤其是抹上潘家做的豆腐乳，更是美味可口，老少皆贪。不仅村民爱吃，机关干部也爱吃。镇上有好多机关，也有不少商店、食堂，还有学校。其实也就二三百户人家，一千多号人而已。可小镇有河、有湖，有从街心直通省城的公路。上世纪五六十年代要到山里砍伐木料，供城里建设使用，所以公路通得特别早。有女孩子被运木料的司机拉到省城逛一趟，回来从驾驶室跳下来，穿戴比县城人更洋气，就把河口镇自称起“小西京”了。后来公路改道，进省城有了直线距离，河口镇在弓背上，立马就背成了死角。潘银莲出山当保姆那几年，镇上人几乎都快走空了。这次回来，街上好像人气更弱。

她哥就在前后街的V字形交会处，摆了个炉子打饼。炉子是用一个大铁油桶改制的，竖起来比她哥还高一截。她哥给炉子旁边放了个木凳，要放饼、翻饼、取饼时，是得站上去操作的。平常他就在一个很低的案板上揉面、擀饼、撒芝麻。她哥个头的确太矮，背后有人就叫他“三寸丁谷树皮”，也有端直叫武大郎、潘大郎的。开始潘银莲并不懂，后来读书识字了，才知道是把她哥当小说里丑陋不堪的武大郎对待了。她哥也的确上身长，下身短，站直了不满五尺，整个形状像个宽麻袋。潘银莲小小的就由她哥送着上学。但见刮风下雨，她哥肯定会等在学校门口，把她朝回背。有孩子欺负他，他只是笑，只要弹弓和拳脚没落在妹妹身上，他肯定不会还手。后来潘银莲渐渐大些，觉得哥哥的确是给她丢人现眼了，才再没让他来接送的。不过上晚自习时，她几次看见她哥在远远地跟着她。她还骂过一回，让他少管她的事。她哥也只是咧嘴笑笑，要是晚自习拖堂，急忙回不了家，他还是会来远远地跟着。她最后离开河口镇，并且好长时间不愿回来，也是因为这个家，还有这个丑陋而没出息的哥。再就是自己那处烫伤。

潘银莲是在镇东头车站下的车。她的这身穿戴，突然出现在这个萧索的街景上，自是很有些吸引眼球的。何况她确算一个美丽动人的人。这一点，她在万大莲身上得到了充分印证。她实在不想去想万大莲，一想起来头皮都能炸了，可还是要时时想起。是这个女人让贺加贝死死缠上了她，并让她活成了别人影子一样可有可无的附属品。就连这次回河口镇，也是为了躲避这个可恼的女人。至于躲多久才回去，她甚至都没仔细想过。如果河口镇能让她比在省城活得愉快，那就永远躲下去，免得见天受那种实在太是古怪的生命折磨。

她首先走到她哥的烤饼炉前，喊了一声哥。她哥正把脑壳塞在炉子里，没听见。她又喊了一声“五福哥”，那脑袋才从炉子里拔出来。他恍恍惚惚地四处乱看着，手里正捏着一摞要下炉膛的芝麻饼。他竟然没认出她来，还以为是谁在搞恶作剧，因为这是经常的事。机关里总有长得好看的女人，喜欢自扮潘金莲，来胡乱挑逗他玩的。他也就很是配合地跟她们玩玩，那有啥嘛，只要她们掏钱买饼。

在一刹那间，潘银莲突然觉得她哥与贺加贝和贺火炬长得还很是有些相像：都是菱形脑袋，前抓金后抓银的南北向牵引调度着。两只耳朵上边，也像前额一样宽阔，只是中间棱起一道竖坎，让宽阔突然变得陡峭起来。真正需要宽阔的前额，却又凸出一个尖包后，急速向两边直线切削下去……这些话都是他弟兄俩演出时的自我调侃。他们自称是两只三扁四不圆的脑袋，对不起列祖！对不起列宗！对不起历史！对不起当今！对不起地球！对不起星空！对不起父老亲朋！更对不起掏钱买票的亲们！可他们把人活成了那样，而她哥，却把人活成了这样。

她又喊了一声哥，潘五福才仔细辨认起来。终于，他认出自己的妹子了！他急忙用围裙擦手，有点不知该如何是好。他咕叨了一句：“银莲！”先是笑得大嘴快扯到耳根了。潘银莲眼睛一下湿润起来，立马模糊了眼前这个矮墩墩的身影。

潘银莲的家并不在正街上，早先离正街还有一里多路，只是近年房盖多了，才被慢慢裹挟进来。潘银莲她爹死得早，是在山西挖煤塌死的。矿主给赔了点钱，却被同去的人黑了。黑了他爹钱的人，又被别人黑了，所以就都死无对证了。而在他们这一片，还有好几户，都是出去挖矿死了主劳力的。有的得到了几万块钱赔偿，还很是令其他人咂嘴称羡。不说别人，她娘就老扳指头算那些拿到了钱的幸运户。既然有那么多幸运者，跟出去撞大运的就多了。出去得多，也就死得多。赔了钱，矿主派人来一安抚，有人还佩个黑纱，戴朵小白花，表示出很沉痛的样子，死了人的家儿，就感觉挺有面子。似乎也不觉得是很悲伤的事了。她娘没有获得赔付，也没人来戴黑纱、白花的，理也没处说去，谁让你要挣钱？娘的身体就越来越不好。尽管这样，娘还是拖着身子骨，在家里养猪、养鸡、养鸭，甚至还养过狐狸和荷兰鼠，可都是赔钱货。只见有人煽惑着养，却不见人来收。真到来收时，已是恨不得连笼子都提给人家的“祸害瘟”了。

潘银莲从街上跟她哥一起回家时，她娘还病在炕头。她哥说病好几天了，前两天连水米都不进。也请土医生看了，五劳七伤说了一大堆。抓了药，吃了也见好些，就是脸有点肿。娘见女儿回来，自是哭得稀里哗啦，止都止不住。潘五福让别哭，怕伤身子。她娘就骂起来，骂他蠢货，连个婆娘都看不住。

“那个不要脸的货，臭卖 × 的婆娘，把一家人的脸都丢完了。那就是个潘金莲，该让武松割了脑壳的货……”娘骂得浑身直抽，咳嗽都咳嗽不出来了。

潘银莲直摩挲娘的背，不让她再骂、再喊。可她偏要骂、偏要喊：“让一街两巷的男人都睡了，都说她裤带松，我都感觉她没系裤带。”

潘五福被娘骂得有点转不过向，出去坐在门墩石上发呆。

潘银莲一直安慰着娘，还替嫂子说了几句好话。她说：“嫂子也不容易，那么远嫁来，前几年也吃苦了。”

她娘偏赖着说：“都是这个狐狸精进门后，潘家才兵败如山倒的。

你爹在煤窑里塌死，算是白塌死了，连个钱毛都没见着。我原来好好的身体，也弄出一身病来。”

潘银莲说：“那都是别人害了爹，与嫂子啥相干？”

她娘说：“没娶她回来时，家里一个劲的好事：你爹上坡挖火藤根，挖出个七八两重的何首乌来；我去后坡打猪草，顺手还逮个猪獾子；连鸡都下的是双黄蛋。自她进门第二年，你爹就塌死在山西。人家塌死了，四五万地赔。你爹塌死，还欠一坡的人情，连送葬都是家里贴赔的。这不都是那个狐狸精回来以后的事！看我，一下病成这样，烧纸驱鬼都烧不走。你说潘家是倒了啥子霉了？”

潘银莲问她哥，嫂子到底咋了。她哥只是低头出粗气，出了半天才说：“也没娘说的那么厉害。”

潘银莲在时，就听说过嫂子跟外面人有勾搭。她嫂子是从另一个县塔云山嫁过来的。嫁过来走了一天，还坐了半天拖拉机，路很远。嫂子姓也怪，名字也怪，叫好麦穗。姓好的人，过去她还没听说过，叫麦穗的倒是不少。娶这远的媳妇，也是亲戚托亲戚、熟人托熟人才拐弯抹角找来的。那时潘家日子还算好，又给人家说住在一个叫“小西京”的镇上。雇了几个人，挑了几百斤麦子、包谷、黄豆，另外还有腊肉、化猪油、甘蔗酒等，就去把好麦穗换回来了。好麦穗一到潘家就哭。媒人只说小伙子个头“瓤”一点，就是矮点吧，没想到是这么瓤，这么矮，都没敢去塔云山拜丈人爸丈母娘。潘五福挣挣巴巴的，也只齐好麦穗的胸口窝。她当下闹着就要扑河、上吊，整得一家人日夜看守着。尤其是潘银莲，几乎有好多个夜晚都没眨眼皮，就那样把睡着了的嫂子都死盯着。她怕自己瞌睡了走神，还轻轻用一根毛线，把嫂子的脚腕子拴在自己的手腕上。直到觉得日子确实比塔云山能好几倍了，嫂子才勉强消停下来。可嫂子是很有几分人才的，加之她哥也的确窝囊了点，很快，镇上就传出了嫂子的闲话，并且说还是跟有头有脸的人。至于谁，潘银莲那时还不好意思打听。后来她就当保姆走了。并且说她当保姆，被送到大人物的家里，还都是嫂子好麦穗去镇上帮着说了话。因此，潘银莲对嫂子，倒是没有那么憎恨。嫂子对她，也是一百个觉得有面子的亲热。

好麦穗直到晚上才回来。她是被镇上一个单位，雇到新建的院子管基建材料去了。她娘骂嫂子跟那个单位的领导就有一腿，一镇上人都说匀乎了。嫂子一回来，娘才变得唉声叹气的少了话，好像也还有点怕嫂子。嫂子倒是待见小姑子，殷勤得一个劲地嫌潘五福肉没煮好、菜没切细，一切都是她重新来过。要说嫂子待娘也不差，她还拿着热水去伺候娘吃了药。把饭桌也支到床边，让娘跟大家一起吃饭。吃完饭，又让潘五福晚上别炒芝麻了，由她炒，让他陪着娘看戏去，说县剧团来了。她说估计银莲不想看，她就在家陪银莲说话。

娘病成那样，一听说有戏，还是从床上撑起来，让潘五福搀着看去了。

她们就在家里边炒芝麻边拉话。

潘银莲本来是想旁敲侧击地好好说说嫂子，她毕竟还是向着她哥的。谁知还没说到三句，嫂子先哭起来。

“银莲，你都不知道嫂子的那个苦哇！你说你哥……你自己说……我过的是啥日子？他娘还天天骂我……偷人养汉……”嫂子哭得手里的锅铲掉到锅里，滚烫的芝麻都溅到了她的脸上。

潘银莲在灶门洞烧火。炒芝麻要文火，那点小火影映着她绯红的脸。憋了半天，她还是没能就“偷人养汉”四个字接过话茬来。

嫂子还在倾诉，好像潘银莲不是她的小姑子，而是一个外人。一个从省城来的开明人。她说：“我就是真偷人养汉了咋？不该吗？何况我到底偷了没？拿出证据来！是抓在谁的炕沿上了，还是捂在谁的办公室了？嚼牙帮骨也得给嘴里撂点能嚼的筋吧。”

潘银莲终于接过了话：“没那些烂事就好。镇上地方小，让人说来说去的，都咋出门见人？”

好麦穗拿起锅铲，把铁锅铲得一片乱响地说：“我的人，在接回他潘五福家那天起，就丢得啥啥都找不见了！”她在说这话时，好像是故意要把潘银莲撇清。可潘银莲与潘五福能撇清吗？

潘银莲有些不高兴地把锅洞的柴火，也翻得一片响。

好麦穗急忙又说：“你哥要有你千分之一的出息，我睡到半夜，也能捧着后脑勺笑醒了。可……你说天底下咋就有这么怪的事，亲亲的兄妹俩，一个成了天仙，一个咋就……成了那么个模样呢……他还是他娘养的吗？”说着，又呜呜地哭起来。

潘银莲听不下去了。虽然好麦穗在说她好，可一个劲说她哥的不是，那也是在打她的脸。她把火钳一撂，从灶门口站了起来，想离开灶房。她突然看见了这个女人文得跟两根筷子一样的眉毛，是那么虚假；嘴唇也画得有些外翻；高挑的鼻梁，虽然不是假的，可也画了阴影，让鼻子显得异常突出起来；好像是要故意衬托她哥蒜头鼻子的头头大、鼻梁塌，到了眼睛处，甚至塌陷成了一个两边反倒凸出着眼睛的卧槽。她突然替自己的丑哥哥担心起来。也同情着眼前这个女人的百般不快。本来她都快走出灶房了，又慢慢转身说：“嫂子，芝麻炒好了，我们也去看看戏吧！”她是不想再跟好麦穗在这个窄小的空间里憋闷着了。她知道她会哭诉什么。潘银莲也知道，她就是说什么也不起作用。她在红尘待得久了，已懂得很多事，不是说说道理，像她娘那样，见天拿古往今来的妇德妇道，痛骂个锅碗杯盘都底儿掉就能管用的。生活有时就是磨刀石，你已说不清是哪年哪月哪天磨成了这样，反正当你最后看见那个形状时，已经不可改变了。

潘银莲突然问起了他们的儿子。他们是有一个叫潘上风的儿子的。潘银莲走时，他已经上小学了。那时她就总听人背后嘀咕：说潘上风长得像镇上的谁谁谁；有人又说像营业所的谁谁谁；还有人说像学校的谁谁；反正没有说像她哥潘五福的。那阵好麦穗在镇上一个单位做饭。据说她哥去人家灶房挑泔水回来喂猪，都碰见过有人在灶房对嫂子动手动脚的。她哥先是操起砍柴刀，可没敢砍，又顺手拿起木锅盖，才给了人家两三下。结果好麦穗反倒回家来乱骂，说他误伤了所长，人家是来帮忙擀面的。拍她屁股是让她离开案板，人家好上手。她哥强调说：不是拍，是捏，他看得清清楚楚，见他进来，才装作要帮忙擀面的样子。那时潘银莲还不太懂得里面的奥妙，现在，她才理解了那些意思。好麦穗生下潘上风，所有人都说不是潘五福的。

连娘对这个孙子也不待见，背后老说肯定是野种、杂种、狗娘养的货。因此，潘上风上初中时，就非要闹着去县城住了，平常也基本不回来。她娘说，家里就当没有这个来路不明的孙子。

她们一路说着，就到了学校操场。很奇怪的是，县剧团今天演的是《狮子楼》，戏是根据《水浒传》改编的。她们到操场时，武大郎还没被毒死。好麦穗看到舞台上的“三寸丁谷树皮”，就恶心得要走。潘银莲把她手拉着，说看一会儿再走。好麦穗就心不在焉地朝舞台上光了几眼，又朝观众席里乱瞅。

潘银莲在场子最前边娃娃们乱跑的地方，看见了她娘和她哥。一些人看着舞台上的武大郎，还戳她哥的脊背嘻嘻哈哈。她哥也只是扭头憨笑一下，没有不满的意思。大概看到潘金莲、西门庆和王婆商量要害死武大郎的时候，好麦穗到底还是忍不住走了。说离家时好像后门没关，怕都来看戏了招贼。

潘银莲没舍得走，她被剧情吸引住了。这是一个完全不同于贺加贝和万大莲他们演的《巧妇潘金莲》的戏。那个戏是那么搞笑，武大郎一出场，先把一担炊饼挑翻在地上，还埋怨说昨晚潘金莲不该让他做爱，做得连炊饼担子都挑不稳了。笑得满场人波浪翻滚、捶胸跺脚的。而这个戏自始至终没有人大笑，就是担心、唏嘘、感叹、憎恨。在西门庆被武松追得跳下狮子楼后，好多观众甚至喊叫：“打死他！打死他！”她看见她哥也站了起来，不过站起来还是没有人家坐着高。她哥甚至跟一些孩子一起上了凳子，在喊叫舞台上的武松，快打死西门庆！终于，西门庆被武松打死在狮子楼下。狮子楼，是一块布景挡着三张垒起来的课桌。在舞台上两个演员开打时，还不小心把那片布景绊倒了。但观众并没有起哄这种失误，而是集中精力，直看到武松割下西门庆的人头。那头，是一块红布包着的一个碗大的疙瘩。武松在亮相时，那疙瘩还散了包，把里面一个海绵一样的东西掉出来，很是滚了几滚，弹了几弹。但观众仍没笑。好像没有人觉得这好笑，都还沉浸在杀了恶人的激愤中。后边武松又杀了潘金莲。最后是用两颗人头给武大郎祭灵。她远远看见，她哥一直在抹眼泪。她娘也在抹。

她的眼泪，也就跟着模糊了视线。

戏散场了。

她和她哥搀着娘，走在黑糊糊的背街上。她还埋怨她娘，不该给她起名叫潘银莲。她娘说：“姓潘，是银字辈，莲花又水灵，我和你爹才合计了这么个名儿。怕啥，只要走得端，行得正，谁还说你啥闲话了？不像好麦穗那个骚货，这么好的名字，还不是让她糟践了。今晚就该让她来好好看看戏。贱货，迟早是要让武松割头的！”

潘银莲说：“娘，别老贱货贱货的，哪有这样骂儿媳妇的？！”

她娘偏骂：“就是贱货！她就是潘金莲！刚才看戏还有人在给我亮耳根，说这演员长得像不像你家麦穗？把我没活活气死。五福，你个没出息的货，回去把戏讲给她听，看潘金莲是啥下场！”

潘五福不说话。

她娘骂：“你耳朵聋了是不？”

潘五福还不说话。

她娘又喊：“你哑了？”

只听她哥潘五福在喉咙里咕叨着：“把狗日西门庆的脑壳割了活该！潘金莲嘛……一回割两个脑壳，太惨！”

她娘气得扭转身直嚷嚷：“你还护着那淫货，护着不要脸的好麦穗……呸！还好麦穗，那就是个烂麦穗！”

潘五福好半天才憋出一句话来：“麦穗……又不是潘金莲。”

“她还不是潘金莲？还没要你的小命是吧？你还替她说话？就是你这个窝囊劲，才让她敢上房揭瓦，成了河口镇活妖怪的……”娘的话还没说完，有人走过来像是想听她家的笑话，她才一阵咳嗽，把后边的话窝回去了。

已是深秋时节，来自河道的风，吹得满街都是飘浮的落叶。

风中，她娘咳嗽得几条街的人都能听见。

三十七

贺加贝突然怀疑起自己整日这样挣挣巴巴的意义来。他为自己和万大莲想好了一百个结局，却没想到，这么快，就出现了这样狗血的剧情。这个女人到底是个什么样的女人？难道美是像泥鳅一样抓捏不住的怪物？那么时隐时现，时好时坏，闪烁不定，飘忽无常。有时感觉是已经抓住了，可眨眼间，又溜得无影无踪。他的心里，挠搅得像是吞下了一截崩断的钢锯丝，乱拉乱锯得发火燎烧地痛。

他都无心演出了，急于想调查清楚，那个开着加长林肯的家伙，到底是谁？弄不清楚，他几乎是处于一种神情恍惚的状态，吃饭能喂到鼻子里。尤其是演出，竟然把好多“包袱”，都“抖”成了“哧溜炮”。连贺火炬也提出了抗议，说：“哥，不行了歇几天。别自个儿砸牌子。”演出还是在进行着。贺加贝知道，一旦停下，这种红火阵仗就会减退，再点炉起火，也许都点不起来了。不过他得把那个开加长林肯的男人搞明白，挨炮的，把他喜剧源泉都已损害得不见活水来了。

终于搞清楚了，那个男人是一个生物保健品开发商。他手头开发的保健品广告，几乎满大街都是，电视台也常露脸，只是没引起贺加贝的注意而已。一旦注意上，他就发现，这家伙的头像和保健品几乎无处不在。产品是有病去病，无病预防，增强免疫，还改善基因。只要吃了，注射了，在某个准确穴位戴了、贴了，这辈子大概就跟彭祖一样，活得要不知今夕何年、寿无所终了。贺加贝还真的感到有些麻烦。麻烦一：这是当下最炙手可热的男人，大老板，有钱有势有地位。他们甚至可以超越年龄界限地“鲜活”在每一个年龄段的美女心中，并且还越大越现“成熟美”。麻烦二：这家伙看上去还真的不显大，四十二三，春风满面，举止潇洒，成熟老练。好像这个时代就是他家的凤阁龙楼，前庭后院，他可以登临随意，出入请便。麻烦三：在贺加贝看来，也是最大的麻烦，这家伙长得还有点像廖俊卿，个子大，腰板挺，他娘的，天生就一副“衣裳撑子”。在唱戏行，这叫“披挂”好，老天赏饭。可老天爷就偏偏给他贺氏父子兄弟，赏了这样一碗唱丑的饭。虽然有了名气，但在爱情的海洋里，好像还是那些货色吃得更香、喝得更辣、钻山如豹、行游似鲸。

那个男人叫牛乾坤。这姓名，倒是有点俗。贺加贝初次打听到时，鼻子还哼了一下。仔细一想，这可是要炸裂的名字啊！开着加长林肯，做着铺天盖地的广告，享受着这个城市最顶级的生活豪华，不牛乾坤，还牛啥？贺加贝在演出后台，还就牛这个动物的话题，开了几个不荤不素的玩笑。牛，似乎是一种比较严肃、形象也挺正面的动物，除了《西游记》里不专一于爱情的牛魔王，还有阎王那里，到处做捕快的牛头马面外，好像还没啥再值得调笑的故事。因此，几个玩笑都没有收到预期效果。只有万大莲边化妆，边微微笑了一下，那笑意，似乎还不是针对他的喜剧所产生的效果。反倒像是那头牛，勾起了她的某种美好回忆，而让肚里的蜜糖，水满自溢地渗出了嘴角。弄得他更是把痛苦还增添了几分。

问题是牛乾坤还越玩越大，竟然玩到后台来，要跟贺加贝商讨有关剧本事宜了。他说他看了《喹葫芦头》《谈谈爱情》《吃一顿分手饭》之后，有些想法要跟编剧谈谈。他以为他是谁呀？贺加贝尽管不高兴，但还是把王廉举叫来了。这三个段子都是王廉举新近所编。

牛乾坤戴了一副金丝边眼镜，还很是一副文绉绉的样子。他说：“三个戏都很好，很逗乐。《喹葫芦头》嘛，其实没必要说孙思邈怎么用中草药八珍汤，啊，改造猪肠子的腥味儿那一节，不搞笑么。搞笑在美女吃葫芦头那一段：两个不怀好意的男人，借吃葫芦头，跟美女套近乎，最终老碗相向，大打出手，很有戏嘛！更有戏的是，他俩打完才发现，美女的男朋友就在另一桌坐着，人家是闹了点小别扭，才分桌而食的。我觉得最后应该让这个男人站起来，拿关中大老碗给两个丑角，就是你兄弟俩，一人头上美美扣一碗，喜剧效果才会更强烈，你们说是不是？”

万大莲先扑哧一下笑得背过身去了。

贺加贝看看王廉举，是有些哭笑不得的样子。

王廉举倒是做出一副洗耳恭听的神情："你再说。"

牛乾坤就接着大谝起来："《谈谈爱情》这个小品嘛，把爱情放在葫芦头泡馍馆里谈，倒是很有喜剧效果，不过他们所谈的内容，我觉得有点不伦不类。他们不应该是都喜欢吃葫芦头，才走到一起的。收入、别墅、小车、美貌、咖啡，都应该成为他们的话题，都很有喜剧效果，并且都是实打实的爱情资源嘛。贺老师别嫌我说话难听，哪个美女，又愿意没有前提地跟一个相貌丑陋的男人谈恋爱呢？"

贺加贝的脸一下红到了耳根。

王廉举有点不大能忍耐住继续做谦卑状地说："那是艺术。"

"我知道艺术，艺术也得让人相信不是？如果你编个潘金莲一心爱上武大郎的故事，有人信吗？"牛乾坤在据理力争。

王廉举说："百人百性情嘛，还有喜欢同性恋的你咋说？啊？人性复杂得很着呢！"说完，他还一本正经地清了清嗓子。

牛乾坤继续说："我是说你们的喜剧，我都看十几遍了，越看越觉得……好，但不满足。比如《吃一顿分手饭》，还是在葫芦头泡馍馆吃，能不能换个环境？我觉得更应该在咖啡屋，或者星级酒店什么地方，再点上几支蜡烛什么的。现在这样嘈嘈杂杂，吃得吸吸溜溜，说得牛头不对马嘴的，好像总觉得有点滑稽。"

王廉举终于坐不住了，站起来说："哎牛总，这是演喜剧吔！喜剧就是在不谐和的环境中，说出滑稽而又不谐和的语言来，才有喜剧效果。"他只差补一句：你懂个辣子！

牛乾坤说："王老师是到咖啡屋、五星级酒店、桑拿浴房体验生活少吧，那地方可不缺幽默和喜剧。我的意思是，不能全都把故事弄到葫芦头泡馍馆里演吧？这是高新区，白领多，得考虑他们的欣赏习惯不是？"

牛乾坤说得很温和，但绵里藏针。总之一句话，就是演出的内容，还得进一步朝适应观众胃口的方向转化，不能老在葫芦头泡馍馆里折腾，太老土。

牛乾坤是好心，贺加贝虽然不待见，也不好表示出过多的不满。

倒是王廉举满脸的不高兴。他在牛乾坤走后说："懂个锤子，卖狗皮膏药的也敢来讨论喜剧。是牛，你就好好到坡里吃草去！"

这话把贺加贝给逗笑了。他还看了看万大莲，万大莲也笑了，笑得神秘兮兮的。他觉得牛乾坤这样公然走进后台，是严重藐视他的存在。也不知万大莲跟他说没说过他们的关系，可牛乾坤来后台谈戏，总应该是提前跟万大莲商量了的吧？贺加贝为此很是不快。

不过牛乾坤谈的关于几个小品的环境问题，他倒觉得不无道理。这样的意见，别人也提过。他让王廉举修改，可王廉举老是沉浸在葫芦头泡馍馆里，津津有味地拔不出来。加之写泡馍馆，是软广告，有王廉举的利益在里面，他们也就只能慢慢朝前磨合了。

最让贺加贝头痛的还是万大莲，他越来越琢磨不透这个女人了。好像她跟牛乾坤的关系也越来越公开。气得他有一天把万大莲堵在后台问："你真跟牛……牛啥子好上了？"他知道那人叫牛乾坤，一天脑子没过一百遍，还能记不住那货，但他偏装作叫不上名字。

万大莲开始还一惊，继而一笑说："咋了？"

贺加贝："没咋，我就问问。"

万大莲还是那副笑吟吟的模样，说："好上了，咋了？"

贺加贝没好气："那我……算咋回事？"

万大莲好像压根儿就不知道他贺加贝这档事似的，说："你是有婚姻有老婆的人呀！我是自由身，咋了？"

气得贺加贝直张口结舌："你……你自由，你自由！"

"加贝，我还正想跟你说呢，你尽快找人，我演到月底，就不想演了。"还没等万大莲说完，贺加贝就傻眼了。

"为啥？"

"不为啥，就是不想演了。想在家里照看廖万。"

"不是有保姆吗？"

"廖万要我。反正你尽快找人吧！"说完，万大莲就扬长而去了。虽然还是笑吟吟的，可贺加贝已经感到了她背影的某种冷若冰霜。

这个打击对贺加贝来说的确是太大了。不仅仅是感情的失落，事业也要遭受致命一击。不能不说，目前这个喜剧组合是最佳阵容：两个丑星，加一个绝色美女，真是天作之合。有人称为“铁三角”。一旦失去一角，他还不知该如何弥补呢。更何况，这一切的一切，是找一个美女就能弥补得了的吗？他觉得事情真的闹大了。不仅腿软，连心好像都耷拉在哪儿，收复不到原来的位置了。他突然想起舞台上过去出现的那些军阀，活得真叫过瘾，不高兴了，拿起枪，把对手崩了完了。此时此刻，他就想拿盒子炮把牛乾坤崩了。

三十八

那晚潘银莲和她哥搀着娘看完戏回来，嫂子好麦穗已经睡了。

潘家原来是三间老石板房，这几年潘银莲不在，她哥挣挣巴巴，总算在老屋场旁边，又促起了一层新洋楼。河口镇把所有水泥房，都叫小洋楼。虽然只有三个开间，二楼还没钱盖，但好歹潘家也有了小洋楼不是。不盖的确是不行了，家家都有一灿新的水泥洋房，并且大多盖了好几层。潘家本来就不如人，再不赶上这一拨，几乎在镇上就没法活人了。即使拉账，也得先把大样子促起来。一家人年前就搬到新房了。可好麦穗住了几天，又一人回到了石板房里，说是住在新楼老做噩梦。

潘银莲一路听娘叨叨说：“你哥臭屎无用，连个女人都摁不到床上，就听她在那里兴风作妖。我叫你哥晚上惊醒些，可他见晚上睡得跟死猪一样。谁知那女人半夜都在搅啥祸水呢。肯定是哪儿痒了，要招人摆治呢。”

“娘你别这样说嫂子！”潘银莲有些听不下去了。

潘五福也说：“就是。”

“还就是。我要再跟你一样尿囊包，只怕那女人还能把我娘儿俩，拿瓠子叶一卷，包着烧吃了。卖 × 的货！”

她娘不依不饶地声讨、辱骂着好麦穗，那种恨，是从牙缝里蹦出来的。娘怎么变成这样了？潘银莲觉得实在听不下去，就加快了脚步。

回家洗了把脸，潘银莲见她嫂子房里的灯又亮了，就走了过去。

好麦穗是和衣而卧，还没睡着。见潘银莲进来，她急忙起身说："我一直等你回来呢。晚上就跟我睡吧。"

潘银莲也正是这个意思。既然回来，她还总是想把家里的关系捏合捏合。

从她哥的口气听，好像家里也没有啥，一切都很正常。可从娘的口气里，问题就大得很，似乎随时都会砸锅倒灶、天塌地陷。她不能不跟这个嫂子好好交交心。

窗外月亮阴冷阴冷地挂在窗棂间，分好几格投射进来，刚好把好麦穗的脸，也映得明一格的暗一格。

好麦穗老想哭。她说要不是看在儿子的分上，她早都跑了。她说："你都看到的事，你看他娘一天是咋对待我的？你那样一个儿子，我嫁给他还要咋？你见天把我当淫妇看，没有一句话不指桑骂槐的。连自己的亲孙子都不认，说是野杂种，你说这日子还有的过吗？你知道他娘干些啥事？半夜还给我窗口、门口拉丝线，怕我偷人养汉。一有风吹草动，她那边铃铛就响了。铃铛一响，她就一骂大半夜。骚母狗呀，臭母猪呀，卖 × 的野猫啊，啥难听骂啥。你说你还像个做长辈的吗？不偷人我都想偷人！我就想给她脸上抹些粪！"

"我娘骂人肯定不对，可你……老这样跟我哥分开住，也不是个事呀！"潘银莲说。

"你还说这话？我没离开这个家就不错了。这话你自己想去。我要不是看到你哥老实、本分、善良、勤劳的分上，我真的早走了。"

潘银莲好半天没说话。她深深感到了潘家的危机。好多家庭婆媳不和，但面子上还能过得去。她们婆媳之间，是已经把面子彻底撕烂了，并且她哥和好麦穗也长期分居着。儿子潘上风基本住在县城，连寒暑假都不回来，而县城离河口镇也就五六十公里路程。这个家，是千真万确的哪一节都捏不过去了。讲什么道理她也觉得讲不出口。当初在红石榴度假村当领班时，她动不动会给姐妹们做些思想工作，很多时候，还一做就通。眼前的嫂子，她已经感到无能为力了。编剧镇上柏树老爱说：现实太伤感，一说就打脸，唯有喜剧可以释然。可那是城里的事。河口镇用什么喜剧来释然呢？好麦穗哭到半夜，突然说："莲，睡，要不然，你娘又要摇铃铛了。"

不过好麦穗也有喜剧感，在说完摇铃铛后，突然扑哧扑哧笑了："银莲，你知道你娘把我骂急了，我咋跟她斗法呢？"

"咋斗？"

"我半夜故意披一件蓑衣，跑到她窗前，做鬼魂乱喊乱跳，吓得她还钻过床底。后来她老给枕头边放一把斧子。有时还把你哥也叫起来，两人打鬼能打一夜。"说着，她又笑得用枕头捂住了脑袋。

潘银莲没有一点觉得好笑的，因为好麦穗整的是她娘、她哥。她娘告诉她，这次病就是半夜闹鬼闹出来的。她娘还埋怨说：都是媳妇不成器，才招得鬼魂满院子飞的。

潘银莲有点警告好麦穗的意思说："嫂子你不敢这样。娘信这个，吓坏了咋办？"

"谁叫她老骂我，太过分了！你不知道有时她骂人有多难听。"好麦穗在说她娘时，好像是在说一个外人。

潘银莲知道她娘过去也是一个十分贤惠的人，自打爹被煤窑塌死，没得到一分钱，白白折了顶梁柱后，日子就硬是把娘磨成了这样。

第二天，当好麦穗和五福哥都出门干活后，潘银莲又唠叨起了她娘。

她说："娘，你不敢老骂嫂子。不管咋，她也是咱家的媳妇，你得怜惜人家，尊重人家。嫂子也不容易。"

还没等她说完，娘就一顿乱骂起来："噢，你还替那个臭婊子说话？你是谁家的女子？她是个啥东西，谁不知道？河口镇一街两巷都知道，都在说，都在指她脊梁骨。潘家的先人都让她丢尽了！你爹是塌死了，要活着，只怕也气得抹脖子上吊了。"

“有啥根据这样说人家吗？”

“还要啥根据？一年四季都不上你哥的床，还要啥根据？”

“人家夫妻的事，你需要管那么多吗？”

“我不管，不管你哥都能让那个臭不要脸的货欺负死！”

潘银莲看娘连半点都没有轻饶的意思，并且说上火来，嘴角还直抽搐，她就不敢再续这个话题了。

这天晚上，潘银莲去街上帮她哥收拾摊子，兄妹俩又说了好久话。

潘五福见天晚上七点左右收摊子，七八点以后，镇上就逐渐人烟稀少了。所谓摊子，也就是一个三轮车，一个用煤油桶子制作的火炉，还有面板、擀杖、锅铲、刷子、装芝麻的罐子、装豆腐乳的坛子和装辣椒酱的瓶子这些杂物。那个自制的火炉很笨重，足有上百斤。他是把大煤油桶撬开顶盖，用黄泥巴在里面糊成一口锅状，底下再用炭火把泥烧红，饼就在泥上朝焦黄的烤。他在上街头烤饼，连下街头的学生，都能闻见五谷芝麻香。一下课，学生就飞也似的朝上街头跑。一炉饼，常常是一哄而光。有人让他干脆搬到学校门口卖。他也去卖了一阵，学校又提意见，说满学堂都是芝麻饼味，他就仍搬回上街头了。加之上街头有好几家单位，中午都爱拿芝麻饼蘸豆腐乳当午餐。当然，也有赊账的，一次赊三五个，有忘了的，也有故意赖账的。潘五福面皮薄，点拨一下，见人家没有给的意思，也就算了。何况这里面有得罪不起的单位，也有得罪不起的人。得罪了，找些麻烦，三天两头检查、处罚的，还不如不要零干。好麦穗可不吃这一套，她隔几天把潘五福盘问几番，一旦问出个子丑寅卯来，立马就去单位要。连人家工商所所长拿了十个饼，也要了八个的钱回来。那两个说是烤煳了，就没吃成，并且有同事为证。潘五福当然是不喜欢好麦穗惹事，也不喜欢她出头了。可好麦穗偏就大事小情的，都爱抛头露面。她动不动就嗑着瓜子，扭着水蛇腰，到镇上机关去串门子，串得满城风雨的。倒是把他的摊子串得安安生生，没有太节外生枝。而后街一家卖油酥饼的，最后硬是被机关和街坊的欠账，拖得砸锅倒灶了。

潘五福蹬着三轮车，潘银莲在一旁扶着高晃晃的炉子。潘银莲说："这炉子何必要天天晚上朝回拉呢？放在街边有人要吗？"

潘五福说："放过，不是让那些醉汉子砸了，就是让娃娃们，扳倒满地乱滚着玩。还有瞎㞞，端直给里面拉屎撒尿呢。放不成。"

潘五福说这话时，还是笑笑的，没有一点不高兴的样子。好像那些人都是跟他闹着玩似的。他把三轮车端直骑到了河边。潘银莲问骑到河边干啥？他说，把一切都洗得干干净净的，也免得回家费水。潘银莲问："冬天也在河边洗吗？"潘五福还是笑笑地说："不冷，惯了。"

别看她哥个头矮小，平常可是一个很讲究的人。出门打饼，一定是要穿一件白大褂的。还有人问她哥，为啥要穿白衣服卖饼呢？她哥笑眯眯地说："白的干净。"他也给潘银莲说过："人家一看你个干活的，衣服穿得这样白净，就相信你卖的吃喝也干净。哥是个矮子，被人瞧不起，想着可能也觉得咱脏，咱就得活个干净样儿让人看。"她哥的确是爱干净，把三轮车骑到河边，还不在河水里洗，说那里面脏得很，死猫烂狗的啥都有。他是在一条正与河水交汇的小溪里洗。小溪刚从石缝里钻出来，还清凌凌的。潘五福不仅把灶具齐齐洗刷一遍，连炉子外面和三轮车，都细细擦洗得在月光下亮爽起来。潘银莲帮忙洗的东西，他还得过一次，怕有不洁净的地方，说白天摆在那里惹眼。一切都清洗停当了，他才脱下白大褂，反复揉搓。凡记得白天哪里沾了炭炉灰或是溅了油污的，他都会反复搓洗，还用打火机一点一点地照着看。

潘银莲是打小在镇河边上长大的人。那些年，镇河水很大，动不动就听说，哪家下河洗澡的孩子被淹死了。因此，她凡要下河，她哥都紧跟着。其实她哥也不会水，有时下河玩，一些孩子欺负他，端直把他朝深水潭里拖。拖进去后，还反复往深水里摁，有的还朝水底拉，几次把她哥都差点淹断气了。她也不喜欢人多了洗澡，怕她们看她的屁股。有人知道她屁股烫了疤痕，偏要把她朝光的脱，都想看稀奇。每遇这个时候，她哥都会奋不顾身地跳进水里，把她朝岸上拉。

有时干脆拼命朝河边的小树林里抱，以避免她被当众羞辱。夏天，他们兄妹只能趁没人的时候，才去河边洗个澡。她洗时，她哥会远远地看着四周的动静，有时手里还操根棍。

在她心中，她哥没有那么矮小。可今夜，她看见，月光下的哥，的确是又矮又小，小得擦油桶时，还得给脚下垫一块石头。她不能理解，爹也不是太矮的个子，娘也不是，可怎么哥就长成了这样？并且一大家子，还就要靠这双手、靠这个矮墩墩的身影吃饭呢。看着想着，她的眼泪就止不住要往下流。

她说："哥，忙完了咱消停坐一会儿。"

她哥说："坐一会儿。"

她把一句话想了半天，但还是问了出来："嫂子对你到底咋样？"

"好着呢。"她哥在说这话时，她能看到，月光下的那副圆脸，还是笑吟吟的。

"哥，你跟我说实话。"

停了一会儿，她哥说："实话。"

"那娘咋老骂？嫂子是不是做得太过分了？"她问。

"娘你还不知道，自打爹死后，半夜猛然爬起来，对着镇子能一骂一夜。能不骂你嫂子吗？"

"嫂子……真的在外面……"她有些问不出口，但还是问了出来，"你跟我说实话，别怕！她要真的……太对不起你，我要说她的！"

她哥停了好半天才说："不容易！你嫂子也不容易！啥对得起对不起的。人家几百里外嫁过来，没亲没故的，不容易！再加上，人家的确长得挑梢，哥有亏欠……"

"既然嫁过来了，那她就是你的老婆！"潘银莲是上过中学，也见过世面的。她同情好麦穗，也喜欢这个嫂子体体面面的，但她又觉得自己的哥，正像娘骂的，也太𡱁囊包了。

她哥竟然还举例子说："现在这样的事一层。听说农机所主任的老婆，跟镇长还有一腿呢。"

气得她把她哥美美说了一顿："人家有一腿关你啥事？好麦穗是

你老婆，你就得管紧些！”

她哥没话了。

她知道说这些也白说，她哥是能看住嫂子的人？连娘见天乱骂，给门窗拴了丝线，都没管用。相反，倒是好麦穗闹鬼，把她还吓出一身病来。她哥见天对人笑不滋滋的，还能把如此精明的嫂子镇住了？她有些悲哀地望着远处哀叹了一声。

这时她哥反问起她的生活来：“你那口子……咋样？”

她知道问谁，只随口答了声：“不咋样。”

她哥有些担心地问：“咋了？”

“你别问。把你的事管好就行了。”

潘银莲实在不想提起贺加贝，提了，是比家里这一摊子更难捋清的事。她之所以回来，就是想把那一网乱麻，先撂到一边，躲点清净。没想到，两团乱麻纠缠在一起，让她更是只能唉声叹气了。

她哥到底还是想打问点让妹妹心烦的事。他说：“那个人……镇上都知道，在电视上见过，戏演得好，长得喜兴！”

“跟你一样丑。”说出这句话来，她突然又觉得不合适。小时，她是经常说哥太丑了这话的。

她哥反倒笑笑地说：“人家丑，丑得都爱看。哥是丑得没法看的，丑到家了。”

“你不丑，哥！他们丑，比你丑！”

潘银莲说这话，让潘五福一点也搞不清里面的意思。她突然站起来，捡起一个薄石片，像小时候一样，在越来越窄小的水潭上，打出一溜圆圈来。潘五福也捡了一片，同样打出去，水面上两个不同的圈圈，便越圈越多，越圈越远，越圈越乱。那是他们兄妹俩很多年在镇河上的游戏。

“为啥河越来越窄，水越来越少了？”潘银莲问。

她哥说：“都在河里挖沙、淘金，河床都翻好几遍了，还在一个劲地翻、一个劲地挖。像把眼珠子掉了一样，日夜找找。水到冬天，有时只剩碗口粗一小股了。”

这时她娘在远处又骂开了："卖 × 的野猫，今天肯定没干好事，把我晒的一串红苕干又糟害了……"

潘五福说："走，赶紧回，你嫂子大概回家了，娘又在骂。"

三十九

万大莲说走还真走了，任贺加贝如何挽留，她演到月底，就再不来了。贺加贝为这事，还硬着头皮去了一趟她家。保姆说，万老师已经有好几晚上没回家住了。他一听到这消息，就跟谁把半截腿锯了一样，门都差点有些摸不出去。他本以为，再劝劝，兴许万大莲还能坚持下来。那几天演出，他是越来越注意把万大莲朝前推。照说每次谢幕，享受的掌声、鲜花，也够疯狂劲爆了，一个演员，还要追求什么呢？可到底还是没有留住，说月底离开，她还真在十月三十日那晚演出后，戛然而止了。他说太突然了吧？她笑着说："我可是半个月前就给你打招呼了，并且一直在提醒。"她的确是一直在提醒，但他也一直在挽留。万大莲的决然而去，对他的打击太大，不仅仅是演出问题，他甚至觉得，这一辈子都没啥希望了。他的生命念想，一直就在万大莲身上，一次次这样折腾，他真的受不了了。

贺加贝甚至躺倒了三天。

演出倒是没停，万大莲的几个角色，分头找几个演员都替补上了。在专业剧团，补戏是常事。有时连主演都能当天补出来，更别说几个配角儿了。贺加贝是躺在后台的钢丝床上将息着，该上场照样撑着上。他能看出，一团人都在笑话他。尤其是他弟贺火炬，几乎对他是全然不屑一顾的神情。他发烧成这样，贺火炬连问都没问候一声，满脸只写着"活该"二字。演员也许是一种奇怪的职业，病得如此气若游丝，可一旦上场，立马就像打了鸡血一样，判若两人。一下场，他又软成了一摊稀泥，不搀扶，连挣扎到钢丝床边的力气都没有了。

三天过后，神使鬼差的，贺加贝还去找了一趟牛乾坤。

牛乾坤的公司，是与外商合资企业，门禁很严。他通报了姓名，过了许久，才让进去。不能不说，这家公司在这座城市，无论院落还是建筑，都异常独特：很大的草坪中间，竖着一杆旗。旗是白色的，上面有字母和古怪的图案。围绕着白旗，建了几排雪白的房子，连屋顶都是白森森的，白得很抢眼。照说房子盖成白色是不吉利的。白色在贺加贝的文化记忆中，那就是戴孝。问题是里面人穿的也是白的。他甚至突然想起了秦腔《祭灵》中的几句唱词：

满营中三军齐挂孝，
白旗招展雪花飘。
白人白马白旗号，
银弓羽箭白翎毛。
文官头戴三尺孝，
武将身穿白战袍……

贺加贝甚至还有点阴森森的感觉。

走到里面，才见世事很大。让他做的第一件事，就是换上一身白衣服，戴上白帽子，套上白鞋套。他有点不情愿，但想想，还是穿了，戴了，套了。他是在一个人称郑秘书的漂亮小姐，一路引导上去的。但郑秘书明显是一个外国人。她也穿着一身很白的衣服，连高跟鞋都是白的。好在白地毯没让皮鞋发出笃笃声。

难以想象的是，游泳池竟然在五楼。深蓝色的水，波光粼粼了一整层。

牛乾坤就在游泳池旁的咖啡屋恭候着他。

牛乾坤也穿着一身洁白的衣服，连鞋都是白网球鞋。只有眼镜是黑洞洞的。

见他走过来，牛乾坤很是礼貌地站起来迎了迎，并做了一个十分热情的拥抱动作。他也礼貌地与他抱了抱，但像是搂了一下刺猬，很不舒服。这个动作，让他还想到了其他许多难以忍受的东西。

他坐在牛乾坤对面。一眼看去，游泳池湛蓝如天空。他脑子第一闪念是，万大莲肯定在这里游过泳。

牛乾坤问他："想不想游？想游了咱们边游边聊？这阵儿也刚好是午休时间。"

他立即拒绝了，哪还有心思游泳？但他干什么来了，目的又不是很明确。来前，他想了一百个很好的理由，可真见了牛乾坤，又觉得是那么牵强，那么不自然。好在牛乾坤并没有问他干什么来了，只是很礼貌地寒暄着、应对着。他也先是胡乱问了问，都制些啥保健品？牛乾坤说有针剂、有片剂、有冲剂，还有膏贴。好像还说了些什么，他心思不在这里，也就没记住。他还问了句："怎么公司内外都是白的？"牛乾坤说："这是国际制药企业流行色。""你又不制药。""这你就不懂了，现在是生物工程技术时代，人可能会变得寿无所终。有些生物保健品吃了可是比药管用啊！"他就没再问了。

就在他们说话的时候，游泳池里饺子一样下进去几个剥得只剩下三点式的美女，其中就有那个叫郑秘书的外国妞。就数她的屁股翘，翘得人整个淹进水里，臀部还在水面做着白海豚式的游移。直到这时，贺加贝才知道，自己对生活的想象力有多贫乏。贫乏得除了舞台上享受掌声、鲜花外，不知身边世界，已经花样翻新到如此让自己近乎白痴的地步了。

他极力想知道的是，万大莲在不在这里？但他又不能问，一问，似乎就彻底输给这个男人了。其实一走进这里，他就知道自己输了，并且输得很惨。他还是强撑着，不想让这个男人觉得贺加贝太瘪三。想来想去，他仍是拿出了来征求创作意见的理由。虽然勉强，可总不至于太贱作。

牛乾坤一说起创作，还是那么滔滔不绝、头头是道，像是一个人获得了某方面的成功，就变得什么都通行了似的。他说："归根结底，喜剧得快乐。什么快乐来什么，怎么快乐怎么来。人生真的太短暂，任何人进剧场，肯定都是去寻找快乐，而不是找折磨去了。你们的戏，之所以红火，就是因为能给人提供快乐。就像制药厂，头痛医头，脚痛医脚，能立马把痛止住，啪地先站起来，那就是灵丹妙药。你们演喜剧，但见人进去，立马笑翻在地，扶都扶不起，那注定是好戏。别整那些高深莫测的，那玩意儿现在不灵。人挣钱都累得要死要活的，千万别再给人家雪上加霜，一个字：烦！”

贺加贝并没有听进去。他倒不是不赞成牛乾坤的观点，而是眼睛瞅着牛乾坤，心里却惦记着万大莲。万大莲是不是也来过？并且让牛乾坤坐在这里，品着咖啡，看她穿着三点式，做浪里白条，千回百转？她到底在哪里？这个牛乾坤到底要把她怎么样？他终于脱口而出了：“万大莲……在这儿吗？”

“呵呵，你问大莲啊！她不来这里，这里是工作重地。她也说她不喜欢到处都是白色，挺阴森人的。”

贺加贝一怔：怎么跟自己的感觉一模一样？

牛乾坤接着说：“其实这里平常是不接待客人的，你贺老师例外呀！”

贺加贝问：“大莲……真的不唱戏了？”

“这你要问她呀！她喜欢干什么，就可以干什么，完全是自由的嘛！她很自由，很幸福，就这样！”说着，牛乾坤还学外国人那一套，耸了耸肩，平摊了摊手，实在让他感到恶心。

“她不唱戏……可惜了！”贺加贝还在争取，他觉得只要能争取她回到自己身边，一切就有希望。

牛乾坤说：“唱戏固然好，尤其是你们演喜剧的，但也并不是唯一的快乐方式嘛！人生快乐的方式多得很！比如这群女孩子，住在这么洁白的房子里，穿着这么洁白的衣服，像海豚一样游来游去，就很快乐嘛！哈哈哈……”说着他还自个儿放声大笑起来。

贺加贝也不知这笑声里，都潜藏着些什么意思，反正他觉得一点也不好笑。

他只关心万大莲：“她……她不上舞台，准备干吗呢？”他又忍不住地问。

“游泳，打网球，打高尔夫；再打打麻将，跳跳舞，看看电影，也可以看看戏。还有旅游：去法国看看红磨坊，去英国看看爱丁堡艺术节，去美国百老汇看看音乐剧，什么都可以呀！”

从牛乾坤的一招一式中，都让他体味到了万大莲的不可挽回。本来他还想打问的很多话题，也就再不想问下去了。倒是牛乾坤兴趣蛮大，老要打问万大莲过去的事。贺加贝觉得他没有义务给他提供这方面的快乐资源，也不想跟他多说，就起身了。

牛乾坤要送他下楼，他制止了。他不想跟这个人，哪怕是在一起多待一秒钟。

开始他感到很痛苦，一旦走出“满营中三军齐挂孝”的保健品厂，又感到一种轻松。他想到了游泳池里水饺一样下下去的那些“白海豚”，又想到万大莲，甚至有些替她担心。但又一想，人家既然走得那样决绝，自己又何必操这份闲心，而要去自作多情、自讨苦吃呢？

贺加贝突然想到了潘银莲，并且还让他想得有点挠心。

四十

贺加贝到河口镇找潘银莲去了。

贺加贝突然觉得那么对不起潘银莲，并且急切想见到她。

直到从牛乾坤那个制药厂出来，他才对潘银莲产生了深深的歉疚。这个万大莲的“刻本”，又一次像当初失恋那样，兀地出现在他面前。其实十天前，王廉举还提过潘银莲，说万大莲走了，有一个很好的替身演员。他问谁，王廉举说潘银莲。他还笑了一下，咋可能呢？潘银莲就是个服务员出身，从来没演过戏。而万大莲是什么演员？何等大牌的角儿？潘银莲怎么能补上这个台？这事说说也就过去了。他的心思全在万大莲身上，因此，潘银莲几乎都没咋想起来。只有万大莲让他彻底死心后，潘银莲才又重新复活起来，并且复活得依然楚楚动人。

贺加贝把车开得飞快。他隐隐记得潘银莲家在河口镇。当初为追她，还差点去过一趟。当然，那不是真去，就是为了得到她，而要的小计谋。结婚后，潘银莲始终没有回过家，也没有要求他这个女婿去认丈母娘。记得新婚不久，他妈还提说过，让他陪银莲回娘家一趟，她说不用，也就不了了之了。但他知道，她每个月都是会给老家寄钱的。这次她突然要回娘家，并且那么坚定，都是因了他与万大莲的那种暧昧关系。直到这阵儿，他才回想起自己太注重万大莲的一切，而把妻子潘银莲的所有生命细节，几乎都忽略光了。他清晰地回忆起，离开那天晚上，她突然像换了一个人似的，很是对他狂蜂浪蝶过一回。并且是拥颈激吻，热泪交加，几乎让他生命窒息。那种从未有过的疯魔，弄得他简直不知所措。就连这会儿，他也不是很能捋得清潘银莲当时的内心活动。戏剧讲究挖掘人物心灵世界，他一路都在挖、都在掘，却终是没能挖掘清楚潘银莲当时的“人物行动轨迹”。

贺加贝很容易就找到了河口镇。

镇子在千山深处的一个窝凼里，离省城有一百五六十公里的路程。路况很差，极不好走。尤其是大山深处，许多地方都在开山凿石，炸得千疮百孔。但见有河道的地方，都麇集着挖沙机和人流，在战壕一样的河床里，开创着各自为政的天翻地覆的作业面。在进入河口镇的那几十里河道中，水已时断时续、若隐若现。只有挖沙、筛沙、运沙的人，像蚂蚁一样星罗棋布着。

在正式进入河口镇时，因路边开山放炮，贺加贝还被堵了一个多小时。

镇上就两条街道，几乎一半人家，都在盖四五层的小洋房。封了顶的，瓷片贴得红红绿绿。对联也是“招财进宝、五福临门”的花不棱登。贺加贝不知道潘银莲住在哪里，他想先把小镇了解个大概。最好是能当街碰上，给她一个冷不防的惊喜。街上到处都是泥沙、垃圾。五颜六色的塑料袋，被风刮得满树梢罩挂着。小孩子四处乱钻乱跑。猪和狗也自由散漫地闲逛着。很多家都开着铺面，以收购山货土特产和中药材为主，也有好多动物皮毛。他甚至看到了很漂亮的野鸡尾雉。那叫翎子，在唱戏行，是很值钱的装饰品和道具。两条街先是平行着，走到尽头，就交会到了一处，像个腿很长的人字形。他不得不停车下来打问潘银莲。

有人竟然认出了他，说电视上见过。很快便聚拢一堆人，像看怪物一样瞅着他笑。还有问他哥们兄弟怎么没来的。有人竟然还知道他父子仨都是耍丑的。还有那上了年岁的，竟说他爹十几岁就随师父一起来镇上演过《顶灯盏》。一些人前看后看，打起转圈地看他。他没做任何戏，他们却乐和得扑哧扑哧地抓耳挠腮了。他难道真的就这样好笑、好玩，竟然在如此深山大沟里，也当街爆棚了。

“请问潘银莲家在哪一块儿？”他很礼貌地打问了一声。

直到这时，有人才意识到他是找人的。几个人同时一指说：“那就是潘银莲他哥，潘大郎！”也有人喊叫武大郎的，喊完就都哄地笑了。

贺加贝朝众人所指的方向一看，一个十分矮小的男人，正站在一个木凳子上翻着炉饼。见众人都指着他笑，他也朝这边龇牙咧嘴笑了一下。

这是潘银莲她哥？贺加贝有些不相信。但有人已经在喊：“五福，大郎，有人找你妹子呢！”

潘五福就下了木凳，朝贺加贝十分友善地张望着。

贺加贝慢慢向他走去。

潘五福笑吟吟的急得直搓手。他明显是认出贺加贝了，但只是笑，不知咋开口说话。

贺加贝先搭腔了，想喊声哥，终是没喊出来。他觉得这个哥，与潘银莲之间的距离，的确有点大。

镇子很小，就在贺加贝与人搭话的时候，有人早把信息传到背街上的潘银莲家了。潘银莲正在帮娘喂猪，还有些不相信。但那几个长着飞毛腿的孩子，一口咬定，就是电视上那个耍丑的来了。镇上人都知道，这个耍丑的是潘五福的妹夫。潘银莲急忙撂下喂猪食的瓢，想朝街上跑，又觉得需要收拾一下。她一头打进房里，对着镜子，把蓬乱的头发抿了抿，挖抓着换了一条吊在半空的裤子，就跟着越来越多的报信娃娃，朝前街跑去。

潘银莲做梦都没想到贺加贝会来。几次不让他来，都是不愿让他看到家里的境况。这次赌气回来，完全是出于无奈。她已经不能忍受贺加贝对万大莲的那份丧眼感情，不走实在不得行了。可就在离开西京，火车进入秦岭大山的那一瞬间，一股眼泪还是忍不住奔涌而出。她扭头向窗外回看，竟然模糊成一片雨幕，再也不见了关中那宽阔无边的高天厚土。那天地，在她第一次走出大山时，像是步入天堂一般地神秘莫测。在这块偌大的天地里，她只有贺加贝和一点能随手提走的行李。一旦没了贺加贝，她便与这块土地一刀两断了。她感觉，自己跟贺加贝已是覆水难收。她在身边，他们都能那样肆无忌惮，一旦离开，还不知要如何兴浪做作呢。直到见他以前，她都不相信他真的会来。可走到前后街交会处一看，她傻眼了：竟然真的是他，已经被一街两巷的人，围得水泄不通了。

见潘银莲来，有人让开了道。贺加贝也看见了她。潘银莲在与贺加贝目光对视上的一刹那间，眼泪又止不住溃决而出。她是真的爱贺加贝！尤其是离开西京、回到河口镇的这些天，她才越来越觉得，自己把贺加贝已经爱得很深很深了。也许只有自己清楚，贺加贝一天有多累，多辛苦！挣的钱，基本都贴到剧场的装修上了。再加上外请演员和灯光、音响、场务这一摊，花钱真的如流水。连他弟贺火炬也是不能理解的，老有打问钱都到哪儿去了的意思。她知道，贺加贝连一条穿在里面的线裤烂了裆，都没舍得换新的。他说穿在里面讲究啥？当紧要花的钱太多。他只是把外面收拾得像模像样而已，因为他是名演员，有太多的场面要应付。今天他依然穿戴得非常讲究，甚至还打了领带、戴了礼帽。虽然礼帽她知道是掩饰那颗长得很特别的脑瓜的。有人在远处喊：“把帽子取了让我们好好看一下！”他很是配合，立马揭了帽子，转着圈地让大家看。“看好没？”他还左转右转地来回问。有人喊再转几圈，他就又再转了好几圈。他的头刮得亮晃晃的，在太阳下，甚至有些反光。尤其是形状，的确有点像多棱镜。大家对这颗脑袋看来是十二分地满意了，人群里就不断发出很是喜兴、愉快、满足的笑声。有人顺手还把她哥潘五福的脑袋摸了一把，喊叫说："看这两个脑壳像不像？"惹得笑声一浪高过一浪的。河口镇街上大概从来还没这样热闹过，竟然有人被挤到铁匠炉子前，让铁水烫了脚踝骨，娘娘老子地喊叫起来。只听老者搭腔说："领导前头，驴后头，铁匠炉子少圪蹴。谁让你不长眼！"笑声就更骤了。

贺加贝看见潘银莲过来，就从人群中走了出来。他竟然当着大庭广众的面，大喊了一声："亲爱的老婆！"

这声喊，就像在舞台上唱戏一样，立即引起了满堂彩。他还夸张地把她拥抱了一下。在河口镇，这种当街拥抱，也是一件很稀奇的事。她有点羞涩，但仍是让他抱了。她特别需要这一抱，抱着，眼眶里又充盈出热泪来。她甚至在他肩上还擦拭了一下，她不希望一街人看她流泪。贺加贝这一来，似乎什么都是能够谅解的了！有人起哄架秧子："亲一下！""美美亲给一下！"他还真的把她亲了一下。亲得她面红耳赤，手足无措的。有人又喊叫让他把她抱起来，他就真的把她抱起来还颠了两下。然后，她很是幸福地把手塞进了他给她准备的臂弯。她需要与他紧紧挽起来，不仅给镇上人看，也给自己受伤的内心看。

贺加贝果然是来接她回去的。

听说贺加贝来，她的第一闪念，并不是什么好兆头。这么老远赶来，难道是急着办离婚的？无论怎样，他来了，总是对自己的尊重。她平日觉得最苦恼的，就是他对自己的视而不见。当他一声"亲爱的老婆"，还加着一个热吻、拥抱时，她就感到，当初死缠烂打时的那股热乎劲儿又回来了。一刹那间，她想，我仍是那个万大莲的替身？还是万大莲那边出事了？总之，她既感到温暖，也很是惶惑、惶恐。

贺加贝的到来，不仅热闹了一个镇，也热闹了一个家。在贺加贝没有到来以前，她娘反复问过她的婚事。潘银莲总是支支吾吾，不想正面应对，也无法应对，她还不知道这桩婚姻的底在哪里。镇上人也在打听，都知道她嫁了个名演员。虽然唱戏，在河口镇不是啥吃香职业，可省城那么大的明星，三天两头还会在电视上照一下面的人物，自然也是很风光、很有面子的事体了。潘银莲没想到，自己的婚姻在河口镇会有这么大影响，几乎成了家喻户晓的佐料。因此，输光输尽回来，就觉得有些灰头土脸。只有当贺加贝踏上这个小镇，并以那么高调的方式，强化说潘银莲是他亲爱的老婆时，她才有了一点直面小镇的勇气。

潘银莲她娘忙着又是杀鸡，又是煮腊肉的。为到灶头上取腊肉，娘还差点摔坏了腿，走路一趔一趔的，但趔得很快活。她娘就是要做给好麦穗看的：你不服帖潘五福，看看人家从城里来的女婿，多大的人物，把银莲都稀罕得跟啥一样，你算个啥东西？！尽管好麦穗也忙里忙外地打扫院落、剥葱剥蒜、摘豆角淘米的，还是得不到娘的一点好脸。好麦穗就在灶门口撂干话了，说："你女婿要不是唱戏，耍丑，人尽其才了，只怕找个媳妇也是要难场死的事。"

"操你的闲心，人家那么好的唱戏手艺，还愁找不下媳妇，看找不下省长的千金。可人家偏偏就看上银莲了，还喜欢得跟啥一样！潘家，哼，祖坟厉害着呢！"她娘怒搡了好麦穗几句。

好麦穗说："街上人都说，五福跟你贺女婿长得很像。"

"说鬼话，五福能跟人家比？"说完，她娘又觉得这话没说好，为抬高女婿，竟然把儿子给贬低了。

这正是好麦穗所要的效果："你也知道你儿子跟人家没法比？"

她娘立马转圜道："五福是没那个运势，要有，看没谁活得兴旺。他是比谁少了胳膊还是少了腿？"

好麦穗嘟哝着："少是没少，就是短。"说完，提起半桶猪食出去了。

她娘对着好麦穗的脊背，又骂了一句："婊子！"正好被进门的潘银莲听到，就埋怨说："娘，嫂子好好的，你咋又骂人家？"

她娘说："不骂她皮做烧呢。"

"娘，你老骂人家不对！"

"把你哥没欺负死，你还替那个烂货说话呢，哼！"

四十一

潘五福今天早早收了摊子，还在镇上买了一副猪的心肝肺提回来。他娘杀了大公鸡，他连正生蛋的鹅都杀了，生怕把妹夫待承不好。

潘五福看着这个妹夫老想笑。有人竟然说他长得像自己，难道自己就长得这么滑稽怪异？潘五福一直是笑眯眯的。他嘴大，笑出一口黄牙来，还前后挤对着没个阵列，像是河滩上被洪水冲来的一堆东倒西歪的峭石。厚厚的嘴唇老想把那口牙和红红的牙龈包住，却总是越包越显出包抿不住的短处。可他干起活来特别利爽，虽然四肢短些，抓鹅也跑得并不慢，贺加贝甚至还没跑过他。鹅也是潘五福先逮着，在压住鹅的那一瞬间，贺加贝还有意跟他比了比，四肢明显是比他长了许多、细了许多、有形许多。说他们像，大概是指面相了。可潘五福在日晒雨淋中，脸皮已糙得跟棠棣树皮一样斑驳。而他的脸，却在成百上千次油彩涂抹后，用精华护肤品反复润泽，依然保持着弹性十足的细嫩光滑。只是不敢想象，如果他也在河口镇上打芝麻饼，会不会风吹雨打得真成了第二个潘五福。他突然想起潘银莲最不爱他演武大郎戏的事。但见演，她总是极不待见，即使看两眼，脸上也是很奇怪的表情，从来不见她笑。他记得她说过，这没有啥好笑的。直到见了潘五福，他才懂得了潘银莲的意思。

潘银莲和她娘、她嫂子在厨房忙，他就跟潘五福在场院拉话。他问一天打芝麻饼，能挣多少钱？潘五福说："也就能顾住几张嘴。"说完又补了几句："这都要托老天爷的福！托河口镇人的福！他们不喜欢芝麻饼，我就完蛋了。"

"你的饼打得好，又香又脆，特好吃！"

贺加贝回来已吃好几个芝麻饼了。开始他看着潘五福的样子，还有点嫌不洁净。后来发现，潘五福比谁都讲究，啥都要拿到水池子洗一下。就连杀了鹅，他也会把地上烫下的鹅毛，收拾得一片不剩。还把他娘杀鸡的腌臜物，也一齐都拿到屋后挖坑深埋了。贺加贝还问他，你咋这讲究的？他说："给人办置吃喝，稍不注意，让人拉肚子害病咋办？只要让人害一回，你就完蛋了。再说，咱人本来就遭人嫌弃，再邋里邋遢的，饼卖不出去，不就完完地完蛋了。"他爱说"完蛋了"这几个字。

贺加贝问："你还有一个儿子在县城上学？"

潘五福又咧嘴一笑说："再有两年就要去念大学了。到时还要靠妹夫帮忙呢。"

"那是一定的。"

贺加贝想多聊几句，潘五福话总是不多，可手里老不闲。他把洗好的鹅、烫好的鸡和炮制干净的猪下水，都入了锅，又在院里拿斧头劈柴火。劈得满头大汗了，依然笑出一嘴黄牙来。贺加贝试着劈了几下，差点劈到腿梁子上，吓得潘五福和潘银莲都直让他歇着。

这天晚上，贺加贝本来是想跟潘五福睡，他见潘五福的床铺也收拾得挺干净，可丈母娘却偏要他和潘银莲睡，说："夫妻就要有夫妻的样儿。结了婚、扯了证的，莫非还能跟那些没规矩的人一样，想睡哪儿睡哪儿。"她娘说这话时，故意喊得满院子都能听见。

潘银莲还是满脸含羞状，像是新婚一样。等娘把一切安排好，人都出去了，她还磨蹭着，不朝床上去。

在有些昏暗的灯光下，贺加贝见潘银莲长得越发心疼可人，就一把搂住，摁上了床。潘银莲直喊："灯，灯！"她是要关灯，贺加贝却急着要狼吞虎咽。潘银莲还喊，他就用脚丫子去够灯绳，半天够不着，潘银莲才起身拉灭了。就在贺加贝二起范儿，把她猛地甩到床上，故意做了个饿虎扑食状，腾空而下时，床竟然"咔咔嚓嚓"窝了下去。贺加贝开始还以为是地震了呢，很快就意识到，是床塌了。潘银莲扑哧扑哧笑起来，说："疯死呢疯！"紧接着，就听她娘在外面问："咋了？银莲，啥响？"潘银莲笑岔了气。她拉开灯一看，果然是支床的凳子腿劈叉了。

潘银莲不想开门，不愿让娘看到这一幕。可房里实在没个支床的东西，总不能把床板摊在地上吧。地上潮，有蟑螂，还有老鼠乱跑。

她不得不把门打开了。谁知门外不仅站着娘，她哥也站在她娘的身旁憨笑。尤其是她嫂子，远远地站着，手里还拎着喂猪食的瓢。看来床垮塌的声音的确很大，好麦穗是从猪圈那边跑过来的。

她娘立即明白了意思，吩咐她哥麻利找凳子。

潘银莲实在弄得不好意思，尤其是面对着嫂子。好麦穗却远远地撂过一句话来："五福，去把老屋场的两个磨凳拿过来，那个结实。"

连贺加贝都听得有些不好意思。

她娘说："胡说啥，磨凳能支床？就把堂屋支栲栳的那两只凳子拿来。年前新打的。"

贺加贝睡到半夜时，突然听到外面有哭声，是老屋那边传来的。他发现潘银莲早都醒了，也在侧耳细听。

贺加贝问："是你嫂子吗？"

"是吧。"

"这半夜哭啥？"

潘银莲说："睡吧。"她把被子朝起拉了拉，故意遮了遮他的耳朵。

这时只听外面一阵铃铛响，她娘就骂开了："嚎丧啊嚎！好端端个家，硬让丧门星嚎背晦完了！"

好麦穗的嚎哭声更甚。

贺加贝说："去看看吧！"

潘银莲就起身出去了。

在潘银莲去老屋场的时候，贺加贝也起来了，他想去看看到底是怎么回事。

只听潘银莲在好麦穗房里说："嫂子，你到底咋了，我回来半个月，你半夜都哭好几回了。"

"我也不想哭，可就是忍不住……我这都过的是啥日子呀……你娘还老骂我……"是好麦穗的声音。

贺加贝从窗户外的灯影里能看到，潘银莲在摩挲着好麦穗一耸一耸的脊背。

她娘还在自己房里骂人。

她哥这时也爬起来，在门口蹲着抽烟。

大黄狗蹲在她哥身边，有一声没一声地乱叫着。

当潘银莲从她嫂子那里回来，与贺加贝再躺到床上时，就都睡不着了。

“你嫂子到底咋了？”他问。

“没咋。”

贺加贝就再不好问了，侧身搂了搂她，她轻轻挣脱了，说：“你还来找我干啥？”

“你是我老婆呀，不来找你找谁？”

潘银莲哼了一声：“我还是你老婆？”

贺加贝说：“那你是谁老婆？”

“我不当谁的影子、替身。”

“你就是你呀！”

“贺加贝，我的情况你知道，我家的情况你也都看到了，我不赖着你。要咋，随你便，就是别把人当傻子。”

“我真是来接你的。过去有我不对的地方，可啥事都没有，我可以给你赌死咒。现在一切都结束了。”贺加贝说这话时，还长长叹了一口气。

“啥结束了？”潘银莲问。

贺加贝也没具体说啥结束了，只赌咒发誓说，以后就爱你一人了。说完，他又要朝潘银莲身上翻。潘银莲闪开了，但他还是翻了上去。他甚至有一种新婚感。

这时，老屋那边她嫂子又大哭起来，哭得很是瘆人。

她娘也开始拉铃铛乱骂。

大黄狗有一下没一下的，也乱咬起来。

乡村的夜晚，的确让贺加贝感到有点不可思议。

四十二

贺加贝来河口镇的事，轰动了一镇人，自然领导也立马知道了。他们先是来看望了名人，然后提出：根据广大群众强烈要求，一定要请贺老师给大家热闹一下。戏台子都是现成的。说前几天，县剧团来为物资交流会演了几场，台子和开会的彩门都还没拆。贺加贝说没配戏的，也没乐队，不好演。领导说："都想看看贺老师耍丑，有你一个人上台蹦跶一下就成了，不需要那么大的摊场。"贺加贝也不好纠正他演的是喜剧。反正在不少人眼里，喜剧就是耍丑，就是胡蹦跶。他对这种认识一直比较反感。他说："演喜剧也是演戏，不能凑合。"镇领导说："不需要那么严肃，就弄几个耍戏子，扮几个鬼脸，让镇上人乐和乐和就成。"他还不好发火，这毕竟是潘银莲一家人的父母官，惹恼了，怕人家对潘家不好。他就勉强答应了。

全镇立马吵吵起来。连镇外四处八下、沟沟岔岔的人，大半晌都拥到街上，等着看贺加贝晚上耍丑来了。开始贺加贝只准备了几个段子，想上去说说唱唱，搞上三四十分钟节目就行了。没想到，来了这么多人，他觉得不好应付，也不敢应付，就想再弄个小品，或者小戏，演到一个半小时左右，好歹也是个晚会了。可这阵儿，配演到哪里找去？他突然想到了潘银莲。就在万大莲执意要离开梨园春来时，王廉举就曾经说过让潘银莲顶包的事。他觉得简直是开玩笑。王廉举却说："没啥玩笑不玩笑的。又不是演《游西湖》《白蛇传》《杨门女将》这些功夫戏，唱念做打，样样得全乎。你用万大莲图的啥？还不是图她漂亮，有名。而潘银莲就长得跟万大莲一模一样，又是你老婆，还愁鼓捣不出名声来？为啥不用呢？一用保准火！"他到底没采纳王廉举的意见。今天是事情逼到这一步了，他突然想试一试。可跟潘银莲一说，她先笑得溜到灶门后去了。他再三再四煽惑，潘银莲就是不上套。最后他吓唬说："不演了，咱干脆开车溜！"这下把潘银莲吓着了，乡里乡亲的，来了好几千人，哪里敢一溜了事？她才放了软话。可要登台，她还是吓得有点打摆子。贺加贝就选了一个最简单的戏《罚赌棍》：女角只是拿着几件家法——锅铲、火钳、吹火筒，收拾好赌博的男人，让他顶着一摞麻将牌钻床、钻桌子、钻板凳。头上的牌掉下一颗，给一锅铲；再掉，又是一火钳；还掉，就美美给一吹火筒；直到被体罚得保证金盆洗手，才从床底拉出，夫妻和好如初。戏主要是贺加贝的，她只需给些刺激就成。这戏她看过无数遍了，词大略也是记得的。贺加贝就带着她走了几遍。走着走着，她又不干了。她一不干，贺加贝就说那咱开溜。她又觉得不合适，最后就硬被捉弄上场了。

这天晚上，河口镇人山人海，观众比县剧团演出时能多出四五倍来。都知道电视里那个耍丑的来了，还是父子仨中现在最厉害的那个家伙。老丑火烧天，丑就耍得把人肚子筋能笑断。这个货更厉害，传说把一个边纳鞋底边看戏的老婆，端直就笑死在台下了。因此，一些年龄太大的老汉老婆来，都还有人阻挡，说怕出人命。大家也都知道，这个名丑是潘家的女婿。潘家先是以卖饼的矮子潘五福出名，远近都叫他“武大郎”；后来又以他媳妇好麦穗名上加名，背地里都称她“潘金莲”；再又出了个在省城找了名丑的潘银莲，潘家简直就是河口镇的“名门望族”了。都说碎女子潘银莲可是把潘家的风水一瓢舀尽了，长得跟天仙似的，还差点当了县长的儿媳妇呢。后来又传说不是县长，是省长……总之，戏还没开始，底下已经说得欢天喜地、神龙见首不见尾了。

演出前先是镇领导讲话，无非是镇上经济发展形势一派大好那一套。见底下人不待见听，就转向赞美河口镇的好女婿了。他特别渲染道：“今天，是看咱自己的女婿耍丑哩。咱的女婿丑耍得有多好，我就不多讲了。反正坐在隔壁邻舍的都要注意了，凡当场笑岔气的，一定要帮着把气接上来。要是笑死了，坐在旁边的有不可推卸的责任。尤其是儿女，有重大监护责任！你要是不负责，一旦有人笑死，本镇概不负责！开戏！”镇领导先把大家乐坏了。大家还没见他跟群众这样开过玩笑呢。

在山峦夹出的一溜川道中，今晚引爆出了一口天锅的沸腾。

自贺加贝刮得白亮白亮的菱形脑袋一亮相，天锅就开了。他再在眉眼上做点文章，上下左右有节律地错动一番，立马就浪一样笑倒一片又一片。他说：“模样就这么个模样，女婿就这么个女婿，也不知父老乡亲们满意不满意？”底下有喊满意的，也有捣蛋喊叫不满意的。“满意不满意，你说没意义，只有丈母娘，才懂爱女婿！”大家的眼光哗的一下就集中到了潘银莲她娘身上。她娘本来已经笑岔气了，这阵儿，只乐得捶隔壁她二舅母的腿，二舅母是真的在帮她摩挲着脊背接气了。一波没笑完，贺加贝又引逗起下一波：“丈母娘满意不上算，还得看咱的大舅官。”他把手朝潘五福一指，台下又哄闹起一摊，都朝潘五福指指点点。潘五福笑得嘴张了小碗口大，有人还把他架起来，让更远处的人看。好麦穗正看得得意，见一些人把潘五福架起来乱摇晃，立马红了脸，缩了脖项。

一阵热场子的笑闹后，贺加贝开始了单口表演。他万万没想到，城里演出特别精彩的那些语言，在这里竟然毫无效果。底下没有人关心奶酪、咖啡、豪车、别墅、出国、情人、游泳池。那么鲜活的“爆料”，就像烧红的铁器一下塞进了冷水桶，只嗞的一声便没了动静。也许是期望值太高，他怎么调味、增色，都挑不起兴奋点来，冷汗立即就渗满了他全身。好在演员都有随机应变的能力，他临时将城里最火的那些段子，调整成了过去他爹火烧天在乡村演出时“所向披靡”“无往而不喷饭”的“十八扯”。所谓“十八扯”，就是将秦腔、眉户、碗碗腔、关中道情，甚至包括京剧、豫剧、越剧、黄梅戏等的精彩旋律，杂糅到一起的一种故事说唱形式。说唱内容无非是前朝后代、悲欢离合、家长里短、儿女情长那些“洞明世事”“练达人情”。这也是丑角戏的精华所在。但很是需要演员的模仿能力和演唱功底，尤其还需要与现实、现场的密切结合能力。他爹说过，那才是一种喜剧的真正临场创造。要不是他小小的跟火烧天学了一手，这种场面还真有些镇它不住呢。场子慢慢又热了起来，贺加贝才渐渐进入表演佳境。

眼看一个小时过去，最后“一盘菜”该上桌了。潘银莲吓得两条腿直抖搂，手中的“家法”也有些拿捏不住。后悔已晚，她只能硬着头皮朝上冲了。她打小就没演过戏，连在学校排文艺节目，也总是朝后缩。没想到，让贺加贝一下还把她推到前台，要正经演戏了。镇上派出所所长到后台说，开演后，观众都快聚到上万人了，连县城都有开车来看戏的。这更是加重了潘银莲的紧张情绪。

贺加贝演完单口节目，下来改妆、换行头。舞台上临时插了镇城村主任的一段话，这是提前安排好的，算是垫场。主任在追查：“谁趁上次看《窦娥冤》，把县剧团一个好勾锣偷走了。给人家新买一件，人家都不要。说那个勾锣子打了几十年，声音好得很，赔都没法给人家赔。谁拿了赶紧拿出来，悄悄放到村委会门口就算了，村上也不说你是贼。要不然，等我查出来，村里就跟你不得毕，啥好事以后都别想！”村主任一边说，一边踅摸侧台，看贺加贝准备好了没有。贺加贝累得够呛，加上换妆换行头也麻烦，急忙不给他打手势，他就继续在台上胡发挥：“哪个偷了人家县剧团的勾锣子，是准备回去给你丈母娘做丧事吧！做丧事也有和尚道士，庙上不缺勾锣子，还轮不到你偷。做小偷，下辈子不变矮子就变矬子，没一个好货！”贺加贝急忙给他打手势，他才住嘴下台了。

贺加贝看见潘银莲浑身直打闪，就鼓励了一句：“有我怕啥，上！”他先一手提溜麻将，一手捂着脑袋跑了出去。紧接着，潘银莲就撵了上来，底下立马炸了锅。有人喊叫：“那不是潘家的碎女子！”贺加贝满台乱钻乱躲着，故意撩拨，也是引导、调度潘银莲撵他。拿着锅铲、火钳、吹火筒撵人，似乎也没啥难度，她撵着、威胁着，竟然把满场子就搅热火了。贺加贝悄声说：“嫽扎咧！继续！”潘银莲便有了底气。她把撵不上赌徒丈夫，而将家法拍打桌子、板凳的动作，做得很厉害、很到位，甚至连凳子都被火钳打翻在地了。立马，她就赢得了观众的认可。下面的戏，她就越演越有了信心。贺加贝给她反复交代过，重要的是不怯场、不笑场。怯场，看来是有所克服，而笑场，她咋都有些忍不住。她本来笑点就低，过去但见贺加贝和贺火炬演戏，就笑得直不起身子。她爱贺加贝，也是因为他在舞台上可爱。

她想跟了这样的人，一辈子是不会不快活的。没想到，快活之外，也让她尝够了苦头。这阵儿还不能走神，她是在台上演戏。贺加贝大概觉得她已进入角色了，就故意用了几个耸动耳朵、抽搐眉眼的动作，搞得她扑哧笑出声来。好在她立马背过观众，没有让笑场暴露出去。她在梨园春来知道，每次演员笑场，都是要严重处罚的。她很快调整了情绪，尽量不看贺加贝的表情。贺加贝也努力把怪脸只做给观众，而尽量减少对她的刺激。戏顺顺利利演了下来。当贺加贝拉着她一起谢幕时，底下甚至有齐声呼唤"潘银莲！潘银莲！潘银莲"的声音，她被呼唤得热泪盈眶。没想到，人生还演了这么一出戏，并且是在家乡的舞台上。更重要的是，她是与自己丈夫一起表演的。任贺加贝给了她什么样的痛苦，那一刻，也都烟消云散了。

贺加贝和潘银莲的演出轰动了全镇，也给潘家长了脸。潘五福再把芝麻饼摊子推上街，甚至都多了来吃饼和说戏的人。她娘也借上街买盐、打醋的机会，从前街转到后街，收获了不少赞美女儿女婿的好话，弄得喜滋滋地有了人脉脸面。就是嫂子好麦穗不高兴，一些烂嘴货见了她老说：咋不把你家五福也弄去唱丑呢？不定还能唱成个名丑，也就不用起早贪黑卖芝麻饼了。气得好麦穗都想唾到他们脸上。

贺加贝把潘银莲接走了。

接走潘银莲那阵儿，小镇很轰动。

四十三

梨园春来自从走了万大莲，很是紧张了一阵。万大莲的确有她的台缘，进来吸引了一批观众，离开，又带走一批，但大多数毕竟还是来看贺氏兄弟喜剧的。

贺加贝接回潘银莲，第一个先给王廉举说："王老，你有眼力！"他把王廉举叫王老，其实是一种尊称。王廉举并没有那么老，他在女演员窝里，老让人家叫他哥哥。有的把他叫王哥哥，有的叫举哥哥。

他说举哥哥好，说明你们了解哥哥的实际情况。惹得姑娘们把他撵得满后台乱飞。

“啥眼力？”王廉举问。

贺加贝说：“潘银莲果然能演戏。我这次去她老家，事急了，把她硬逼上台试了一下，还行。就是紧张，但表演很自然，能调教出来。”

王廉举把桌子一拍说：“我王廉举啥时还把事情看走眼过？这么跟你说吧，现在这个摊摊演的喜剧，就是生活情景剧，不需要啥功夫。有功夫演着还别扭，太像拉开架势唱戏。万大莲那么大牌的角儿，到这里演出，其实就是给观众看了张熟脸。她脸盘子也的确心疼、赢人，可除此之外还有啥？而你老婆潘银莲，就长着这么一副心疼的‘盘盘’。缺了万大莲这芫荽，还真做不成席面了？咱就把小潘推上去，保不准还引起轰动呢！”

贺加贝也在算大账：自万大莲走后，多个小戏小品都需补角。为了应付场面，他先后找了四个演员来应对。一人分担三四个小品，还常有忘词、乱了舞台调度的。戏倒是补上去了，但成本明显加大许多，观众还不太买账，都反映没有万大莲戏好。每每想起万大莲，贺加贝心里都会猛烈抽动一下，难以控制情绪。尽管潘银莲回来了，可万大莲留下的一举一动、一颦一笑，还是老让他要不由自主地一声叹息。他在努力抹去万大莲的一切印痕。无论从哪个角度讲，他都要把潘银莲推上来。他要用潘银莲这个替身，把万大莲那个原身，彻底遮蔽掩盖掉，是必须的！是完全彻底的！他在暗暗发誓。

他跟潘银莲商量了他的想法，潘银莲一百个不同意。她说在河口镇是没法了，才上去丢人现眼一回。这是省城，并且上场的都是专业演员，她哪敢上去瞎晃荡。任贺加贝再三再四诱哄，潘银莲就是不上道。没法了，贺加贝找王老说，王廉举把腔子拍得啷啷直响：“包在我身上了，绝对把她弄到台上去，还要整出第二个万大莲来，你信不？等着瞧吧！”

王廉举那张嘴的确是很有名的。他能把北边半个城的人，忽悠到“王记葫芦头泡馍馆”吃得热火朝天，就全凭这张说得清水能点灯的嘴。在他家泡馍摊子上，经常有夫妻闹仗、妯娌不和、兄弟反目、同事甩锅的。多数都被他说得事理明鉴，云开雾散。当然也有被他说得头涨脑残，而凶狠出拳的。好几次，就是因为他说快板一样，把人家的痛苦整得有点过于闹剧，而被迎面浇了愁酒凉茶。更有暴跳如雷者，能端直当嘴给他几拳。他有一颗置换过的高级烤瓷门牙，就是一次“劝和未遂”的成果。好在那是一个有钱老板，打掉了，给他补的是一颗价值两万多的正经门牙，算是亏损不大，何况失去的，还是一颗有点斜楞的龅牙。多数时候，他的嘴绝对是无往而不胜的。对付潘银莲，他几乎觉得是小菜一碟。

那天潘银莲正在票房结算票款，王廉举走了进来。

王廉举进门就是一阵数来宝：

说金山，道银山，
都不如自家置点田。
说金殿，道银殿，
都不如自己开个店。
唱戏看着不挣钱，
名角的兜里沉甸甸。
借风扬场是关键，
吃啥喂啥不敢反。
春来要想红梨园，
上阵还靠贺家班，贺——家——班！

潘银莲听着笑了，说：“王老师真是大写家，弄啥都整得一溜一串的。”

王廉举说：“你说王老师说得没道理吗？你想想看，那个万大莲突然一撤退，让梨园春来受了多大损失？还不汲取教训？还敢老让别人牵着鼻子走？”

潘银莲一下就知道王廉举是干啥来了。她说：“也没啥，有钱大家挣么。只要场子红火，戏钱贺家兄弟也是挣不完的。”

“瞎说！梨园春来就是贺家的名气撑起来的，一处烧火，八处冒烟还能成？有些钱，可以让大家挣；有些钱，明明自己能挣，为啥要搅闲别人来打平伙分？比如万大莲过去演过的角儿，你就完全可以接过来。为啥要再掏高价，请四个人来分灶端碗吃饭呢？”

“人家都是专业演员，我啥也不是。”潘银莲说。

“我也不是专业编剧。前边那个啥子柏树也不是，不照样写戏编戏，红火得一塌糊涂？我还准备上场串角儿呢，下个戏就上，你信不？”

潘银莲一笑说：“你肯定能上，但我不行。我就卖票、打啰嗦、做后勤可以。”

“糊涂！”王廉举用指头敲着桌子说，“你好糊涂哇银莲！能朝前上，为啥要朝后搡？我都听加贝说了，你在家乡演出很成功嘛！”

“别听他瞎说，那是赶鸭子上架。”

“鸭子既然赶上架了，就在架上待着有什么不好？告诉你，你要确保你的地位不变，还就得朝更高的架上攀！”

潘银莲不说话了。

王廉举接着说：“我现在给你初步说出要上的十条理由来，你听好了，要是说得不对，就权当一风吹了。第一，梨园春来处于困难时期，大媳妇应该主动出来担当作为！”

潘银莲扑哧一笑：“有那么严重吗？”

“还不严重？发展的关键时刻，当家花旦抽了吊桥，这是什么行为？你听好了：第二，票房受损，吃饭的嘴，无形中增加多张，大媳妇不能只管票款，而不顾实际收支状况。”

潘银莲又惹笑了，说：“你咋说得跟演电视剧一样。”

“你要笑。”王廉举很是严肃地说，“第三，人心涣散，都把梨园春来当了韭菜园子，想割来割一把，想走就可以随便走，作为梨园春来的老大，你丈夫贺加贝拿什么制约人？”

潘银莲又想插话，被王廉举制止了：“第四，万大莲的走，实际上动摇了梨园春来的根基，必须有得力举措加以防范和弥补。你要插嘴！第五，新来的四个替补万大莲的角儿，在外面都有点名气，随时也有‘耍大牌’‘玩个性’而拍屁股走人的可能性。第六，注意：她们都很漂亮，都很年轻，也都很欣赏你丈夫的喜剧才华，这个你懂的！第七，文艺团体最害怕的就是台上台下，嘻嘻哈哈，眉来眼去，吱里哇啦，看着是演戏，演着演着就演出了麻达……”

“你别说这些乱七八糟的事。”潘银莲有些反感了。

王廉举见有效果，继续扩大战果、火上浇油：“第八，老大的弟弟贺火炬并没有安分守己，甘当老二，甘为人下……”

“别瞎说，人家兄弟关系好着呢。”

“好着呢吗？好，不说这个。咱说第九：你如果不上位，难道还准备等着贺加贝把万大莲重新请回来不成？这不是没有可能的，很多事都会由事不由人。再说，人与人之间的各种关系，说不清，道不明，有时看着大幕落下，灯灭油净；转眼又会死灰复燃，更鼓声声。九九归一，就一个字：复杂得很很！（明明是五个字，可王廉举常常会把一切都归为一个字，说出来却是一长串）好吧，咱说第十：形势所迫，你不得不上。迫切的形势，我还可以给你分析十条，可眼下最当紧的一条就是：抓住重要机遇；抢占有利地形；稳固大夫人地位；让闲杂人等（他故意顿了一下）无——隙——可——乘！夫人哪！一个字：来日无多，抓紧践行！”

潘银莲既觉得王廉举这个人很可笑，又觉得他说得有道理。经不住王廉举三扇四簸的，在他“三顾茅庐”、条分缕析地数次演义当前严峻的“天下大势”后，她就答应试试了。

这一试，就把潘银莲试到了台中间。

四十四

贺火炬已经忍无可忍了，他觉得他哥贺加贝，越来越想把梨园春来变成他个人的戏班子。过去他是特别反感贺加贝讨好万大莲，冷落潘银莲的。万大莲离开后，贺加贝突然又一反常态地稀罕起潘银莲来。不仅去山里把人接回来，而且还撺掇潘银莲上戏，这在贺火炬看来，简直是胡闹至极。潘银莲虽然长得酷似万大莲，但完全是个业余坯子，上台哪儿都不对劲。可大家煽惑着，还说她演得纯情、自然、原生态。在他看来，那就是白丁、傻帽、业余范儿。尤其是王廉举，竟然吹嘘潘银莲的表演说："小潘已完全超过万大莲！"黑白颠倒到了无以复加的程度。王廉举本身就是个业余编剧，有人干脆说他是掂大勺的，写的段子白如开水不说，还恶俗透顶。都觉得他的水平，远在镇上柏树之下。可他还成了贺加贝的"当红师爷"，烂嘴特能白话不说，啥事还能做了一半的主。尤其是他那张爱吃大蒜的臭嘴，远远就能闻见。每次对词，他还爱戳在中间解释剧情，分析人物，阐述什么主题思想。他牙齿上，老粘着一片韭菜或葱花，唾沫星子能溅几尺远，还呈水龙头般的花洒状。在贺火炬看来，王廉举写的本子就是一堆狗屎，哪里值得刨来刨去地细品细嗅。可观众还就吃他的药，上座率不降反升。王廉举也就在梨园春来，越混越有了名头地位。

贺火炬一直想离开，并且是想考专业戏剧学院，但他不愿给人讲，只是暗地里读书复习着。如果说过去还有些犹豫，现在已经很坚定了，他不想再跟在贺加贝后边瞎混。他有一百个理由需要改变环境，重新安排自己的人生。过去他爹火烧天在，他是一门心思在学武丑。他爹说，年轻时学武丑有好处，练就一身武艺，到老了，也不愁饭碗端不硬朗周正，武丑是能让丑角管一辈子的基础戏。他爹死了，跟着他哥贺加贝演出，就越来越用不上武艺了。到如今，竟然连潘银莲都成了"当家花旦"，唱戏还有什么技术含量？还有什么意义呢？就是王廉举说的话：街上任意拉一条狗来都能演，只要戏包人。他是吹他戏写得好，把演员能包住。仔细想，又何尝不是如此呢？电影电视上多少不会表演的，都成了明星、丑星，潘银莲又为啥不能做这个"当家花旦"呢？

这一行是真的太没意思了。尤其是跟在他哥后边混，乏味得很。他觉得他哥越来越自以为是，甚至夜郎自大。他给建议啥也不听，就任由王廉举把戏越弄越俗，越搞越像大杂烩、串串烧。问题是出票率还一个劲地看涨，反倒证明，自己一次次建议都是幼稚可笑的。虽说对外他们还是贺氏兄弟的摊子，可实际上就是他哥一人说了算。现在他嫂子潘银莲又领了一份“主角”的“包银”，自然大头都是人家的了。说是钱都在贺氏锅里搅着，锅盖却是他们夫妻捂着。先前他想买一辆摩托车，都说钱不够用，得先花在扩大经营上。现在两个演出场子都装修一新，见天爆满，也不见分红分利。摩托车还是没买。“包银”涨幅也不见增大。钱都到哪里去了？老听贺加贝说开销大，到底有多大，也没跟他细算过账。他感觉，自己是被贺老大忽悠了。

自他一腔真诚，把初恋献给外国妞摸鱼儿被耍弄后，整整痛苦了小半年，才从情感中走出来。也说再找个对象，结婚过日子算了，可找来找去，至今还是单吊着。自己虽说是个“丑星”，可漂亮姑娘要想下狠心跟自己，也还是要犹豫再三的。“好玩好耍不能当饭吃！”这是好几个女孩子的爸妈，在面临最后抉择时撂的话。还有一个已算是“准丈母娘”了，竟然说：“找这丑的男人，将来是准备让你们的后代变猿猴吗？是个富猴也行哪！可这猴，就是敲锣锣上杆杆的耍耍猴，要他何用？”气得他都想把那“老母猿”剁了。遇见哥嫂也偏不给力，这年头，连个进口摩托都玩不起，更别说高级小轿车了，如此实力，还能把谁吸引来？

当然，他也体味到了他哥贺加贝婚姻的不幸：一心爱着万大莲，人家却从来都没把他放在心上，整得他发冷做烧、要死要活的。到头来，万大莲还是跟“酷毙了帅呆了”的牛老板走了，他不得不回头去把潘银莲又接回来。潘银莲毕竟就是个端盘子的服务员出身。过去贺火炬也很是喜欢，觉得她本色、淳朴、真实、可靠，现在他渐渐不这么看了。上了台、扮了角儿的潘银莲，好像也有点飘飘然了。而那演的是什么呀？台步都是乱的。再加上王廉举的臭戏本，和他时不时也要登台进行的那些令人大倒胃口的客串，他是真不屑于再在这个舞台上跟他们一起瞎混了。他在下暗功夫，非通过考学这条路子走出去不可。

最终，贺火炬没有考上他想去的戏剧学院，而是进入了外省一个大学新成立的艺术学院。文化课成绩一般，但因表演好，初试、复试都把评委笑倒一片，而破格录取。

贺火炬把消息告诉贺加贝时，贺加贝愣了半天没说话。

这阵儿，贺氏喜剧事业正在上升阶段：梨园春来没有因为镇上柏树和万大莲的离开而步步走下，相反，王廉举和潘银莲的替补，还使两个剧场的票房日渐走俏起来。王廉举已完全顾不上自己的葫芦头生意，一门心思“沉醉于艺术”了，不仅编，而且还登台“小露一手”地演。潘银莲前后也就磨练了半年多时间，就被观众完全接受，还有说她比万大莲演得更“天然去雕饰”的。正在贺加贝准备大干一番时，贺火炬突然要去上学，一下又把他打趴下了。

贺加贝知道自己说不通弟弟，就又让王廉举这个“牙客”去劝。

王廉举对谁心里都有底，唯独对贺火炬，心里没半点谱。他总觉得这家伙怪怪的，迟早手里捧着一本书，不大喜欢跟人交际来往。对于他王廉举的编创才华，基本也是不大瞧得上，有时甚至嗤之以鼻。但梨园春来面临如此重大的危机，“王师爷”也不能袖手旁观。因为这里面，已有他一杯不算小的羹了，即使是拿鸡蛋碰石头，他也得去碰一回。王廉举专门刷了牙，用盐水漱了口，还嚼着一个口香糖，才走近贺火炬的。因为贺火炬从不给他留情面，有几次剧本对词，他牙上有点什么花花，他都当面抗议道：“把牙花子剔净了再分析剧情。”什么玩意儿！今天牙口肯定是没问题，他是咧开嘴，照过镜子的。谁知领口却出了问题。他刚在贺火炬对面坐下，贺火炬就指着他的领子说：“那是啥？白浓浓的？”他用手一摸，是一堆牙膏沫，滴在了西服的领子上。把他家的！让他先是慌乱了阵脚。这驴日的真是个怪物，总是能把你弄得先失去了自信，才不怀好意地等你端出下文。他用手指头先抹掉泡沫，稳了稳神，才开口继续说：“火炬，不应该呀！我虽然不敢妄称你的长辈，可总还是比你大了二十几岁，经见的场面也多了……”

“你那是咋回事？”贺火炬又指他的手背。

手背又怎么了？他低头一看，真是出了奇了，手背上怎么粘了一坨软乎乎的黏稠物，看上去极像半干的鼻涕。把他吓一跳，又是撞见什么鬼了？好在不是鼻涕，而是在后台化妆间蹭的凡士林。他刚洗完手，顺便把凡士林多抹了一点，结果那瓶凡士林污染了化妆油彩，竟然有点酱紫色。有一坨没抹匀，正好堆积在两个指缝中间了。这个瞎尿货，就专门能从你身上的细微处，找到狙击你的子弹，从而把你整得手足无措、心绪烦乱。他把那坨难看的凡士林又抹了几下，竟然把手抹得五马六道。这手，也就再不好朝人前摆放了，更别说在谈话中借手势做些必要的辅助。他准备得很充分很完备的一席话，也被搞得支离破碎，说出来，连自己都觉得是苍白无力、痴人说梦了。

当王廉举很不自信地从贺火炬面前站起来时，贺火炬又给了他致命的第三击："老王，以后记得把裤子拉链拉上。"

他娘的，还真是没拉上，里面鲜红的裤头都露出了小一巴掌。他觉得红裤头对自己运势好，都穿很多年了没改过色。今天为见贺火炬，他还专门穿了条新的，结果一紧张，竟然就忘了拉拉链。跟这小子打交道，就一个字：累死人！怄死人！气死人！

王廉举气呼呼地给贺加贝交差了，说他已仁至义尽，无力回天。

贺加贝不得不亲自面对这个兄弟了。

贺火炬一副很是不屑的样子。

贺加贝说："为啥？演出这么红火，需要到一个新成立的学院去学艺术吗？你给他们当老师都绰绰有余。听王廉举说，他都被一个艺术学院聘去教授编剧实践课了。要学，梨园春来就是最好的学校，天天都在创作，天天都在实践。如果是为了混文凭，咱需要这个吗？多好的演出市场，为啥要白白耽误了呢？也许错过这村，就没这店了。你还记得咱爹说过的话吗？三十年河东，三十年河西，喜剧也不是能唱红火一辈子到老的。"

任他哥怎么说，贺火炬都死不开口。

他们兄弟是在贺家客厅谈的话。他爹火烧天的遗像还在那里摆着。

他妈逢年过节，都是要给火烧天烧香、上供的。一边烟雾缭绕，一边还要放火烧天的录音录像。那些录音录像是配有观众效果的，每说一句，都会哄堂大笑好一阵。搞得好像火烧天又回来了一样地热气腾腾。

今天是端午节，他妈一早就把粽子摆在火烧天遗像前了。两边插着艾叶，中间还敬了西凤酒、兔脑壳。火烧天最爱用兔脑壳做下酒菜。直等到晚上快十二点了，两个儿子和媳妇潘银莲才演出回来。他妈也知道贺火炬要去上学的事，自然是不同意了。戏唱得好好的，怎么偏去兴这浪作这妖呢？你爹也没上几天学，不是一样红遍了大西北，还养活了一大家子人。如今兄弟俩这势头，比你爹还要红火、还挣钱，为啥偏要出这幺蛾子？

这些话，对于贺火炬已经没有任何作用了。任他哥说，他妈骂，甚至他爹火烧天在烟雾缭绕中，也阴沉了脸，瘦削了腮帮，不见了平日的喜剧色彩。可贺火炬仍是做了九头牛拉不回的犟驴。说到最后，甚至有些摊牌的意思，他想要把前边的账算一算。既然是贺氏兄弟的梨园春来，他不干了，就想得到属于他的那一份。

他妈把火烧天面前的老酒盅，拿起来啪的一下摔碎了，拿酒盅时把兔脑壳也绊得滚了一地："看你兄弟皮薄成啥样了？才合伙几天，就弄得这样生分，真是亏了你家先人！"

潘银莲捡起破碎的酒盅和都圆睁着眼睛的兔脑壳说："妈，火炬要算账，也是应该的。我和加贝给他算。"

他妈突然抱住火烧天的遗像，嚎啕大哭起来："你个老不死的呀，为啥死得这样早，眼看家就要散伙了，你也不起来管一管……睡死呀你睡……"

四十五

这天晚上，潘银莲一夜都没眨眼皮。她在想，是什么没做好，让贺火炬这么生分见外了。从自己与贺加贝相识起，她就觉得火炬一直对她不错。她甚至暗中听到过火炬在说她的好话："哥，我觉得潘银莲比万大莲好。”他哥说：“胡说啥呢。”“谁胡说了，就是好。哪方面都好。漂亮，实诚，绝对靠得住！也零干。”说她零干，就是干净、利落、能干的意思。由此，她对这个小叔子，就有了一份特别的感情。在贺加贝心不专一，老踅摸万大莲时，贺火炬也是站在她一边的。火炬平常话不多，基本上是他哥咋说，他咋做。他演戏有种冷幽默：看着没使力，玩儿一样，却冷不丁蹦出一句彩头来，把人笑弯腰了，他还跟没事人一般，显出一脸无辜来。镇上柏树说，加贝和他弟，简直就是天配的一对喜剧料：一个热，一个冷；一个激动，一个冰镇；一个吆五喝六，一个掐尺揿寸；他们兄弟朝舞台上一站，不笑，那肯定是面瘫。潘银莲爱贺加贝，也包括着爱这个小叔子，觉得他是贺加贝绝对不可分割的一部分。

潘银莲也多次想过火炬的婚事，还跟加贝反复念叨过。可加贝老是大大咧咧地说：火炬的婚事还需要我们操心？只要他看上，没有抓不回来的。当然，摸鱼儿除外，那本身就是条没法抓住的鱼儿。贺加贝在这方面有些过于自信了。潘银莲就发现，也有女孩子跟火炬来来往往的，但都是三天两后晌的事。她一直有点亏欠，没有给火炬买进口摩托，加贝说怕出事，她也觉得有道理。后来听火炬跟人念叨这事，她想弥补，可两个摊子入不敷出，外面的确一直有欠账，就拖下来了。加贝是个好面子的人，对请来的帮手，从不亏欠，给人家的“包银”都很够意思。开始给万大莲开那么多钱，她还有些气不顺，后来发现，他给别的演员开得也不低。包括过去给镇上柏树的创作费，还有现在王廉举的，甚至都高得有点离谱。可加贝有他的观点：“请人写本子不容易，那都是‘熬人油’的事，本子就是两个剧场赖以生存的‘汤头’。爹老说，宁愿亏自己，也别亏了人，你就啥戏都能唱起来。”梨园春来看着天天热闹红火，其实一直就没滚出闲钱来，能供人随便花销的。

潘银莲也感觉到火炬有意见。过去不明显，自打她这次回来，尤其是上了戏，他就不咋跟自己说话了。有人说她演得好，他还从来没夸过一句。她是很想让小叔子夸一句的，但小叔子那表情，时不时地，还会从嘴角露出一丝又一丝的轻蔑来。她是千告饶，万推辞，可最终还是把十几个常演小戏小品的女主角，全摞在了自己身上。好在戏不重，都是配合他兄弟俩去出彩的。有时就是一个活道具，只戳在台上就行了。也难怪万大莲嫌演得不过瘾，说她就是个大龙套了。可对于潘银莲，这已是开天辟地、登峰造极的事了。演员真是一个古怪的职业，不像服务员，只做给顾客一人或几个人看，这是需要做给成百上千人看的。顾客一个人是表扬，观众千百人就成疯狂了。面对这种疯狂，接受者，的确是需要一点定力和自知之明的，要不然，还真就飘飘然得摸不着东南西北了。以为走到哪里，人都该欢呼了。碰到些小的冷遇，甚至就有些受不了，要发脾气、撒性子、摆难看了。她天天在告诫自己：咱就是个保姆、服务员出身，上台也是没人了，才来顶替的。走路说话一定都要注意，别让人说：给潘银莲一个棒槌，她就当针（真）了。可演出完，底下有观众喊了贺加贝、贺火炬，也拼命地喊起潘银莲来，她不挥手致意也不合适。下了台，总是有人要照相、要签字的。开始她也躲，时间长了，不支应一下，就显得太没礼貌，她也就照了、签了。还接受过记者采访呢。面对记者，她竟然也能胡诌起听来捡来的几句关于喜剧艺术的大话了。大概就是这些细节，引起了火炬的反感，他甚至在后台说：驴进了梨园，都会忘了推磨拉碾子的朴素本质。也许不是说她的，但她听了很难过。

在账目上，潘银莲越来越感觉到贺火炬是有意见的。她几次说：应该让火炬知道细目。可贺加贝却大包大揽：“咱兄弟一直在一个锅里搅着，有啥意见？我们还能亏了他？”潘银莲说：“亲兄弟明算账哩！”加贝偏是大大咧咧的：“不给他算，给他加那压力干啥？老说欠了谁多少多少，他还咋演出？”直到端午节半夜，火炬提出“严正交涉”股权、分账的事，他才傻眼了。其实加贝早跟潘银莲合计过，说等火炬娶媳妇时，给他买一套大房，再把小车和家具都一次置办齐。他说他这个哥，也就算对老爹老娘有个交代了。可这话，他并没有说给火炬听。在弟弟面前，他还老装出一副长兄、严父的样子。对谁都嘻嘻哈哈，偏是对火炬有了一份过于严肃的表情。这话她也不好对火炬讲，背后买好的事，她不喜欢做，何况人家是亲兄弟。的确，摊子越来越大，养的人越来越多，账上迟早都是紧巴紧。连加贝有时晚上躺下，也会感叹：唱戏真的不养人哪！这红火的，咋就见月“丁光”了呢？丁光，是收支基本持平的意思。她很清楚，最红火的时候，也就能弄个丁光。

这天晚上，贺加贝躺着一直没说话。潘银莲说：“这月才发了工资，账上还剩一万多，拿这点钱给火炬肯定不合适。毕竟装修了两个剧场，里边都是本钱，有火炬一份。你看给多少他才满意，不要为这事，把兄弟感情伤了。”

贺加贝还是没说话，只叹气。

潘银莲接着说：“账都在那里，我明天给他看一下。放到谁，眼见这样红火的演出，也不信都丁光了。不咋，有理说不清。现在不光是说理的事，关键是得想办法，让你弟走得高高兴兴的，别弄得兄弟跟仇人一样，让外人看笑话。”

“那把我分吃了！”贺加贝有些生气。

“看你，当老大的，就得背亏。我哥你也见了，就那么个人，在家里啥亏都舍得背。没人把他当全乎人，觉得他自己能把自己顾住就行了，可他老觉得自己就是潘家的顶梁柱。”

贺加贝说：“分！我给借。看他以后能成啥龙变啥凤，都由他自己了！”

第二天，潘银莲主动要给火炬念叨念叨账的事，火炬又拒绝听。无奈，贺加贝在外面东挪西凑，借了几十万，算是把火炬打发了。

火炬拿了钱，就住到外面去了。他不想再见哥嫂的面，也不愿听他妈老当着他爹的遗像，搞“三娘教子”那一套。

走了贺火炬，梨园春来算是损兵折将，塌了半壁江山，观众也锐减。不仅兄弟反目的谣言四起，而且对贺加贝哥嫂的为人，也说法颇多，诋毁不小。

贺加贝面临巨大压力，日夜吃睡不好。王廉举却大包大揽地说：“走了张屠夫，还就吃浑毛猪了。放心，独角戏照样红破天。过去你爹火烧天，不就是一人挑红了几十年？我给咱立马改戏，你王老师最擅长的还就是‘耍独旦’。”王廉举倒是信心满满。

好在过去在他爹手上，还继承了好几个独角戏。为了台子不倒，贺加贝掏大价钱，请了一帮跳舞的，穿着半裸的衣服，又是脱，又是劈叉，又是踢腿的，倒还抢眼。另外，又请了几个流行歌手，把秦腔老戏改成电贝司、电吉他的演唱节奏，连包公与秦香莲对唱，都弄得跟黑人摇滚似的。一时算是止跌了票房，让他有了改弦更张的时间。

“师爷”王廉举继续鼓励他说：“放你一百二十个心，你王老师还是那句话：只要戏包人，街上任意拉一条狗来都能演！”

四十六

小说过半了，这里该有一个新的人物出场了。我很快就要进梨园春来，不过得先唠叨一下我的前史。

说我是梨园春来的新人，其实不准确，应该叫新面孔，因为我只是一条即将入伙的狗。

我个人叫什么名字不重要。但我们家族的名字叫柯基，特点是腿短屁股肥。这些特点在人类，都是被嘲笑的对象。他们把腿短的称柯基腿，屁股肥的叫柯基臀。人类自己不喜欢长成这样，可恰恰在选择宠物时，偏要把我们最可笑的东西加以放大。甚至搞优选法，把我们这些特征要优选到极致。英国女王就养过三十多只柯基犬，让我们的短腿和肥屁股，越发成为吸引全球眼光的亮点。当然，也使我们成了名门望族。我祖上怎么远渡重洋，从西半球到东半球来的，不大清楚。我们狗类不太重视历史记载，也没有多少史诗和传说。甚至没人唠唠叨叨地讲过去和从前怎么怎么样。都是母亲哼哼唧唧地带上一个月，父亲是谁都没见过，就被人抱走了。其余的生活经验，狗生舞台，都得靠自己“眼色活儿”去慢慢适应和把握。

我肯定是在这个叫西京的城市土生土长的。记忆中，我最早是在一个研究所的院子里生活。他们研究什么我没太注意，反正我的主人有时说哲学，有时说心理学，有时说宗教，也扯到战争、瘟疫、生化武器，还探讨过银河系、外太空、虫洞等更加玄虚的问题。不过更多的时候，还是在说单位分房、职称评定的事。有时也为诸如特贴专家、啥子学者之类的荣誉评审，闹得在家里拍桌子摔板凳的。好几次，把我的脚都砸抽筋了。还为没评上啥子学者闹过矛盾，竟然把吃饭的锅，都揭起来甩了。锅刚好甩在我头上，热面条把我眼睛都差点烫瞎了。由此，我脸上感染了一块，容颜自是大不如前。紧接着闹流感，说狗有传染性，我就成了他们的眼中钉、肉中刺。只听他们叽叽咕咕好半天，合谋着腾出一个装旧学术杂志的纸箱子，把我塞进去，趁半夜摔在了很远的垃圾场。我是跟一个捡垃圾的老头一道扒拉了几个月垃圾，才突然有人惊呼：呀，这是柯基犬哪！那时我已被苦难岁月折磨得失去了狗形。尽管如此，还是有人认出了我高贵的身影。他们是来收狗的。垃圾场有不少我这样四处乱窜的游狗。收狗人把我们一伙都套到三轮车上，拉进一个院子，哐哐当当关了烂铁门，然后把我们分成两摊，一摊端直就杀了。我没敢看那杀场，声音绝对是惨绝狗寰。我把一只耳朵死劲摁在墙上，另一只耳朵，是被一只法国雄斗牛犬快挤爆了。它比我还胆小，竟然吓得尿一裆，很是有失体面。杀掉的，都去卖了狗肉，至于是不是挂的羊头，不得而知。我幸免杀身之祸，全凭了这高贵的血统，我想斗牛犬大概也是。他们把我们放进一个大澡盆，要给我们洗鸳鸯浴，斗牛犬年龄小，还羞羞答答的。我已被几个月的流浪生活，折磨得没有了性别羞丑之分，只觉得洗一个热水澡，是暴殄天物的奢靡人生，不，是狗生。这是一次命运大转折，洗过澡的当晚，我们就被梳洗打扮着抱进了一个宠物店。第二天，我就被新的主人买走了。听他们搞到最后的价钱是一千五，嫌我脸上有疤痕，说不然能值个三五千。就这样，我与才相识一天一夜、只洗了一次鸳鸯浴的法国斗牛犬，缱绻离别，大概也终成永诀了。

新的主人家境还算不错。注意，这家男主人后来也会进入梨园春来，所以容我多唠叨几句。

这个新家在一所大学。至于是哪所大学，我就不讲了，讲了也无助于提高我的身份地位。家里有两个教授，一个是副的，另一个也是副的。两个副教授搭伙一起，真是够热闹的。除了各自在房里看书、写东西、打电话外，只要坐到客厅，就探讨的是房子、职称、论文、立项、申报、发表C刊以及课时费等问题，并且每每都是以翻脸告终。他们的专业，好像是研究什么悲剧与喜剧的。女副教授偏向于古希腊悲剧。而男副教授偏向喜剧，并且更立足于当下喜剧，常常会被女副教授斥以“恶俗”二字。不过最近，女副教授为一个什么系的副主任，争得不亦乐乎，也被男副教授以“烂俗”回敬一番。可女副教授特别想当，还不停地让男副教授给人打电话拉票，甚至还教他上谁的门去走动通融。容我把他们的称呼简称一下，他们也不喜欢人叫副教授，尤其不喜欢那些把“副”字咬得很重的人。男教授一边打电话，女教授一边挤眉弄眼，比划手势，强调该怎么说。男教授一旦说不到位，女教授立马会用鸡毛掸子，磕一下他倍儿亮的脑门。那脑门的发际线，明显是比普通人的足足向后撤退了三四指宽，有点像那些千篇一律的电视剧里的“大阿哥”。这事最后大概是没弄成，不仅男教授遭殃，被骂得狗血喷头、睁眼不开，被冠以无权无能、臭屎无用的尿囊包。就连我，也被女教授无端地踹了几脚。有时，被领导表扬几句，女教授回家来，是要把我抱在怀里，左吻右亲，猪肝、奶酪、曲奇饼干乱喂的。那天，好像是我腐败无耻，我滥用权力，我德不配位，而把一个最合适的系主任（副的）没有搞到应该搞到的位置上去。我前爪刚搭上沙发，本意还是为了讨好她，给她痛不欲生的情绪，增添点“有我和你在一起”的力量。谁知，她竟然暴躁成那样，顺手操起茶几上比砖头还厚的《悲剧论》，晴天霹雳一般砸将下来。当我眼冒金星，迅速撤退到沙发底下时，已是天地一片昏暗。夜茫茫，昏沉沉……许久许久，再清醒时，我听到女教授仍伏在沙发上嚎啕大哭，很是伤心伤肝，甚至有点阴森可怖。我害怕了，我实在是害怕这种吊诡与无常了。两个副教授还有升教授的关口，并且都在未来不远的日子。论文、发C刊更是无休无止。系副主任也不是没有可能再空缺。听说一个啥子处室，才提了副处长的，就脑溢血，咯嘣一下走了，位置不又空出来了？空出来不还得争？听他们叨咕说，还要申请一个什么重大项目……苍天呀，大地呀，要是再评不上，我不又成出气筒了？狗本来是一种很忠诚的动物，但任何动物，生存都是第一位的。当生存受到威胁时，忠诚度也是会异化的。除非主人真的爱我如命，我会投桃报李。主人本来就喜怒无常，玩我于股掌之间，我自是不会立于危墙之下了。因此，那天趁主人家开门通风的机会，我溜了出来。

我的腿还瘸着，都是招了那本《悲剧论》的祸：硬皮儿，还带着很多图片，足有三四斤重。砸晕了我的脑袋，也砸伤了我的左前爪和右后掌。至于肥臀，撕裂划伤，也都不计较了。我这算是愤然出走吗？听女教授给她学生讲过《玩偶之家》娜拉出走的故事。我是娜拉吗？出走了还得回去吗？我是绝对不想走回头路了。

走近学校大门，门禁形同虚设，看管很是松懈。当然，严也严不到我头上。问题是，我的长相还是有些出众，好奇和围观的人不少。都在操心谁家的狗跑了，并判定不是一条野狗。有那识狗的立即惊呼：柯基！我怕爱管闲事者将我捉拿归案，便咧开嘴，做出一副想咬他们的凶相。有人喊：可能是疯狗！便都四散跑开，我顺利通关了。

寻找新的归宿，还是满世界游走，这是一个问题，也是那两位副教授最爱探讨的叫什么哈姆雷特的问题。

我已受够了圈养起来的生活。当然不是围栏式的圈养，是人类单元房的禁锢。尽管在那种房里，我可以自由行走。有时主人高兴了，甚至可以跳上他们的软床，与他们逗乐嬉戏、同榻横陈、酣然入眠。但在他们不高兴时，你可得小心翼翼、谨言慎行喽。最好是在床底、沙发背后以及边角旮旯，找个安全的地方将自己蜷缩起来，蜷缩得越紧结越好。但耳朵得竖着，眼睛也得擦亮喽，最好是连大屁股后边，都能多长出几双来。我们得以超凡脱俗的敏锐认知，努力调试与主人之间的自洽关系。我有时不大清楚：职称、荣誉、名位、课时费就那么重要？弄得夫妻都头不是头、脸不是脸的，直至波及到家庭所有成员，包括自以为地位还算不错的宠物狗。我不想受伤害，也不想看到家庭成员相互伤害，逃离现场，就成了无奈也是唯一的选择。先流浪吧！尽管那几个月垃圾场的流浪生活，让我已有切身感受，混得狗不狗、鬼不鬼的。但在外流浪着，总比让人呵来踢去，当出气筒强。流浪期间，我也曾不切实际地幻想：要是能遇见那只法国斗牛犬，该有多好哇！可茫茫人世狗海，我又到哪里去寻找仅有一面之交的他（它）呢？

终于，我还是准备有所投靠。

只胡乱逛荡十几天，我就面目全非，浑身发臭了。在一家高级商场的玻璃橱窗里，我照了一下，哪里还有名犬柯基的影子。就是一条身材极不匀称、毛发极不整洁、色泽混沌不堪的脏兮兮的哈巴狗。屁股也迅速消瘦下去。我撅到台阶上蹭了一下痒，竟然蹭掉爪子大一片毛，让曾经油光水滑的肥臀，呈现出癞痢一样的疮疤来，吓我一跳。澡洗不上澡，水喝不上水，饭吃不上饭，更别说猪肝、奶酪、曲奇、苏打饼了。连骨头，也是要几条游狗抢着啃的。你稍显出一点尊贵修养来，就没你的事了。辗转反侧，思来想去，我还是准备投奔到一个合适的人家算了。

投到谁家呢？这是一个很严肃的问题。人类似乎常常都会有些猪瘟、流感、肺炎之类的疫情暴发期，一到那时，就都争着抢着，把狗呀猫呀的朝出扔。有的甚至能残忍地从几十层楼上，把我等飞流直下三千尺了。一旦于健康无碍时，他们还是乐意扮演一下爱护动物的角色，现在似乎就正当其时。研究机构和学校我肯定是不去了，活得太累！嫌他们争职称、争荣誉、争项目、争什么系主任之类的，烦！像我这种流浪者的身份，要进官宦人家，也是不大可能的。人家真要养宠物，还轮到去大街上领？那些争先恐后者，只怕送到门上，也是要带着狗窝、衣帽、进口精粮，外加各种养护说明书的。我一无所有，连柯基的身份都难以证明，更别说给主人带去讨好巴结的意外收获了。何况这些家庭也不是安宁所在，常常有连窝被端，而让狗都跟着流离失所的。眼下这种境况，我也只能选一个有点恻隐之心，并且生活得吉庆有余的家庭，暂且措身，再做道理了。

我已经在一个叫梨园春来的剧场门口，徘徊两天两夜了。这里人头攒动，车水马龙，不时还有外国人出出进进。一天两聚两散，欢声笑语不绝于耳，似乎是一个不错的地方。加之我的前男主人——那位副教授好像说过：哲学家伊壁鸠鲁和边沁都说，生活的唯一目的，就是让生命都享有更大的快乐。这话我不一定记得准，我对呆板的学术原文引用，尤其是引用出处越多好像学问越大的认定，兴趣一向不大。我已经够累了，也需要快乐，需要让心情愉悦放松下来。哪怕是娱乐至死，总比板起面孔，为些莫名其妙的东西争死争活强。这里机会多多，不信一天进进出出上千号人，就没个有恻隐之心并识货的。当然，外国人不能跟，即使是大不列颠及北爱尔兰联合王国的老家人，在这里可能没安家，跟来跟去也意义不大。

终于，我跟上了一个第六感非常好的漂亮小姐。

她穿着高跟鞋在前边走，我莫名其妙地紧随其后。走着走着，她也很是友好地回头把我看了几眼。她虽然进了一个看管很严的大门，但我记住了她的模样。这是一个绝色的女子，身材适中，屁股也是人类当下追求的那种偏瘦而微翘的形状，不似我们这样夸张。盛夏时节，她穿着短裤，把两条长腿，暴露得跟古希腊雕塑一般。那种雕塑图片我在教授家见得多了去了。她的脚踝骨长得尤其美，这是我看得最清楚的部分：肌肉紧结，骨骼分明，色泽健康，气血偾张。我懂一点人体学，想必这女子浑身上下，是没有什么缺陷的。有了第一次，我就注意与她故意相遇第二次，竟然很成功。她又把我看了好几眼，是一种很恻隐的神情，当然，也有行家识货的睿智。不过，她走得很匆忙，好像是要进去赶什么场子，说是急着要上场。难道是演员不成？我的那两个副教授常讲：演员这职业好动感情，不过感情易来也易去。我得抓住这稍纵即逝的机会，把她一举拿下。我像在副教授家里，看的那部老电影《天仙配》一样，故意制造了“董永与七仙女”第三次相遇的机会。成功了！这次彻底成功了！她竟然把我领进了剧场。一领进去，就有人问：“银莲，你咋领回来这么条脏兮兮的狗？

还有癞头疮。”

对我动了恻隐之心的美女叫什么银莲。

“我看狗在门口溜达好几天了，没人管，怪可怜的，长得还蛮心疼！”叫银莲的说。

“丑死了，还心疼呢。”

我都想踢这狗日的一脚！原谅我被生活磨砺得越来越粗俗了。

叫银莲的说：“演出完我给它洗洗澡，你再看，一准喜欢。”

我这才算是吃了颗定心丸。

四十七

潘银莲捡回一条狗，让大家笑了好半天。

这狗先是脏得不行，脸抹得跟花脸猫一样。身上的毛，都说不清是啥颜色，黑一坨、乌一坨、灰一坨的，该白的地方不白，该黑的地方不黑，该黄的地方不黄，总体是一种炭灰色。还有几处脱毛的瘌痢疮。屁股上坐有鼻涕，脑门上蹭着羊肉泡、面辣子，脊背上吊搭着方便面。它的一只腿还有点跛。一跛进来，就都嫌恶心，生怕秽物蹭到了自己身上。狗倒是灵醒，只跟着潘银莲乱转，生怕跟丢了似的。潘银莲用一张纸，先把它身上明显的脏物抠了下来，然后坐下自个儿化妆。它就蹴在潘银莲脚下，团得很紧，是一种特有经验的生怕别人踩踏触碰的生理反应。

潘银莲上场演戏，狗也想跟上去，她用比较严肃的表情制止了。可潘银莲登场后，狗还是哼唧着想上台，被坐在拉大幕处的王廉举，用脚挡住了。王廉举非常严苛的眼神，让狗后退了好几步。但它眼睛还是紧盯着台上的潘银莲，生怕她逃出了自己的视线。好在舞台不大，潘银莲一直在它的视力范围内活动。当潘银莲下场后，它又紧紧依偎在她的脚前身后了。看着狗那丑陋而又落魄的样子，王廉举随口给它起了个名字，叫张驴儿。立即逗得一后台人都哄堂大笑起来。

张驴儿是元杂剧《窦娥冤》里的小丑名字。他和父亲（一个老丑）在逃荒中，无意间碰上有歹人欲勒死债主蔡婆婆，顺手搭救了一命，由此跟到蔡婆婆家中，才发现是婆媳在孀居相依，就死闹着要父子俩跟婆媳俩配对成婚。谁知媳妇窦娥性情刚烈，死不依从。张驴儿就步步陷害，欲毒死婆婆，却误将自己的老丑父亲药死，并嫁祸于窦娥。直到勾结庸医、官府，把窦娥判成死刑，制造了一出感天动地的大悲剧。张驴儿就是一个遭千古唾骂的泼皮无赖形象，怎么让王廉举用给了一条流浪狗，当然是颇具喜剧色彩了。大家就都十分赞赏地分享了这种快乐。

潘银莲很快将狗清洗一新，再经过宠物店打理，黄、白、黑三色都分明起来。癞痢疮也上了药。经过几天吃喝改善，屁股也见浑圆起来。只是已被王廉举污名化，一下钉上了角色形象的耻辱柱。潘银莲通过宠物店，认识了这条狗的种族，叫柯基犬。她也试图叫它柯基、忠八、喜兴、春来之类的，都被“张驴儿”这张千古名片强行遮蔽殆尽，是咋都扳不回来了。潘银莲还有些埋怨王廉举，嫌他不该给狗取了这么个赖名字。贺加贝说，那不就是个名字，他倒是不讨厌这条狗。狗也乖巧，大概是搞明白了他们的关系，就在贺加贝跟前，也表现出一种温顺体贴来。他累了，坐下发呆时，它会偎依在他脚下，很是理解地舔舔他的脚指头，眼睛还翻着看他的反应。他被舔得痒酥酥地好受，张驴儿就舔得更加起劲了。

贺加贝最近真是忙得够呛。两个剧场的演出倒是撑了下来，可一算账，完全是一种打肿脸充胖子的搞法。如果收支平衡，也可支撑一段，可纯粹是倒贴本的买卖，他就不得不考虑下一步的干法了。他觉得王廉举似乎还懂一些经营之道，最近便老与他念叨这事。

王廉举是开过饭馆的人，大账一算，就知道两个剧场亏了多少。开始贺加贝要请舞蹈队，请歌手唱摇滚，王廉举都是不同意的。他觉得价钱太大，也改变了梨园春来的品质。他爱用“品质”这个词。王廉举甚至给贺加贝提出，必要时，他可以代替贺火炬上台。可贺加贝看了他的表演，觉得实在业余得厉害，到底没同意。这事还很是有些伤王廉举自尊。虽然小杂角都让他上着，但重要角色，始终不让他“挑战”。最近梨园春来亏成这样，贺加贝找他商量多了，他就再次提出了自己的方案：首先是把那几个唱摇滚的开了！几个摇滚歌手，一脸瞧不上王廉举的神情，连上场报幕词，都全窜改了。说王廉举写的，只适用于业余晚会，他们希望说自己想说的话，那是现代或叫后现代的话语。因此，晚会就带来了高度的不谐和、不统一性。在王廉举看来，摇滚那块儿，就是晚会长出的瘤子，趁早动手术剜了零干。他们要的出场价也的确高，贺加贝不得不按王廉举的意思，先把唱摇滚的开了。

摇滚占了半个多小时，这么大块的节目，用什么替代？贺加贝一个人独角表演，加上跟潘银莲的小戏小品，自然是撑不下来。毕竟是肉嗓子，一天演几场，一场能支撑个把钟头就不错了。而完整的晚会，一般不能低于一小时四十分。其实他嗓子现在都整天嘶哑着，用他的话说，是癞蛤蟆支桌子——硬撑着。王廉举便适时地再次提出了让他登台的请求。他把戏本都创作好了，并且现场给贺加贝还表演了一段。他说：“别把我当业余的看，这年月，表演都要原生态。只有我们才是最原生的。现在有许多这样的大舞台，真正专业的反倒做作。潘银莲通过实践，不是很好吗？为啥我就不行？当然，潘银莲是因为长得像万大莲，有一种替身的刺激感。我不像你弟贺火炬，长得有点过于正剧化，但我的语言却是独一无二的。你们不都是说我的语言，才有了那么多笑点和包袱吗？让我自己出来说，自己亲自唱，你看看是什么阵仗。不行退回来，再找推磨的、摇滚的、霹雳的不迟嘛！”

贺加贝也是没辙了，就答应先在老剧场试一试。开发区的新剧场，观众毕竟都是白领，他还不敢轻易换将。

没想到，王廉举在老剧场一炮打红。

王廉举也是拼了吃奶的力气，给自己搞的戏是一句一个包袱，把贺加贝都看愣了。虽然他抬手动脚都是业余范儿，可语言还真是给力，搞笑得要命。让贺加贝特别惊讶的是：许多舞台语言，过去是要净化的，而王廉举却游走于放纵与净化的边缘，找到了“荤素”搭配的妙招。他爹火烧天反复给他和火炬讲：喜剧不能搞成了闹剧、丑剧。人都喜欢开男女性别玩笑，尤其是那点事儿，咋说咋有味儿，舞台上尤其如此。人性人性嘛，没性，哪来的人？但他爹又一再强调："性的玩笑，一定得开得适当。尤其是丑角，这方面的戏份特别多。正剧、悲剧主要人物不好多开玩笑，开多了，人物就跑偏了。大凡有趣的玩笑，都让丑角去开。开得好，就高级，就幽默。开不好，你就是耍流氓！总之，要让坐在台底下的男女老少，尤其是爷孙、父女都能一同看下去，这就是舞台上要把握好的男女玩笑标准。底下毕竟坐着成百上千号人，兄弟姐妹啥都有。一两个人，喝个小酒，谝个闲传，玩笑咋开都行，可舞台上就不是那档子事了。在那里，你得节制，懂吗？哪怕是把金砖给你撂上来，不当开的玩笑，也绝对不能开，这就是耍丑的底线！"他一直记着他爹这些话。可王廉举的"突破"，让观众几乎看得狂呼乱叫起来，他就有点怀疑他爹所划的那道"底线"，也许是过时了。

王廉举搞的新戏叫《王廉举梅开二度》，是以第一人称讲的故事，让观众尤其有一种真实和窥破隐私感。其实王廉举就娶了一个老婆，还在葫芦头泡馍馆支应着。他却把他梅开二度的故事，说唱得跟真的一样，有时自己还绷几下三弦。关键是有鼻子有眼睛的，还连葫芦头泡馍馆的门牌、电话都抖搂出来。并且现场让观众拨号，可以打问事情原委。开始他老婆在电话里还破口大骂，后来习惯了，知道是演戏，加之泡馍生意越来越好，也就在电话里对答如流了。

潘银莲有点坐不住了。她一再跟贺加贝说，王老师演得是不是太下流了？啥话都敢说。老戏里的丑角，在舞台上调戏良家民女，也没敢这样放肆。贺加贝也觉得有点过，可观众并没有提出来。相反，买票的还要专门打问：明天还有没有《王廉举梅开二度》？在老剧场演了几场，效果很好，王廉举就要求登开发区的台。贺加贝犹豫来犹豫去的：安排了，怕王廉举把开发区的场子搞砸了，那里毕竟都是高端一些的人物，太俗，太低级趣味，会不会引起反感？不安排吧，他又一个劲地请缨，并四处撺掇，要求那么强烈，搞不好就把人得罪了。

贺加贝就试着安排了一次，不过是错过了周五周六周日的高峰场。没想到的是，竟然比城里老剧场还火爆。演出完，王廉举五次谢幕，都没止住潮水般的滚滚浪涛。他还加了个《王廉举吃酒》的小段儿，才断然飞吻着离开舞台。到了侧台，他大声给拉大幕的喊叫："快关快关，撑不住了，让掌声在幕外经久不息去吧！"

不仅贺加贝懵懂了，连全团人都傻愣住了。这个团，几乎没几个人能瞧上眼的王廉举，突然成了梨园春来的重头彩。谢幕的风头，甚至盖过了贺加贝。大家都朝贺加贝看，生怕贺团长受不了。贺加贝心里也是复杂得有点像吃了臭榴莲：的确臭，臭得能熏出人的眼泪来；可也的确香，香得人咂摸半天还回味无穷。梨园春来连连惨遭重创，可谓困境重重。突然杀出个程咬金来，真应了古装戏里老爱用的那句定场诗：久旱逢甘霖，他乡遇故知。这是时来运转的好征兆哇！如果王廉举能把贺火炬撕破的那个大豁口堵上，又何乐而不为呢？贺加贝为什么要难过呢？他真是巴不得团里出一堆这样的人才呢。

一直心上心下感到不安的是潘银莲。

潘银莲总觉得，王廉举老师嘴里喷出来的那些东西，会不会让人小看了梨园春来？这毕竟是你贺加贝的摊子，不是王廉举的，踢踏了，受损失的还是你贺加贝呀！

贺加贝也问过几个爱来看演出的老板，老板都说很好啊，这有啥？就是要来点刺激的，要不然人家掏钱进你剧场干吗？脑子有病吗？贺加贝也越想越是这么个理儿。他还请文化市场方面的监管人员看了，也没提出啥意见来。他们都嗑着瓜子，叼着大中华，喝着啤酒、可乐，笑得嘎嘎嘎地像鸭子下河，说是贺老板整得美！搞得活！把文化市场弄得火！他们还提供信息说，出去考察发现，好多驻场演出都这样，能乐和起来、能赚票子就成。

王廉举的演出，一时给两个剧场都打了强心针。贺加贝很快就把舞蹈队也辞了，仍然回归纯语言类节目。成本立即降下来，压力也明显减小了，并且上座率还持续攀升。他总算感到了一种暂时的稳定。

四十八

王廉举火成这样，是连自己也没想到的。开葫芦头泡馍馆的时候，他只发现自己有创作才能，没想到，如今把演艺才能都开发出来了。创作虽好，毕竟是在幕后，就像开饭馆的大厨，吃客永远不知他长啥样。许多观众，大概还以为是演员有了大才华，才把包袱抖得这样响呢。其实那都是他熬油点蜡，抠脚挠撒（头），一个字一个字抠出来的。当然，就这几下，也不是一日之功，那是多年训练使然。开饭馆以前在单位干时，抓卫生文明城那阵儿，他创作了《谁留死角跟谁急》；抓流感时，他又推出了《捂住你的嘴巴少擤鼻》；改革开放初期，有人说西京人是因古城墙遮蔽了双眼才畏首畏尾，踢踏不开，他迅疾创作了《挖掉城墙出潼关》；后来爱护古迹旧物又成为一种时尚，他只改了几个字，就成了《站上城头好放眼》。总之，一城人吆喝啥，他借风扬几锨，一般错不了。错也是大家的错。当然，也有当下就没拿捏准的时候。比如有一次，城里打响了化工厂液化气泄漏事故保卫战，牺牲了几个战士，这是很悲痛的事，一城人都沉浸在哀伤中。他却创作了群情振奋、斗志昂扬的快板书，打得噼里啪啦一片响地盛赞慷慨赴死，大家就觉得不合时宜。他立马又借秦腔《祭灵》的模式，改成放声悲痛的唱段，还亲自上场，整得声泪俱下的，很多人就都觉得王廉举会做戏。

直到今天，他的演艺才能才算大大发挥一把。要不是自己死乞白赖着，贺加贝还未必给他这个机会呢。因为贺加贝请他来，只是编段子的。他总觉得大家把他的作品还没表现到位。包括贺加贝，也只完成了七八成。贺氏兄弟，都是靠了老天爷给的长相赏饭。真正开挖剧本内存，都尚有很大空间。唯他，才是表达自己剧本的最佳人选。他老想起贺火炬对他的不屑。不过也得感谢这小子，要是他不跟他哥闹掰，还轮不到自己“八达仓”地亮相呢。

正是：半生江湖路，一朝登台时！

没想到，表演是这样一种万众瞩目的景致，王廉举迅速坚定了走演艺之路的信心。不过他也立马觉得有了对手。由于观众对自己的狂热，他发现贺加贝看他的眼神不对了。先是只让他在老剧场试试，因为老剧场都是引车卖浆者流，才二三百个座位，好糊弄。而开发区的剧场是高端大气上档次，且又是五六百人的大场面，还怕他砸了场子。没想到，在新剧场比老剧场更呈“掀翻盖顶”之势，他就觉得自己是把自己推到了痛遭嫉恨的危局。谢幕时，他看见贺加贝已不像平常那样激动热情，也是因为观众的兴奋点已不在他那里聚焦徘徊了。因此，贺加贝谢了三番，就一去不复返了。而他是谢了五次。要不是怕老板犯病，他都想谢六次七次，甚至再加演八九个段子。这种即兴创作，他能现场搞一晚上。贺加贝他行吗？再能，也只能背诵别人写下的台词而已。不过那天晚上，他在反复提醒自己，要谦虚，要低调，千万不敢抢了老板的风头，会招祸的！到了后台，他甚至还在埋怨说：“贺团长咋不谢完幕呢？看把我烧包的。这是你的团，红火成这样，你不谢幕，倒让我当了红苕种。”贺加贝只是尬笑着：“一样，一样。”说完就抹了把卸妆油，走了。他心里还咯噔了好半天，一样是啥意思？后来见了潘银莲，他想讨个彩头，这毕竟是老板的老婆。虽然都知道贺加贝只是把她当了万大莲的影子、替身，可就这么个不伦不类的老板娘，也并没有给他好听的话，说什么：“王老师，我不懂噢。只是有些话，放到舞台上说合适不？”观众都激动成屃了，还合适不？你个红石榴度假村端盘子的服务员，懂个锤子！他想骂，但没骂出声。

王廉举也谦虚低调了几天，但观众的热爱，让他再也低调不下去了。半个月后，他再出现在剧场时，就是朋友开大奔送来的。有人暗中嘲笑说：王廉举要是放在万恶的旧社会，眼目下肯定是要乘“黄包车”上剧场的，下车还得班主挑帘子。有人就撺掇贺加贝说：“贺团，王老板来了，你都不到车前挑帘子去？”贺加贝只是笑。

王廉举开始还顾及贺加贝的感受，后来，就越来越有一种功臣感了：是我王廉举，在镇上柏树釜底抽薪后，临危受命，抢险救难，补崩漏于寒夜；又是我王廉举，在你弟贺火炬变节叛乱时，奋不顾身，扛雷顶灾，挽狂澜于既倒；我有什么必要在你面前谨小慎微、克己复礼、装鳖装蒜、犹抱琵琶半遮面呢？我王廉举是本事成了，时运来了，机会到了！你贺加贝不提供这个舞台，我照样会在其他舞台上音惊四座、大放异彩、光芒万丈。我现在是你梨园春来的高照吉星！是你的摇钱树、聚宝盆！你贺加贝应该来朝拜我才对，哪里需要我在这里装瓜 × 王八犊子。既然是明星了，那我就得照明星的活法活！

王廉举过去喝水，是端着一个老式大搪瓷缸，上面还喷着西京某区“创作三等奖”字样。那茶缸能装两斤半水。叶子也是“陕青”，一泡就是半缸子大脚叶片，他是连喝带捞着吃的。有人说他指头刚狠劲拔过鼻毛，又塞到缸子里捞茶叶去了。现在，他突然换了咖啡杯，说是晚上创作要熬夜，得提提神。不过包里随时都装着白糖，嫌拿铁、蓝山都比“陕青”苦，不放糖没法下咽。在着装上，王廉举也变化颇大，原来总是穿着一身灰不唧唧的中山服，有时扣子还上下错位着。后来改成一套酱红色唐装了。新近突然设计出一套大花格子西服来，并且从礼帽到裤子，甚至到鞋袜都是一种布料：格子有拳头大，细看，是红、蓝、灰、白四色相套。胸前还整出一块老怀表来。关键是纸烟也不抽了，却弄来一个水烟袋，老铜货包浆得油光锃亮，抽得呼呼噜噜一片水响。抽完，噗一吹，把个小火球抛物线一般吹出老远，很是有派的感觉。

梨园春来有规定：不许带亲戚朋友“蹭白戏”，凡进场者一律买票。如有违反，将在“包银”里扣除。过去没有人敢触碰这些规矩。可自打王廉举成名后，规矩就形同虚设了。他迟早都会带一溜一串的人，到剧场后台、侧台胡逛乱窜。舞台上用的啥道具，来人都敢乱摸乱耍乱穿乱戴乱比划。开了戏，这些人哪里都敢坐，哪里都敢合影、拍照、谝闲传。贺加贝也制止过，但来人看王廉举很是不在意的样子，也就都有些得寸进尺。

王廉举过去就有喝酒的毛病，几乎天天能闻到一股酒气，但都喝得适可而止。毕竟是搞创作的，喝就喝了，只要不误事。用他自己的话说，好戏都是烟酒熏出来的，李白斗酒诗百篇嘛！现在这个毛病可是大显形了，见天都喝得醉醺醺的。来演出，有时是几个朋友架进后台的。不知从啥时起，他的亲戚也多起来：侄儿，侄女，干儿，干女一大堆。演出上场前，这个递茶，那个倒水；下场时，又是那个捶腿，这个揉腰的；演出结束后，他朝那儿一仰躺，卸妆的，擦汗的，换服装的，按摩的，弄得后台乌烟瘴气。有时大家实在看不惯，连潘银莲收养的狗，都对他们汪汪乱叫起来。

可王廉举在前台的行情，还一个劲地看涨。他上场哪怕随便胡诌几句，都能引起惊涛骇浪。不仅本地人争相走进剧场，就是外地游客，也通过电视、广告、口碑，知道西京有这么个“大活宝”了。他的名字跟《红灯记》里的叛徒王连举一样好记，一说出来就有喜剧效果。他能即兴创作，才情绝对非凡。你随意抛出任何问题，他都能用戏曲、快板、流行歌，甚至魔术、绘画的方式加以表现。也不知啥时大家才看出，这家伙还真能抡几笔书法、画几笔画呢。并且还能玩出“硬币穿胸”“钢刀过腹”“扑克变钱”“香烟生蛋”之类的魔术。虽然技艺不算惊绝，但由于他语言的精彩应变，而使普通魔术也焕发出了诡谲的喜剧效果。他的特点是，啥都能扯到男女之情上去。一扯到男女之情上，他就能左右逢源，形象生动，口吐莲花，魅力四射起来。

王廉举明显是比老板贺加贝技高一筹，甚至几筹了。因此，他想怎么折腾，就由着他怎么折腾了。

一团人都觉得是出了“团妖”。但两个剧场的收入，又是靠他撑持着。大家就都等着，看他贺加贝能把这个越来越控制不住的妖怪咋办。

四十九

贺加贝还真觉得不好办，怎么眼看着一个卖葫芦头泡馍的，在声名面前，突然就变成了这样，他都不敢相信这是真的。王廉举初来乍到时，他就发现这人不太甘于活在幕后，老想登台表演。给了点“边角料”式的小角儿，倒也演得不错，但老爱抢主角的戏，几个主角都不待见。在业内看来，爱抢别人戏，尤其是抢主角戏的，就不是好演员，那叫“台风不正”。因此，台上用他，也是慎之又慎的。没想到，贺火炬离开的压力，一下把王廉举给压了出来，而且还一发不可收。

王廉举的演变，几乎在很短时间就面目全非了。写本子初红时，他甚至谦虚得有点过分，见谁不叫老师或张师、雷师、赵师、穆师、曹师不说话。连潘银莲也叫了潘夫人、潘老师、潘掌柜的。登台演“杂角儿”那阵，每次谢幕他都朝后缩。演出结束，他还要反复征求别人意见，看有没有需要改进的地方。对贺加贝更是百依百顺，谦卑得有些让他难以承受。王廉举本来不是这副模样，初请来时，甚至有点虚张声势。对前任编剧镇上柏树，基本是一概否定。文人相轻嘛，可以理解。但有时他糟蹋起镇上柏树来，也有些过于刻薄，比如说：“这位镇上老兄，本人无缘谋面。只从打的本子看，觉得搞悲剧也许是一把好手。搞喜剧嘛，还没有哪一点料、包袱把我整笑过。真是亏了你们这些演员，竟然能以喜剧的形式，把这两个剧场苦苦撑持到现在。”仔细想，这话够损的。在贺火炬和其他一些演员看来，王廉举的介入，让梨园春来的品位下滑了一大截。但上座率，却又在支持着他入主加盟后的“换将如换刀”。这次主角突然易位，他又大放异彩，自然是越来越印证了他的正确性与作用力。

大概是怕老板犯病，王廉举在大红大紫后，对贺加贝也还表现出了谦卑的一面。比如谢幕，观众在狂呼乱喊王廉举的名字时，他也会再三再四地把老板朝前推。贺加贝也的确犯过病，但很快又接受了这个事实。毕竟梨园春来是自己的摊子，眼下还东拉西借着几十万债务。突然冒出个王廉举，能“树叶一样揽钱”，不比一时抢了自己的风头重要吗？不过王廉举的谦卑，很快就变成了要挟和“拿糖”。“拿糖”，是唱戏行最流行的词：就是掰扯、造怪、用各种办法要大牌的意思。王廉举由谦虚转向“拿糖”的第一个动作，是在他爆红的第二个月。

有一天，他突然邀请贺加贝去吃饭，说是他的一个好哥儿们请。不去还不行，贺加贝就去了。

那是一家外表装修得像西方宫殿一样的餐饮楼，远远看着就很抢眼：白色是主体，金黄色镶边，也有人叫它白宫的。他们是派一辆大奔来接的人。“白宫”大门外铺了红地毯，还有军乐队。当然，从军乐队的阵列看，也跟当年贺加贝他爹去世时的那支队伍相差无几。这个城市在弄热闹事时，总是爱使用这样的阵仗。在“军乐队”前边，是两排“白宫”的服务员在夹道欢迎。大奔刚停下，立即有人来开车门，并给王廉举的头顶搭了手篷，是怕车门磕了王老师喷了发胶的大背头。贺加贝这边却没有任何人接应。王廉举被前呼后拥、招手致意着进去后，所有员工也都席卷而入了。而给贺加贝，只派了一个有点“斗鸡眼”的服务生跟着。前边把王老师热情簇拥完，“军乐队”都歇菜了，斗鸡眼才礼节性地把他朝进迎。由于斗鸡眼目光指向不确定，他还几次跑错了门。以自己的熟脸，不至于突然在公共场合，就沦落到如此尴尬的地步吧。事后他才知道，为导演这一出，王廉举已提前来给“白宫”彩排过一回了。王廉举一边享受着拥戴，也在一边窥视着他的尴尬和感受。他只能强颜欢笑，故作轻快自如、谈笑风生。王廉举受到的那种礼遇，他当初在红石榴度假村，早就享受过 N 次了。就让这个初尝梨子滋味的家伙，好好受用一下吧，他毕竟是贺家的摇钱树嘛！

在搞这些动作的同时，王廉举也逐渐开始了对自己的形象包装。他最感到得意的，就是那头至今还不曾谢顶的乌发了。即使在泡馍馆当老板时，每天也打理得十分有型，多是以“三七分”“二八分”见长。到了梨园春来，能争取到“杂角儿”上台后，自己发明了“五五中分”式，登台很见效果，他就基本把这个舞台形象固定了下来。直到后来当了主角，有人说“中分”太像叛徒“王连举”，他才突然开发出了“王氏大背头”。整个头发是紧贴住头皮，像铁流一样朝后颈流淌而去的。为了防止演出中头发奓起，头油是和发胶混用着，即使动作幅度再大，也不会让一丝头发乱翘起来。这个发型，后来甚至完全用在了生活中，那就是他生命造型的一部分了。上台的服装先是西装革履，又是唐装谨严，再是长袍马褂，后又变成了礼帽燕尾服，有时还提根老派文明棍。台下，他一时呼噜着老佛爷的铜水烟袋，一时又噙起大拇指粗的巴顿将军雪茄来。演出也不断迟到。因为重要，贺加贝把自己的戏都安排在他之前了。王廉举成了真真正正的压轴大戏。可他到场却越来越晚。开始还是卡尺撴寸，勉强在上场前一两分钟，被人陪跑进来，一个趔趄，刚好趔巴出场。后来就越来越迟，迟得贺加贝在上面愣加戏，还是不见侧台人打招呼，说他人已到。有时狂热的观众，竟然呼喊起来，要王廉举上。可他偏是姗姗来迟，搞得所有人都沁出几身冷汗来。他上场，还敢公然讲述迟到的原因：不是丈母娘叫买菜；就是干女儿让扯红头绳；搞得彩头摞彩头，包袱套包袱的，反倒迟出才华，迟到出意外艺术惊喜来。贺加贝也几番婉转批评，可每次都是以王廉举“行风作暴”般的剧场效果而告终，算是扇了他无形的耳光，让他也只能“免开尊口”了。

渐渐地，贺加贝也知道王廉举的病害在哪里了。自打梨园春来的水牌上，王廉举与他平起平坐后，他就多次或明或暗地与他交涉过“包银”问题。他已先后给他涨过三次，还是不能满足胃口。王廉举认为，多数节目都是他创作的，现在还担任主演，并且是领衔中的领衔。连瓠子各刨一半，都是吃亏的分法，何况仍是拿着“包银”的雇佣关系。王廉举是商人，对票价、毛收入都一清二楚。他曾提出过四六分账的建议。他要四成，不然，就觉得贺加贝这个茹毛饮血的资本家、戏霸，太是有些榨取他的知识产权和劳动血汗了。他甚至还抛出了贺氏兄弟俩闹掰扯的事，从道德制高点上，先阻击得贺加贝哑口无言。贺加贝觉得，梨园春来开业这么长时间，投入这么大，能有今天，也是长期人脉资源、艺术积累的结果。加之两个剧场租金，还有配演、音响、舞美、场务等几十号人，的确是蛇大窟窿粗，要给他劈出四成来，就该关门大吉了。谈不拢，王廉举就使出各种招数，把他整得发冷做烧的。

最厉害的一次演出，几乎快让观众闹到舞台上来了。

那天戏都演过两小时了，王廉举还没闪面。按节目安排，他是要在一小时十五分准时出场的。贺加贝一再在舞台上研磨时间。观众终于忍无可忍，端直喊叫开了：

“王廉举啥时出来?”

“我们要看王廉举！”

……

后台已乱成一锅粥。潘银莲在不停地打电话，问王老师走到哪儿了。开始王廉举还接，后来干脆关机了。潘银莲没法，就打到平常围在他身边乱转的一些朋友的电话上，有说不知道的，有说今天没跟王老师照面的。眼看台下就要暴动了，潘银莲不得不给舞台上的贺加贝打手势，意思是再加一个小品，她就拿着锅铲、火钳、吹火筒上去了。谁知一些观众好像有意为难似的，端直让她滚下去。他们夫妻勉强撑着演了一会儿，剧场里的情绪是再也控制不住地骚动起来。一摊一摊的观众，先是站起来喊：为啥挂羊头卖狗肉？接着，有人便要朝舞台上冲。就在这千钧一发之际，只听观众池座的背后有人喊道：

亲爱的同胞，
难道只许你们早到，
就不许我王廉举有个大事小情来次迟到？
我敬爱的老婆突然发烧，
口吐白沫、毒上眉梢。
我把她背到医院朝急诊室一撂，
见是一个色眯眯的男医生都没顾上保护照料。
心急火燎，草驴一样飞跑（还学了几声驴叫），
总算是赶在谢幕前见到了各位同胞。
要是能原谅了我就豁出命演到明天晨早，
要是不原谅了我就演到后天傍晚再给咱歇倒。
吃饭有老板贺加贝全包，
睡觉的安全问题有老板娘潘银莲亲自盯梢。

要是再不原谅我就登门求告，

演他个三天四晚上，保证戏不重样，还给亲爱的大家发红包！

场是彻底救回来了。可这场惊险，让贺加贝直想把王廉举宰了。宰了都不能解他心头之恨！

五十

潘银莲那天也的确吓坏了。贺加贝毕竟见得多，三岁就上台演过戏。他妈给潘银莲说，贺加贝演的第一个戏叫《战洪图》：舞台上“洪水滔天，人民群众扶老携幼过场”，贺加贝剃了个光葫芦，吓得在水里（电打布景）哇哇乱哭，因表演生动，而首次获得“满堂彩”。七岁他就演了《血泪仇》里的狗娃，谢幕时，像主演一样，还单独出来“走过一番儿”，专门接受观众“欢呼”。贺加贝是从小在舞台上见过大阵仗的人。而潘银莲正经看戏，都是进城以后的事。上台，更是遭了贺加贝的捉弄，好长时间都还在“打戏摆子”。到现在，勉强自如一些，也不敢稍有怠慢。她特别感念观众对她的促红。她知道，观众接受她，有对贺氏兄弟喜剧的喜爱，也有对万大莲的认同。她仅仅是长得像，而又是贺加贝的老婆，才被欣然接受了。但她知道自己是几斤几两。因此，每临演出，她都是早早到场，早早化妆。化完妆，立马躲在一个拐角，默词，记戏，检查相关道具。就在她觉得越来越驾轻就熟时，没想到观众突然翻脸，要她滚下去。贺加贝脸色尴尬，还有打躬致歉的应对动作。而她，早已吓得六神无主，甚至魂飞魄散了。几天过去，她还记得台底下那喊声：“让潘金莲滚下去！（他们故意把她叫成潘金莲）”“让赝品滚下去！”“让假货滚下去！”“坚决反对假冒伪劣产品！”她当时直看贺加贝怎么办，贺加贝有意挡着她，让她朝下走，自己却一个劲地朝前弯腰作揖。看着观众涌动如潮水，她又不敢下去，怕真有冲动的闯上来，打了加贝咋办？她甚至都想把道具火钳或吹火筒递给他一件，但又怕观众受刺激，没敢。既然是夫唱妇随了，贺加贝那瘦弱身体，恐怕还未必有自己能扛得住呢。一刹那间，她也学着先给观众打躬作揖起来，不过锅铲、火钳、吹火筒倒是捏得更紧了。那阵儿，她感到，用什么求天告地的方法都无济于事。观众就是愤怒了，狂躁了，找茬了，要怒斥你，甚至大有要放你血的架势。

“千钧一发”这个词，潘银莲打小学就学过。也只有在那一刻，她才深刻领会了它的含意。王廉举出现了，并且是在舞台的正对面。他神情淡定、举重若轻地从观众群里，神采奕奕地走了出来。灯光师十分机敏，追光立即跟上了。就在他亮相、发声、谦逊地揭开礼帽顶盖，露出那个“苍蝇拄拐杖都难以爬上去”的油亮大背头，频频向观众挥手致意的一瞬间，暴怒就改为涨潮，激愤就变成喧哗了。王廉举像英雄一样，坦然出现在一个救苦救难的英雄最应该出现的时候；像救世主一样，临危不惧地舍身显灵在救世主应该登高一呼的地方。观众席的最后方，恰是剧场最高处。王廉举选择这个地方出场、这个时机出场、这个火候出场，真是恰逢其时，再也绝妙不过。他立即就挽救了一场悲剧，并让它端直转圜为一场激情四射的澎湃喜剧了。

贺加贝拉着浑身战抖的她黯然下场后，就一直在找刀。他说他一定要把驴日的王廉举宰了。而此时王廉举正在前场发着乱真的驴叫声，他说他是骑着世界上最好的“澳洲驴”，唷、唷、唷地奔赴剧场来跟亲们见面的。

王廉举在台上真的是妙语连珠，大放光彩。贺加贝却在后台，被几个小伙子死死压住，怕他一旦拿到杀西瓜刀，真能冲上台去把王廉举砍了。他已气爆了。

大家害怕影响台上的演出，硬是把贺加贝拉到了远离舞台的地方。他双手直砸脑袋，嚎啕大哭起来，骂自己是亏了贺家的先人！自潘银莲跟了他，还没见他哭过，今天竟然哭得这样伤心。他满脸的油彩，被眼泪鼻涕抹得完全失了人形，嘴还真揉成了血盆大口。要是王廉举在面前，他只怕还确实能把他生吞活嚼了。

潘银莲让人帮着把贺加贝弄回了家，她怕他控制不住，惹出大事来。

贺加贝回到家里，哭得已是眼泡胀红，甚至还在抽抽搭搭。他妈问咋了，说长这大，也没见儿子哭过。打小他爹骂他揍他，都是一副橡皮脸，他爹抽左脸，他还把右脸给上去。踹一脚，只要把他踹出了原来的位置，他还退回原地，让他爹继续踹。他弟贺火炬犯错了，他也敢顶上去，替他挨揍、挨踹。他爹用舞台上使的“讨饭棍”打他，他还学着他爹的样儿，嘴里念念有词：“张大哥，李大婶，见我不要忙关门；看着操了个讨饭棍，其实祖上是大官人；剩菜剩饭不卫生，刚蒸的热馍我看行；不一定非夹肥肉片，肥瘦相间、不糙不腻、囊囊活活、利于下咽就能成。”气得他爹都想把这“死皮货”从窗户撇出去。就这么个皮实得要命的娃娃，怎么能气成这样？那一定是脑瓜受了大震了。潘银莲没有把事情原委告诉婆婆，觉得告诉了，只能徒增忙乱着急，于事无补。她只把贺加贝伺候着躺下，让他睡了一阵，到半夜时分，两人才商量起怎么办来。

贺加贝还是暴躁得不行，非要把驴日的王廉举宰了。不宰，也得把他劁了骟了。还扬言不割了他的蛋，他都不姓贺。

“说那些话有什么用？你还真能去把他宰了骟了？看真把人宰了，你能得到啥好处？”潘银莲一边给他喂姜汤，一边镇定着他的情绪。

贺加贝这么一折腾，不仅感冒咳嗽起来，而且还有些发烧。潘银莲就弄冷水毛巾，给他浑身擦拭着。

被活活叫成了张驴儿的柯基犬，不知啥时自己跳到床上，也给贺加贝啃起脚丫子来。

贺加贝的情绪倒是慢慢缓解了一些。

潘银莲就说：“当紧的事，是明天演出咋办？今天闹了这一场，明天我们还演得成不？我们要演不成，完全指望王廉举，能靠得住吗？”

贺加贝斩钉截铁地说：“坚决把王廉举这个叛徒毙了！”

“毙了？咋毙？”潘银莲问。

“这死狗，拉出去枪毙二十四回，都死有余辜！”

吓得张驴儿还汪汪地乱叫了几声。

“再别说那疯话！就说明天咋办？还有几十号人等着信呢。”

贺加贝说：“开除！绝对开除！老子用不起这号缺德败行的货，让他彻底滚蛋！”

“那两个剧场的演出咋办？”

贺加贝长叹一口气说：“老天要灭咱，你就是咋撑都撑不起来。也红火好几年了，接二连三出幺蛾子，也许该关门歇菜了。”

潘银莲没想到，贺加贝会灰心成这样，就劝说他：“也没到这样山穷水尽的地步吧？办法总是有的。火炬走那阵，不也是缺了一大豁，还不都有了办法。”

“办法就是出了个叛徒王廉举。这狗日的！”

张驴儿见谁一骂狗，就有反应。

“王廉举毕竟还是为梨园春来出了力了。镇上老师走，他顶上来编戏，火炬走，他又顶上来演戏……”

还没等潘银莲说完，贺加贝就喊道：“够了。他把我折腾得还不够惨？整日提心吊胆，蹲屁股伤脸。好话给他说尽，没有一天不求爷爷告奶奶的！我贺加贝混得就差没给他王廉举捉鸡巴尿尿了。”

“看你说得恶心的。自打王廉举上台，你们把这些脏话，就越说越随便了。农村人都没你们这么烂嘴的。”

“不是咋的？你再央求他、搞磨他，他只是得寸进尺，尽干那荒唐事。想想这些日子，我都是咋熬过来的？没抽也快疯了。必须把他开了！唱戏这行，最主要的就是不要把谁捧成了‘独食爷’。一旦捧成‘独食爷’，戏班子离死就不远了。我爹他们那辈都知道，戏班子‘耍独旦’，那就是蒜头鼻上挂镰刀——寻着找削呢。咱这叫搬起石头砸自己的脚，叫养虎为患，知道不？我想好了，先把开发区那个场子停了。但凡闹过事的剧场，也都不好再演。除非你有更拿人的好戏，要不然，只会惹来更大的麻烦。”

“这么多人，一个小场子的收入，能养起？”潘银莲问。

"减人。咱打不起脸，充不起胖子了，先把小剧场顾住再说。"

"大剧场淘了那么大的神，贴了那么多装修费，就算了？"

"先停了再说吧，这也是没办法的办法。"

两人商量了大半夜，又算起账来，觉得暂停一个剧场，可能是最佳选择。只留一个场子，就有减人的问题。减谁？咋减？还有节目咋弄？辞退人员的工资咋开？都是难题。没想到，眼看着那么红火的事情，说倒，就倒灶了。尽管心里很难过，但他们还是一一商量了后事处理的办法。唯一难缠的，还是王廉举。

潘银莲也并不看好王廉举，尤其不喜欢他在舞台上说的那些脏话怪话。好笑是好笑，却总觉得那都不是啥正经话。但那么多人喜欢，她也就搞不懂是咋回事了。不过要把王廉举开了，她还是觉得要讲点方法，不能硬来。

"你说咋办？"她问。

贺加贝气还是不打一处来："咋办？让拉大幕的老卜，通知他不要再来就完了。"

潘银莲说："还是我跟他说吧。"

"你咋说？不给他那脸。给脸不要脸的货！"

"你就是要开人家，也得和和气气地开，别弄得鸡飞狗跳的。"

"莫非我还要打个八抬大轿，把他送走不成。"

"送不送走，都得留后路。戏里不是常说：人情留一线，日后好相见嘛！"

"要留人情你留去，我今辈子都不想见这条死狗！"贺加贝说着，竟然下意识地把张驴儿都踹了一脚。

张驴儿汪地咬了他一口，自己跳下床走了。

五十一

你们都看见了，这就是人类，把啥脏水都朝我们狗身上泼。王廉举怎么能跟我扯到一起呢，偏是死狗死狗的。要说，我最见不得的就是王廉举。我主潘银莲收留我时，本来想给我起一个好听的名字，却被王廉举污名为张驴儿。这名字有一点严肃性吗？我就是再想活成一条正经狗，都被这名字闹掰扯了。足见一个人、一条狗的名字和名声有多重要。张驴儿在八百年前，就被一个叫关汉卿的毁了。我的前副教授家庭，给我起的名字叫威廉，多高大上的名字。再前任，就是那个研究所家庭，叫我汤姆。据说汤姆也有倒霉蛋的意思，但我听电视里常有明星这样称呼，也算满足了。八百年来，一说起泼皮无赖，张驴儿的形象大概首当其冲。我是把你王廉举咋了，要这样损坏我的声名？沦落为丧家犬，已够惨了，还让他弄了这么个破名讳。我痛恨王廉举，比贺加贝是有过之而无不及的。但我也要替王廉举说几句话。弄成这样，不全是他的错。一个人，要想在飞黄腾达、众星捧月时保持镇定，认识自我，是比把柯基犬的屁股塞上针眼都更难的事。

我到梨园春来那阵儿，王廉举还是编段子的，他自己到处称是剧作家。演员生涯皓月当空，那是新近的事。但那时，他明显已有一种打狗欺主的猖狂感，要不然，也不会信嘴就给老板娘领回来的狗取恶名。潘夫人多次表示反对，都没把被动局面扭转过来。王廉举凭什么能一锤定音？我主但凡有点头脑，都应该防患于未然。

我亲身经历了王廉举的演员发迹史。点点滴滴，还得从当年在副教授家看录像说起。过去我从来没看过戏。第一次在电视上看古希腊悲剧《俄狄浦斯王》，还专门跑到机器背后，想把里面的机关察个究竟。没想到，年过半百（我们狗的寿命，基本在十五年左右，我大致七岁上下），一跤跌到梨园春来这种娱乐场所，还真是有些喜不自禁。前台、后台、剧场、票房，活动半径很大。不像过去在那两个家里，基本就是监禁状态，主人偶尔拉出去遛一圈，也是前后脚紧跟着的狱卒与囚徒关系。现在我的自由度很大。经过一段时间观察发现：只要在演出时，不走出侧幕条，不把自己暴露在观众视线中，那么就可以剧场大地任我走了。虽然叫张驴儿，但我毕竟是潘夫人的狗。当然，我不会以此充大，还得长些眼色，尽量不挡演职人员上下场的路。后来我找到了一个特别好的观剧位置：舞台侧面的耳光灯房。说是房，其实就是一个四五平方米的凹槽，侧对着舞台，绑着两排灯光而已。我就卧在灯光下面俯瞰全场。夏天，有些烤得招架不住，冬天可是太暖意洋洋了。向左看，能看到舞台上的表演；向右看，能看到池子里观众的状况，这才是一个看戏的绝佳地方。难道戏只有舞台上的好看吗？NO，有时台下的戏，那才叫一个棒呢！比如要看王廉举的戏，那你就不能忽视观众配合的有力得当。王廉举是一个最会察言观色的人，其实他每场演出的尺度都不一样。只要发现观众在哪一块儿感兴趣，他立马就会在那里深挖几下，直到把“内存”完全释放。他初登高台时，演出的首创节目叫《王廉举梅开二度》，这一系列，仅半年时间，就发展到八个以上。到《王廉举深陷寡妇门》时，我已看得目瞪口呆、浑身燥热发痒。虽然过去两家对我管得很严，出门放风也就是一时半晌，但见了异性，我们相互嗅嗅，关系也都处理得当。即使是一见钟情，也会含蓄地秋波一瞥，来去大方。不像人类说起这事，哪怕在剧场，也乐不可支得掌声雷动、前仰后合。

好了，不抒情了，还是爆点猛料吧。

因为我哪里都可以走动，因此，见到了很多别人见不到的事情。比如在化妆室，王廉举捏了一个跑龙套的小姑娘的屁股，你能瞧见吗？那小姑娘叫梅娜娜，你知道吗？但他们都不避我。开始王廉举捏，梅娜娜还反抗。后来王廉举大火了，再捏，她就只是乐和。再后来……我就不说了。我是多么希望潘夫人能在我的引导下，去发现一下团风都成什么样子了呀！可她偏是不跟着我走，也就让王廉举在光天化日之下，堕落了自己，也腐化了这个集体。

其实危机在几个月前已蠢蠢欲动了。

王廉举过去来演出，总是喜欢在后台人多的地方圪蹴着。圪蹴是关中土话，我从“高知”家中来，开始还不大懂。其实就是地上、台阶上、道具上、凳子上哪儿都能蹲下，只不习惯用坐姿而已。后来有了势，王廉举就被请进了单独的化妆室。虽然还是圪蹴着，但他圪蹴得有些离谱，有时甚至圪蹴在了一方桌子上。据说，那间化妆室过去是贺加贝、贺火炬、万大莲用的，他们一边化妆，一边还要对词。因为每场演出，几乎都要换些新的笑料，王廉举说那叫：“苟日新，又日新，日日新。”自打王廉举火爆后，我的东家贺老板和潘夫人就从单独化妆室主动撤了出来。首先是不需要对词“换料”了，王廉举一人就全包了。“新料”都在他一人肚里装着，随时等候“井喷”而已。井喷是他自己老爱吹嘘的话。再就是潘夫人受不了他的烟味儿。王廉举从劣质纸烟，到古巴雪茄，再到老佛爷的水烟袋，抽起来都是不歇火的。再其次，是嫌他带的人越来越多，哄出哄进的，闹腾得慌。我开始是跟老板和老板娘一起撤出的。后来好奇心驱使我又折回去几趟，想知道这些人猴猴在一起都干些啥，加上我也喜欢王廉举撂杂嘴，没有哪一句不是好笑的。虽然他有时拿狗开涮，我也想啃了他的脚后跟。进去一两次我就发现，这里边有鬼，关了门，竟然有人在煽惑王廉举叛变！他们说这摊子现在就是靠你王老师一人撑着，拿这点钱，凭啥？要么你做大股东，要么撇开“梨园”闹革命。天哪，内部卷起如此大的惊涛，东家竟然还蒙在鼓里。潘夫人还一个劲地招呼置办伙食，要让王老师吃好喝好！吩咐说：王老师喜欢吃“棒棒肉”就紫皮独头蒜，让给王老师多弄些，并且还要酒精加热炉伺候。

我要替王廉举说几句公道话的地方就在这里。王廉举虽然已经飘飘然了，但开始并没有叛变的意思。他说加贝也不容易，七灾八难地把摊子弄到现在，刚有转机，他不能过河拆桥。谁知身边这些人不依不饶，说你有这么大的能耐，为啥要寄人篱下？谁都经不起反复撺掇、煽惑。王廉举在戏台上一呼百应，声浪滔天；下了台，前呼后拥，敬祖宗一般抬胳膊架腿地一围好几圈。那些人什么过分词都敢用，好像王廉举置身世界喜剧巨星之列也是毫不逊色了。放在谁，也有齁撸不住自己的时候。就连我，东家一旦给点好脸，也是要跳床跌沙发地蹦跶几番，何况是被捧疯魔了的王廉举乎？

这里面还有一个最猛的料，东家一直毫无察觉。在煽动王廉举叛变的人物中，主角其实一直没有出场。我不认识那个叫什么武大富的人，听他们谋划于密室时流露：武大富是红石榴度假村的老总。这个老总曾经是贺加贝的朋友，贺老板在他度假村唱过戏。那人也是潘夫人的老板，说潘夫人在他手下还当过服务员。顺便补充一句：从血统上讲，服务员出身的潘夫人能领回我，也算是她的一种高攀，当然我并不这样自视甚高。言归正传：正是那个武大富，为了报复当初贺氏兄弟“拥戏自重”，突然“变节单干”的一箭之仇，才在如此关键时刻，给他来了个“一剑封喉”。武大富开出的条件很优厚，说一旦王廉举从梨园春来撤离，他将立即投入资金，全面包装，让王廉举成为一代喜剧巨星。这个巨星不仅是西京的，也不仅是北上广的，而是世界的，是人世间的。

王廉举直到此时，也没有完全撤离的意思。他还在观望，甚至对潘夫人的关心爱护，还有些恋恋不舍。导致王廉举最后疯狂一搏的，可谓是蝴蝶效应。狂风卷来的青蘋之末，竟然是那个暗中与王廉举有染的梅娜娜。我本来想叫她小骚货，但这是个修养问题，太侮辱人的话我柯基说不出口。

这料够猛的吧？也只有我爱到处乱钻乱嗅，才发现了他们那点苟且。我的老板和夫人，大概永远也猜不到事实真相。梅娜娜因连续迟到，又失场、笑场，而被贺老板开销了。注意，笑场是王廉举故意惹的。王廉举在场上都敢给她放电、调情、抛媚眼。这个我们狗也常使用。别人看不出来，而我是知道了硬币的另一面，才懂得了这一面的所有隐喻。贺老板在一无所知中，把梅娜娜打发走了。因此，第二天王廉举就演出了那一幕，一下把事情推到了极致。我知道贺老板是忍无可忍了。潘夫人一再从中调停，仍是无济于事。

我还要爆一个猛料：我主潘夫人其实已经怀有身孕，但截至目前没有告诉任何人。我是从她突然爱吃酸的，又老背后呕吐才发现的。我的前女主，就是那位副教授怀孕，也是这个神气。我很是心疼主人的处境，那天被观众喊着叫滚下去时，我都生怕出意外，好在她挺过来了。

我主要求主动出击，跟王廉举谈判，我是在场见证者。事物背后虽是风起云涌，台面上却显得异常平静。还没等王廉举提出过高要求，潘夫人已是满口答应，并且还有些让他喜出望外。唯一让我感到羞辱的是，谈判结束，都起身准备离开时，王廉举又把我拉出来开涮了一回：“张驴儿这屁股，养得比才来时能肥几倍了呀！”

在我看来，这不是赞美，这是谈判对手在谈判桌上获得了过高要价后的一种优越和得意洋洋。

你梅娜娜的屁股才肥了几倍呢。

五十二

王廉举在离开梨园春来后，迅速被武大富等包装起来，在另一个剧场，以“喜剧巨星王廉举巨献——国人惊奇、世界震撼”的广告词开业了。节目还是那些节目，不过《王廉举深陷寡妇门》之类的，又有了“拉链门”“嫂子门”“儿媳门”等续篇。总之，是搞得如火如荼，一票难求。

武大富直到这时，才从幕后走到前台。他每日坐镇在剧场的一排一号，即使是春秋季，也要摇着一把大折叠扇的。上面的脸谱也换来换去，多是关公、包公、张飞、项羽这等英武人物。他有事不来，一号位置也得空着。不定演出中间或快结束时，他就会摇着扇子冒出来，满场人都知道是武总来了。自打贺加贝“抽了他的吊桥”另立锅灶后，红石榴度假村餐饮演出，就红火不再。他也坚持了一段时间，但终是没有“抗硬”角色，而日薄西山。可他是希望通过演艺，带来更多人脉资源，以广开其他财路的。贺加贝梨园春来的步步走红，他都耳闻目睹，有时恨得有点咬牙，但也毫无办法。有一段时间，他居然听说，连潘银莲都登台唱戏了，并且是顶替了万大莲的“当家花旦”。他先扑哧笑了：潘银莲都做了主角，那猪岂不是都会飞了？他倒是想去看看稀奇：猪是怎么飞起来的？

那天武大富戴了棒球帽，捂了口罩，是开演后溜进梨园春来，缩着脖子看了一场演出。还真是潘银莲在做女主演。戏份虽不重，但光彩不少，演得也还算自然大方。比他想象的能强出好多倍来。猪还真他娘的能飞了，他心里就有些酸不溜溜的。怎么把这么好个女人，拱手送给贺加贝了呢？有人说，这是拿肉包子打了狗，他心里一直麻阴阴的不舒服。紧接着，就出现了王廉举这个活宝。好多人都说看得过瘾得要命，哪一句都挠在人的痒痒肉上。他又忍不住去看了一场，王廉举果然名不虚传。你不拍案叫绝，那可能是手被人绑缚住了抽不出来。他一直寻求的不正是王廉举这么个味儿吗？那时找的写段子手，包括镇上柏树，还有什么南大寿，基本都是瞎扯淡。唯有这个王廉举，才是说不清、道不明的那尊真神，哪一句台词都挠在他的心上。尤其是表演，王廉举就跟闹着玩儿似的，却早已把你的所有笑神经，都抖搂得哗哗乱颤了。连他的跟班都说：武总，这人咱们可以撬来！他笑了。

早有人给他建议把王廉举撬过来，并且还是王廉举的身边人。说王廉举已经跟贺加贝面合心不合了。他只是笑，没有点头，但却把帮闲们款待了，而且还给一人撇了些零花钱。很快，这群帮闲就把王廉举搞得神魂颠倒，猴不自已了。当王廉举自己跟贺加贝完全闹翻后，他才接手，挂起一个新的剧场牌子来。这牌子叫“喜上眉梢乐翻天”。喜上眉梢还不够，乐翻天才是他要追求的实际效果。

他很快知道，因为他的作用力，贺加贝的剧场迅速垮掉一个，并且把大的垮了。剩下一个号称三百座的老剧场，他派人察访了一下，实际上只有二百七十四个座，还有五个不是没靠背就是没扶手的。上座也不到七八成。他感到，贺加贝这次是被打回原形了。

“喜上眉梢乐翻天”楼上楼下座位也不过五百挂零，但却带着餐饮。除门票外，酒水饮料、水果餐盘收入很大。加上各种隐形社会人脉资源的聚拢，账就不能细算了。总之，这是他老想偷着乐的买卖。可好景不长，他没有想到，王廉举可不是当初的贺氏兄弟。这驴日的，难伺候得比请个爷回来还要难敬奉十倍。吃喝花销自不必说，关键是毛病多得增了尿了：见天喝得烂醉如泥不说，没有哪一场演出，不是让人提心吊胆的。帮闲们在梨园春来所忽悠出的毛病，到了这里，一切照单重印，并且有过之无不及，还有愈演愈烈之势。搞得武大富很是不安。

可王廉举只要一出场，就是百鸟朝凤的乐翻天效果。武大富给每位观众还都准备了假手。假手都亮着赤橙黄绿青蓝紫的荧光。但见王廉举出来，几百只假手就噼里啪啦地摇动起来。开始武大富还组织人从四周打口哨、领掌。后来发现，这些都是多余的。王廉举但凡登场，搞得就是发生了地震，也没人能察觉到。他就是震源，就是震中，就是天崩地裂自身。有时连武大富都想：把角儿捧到这个份上，大概不疯癫也不由他了。王廉举可能都能产生一种幻觉：他是神，不是人了。可这一场演出，是几万块钱的成本投入啊！王廉举要是真的疯了，就不是喜上眉梢乐翻天的事了。

武大富不是贺加贝、潘银莲，他绝不会纵容王廉举坐大成仙。外面，为了上座，他可以掏钱为王廉举造势封神。内部，却是巧施家法，看管越来越严。针对王廉举爱喝酒的毛病，他给他身边派了两个彪形大汉，稍见过量，立马拎起来走人。外人看着像是保镖护卫，其实就是左右挟持，内紧外松。尽管如此，王廉举还是改不了往死里喝的毛病。当然，他还有其他毛病，除跟过去贺家班的梅娜娜套扯不清外，还有几个“太爱王老师了”的“瓜女子”戏迷，大有被他快“蛊惑失守”的危险，这个也绝对不能容忍。武大富怕“戏坊”的关系过于复杂，会有人砸场子，毁他的生意。这方面的历史和现实教训都太深刻。烂酒可以喝一点，但色，他王廉举是得彻底戒了。最后，武大富干脆在后台弄了一间房，说是为了让王老师好好休息，尽量减少外出应酬，其实就是把王廉举看起来了。演出时，化妆师进去化好妆后，把他请出来。演完后，立即关闭。并且还有很好的说辞，叫“王老师在闭关修炼”。好吃好喝地供上就是。开始他也乐意“闭闭关”，出去真的是“太叵烦”：不停地签字留念；大小报还要采访；美人、丑人都要照相……“烦死个人了！”还不如圈在里面，有酒有肉的，吃饱喝好“洗洗睡”。加之他也需要创作新段子了，上台不能老一套。可时间一长，这家伙就不安生了。他老闹着要出去，说没生活底子了，不仅说出来的话干瘪，表演也日渐苍白。武大富也觉得不能长期关着，脸都关得有点煞白了。可放出去，又收揽不住。保镖刚背过眼，他一瓶酒就咕咕嘟嘟下肚了。关键是还爱乱花钱。就连路边摆着骗人的什么祖母绿菩萨，他也要请，说“闭关”要用。为了给他撑门面，后边的确是跟有结账埋单的。可他刚拿到手中，啪，又跌到地上把“祖母绿菩萨”打了，你说给人家付不付款？关键是他的色心也常萌动，老想跟那几个胖乎乎的女戏迷见面，武大富干脆又把他软禁起来了。

也就在这时，一个叫“镇上客”的什么“时评家”，在西京一个影响很大的商报上，发了一篇《恶俗不堪　谁来管管》的文章，一下把“喜上眉梢乐翻天”推到了风口浪尖上。文章有理有据，并且把大段台词，端直节录在上面。污秽处，全都打上了“□□□”方框，说“低俗下流无处不在，诲淫诲盗昭然若揭”。一石激起千层浪，不仅“镇上客”的文章，是一评、二评、再评；其他大小报，也都跟着狂轰滥炸起来。武大富还没经过这样的阵仗，扇子摇得比暴风雨还急促，上面的蓝脸窦尔敦都看不清了眉眼，他问相关拿事的部门，该咋整？这些人平常也都爱朝他这里钻，吃喝玩乐一条龙服务享受多了，到了这阵儿，自然也会给他出点子想办法。先是让王廉举赶快闭了臭嘴，全面改词。并且让他上台带头反对低俗，把有关文件的口径，直接整到戏词里，说出来，唱出来，喊出来。可王廉举这时已弄成酒精依赖症了，你咋说都行，只要给酒喝，哪怕是啤酒都成。但一喝，上台又见烂嘴没收关。吓得武大富和那帮朋友，冷汗湿了一裤子。都说，绝对不能让他再灌“马尿”了。气得武大富端直让保镖，用麻绳把他捆死在铁架子床上。谁知开演前进去看，他把床都拖得东西大转向了。在创作用的桌柜里，还藏着大半瓶红西凤，他已喝得在唱“酒干倘卖无”了。千叮咛，万嘱咐，让他上台别乱说，尤其是别说“肚脐以下的事”。可他除了这些，又能抖出什么“乐翻天”的笑料来呢？自然还是乱放厥词，听着更加臭气熏天而已。那天，刚好是更上一层主管部门来“暗访”，一切都让人家逮个正着。并且还发现，演员是“醉演”。最后下的定义是：“喜上眉梢乐翻天”监管尽失；从业人员职业道德全无；台上表演格调十分低下；创作内容严重有伤风化。责成全面停业整顿。

武大富都想把王廉举就地正法了。

五十三

贺加贝开始听说是武大富撬了他的“王牌”，还恨得牙齿挫得咯嘣响。后来听说被勒令停业整顿了，才长出一口气说：“活该！”

梨园春来虽然只剩一个剧场撑持度日，好在在演出场所全面整顿时，没有深陷其中。有人还表扬贺加贝，说他“心明眼亮”：早早就发现了不良艺人的问题，宁愿停业，损失经济收入，也不给毒化社会风气的表演提供舞台，并旗帜鲜明地开了恶俗艺人王廉举。有关部门还让他介绍经验呢。

潘银莲说算了吧，小心拔出萝卜带出泥。

贺加贝去请教南大寿，南大寿把鼻子一哼说：“王廉举是你先发掘出来的，事情弄到这步田地，你贺加贝还能脱了干系？赶紧闭嘴！”

贺加贝现在是事业受到巨大冲击，路走得逼仄，没辙了，才来找他南叔的。

南大寿在西京台面上，毕竟算是一个写喜剧的大家。在他爹火烧天那辈人眼里，南大寿就是百年才出一个的奇才。不过现在没人找他写戏了而已。

南大寿一直喜欢猫。连到剧团上班，都要弄点吃的，喂一下院里冬青树丛里乱钻的野猫。现在完全消闲下来，就在家里养了大小七八只猫。肩上蹲的，腿上坐的，还有从他头顶、交裆胡钻乱窜的，看上去挺是其乐融融。那根擀杖也还背在背上，只是一只小猫老要朝上攀，他不得不老用手去刨。

贺加贝是晚辈，尤其在南大寿面前，跟见了他爹是一样的严肃。

他先检讨，说看来这些年自己走的喜剧路子，还是有些不正。

南大寿把桌子一拍，吓得猫们从他身上趔腿掰胯地四散逃去："你今天才认识到路子不正？那不是正不正的问题，是早就斜到了阴沟渠的问题。你早干啥去了？把我跟你师娘弄到红石榴度假村，没明没黑写了几个月，最后还让个啥都不懂的武大富，把老师羞辱得摸门不着，那时你干啥去了？为啥不站出来替老师说句话？替正宗喜剧说句话？这阵儿摊子垮了，又想起南叔、想起南老师了？我看你就不是你爹的好崽儿！"

师娘还跑出来劝了几句："你骂加贝咋的。如今这喜剧，就不是你那个年代的喜剧么，老骂娃能扳回来？"

贺加贝摸着刮得光溜溜的脑袋说："你骂，叔你使劲骂。娃今天就是来听你骂的。我知道我爹跟你关系好，过去老在一起狗皮袜子没反正。你给我爹写过不少戏。我爹自编的好多段子，你也出了好多主意。今天我就是听老师的主意来了。"

南大寿还是气呼呼的："没主意，我没主意！现在这喜剧，就是硬扑到人怀里，把你朝死的胳挠呢。不笑，把你压住、捆住胳挠。再不笑，就把裤子脱了，啥玩意儿都摆出来，看你笑不。"

"看你说得恶心人的。"师娘制止道。

"不是么咋？完全跳脱现实，逻辑混乱，极尽夸张之能事，瞎搞！好多人本来就瞧不起喜剧，说喜剧是世上最廉价的艺术，只有悲剧才是崇高的。你贺加贝还要把喜剧朝火坑里推。喜剧再夸张，违背了常理，但你得合乎情理、戏理呀！王廉举弄的那喜剧就是狗屎、驴粪！你说是不是驴粪？他上场老做驴叫唤，连《古兰经》里都说：你应该把你的声调降低，言语温文，一切声音中最粗鲁、最讨厌的就是驴叫。他偏要在舞台上反复叫，那不就是在制造噪音呗。刮锅铲、电锯板、半夜娃哭驴叫唤……这些最瘆人的声音，都是王廉举的拿手好戏。你说你们这叫喜剧？悲哀啊！的确悲哀！王廉举不都是你贺加贝亲自发掘调教出来的么，哼，领教，领教啦！"南大寿不依不饶。

师娘说："你看你还像不像个长辈、老师，跟娃说这些咋的？"

“我一想就来气，咋的。”

贺加贝急忙说：“南老师，覅生气了，以后听你的。我准备聘你到梨园春来做顾问哪！”

南大寿直摆手：“顾不上，覅问我。也顾不了，顾不起！七老八十了，自己都顾不住，还能顾了你。”说着，他还把擀杖在背上戳了几戳，像是痒。

是师娘从中调和，贺加贝好话连篇，才把南大寿的心绪慢慢平抚下来。猫们见南大寿情绪有所稳定，才又集中到了他的左右。一只小猫崽噌地上到他肩头，登高惊视着眼前这个脑袋显得有点过于光亮的来客。

其实南大寿又何尝不想出山去当顾问呢。他一生热闹惯了，现在圈在家里，只经管几只猫，总是有些不大甘心。老婆见天早上到城门洞舞扇子，中午到少年宫学画葡萄，晚上到新城广场扭秧歌、摇太平伞，把他弄得还真有些寂寞无聊。贺加贝来请他，简直是一拍即合的事。之所以应承得慢一些，是因为现在这喜剧搞法，他也拿不住稀稠了。一旦顾问不到位，撤退也好有面子些，毕竟不是自己死乞白赖着要去的。

贺加贝就愣乞求。求到最后，南大寿才给他顾了第一问：“说上天，说下地，还是人才问题啊！你爹当初，如果不培养出你和火炬，也是光杆司令一个。正因为培养出了你俩，才红火了几十年。你挖王廉举，还不是为了人才？只是没想到，挖出个妖孽来。那是眼光问题，得汲取教训！但汲取教训不等于一朝被蛇咬，十年怕井绳，该收揽的还得收。要不然，你一个人再要，也是海鸟掏了你乌龟的蛋——来去单打单。管戏班子最抗硬的道理：就是绝不能让任何一个角儿坐大，一旦形成这种局面，你就等死吧你……”

那天他们谈了很久，还吃了师娘精工细作的麻食。在师娘的帮忙督促下，南大寿很快就背着擀杖，到岗顾问了。

贺加贝按照南大寿老师的建议，首先四面网罗起喜剧人才来。还不用发广告，一有这方面的信息，类似人才就蜂拥而至。有一天来得最多的时候，竟然十一个。来了还都得管顿饭。潘银莲一边管饭，一边笑得几次起身去擦眼泪。有几个模仿全国丑星的，竟然穿戴、走路、说话都全套照搬。最知名的赵氏、葛氏、宋氏、范氏等几个，竟然一来就两三个疑似的。当然，大部分模仿一两句话、一两个动作还行，再多就露馅儿了。贺加贝让比较好的，都分头登台试了试。也结合南顾问的意见，认为有培养前途的，才留下听用。这样一来，就让舞台上的新鲜血液，一下变得源源不断了。而且出场费还都比较廉价。一些来自垮掉的地县剧团的“小丑星”，有一碗饭吃就不错了，大多不太计较“包银”分量，更不敢有了点名声，就王廉举似的不知轻重。大家从基层带来的鲜活小品、小戏，经南顾问再一“点穴”、整理、改编，作品库存也日渐增多。小剧场算是平稳撑持了下来。

这期间贺加贝还听说一件事，就是那个压垮“乐翻天”最后一根稻草的“镇上客”，有可能是镇上柏树。是他连续三篇“檄文”，才彻底把“喜上眉梢乐翻天”打趴在地的。贺加贝很是有些感激的意思，还四处打问了打问，想去拜访一下老伙计。虽然当初不辞而别，很是让他受了一阵作难，但今日毕竟是替自己出了口恶气。而且在讨伐“乐翻天”的过程中，只字未提“梨园春来培植王廉举起家，并毒化社会风气在先”的“铁一般的事实”，这是同行咬他的检举揭发材料。可问来问去，“镇上客”只是给报纸投了电子稿件，本人从未露面，不知他身在何处，贺加贝也就只好作罢了。

倒是王廉举的事，让他听了有些心酸。说王廉举后来很可怜，实际是被武大富“非法拘禁”着。一旦剧场被查，王廉举又是酒精依赖重症患者，很难治愈，武大富就把他赶在门外了。这时他家里也已闹得不可收拾。直到最近，贺加贝才知道王廉举与梅娜娜的事。正是因为他开了梅娜娜，才导致了王廉举的“叛变”。其实当时贺加贝就是吓唬吓唬，说要把她开了，没想到梅娜娜还挺强硬，端直拎起鳄鱼皮包就拜拜了。他还有点纳闷呢。潘银莲也责怨他，嫌不该把人说重了。没想到里面才是这档事。王廉举到了“乐翻天”，开始还供应着梅娜娜的吃穿用度，后来被圈起来，就再也无法见到人了。梅娜娜也不是省油的灯，老要到王廉举家的葫芦头泡馍馆去找。找来找去，把王廉举的老婆给找灵醒了：原来“梅开二度”是这么回事！气上心来，他老婆就连“王记葫芦头泡馍馆”的摊子都自个儿砸了。当王廉举被武大富“释放”出来后，已是无家可归之人。但他嘴里还有许多故事、段子、笑料、包袱要抖，就自己跑到车站、城门洞、钟楼地下室，到处打竹板、数来宝、讲段子。只要有人给酒喝，他张口就来，并把现场任何情景都能巧妙地结合进去，让外来者还很是有些惊诧西京文化的了得：连流浪者满嘴都是一溜一串的合辙押韵！

贺加贝把王廉举的故事讲给潘银莲听，潘银莲闷了半天没说话。

贺加贝说：“都是自讨的。一手好牌，让自己打烂完了。”

潘银莲却说：“都怪你来。人家本来在家卖葫芦头泡馍好好的，衣食不愁，两口子也和和睦睦。是你硬把人家弄来搞啥子艺术，最后搞成这样，人不人鬼不鬼的，这不家破人亡了吗？”

“那么多搞艺术的，也没见都疯了。”贺加贝还辩解。

潘银莲说：“反正你有责任。看我们还能帮上王老师啥忙不？”

“咋帮？酒疯子一个，警察都摁不住，你我能逮住了？听说还撵着打人哪！”

潘银莲哀叹道：“都是让搞笑，把人搞成这样了。”

张驴儿汪汪叫了几声，好像对潘银莲的论断颇以为然。

五十四

潘银莲的哥提前没给她打任何招呼，就突然到西京来了。

潘五福是跟着河口镇乡下一个表亲一起来的。表亲是泥瓦匠，已经在西京给人打小工四五年了。他是在八里村安顿好住处，才给妹子潘银莲打的电话。

潘银莲赶过来时，潘五福已站在八里村口接她了。

让潘五福没想到的是，妹子已经显怀成这样，走路都有些困难了。他说："你也不说，都成这样了，还跑过来干啥？"

"你初来乍到的，我不得来看看。"说着潘银莲就跟她哥一同进村了。

潘五福看到妹子怀了孕，心里自是一阵欢喜。他是知道她小时烫伤的严重程度的，慢慢长大后，就再没好问过。以他想，妹妹可能结婚、生娃娃都是有麻烦的。没想到，婚也结了，娃也怀上了，他真的是替妹妹高兴得了不得。

八里村潘银莲过去还没进来过。这是一个很大的城中村，分东八里、西八里。潘五福租住在西八里。他在前边给潘银莲领路，还引来了一些人围观。有人指指戳戳着潘五福的矮小，也有人在看潘银莲的美貌和她高高隆起的腹部，那眼神大概是在猜测他们的关系。兄妹俩都走不快，就只好让人观瞻去。潘五福走在已进城混了好多年的妹子身旁，似乎还有了些找到靠山的感觉。

巷子很窄，有的地方只能过去一辆三轮车，但楼都是六七层高。对面窗户外搭的衣服，几乎伸手就能够着。七弯八拐的，他们走过了好几条羊肠一样窄细的过道后，潘五福就说到了。

这是一栋新建的楼房，受地基所限，三面都没有窗户，是与其他楼体毫无间距地挤巴着。只有朝巷子的一面，能看出是七层的高度。因为每一层都有两个窗口，能与对面楼房的相同开孔，共用一个晾衣杆。展开了搭，一根杆上大概也就只能搭一个双人床单。潘五福仰头指着那一线天空说："城里人住房好挤卡的。房子这么个盖法，要放在咱家，盖七八座楼，地基都绰绰有余。我在上面七层住着，你就别上去了。"

但潘银莲还是坚持要上去看看。

他们从逼仄的楼梯，一直上到七层。有些像古老的佛塔，越往上，楼梯越窄小逼陡。好不容易进到一个房子，潘银莲才发现，这是一个几乎让人直不起腰来的加层，到处都堆着杂物。顶子是临时加盖的墨绿色玻璃瓦。现在刚入秋，热得还像蒸锅。要是冬天，又该冻得像冰窖了。

她说：“咋找了这么个地方？”

潘五福憨笑着说：“便宜，一月房租才一百五。”并且这里不是住他一个人。在他的地铺里边，还横一个、直一个地打着另外两个地铺。潘银莲问是谁，潘五福说也是钉鞋的。

潘五福这次进城，不是打芝麻饼，而是改行钉鞋来了。这也是他反复思谋后，改弦更的辙。他表亲开始不同意他出门打工，说那是活受罪，正常人都有些吃不消，何况你一个残疾人。潘五福不爱别人把他叫残疾人。他不缺胳膊，不少腿，耳不聋，眼也不瞎的，为啥是残疾人？他就是个子矮些而已。个矮就是残疾人吗？他不承认。就连村上统计残疾人，说是有啥补贴，他都没报过。他能靠自己双手挣吃挣喝，还养着一家子人，凭啥说他残疾了？他之所以要到西京来打工，也是想多挣几个钱。在河口镇开的芝麻饼摊子，说败就败了。不是自己砸了牌子，而是一镇人见他打饼挣钱，就都打起芝麻饼来。呼啦啦，小镇上就有了十几家专打芝麻饼的摊子。连国营粮站，都雇人打了起来。开始他因饼子质量好，芝麻炒得香、放得多，还撑了一段时间。后来有人害他，老在半夜给他的摊子附近泼大粪，搞得臭烘烘的人都没法近身。还有人谣祸他一边打饼，一边手伸到裤裆捉虱子呢。气得他都能吐血，但毫无办法。形象眼看就彻底败葬完了。加之打饼的技术含量也不高，那么多人既然看上了这块“肥肉”，很快掌握了技术，就把他彻底搞臭搞倒了。选来选去，他最后还是选择了钉鞋这门手艺。关键是一般人都看不上，挤对少。本钱也小，技术难度还不大。很快，他就在河口镇上钉鞋了。也就在他转行钉鞋不久，儿子潘上风就考上西京的一所大学了。

潘上风的名字是一个测字先生给起的。开始他们叫潘雨水，那是好麦穗随口叫的，因为那年干旱，一直不下雨。可测字先生说，这孩子命里不缺水，叫潘上风，兴许未来有些前程。孩子长得一点都不像潘五福，首先个头就蹿出了一米七五。脸倒是有些像他妈好麦穗。潘上风打小就看不上潘五福，连去学校接他，也是不允许的。加上一镇的人爱烂嘴，当着孩子的面都敢说，这娃像镇上的谁谁谁。有的说像哪个所、哪个站上的谁谁，还有街上的谁谁谁，反正就是没人说像潘五福的。他奶奶一口咬定，这是一个野杂种！潘上风就长期不回家了。连在县城上学都在学校死圈着，学习就很不错，高考竟然得了全县第四名，很是给河口镇人长了脸。那几天，潘五福脸上迟早都堆满了笑。有人偏腌臜他："你笑㞞呢五福？是笑拾了个大便宜？"还有瞎㞞货，说你看镇上最近谁笑得合不拢嘴，谁就是潘上风的亲爹。闹得那一阵，镇上好多有身份的人都不敢笑。偏是那些八竿子打不着的货，满大街哈哈哈地笑得下巴直脱漏，说自己有个亲儿子要进西京上名牌大学了，让都赶快给他随礼来。

潘上风上大学的确是好事，可一应开销怎么办？好麦穗挣的钱，还要朝娘家寄。虽然她嘴里骂着爹娘把她塞进了火坑，可一听说她爹在石棉厂得了尘肺，还是想方设法地给他们寄钱捎东西。潘上风一下要那么多学杂费，并且是月赶月地逼得紧，好麦穗就四处借。刚借了钱，有些婆娘就找上门来，破口大骂自家男人不要脸，还力追下马地把钱往回讨。有几次，好麦穗还挨了黑打。被逼得没法了，好麦穗就先他一步出门打工去了。至于在哪里，也没给他说。最近他倒是听到一点音信，说好麦穗在外面也混得不咋样，连儿子念书都快供不起了。潘五福狠狠心，就扛着钉鞋的箱子出门了。他娘骂得山响，可他还是上了公交车。娘毕竟生活能自理，菜园子里的东西，也够她扒拉贴补家用了。加上他平常还给娘偷偷攒了一点。现在最当紧的，还是供潘上风念大学的事。苦寒人家出个有前程的人不容易，不管他是谁的，既然生在潘家，还姓潘，他就该把当爹的责任扛起来。这就是潘五福进西京的来由。

潘银莲听完，说："你以为城里就这么好混？"

潘五福说："总比河口镇强。镇上就那么些鞋，还是两个人分着做。那一个是瘫子，出门干活，从几层楼高的卷扬机上跌下来，截了半个身子，我能跟他抢生意？出来还是好。听说光东八里、西八里村，外来人就住了上十万，还愁没活做？"

"钉鞋的地方找好了吗？"潘银莲问他。

“找好了，也在村里。一个萝卜一个坑。原先那个钉鞋的，要回四川，后天月租到期了才走。我还得再等两天，刚好准备准备。”

“见到上风了吗？”

潘五福嘿嘿一笑说：“我就不见了。只要挣了钱，能贴补他上学就行。他的卡号我有，每月给娃打去就行了。”

潘银莲有点气愤地说：“这娃这不懂事的，你还这样上心？”

潘五福说：“咱潘家……出这么个苗苗不容易！”

潘银莲就不好再说啥了。

潘银莲早知道潘上风来上大学了。孩子报到那天，她就帮着办理了手续。潘上风也来看过她和贺加贝，并且还看了戏，但他自始至终不见笑。别人都笑翻在地了，他还是一副无动于衷的样子。贺加贝说，喜剧就最怕遇上这样坐“冷板凳”的，要都是你侄儿这样的人民群众，喜剧就彻底“完了个蛋”。这孩子还有个特点，就是不说话。问他啥，都是一个字：不。有。或者：嗯。给钱给东西都不要。自尊心很强。她也是忙，就与孩子来往得少些。他也从不主动过来找她。直到她哥来，潘银莲才知道，孩子上学缺口不小。好麦穗出门打工，她也是才知道的，但联系不上。她每次跟家里通话，她哥从来都不说难场事，总是说：你一个女儿家，把自己顾好就行了，家里啥都好着呢。没想到家里发生了这么多变故，她有些自责。潘五福说：“怪你咋的？是哥没用。要有用，也不至于让你连学都没念满，十四岁半，就出门给人引娃讨生活了。这么些年，你没要过家里一分钱，还贴补着给家里促起了新房。连结婚这大的事，家里一根针都没陪嫁给你。都是哥没当好，潘家是把女子当牛使唤了，还要你咋的？哥这一来，不又给你添了麻烦。反正你还顾好你的事，身子都这不方便了！我这不用多操心，就跟哥没来一样。哥又是个不惹事的人，不会让你操太多心的。都安生着就好。妹夫也忙忙的，就别说我来了。人家都是活得亮亮堂堂的人，别让我给人家添败兴。我不给你说一声，总想着还是不对。反正你该干啥还干啥，有事我会跟你联系的。平常别来，这里也不是你来的地方，我能行。”

潘银莲想哭，但忍住了。她见哥拿的被子碗筷，与城市生活品质相差太大，就悄悄出去，又置办了一套。她还给她哥买了几件特型衣服和毛衣毛裤，等着过冬好用。过了几天，她到底还是不放心，就又去看他。她总担心她哥在那么复杂的地方支摊子谋生，一定会有不少麻烦，有时做梦都能吓醒来。

按照她哥上次指的路径，她很快找到了钉鞋的地方。

这是村里相对开阔的一个广场，原来用来碾场、开会、唱戏，后来就成了小商品零售批发市场。到处都是简易棚子。棚子里衣食住行所需要的应有尽有，但也都是很低档的东西。有的干脆还是假冒产品。十几块钱的成衣，几块钱的鞋帽，店铺一家挨着一家。烟酒、小食品商店门口，却堆集着小山一样的瓜子、花生、油炸麻花、散装锅巴。卖小电器的，也在门口的炖锅上，架着抹得油润润、红猩猩的卤猪蹄、卤牛肚、卤鸡杂。主人会随手削下一块让你品尝，若跌在地上，立即有到处游走的狗，从你裆中猛然钻出，一嘴当先。算卦的、测字的，但见有一个能容身的地方，就圪蹴在那里，神秘地招揽着路人：“你可能有点麻烦！”你说你蹲不蹲下，问不问个究竟？潘银莲一路走来，倒都是美好的拦截：“美女，你有一步大运，小心错过。”潘银莲在旌旗招展的各种幌子下面，避来钻去，最后总算在一溜卖花圈、卖老衣店的后面，看见了那溜修鞋摊子。一共有七八个人，有的旁边卧着一副夹拐；有的端直放着脏兮兮的轮椅，轮椅的关节处，还绳捆索绑着加固物。她一眼就看见了她哥潘五福。

潘五福还是那么爱干净整洁，他身上穿着潘银莲给他买的新衣服。袖口和裤脚，都是挽了好几挽，才露出手脚来。他把自己门口的摊子，也打理得整整齐齐，利利爽爽。他正在埋头收拾一副女鞋的后高跟。

见潘银莲走过来，所有修鞋人，都先齐刷刷朝她脚上打量，然后再朝手上瞅。潘银莲手上拎着两大包东西，可都不是鞋。只要与鞋无关，他们就都不会再朝上看了。就连潘五福，也是先从她脚上看起，然后才看到手上的。他发现她手中的东西不像鞋，才又低头收拾起他正收拾的后跟来。潘银莲也没喊哥。不知为啥，她没能喊出口。她朝他身边再走近了一下，潘五福才仰起脸，龇牙咧嘴笑了。大家都觉得很是奇怪：矮子老潘才来，怎么与这么漂亮个女人有了瓜葛。老潘是大家才叫出来的。不管年龄多大，反正他面相挺老。

潘银莲也不好多说什么，恰逢天色已晚，到了该收工的时候，潘五福就先把摊子收拾了。有些活儿，晚上拿到租房里还要继续干。潘银莲又给她哥拿了不少吃的，还有用的。她问摊子咋样，潘五福说挺好，赚钱也比河口镇强多了。他说河口镇给人加个鞋掌才一块钱，还要磨半天闲牙。这里端直十块，撇下就走人了。

潘银莲说："哥，我把你来西京的事，给潘上风说了。"

她哥还有些抱怨："给他说这干啥？"

"你为他来，他总应该来看看你吧。"

潘五福说："千万别让来。我这样子，咋看？娃是有脸的人。你也别再来了。刚才还有人悄悄问你是谁呢，我说一个修鞋的。人家说，拿那么多东西，是来修鞋？里面不像是鞋吧？我说，还有要修理的拉锁包。"

潘银莲想了想，说："你就说是你妹子。"

潘五福咧嘴一笑说："人家肯定都不信。"

过了一会儿，潘银莲问他："你是真的不知道嫂子在哪儿打工？"

"真不知道。反正也是为给娃挣钱呗，不说就不说。"

潘银莲就再没话了。

潘银莲没有上七楼去，实在是越来越不方便了。

潘五福说："你把身子还得看紧些。"

潘银莲说："知道。"

潘五福又问："是啥时候的事？"

潘银莲说："快了。"

潘五福说："哥也帮不上忙。"

潘银莲说："你把自己顾好就行了。我可能最近一段时间都来不了。"

潘五福说："你放心。我就是担心你。"

潘银莲说："你别担心，我认识了一个好大夫。"

潘五福说："那就好。"

潘五福把妹子送到村子出口的地方，正赶上晚间收工。数万人的汹涌涌人潮，比河口镇发山洪的阵势还大，几次把他们兄妹冲散开来。潘五福十分担心妹子的肚子，前后护着。可护着护着，还是被人流冲散了。他先是踮起脚尖找妹子，后来又蹦起脚找，可毕竟个子是太矮太矮，很快就被人潮彻底淹没了。

五十五

潘银莲也就在那天看她哥从村子出来，人多有点挤，动了胎气，端直住院去了。她没有给贺加贝说，因为贺加贝晚上还有一场演出。她也没告诉婆婆，不想让婆婆知道她的那处伤疤。好在此前她已找好医院，并与那位大夫有过不少交集。

大夫姓任，是她在红石榴度假村做领班时认识的。有一次，她们一个服务员在例假期间，突然肚子痛得厉害，脸色都铁青了。她比潘银莲还小三岁，也是农村来的，因左手多长了一根指头，而只做了二线"粗使丫头"。"粗使丫头"是武大富分的类。是她把这个服务员送到城里看病的。没有任何熟人，她背着她，去妇产科冒碰，结果就碰上了任大夫。任大夫有四十多岁，像母亲一样把她的那个妹妹扶到床上，摸来摸去，问得轻言细语，很是温暖。尤其有一个动作，让潘银莲眼泪都快下来了。就是任大夫用听诊器时，先在手心把那个听筒焐了又焐，才贴到小妹妹的肚皮上。她就深深记住了这个大夫，并从服务台的照片里看到，她叫任伊，是主治医生。她还给别人提说过这事，有懂得的，说那是大医林巧稚的习惯动作。潘银莲又在网上查了查林巧稚，才知道是咋回事。后来，她根据任大夫的建议，陪那个妹妹去切除那根多余的指头，就又跟任大夫打了几次交道。再然后，她专门去找过一次任大夫。尽管很害羞，但还是把下身让任大夫看了，她想知道疤痕能不能改变？她能不能生孩子？任大夫信心满满地说：“没有任何问题，可以剖腹产！”说着任大夫还拍了拍她的光屁股，像是对待自己的孩子那么亲昵。至于疤痕，任大夫也给她详细介绍了手术可以改善的事。并且很快她就去做了一次改善手术，很痛苦，但的确有较大改观。也是由于费用和时间原因，她就再没有做第二次。后来就遇见贺加贝死缠活缠的，直到结婚。

怀上孩子后，她好长时间都没有告诉贺加贝，总是有许多担心。加上那段时间梨园春来不顺，贺加贝见天累得要死要活的，心情烦乱得老砸自己的脑袋，也就没太关注到她的变化。直到有一天婆婆看出来，才问她是不是有喜了。实在瞒不住，她笑着点了点头。他妈一旦知道媳妇怀了贺家的孩子，一下就张罗得搁不下。先是把贺加贝骂回来，说他就是个死人，连银莲怀孕这长时间都不知道，要他把精力朝银莲身上放，说生娃娃才是贺家人老几辈的大事。潘银莲深知梨园春来眼下的艰难，就让加贝还是忙梨园春来，说怀孩子就是怀孩子，没那么严重。因此，贺加贝该忙啥还忙啥。就是婆婆见天在锅里加焖了土黄色老母鸡和猪蹄子。潘银莲小小的就知道河口镇的媳妇们是怎么怀孕生子的，即使到快生的时候，赶上龙口夺食的季节，都照样在种地、收割、打麦子。她就亲眼看见邻居家的二姨，活活把娃生在打麦场上。加之任大夫也告诉她，不要老想这事，多活动，说活动对她尤其重要。她也就直到生产前的一个多小时，还在八里村跑着。

她生产时就一个人在医院里。任大夫希望有一个亲戚在场，可她拒绝了。尽管婆婆已经准备好了一沓尿褯子，还有孩子的衣服，可她就是不希望婆婆知道自己的隐私。之所以没叫贺加贝，不仅是他在演出，即使没演，她也不打算叫。因为贺加贝是名演员，一旦有人传出去，说她有这块疤痕，会对他的脸面不好看。她觉得自己是什么事都可以扛住的人。十四岁半就从家里走出来，没有什么是自己扛不过去的。何况在生孩子这个问题上，她还有很多惧怕：怕生不好；怕憋成死胎；怕孩子畸形。有一天晚上甚至做梦，生的孩子竟然跟她哥一样矮小丑陋，吓得她一骨碌爬起来，在床上呆坐了好半天。总之，她觉得自己不是一个正常的女人。任伊大夫一再说，她跟任何女人都没有两样，甚至比她们更健康，更充满生命活力，可她仍是十分惧怕着。

直到上手术台麻醉前，助产护士还在要求她提供直系亲属的名字。她竟脱口而出："就任医生！"

护士一笑说："怎么能是任医生？必须是你的直系亲属。"

刚好任大夫进来了，见她临盆在即，已是不能再拖，就拍拍她的脸蛋说："好的，就是我。放心孩子，母子平安！你只需要心情放松、高高兴兴地等待新生命就得了！给她麻醉吧！"

麻醉师是一个男医生，她有些不好面对，甚至还把两腿朝一起紧了紧，但已身不由己。这是她一生把疤痕暴露给第三个男人。第一个是自己的亲哥。第二个是贺加贝。

很快，她的腰身以下就失去了知觉。她知道除了任大夫，还有好几个人在产房忙碌。好在他们都不知道自己是谁。开始她还怕自己登过台，成一张熟脸了，尤其是一张长得像万大莲的脸。可这些医生护士好像都对舞台演出知之甚少，只说她长得漂亮，没有说她像谁，她也就放心了。

手术果然很顺利。在她感觉中，也就是一小会儿，任大夫就把孩子捧到她面前让她看了。孩子好像脸上和身上有些皮打皱，挺难看的。可任大夫和护士们都在祝贺，说她产了一个儿子，非常健康，七斤八两。然后她就迷迷糊糊睡着了。

潘银莲再醒来时，身边就坐着一个陪护。这是手术前她跟任大夫商量好的，请一个陪护照顾她。任大夫说，在他们妇产科，这种情况有过，但不多。一般生孩子，都是一来一串人，甚至有成百人哄来等候的。任大夫是一个很尊重病人隐私的医生，始终没有问她任何原因，只说过这样几句话："人各有不幸，但又各有幸运。记住，你是一个幸运的人！从这个孩子怀上到现在，我给你检查了十多次，没有哪一次感觉有问题。生下来又母子平安，并且你和孩子状况都非常好，只需要加强营养就是了。我给陪护已安排了食谱。放心吧孩子，三天就可以出院了。”在那一刻，她真的好想把任大夫喊一声母亲。

陪护在没有人时悄悄问她：是不是男人不敢闪面？她还说得神秘兮兮的：“男人没有一个好东西，别太相信他们，给他们生娃，连面都不闪一下，凭啥？”她还打问她，是不是离了？她笑着摇摇头。她就表示明白了的意思，说：“去年我也是陪一个产妇，年龄小，大概还不到二十岁，属娇小玲珑型的那种，跟个娃娃一样。你猜猜，来看她的是谁？是一个长得跟大炮筒子似的老男人，脑袋有脸盆大，脖子比水桶粗，头脸还弄得跟蒙面人似的。他只躲躲闪闪瞄了一眼，放了个钻戒，听外面有动静，拔腿就跑，跟做贼似的。能是好货嘛！”她还提醒她说：“你长得这么漂亮，可不敢成了人家的生娃机器。要是的，手也得放残火些，别便宜了那些瞎屃货。咱女人这一辈子，把啥都可以看淡，就是不能把自己看贱喽！他抽咱的精华，咱就薅他的羊毛，可劲了薅！”说完，她自己先笑了。潘银莲因为心情特别好，见她说得这样有意思，笑得都岔了气。她又急忙给她摩挲背。

她正想该怎么瞒哄过贺加贝，让他别来医院呢，谁知加贝就来了电话，说他演出完，要跟一个老板谈些事，如果晚了，就在后台睡。其实最近他基本都在后台睡着，那里有个钢丝床。她刚好说：“你去吧！”

她理解加贝，为梨园春来，的确是心力交瘁了。有时从舞台上下来，半天都不见他说话。早上排练，中午演出；下午又排，晚上再演。票房好，他还有些兴致，动不动就请大家吃烤肉。一旦不到半成上座，立即就像是谁戳烂了他的皮球，把光脑袋拍得啪啪乱响。

按照预产期，还有一个多礼拜，因此，加贝的心还操不到这儿也是正当。婆婆倒是盯得紧，打电话问她咋不回家，她说跟加贝一起住后台。婆婆埋怨说，这时候怎么还住后台？她要加贝接电话，潘银莲就急忙说，从这里到医院去方便。贺加贝平常很少跟他妈通电话，有事都是她联系，因此，这个场很容易就圆过去了。第二第三天照样如此。直到第四天出院，她才给加贝打电话说，让他到医院来接。加贝还问是咋回事，她说你来就行了，并且要他把车停在医院大门外。

当潘银莲抱着孩子笑吟吟地走出来时，把贺加贝吓了一跳。

“咋回事？”

潘银莲说：“这是你儿子，咋回事。”她很是有些得意，毕竟给他贺加贝生了，而且还生了一个儿子。关键是除了脑袋长得有些菱形，尤其是贺氏风格的那种“前抓金、后抓银”的特殊造型外，一切都很全乎。用任大夫的话说：孩子分外健康！

“你咋不给我说？啥时生的？”

潘银莲笑着说：“大前天晚上。”

“你个女二杆子！”

“不就是生个娃嘛，有多二。”潘银莲说得很轻松。

贺加贝当时就想把她抱起来亲一下。她嘴角一咧，他才知道她有伤。

回到家里，婆婆接过孙子，到底还是狠狠把贺加贝踹了一脚，说他能大意到这种程度，咋不把你的心肝肺和眼珠子也掉了？还说：银莲和我孙子要是有个三长两短，我就让你爹把你也叫走算了。说完，她还给火烧天点了高香，禀告再三：贺家有孙子啦！青出于蓝胜于蓝，比你个老不死的长得好看八倍！今年又是牛年，跟你一个属相，那都是祖上积德，洪福延年哪……唠唠叨叨的，竟然把名字都起好了，叫了个贺喜。虽然加贝和潘银莲都觉得这名字有点滑稽，但还是先让妈乐和着吧。

尤其兴奋的是张驴儿，潘银莲连着几天没回来，它都快急疯了。婆婆还把门指给潘银莲看，门框都让它抓成蜂巢了。

五十六

自有了儿子贺喜，似乎给贺加贝的喜剧事业也带来了不小的运势。小剧场上座率越来越稳定，并且常常爆满。贺加贝就想把另一个剧场再开起来。养一堆人，只有多演出，成本才会降下来。如果有两个场子，见天能开四台戏，才有些赚头。他已跟几个老板谈了好多次，最后在另一个开发区，终于重启了一个三四百座的剧场，但却是以餐饮为主。贺加贝只管演出，餐饮那一摊由合伙人张罗经营。初开不是很行，每晚演出都急得他和南大寿一头冷汗。在老剧场的好多“料”，到了这儿也爆不响。投资餐饮的老板急得前后台乱转。调着调着，喜剧效果倒是出来一些，上座率也能维持在六七成的样子了，大家才松下一口气。

梨园春来现在演员的更新速度的确在大大加快，来一拨又很快走一拨。没有太出色的，也没有太“烂杆”的，反正再没遭过“演员荒”。但“熟脸”越来越少，却又影响“叫座”。潘银莲满月后，就有人煽惑她再登台。自打那次王廉举迟到，观众喊叫“让潘金（银）莲滚下去”后，她就逐渐退出了。偶尔上场支应一下，浑身就像筛糠一样哆嗦起来。这次她是坚决再不露头了。有人还让南大寿做工作，南顾问说：“一个专业演员从练基本功到正式登台，要经历多少年训练？就这上去还‘打戏摆子’呢，何况潘银莲。这也说明她是个明白人、顾脸的人。如今没经过基础训练，就直接上去胡蹦跶的多的是，只要脸厚就行。好像现在的舞台，尤其适合一些脸皮厚的人上去表演、造怪。王廉举就是典型案例嘛。”自南顾问入主梨园春来后，始终在坚持一个观点：专业的事，一定要让专业人去干。尤其是喜剧，在他看来，那是专业中的专业行当，甚至比搞正剧、悲剧还要难许多，绝不是“耍娃娃”的事。他对贺加贝说：“银莲的脸观众是熟悉一些，但她坚决不上，硬绊扯上去，也不是一件好事。你们演出是享受，她演出那就是活受罪哩。还是随她的便吧！”潘银莲就完全从舞台上退下来，专管票务、接待这一摊了。何况她还要带孩子。

也许是一切都进入了按部就班的轨道，贺加贝突然觉得，前几年那种激情澎湃的人生，好像不见了。那时虽然累，可就像打了鸡血一样，见天只睡四五个钟头，脚上都像安了风火轮。现在，儿子有了，两个剧场也算运作顺利；不仅还清了外债，而且渐有盈余，生活反倒平淡下来。演出说火爆，也不咋火爆，说平淡，也不算平淡，反正像过去那种“掀顶盖”般的“王炸”效果少了。他的戏都是最后出场，也就半个多小时节目。观众由餐饮老板组织，游客居多。有些场次干脆是以吃饭为主，来客嘈嘈杂杂，对舞台上的要求也不是很高。演完，他就回家躺着，也懒得思谋什么“笑点”“包袱”了。一切都让南顾问弄去。反正他偶尔思考一两个点子，很兴奋地告诉南顾问，他老人家都是一个“俗”字加以彻底否定。这种没有激情的日子，让贺加贝活得甚至都有些郁闷了。

突然有一天，他正在院里走着，一辆红色玛莎拉蒂，悄无声息地停在了他身旁。玻璃像水位一样平稳地降下一半，露出了一个洋气十足的女人的半边脸庞：深色眼镜，架在挺拔的鼻梁上；头发也是泛着金黄色的那种质感，并且很是自然地绾在耳朵背后；而汁水饱足的耳垂上，吊着一个颇为大气的圆耳环；轻盈一笑，两排整洁的白牙，从珠圆玉润的嘴唇里浅浅露出……总之，呈现在他眼前的画面，更像是机场或商业街最繁华处那些老滚动着的明星广告。

怎么是万大莲?

好长时间不见，她竟然转换成了这样一副模样!

贺加贝听说万大莲早就没在剧团大院住了。开始他还希望什么时候能碰见她，后来，就再也不作这种指望了。没想到，今天又不期而遇。他只是后悔，出来得太匆忙，都没捯饬一下自己。胡子三天没刮，头两天没剃，都是乱楂楂地疯长着。对于他，过去是一天三顿饭一样，必须把头脸打理三次的：早上起床一次，下午演出一次，晚上演出一次。他爹也是一样，无论何时，都要把头脸刮得青冈冈、白亮亮的。用火烧天自己的话调侃说：我上场不需要灯，咱自带八千瓦灯具着，照到哪里哪里亮！就连他弟火炬，也是保持着见天刮头的习惯。今天没剃头、没修面，他自然是有些不自信了。加上这阵出来，他是临时给家里打醋。他妈擀油泼面，一看醋瓶子空了，潘银莲在给贺喜喂奶着，他就穿着洗得缩了水的睡衣，哪儿尺寸都不够头，跟滑稽小丑一样到院子打醋来了。竟然就能碰上收拾得跟明星一般的万大莲，把他家的，真有点像讨饭遇见前岳丈——×脸哪儿都没处放。

万大莲跟他笑了一下，又把后玻璃窗降下来，让她儿子廖万跟贺加贝打招呼："叫叔叔。你加贝叔叔！"

廖万很是礼貌地叫了他一声叔叔，叫完就捂嘴笑了。难道自己就这么滑稽可笑？连廖俊卿的种，都笑成这样了。他才几岁？贼驴日的，也长得有模有样了，还特别像廖俊卿。

"听说你也有孩子了！"

这倒是引起了贺加贝一点自信："有了。牛牛娃！"说完他又有点后悔，人家还不是牛牛娃。

"祝贺啊！"说着，万大莲从车里还撇出一沓钱来。不接吧，已扔到手上，接吧，总觉得万大莲这神气有点过于优越。

贺加贝特别想见到万大莲，最近甚至做梦都遇见过几次。但没想到，会是在这种场合，相互以这么大的落差见面，让他很是有些窘迫。万大莲甚至还问了一句："怎么穿成这样，就满院子乱跑。"

他说："打醋。"

万大莲一笑，就有要把车开走的意思。

他突然蹦出一句："你现在住哪儿了，半年都见不上人？"

万大莲说："山里。有空来玩儿，这是地址。"说完，万大莲还给他递出一张印刷得很是精美的册页来。然后，道了声拜拜，就把车开走了。

车走了老远，他看见，廖俊卿那种，还在扭头看着他怪笑。他有些难为情地拽了拽浑身都抽扯着的睡衣衣襟。直到这时他才发现，出来得急，扣子还扣错了一颗，半边领子是卷在锁子骨上的。

回到家里，他没有提起遇见万大莲的事，也是不想引起不必要的麻烦。

想了好几天，贺加贝到底还是忍不住想去一趟那里。他想看看，究竟是一个什么所在，把万大莲养得这样魅力四射、心花怒放的。他感觉，"心花怒放"这个词用给她颇为准确。刚好有一天午场被包成婚宴了，人家说要"洋范儿"：全程用现代乐器伴奏；节目也要探戈、伦巴之类的舞蹈；连唱歌都不要纯民族唱法，他就去了万大莲所说的那个“山里”。

“山里”其实并不在山里，就在离城市几十公里的南山麓，已有不少别墅群。万大莲所给的那个如画一般的胜景方位，叫“人间天上”。一栋栋别墅，间距很开阔地散落在一个完全欧式风格的院落中。因缓慢的草坪斜坡，而使院落十分明晰地突显出来。你站在任何地方，它都会很是立体地呈现在你面前。远远望去，“人间天上”与周边所有建筑，都拉开了很大的距离。贺加贝也是见过世面的人，但面对这样一个豪华所在，还是有些不敢接近。

去还是不去？

万大莲的诱惑，像磁铁一样紧紧吸附着他，他到底还是一步步走到了大门口。

门卫看管很严，没有人认出他是什么笑星。尽管他头上扣了顶礼帽，可长相和刮光的脑袋，对于这个院子，似乎还加重了需要反复盘查的必要。门卫给里面打了电话，大概是同意放他进去，他才有些不自然地行走在绿草如茵的院落中。他像“软脚虾”一样进到里面，才感觉世事更大：到处都是模仿古希腊的雕塑，男男女女，一概赤裸着象牙一样洁白的身体。大树也是一棵连着一棵，明显都是从远处挖来的，因为每棵树身上，都挂满了吊针。在院外看，楼间距就已是开阔得惊人了。走进来才发现，楼与楼之间，甚至是可以踢足球、打网球的。有几个孩子，正把一个球，旋转着踢向他的腰眼。每栋楼跟前，还有一个不算太大的游泳池，湖蓝色的水，让这些住户，明显有了更加独特的高级感。贺加贝有些眼花缭乱。终于，他走到了那栋别墅前。

在他即将拉响门铃的时候，门已打开。笑吟吟迎接他的，正是万大莲。

“没想到，你还真来了？”这是万大莲开口的第一句话。

这是什么话？她只是随口邀请了一下，没想到我会来吗？

贺加贝也没好说什么，就随着她走进了别墅。

“这么高级的地方！”贺加贝忍不住还是赞美了一句。

万大莲说："离城里远，算是乡下人了。不是说，离城一丈，都是乡棒嘛。我们这离城已是千百丈远了。"

卖派啥呢，谁不愿意来做这样的"乡棒"？贺加贝明显有些掩饰不住嫉妒地说："那你咋不住剧团院子呢？那里倒是市中心。"

万大莲说："回去也没事。几个月演不上一场戏，不见那院子心不烦。"

"你现在还惦记着演戏？这好的日子，还需要演戏？"

"演戏是一种病，不演害心痛，演了心更痛。"

"这话说得好。"贺加贝发现，万大莲还是惦记着演戏的。家里到处挂着剧照，都是她演大角儿的照片。就是没有跟他在梨园春来的，这使他有些遗憾。

万大莲问："坐楼上，还是坐楼下？"

楼下有个后院，开门就是满目的花圃。贺加贝希望坐在楼上，那里能看到更多的景观。他们就坐到楼上去了。

没想到，四层小洋房的楼顶，竟然还有一个不大的游泳池，水蓝得像染过一样。他们就在游泳池顶头坐了下来。那是一个可以瞭望很远的阁楼，顶盖像是一把太阳伞。置身其下，更像是被一朵蘑菇云把太阳遮着。这里的确能眺望很远很远，不仅能看到城市、看到田园，更能看到两边一望无际的绿水青山。别墅就像是在太师椅的靠背上斜倚着，翠绿掩映中，一簇簇红、白色院落，如画布上的醒目着色一样，星罗棋布在薄雾轻霭里，很是有些人间天上的感觉。

贺加贝指了指附近一栋还有高山流水的别墅说："那一栋是不是更贵？"

万大莲说："多好几百平米，能不贵？"

贺加贝嘴唇有些发干，他不停地哽动着喉结。

"喝点水。"万大莲把保姆沏上来的茶，朝贺加贝面前轻轻推了一下。

那是一个一尘不染的薄如蝉翼的白茶盅，以贺加贝现在的焦渴，可以一下倒进十杯，喉咙都不会壅堵。他果然忽地倒下一盅去。

万大莲笑了："慢点，这可是一斤能买一辆摩托车的好茶。"

"什么茶这么贵？"贺加贝认真看了看万大莲倒下的第二杯，只是比正常水色，偏了点鹅黄而已，但的确清香扑鼻，就能值了这么多钱？几年前，弟弟为要一辆摩托车，他手头紧，没舍得，可是给他们的兄弟关系，投上了一层很深阴影的。

万大莲说："我也不知是什么茶，见你来，就用了最好的。"

这句话倒是对贺加贝有些受用。他想问问牛乾坤的情况，但到底没开口。提起这个名字，他心里堵得慌。

万大莲却问起潘银莲来："银莲挺好的吧？"

他本来想故意夸几句潘银莲，以示自己的某种尊严。可看看万大莲现在这种养尊处优的样子，又觉得夸了反倒显得自己小气。他说："就那么回事吧。"

万大莲补了一句："我觉得银莲挺好的，她也不容易。听说上台还很有台缘儿呢。"

贺加贝突然想起了那段戳心事，就说："哪能跟你专业当家花旦比呀。你要不突然撤离，她有再好的台缘儿，也没展示的机会。"这话也是有点带刺的。

万大莲急忙说："对不起，我也是天天演几场，顾不上孩子，觉得长期这样不行，才离开的。"

贺加贝半开玩笑地说："你当时怕是顾不上大孩子吧。"意指牛乾坤。

万大莲说："你看你。再说老演喜剧小品，也不是我的强项。好多戏迷都说，把我都快演成女丑角了。"

"女丑角咋了？"贺加贝有些不高兴。

万大莲急忙婉转地说："不是嫌丑角咋了。我从七岁学小花旦、闺阁旦、刀马旦，受了十几年苦，好不容易学成点名堂，总不能半路改行吧。"

贺加贝咧嘴一笑："你不改行，现在不也没唱戏了吗？"

万大莲有点无奈地说："不唱也好。唱戏终是一门太苦的差事。"

他们没有聊多久，好像有些话不投机，哪一句说出来，都感觉有点错位。不像在舞台上，顶针穿线的，即使忘词掉词，他们也能弥合得天衣无缝。

贺加贝实在是太喜欢这个女人了。那些年，一起练功排戏，他是甘当“人梯”，让她在自己头上、背上、肩上、腿上去“越峰过涧”“羽化飞天”的。眼前看着她鹅黄的秀发、美艳的脸庞、雪白的脖项、天鹅一样的手臂、卡紧的蜂腰、力透衣外的长腿，以及裸露的脚踝，又让他回味起那时拥、托、挺、顶、抓、捏、抱的系列动作。她这一身，真的是没有哪一寸他没触碰过。而现在，即使面对面坐着，整栋别墅只有一个在一层劳作的保姆，说牛乾坤到泰国弄象牙去了，他和万大莲已如万山阻隔，再也找不到了那种可以随意抓捏起来的亲密接触方式。尴尬让他有些不住地抖腿，而这是他在舞台上反复嘲弄过的喜剧动作。

他不得不起身准备离开了。

万大莲礼貌地挽留了一下，他还是坚持要走。如果万大莲执意要留，他兴许也会留下，可万大莲没有。她还是那样大大咧咧的，要走你就走去，让他看不到一丝一毫别样的感情。这是让他永远都觉得痛苦不堪的事。

走出大门，他有些怅然若失。

离开好远，他又回过头，把整个别墅区凝视了许久，尤其是久久地看了看万大莲的那栋别墅。他突然在想：现在这样一种唱戏办法恐怕不行，得挣钱，得挣很多很多的钱，也来“人间天上”买栋别墅。就牛乾坤旁边那栋，带高山流水的。最好能让万大莲每天开窗户就能看见。

他加快了脚步。

五十七

贺加贝自去了一趟万大莲的别墅，回到梨园春来，就完全是另一种打算了。他先出去，考察了几个在全国弄得特别火的演出场所。一回来，就开始了梨园春来的大改造。首先从节目内容干起。他这次还学了一个“以内容为王”的新名词，自然是要从内容上开刀了。

第一刀，他就先选准了南大寿的脖项。

开始，他还有点不好意思直接给南大寿发难。毕竟是自己的老师，何况还是“三顾茅庐”请来的顾问。现在看来，这个老“篾匠”，编的老式花样，明显是赶不上趟了，必须先在他头上动刀子。最好的办法，就是“不换脑子即换人”。这也是新学来的管理模式。可请神容易送神难，老南并没有要走的意思，贺加贝就只能越来越升级地提出苛刻要求了。比如：两分钟必须有个笑点，这已是很大的迁就了。过去在王廉举时代，都已经达到四五十秒钟一个了，甚至还要更密集些。当然，王廉举低俗，我们不能再重蹈他的老路。但三四分钟才“嘣哧”一下，还不是很响，总是个事吧。再比如：时代日新月异，电脑网络语言已成日常用语，可南大寿连“不要迷恋哥，哥只是个传说”“人生就像一个茶几，上面摆满了杯具（悲剧）和餐具（惨剧）”都半天反应不过来，更别说一些“洋泾浜”语言了。有人在他写的台词中，置换了一句：“我床上不知是谁的媳妇，我媳妇不知在谁的床上。”他立马大为光火，说是王廉举再世，还硬要求罚了人家的演出费。凡此种种，反正不让老南下课是不行了。

南大寿自贺加贝外出学习考察回来，就觉得脖项上，老是冷飕飕的。有些像被人拔光了毛的鸡脖子，摁在了砧板上，随时都会剁下一刀来。他甚至有时都故意回避着。可贺加贝偏是人多人少的，就要说起“内容”的毛病来。哪一刀，都在他“脖项”上比划；哪一刀，都在他“主动脉”上乱抹乱砍。出去跑一趟，好像他是唐三藏到西天取得了真经，过去的啥都不对了。哪一个小品都有了很大的毛病；甚至哪一句台词，也都患了癌症，不动手术，像是只能等死一般。他就是动些手术，贺加贝也不满意，老说：“整个胳膊都坏死了，你老修剪指甲有什么用?”看来真的是干不成了。人老要知趣，他自己先给贺加贝提出来了：“加贝呀，不行换人算了，你这摊子，我是真的撑不起了。”

初来顾问时，那擀面杖是伸出老长一截的，现在已缩得很短，几乎都看不见了。

贺加贝表面上，当然还是在再三再四地挽留着。可南顾问的老脸已经挂不住了，他觉得还是回去读书、养猫的好。

自打被贺加贝套进来，他是没明没黑地“老骥伏枥”：苦思，冥想，读书，查资料，找笑话。连好多年不看的电视综艺节目，也都又看上了。他总想赶上潮流，可使出浑身解数，仍是背着儿媳朝华山——自取其辱一回。这不，猫也耽误了：他的猫群里，有两只母猫，特别能生。有一只还见年两胎，一胎都是七八只。生得多，体力就显得虚脱些。过去他没事，在家照顾得好，母猫还算健旺。自从他搞了喜剧，母猫就成悲剧了。最近又怀上一胎，要顾胎气，不敢乱挤，就被其他几只猫，欺负得连饭都吃不饱。单另给它弄一点，他急急火火一上岗，还是被其他猫“鬼抢斋饭”了。即就是在家伺候猫，他也老走神。编戏就跟着了魔一样，眼见着啥都是虚的。看着几只猫顾头不顾腚地抢吃食，他立即就能生发出一个饭馆的情节，又联想到一个殴打胖厨子的笑料来。转身跑到桌上，把精彩片段和句子记下来，再回去，就发现其他几只猫，把孕猫的眼睛都抓烂了。真正叫一心无二用啊！尤其是编戏，只要钻进去，那你就是个生活白痴了。何况是喜剧，你走路、说话、睡觉，都得把所有事颠倒过来想，看能不能开发出个乐子来，还不能粗俗、低俗了。他是真的快把自己熬干了！这次出山才两年多天气，半头华发，已是稀荒透顶，波及后脑。他本来发际线就高，与双耳齐平，现在整体又后撤了满满五指，让后脑勺的枕骨都基本暴露出来，有点像托尔斯泰了，却又没写出《战争与和平》来。昔日，他是爱用那把包了浆的牛角梳，人多人少先梳将起来，把半头华发，梳得跟唱戏的假发头套一样有造型感。现在梳子虽然还揣着，却完全只用于敲、拍、耙、挠、深耕头皮，因为没发了。当然，梳子也用来反抗过贺加贝屡屡架在他脖项上的“屠刀”。他甚至几次把它狠狠掷向桌面，弹起一两米高，把几个梳齿都砸得“万能胶”也胶合不住了。可又有什么用呢？那小子依然是对“内容”弹斤拨两、大为光火。他觉得必须了结了，再跟这小子玩，恐怕把老命都能玩没了。

南顾问终于背着擀杖拂袖而去了。

南大寿回到家里，老伴先有了意见，嫌他不该跟加贝拧着干，说：“给你根麦秸，你就当了拐棍。把个烂戏，人家想咋改，改就完了么，你还当是单位年终写总结呢，改坏了，领导脸上挂不住。那倒是个屁事！戏么，一笑一乐和不就完了？”南大寿气得把烂梳子又甩得蹦多高：“你懂你妈的腿，还懂戏。哪儿娃不打你你到哪里耍去！”老伴偏要嘟哝：“在梨园春来混着多好，见天有戏看，还管三顿饭，省了多少心。你个老犯蹶骡子！”南大寿不在，她能一门心思去学画葡萄，新近还跳起了拉丁舞，明显比舞扇子、摇太平伞高档许多。这下好，老南一回来，不仅吃喝拉撒拽了她的后退，而且还一肚子邪气，老要胡撒。整得她也没头没脑的没了脾气。她悄悄问潘银莲咋回事？潘银莲也说不出所以然，只说贺加贝最近突然变得不好捉摸起来。跟南老师的矛盾，她也从中劝解过，但没起作用。并且潘银莲一再解释说对不起，请她和南老师多多原谅。潘银莲说她是喜欢南老师戏的，看着听着都干干净净的。有一天，潘银莲还多送过来几个月工资，说是对南老师的补偿。谁知她刚把钱放到桌上，南老师拔出擀面杖，就把钱像棍球一样打出老远，直喊：“你们把我当啥了？南大寿岂是你们心中那些蝇营狗苟之辈？君子不食嗟来之食，志士不饮盗泉之水。给我拿远些！”无奈，潘银莲只好把钱悄悄塞给师娘。师娘接钱时一再叮咛：可不敢让那个死倔巴佬知道了，知道能拿擀面杖戳我呢！潘银莲让师娘放心，她才把钱接去做了拉丁舞服，还买了练舞蹈的音响设备。她是广场舞负责人，不放点血，队伍不好带。潘银莲还安慰说，一旦有机会，就请南老师再回去。师娘知道，那就是一句话了，老南只怕是八抬大轿也抬不回去了。

南大寿暴躁了几天，又慢慢自我平复下来。关键是那只母猫要“坐月子”，他也忙活得顾不上想那些辱没斯文的事了。老伴半点都指望不上。他不在家，把猫一只只都喂成了“浑球”“肉滚子”。喂猫是特别讲究定时定量的，就跟人吃饭一样，得讲个时间、顿数。她才不顾这些呢，为了好去跳舞，三顿并作一顿喂。大夏天，猪肝一早放下，下午都臭了，猫还在扯来撕去。他偶尔回来一下，定量做些供应，猫就互相撕抓，能为吃的打起群架来。总之，猫们的规矩、秩序、修养，是被不负责任的老伴搞乱完了。这阵儿，欢欢，就是那只好生育的母猫，一下下了九个崽，老伴还是照样出去画那个死葡萄、跳那个烂拉丁舞。他就忙得像风车一样，在屋里屋外、房前房后转个不停，有时干脆是一路小跑。倒是把贺加贝架在他脖项上乱抹的刀，淡忘了许多。他努力只想猫的事，研究也只研究猫：一胎生九只，作为猫，是很危险的生育数字。一般四五只比较合适，母乳充足，营养也能跟得上。而欢欢一年多就生了两胎，一胎八只，一胎九只，体力是明显不支了。都是猫群里两只公货不顾欢欢的死活，气得他还踹过它们几脚。他一天朝宠物店跑几趟，买药，弄补给，还给欢欢单独开了营养灶。其他猫就把牙龇多长，哼哼着要跟他拼命的样子。他也不是不想给它们吃，而是要节食，要改变饮食时间和结构，让猫长得有个猫样儿。经过两三个月的苦苦“鏖战”，猫们都回归了原来的形体。尤其是欢欢和九个小猫咪，也都大的安然无恙、小的茁壮成长起来。可梨园春来传来消息：贺加贝又搞了个编剧团队，是绝对的知识化、年轻化、专业化，并且扬言“一个新的梨园春来的春天到来了”！南大寿听到这话，心里特别不是滋味，看来贺加贝这小子是早有预谋，才在他的老脖项上屡屡过刀的。

一天晚上，南大寿还专门打扮了一番，首先是取掉拶杖，那道具太明显，还戴了一顶深吊罐毡帽，觉得绝对是没人能认出来了，才跑到梨园春来剧场门口，观动静、看上座率去了。果然是人头攒动，车水马龙。他到底没好买票进去，怕一旦被人认出，老脸真成人见人贱的屁股了。加之没背擀杖，衣服摩擦在肉上，皮肤也痒起来，他就到附近一个卖羊脑壳的小饭馆，要了一个羊脑壳，慢慢品咂起来。中途背痒得受不了，他还到门外，折了个树枝别上了。直到剧场快结束时，他才起身朝观众群里混。多年的编剧经验，让他养成了一个习惯，那就是顺着散场的观众走，能听到最真实的反映。一旦开座谈会，发了"红包"，那就成专家、熟人的秀场了。他多么希望听到不同的声音，说梨园春来是在胡搞呀！可没有。他先后跟了几拨人：老汉组、婆娘组、中年组、青年组，都是一哇声地说好，说挺搞笑！他就再没跟了。那晚他的脊背能比平常痒十倍。

南大寿怏怏回到家里，只有那群猫，还像众星捧月一样，呼地就上了他的身。一群小猫崽，也围着他的两条腿，在争先恐后地练爬杆。一下增加了上百斤行李，差点没把他压垮架。但他很受用，很欣慰。他像一个猫人一样，把它们晃悠到沙发前，忽地一扔。刚坐下，这些家伙就又把他的全身占领了个遍。有一只公货，最是匪气，竟然还爬到他头顶坐着。他嫌这货不安分，也骚气难闻，就呼啦一下，把它弄到了地上。这家伙竟然扑到他对面的茶几上，把他正琢磨的一个喜剧本子，几下刨了个稀烂。九只小猫一哄而上，把那几片片纸，撕得七零八落，还尿在了上面。他会心地笑了。他娘的，这才是真正的喜剧啊！

自此后，南大寿就完全过起了老式生活：养猫。猫群越来越大，有自己产的，还有捡来的流浪猫。也怪，发现他爱猫，流浪猫就层出不穷地出现在他的身旁。他也到处给熟人推荐猫的好处，以扩大爱猫群类。当然，也是为了给他那生生不息的猫们，都能找个爱怜它们的好人家。在这个群体里，他成了最有发言权的人，有人把他叫"猫爸"，有人叫他"猫爷"，还有干脆叫他"猫王"的。除了养猫，他再就是四处找西京的老小吃。但凡听说哪里的小吃不错，他会立即动身，无远弗届，必须拿下。在养猫、四处吃小吃的同时，他也读读花鸟虫鱼的养法和明清笔记小品文，还写了《我的猫》与《西京小吃》

之类的几本薄书。养猫像养人，他的每只猫的生死、脾性、去处，都有详尽记录。有两只特不安分的公猫，他几次都想骟了，可抱到宠物店，又不忍让人家下刀，他看不得它们痛苦的样子。关于西京小吃，他也是写得神神叨叨。尤其是那些濒临失传的，经他一捣鼓，晚报开个专栏一发，立马就有人重新开张了。唯独不能跟他提说的是喜剧。谁提喜剧，他就跟谁急。戏剧研究所的，觉得老南是这个城市最权威的喜剧艺术专家，想给他搞个口述史之类的，让他流芳百世。可怎么联系都不成。最后所长亲自出面，他都是破口大骂：喜剧就是狗屎！别跟我说“喜剧”二字，说了我想吐。

自此，南大寿以散文家和动物保护协会名誉顾问著称于世。

五十八

贺加贝当时弄走南大寿，也是迫不得已。为这事，潘银莲跟他吵了好几回，嫌他对待南老师太过分。他说：“吃竹子，屙笊篱，你得编出好戏来。要不然，梨园春来就要垮台，这是比石头都硬的道理。”

南大寿走人后，编剧槽中不能一日无马。其实贺加贝暗中已把新人物色下了。

这次无论从学历、年龄，还是时尚程度，贺加贝都做了全面考察。出去走走才知道，那些在剧场、电视上玩得特火、特溜的各种“秀”，谁背后没有一个编创团队。谁拥有更多这样的“幕后英雄”，谁就风生水起、大行天下。现在已不是传统的喜剧时代了。喜剧的包袱、笑点，都是要用电脑、数字模型往出计算的。他很快在一所大学的艺术系，找到了操刀手。

操刀手真名叫史来风，笔名叫史托芬。前两年，他跟人合伙编过喜剧风格的电视系列短剧，不过名字挂得挺靠后。前边有领导、制片人、导演啥的，他也不好争，又舍不得不挂名，就起名叫史托芬了。古希腊喜剧之父叫阿里斯托芬。他姓史，名托芬，也算是在讲一种衣钵传承。史托芬是一个大学艺术系的老师，职称是副教授。啰嗦一句，他老婆也是副教授。最近两人为评职称，都跟学校闹得有点紧张。他平常就带的剧作、剧论课。本人也搞了一些喜剧作品，都没咋出名，除非前边挂了别人的名字，才能拍摄和演出。当然，要真出了大名，贺加贝也就请不动了。史托芬的优长是，不仅自己能写，而且还有团队。有的是在校学生，有的已经毕业，在社会上漂着。他布置下作业，广泛撒网，最后总能捞几个好故事起来。再改头换面一下，加工加工，也就能朝舞台上搬了。

史托芬与贺加贝是偶然在外地一个剧场认识的。他也是去看人家的“脱口秀”节目。没想到，贺加贝就坐在自己身边，也是出来考察的。贺加贝的名气他早知道。梨园春来的节目，他也没少去看。当然，他还是有点学院派的味道，不大瞧得上贺加贝那些太过低俗的东西。不过，对贺加贝的喜剧表演感觉，他还是赞不绝口。认为贺氏喜剧自然、发自内里，而非生胳挠、硬幽默、强讨好。只是可惜了内容的疲软乏力。对于镇上柏树时代的作品，他给了两个字：凑合。但补了三个字，带一个儿化音：业余范儿。对于王廉举时代，他也给了两个字：恶俗。但补了四个字：不忍卒读。而对于南大寿的喜剧，他还是给了两个字：老旧。但补了八个字：夕阳晚照，无可挽回。一番谈吐，让贺加贝大有相见恨晚的感觉。那天晚上，他们在那个城市的街道上，步行着交谈了三个多小时。最后还没谈过瘾，贺加贝硬是跑到史托芬下榻的酒店，在人家沙发上窝蜷了一夜。直到快天亮时，他们才把一切搞定。

回到西京，史托芬立马把团队的重要骨干，都弄到梨园春来看演出来了。南大寿哪里知道，螳螂捕蝉，黄雀已在后。每天看完演出，贺加贝和史托芬都会交谈半晚上。第二天，贺加贝就提溜着“屠刀”，给南大寿谈修改意见。南大寿用搿杖不停地挠搅脊背，可哪里是这一群“黄雀”的对手啊。很快，他便失去了立足之地。史托芬团队，就浩浩荡荡开进梨园春来了。

贺加贝在剧场附近的写字楼，给他们弄了一个很大的工作室。他本来想挂个“梨园春来创作室”的牌子，结果让否决了。史托芬说那还是体制内的思维模式。最后挂出来的牌子叫：“贺氏喜剧坊”。贺加贝摸着剃得光溜溜的脑袋，有点喜不自胜。史托芬说：“我们就是要做你的品牌，直做到喜剧生物链的顶端。”并且他一再强调：梨园春来的牌子，要让“贺氏喜剧坊”逐渐替代了。因为“梨园”二字，说到底是唱戏，而我们现在是做喜剧。喜剧包括戏曲的因素，但戏曲里的喜剧，只是大喜剧的一部分。梨园春来是对现代大喜剧思维的一个限定，甚至有些模糊了喜剧的概念，必须改掉。但须渐改渐变，渐变是为了让观众认识进剧场看贺氏喜剧的路径。一旦成熟，立即换“坊”。

很快，在史托芬的带领下，推出了第一批作品。这个创作团队与以往三个编剧的不同手法是，不追求创作者的个人风格与语言特性。一切只围绕着观众的反应，进行反复调试、拼贴、剪接。每晚演出时，他们会从不同角度监测观众的喜剧“燃点”。演出结束后，立即进行汇总，计算。“王炸点”（全场突然被引爆，笑得扭曲变形、砸背捶腰的）多少次；“爆点”（整体哄然大笑，前仰后合的）多少次；“沸点”（满场皆热，掌声四起的）多少次；“热点”（引起广泛兴趣，笑出声来的）多少次；“温爆点”（不是温爆腰花，而是似笑非笑、半笑不笑的）多少次；“局爆点”（局部爆发的一些燃点）多少次；还有“冲天炮”（就是满场皆静，惟一人笑得失控、失形者）多少次。总之，分得很细，研究得也很周密。“王炸点”到底几分钟出现一次合适？“爆点”和“沸点”为什么没有“王炸”起来？如何将“热点”和“温爆点”提升到“沸点”甚至“爆点”水平？“局爆点”是怎么回事？那里是以老人为主，还是以年轻人为主？以先生为主，还是以女士为主？抑或是白领为主，还是蓝领为主？“冲天炮”是什么人放的？为什么他或她，对那句话那么敏感，能平地惊雷、一花独放？如何让局部效果弥漫到整体？尤其是那“一花独放”者，是不是能开发到“遍地春雷震天响”的效果？总之，用数据说话。用模拟示意图解决不爆、不沸、不热、不火、不充分、不普遍的问题。所有节目在

“喜剧坊”里，都像冷冰冰的机器零件一样，随时拆卸开来，进行改造、切割、膏油、重组。第二天弄到剧场，再检验，再测试。晚上把所有数据拿回来，重解构，重组装。直到把这个故事可能榨出的油脂榨干榨净，才又在另一个故事上切、割、漂、染，直弄到“把剧场顶盖掀翻”。

在改造、组装节目的同时，也加大了对贺加贝个人的包装力度。首先是在城市的主要商业广场，都竖起了“贺氏喜剧坊”的牌子。上面自然是贺加贝的巨幅剧照和生活照。有大屏幕的，一律“霸屏”，反复滚动。在去机场的路上，甚至也竖起了几大块广告牌。贺加贝自己开车去看，都有点不好意思，觉得是不是把头像整得过大？那菱形越发突出，连两只耳轮豁豁齿齿的不规则缺陷，也都暴露无遗了。而史托芬说，广告牌的块数与尺寸，受经费限制，还远远不够。我们就是要把你弄成家喻户晓的偶像明星。让西京人，不进剧场看一次你的喜剧，就觉得不算是西京人。西京近千万人口呀，一个看一次是什么票房概念？何况西京还是旅游城市，让外地人来西京，没看贺氏喜剧，就觉得是枉来一趟，那又是什么阵仗？在广泛进行户外宣传的同时，史托芬他们又与城市电台、电视台密切合作，让贺加贝屡上镜头，屡出声画，把他从两个小剧场，算是真正推向了社会。

贺加贝自然是美滋滋的了。虽然这些包装，撒出去很多钱，但剧场确实爆棚得一塌糊涂。很快，就从两个剧场，扩大到了三个、四个。名字也顺理成章地改成了“贺氏喜剧坊”。广告投入，开始是自己摊水，后来就有企业赞助了。不管是烟酒，还是化肥农药，抑或是医药保健品、根治不生不育的灵丹秘方，也都来者不拒，一律代言。史托芬有时也有所要求，说接广告，得有点档次。可钱给得多了，也就有了却之不恭的理由。比如以第一人称说自己肾亏、眼花、不育而双脚稀软的镜头，就不免夸张，甚至不雅。后来吃了什么丸，一下又像狮子一样从大石头后边猛扑出来，还立马变出一个红裹兜儿子来。潘银莲看了这个广告就很不高兴，因为那儿子是贺喜。贺加贝说六一儿童节要用孩子一个镜头，没想到放出来是性药品广告，影响还超大。

摊子的确是搞大了，个人名分也增值十倍不止，贺加贝更是搞得不堪其累。可一算账，盘子大了许多，实际收入，却并没比过去增加多少，他就有些不想过多出场了。比如给一些企业家站台、暖场。尤其是给一些显要人物的父母祝寿、祭祀等，过去他爹火烧天都是不去的。他爹多次对他和火炬讲：唱戏一定要在正经舞台上唱。尤其是唱丑，本来人都当“耍戏子”，你再没点贵气，人家就把你当“下三滥”看了。小丑上台多是扮些鸡鸣狗盗、饿汉乞讨之辈，在越富贵的场所，越显得猥琐下贱。只有在庙会、社戏、集贸市场和正经戏台上，你的背运、下贱，才有更多人理解、同情。笑是笑了，却也给你一份人的温暖和尊重。而在富贵人家的厅堂、道场，你感觉就不像是演戏了，而是如同把浑身扒光，在那里给人家徒增优越高贵的贱作相。宫廷小丑、狎玩弄臣就是这样来的。

史托芬却不这样看。他说：“都什么年代了，你还是老艺人的旧思维。也可以叫线性思维、固化思维、阶层思维，非现代性思维。整天在庙会、社戏、农村集市贸易的舞台上演出，你能成为今天的贺加贝？现代的贺加贝？充其量，也还是你爹火烧天那个‘农耕艺人’的翻版。今天是产业化、集约化、全球化、信息化时代，你需要知名度，很高很大的知名度！知名度就是尊严，就是贵气，就是财富，就是一切。它需要你用非线性、发散性、聚合性思维，去有效开发利用一切现代传媒手段和人脉资源，把自己做大做强了。人脉资源不是传统的人群资源、庙会资源、社戏资源，这个你得搞明白。总之，就是要通过对一切有价值的资源手段的聚集整合，使你更加知名发达起来，从而形成一个由你贺氏操控的喜剧帝国，构建起一个庞大的产业链来，让艺术的喜剧成为生存的喜剧，尤其是财富的喜剧……你觉得那种日子构想起来，不大舒服、不大温暖、不大高级、不大尊贵吗？”

贺加贝被说得抓耳挠腮的颇感受用。虽然史托芬还是画的一张饼，但这张饼已油、脆、酥、香地挂在墙上，他也就不辞辛劳地，老要蹦着跳着去够着吃了。

五十九

潘银莲已基本从喜剧坊退了出来，就是带孩子一个任务。贺加贝被史托芬包装得玄玄虚虚、晕晕乎乎的，见天也顾不上回家。他们都在一个写字楼里驻扎着。哄出哄进的一帮人，基本都在那里休息。说出发，扛的扛摄像机、拿的拿长枪短炮照相机的，就把贺加贝卷走了。看来贺加贝也很是喜欢，就连跟老婆打招呼，都有意无意地有了大人物挥手致意的感觉。

坊里的事，基本都是史托芬掌管着。一切讲正规，讲现代管理，坚决反对“戏班子式的游击习气”。一下成立了办公室、创意部、公关部、广告部、财务部等好多部门。给潘银莲安排的位置倒不低，叫财务总监。可实际上底下有人收钱、支钱，批条子的是史托芬，她只是知道个大概数字而已。听史托芬明里暗里讲，现代企业制度的根本，是不能搞成家族式管理，她倒落了个清闲。反正账上的流水，的确是翻了十好几倍，折腾得越来越大。只是折腾的方向、目标，都是她所不能理解的。以她笨想，凭手艺吃饭，搞上两个剧场，好好经营，再注意节约成本，那不就是一本万利的事。可史托芬开口闭口都是产业链、托拉斯、东方百老汇之类的词，她就插不上嘴了，害怕闹笑话。贺加贝忙得有时几个月都回不了家，她只负责把他妈和贺喜经管好就行了，另外就是去看看她哥潘五福。

现在她也有时间了，就想做成一件事：让侄儿潘上风去看看潘五福，她感觉这是她哥最想见到的人。可潘上风死活都不去。他也不说不去，就老那样闷坐着不说话。有一天，潘银莲专门把他从学校叫出来，想把他和潘五福弄到一块吃顿饭。他们都快走到西八里村了，潘上风还是借故溜了。潘银莲就觉得这孩子特别不懂事。见了她哥，她忍不住唠叨了几句。她哥仍是那副不在乎的样子，说：“别叫他来，娃好面子。”潘银莲就来气了：“好什么面子？他就生在这样的家庭，生了，就得认命。哥，你倒是何苦呢？”说完这话，她又觉得不合适，转圜说："人心换人心，既然换不来这心了，你何必在这儿遭罪？还不如回河口镇安生。"她哥还是笑着说："这儿毕竟世事大。河口镇修鞋，一月也就挣个千把块，好多还是欠账。这儿见月都在三千往上。每月给上风腾挪出一千四五，都是稳稳当当的事。"潘银莲就再不好说她哥啥了。她心里真的是心疼着这个哥。在别人眼里，这样的哥，可能就是个笑话，是丢尽了脸面的事。可在她心中，这个矮子哥，就是自己的宝物。他挣钱那么难，还经常要给贺喜买东买西的。尽管那些吃喝、玩具、衣服，已经不是西京这个城市孩子们所需要和稀罕的，但那份情意，依然让她很是感动。

潘银莲最不愿想起的，就是小时屁股被烫伤那档事。前后整整半年，都在溃烂、化脓、结痂，结了痂再化脓，再溃烂。大便都是她哥和她娘用手朝出抠。小便憋得急了，没法子，是她哥用嘴朝出嘬。连她娘找人卜了一卦，都说这娃可能活不长。即就是活下来，也是个"账主子"，就是花钱欠账的主儿。可她哥潘五福，硬是坚信妹子能活下来。那时想到县上看病也没钱。连镇上卫生所的医生都说：即就是看好了，这孩子将来肛门、尿道都会成问题。活着会很痛苦，更别说嫁人、生育了。她娘无奈想放弃。可她哥坚决不行，哭着闹着，要把妹子背到县上去看。有一天半夜，他还真的偷偷把潘银莲背走了。从河口镇到县城一百多里路，她哥把她整整背了一天一夜，而那时他才十一岁。一路上，潘银莲发着高烧，一直是迷迷糊糊的，但她能听见她哥在喊："莲，莫怕，有哥呢。到县上，就啥都好了。千万莫怕，有哥呢。"最后是有一个好心的拖拉机手，被她哥哭着挡住，才把他们捎进了县城。到了县医院，她哥掏出浑身仅有的三十块钱，还是把娘的"老底子"偷了出来。县医院处理了伤口，治疗了几天，可药费实在欠得没法办，听说连主治大夫和护士看着可怜，都掏了腰包。最后基本把溃烂止住，就让他们出院了。

回到河口镇，娘把她哥臭骂一顿，还拿锅铲美美拍了几铲子。倒没说不该偷了她的钱，只说是不该偷着跑出去，害得邻居和村上到处找，把人没急死。连她爹都从矿上跑回来找人了，说是一天要耽误好多钱。她爹倒是坚持要给她看病，说钱有他。她哥得到这话，就天天闹着问娘要钱，说爹都放话了，要给妹子治的。然后，他就又背着她，上了一回县，给她做了手术。再后来，她哥听说离河口镇几十里的地方，有一个老中医，对烫伤疤痕有办法，就又背着她去跑了无数趟。是在那儿不断地贴膏药，把烫死的皮，一点点激活起来，才有了她今天的正常日子。她觉得这辈子，欠她哥的情分最大。她甚至常常想，她哥要真是残疾，不能动弹了，她就应该把她哥养起来。可她哥却一直是自食其力着，并且还老要想着她，想着别人。她就觉得欠这个哥的太多太多。

潘银莲也曾拿出钱来，想接济她哥，可她哥坚决不收，说："哥只要能动一天，你就别给哥钱。人是越养越懒。你也不容易，挣下钱了，好好攒几个，将来兴许有用场。人哪，红火时要防顾着倒霉呢！哥实在不能动了，你要接济，哥也不作这个假。可现在我还能动，就要好好动着，挣一个是一个。上风那边你也少给钱，我给有下数。都给，把他手脚惯大了，也不是啥好事。"

潘银莲也的确给过侄儿潘上风钱，但他没要。这孩子自尊心很强，问啥都说他有。她这个做姑姑的，也就只能偶尔叫他出来吃顿饭，或者买件衣服、运动鞋啥的。钱他是绝对不拿。她还问过潘上风，关于他妈好麦穗的消息，他也说不知道。潘银莲感觉他们是有联系的，但就是死活问不出来。

潘银莲感到欣慰的是，她哥对现在的修鞋生意很满意。他老爱说：在家千日好，出门一时难。但他觉得来西京比他想象的难场好了许多。最让她哥高兴的是，八里村老有戏看。村子大，谁家老了人，必定唱戏。有那大户人家，给父母过寿，也是要唱的。并且一唱都是几天几夜。虽然白天他看不成，但戏台子多半搭在广场里，"戏情"却能听个大概。晚上，还有几个秦腔自乐班，也是一闹火半夜，村里人都抢着唱，有时还有省市名角儿来"促红摊子"。秦腔在正经舞台上唱戏没人看了，角儿们就都到乡里唱"做事戏"去了。所谓"做事戏"，就是为红白喜事唱。八里村虽然已卷进城市的"大饼"，但毕竟还是一个村庄。加上乡下进城务工的人多，因而秦腔戏，在这里仍是吃得很开。

有天晚上，潘银莲来看她哥，她哥咋都不让走，说今晚秦腔大名演忆秦娥来唱《哑女告状》呢。忆秦娥，潘银莲是知道的，贺加贝还曾请她到梨园春来唱过几天戏。可忆秦娥不会演生活喜剧，上台老是走旦角步，还要“韵白上调”的，跟整体晚会风格不大协调。加上忆秦娥有个傻儿子，她老要背着到全国四处去看病。说她只要听说哪里有个好大夫，恨不得连夜就动身，后来就再没请了。潘银莲倒是很喜欢忆秦娥，她上台演出，她还帮着她看管过那个不会说话的儿子呢。她觉得忆秦娥身上有种说不出来的诚实、质朴、实在劲儿，她很喜欢。连她哥潘五福都知道，忆秦娥的“苦情戏”是唱得最好的。他已在这里看过她的《窦娥冤》和《失子惊风》了。为看今晚的戏，她哥甚至提前收了工，还专门拿了毛巾，是准备擦泪的。她就笑话她哥，她哥说：“你也注定是要哭成泪人的，你信不？真的苦情得很。忆秦娥演苦情戏，村里打工的都爱看，说几次把台子都挤垮了。”

潘银莲就跟她哥去看秦腔《哑女告状》了。果然是人山人海，并且多数都是打工的。包戏的由头，是给村里一个老爷子过三周年。开始，有二三类角色，唱了一阵《祭灵》《河湾洗衣》之类的折子戏片段，然后才是忆秦娥的正本戏。《哑女告状》的确“苦情”：一个书生家道中落，去投靠岳父，结果岳父已亡故，岳父的继室不承认这门亲事，把他赶在门外了。善良的未婚妻掌上珠（忆秦娥扮）暗中帮助落难书生，使他大考高中，得以出人头地。当“有情有义”的他，派人来接掌上珠去完婚时，却被继室母将自己的亲生女儿掌赛珠送去顶了包。掌上珠的傻子哥哥呆大，义愤填膺，仗义助妹，一路背着掌上珠进京讨公道，竟被继室母毒杀，并导致掌上珠失声作哑，无法说清原委。最终哑女告状，忠仆帮忙，让奇冤昭雪，苦难伸张。尤其是掌上珠她哥呆大，与妹妹逃出火海，一路背送进京的戏，几乎让全场观众哭成了一笼蜂。其实那是忆秦娥一个人在表演。她哥呆大只是像农村耍社火的假身子，把头绑在忆秦娥胸前，而把旦角的两条腿又绑在她背上，那一路小跑，并做着各种高难度动作的呆大的腿，其实就是忆秦娥自己的腿，只是穿着呆大的裤子而已。但忆秦娥表演的人背人动作，以假乱真，浑然天成，活像有人背着她在翻山越岭、跳溪过涧。一人塑造了两个角色，把兄妹情义，尤其是一个傻子哥哥的厚道天性，刻画得淋漓尽致，入木三分。戏情戏景，让潘银莲哪里能忍住泪水，她一下就想到了她哥当初背她上县医院、去老中医家看病的所有情景。那种代入感，让她深深震惊着戏的魔力！她看见她哥已哭成了泪人，几乎是看不下去的状况：擦一把泪，看一下，看一下，再擦一把泪。在她哥旁边，就是他们那一帮钉鞋的，竟然也个个都拿着毛巾，在揩拭着满脸的泪光。再看远处，到处都是吸吸溜溜、抽抽搭搭的声音。她实在是忍受不了那种太过强烈的感情冲击，竟然钻出人群，到无人的地方，嚎啕大哭了一场。

戏散了，她哥还在抽搐着，但心里好像受了很大的冲洗一样，也清净得很是舒坦、受活。

潘银莲就想让她哥也去看一场"喜剧坊"的戏。开始她哥咋都不去，后来到底还是攀扯着去看了一回。剧场的顶盖，真的是快被观众的笑声掀翻了，可她哥竟然靠在椅子背上，呼哧大鼾睡着了。那嘴，张得的确有馒头大，并且鼾水流了一脖子，弄得旁边的观众都在斜眼瞪着他。他确实是从头睡到尾。中途就是醒来，也就三两分钟，东张西望一下，仍继续呼呼作鼾。哪怕是最后有演员走进观众池子甩红包，也没把他弄醒来。

他这酣睡相，娘是多次骂过的，甚至用膏药贴过嘴，还是不管用。他常常累得在地里薅草，睡着让蚂蟥都钻进嘴里过。

演出结束，潘银莲在送他回去的路上问他："你咋睡了一晚上？"

她哥不好意思地说："我说看不懂，你偏让来，把票糟蹋了吧，我看一张好几百块呢！我就能看苦情戏。这好的戏，哥没用，看不懂么。"

"你一点都不觉得好笑吗？"她问。

她哥嘿嘿一笑说："我不知道他们在笑啥。"

六十

贺氏喜剧坊最近演出的节目，都以房子、车子、票子，以及职称评定和明星婚外情中的笑料为主打内容。《大豪斯里的分居日子》《玛莎拉蒂里的吻》，以及《千万别上厕所》等小品，几乎是一句台词一个“料”。就这，创意部还在用电脑分析数据，寻找某些笑点为什么没有“王炸”。潘五福看演出的那天晚上，这三个主力小品都上了。第一个就是《大豪斯里的分居日子》，故事大意是：两口子住着一个复式楼的别墅，妻子为丈夫爱抠鼻子窟窿、拔鼻孔毛的“恶习”闹起矛盾来，然后各自住了一层楼进行冷战。丈夫住在楼上，终于有了“奔向解放区”的感觉，鼻窟窿随便抠，鼻孔毛随便拔，还又是蹦又是唱又是跳的，打游戏也像是进入了“二战”状态。妻子便在楼下想方设法地折腾他，结果楼板被折腾出一个大裂缝来。楼上男人像玩杂技一样，一个高空“僵尸”横陈（真是使用了杂技威亚手段）跌下来，刚好扑在穿着睡衣的女人身上。一种缥缈的“夜来香”音乐起，两人又突然为情欲所缠绵起来。正要温存一番，男人却忍不住又抠了一下鼻孔，便被女人一脚踹下床来。小品戛然而止。剧场效果从二楼突然开裂，男人凌空飞下开始，一直到被女人踹在床下，几乎尖叫声和爆笑声不绝于耳。可潘五福自打妹夫贺加贝拔着鼻毛上场，还刺啦笑了一下，然后就看不懂了。抠下鼻子，拔根鼻毛，为啥能引起这样大的家庭风暴呢？他们天天弄臭鞋，鼻子窟窿也老发痒，也老得抠、得揉不是。正想着，鼻子里就痒起来，他倒是没敢抠，只狠劲把鼻子耸了耸，就慢慢睡着了。

他也的确是太疲乏了。最近鞋活儿多，白天干不完，晚上还要拿回家打夜工。剧场在爆笑如滚雷的时候，他竟然还能做着一个美梦：一个女的，提了两大拉锁包旧鞋，一数，二十五双，并且每双都有大毛病，补起来都不是小钱。关键是这个女的还和善得不行，他说一双多少钱，就是多少钱，算完，刚刚二百五。那女的还说：二百五多难听，给你二百六吧！他就笑醒了。醒来，台上在演另一个小品《玛莎拉蒂里的吻》：好像是一对男女，在车里忙着搂搂抱抱。车窗玻璃是茶色的，看着隐隐糊糊。车外一个男人，是贺加贝扮的，一直在检讨自己的过错，说着千痛万悔的话。后来还打自己的脸，说不该把一个什么女人拉到了车上。但他赌咒发誓说：啥都没干。可车上那女的，还是与那男人紧紧搂着不放。直到最后，好像谈得有了些眉目，打开车门，原来那女人搂抱的是一个布娃娃。观众乐不可支，笑翻一地。但潘五福还是想把那二十五双鞋的梦，再续接起来。

后来，在演《千万别上厕所》的时候，他也醒了一下。好像是说评啥子职称的事。几个人开会，都憋着劲儿地在那儿谈天说地，说股市，说房市，说车市，说拆迁，说假华南虎，说克林顿与女秘书的啥事。反正扯得很远，观众挺乐和，但多数潘五福都听不懂。里面的主演也是他妹夫贺加贝。就在他妹夫实在憋不住，上了一趟厕所回来，会就结束了。说职称已搞定，少数服从多数。他妹夫好像就因为这一泡尿，把好事给耽误了，气得他满台别跳着要拿刀把尿泡戳了。他始终弄不明白，职称倒是个啥玩意儿，竟然能把一堆戴着眼镜的厉害人，整得尿都不敢去尿。评上的，还有憋湿了裤子的。笑得满场观众，就跟谁胳肢了脚板心一样，抽搐得不能自已。

本来在剧场能睡一个多钟头也是好事，晚上回去，刚好打夜工干活。可谁知他的瞌睡，却被喜剧坊的创意部盯上了。他们每晚演出都要通过视频，检索观众的反应。尤其是特殊观众，都会进行深入调查。比如潘五福，竟然能在这么火爆的剧场，几乎整整睡了两个小时，是怎么回事？

他为什么不感兴趣？

他对什么感兴趣？

他是白天对看演出感兴趣还是晚上感兴趣？

这个观众的文化背景是什么？

他来自哪个阶层？

他会用收入的多少购买文化娱乐服务？

他是通过什么渠道获取喜剧坊信息的：

是道听途说？在什么地方？

是招贴广告？在哪面墙上？

是游走散发广告，在哪条街道？

是报纸广告？哪家报纸？

是电视台电台？哪个台的？

……

总之，他是怎么要来看演出的？离此远近？男女性别？年龄层次？知识结构？未婚已婚？配偶陪同与否？等等等等，大概有八十多问。潘五福正被盘问得笑不滋滋、张口结舌的时候，妹子潘银莲来找他，才算是被解救走。

潘五福看戏的事，在喜剧坊很是传了一阵笑话。创意部和广告部还跟史托芬研究过这事。史托芬说：这是个案，不具有可行性分析性。

贺加贝直到这时，才知道潘五福来西京打工了。潘银莲没告诉他，也是不想让他分心。他说去看一次，潘银莲没让，他也就没去。他现在也的确活得有些身不由己。首先是采访活动很多。采访的好多内容，都是班底提前写好，但他须背得滚瓜烂熟才行。史托芬不让他随便乱说，一切都在包装中。喜剧坊需要包装出一个史托芬理想中的喜剧明星形象，是一个文化形象，而不是江湖艺人。有时早上会让他去做些爱心或慈善活动，比如看看孤寡老人，或残疾儿童之类的，也都刻意安排了媒体报道。下午和晚上主要是演出。四个剧场，轮番上演，开演时间都只相差半小时，专车刚好把他能从一个剧场拉到别一个剧场后台口。在车上，有时会安排点采访，有时也能眯瞪一会儿。但多数时候，还是得默诵答记者问和刚修改过的各种台词。他的节目都是压轴戏，基本控制在四十分钟左右，其余都是从各地汇聚来的各种模仿秀。这类人才越来越多，有的几乎到乱真程度。还有直接模仿英国憨豆先生和法国喜剧大师路易·德·菲奈斯的。总之，“秀”场大行其道，丑星层出不穷。

除了忙，贺加贝倒是越活越简单了。整日只被人机械地推着，转着，像个没脑子的机器人。观众笑不笑，剧场火不火，上座率高不高，经济压力大不大，都有人代他操控操心了。他只需要不停地修改台词、说法，登台、谢幕而已。晚上演出完，一般都有应酬。有各种老板，也有这长那长，这主任那主席的。在台下看完演出，他们觉得不过瘾，还想近距离看看贺老师能上下抽动的耳朵，左右错位十几公分的大嘴，还有可以五马分尸着朝四个不同方向生拉硬拽的眉眼。都觉得跟这么好笑好玩的人在一起，能多活几十年。大家不仅喜欢跟贺老师聊，而且还要照相，签字。贺老师签名，也是一绝。他因没正经练过字，开始写得的确有点像幼儿搭积木，可要签名的人越来越多，又不允许他慢慢搭。还有在剧场排队让他往衣服上签的。所以他就发明了一种速度很快，也很潇洒、遮丑的签名，那就是不停地挽圈圈。贺加贝三个字，又特适合拿圈圈朝起挽。所以，就见他龙飞凤舞着，上挽下挽、左挽右挽、连挽直挽的，最后再把“贝”字右腿猛地朝左一拉，然后再狠劲朝右下方长长一切，就见一堆圈圈底下，还有一个力透纸背的横杠斜抬着。看上去，很是有些大牌明星的签名派头了。

一般应酬结束，都在凌晨一两点左右。回到宾馆，他就跟死猪一样，朝床上拉叉着一摆，有时连鞋袜都只能靠别人去脱了。都嫌贺老师脚臭，可没想想：贺老师每天自打起床开始，谁又给他洗脚、泡脚的时间了？他只能用一双高靿战靴，把一双臭脚紧紧捂着算了。脚趾缝间，烂得他演出时都老想停下来挠一挠。

尽管累得贼死，可与贺加贝心中要购买那栋别墅的要求，还相差甚远。自那次去见万大莲后，他心里就在暗暗用力，得挣钱。他得买一栋比牛乾坤更牛的别墅，那才叫贺加贝！他还是惦念着万大莲，那个影子几乎无时无刻不在眼前晃悠。有时在舞台上演出，配戏的女演员也常常让他恍惚成万大莲了。一旦意识到不是，甚至还会错词、掉词、乱加词。晚上睡觉，也老梦到万大莲，甚至梦见他和她已住进属于自己的独栋别墅了。好长时间以来，他跟潘银莲也基本是分居状态，他住在宾馆，潘银莲在家里带孩子。他们也买了一套房，一百四十多平方米，可到现在也没顾上装，而剧场他都装修好几个了。自从看了万大莲的住处，他也就不想再装那套房了，觉得装出来也是极普通的房子而已。贺加贝到了今天这名声，住那种房还不如不住呢。可要弄下比牛乾坤那套还大的豪斯，按现在这个挣钱法，只怕是要到猴年马月了。他有时也有气，尤其是看到史托芬开发的那些贺氏喜剧坊文创产品，把自己的脑袋，用泥塑、木雕、陶罐、硅胶、压铸、手绣、五毒背心等手段，衍生得如鬼魅一般三扁四不圆的，竟然还开发的有屁股垫任人坐来坐去，可又不见给他带来具体收入，他就想把那些摆在剧场前厅的丑陋玩意儿一伙都砸了烧了。可史托芬好像永远都是那副踌躇满志的样子，并且对他有所拿捏，他也就不好造次了。摊子整得这么大，你不按他的套路走，已有覆水难收之感，何况老史整得他也挺享受的。

贺氏喜剧坊养活的人也越来越多。虽然剧场红火，可终不是个能发大财的路数。尤其是游客这一部分，大量是旅游公司拿了钱。看着见天满座，可一张票，甚至七成都被导游和中间商套走了。就是再开一两个剧场，把自己当陀螺一样抽打起来，发财，终还是一个白日梦。

就在这时，“人脉”资源开始发挥作用了。

在喜欢贺加贝的“高端”人群中，有几个常客，不仅看戏，也爱吃吃喝喝。贺加贝把自己的困惑说了出来，他们给出的点子是：何不利用你的名气，在土地上做点文章呢？只有土地，才是发横财的最大资源。贺加贝还搞不懂，要地干啥？他又不想当地主。大家就笑了，说：再瓜娃了，你就只懂唱戏。土地是啥？寸土寸金，土地才是最大的刮金板。这些年发财的，多数都是沾了土地的光。刚好现在重视文化产业园区开发，要不然，还轮不到你个光葫芦撒（头）染指呢。其实，史托芬早就想过这一招，他之所以反复强调要重视人脉资源，就是在下这步大棋。但弄土地谈何容易？铺垫不到位，里边没有硬扎人，是想都别想的事。如今既然他们自己提出来，并且帮着谋篇布局，自然就是要水到渠成了。

很快，他们就搞了个“贺氏喜剧文化产业园区”可行性报告。几个“内部朋友”，里应外合，几上几下，最终审批出一百五十亩土地来。贺氏喜剧坊的摊子，由此才算玩大了。

六十一

我不是一条好多事的狗，如今也活得很低调。把我叫张驴儿，也咬牙认屄了。可对史托芬这个人，我还是想给大家念叨念叨。他就是我过去的主家，那个老跟老婆吵架的副教授。他为评不上职称，还有其他一些不顺心的事，气没哪儿撒，对我竟多次实施家暴。我是在忍无可忍的情况下，才愤然出走的。

真是冤家路窄，世界太大也太小，我们竟然在贺家又遇见了。他第一次见我，有似曾相识感，还很是好奇地问了贺加贝一声：“这狗是哪来的？”贺加贝那天有些心不在焉，只支吾了一句：“银莲养的。”就算过去了。我为了不自寻烦恼、自取其辱，也很少朝他跟前凑。可有一次，潘银莲领着我，我左躲右藏，还是撞见了史副教授，他又问：“这狗是哪里来的？”潘银莲也是一笑说：“我养的，咋了？”他说：“没咋！”就再没吭声了。我在他家时，他也不咋待见我，高兴了，戏耍一下；不高兴了，他的书房我都不能进。我记得他还给我起了个很不好的名字，叫墨菲斯托，那是魔鬼的名字。可见我在他心目中的形象和地位。之所以这样叫，也是因为他夫人叫过我浮士德博士。吵架了，见我向着他夫人，他不高兴，踢了我一脚，随口就叫了声墨菲斯托。我听他们讨论过这部叫《浮士德》的诗剧。好像浮士德曾跟魔鬼墨菲斯托签下过一个约定：墨菲斯托给浮士德博士当仆人，可以尽量满足浮士德的一切要求，尤其是一切远离人类道德的娱乐至死方面的要求。一旦浮士德对这些快乐感到满意时，他的灵魂就归魔鬼所有，浮士德就算彻底堕落成魔鬼了。大意如此，好像他们夫妻为此还合作写过论文，掏钱发表在一个什么C刊上。总之，他对我随意嬉笑怒骂，我对他也印象不佳。如今是狭路相逢，好在他终是没弄明白我的履历。

我平常主要跟潘银莲一起活动。过去还卷在中心位置，对梨园春来的内部管理和高层机密，几乎无所不知。自从来了史托芬，一切就都改变了。首先，史托芬认为家族式经营是“环扣闭锁”“发胀不大”，不合乎现代企业制度。其实他在大学时，恨不得把自己和夫人的几个亲戚，都弄到学校和系里当差。其中他二母舅，就寻情钻眼地弄到大食堂做饭去了，以为谁不知道。批评所谓“家族式管理”，其实质是逼着我主潘银莲交权退位。潘银莲又是个好说话的人，让交就交了。贺加贝从来都没有设身处地为他老婆好好想过，说是财务总监，其实就是聋子的耳朵——摆设货。对不起，以我的修养，是不能用这种伤害残疾人的比喻的，只是再没有比这个更恰当的词语，能说明潘银莲的尴尬处境了。

潘银莲只有很少的时候，才参加一次喜剧坊全体会议。贺加贝虽说是老板，其实都是史托芬在那里“老贼一手遮天”。开两个小时会，他能讲一小时五十分。说“老贼”，其实史托芬并不老，才四十多岁，除了便秘，爱蹲很长时间厕所，一看半天武侠小说外，好像身体还没啥别的毛病。“老贼一手遮天”是我从戏里学来的，用给他，挺合适。每次开会，他也都会礼貌地请贺加贝讲话，毕竟是老板，但贺老板都讲得很短，有些语无伦次，更缺乏重点。他肚子墨水太少，开口闭口就是要大家演好、咥（吃）好、喝好、发（大概是钱和财）美，真是让我既担惊受怕又能羞出一脸冷汗来。我看各部门的头头，拿笔记都没法记。而史托芬却是 ABCDEFG 的长篇大论，整得头头是道。不仅能让大家明白当下要干什么，还能把五年、十年、二十年的“喜剧坊”“喜剧城”“喜剧帝国”发展思路，说得伸手可触、天堂有路。什么喜剧美学、接受美学、大众美学、心理学、观众学、社会学，都是一套一套的。他的学生甚至吹嘘什么“史老师已形成完整喜剧产业管理创新体系”。其实我知道，这小子就是爱胡谝。在学校都是有名的“史大谝”。上课连巴掌大的纸片都不带，一讲两三个钟头也不喝水，都说他谝得美！连他老婆都骂他：你就能谝闲传，有本事咋不把教授、“突贡”专家、“百千万人才”谝回来？

他咋谝，都无所谓，我担心的是，他当了“日弄客”，贺加贝还浑然不觉。“日弄客”是关中土话，我本来是不屑于用粗俗俚语的，可内涵极其丰富，也很生动，我就不得不加以援引了。“日弄客”既有煽动、蛊惑的意思，也有给人下套、挖坑的意思，还有揶揄、嘲弄的意思。我随着潘银莲被边缘化后，不像她能随遇而安，多一事不如少一事。我是不甘于主人被安排、被同意、被总监的处境的。有好多次，大会散了，我偏不出去，就卧在桌下，看他们当主人不在场时都谝些什么。这也是我的职责所在：狗的天职，不就是给主人巡察监戒、看守门户、预示报警嘛。既然如今没门户可看了，我总得有所作为吧。在人类的办公或餐桌下，常常能听到的，就是那些“日弄客”话语。譬如有人说：“史老师，把贺加贝是不是包装得有点过头？开始他还知道尊重我们，现在，好像一切都理所当然了。他出席啥活动、啥场面，都把我们不放在眼里了。人家请他吃饭，我们站在身后伺候，直到走，都没招呼一声。饿得我们前胸贴后背的，还得前呼后拥着把他送回宾馆，宽衣解带脱臭鞋。他那双脚的臭哇，真不是目前关于臭气熏天这类词汇所能形容到位的……”这时就会七嘴八舌起来，光对贺加贝的臭脚就能声讨半天。都说主人贺加贝越来越难伺候了，现在要得还跟真的一样，出了宾馆门，就不认识自己了。架子端得跟啥子大人物似的，直到回来脱了臭鞋，才长叹一声：“贼他妈，把人没挣失塌！”史大谝哈哈哈一阵大笑说：“继续伺候！不仅不能松懈，而且还要加大包装力度。这不是贺加贝个人的事，这是喜剧坊共同利益的需要。他不需要认识自己，苏格拉底这句话对他没用。他只需要大红大紫，让别人去认识他，懂吗？”你说这里面有没有“日弄客”的意思？把我主人要猴一样，弄到高杆上去表演，他们却偷偷在背后，耻笑着猴屁股的裸露与颜色深浅。

还比如：一次会议上，我主贺加贝有些不高兴，好像是嫌在一个什么楼盘开业场合，各类名人很多，而把他这个笑星晾在了那里，并且站台都站在了第二排。史托芬当场批评了负责出行的公关部、广告部和办公室，让他们写出深刻检查，并要求财务部扣除相关人员当月奖金。我就觉得不真实，会后潜伏下来，想一观动静。果不其然，贺加贝刚一走，他们就哄堂大笑起来。原来那天楼盘主还在京城请了几个大腕，人家来，又是记者跟，又是乌泱乌泱的粉丝团，高举着各种牌子，呐喊得要死要活的场面。而他，竟然只去了一个跟班的。跟班还被人挤人的现场踩跛了一只脚，他在前边走，那跟班一瘸一拐地跟在后头，活像《窦娥冤》里张驴儿和他老丑爹讨饭的场面。呸，偏又拿我张驴儿说事！这事贺加贝自是很不愉快，竟然在大会上端了出来。大家虽然现场默不作声，表示出失误很大的样子。可他和潘银莲刚一离开，就笑得乱作一团了。有人说："看怎么样，是不是不习惯了？史老师，看你惯下他这大牌明星毛病，以后咋办呀？"原来那天有人是故意为之。因为楼盘主只重视影视明星，尤其是外来和尚。他们给贺加贝的劳务费，连人家十分之一都不到。气得公关部、广告部和财务部都让撤人。最后就跟上去一个办公室跑腿的，腿还给跑折了。至今想起来，大家还笑得下巴都要脱落。史托芬敲敲桌子说："以后不能再出这样的事。凡贺老师出现的地方，一律要像影视明星和歌星一样安排举牌子、拉横幅；还有各种呼喊声和尖叫声，要多安排年轻漂亮的粉丝，而不是随意到广场找一群扭秧歌的大爷大妈，一人管一顿盒饭、发二三十块钱了事。'我爱你加贝'，还有'我加倍爱加贝'之类的广告词，也得适时更换，创意部、广告部、公关部都要很好地研究这些问题。不能一个牌子用几次，甚至用几个月，烂得没边没沿了，还拿去举，拿去喊。这方面该投资就得投资，宣发力度还要加大。尤其不能让贺加贝有这方面的不适、不快、不满，更别说恼怒了。你们应该懂得把他捧得更火更红，对于喜剧坊、对于我们每个人的价值意义。我讲过多少遍了，还出现这样的失误？仍是那句话：只要没把贺老师捧疯掉，做了王廉举第二，就还得加劲捧。不过要捧得高级，别像那些小明星和王廉举一样，被捧得恶俗不堪。我们是双赢叠加关系，不是零和博弈游戏……"你说这是不是"日弄客"？

再譬如：他们好像在哪里弄了一百多亩地，设计方案里有一个剧场，暂定名叫“贺氏喜剧大剧院”。围绕这个大剧院，还要建一条圆形街道，叫个什么“贺氏喜剧美食一条街”。整条街就像土星外环一样，是顺着剧场形成一个大包围圈。他们想把西京所有的名吃，都带着喜剧变形夸张的手法，引进到这里来。设计很独特，很浪漫，很时尚，但也很复古。据说都得到了大领导的“点头称许”。但在研究这些重大事项时，有好几次，老板和财务总监却实质缺席着。贺加贝对这些“头痛事”完全心不在焉，即使出席会议也总在玩手机。而我主潘银莲又老被保姆叫出去奶孩子。我就不得不多长个心眼，要进行旁听了。有人甚至担心：都冠了贺氏名字，与他们是什么关系？还有的说：剧场离城里这么远，谁会天天开车来看演出？有人分析说：西京过去的老剧场，布局都很科学，基本是五公里左右一个，并且都建在人口密集的场所。现在把贺氏喜剧大剧院建到远离闹市区的地方，小心投资打了水漂。史托芬却主意很正：“远离闹市区，我们就创造不了一个闹市区吗？大家就这么不相信自己的能力？再说了，所有设计图纸都是用来施工的吗？现在不少地方都在夸海口，要打造什么东方百老汇，纷纷跑马圈地，就都能搞成百老汇了吗？其实质是借机撬动房地产，懂不懂？我们还是都太书生气了！只要地到手了，建剧院、修街道、造房子，那也要看我们的发展实际，一切都得市场规律说了算嘛！真挣了钱，再反哺文化，不是更能做大做强吗？眼下关键还是怎么‘带动发展’这四个字！”

你说这不是“日弄客”？正式会上，全说的是把贺氏喜剧大剧院和街道怎么造好、建美，搞得中国不出、外国不产。当我主缺位时，又另有企图，可能会挂羊头卖狗肉。呸，怎么又把自己绕进去了。可惜，贺加贝已经被捧得半疯半癫，潘银莲又活得太单一老实。我纵有过人智慧，与他们沟通起来，也如万山阻隔，蜀道青天。人啊，活着最具有喜剧与悲剧意味的，看来就是信息不对称造成的盲点、盲从、盲动和茫然了！我即使潜伏再深，内幕知道得再多，也补天乏术矣。

我可怜的主哇！

六十二

贺火炬走出潼关，到南方一所大学上学，是激动了很长时间的事。可一旦进去，还是有些失望。这原来是一所矿业大学，现在综合了工学、农学、医学、法学、管理学、体育、文学和艺术类。总之，门类是应有尽有。学校分两个校区：老校区历史悠久，在市中心位置；艺术学院才成立，自然是在新校区了。难以想象的是，新校区离城市大概有五十多公里路程。校园倒是大得没边没沿，可好多地方还在建，并裸露着。也有绿地，但仔细看，却是麦苗。

艺术学院也分了几个系，他自然是表演系了。班上有四十几个学生，也都来自全国各地。第一天一集中，他就有些想笑。他以为自己长得奇特，没想到，还有比自己更“瓦尔特”的。仅光头，班上就七八个。有人立即要怪说：“咱班上绝对给学校省电。”关键是光葫芦中，还有一个女生，据说才拍了啥子电视剧，在里面演了一个小尼姑。这也便成为一种身份和曾经拥有某种艺术成就的象征。后来有人看了那电视剧，其实她在里面就几个镜头：女主演到尼姑庵降香，她跟老尼姑到门口迎接了一次，中景；坐定后，她又出来端了一次茶，却因胆怯女施主的威势，颤颤巍巍地把茶泼在了人家袖子上，一个脸色吓得煞白的近景；再就是老尼呵斥她跪下赔礼，女施主又大度地挥手让她起去，她就双手打躬作揖着退下了，这个虽说也是中近景，却因下跪和低头退下的连贯动作都是有身子没脸的，也就只能算是半个镜头了。其实有头套，她是完全没必要把头剃光的，可偏是剃光了，也就有了“上过”某知名电视剧的印痕。半个月下来，大家相互就都知道了一点底细。只要在艺术上显过山露过水的，几乎没有不找机会要表现出来的。听来听去，还就扮小尼姑的成就大一些，毕竟是给当今影视行当的“当家花旦”配过戏。并且还配过两部，且那个剧组也是拍过几部有名头大戏的。其余基本都是在什么“大道”、什么“大本营”、什么“勿扰”之类的娱乐节目上露过一小脸的。再就是一些地县剧团的二三流演员。像贺火炬这样，“已经在省城舞台上曝光度很高的演艺明星”（这是班主任的话），看来看去也就他一人。他既有点沾沾自喜，也有些郁郁寡欢。要不是老师介绍，他都有点不屑于说自己那点事。关键面对这么个班底，不大值得去说。

尤其是整个教学过程，让他颇为失望。除了开始的一些基础课程，安排有各种老师上课外，到后来，基本都是放羊了。加上老师们对这个班级也很头痛，大概有些孺子不可教也的无奈。嫌学生文化基础差，纪律还很松懈。男的分三种人：一种是故意追求阳刚、冷面、硬派的，他们比较崇尚施瓦辛格之类的国际明星，但身体又大多练不出那种比例夸张的肌肉块。第二种是追求奶油、温润、鲜嫩型的，他们崇拜偶像很多，比较注重脸上、身上、手上，甚至脚趾上每个细节的委婉与精致。第三种就是丑怪类的，他们没有一定之规，但却五花八门，唯恐裂变得不出彩、不抢眼、不另类。贺火炬自然是归在这一类了。但从平常生活的角度看，尤其是在群丑荟萃的地方，连他也显得波澜不惊了。女生也分了三种：第一种自然是追求大牌明星范儿了，从国际到国内，谁最当红，她们的衣食住行、化妆造型就朝谁死靠，也不管自己与人家上身与下身的比例长短，胸围与臀围的尺寸大小。一时见她们高冷得逢人不搭话，一时又国民好媳妇得温文尔雅，和善有加，吓得人还以为她们是突然发了烧。第二种是那些赤、橙、黄、绿、青、蓝、紫色头发的不断变异型；服饰也是裸露得同班同学都不敢直视的那种；大冬天，她们也不怕后背、肚脐和脚踝裸露着，让别人突然想起北极，而要猛然打一个寒噤。第三种与男性的丑类有些相似，不顾身材的胖瘦，也不追求女性的温柔，甚至还故意释放一些粗放信号，只希望有一个特型角色，一夜爆红，同样也能做一场明星梦的。当然，还有就是来混文凭，好向父母交差，向亲戚朋友、学校、同学都有个交代，而不知未来走向的。总之，贺火炬的感觉是老想发笑，真他娘的喜剧！

专业表演课，系里几乎没有老师，大量都是靠外请。有些是当地的话剧演员，也掏大价钱，在外面请过几次大牌明星。所谓大牌，都是快过气的，但谱仍是大得吓人。有一个讲课时，竟然端直坐在课桌上，说自己觉得坐在这里挺有感觉。可悲的是，老师并没有觉得他坐上课桌有什么不妥。不仅让坐了，而且还亲自上去，给人家抹了一下灰尘，生怕明星的裤子太值钱，课桌把人家屁股坐脏了。大多数同学也没觉得这有啥不妥，不就是个课桌嘛！人家可是大明星耶！明星还不该有个明星的脾气和派头了？贺火炬如果不是经历过那么一段演艺生涯，也经受过不少热捧与崇拜，大概也不觉得这有啥不合适。可他是来艺术圣殿回炉的，希望在这里找到更有用的东西，就觉得有点失望过头。有些明星来上课，干脆就是胡说八道，天一句的地一句；东半球一句，西半球一句；然后再谝两个半黄不黄段子，就拍屁股走人了。很多人还觉得很振奋，原来明星是这样放松，这样有趣，这样像邻居家的大哥大姐！太酷，太炫，也太平易近人了！

真正一线明星，只来过一次。那还是拍一部电视剧，要用学校的场地，系里联系，让学生到现场，看了一天拍戏。然后，又请明星到课堂上给大家授课。其实谈妥，就一刻钟时间。明星被学校和院系领导陪同来，只在课堂上讲了几句话，大意是：没想到学校这么大，能搞几个高尔夫球场。我看那边还能挖一个人工湖，养些天鹅也挺美。学校领导直带头鼓掌说：好建议，就挖湖养天鹅。还有人当场献上一策：将来人工湖就以明星老师的名字命名！大明星也扯到了艺术，表面倒是一种挺谦虚的姿态，但内里明显有一种既苍白又玩世不恭的东西。他说艺术就那么回事，你得让人看了乐和、轻松、好玩儿。我觉得艺术就是玩儿，你首先得整好玩儿了才叫艺术。反正一切的一切，都让人别弃剧了，一旦弃剧，那你就玩砸了。然后就是签名、合影留念。明星的一堆助理，把拿着教案准备让签名的班主任老师，还掀了一把，嫌他不该太亲密接触，要求有安全距离。贺火炬看着年过不惑的老师，在一个二三十岁的时尚明星面前的跌份相，心里十分难过。本来在介绍明星时，这位班主任就充满了谄媚、低矮、猥琐相。再被人家吆五喝六地推搡一把，就更是让人觉得这个课堂一钱不值了。

大家都纷纷开始了明星梦的实践课。贺火炬去了一个比较大的影视拍摄基地。同学去那儿的也不少。可等机会的人太多太多了，平均每天几乎都有好几千人在候着剧组挑人。说里面有好多剧组同时在拍戏，用人是海量的。从外观热闹景象看，也瞧不出这是一个演艺场所。它更像是一个巨大的劳务市场，各色人都有，只是没有手提肩扛着劳作工具而已。除了一些把妆化得花枝招展的女性，还有一些粉面桃花的男生外，其余的，几乎也看不出什么表演天分和特性来。贺火炬穿梭在里面，也就更是泥牛入海，了无踪迹了。这里面也不是可以随便就能找到一个群众角色的，你还先得拜门子，认“穴头”，剧组都是与“穴头”打交道。比如要二百个日本兵，或者要三十个太监什么的，只有认识了“穴头”，你才可能得到机会。还更别说那些有名有姓、可露几个镜头、能上字幕的小角色了。业内把那些叫“特邀演员”，“穴头”简称“特演”。当然也有例外，比如贺火炬只扮演了一天“汉奸”，表演才华哪里是可以遮掩得住的，第二天，就晋升为汉奸小头目“二狗子”了。这是一个坏事做绝的家伙，他跟踪一个地下党，最后被活活吊死，地下党又用一头驴，把他的尸体驮回了鬼子大本营。关键是连“尸体”的姿势，他都自我设计得充满了喜剧性，让导演很是满意。后来，他在这个剧组，就又扮演了鬼子小队长的角色，那是要上字幕的。一传十，十传百，他在这个基地，很快就算稳坐上了“特演”的位置。每天的收入，也凑合着能租起一间十几平方米的活动板房了。

需要特别交代的是，他恋爱了，对象竟然是那个初开学时剃了光头的“小尼姑”。他有好长时间，都对这个光头姑娘没啥好感。长得也不赖，可不是很出众，却特好朝前冲，班上弄啥，她都想露一手。比如表演课，但见老师需要示范，她总是第一个跑上去，大表其演起来。好像是做过戏曲演员，身上的戏范儿特别重。后来贺火炬才知道，她果然是甘肃那边一个县剧团的秦腔演员，只是不愿意让人知道而已。在影视行，都特害怕谁有唱戏的底子，说那种表演范儿，不好往“正路子”上扳。直到来基地实习，贺火炬都没有跟她多说过话，只能叫上她的名字：白梦露。他们的深交往，是从拍一个抗战戏开始的。他和她需要完成同一个情节：她扮演的良家妇女，抱着婴儿正要逃生，却被他带领的鬼子团团包围。导演安排他抓了两只鸡，还要上去对她施暴。他还跟导演笑着说："导演，熟人，有点不好下手。"导演也笑着说："熟人下手才安全呢，上！"他就一手抓着活鸡，一手四处强拽硬摁起白梦露来。白梦露要保护孩子，他又舍不得放弃鸡，这场戏就很好看了。最后，他将两只活鸡绑在后背上，把白梦露死死压在身下，鸡便胡扑腾乱叫唤起来。导演使坏，故意长时间不喊停，弄得最后鸡挣脱绑带飞起来，撞了镜头，才算完结。

自此以后，他见了白梦露就有点怪。并且那天压着她，感觉的确是有一种说不出的滋味。晚上收工时，白梦露还故意走到他跟前说："火炬哥，以后有好事，多想着妹子啊！"他还就真的老能想起她了。只要有戏，他就总是跟"穴头"商量：能不能再搭一个人。白梦露的戏，他也帮着总能进步。时间一长，白梦露就干脆住到他租的房里去了。

六十三

潘银莲越来越感觉到贺加贝对她的冷落了。可她毫无办法，只能尽其所能，多给他一些关心而已。比如每次演出时，她才能在剧场见到贺加贝，其余时间，都是史托芬把他安排得团团转。她就利用在剧场能见的机会，总是给他想着法地调剂伙食：一时搓些麻食，一时炖些鸡汤什么的。凡平常知道他爱吃的西京小吃，都弄来让他演出前后打尖。她也见他累得可怜，就尽量不说他不高兴的事。比如喝酒，过去王廉举是有教训的，加贝自己也曾十分痛恨这种"烂酒鬼"行径。可现在，好像她也总能从他身上闻到酒味儿。听他身边人说，不是昨晚陪哪个老总喝高了，就是陪哪个局长、处长喝猛了，再就是太喜欢人抬着捧着，连到后台，都静不下来，老喜欢人簇拥、拍照、签名，活得好像双脚都悬在半空里了。她想关心他点什么，还没等她说出口，他便接了别人的话茬转走了，似乎已完全不把她放在眼里。她也就收拾起碗筷，拿了他刚换下的衣服，悄然离开了。有些事，她也跟史托芬讲过，史老师总是让她放心，说只会把贺加贝包装成喜剧大师，而不会整成第二个王廉举的。他还开了一句玩笑说：“他敢当叛徒，尤其是跟王廉举一样搞什么‘梅开二度’，组织就把他锄奸了。”关于买地搞贺氏喜剧产业园的事，她就更是有些丈二和尚摸不着头脑了，老觉得那就跟演戏一样虚头巴脑的。可几乎每个人都在激动着这件事，她也就害怕别人说她是“乡野小炉匠出身”了。总之，她觉得自己没什么能耐，得放贤惠些，努力做个好媳妇，把婆婆和贺喜经管好就行。其余的事，也就任由他们去了。

也就在这时，潘银莲突然接到一个电话，竟然是她嫂子好麦穗打来的。电话里，好麦穗有些有气无力。潘银莲说她立马过去，就起身出了门。张驴儿还想跟脚，被她轻轻拐了一腿，关在了门里：“我有急事，老实在家待着，帮忙看贺喜！你要敢惹他哭，我回来就收拾你！”

好麦穗在电话里说，她在大差市一家医院，还说了病房号。她说她有话想跟她说。潘银莲突然感觉到了某种不妙。

她找到那间病房时，第一眼竟然没认出好麦穗来。她已瘦成一把光骨头了。

病房里有四张床位。另三个床位上的病人和陪护，都是一种很同情，甚至恐惧的眼光。

好麦穗躺在最靠里面的那张床上，她看见潘银莲来，努力欠了欠身子。

当潘银莲判定这就是嫂子好麦穗时，先吓了一跳。但她尽量还是控制着这种怕给病人带来刺激的情绪。从她内心，真的是有点不敢触碰这个身子了。她努力克制着惧怕，一下紧紧抓住了好麦穗的一只手。那手，也是瘦成皮包骨头了，并且有些发烫。而另一只手，正扎着吊针。

好麦穗的眼泪一下就涌了出来。

潘银莲也泪从心生，几番阻梗，仍还是夺眶而出了。她轻轻唤了声：“嫂子！”

好麦穗很是微弱地叫了声：“莲！”

“咋回事？”她问。

好麦穗慢慢摇了摇头说：“命……命该如此……”

“快别这样说了。到底……咋了吗？”

好麦穗又摇了摇头说：“瞎瞎病。”

“嫂子，不管啥病，都别着急，我给你好好看就是了。”

好麦穗还是在轻轻晃着头：“看不好了，莲。我也是走投无路了，才……才给你打电话……”说着，眼泪又流淌出来。

潘银莲看她实在没有气力说更多话，加之一房人都在侧耳倾听，就没有再多问。过了一会儿，她借故出门打水，到医生那里打听去了。她得知道原委，才好跟好麦穗往下说。

护士把她领到主治医生那里，是一个女大夫，但对她很是不友好，先问：“你是她亲属？”

潘银莲很肯定地点点头：“是的，大夫。”

“你们一家都什么人哪？病人成这样了，管都不管？她丈夫已经好些天不见了，有点人味儿吗？她还能活几天？都撂给医院怎么办？医药费已经拖欠很长时间了。我们处室医生、护士都掏钱垫付过，可垫得过来吗？我看你们也不像是缺钱的人哪？怎么这样办事呢？”女医生上下搜寻着她的穿着和手中拎的包包，先劈头盖脑给了一顿。

潘银莲急忙回话说：“对不起大夫！我知道晚了点，对不起！前边的药费，我负责结。对不起！”

大夫又问她：“你是她什么人？”

潘银莲说：“她……是我嫂子。”

“亲的？”

潘银莲一怔，说：“亲的。”

大夫见她挺诚恳，才让她坐下，并谈了好麦穗的病情。

原来好麦穗得的是子宫癌。大夫说：“这个病本来是有很高治愈率的，可惜她错过了时间。并且动手术后，营养也没跟上，辅助治疗的药物更是经常中断，就导致了今天这样的恶果。癌已全面扩散，病人好多器官都衰竭了。病危通知也下好几次了，估计随时都有死亡的可能。”

潘银莲愣了一会儿，问医药费欠了多少。大夫说，大概两万左右吧。医院也就是在维持她的生命，但所有治疗，都已是徒劳了。大夫又说到好麦穗的丈夫：“你那个哥可是太不像话，妻子成这样，他能逃了？请转告他：没人性！”女大夫说着还直敲桌子。

潘银莲满脸羞红地连连点着头，表示认错。但这个哥是谁呢？肯定不是她亲哥潘五福了。无论如何，既然好麦穗最后能想到潘银莲，那也是对自己的最大信任，她得把这件事处理好。她一直对这个嫂子并不反感。虽然她娘那样骂好麦穗，她也听到不少闲话。并且大夫所指的“她丈夫”，也再次印证了好麦穗的“出轨”事实。方才在好麦穗说她得了“瞎瞎病”时，她甚至还想到了艾滋病呢。在河口镇，有人得过这种病，是卖血染下的。不管怎样，好麦穗能把救命的最后一根稻草，指望在自己身上，她就不能不管。

当她再次回到病房时，好麦穗已能感觉到，她是知道她的病情和一些情况了。

好麦穗在看她的态度。

潘银莲仍是伏下身子，与她靠得很近，并且紧紧拉着她的手说：“嫂子，你放心，一切有我，你就安心养病吧！会好起来的！”她希望能给她更多一些温暖和鼓励。

好麦穗突然像孩子偎依母亲一样，向潘银莲的胸部靠了靠，嗫嚅道：“莲……”她抽噎了一会儿，继续轻声说：“我对不起你哥……”说完又是泪流满面。

潘银莲说：“快别说了，嫂子。我哥……从来都说你好……你就好好养病吧！”

一个女人，当倒在另一个能够信任的女人怀抱时，哭大概是最好的讲述了。

眼看哭到了晚上，病房里的陪护都陆续走了。有一个病人好像回家休息去了，有一个在过道转动。还有一个年龄大些，耳朵也背，始终把身子拧向墙壁在睡。

好麦穗就把一切原委都告诉她了。

被医生称为“她丈夫”的那个人叫张青山，是一家银行在河口镇开办的营业所的主任。潘银莲完全没有印象。好麦穗说，他长得高高大大的，国字脸，短头发，有人说像高仓健。他爱打篮球，还爱穿着一身白色运动服跑步，在河口镇很有名。但这人也好赌博，几乎整夜都能耗在麻将摊子上，并且赌得挺大。人也很义气，每次赢了，都会给输家撇些“零花钱”。那时她在给营业所做饭，每天晚上，他们赌的时间长，会吃夜宵，就让她加班。其实事情也不多，她开始坐在一边看牌，服侍茶水，有人喊饿了，就起身擀些面，或者包点饺子，搓些麻食啥的。那些人都不老实，打牌老拿她开玩笑，还有端直把她和潘五福，比作潘金莲与武大郎的。有的干脆还动手动脚起来。开始她也骂，也反抗。捏了她哪儿，摸了她哪儿，她就用拳头捶，拿脚踢。后来想想，觉得跟了潘五福的确挺亏的，就任由他们玩耍了，人家毕竟都是机关上的人。跟张青山的事其实还在后。开始张青山好像还并不把她在眼里放，觉得就是营业所一个做饭的，还保持着一定的距离。有人做得太过分，他还制止过。可有一晚上，牌打到半夜，他们突然闹起矛盾来。一个输家，怀疑有人故意“放水”，把牌桌掀了个底朝天，然后都骂骂咧咧走了。她正蹲着捡拾一地的麻将，突然觉得身后火辣辣的，回头一看，竟是张青山正直勾勾地盯着她的屁股和腰身。因为是夏天，穿得单，弯腰捡麻将时，后腰露得太多，她急忙拽了拽后襟。他却一把将她像肉团子一样抱起来，端直用脚踢开卧室门，噗通撂到了床上。她也没反抗。在她心中，被张青山主任搂起来，撂到自己床上，都是不敢想象的事。她认识张青山的夫人，在县上银行工作，度假时来过河口镇，人才长相，都是河口镇少见的。被这样的男人稀罕一下，还很是有些荣幸的感觉呢。她自然配合得很到位，甚至有些超常发挥。吓得张青山老用毛巾捂着她乱喊的嘴，有时还捆住她乱抠的手。她的确喜欢张青山，不喊不抠都不由她。他也不是一般地喜欢上她了，后来简直到了一天不见，就要到处发疯乱找的地步。世上没有不透风的墙。何况有人再摸她捏她，张青山就要骂人，就要掀桌子了。事情很快传得满镇都是，张青山怕影响声誉，就安排她到一个建筑工地看材料库去了。那个工地，是靠张青山他们营业所放贷才开的工，因而给她的工钱让她很满意。其实潘五福是不想让她抛头露面，出门挣钱的，可为了儿子潘上风，她又不得不挣。打小学一年级起，潘上风就懂得父亲是个侏儒，自己在河口镇有多抬不起头了。她真不知道潘上风到底是谁的，大概不是潘五福的，关键是哪儿都不像。怀潘上风那阵儿，她在给另一个单位做饭。也的确有两三个人欺负过自己，甚至包括一个管伙的。潘上风在小学五年级时，就蹿出一米六的个头，他自然是不认还不到一米五的父亲了。为了能让儿子在人前抬头，过上有脸面的生活，她在县城给儿子租了房，并且一直把潘上风打扮得很体面，直到考上大学。她把挣的所有钱都贴给了儿子。觉得自己活烂包了，只要把儿子促起来，也就算人生没白折腾一趟。问题还出在张青山。他过去赌博一直手气很好，听说后来有人给他做了局，就突然见场输。越输，他赌得越大，只两三个月时间，就输了几百万。据说不少都是公款，然后他就跑了。他说他一定会让做局害他的人把钱吐出来，一旦吐出来，他会把公款顶交了。他潜逃到西京的事，也只有她一人知道，连他老婆都没告诉。他说一旦告诉，也只有归案、判刑，然后离婚一条路了。他太知道他老婆的精明、厉害和算计。而对她好麦穗，他却是那样地放心。那阵刚好儿子到西京上大学了，她就以到外地打工挣钱供养儿子的名义，出来跟张青山住在一起了。张青山逃跑时，只带了几件换洗衣服，零钱仅够买几箱方便面。两人住在一个地下室，他还不敢随便露面。有时半夜两三点，才出去透透风，就这还得戴着连耳朵都要捂住的深罐罐帽子。脸上因为胡子长了，倒是能遮掩一些。生活来源，就主要靠她一人挣了。她开始在一个超市卖水果，觉得收入低，又换了给人当保姆，伺候过一家老两口，一个还是瘫子。一月挣六千块，供着张青山和儿子三个人，日子的确紧巴得要命。她是念记张青山那几年对她的好，的确是真好过。觉得人家倒霉落难了，也应该有所回报。听张青山说，好像是没给谁放贷，人家才做局害了他。这人在西京有房产，他正暗访着。她也怨他说：还是你好赌，不赌谁能把你做进去？反正只要能过，她都尽量撑着朝前磨。可绳偏从细处断，她竟然得了子宫癌。她说，有时想，也是活该，为啥自己就得了这歹症候呢？她也知道这病早看能治好。可她硬撑着、忍着，觉得不看不行时，就已经晚期了。张青山还算不错，那么躲躲闪闪活着的人，毕竟还到医院伺候了她半个月。实在是没治了，她才让他别再来的。来了一旦被人认出，几年也就白躲了。他现在头发、胡子都全白了。她也一直让他回去投案算了，他好像还不服输，说非得把那套房产找着不可，有了本钱还得挣，还想翻身。他还能翻的哪门子身哪！

“你说让他走他就真走了？”潘银莲问。

“又来过两次，我到底还是骂走了，让他要么投案，要么走远些。我把最后剩下的几百块钱，都给他了。能走多远，那就是他的造化了。我的病……已不需要再看了。我让医院把药停了，他们说不能眼看我等死。我也想回地下室去躺着，又怕死在那里，让住在一旁的人害怕。他们也都挺可怜，那么便宜的租金，能租住在那里不容易。总之，我是没路了，才想到你。对不起，莲，我本来是不该给你找这样的麻烦。念及我是快死的人了，就当行个好吧！给你哥说吧，他来医院又能怎样？依他的为人，肯定是又要再花一堆冤枉钱……我真的不忍心。给上风说……你说他能咋办？他还是个学生哪！莲，你不怨我吧？”

“嫂子，快别说这样的话。你能给我打电话，我知道这里边的分量。有啥你就说，我会尽力的。”

“莲，我求你，别给我看病了。每天给点止痛药，让我……别太痛……就行了。”说这话时，她额头的汗珠都在朝外滚动。她把潘银莲的手抓得很紧，好像生怕潘银莲走脱了似的：“莲，转眼孩子都快毕业了。你现在……在西京混得好，我就是想拜托你，给孩子找个事做。我们费了这大的功夫，把娃盘成这样……不容易！真的不容易呀！我把一个女人的啥脸面都搭上了……”好麦穗突然哭得声泪俱下：“娃也还算听话，在学校学习也好。我听说……你对他也好，今天就算是拜托你了！还有……我这一辈子，最觉得窝囊的是……嫁了你哥。对不起，我不该说这样的话。可我……到临死了，觉得最对不起的……也是你哥！你们兄妹俩……都待我不薄！我嫁到潘家……也就算没白嫁！倒是我……给你们丢人现眼了……”

“嫂子，我们潘家……也对不起你……”

潘银莲再也说不下去了。她突然想到平常娘骂好麦穗的那些难听话，真的觉得潘家也对不住这个女人。

好麦穗继续说：“我死了，娘家是回不去的。嫁出去的女子，泼出去的水，娘家也穷，命都看得贱。何况死了，都嫌污丧人。婆家，大概也不好回，我是啥人嘛……莲，你就帮我收拾一下……咋弄都行。下水道……冲走最好。别朝有人的地方倒……都嫌不干净，娃娃们也害怕。我们就是一粒灰尘，不需要……修墓立碑啥的，也不值得去占那地方。我这样子……包括死相……都别让上风看见了，千万，千万别……让娃看见，他一辈子心里……都是个大疙瘩，不好往下活呀……”

潘银莲再也止不住眼泪地嘤嘤抽搭起来：“嫂子，你放心，一切我都会处理好的！就是有个万一，我和哥也会接你……回河口镇……回潘家的……”

好麦穗也不知是想表达什么，但没说出来，直摇头。她已双眼深陷，目如死珠了。

六十四

潘银莲求医生把好麦穗转移到了一个双人间病房。没有人愿意跟快死的人住一起，这儿反倒成了单人间。她就住在另一张床上，把昏迷中的好麦穗守了三天三夜。

像幽灵一样在病房窜来窜去的一个胖大嫂，几番提醒她说：人肯定熬不过今天下午四五点钟。潘银莲就给她哥打了电话，让他来一趟医院。提前她没有告诉她哥。所有“老衣”她也都买好放在那里，只等那个时刻到来了。

那个胖大嫂是个很奇怪的人，终日游走在住院部的各个楼层，是主动来跟潘银莲接头的。潘银莲开始还有点不想理睬，因为她尽说的是快了快了的话，像是一个催命鬼。三天前潘银莲第一次来，她就蹭到身边嘀咕：最多三天时间，家里得准备老衣了。第二天潘银莲买回老衣，她又来细细检查说，还缺两个含在嘴里和塞在肛门的物件。潘银莲问要那弄啥，她就讲了一整套用处。并且自己拿出两个来，要了潘银莲三百块钱，说本该收三百六的，是纯银货。医生和护士也许知道病人的大限，但他们不会直接去宣判时间。而胖大嫂之所以不停地来宣判，原来是因为她要帮着主家料理后事，加上见得太多，误差基本不会出一小时。

好麦穗一直昏迷着，好多事，潘银莲还只有跟胖大嫂商量。交谈中得知，胖大嫂也是进城来打工的。开始当护工，时间一长，发现护工不挣钱，活还累。而帮死人擦洗身子、穿老衣挣得多，也撇脱，她就改行了。一般一个大医院住院部，会游走着好几个这样的人。胖大嫂眼尖手快，也跟护士们搭得熟络，就能多些信息。这一天，其实住院部有两个女人要走，并且时间还不差上下。一个在三楼，一个在五楼。她就不停地上下跑着，观察动静。都快了，但都还匀乎着一口气。她就有点着急，还给潘银莲提醒过：人昏迷过去是好事，别老喊叫她，喊叫醒来痛苦不说，也不利于她上路。她说阴间路窄，亡人眼睛得朝前盯着，别喊得她东张西望的。说得潘银莲还很不高兴，眼看好麦穗就没了，她咋能不呼不唤呢？

胖大嫂又给她念叨起佛经来。说她跟死人打交道时间长了，开始也害怕，也可怜，后来皈依了佛门，就不怕，也不觉得可怜了。并且她还念叨了几句佛语，说：“佛说：‘我相，人相，众生相，寿者相，即非我相，人相，众生相，寿者相。’还有：‘若菩萨有我相，人相，众生相，寿者相，即非菩萨。’你懂得这话是啥意思吗？就是不要太看重人的生身，连菩萨太看重生身都不是菩萨了，何况人。这就是一堆肉，长得好，长得差，皮相好，皮相糙，都是要化成灰的。佛还说了：‘若以色见我，以音声求我，是人行邪道，不能见如来。’你知道这几句是啥意思吗？就是不要用肉眼看生死，也不要用凡人心去想极乐世界，那边没有你想的那么苦。也许那边就是个戏园子，天天唱《七仙女下凡》《大肚和尚戏柳翠》呢。你嫂子肉身没了，色身没了，音声没了，恰好佛才见她，要不然还见不了如来佛呢。不是啥坏事，你懂不懂？佛还说了：‘一切有为法，如梦幻泡影，如露亦如电，应作如是观。’意思你明白不？就是世上所有事都是空的，生灭无常，悲喜不定。死是解脱，是归去。你喊回来是增加她的痛苦，是执念，懂不？人一执念就冒傻气。啥叫如来佛？《金刚经》里说：‘如来者无所从来，亦无所从去，故名如来。’你明白不？人生如缘起，死去是轮回，很正常的事。何况她活得到底咋样，你比我心里明白。千万再别乱喊了，对她真的不好，让她安安生生上路要紧，你懂不？”

胖大嫂一番话，还真把潘银莲给唬住了。即使呼唤，她也把声音放轻了许多。

此时，她只能耐心等待着好麦穗的“我相，人相，众生相，寿者相”的寂灭归去了。

胖大嫂下到三楼转一会儿，又忍不住上五楼来问潘银莲：“一会儿穿老衣，你们自己有人上手没？如果没有，我得再找一个。再找一个，还得加四百。”在这以前，她已说过，连擦澡带穿衣，共八百块，潘银莲已经答应了。这阵儿，她又提出，有没有家属帮着穿。潘银莲倒不是在乎四百块钱，而是不喜欢她这样勒死逼活的样子，就发气道：“没有。”再然后，她哥潘五福就来了。

潘五福一看好麦穗成这样了，眼泪欻欻往出直飙，嘴里喃喃着：“这是咋了？这是咋了？”

好麦穗已在深度昏迷状态。潘银莲仍是怕她听见，就悄声对她哥说："癌。大概就在这一阵儿了。"

潘五福突然老牛一样，哭得伏下身子，直拍好麦穗的身子喊："麦穗儿，麦穗儿，你要撂下我走哇……别这样，我给你看病，你别这样啊……"

好麦穗只是大口喘着粗气，迷糊得什么也不知道了。

潘银莲劝她哥说："别哭了哥！我也才知道两三天。你别说话，来看看就行了。也别说跟她是啥关系，有些事，我回头跟你说。给嫂子……顾点脸……"

潘五福直点头，但还是哭得忍不住，老用手背擦泪水。潘银莲给了他一些餐巾纸，他舍不得用，还是拿手背抹。

那个胖大嫂又从三楼上来了，累得有些喘气。她进门先看好麦穗的动静，好像很是有点着急了。这次她后边还跟了一个人，也跟胖大嫂一样穿了一身黑衣，瘦得有点皮包骨。只听那人低声说："大概差上不差下。"胖大嫂也低声说："你就在三楼别跑了。哪头先走……顾哪头。"那人就出去了。

就在这时，好麦穗突然睁了睁眼睛，像是从什么梦境中猛然惊醒过来，十分惶恐地朝四周乱看着。潘银莲和潘五福都朝前凑了凑，直喊她的名字。可她已经说不出任何话来了，只是面对潘五福，满目无神地怔了许久，眼角滚出豆大一滴泪来。然后她就再没动静了。呼吸也微弱得潘银莲把手搭在她嘴上，都感觉不到了气息。

胖大嫂的眼睛像鹰一样，死盯着放在床边的几个仪器上。那上下波动的示意图，都在趋于平直。血压表，也很快降到了三十以下，并且还在持续下滑。她失急慌忙地出门去了。

潘五福拉着好麦穗的手直喊："凉完了。麦穗儿身子快凉完了！"

潘银莲看着她哥万分无助的神情，心里也是五味杂陈，泪如串线。

这时，那个女主治医生和护士也来了，她们在做最后判断。与此同时，胖大嫂把那个同伙也从三楼急急呼呼叫了上来。医生还没判断完，胖大嫂已经从柜子里拉出了潘银莲准备的老衣。医生看了看表，低声对护士做了最后的宣判："四点五十分停止心跳。"然后就安排让拔除身上的一切管线。

潘五福还喊了一声："大夫，人还没凉完哪！"

医生说："大脑已经死亡。"

还没等医生说完，胖大嫂就接上了话："不敢再等了，人一凉完，衣服就不好穿了。"

医生很是有些无奈地对护士说："处理吧！"

护士就拔起了管线。

潘银莲和她哥抱住好麦穗嚎啕大哭起来。

潘五福还在喊叫："麦穗儿，你才活了多大一点岁数哇！你爹娘都还在呀……上风……也不能没妈了啊……"

等他们哭了一会儿，胖大嫂和那个同伙就把他们朝开拉。胖大嫂说："黄泉路上无老少，这都是命。再说了，死是生，生是死，人都得反复去轮回。有缘了，不定下辈子又会碰见的。哭一会儿就行了，常言说得好：人死如灯灭，顾活不顾死，你们就节哀顺变吧！"说着，胖大嫂就掀开被子，把好麦穗赤条条露了出来。

潘五福一把又将被子盖上，突然对胖大嫂带来的那个瘦黑衣人大喊："出去，你出去！"

一下把胖大嫂和那个人都弄蒙了。胖大嫂问："不是说好的，两个人一起穿吗？"她还看了看潘银莲。

谁知潘五福说："她是个女的，咋能让男的穿老衣？"

胖大嫂急忙解释说："你弄错了，她也是女的，头发剪得短些，图干活利爽。"

仔细一看，那人还果然是个女的。那女人还咧开瘦嘴笑了一下，牙黄得有点近铁锈红色。

直到这时，潘五福才颤抖着，把好麦穗第二次揭开：

"麦穗儿，你咋成这样了？咋成这样了……"

好麦穗真的是瘦成一把光骨头了。包骨头的皮，是把几根还没散架的骨头，松垮垮地牵连着。过去所有丰满的地方，都不见了，只留下躯干和四肢的大致轮廓。尤其是大腿，几乎与小腿变得一般粗细，是很生硬地拼贴在盆骨上。整个胸脯，也塌陷得一败涂地，像个患有鸡胸的瘦弱儿童，除了肋条根根凸出外，松弛的薄皮，已经沦陷在沟壑深处了。

潘银莲直摇头，一个美艳女人的生死，竟然是这样地天差地别：嫂子第一次被接回河口镇，几乎把她吓一跳。那是一个黄昏，有人把好麦穗从拖拉机上搀扶下来，一群孩子在喊："新大姐，割麦子，半边屁子炸裂子。"她也不知是啥意思，反正河口镇接回媳妇，孩子们都这样围着跳着闹着喊着。然后，新媳妇会撒下几把水果糖，或几把钢镚，孩子们才一哄而散。接回嫂子那年，潘银莲已经上初一了。她没想到，嫂子会是这样的人才，她觉得比镇上所有女人都好看。虽然她也爱着自己的哥，但那一刻，她突然觉得嫂子是太亏了。嫂子在家里哭了三天，闹着要走，一直是她陪着。门外娘上了锁。后来，嫂子娘家亲戚也不知怎么给嫂子做的工作，反正也是好几个日日夜夜，再后来，好像嫂子就认命了。她第一次见到嫂子的身体，是在一个夏天的晚上。那晚各家都把自己的麦子，拿到一个大场坝去上脱粒机。平常，她哥都是不让嫂子下地干活的，再苦再累，他都一人扛到底。娘老骂他亏先人，怕女人！他只笑，但就是不让。即使让去，也是做点轻省活。脱粒小麦那晚，因为是龙口夺食，家家都在排队赶场。她家几亩地的麦子，也就几十分钟能脱粒完，但帮手要得多，他们就全上了。嫂子干得特别风火，羡慕得好多人家，都夸潘家媳妇能干。一些媳妇就看她的笑话，说跟了个三寸丁，再能，还是个喂猪的烂南瓜。嫂子也听见这话了，晚上回家，就关起门来哭了很久。最后，是她烧了热水，把门叫开，硬要嫂子洗澡，并强着脱了全是麦芒灰的衣服，才第一次看见嫂子的身体。那身子，至今她都记忆犹新：竟然是那样晶莹剔透，汁水饱满。乳房高挺，犹如一对经高手厨艺揉成的罐罐馍，捏得有型，蒸得膨胀而又紧揪。她记得两乳之间还有一颗小粉痣的。现在，痣已成黑色，放得老大，而乳房却扁平塌陷了。当胖大嫂翻过好麦穗的身子时，她吓得一下闭上了眼睛。还是那一晚，她给嫂子搓背：那是怎样美妙的脊背呀，水撩上去，如同碰上油珠，迅速滑落下去，只留下一片润泽。脖颈美得她都有些不忍心搓，生怕搓暗了那种透明感。双肩丰沛而又紧致，长长地向两边延伸开去。充盈着满活血气与肌理滑溜的脊背，由宽到窄，慢慢向下轻削，直到束出一个十分紧卡的腰身来。再然后，就是那个让潘银莲十分嫉妒的屁股，简直浑圆美丽得令她无法正视。犹如一对十分对称的山峰，在相互攀比着自己的茂盛与凌翘。就是因为那次给好麦穗洗澡，而使她自卑得甚至一辈子都不愿再谈婚论嫁。可今天，这个屁股已荡然无存，留下的，是两张很是宽余的皮，无甚可包地蔫软在腰腿连接处，随意耷拉晃荡着。

澡是潘五福擦的。潘五福努力想擦得干净些，细发些。可胖大嫂一再交代：前三下，后三下就行了，这是规矩，擦多了对她不好。说没气味了，阎王那边对不上号。潘五福的泪水，一个劲地朝好麦穗身上滴。胖大嫂和那个瘦女人想接过去擦，潘五福坚决不让。他就想再细细地给好麦穗擦擦，夫妻一场，他还没给好麦穗擦过澡呢。那么好的一个女人，交给我潘五福，咋就成这样了呢？他还是哭得不行，想把好麦穗抱起来，但被胖大嫂她们抢了下来。然后，一胖一瘦两个黑衣人，就再也不管不顾地上手了。没想到她们是那么老练：胖大嫂先用她的三百块钱“银器”处理了上下两窍，然后她就跳上床，给亡人穿起衣服来。有几个动作，是把好麦穗背起来颠着抖着穿。好麦穗已没有任何配合了，但两个黑衣人却心照不宣地配合得天衣无缝。细节大有“庖丁解牛”“运斤成风”之绝妙。胖大嫂一边穿，一边还跟亡人说着话：“别害怕，那边也没啥，习惯了都一样。人一辈子就这回事，来了去了，去了来了。你在医院待的时间也不短了，啥也都该明白了。我也给你念过经了，赤条条来，赤条条去，不住色相、人相，如来佛也会收留你的。好好上路，衣服里给小鬼准备的有买路钱。还有一路恶狗咬你时，扔的馍蛋蛋也在手链上串着。别忘了，每年清明节回来一次，错着人走，别吓唬谁。再对不起你的人，走了也都别计较，其实都是可怜人！人世间谁害谁，临了了，也都成可怜人害可怜人了。不怕噢，阎王就是面恶，其实心不坏。他是人世第一个死去的，在那边熬资格熬得拿了事，是懂得人世苦处的，一定不会为难你。放心走吧，阳世这边也会有人念记你的，阿弥陀佛！”

潘五福和潘银莲听得又嚎啕大哭起来。

说话间，两人就把老衣穿好了，护士帮着用床单把好麦穗抬到了平车上。

胖大嫂就急着要跟那个瘦黑衣人离开，说三楼那个刚咽气，前后脚的事。

潘银莲付了钱，两人就失急慌忙朝楼下跑去。

剩下潘五福和她，在护士的引导下，一直把好麦穗送到了太平间。

第二天，他们就把好麦穗火化了。火化前，潘银莲还反复想，要不要让潘上风看一眼。她还跟她哥商量，潘五福也拿不定主意。最后，潘银莲还是觉得要尊重嫂子的意见，就先不告诉潘上风了。

火化完，潘五福捧着好麦穗的骨灰盒，双泪仍在长流。

“骨灰咋办？”潘银莲问他。

她哥说：“你别管。”

潘五福就把骨灰拿走了。

需要特别交代的是：就在好麦穗死去这一天，张青山落网了。公安是在西京城另一栋大楼的地下室抓住他的。他的暴露，与多次到医院伺候好麦穗有关。

六十五

就在潘银莲处理好麦穗后事的那几天，贺加贝也去忙了一趟“喜丧”。

丧家，是一个手头有很大资源审批权的处长的奶奶。还有人说贺加贝：一个处长的奶奶死了，还值得你去奔丧。贺加贝也不愿去，可帮着弄贺氏喜剧文化产业园的几个处长说不去不行，他就只好去了。史托芬也被他们拽去了。

那处长是在南郊盖的房，院子很大。一进去就把贺加贝吓傻了：真正叫花圈的海洋，挽幛的山峦。他还没见过这样宏大的死亡阵仗。并且好多挽联还是红色的。原来处长奶奶活了九十七岁，无疾而终，丧事便办得具有了许多喜剧气氛。院子中间还搭了舞台。贺加贝到时，一个歌唱家正在唱《雾里看花》，后边还有一些光腿女孩子在伴舞。前边已经演出三个多小时了。说是晚会基本以春晚的长度裁夺，八点开始，零点以后结束。节目以秦腔为主，也穿插有歌舞、器乐、曲艺、魔术等，并且都是名家出场。贺加贝是请来压大轴的。

贺加贝只跟处长见了一面，处长表示了一句感谢，就要去顾其他更有头脸的人物了。听说省级领导都有来的，局处级更是走马灯一样地络绎不绝。一个喜剧明星，处长照上一面，已是表示高看了。贺加贝把史托芬还介绍了一下，处长几乎连照都没照一眼，就被人拉着朝客厅跑，说是又来了啥子厅长。

在主要艺术家候场的一个房间里，还聚集着不少没有上场的人。这种演出，都很轻松。尤其是后台，几乎成了自由市场，打扑克“挖坑”的，嗑瓜子、品茶的啥都有。富裕丧家，水果、烟酒都是放开供着。一人只唱几段，或者表演一点拿手绝活就成。不像在舞台上正经唱大戏，人都很紧张，后台也很有秩序感。这儿就成了闲话的集散地，文艺界是是非非、蜚短流长的“毒蜂巢”。可今晚，没有一个人说那些糖不甜、醋不酸的话，都在说着处长奶奶的传奇人生。原来这个奶奶一生十分坎坷曲折。年轻时，其实是一个窑姐。她家里也是有些田产的富家乡绅。小姐断得文，识得字，却被人贩子拐卖到老西京的窑子里了。因为她长得绝色，而被国民党一个情报处长赎出去做了二房，但没敢朝家里领。大房住在城里，而把她安排在西郊养着。后来处长被乱枪打死，生活所迫，这个奶奶就又回归了窑子。再后来，西京解放，她又被遣散到新疆，被一个当兵的团长看上了。直到八十年代初，团长升到正师职离开岗位，才又把她带回西京。据说老奶奶为人谦和善良，走路都不愿踩死一只蚂蚁。她认为生命都是极可怜的，没有谁敢保证自己千年瓦屋不漏水。并且老奶奶一直保持着看书的习惯，临死时，手里还捏着《红楼梦》。听到这些，大家还都十分崇敬起老奶奶来。墙上挂着老奶奶的照片，的确是老而有型、风度翩翩。满头银发，鼻梁上还架着一副金丝边眼镜，十分优雅。看来看去，哪里又能找到窑姐的影子呢？大家就都感慨着命运的吊诡与无常。一个窑姐，最后活成这样，都难以想象。听说处长给他奶奶买了一块墓地，就价值几十万。连墓碑石，都是进口的印度红。碑文、书法和刊石，也都是请那些可望传世的一流名家在撰写、打造。正所谓哀荣备至、洪福齐天了。

演出完，史托芬在路上跟贺加贝说："今晚这丧事，你猜让我感受到啥？"

有些瞌睡的贺加贝问："感受到啥？"

史托芬说："人，不在于你从哪里来，要到哪里去。而在于你现在是谁。"

这么绕口的话，让贺加贝听来，有些晦涩难明。他闭着眼睛说："史老师说啥都高深莫测的。说明白些，我就听懂了。"

史托芬还是没朝明白的说，又补了几句更文绉绉的话："饭蔬食，饮水，曲肱而枕之，乐亦在其中矣。不义而富且贵，于我如浮云。"

"史老师一转文，我就只能睡觉了。"

史托芬继续兴致很高地吟道："丹青不知老将至，富贵于我如浮云。"

这时，车一颠晃，把贺加贝彻底给颠醒了，说："史老师，说点通俗的。"

史托芬一笑说："文明遗留给我们的道德训诫太多。你一认真去实践，就发现问题很大。比如说：所有文艺作品，包括经典名著，没有不把钱财当祸水的。当然，我们在贫穷时歌颂万元户的除外。所有教宗，也都几乎说过同样的意思：财主是进不了天堂的。富人要进天堂，是比骆驼穿过针眼还难的事。可现实中，又有谁不是高高兴兴、快快乐乐、争先恐后、挖坑使坏、所向披靡地把自己朝富有的'地狱'里送呢？一个小小的处长，凭什么有那么大的势？他是谁呀？母以子贵，这是奶奶以孙子贵。没有这个大权在握的孙子，老太太就真有那么高的德行、威望、人脉？”

“这个我听懂了。”贺加贝笑着说。

“懂了就好。”说完，史托芬倒是有点睡意了。

贺加贝又突然想到了万大莲。一想起万大莲，自然就要想起牛乾坤。牛乾坤要不是有那么多钱，那么好的别墅，万大莲能跟他走吗？可他有时再想把万大莲朝坏想，还是想不坏。她就那么实实在在地活在他心里，无时无刻不在搅动着他的五脏六腑。她是那么美丽，那么可爱，美丽可爱得无法去诋毁。她与自己几乎共同成长了十几年，不可谓不熟悉，交情不可谓不深。为什么最后却经不住牛乾坤来看几场戏，就席卷而去了？他现在活着的所有目的，似乎就只有把万大莲重新夺回来这一项了。要不然，自己演得再爆棚，再火烧火燎，也是一个很失败的角色。

贺加贝现在真的很少能想起妻子潘银莲了。有时她就是走在身边，也不大能引起他的注意。除非突然觉得：怎么万大莲来了？当仔细一看，是潘银莲时，又使他深深失望起来。潘银莲在干啥，他也不关心，也顾不上关心。他妈好好的，儿子贺喜也好好的，就像人的身体，只要哪儿没毛病，就永远也发现不了这一部分的实际存在。在他心中，潘银莲是永远也干不出什么越格事的。因此，她的存在，就越发地淡然起来。他现在满脑子就一个重要目标：买别墅，买一栋比牛乾坤那栋更阔气的别墅。其余一切，都似乎变得无关紧要了。

从参加那位处长他奶奶的喜丧回来，喜剧坊的节目，史托芬又进行了一次大调整。那天，开了一个全体会议，史托芬讲了很长一段话。开始是总结前边的创作、演出、票房、宣发以及广告工作，最后他话题一转说：“我们还得大踏步地对目前节目内容进行改造，核心是进一步激发观众的优越感。让他们在观剧中，充分享受比剧中人聪明、能干、所处地位略高或颇高的优越性。从而，让他们更愿意来贺氏喜剧坊，一边观剧，一边把罪恶的金钱掏出来，消费更多高档酒水和美餐，然后喜滋滋地打嗝揉腹而去。价值和道德性固然重要，但不能靠我们来负载这么沉重的包袱，而让别人玩弄道德价值于股掌之间。悲剧把人性崇高化，正剧把道德严肃化，而喜剧就是拿来调侃的。让能掏腰包者，充分享受欢愉，大快朵颐，从而蜂拥而至，‘卸载’而归，这就是我们喜剧坊的新信条。总之，要把服务对象，朝更高消费层转移。现在看着上座率很高，赢利仍然微薄。只有把更高端的人士吸引进消费圈来，才可能让大家增加收入，真正让玩喜剧者，取得一份颇有喜剧色彩的好收成。”

大家热烈鼓起掌来。

张驴儿在桌下，大概是被很猛烈的掌声吓着，突然胡乱窜动起来，被谁美美踩了一脚，发出了很是具有喜剧色彩的不谐和叫声。现场立马释放出一个喜剧大包袱来。

说实话，史托芬这番话，无论贺加贝还是潘银莲都没咋听懂。贺加贝觉得他不需要懂，有史托芬懂就够了。而潘银莲脑子还在想着其他事，喜剧坊怎么发展，也从来没征求过她的意见。但史托芬的创作团队懂了，很快，喜剧的观众定位就发生了变化。为新的舍得掏腰包的观众群，寻找生存优越感，就成为新的喜剧亮点和包袱的制造点。电脑和数据的所有计算，也是一分钟一分钟地抠着新的“王炸”。随着“中高端”人群的“换药换汤”，票价和酒水餐饮单，也在发生着渐变，直至巨变。相同的演员，相同的场地，由于话语内容的偏转，而使利润出现了翻番的效果，这就是“定位”的重要。

如此同时，“贺氏喜剧产业园”也在加快推进。在“贺氏喜剧大剧院”和“喜剧坊美食一条街”设计图纸的反复修改、论证与否定之否定中，一个房地产开发项目，却在实实在在地浮出水面。他们将产业园中的四十亩地，转换成了商业用地，然后由一家地产商，悄然托起了八栋高楼的楼盘。说的是要用这四十亩土地转让费，来撬动大剧院和美食一条街的建设动工。

贺加贝每每和史托芬来到自己的产业园，看着一望无边的园区土地，都有一种无比自豪的兴奋感和史托芬老爱说的“优越感”。他在想，有朝一日，自己成了“贺氏喜剧大剧院”和“喜剧坊美食一条街”的真正主人，万大莲又该作何感想呢？会不会把肠子都悔绿了？但无论怎样，他都是会给她悔改机会的，他就把这个女人爱得那么死结。有时想起来，他都想把自己抽几耳光，就活得那么没出息，没长进吗？狗日的爱情，到底是个什么样的鬼，能这样害死人呢！

六十六

自好麦穗去世后，潘银莲就一直在想，怎么跟潘上风谈这事？在好麦穗弥留之际，她真是想把潘上风叫来，让他把自己亲生母亲送一程。可考虑来考虑去，还是没有叫。她得尊重好麦穗的意愿。好麦穗不仅是不想让儿子看到自己这副惨象，也不愿让他对生命绝望。她深深理解好麦穗那时的心境。现在好麦穗已去世一个月了，她想，是该让潘上风知道这件事的时候了。

那是一个周末，她把潘上风叫到雪花酒楼，还专门订了一个小包间。她怕孩子和自己忍不住哭了，会没法面对其他顾客。

但潘上风没有哭。这是她没想到的。她说着已经泣不成声，最后不得不进卫生间，去打理自己失控的一切。面对镜子，她有些绝望：潘家怎么养了这样一条白眼狼？无论好麦穗的个人生活有多么不堪，侏儒父亲有多么让他丢人现眼，可他们都在为他压榨着身上最后那点骨髓。他不应该如此冷漠绝情，以至几乎失去了一个人子的基本血性。她想跟这个孩子断绝一切来往。并且想让她哥也立即离开西京，再别想起这个毫无人性的东西。她嘭的一脚踢开卫生间门，谁知看到了另外一幕景象：潘上风哭得抽搐在椅子背后，嘴里不断地喃喃着：“妈……妈妈……”如果不是椅子撑持着，他已快瘫倒在地了。一刹那间，潘银莲泪流满面，她又突然感到了一种希望：一种为他付出一切都还值得的希望。在潘上风发现她走出卫生间时，他在努力擦干泪水，而不想让人看到他的痛切悲伤。潘银莲真的感到这孩子心太深太深，实在深得不可见底。但也并不像表面那样静如死水、冷若冰霜。

他身上有温度，有看不见的热血在汩汩流动。

她慢慢又坐到了桌前。

她给他递了一沓纸巾，他没有用。

他在用背影告诉她：他很平静，也不曾流泪。

潘银莲说："想哭就好好哭一场，这有啥？你妈去世了，也该好好哭一场。"

他没有说话，背影也纹丝不动。

她接着说："你妈不愿意让你看到她最后那一幕，就是想让你好好活着，活得有出息些。"

他还是不说话。

潘银莲又说："学习上以后有啥困难，就找姑，听见没有？"

潘上风盯着一个墙角，没有反应。

潘银莲说："你听见没有？你说，你心里认不认这个姑？"

潘上风仍是无话。

潘银莲站了起来，端直走到他的对面，眼睛直视着他问："哎，你认不认这个姑，总得有句话吧！"

潘上风低下头，几乎是听不见地咕叨了一声："认！"

"既然认，就得听姑的话，跟姑交流。你这样每次见面，连半句话都不说，给钱也不要，让姑咋办？"

潘上风还是那句话："我有。"

潘银莲说："你有啥？你妈也不在了。听你妈说，她去世那个月，才给你卡里打了二百八十块钱，咋够花？你爸挣的钱，你还不要，说打到卡里，你还取出来寄给他了。你这是咋回事？"

潘上风又不说话了。

潘银莲有些着急地把他肩膀扳了一下说："哎，跟姑好好说话行不行？你咋生活的？大家把你当潘家的星星、月亮一样盼着、捧着，你可不敢在学校不好好学习，最后竹篮打水一场空啊！"

"我能自己挣。"潘上风终于憋出了一句完整话来。

"挣？咋挣的？来路正吗？给姑姑说说行不？"

“装台。”

“装台？”潘银莲是懂得装台的，就是给演戏布置舞台演出场景。每晚演出，只要换戏，换节目内容，就要重新搭建布置新的舞台样式，那就叫装台。潘上风怎么跟装台扯到一起了呢？她问：“你装的啥台？”

潘上风说：“跟刁顺子一起，给剧团装台。”

“刁顺子？刁顺子是谁呀？”

“你们唱戏，还不知道刁顺子。他给好多剧团都装过台。”潘上风说。

“我们舞台变化小，从来都是自己装。那你跟刁顺子去装台，不上学了？”

“上。装台都是晚上。”

“熬一夜，第二天还能上学？”

“刁顺子知道我是学生，不为难。装到半夜，就让我先走。”

“能挣够学费和平常用的钱吗？”

“妈原来再给些，够了。”

“可你妈现在不在了，就得靠姑，靠你爸，懂不懂？不管你瞧得起瞧不起你那个爸，他都来了，就为你上学而来，你不能伤他的心。人心都是肉长的，你爸的心也是肉长的。他见你把钱寄给他，他哭了，懂不懂？上风，你是潘家上学最多的人，我想上学最重要的是明白事理，学会懂得人情冷暖。今天关起门，我们姑侄俩说话，也不怕外人笑话。不管你承认潘五福是不是你亲爸，他都把你当了亲儿子。除此以外，没有人来认领你，更没有人舍得掏半个子儿养活你！你妈病重时，向原来……有过交情的男人借钱，一分都没借下。后来那些人……连她的电话都拉黑了，这是她亲口跟我讲的。我问她为啥不向我借，她说：留着你这个姑……细水长流……好照看上风！连你妈最后时，也说这辈子最对不起的就是你爸……他是一个看似没用的人，但又是潘家顶天立地的人。你就是不认他做父亲，上了这么多年学，也应该学会认识这样的人了。他总是个好人，是个不应该让你鄙视的人吧？如果你都永远鄙视着他，那我认为，你的书也白念了。我可能说得太多了，你也不想听，可我还是要说：真正认你的亲人，都不会要你的啥。他们就看你是棵苗苗，能浇水，都想尽量浇一点。现在你妈又走了，你爸更是觉得要对得起你妈。对得起你妈，其实就是想对你好，懂了没？吃点菜吧，都凉完了。”

“我妈……骨灰呢？”

“在你爸那儿放着。”

“他那怎么放？”

“临时放着呗，说合适了再接回去安葬。”

“你让他回去吧。钱我自己挣。”

“你爸既然有这份心，你也得替他想想。”

“让他回去吧！”

这时，他的手机突然响了，是那个刁顺子打来的，说又接了一个装台的活儿，问他干不干。他说干，就起身走了。

潘银莲看着潘上风的背影，倒是有些安慰。这天晚上，她又去西八里村，看她哥去了。

她上到那个鸽子楼的顶层时，她哥正在里面收拾一堆鞋。她问还有两个住在一起的人呢，潘五福说，三伏天时，热得受不了，都换地方了。

“那你也不换换。”

潘五福说：“还行。他们都走了，我一个人，房主也没让加钱，还宽展。”说着，她哥嘴角还露出一丝小得意来。

潘银莲好奇地问：“你把嫂子的……那个呢？”

潘五福朝房拐角的一个箱子指了指说：“在那里边。”

“你都不害怕？”潘银莲问。

“哪有啥怕的。最害怕的是活人，只有活人怕活人，哪有活人怕死人的。何况麦穗儿也没起心害过我。”

“哥，我觉得放在这儿不好，还是送回去，下葬了吧！”

潘五福说：“肯定弄不成。”

“咋了？”她问。

“我不在，娘还不把坟扒了。”

“娘为啥要扒嫂子的坟呢？”

“娘恨你嫂子得很，在家天天骂呢。老早就说了，好麦穗将来不能进潘家祖坟山，说潘家羞不起这先人。娘还说，就是埋了，她也要扒出来喂狗。”

“那也就是说说而已。人都死了，还计较啥。”

潘五福说：“娘谁都能饶过，绝不会饶你嫂子的。”

“你带回去埋了，还不一样惹事？”

“我在家看着，就是有个三长两短，也有个照应。实在不行，就等娘百年以后，我再埋。反正总得让你嫂子进潘家老坟园吧。她嫁过来……也二十多年了，我们潘家还能让她成孤魂野鬼不成？”

潘银莲听着心里又开始酸楚起来，说：“哥，你就回去算了吧！刚好把嫂子也带回去。”

潘五福一边轧着鞋底一边说：“上风一毕业，我就回去。”

“他又不要你的钱。再说，有我这个姑，你怕啥？”

“那不一样。姑给是姑给的，我给是我给的。”

“人家把钱都寄给你了，你还给的啥钱？”

“麦穗儿不在了，兴许不一样了。”

潘银莲说：“娃总算还懂点事，他自己也在挣钱。”

潘五福突然停下手中的活儿，有些着急地说：“他不好好上学，自己挣啥钱？要让他自己挣，就不淘这大的神了。又是念书，又是挣钱的，一心哪能二用？这个你要管呢。我都想好了，把钱交给你，你再给他算了。”

“我给他也不要。我觉得，他自己能挣点钱也是好事。挣着，就知道来钱不容易了。你就回去吧，哥！”

“也就剩下一年天气了，我等他一毕业再回。就这个院子，父母为娃上学来打工的，有十几个。我们邻县塔云山那边，有一个叫罗天福的，厉害得很。他把一儿一女都盘成器了，两个都来省城上大学了，并且跟上风是一个学校。罗天福和老婆也来了，就在八里村口卖饼子挣钱，供济两个娃着呢。都不容易，都在这儿硬撑着。老罗也说，等娃一毕业他就回去。我肯定也是娃一毕业就走。钱挣着放在那里，说声他要用，是现成的。这儿挣钱毕竟比河口镇方便，你就让我再挣几个再走吧！”

潘银莲再也不好说什么，就起身下楼了。她哥硬把她送到楼下，刚好听见隔壁院子在唱戏。

潘银莲说：“你们这儿老有戏？”

潘五福高兴地说：“就是老有戏。村里一些老汉老婆都爱唱。外来打工的，也爱凑热闹，谁都敢站出来吼几嗓子。”

“看看走。”潘银莲跟她哥就进了隔壁院子。

一棵老槐树下，蹲的蹲，站的站，聚集着一大摊人。有的还端着大老碗在咥面。一个白发苍苍的老汉，在拉胡琴。他旁边，一个有些驼背的老头正在唱。

潘五福说：“就是他，这就是我说的那个老罗，叫罗天福。其实年龄也就四十七八，面相老得很。他也能扯几嗓子，苦情戏唱得可好了。”

那个老罗，正唱的是秦腔《三娘教子》里老薛保的唱段：

见三娘上了气机房闷坐，
倒叫我老薛保暗把泪落。
小东家呀你有错，
胡言乱语说什么？
三娘不是你亲生母，
你的亲娘是哪个？
……

只听了这几句，潘银莲见她哥已是泪流满面了。

潘银莲看见，暗中还有不少人也在抹泪。

其实那个老罗真的唱得很一般，甚至还有些荒腔走板。但他很投入，投入得自己先是浑身颤抖，脸上的肌肉阵阵炸裂扭曲。

掌声便从大槐树四周啪啪啪啪地爆响起来。

六十七

贺氏喜剧坊四个剧场，近来个个爆红。贺氏喜剧产业园区也推进有序。“推进有序”是史托芬的话。园区内八栋大楼，正在紧锣密鼓地往天空延伸。而“贺氏喜剧大剧院”和“喜剧坊美食一条街”的图纸，也已终审定稿，各方看了都十分满意，只等商家实施了。商家就是盖那八栋大楼的东家，说楼一封顶，大剧院就率先启动，美食街也会破土跟进。规划的确宏伟壮观，并且总体完工时间在两年以内。当那八栋三十层商品住宅楼拔地而起时，贺加贝就感觉到信心满满了。他已多次到现场“调研”“视察”。这两个词，都是史托芬手下人喊出来的，让他很是有些享受权力的感觉。考察调研时，他也戴着安全帽，而且是前呼后拥着。还有人连滚带爬地在前后左右爬高上低地摄影摄像留资料。他也多次在蓝图上比比划划，并朝远处指指点点，除了菱形光脑袋有点滑稽外，其余倒也煞有介事。照片放大到喜剧坊的半边墙上，他过来过去地看着，确实觉得很是滋润受用。几乎不用他操任何闲心，贺氏喜剧事业像长豆芽一样，泡在那里，自己就发胀得喀吧作响了。

正是这种巨大的成功感，也让他觉得空虚起来，并且是越来越空虚，不由得他不时时要想到万大莲。如果没有万大莲，这一切发胀又有什么意义呢？

一天晚上演出时，他在台上突然发现底下中后区坐的一个人，特别像万大莲。可观众席上都是蜡烛，影影绰绰的，又不能肯定，何况是演出快结束时才发现的。弄得他很是兴奋，把好几句台词都说错了，差点没把配角撂置在台上。演出刚一结束，他就钻进观众群，端直去找那个像万大莲的人了。可观众哪里能饶过他，又是要签名，又是要合影的，几乎完全阻住了去路。急得他什么都不管不顾起来，甚至把几个观众都差点拨倒在椅子上。可当他挤到前厅，中后区的人基本已经退到大门外了。他又挤到大门外，人已大多散去。围住他的，还是前区那些过于热情的观众，执意要签名、合影，他就有些烦。平常他是挺喜欢这些的，有工作人员阻挡，他还不大高兴。可今天，他实在是讨厌死了这些像糖一样黏糊住自己的人。他有些肯定那就是万大莲，故意坐在靠后区的位置，也许就是不想让他看见。但她毕竟是来了。来了，就说明她心中还记挂着贺加贝。他忽地一下，从跟出来的工作人员手中抽过手机，给万大莲拨了过去。

过了许久，那边才接电话。他一听，是万大莲。里面声音有些嘈杂。万大莲“喂”了一声：“加贝，是你吗？”

“不是我还能是谁？”他激动得都有点变调。

“有事吗？”

“你给我装。”

“我装啥了？”

“你现在在哪儿？”

“游泳池呀，你听听这声音。”

贺加贝仔细一听，果然有水的波动声。他感到自己像是突然从高空中坠落一般，摔得有点鼻青脸肿。他把趾高气扬的声音压了下来，并且走得离糖一样黏糊的观众更远了些。

万大莲在问他：“你怎么说我装呢？我装啥了？”

他还觉得不好解释，解释了反倒显得自己跌份，就说：“跟你开玩笑呢。好久没见了，思念妹子么。”

“啥时还给我装起哥来了？人物混大了，年龄也大了？”

他急忙改口：“姐，莲姐，这下对了吧？嗳莲姐！”

“再别耍嘴皮子了，听说你现在红火得很么！”

在贺加贝的记忆中，万大莲还是第一次给自己释放出这样高看一眼的信号，他的激动情绪再次被调动起来，说：“哪有你红火呀，住在富人区，享受着夜生活。哥正累得沟渠子流水，给人调笑呢，你却在自家游泳池戏水。一个在天堂，一个在地狱么。”说完，他又有些后悔，像累得沟渠子流水和天堂地狱这些话，不是无形中在给她增添更多的优越感吗？

只听她在里面纠正说：“我不在家。在外面的游泳池里。”

“自家有池子，咋还跑到外边游呢？”

“家里在维修。”

他就多问了一句：“你在哪里？”

“莫非你也想来游？”

这句话可是给了他太大的诱惑，他还没跟万大莲游过泳呢。何况这句话里好像还深藏着其他意思。他就酸不唧唧地说：“不敢，我害怕老牛拿犄角戳我哩。”

只听电话里万大莲哈哈哈一阵笑声，说：“老牛在国外，犄角戳不到你。何况这是公共游泳池，人多着呢。”

他激动得立马打问出地方，就直奔那家游泳池而去了。

万大莲是在一家五星级宾馆的游泳池里。

贺加贝赶来时，只有几个人在游泳池不同角落的躺椅上懒卧着。还有老外。水里有两三个人在仰泳，贺加贝一眼看见了万大莲。万大莲见他进来，让他也下水，他却没下。进游泳池必须换泳衣，贺加贝是可以下水的，但他没游过泳，有点露怯。他说：“你游，我看着。”万大莲笑了笑就上来了。虽然他们打小学戏时厮混在一起，排练也总是在身上缠三绕四的，可真的面对这样一个穿着泳装的女人，他还是有些羞涩得不敢直视。万大莲是越来越美了，身上几乎干净、匀称得无可挑剔。泳装胸部开口很低，不怪他色，实在是一眼无法回避那两团肉嘟嘟的东西，在湿漉漉的泳装背后的呼之欲出。在她转过身的一刹那间，他又无法回避地看到了泳装对屁股不负责任的兜底，实在是兜得太过轻佻，竟然让一半在外，一半夹进了粉色的沟壑。要不是万大莲很快调整了一下，贺加贝都觉得自己眼睛是会得麦粒肿的。他妈就骂过得麦粒肿的他爹，说注定是看了不该看的东西。

万大莲在一个躺椅上半躺下来后，让他在另一个躺椅上也躺下好说话。他就半躺下了。

“你还真来了。”

贺加贝说：“我跟你开过玩笑吗？”

“你现在火得很么。”万大莲说。

贺加贝没有丝毫谦虚的意思，说：“的确火得有点招架不住！”他甚至还抖了抖腿，又突然觉得戏做得有点过，抖着抖着就停下了。

万大莲一笑：“夫人还跟你配戏吗？”

贺加贝有点不喜欢她提这一壶，说：“不都是你惹的事。那是没办法了，才让她顶的包。现在女配演都快多得溢出来了。”

“哟哟哟，活得得意得很么！”

“一般一般，世界第三。”贺加贝说完，哈哈大笑起来。那声音，明显是与游泳池的氛围不大协调，弄得好几双眼睛，都在打量这颗剃得白晃晃的脑袋。

万大莲轻轻嘘了一声。

贺加贝的眼睛，忍不住又逛了几下万大莲的身子，明显，是比过去还要出挑、精致了。他说：“你是咋保养的，弄得跟十八似的。”

万大莲一笑：“我还十八吗？廖万都过八岁了。”

一提起廖万，贺加贝立马就能想起廖俊卿。一想起廖俊卿，是件并不比想起牛乾坤更愉快的事。还是尽量不去想那两个万货的好。他紧接着身材的话题说：“你是常进健身房吗？”

万大莲点点头说：“廖万一上学，我也没什么事，就每天进健身房耗着。”

“效果真是太明显了。也不练功了？”贺加贝问。

“戏都没人看了，还练的啥子功。”

“不是说，茶园子里唱秦腔又火了吗？哦，你不缺钱花，也就没必要去挣那几个下作钱了。”

“我咋就不缺钱花了？”万大莲笑着问。那神情明明带着一种十足的优越。

贺加贝说：“住着那么豪华的别墅，还缺钱花？”

万大莲说：“我们一起唱了那么多年古典戏，你见里面哪个高官富商是不缺钱的？不缺钱他们一天还瞎忙活啥？”说完她自己先笑了。

“那倒也是。越有越缺啊！”他的眼睛又无意间逛到了她细长的大腿上，突然下意识地感慨道，“可惜了！”

“什么可惜了？”

贺加贝笑了，说：“我要早知道你这双大腿，最后让廖和牛掰扯走了，那时排戏，我就该……嗯嗯……”他做了一个咬牙切齿的动作。

万大莲：“你想咋了？”

贺加贝恶狠狠地说：“拧了，掰了，啃了！”

万大莲：“看你有多恨我，咋不炖了蒸了烹了呢？”

贺加贝说：“我就想把你清炖了，放上一大锅汤，上面连一点葱花都不漂，直看到你在锅里漂来荡去，我才一勺一勺地舀起来喝呀。”

“你看你残忍不。”说着万大莲还踢了他一脚。那瘦削窄细的脚板，差点被他抱住了。

他说：“把你放在锅里，可我哪舍得点火呀！你就像剥得干干净净的一段葱白，永远漂在我眼前就行了。”

“去去去！”他们又闲扯了一会儿，万大莲说：“我换衣服呀，该回去了。”

“咋，牛不是不在吗？”

“不在我也得回去呀！廖万做完作业，就要找我睡觉呢。”

贺加贝有点嫉妒：“我咋不是廖万呢。”

“去你的，越说越没名堂了。”

“我能去你别墅……再聊会儿吗？”

万大莲明确表示：“不行！都啥时候了。”但她脸上仍是挂着笑意的。

贺加贝就坚持要送她。万大莲问他回来咋办？他说他让自己的司机跟上。万大莲就让他上了车。

看着万大莲那副修长的身材和优雅的举止，尤其是开车的潇洒动作，他几次都想把她那过去可以随便捏、拉、拽、挽的手臂，再摸一把，哪怕是触碰一下。可他没有。他觉得自己不是流氓。他是爱她，是那种深入骨髓的爱。如果她没有明确的示意，他是不会去做某种强制动作的。他知道万大莲也是一个很不给人留情面的人。有一次在外地演出，有个喝了酒的什么领导，把她高耸的胸部像抓蒸馍一样抓了一把，她端直就抽了人家一耳光。她很愿意把自己的美，充分展示给人看，但决不许谁动手动脚，这是他对万大莲的一贯看法。由于心热、着魔，上了车，反倒没说出几句有质量的话来。万大莲问了几句喜剧坊的事，他也是回答得前言不搭后语的。很快，车就到人间天上别墅大门口了。

万大莲真的没有放他进去的意思，他就只好在大门外下了车。万大莲也没有任何恋恋不舍的举动，像很普通的朋友分手道别一样，她摇上玻璃，就把红色玛莎拉蒂开进去了。车屁股后边的尾气，甚至释放得有点浓烈、咆哮。

他在大门外站了许久，才怅然若失地向远处走去。

来时一路他都有种幻想，到了目的地，万大莲是不是会改变主意，让他再进去聊一会儿，因为牛在国外么。可她没有。

这天晚上，贺加贝是独自一人，孤零零走回喜剧坊的，他特别想一个人走一晚上。

六十八

贺加贝生病了。

谁都不知他害的啥病，还有些发烧。演出节目每场压缩到十几分钟，其实就是跟观众见见面而已，就这他也坚持不下来了。潘银莲在身边伺候着，有时他会把她看半天，或者猛然紧紧抓住她的手，又会突然扭身朝墙里看去。整得潘银莲也懵里懵懂的毫无办法。

最着急的是史托芬。其实现在所有发展经营的担子，都压在了他身上。他理想中的“贺氏喜剧帝国”，竟然脆弱得贺氏一咳嗽发烧，整个“帝国”都要关门歇菜的地步了。潘银莲坐在床前伺候，他就站在房里乱转。转得急了，贺加贝还不高兴，有时直喊他们都出去，让他安静一会儿。

连张驴儿也觉得有点扫兴，它也是没明没黑地在床前伺候着，不落好不说，还常要挨主人狂暴的训斥、驱逐、脚踢。

在外间房里，史托芬和潘银莲几次“抖情况”，也都弄不清贺加贝怎么突然成了这样。让去医院，他不去；请医生来看，他说是有些冒风，没啥大碍；可就是软瘫在床上，谁都唤不起来。四个剧场停一天演出，可不是一笔小数目，连餐饮服务员，已是两百多号员工的企业了。“锣锣一响，黄金万两。”“台口一歇，王八成鳖。”“戏箱一封，口袋稀松。”这些唱戏行的俗语，真是说得入木三分。也怪平常太依赖了贺加贝的名声，一旦出“水牌”，告知贺加贝“因身体原因，今晚不能到场助兴，敬请大家谅解”时，票呼啦啦就退完了，把史托芬都吓一跳。他也在反思：过分包装了贺加贝，而没有注重对其他二三流演员的托举，关键时刻，就显出了致命的短板。可眼下还得将就着把贺加贝促起来，要不然，一礼拜过去，就会捉襟见肘，入不敷出了。

也就在这时，史托芬通过几路人马打听，终于搞清了贺加贝那晚演出结束后的行踪：他故意没有用司机开车，而是自己驾驶着去了一家豪华酒店的游泳池。这在喜剧坊都是不允许的，考虑到安全，加贝老师是不能自己驾车出行的。可钥匙是贺加贝从司机手中硬刁走的。去见的是他“初恋情人”万大莲。所谓初恋情人，据史托芬掌握，实际是单相思：十九岁时，贺加贝曾在万大莲门外的冬青树丛里，蹲守过一夜，好像是怀疑万大莲跟人幽会，为此他也患过重感冒，有“卧床不起前史”；在贺氏喜剧坊的镇上柏树和王廉举时代，他们还雇过万大莲做主角，气得潘银莲曾“愤然出走”过；后来万与保健品商人牛乾坤相好，遂告别舞台，做了住别墅的女人，两人交往“处于冷藏期”至今。继续当晚的思路：他们在酒店游泳池并没有游泳，只是在东南角的两把椅子上躺了四十多分钟，一直在说话。并且贺加贝的笑声，还让左右客人有所反感，尤其是老外。后来，两人就上了一辆红色玛莎拉蒂，朝人间天上别墅区开去。在别墅区门口，贺加贝下了车，万大莲迅疾踩油门而去。再然后，贺加贝就一步三回头地离开了别墅大门。再再然后，贺加贝好像也没打车，就那样一直走回了喜剧坊租住的酒店。他出现在酒店门口的准确时间，是早晨七点五十一分。进门时，头发蓬乱，两眼呆滞，甚至走得有些瘸。有人给他打招呼，他也没理睬。上楼躺下后，就此一蹶不振。

史托芬梳理清楚了原委，就劝潘银莲先回去，说这里有他。

潘银莲哪里肯走，并且心疼得眼角老是潮润的。她一会儿要给加贝弄这吃的，一会儿又要弄那吃的，可弄进去他就是不吃。

史托芬一再劝她还是回去招呼孩子，招呼贺加贝他妈，说不敢把他妈也急出病了。潘银莲才恋恋不舍地离开酒店。

潘银莲走后，史托芬进到房里，关起门来，跟贺加贝进行了长达七八个课时的谈话，直谈到口干舌燥，喉咙嘶哑。

最后，贺加贝终于被谈哭了。他对史托芬毫无保留地谈出了他内心的苦闷、彷徨和呐喊。

核心其实就两点：

一是爱万大莲完全不能自拔。

这些年了，万大莲甚至已经找了两任丈夫，还生了廖万，可他仍是深爱着这个女人。那是十几岁就种下的祸根。他甚至觉得没了万大莲，他活着的意义都不存在了。在万大莲第一次跟廖俊卿住到一起时，他就想过死，硬是挺过来了。随后，他便生生看着人家出双入对、洞房花烛，并且还眼睁睁看着万大莲肚子一天天大起来。你想想那是什么滋味？那里面可是装着廖俊卿的种啊！也不知是谁说的：时间是治疗爱情伤痛的最好良药。这话也对也不对。在某个时候，时间的确帮他疗过伤，可在某个时候，疤痕一旦撞破，又痛得比当初还更要命十分。比如廖俊卿另有新欢后，照说他是有机会再续前缘的，可半路偏又杀出个牛乾坤。牛说是来看戏，却陈仓暗度，整了个“大变活人”。他都想找把杀猪刀把牛宰了，可还是眼看着牛抱得美人归去分。自己依然在喜剧坊里，画得怪模怪样地给人家娱乐搞笑。那阵儿，看着镜子里的自己，他真想毁容算了。可都长成这样了，还想毁成啥样，又能毁成啥样呢？他到底还是撑过来了。但这次，他是真的撑不过去了。

在倾倒这些爱情苦水时，史托芬感觉他一时像梁山伯，一时像罗密欧，一时像贾宝玉，一时又像《西厢记》里的张生，有时还像《长生殿》里的唐明皇。大凡古今中外的爱情戏剧人物，他都像是里面那个男主角了。虽然平日唱戏，他永远都扮演的是《梁山伯与祝英台》里的反派马文才，以及张驴儿、高衙内、薛蟠那些老在破坏别人美好婚姻的坏蛋。但今天，贺加贝的确遇见了历史性的难题，他是在扮演美妙爱情的主角了。他已痛苦得要死要活，情天恨海、无缘彼岸了。

史托芬也无力融解这等人类共同的感情困局。他只能抽丝剥茧地找到一点针头线脑，从而把这团乱麻捋得可以勉强有点头绪而已。

贺加贝说：那天晚上，他走了一路想了一路，自己这倒是何苦呢？起得比鸡早，睡得比狗晚。弄来弄去，媳妇是“替代品”，房子住的是酒店，多数时候还吃的是盒饭。看着活得人五人六，拥前呼后，掌声能把人聒噪死，可实际上啥也没享受上，啥也没落下。连豪华酒店的游泳池，他还都是第一次去。开始竟然不知进池子，是要换上短裤和拖鞋的，服务生都耻笑他土。忙死忙活，演来演去，搞笑搞怪，装疯卖傻，意义到底何在？

紧接着，就有了第二个问题：他需要一套别墅。他想有个能好好休息的地方，然后再谈一切。尤其是别谈什么狗屁喜剧，他已经完全没有喜剧感觉了。要演只能演悲剧，就是端直把舞台上杀倒一片，最好一个别剩，然后大幕沉重落下的那种大悲剧。

史托芬感到问题的确很严重了。他打听了一下，那套别墅需要两千多万，他一下傻愣在了那里。难道喜剧向悲剧转换是如此地缺乏铺垫和过渡？他眼前立即浮现出了古希腊和莎士比亚大悲剧里那些满台人都死掉的场面。从贺加贝房里朝出走的时候，他有些晕头转向地把额头碰在了门框上，连眼镜也跌得开裂了半个镜片。等在门口的团队

“高层”，都惊慌失措地围上来，问谈得怎样。他深眍进去的眼睛，放着死灰般的冷光，答非所问地喃喃着：“你都说，喜剧的本质到底是什么？”

六十九

我总觉得东家贺加贝这次病得有些蹊跷，在潘银莲（恕张驴儿直呼其名）伺候他的那几天，我始终在场。或站，或坐，或卧，明显比她舒服许多。她是一直坐在一个硬凳子上。凳子几乎紧挨着床，即使瞌睡虫偶尔挑战一两下，她也不会离开床头半步。我有时卧在她的脚下，有时也会走到较远的地方，看看躺在床上的贺先生到底是什么情况。通过几天观察，我有如下几个基本判断：

一是先生的病，可能没有那么严重。烧是有点，还不至于卧床不起，甚至连演出都彻底停摆。他好像是被某种精神因素所击倒。这个我在过去两位前主人家有些经验积累：夫妻双方闹得不可开交时，一方多半会采取“病倒”的方式加以恫吓和抗议。对方在场时是一个样儿，不在场时，又完全会是另一副模样。他们甚至可以突然活蹦乱跳起来，刚才还说这不想吃，那不想吃，鸡汤递到嘴边，都厌弃得要一把推开；可一旦当另一方说是出去办事时，病者能几下跳到窗前，先是侦察一下对方是否已经走远，然后恨不得立即从冰箱里拉出一头烤乳猪来，吃得连脆骨都不舍得给我留一点；但当另一方返回时，她或他，又立马能神情萎蔫到几乎扶不起体统的地步，好像只剩下联系火葬场的有关事宜了。我之所以这样讲，也是与当下事态有所关联。比如潘夫人在出去为先生置办伙食时，先生就完全是另一种精神面貌。虽然还不至于到冰箱里拉出烤乳猪来，可还总是能啃下一只卤猪蹄啥的。一旦潘夫人回来，先生多半会立即把头扭向一边，又是一副水米不进的样子。

我基本判断的第二点是：这事可能与潘夫人有关。尽管我主潘银莲好像一无所知，仍是想方设法地伺候他，体贴他，生怕喂水都呛了他的喉管。可他还是冷若冰霜地只顾自己病着。当然，这个“病”字我始终是打着问号的，也可叫疑似病例。大家都知道，我的同类中，有很多都是高贵的警犬，它们能侦破人类所破译不了的疑难杂案。靠的什么？靠的就是嗅觉和敏锐的洞察力。我虽然与生俱来就是一种宠幸、把玩、帮闲、走狗的形象，不像警犬，需要付出非凡的努力，才能获得高贵的地位。但从嗅觉与敏锐性上，即使不能进入警犬行列，我们还是要比人类高明数倍。哪怕是沦落为街道上毛发脱落，甚至被打得一瘸一拐的游魂野狗，在这方面也丝毫不会感到自卑。比如我就觉得我主潘银莲在男女问题的嗅觉与敏感性上，几乎是个白痴。不要嫌我背后说主人坏话，我的这个主人，的确有许多让我忧心忡忡的地方。我判断：她先生贺加贝可能是感情上出了大问题。他有时会把潘银莲观察好久，那是在潘银莲丢盹的时候。可一旦她醒来，他就再也不想朝这张脸上哪怕是多看一秒钟。以我的勘察，他在看他老婆时，是想着其他什么人或事情的。我不能不遗憾这一生没能去做伟大的警犬，侦破只是业余爱好，但也并不影响我拿出有质量的侦查结论：贺加贝的“病”，我早怀疑与那个他们常常提起的万大莲有关。只是把我主蒙在鼓里而已。长期以来，只要我主潘银莲不在场，他们就会神神秘秘地说起这个女人，我就觉得里面有鬼。直到这次，贺加贝甚至公然泪流满面地一遍遍呼唤起“大莲大莲”来，我都还在努力朝好处想，以为是烧糊涂了，把银莲喊成了大莲，错！他是真把万大莲“爱到骨头缝里了”。他竟然对史托芬说：“无万氏，朕枉活一生矣！”唱戏的都爱用戏词说话，女的爱称“老娘”或“小奴家”，男的爱称“洒家”或“朕”，贺加贝把自己称朕也不是一天两天了。

“城门失火，殃及池鱼”这个成语，让我在贺加贝爱得痛不欲生的当口，实实在在体验了一把。当史托芬他们对贺加贝百般无奈时，竟然打起了我的主意。

大概也是怪我太聪明，而招来了这等祸事吧。就在我陪主人潘银莲伺候贺加贝的那几天，因为想让他高兴，潘银莲突然让我走起“两脚路”来。所谓两脚路，就是像猿猴一样，直立起来行走的意思。都怪我犯贱，看到剧团院子有个叫“高衙内”的土狗（也是一种污名化产物），见天在院子中间给人表演“打滚”“前翻”“后卷”，包括“直立行走”等动作，以换取火腿肠、肉夹馍和面包。有人手头空空如也，只是握起来，就把“高衙内”逗得翻转不止了。翻完，人家伸开手一看是空的，它也只能汪汪叫几声表示一下愤怒了事。有人再哄，它还是会拼着老命（听说十二岁了）地直立翻滚起来。我没有觉得那有什么难度，就在自家阳台上也模仿了几招。虽然腿短，直立行走煞是艰难，但有志者事竟成，我还是有所突破。加上我主把看护贺喜的重任常常单独交给我，这种信任，也不能不让我掌握点看家本领，以应对他动辄好哭的难以把控的局面。千不该万不该，我主不该把我这点绝技，当了博取贺加贝欢心的筹码。当然，也怪我虚荣心作祟，甚至还有点想卖弄一下的意思，就直立行走了几个来回，差点没整得把腰间盘脱出来。柯基犬在进化时，大概是希望以腿短，博得主人欢心，而让腿就短到不能再短的地步了。如果想以可以踢人的进化法，有可能就进化得像长颈鹿的脖子一样失去比例了。贺加贝倒是没怎么开心，却把史副教授的灵感调动起来，他忽然灵机一转说：“嗯，这不是个好喜剧演员嘛！”靠！我就这样被盯上了。

还是那话，一切都怪自己有一种表现欲，才被他们弄到一个潘银莲看不见的房间里进行“魔鬼训练”起来。开始的确有一种新鲜感，要当演员、当明星啦！我也主动出击，表现、逞能，并且有颇多火腿、猪蹄、鸡翅的收获。可他们完全不顾我体能的感受，竟然进入了车轮战式的“轮番野蛮轰炸”，起名叫个什么“超人之路”训练。我实在累得够呛，就打起了退堂鼓，想方设法地蹴到各种道具凳子下，或舞台看不见的角落，再也不出来做任何“团队配合”了。他们不是一个两个人，而是一批、两批、三批人来围着我转。有史副教授的学生，也有喜剧坊的二三流演员。他们需要“急就章”地在三天内，把我这个特殊演员推出来。我在训练时，拍照的、摄像的、做动画和文创产品的，也都一哄而上。尤其是写解说词的，吹得我都不知自己姓甚名谁了。可我就那点技艺，他们开始还大加赞赏鼓励，慢慢就不满意起来，说这跟普通狗没有多大区别，现如今会直立走路的狗多了去了。但也有人说，柯基犬腿短，也许走起来别有一番风味。我就这样，被他们在舞台上超越生理极限、心理极限地训练了三天三夜。那个苦哇，要是我主潘银莲在，一定会让结束这种非人折磨的。可她只管贺加贝的痛苦，哪里还顾得上我的死活呢？我便在经历了“基本功”“意志力”“自信心”“沟通能力”“团队配合精神”的五大要素训练后，仓促登台了。

我的艺名还叫张驴儿。我多么希望通过这次亮相，他们能更改一下，弄个时尚、动听、洋气一些的名字啊，可多数人以为，叫张驴儿本身就充满了喜剧感。在演出海报上，我就还被印刷得东倒西歪的叫张驴儿了。我的头像旁，甚至还印着一张贺加贝化妆成张驴儿的脸。我的节目被安排在压轴位置，就是贺加贝过去出场的地方。当然不是我单独表演，我是被一个二流喜剧演员带上场的。为我出场的台词，已经做过 N 次修改，最后定稿，甚至是史副教授亲自主笔。连我也听得稀里糊涂，怎么就真成了从英国“海归”的一代“全球明星犬”了呢？甚至我出场时打招呼，都被那个二流喜剧演员翻译成了英语。他也是最近三天才“疯狂英语”了几个单词的。害怕他在场上露怯，史副教授还让他团队的一名女学生上去，一边做配演，一边应对英语问题。这一招果然奏效，我一出场，还没直立起来，竟然就火得一塌糊涂了。看来那个包装得夸张变了形的明星简介，是起了很大的作用。我知道每一处搞笑的地方，都是解说词在发酵，有时连我也禁不住想笑一声。可我知道喜剧的严肃性，就还是保持着必要的镇定，好在我们天生没有笑神经。我第一次出场，把培训时的要求就忘得一干二净。掌声和欢笑声，让我头脑无法冷静下来，就把第一个出场亮相动作，搞得不伦不类了。有趣的是，无论怎么搞，底下都给以必要的口哨和尖叫回应声，也就树起了我的自信心。接下来，我还有一点技巧可以展示，自然是高潮迭起，直到谢幕都风光无限了。

第一次登台可以说是大获全胜。我下场才知道，我主潘银莲也来看我的演出了。一下场，她就是一个热烈的拥抱。然后，见整个团队都在为之欢欣雀跃。关键是给我吃了最喜欢的“葫芦鸡”和“三原猪蹄”。这是关中名吃，也是我的最爱。当他们知道了我的爱好后，就拼命用这种方法控制我的一切。不翻滚，吃不上；不直立，吃不上；不作揖，吃不上；不发声，吃不上。总之，要挣上这一口，就得出卖我的狗格、心智和体能。人类对动物的驯化，最早就是我们狗类了。我们听话，忠诚，替他们看家护院、狩猎，甚至为此还得罪了同类狼。它们是不曾驯化，也不愿驯化的狗，我们为保护人类，竟与它们彻底为敌了。我爱吃的猪蹄、葫芦鸡、牛排、羊脑壳，都是被驯化过的动物躯体。听说现在养猪，把猪挤压在一个小铁栏杆里，不仅不让走动，而且连卧下都成问题，人类为的竟是那口猪肉的细腻鲜嫩。牛也一样，生下就与母亲成为永诀，困在一个无法转身的围栏里，还得不断地用吸奶器，把乳房整得比头颅更夸大。鸡的生长期才三个月，是永远都立脚不稳地站在架上打瞌睡。人类不让它动，不让它走，不让它飞，仍是为了鸡脯、大腿的利于下咽。想想这些，我吃“葫芦鸡”和“三原猪蹄”的兴致也就大为败坏了。加上他们对我的索取是无止境的。就在我成功演出第二天，这种魔鬼训练又在加速、强化、变异。他们甚至用魔棒（道具）敲打我的屁股、大腿和脑壳，以逼我屈从就范。还振振有词地说什么：我们只需要一根骨头，就可以让张驴儿奋不顾身了。还听他们议论了一些关于人类训练大象、猴子、鸟类进行表演的各种趣闻，总之，他们对动物是惨无人道的，我就是深受其害者。

好在我的演出生涯只持续了半月左右，就因观众反映说，喜剧坊拿狗代替贺加贝，完全是糊弄人。谢天谢地谢祖宗，我兴许有解脱之日了。

七十

因为训练和演出的需要，我被安排住在了喜剧坊的大本营。虽然累得贼死，但却有了更多机会，接触贺加贝身边那些人，尤其是我的前主人史副教授。那半个月，他一边安抚我东家贺加贝，一边整天与他的团队叽叽咕咕，日夜开会。我天生有侦察欲望，就在排练和演出空暇，时不时地故意潜伏到沙发和桌椅下，听他们都说些什么。尤其让我震惊的是，人其实已毫无隐私可言，几乎是在裸奔状态。贺加贝那晚去见万大莲的整串信息链，都是通过常来喜剧坊吃喝玩乐的一个啥子处长提供的一个电话就获取了。监控回放历历在目：贺加贝一整晚上，双腿就跟扭麻花一样立足难稳、失魂落魄。

这么个痴情郎形象，让我都有些始料未及。从贺加贝对潘银莲的情况看，大可觉得是一个不甚懂得感情的人。我甚至觉得，他也不是一个深谙喜剧之道的艺术家。不揣浅陋，以我的拙见：喜剧最好看的地方，恰恰是它的温情部分。一旦喜剧没有了温情，没有了对柔软东西的怜惜、爱抚，那就是一堆臭狗屎。呸！我又作践自己了。人与狗的粪，从本质上没有多大区别。关于气味，我们的，也并不比他们的更加臭气熏天。他们把很臭的东西，都比作我们的粪便，那是人类典型的甩锅行为。当然，这是另一个话题。我们还是说婚外情吧，这个更吸引眼球一些。我越来越看到贺加贝风风光光背后的空虚无聊，甚至还看到他与王廉举之间的异曲同工。是自己把自己搞得疯疯癫癫，不再会说人话，走人路，做人事了，这大概将成为喜剧探索的魔咒。当然，他这样凌空蹈虚的人，却对万大莲有一份经久不衰的感情，倒是一个人尚可救药的地方。可他这份感情，极大地伤害了我主潘银莲女士，又是我绝对不能容忍的。

我越来越不喜欢史托芬这个人。在大学就听他整日为怀才不遇而怨天尤人，我的屁股，没少遭遇他各种鞋尖的暴虐式激吻。尤其是遇上他穿着那双出席正式场合愤然归来的三接头皮鞋，常常如飞来峰一般，踢得我不是浑身全麻，就是脑电闭路，或间歇式惊厥抽风。好不容易脱离魔掌，又在这里被他收入彀中。我感觉，贺加贝早已成他手心玩物，有点像大学实验室里，那些飞转的盘子上的小白鼠。不仅贺加贝在盘子上疯狂地乱转着，老史带来的那帮年轻人也是。他们有的在读，有的毕业后，是悬浮在这个城市半空中“四处瞭望机会的人”。一旦入伙喜剧坊，只学会了日夜计算各种“笑点”和“包袱”，我看人生基本也就彻底毕业了。当然，我不负责他们的成长问题，我只担忧我主潘银莲的前途命运。当掌握了很多确凿证据后，我就想给主人拉响警报：你面临人生致命危机！可与她沟通起来竟是这般困难。我们不像人类搞得那么复杂，一种语言需要一到几年的傻学，那就是一种交际工具，何须把生命都浪费在这方面。我们就是用最简单的“汪汪汪”这个根词，来进行音素、音位、语素、音节的搭配变化，从而达到交际沟通的目的而已。在表情上我们不会笑，这是我们面对喜剧艺术的短板。但我们会愤怒，会悲伤，会哭泣。在史托芬看我主人对“挽救”贺加贝用处不大时，就有踢开的意思。我分析，那是为了任意“改写剧情”的方便。这种时候她怎能不在现场，而任由他们去改写呢？我用了愤怒和悲伤的表情，甚至还搭配上最具拦截性的恶毒语言，她都无从理解，还是要回去招呼婆婆和贺喜。好像她真是贺家的顶梁柱了。我就不得不使用肢体语言，甚至用嘴去拽她的裤脚，她还把我的脊背敲了一下说：“别闹了，听话。”我还能说什么？这个蠢得挂了相的女人，你也只能等着看她的悲剧结局了。

让我哲理一下：不要觉得智慧有太大用处，狗即使满腹智慧，多数时候，对人也只是对牛弹琴。一切的一切，除非他们自己觉悟。

我与史托芬团队的不配合，也与我主潘银莲感情受害有关。尽管上场演出的滋味很好受，可下场的训练和规矩却使人大倒胃口。我真的盼着早日急流勇退。

在我主潘银莲被他们劝走后，我的生活与演出状况，也一日不似一日。有时甚至神情恍惚得完全破坏了人家的演出秩序。几次下场，都惨遭魔棒的痛揍。后来再演出，我赖着不出场时，他们甚至给我使出了拴狗链那一套。因为我活得比较自律，也比较理性，潘主人是从来没给过我这种束缚的。有失主人体面，或有碍城市文明进程的事，我一般不会干，除非内急得快要命了，我的素质绝对不容置疑。可在他们的抽打威逼下，我还是失控地在台上小解了一次，这也是他们彻底放弃我的原因。不是我要做出这种失态和不雅的表现，实在是看见那个魔棒要抽下来，小便失禁使然。我也知道我对不起观众，可那个二流演员的临时舞台发挥，更让我恼火异常。他竟然说：这就是流氓无赖张驴儿的本性！快瞧瞧吧！朝过圣的张驴儿还是张驴儿！我因此“狗设崩塌”，而再也无脸登台了。

恰好那些天不停地有人反映说，贺氏喜剧坊，快成“狗戏团”了。那几个常爱来打牌喝酒的处长，竟然端直给史托芬说：老史啊，你们恐怕还是得让贺加贝尽快上，要不然，贺氏喜剧产业园都成问题了。狗毕竟是狗，玩两下可以，长期指靠它，那是指屁吹灯。吹上天吹下地，它就是条烂狗而已。今天尿到台上，明天再拉到台上咋办？观众已经在瞎起哄了，还不赶快让张驴儿滚蛋。他们异口同声地说：贺加贝还是喜剧坊不可撼动的主角。要什么条件给他嘛！羊毛不都出在羊身上？

虽然他们对我多有贬损，让我心存屈辱，但终是帮了我赶快挣脱“淫威棒”“金项链（其实就是拴狗绳镀了层金粉，痒死个人）”而告别舞台的忙。他们似乎对贺加贝从病床上立马爬起来颇有信心，我倒要看个究竟。果然，史托芬又跟躺在那儿的贺加贝谈话了，说的是什么别墅的事：“贺老师，已经考察好了，完全答应你的要求。这个城市只要有一个人住别墅，贺老师就该有一套！贺氏加贝为这个城市贡献了多少快乐？不说增加了多少精神营养，仅让人健康长寿、免疫力增强这两点，您住两套别墅都应该！起来吧，我怕您再睡起褥疮。”

贺加贝一笑：“在哪儿？”

史托芬说：“人间天上。就万大莲那个别墅区，并且是带高山流水的那种。”

我还想听点什么，就被他们拉出去搞最后一场告别演出了。

真的是该告别了，这场演出居然遭到了空前的“嘘”声。也怪我心有余悸、思绪烦乱，竟然连直立行走都屡摔跟头，真是活见鬼了。我是在一片喊打声中，吓得提前从侧幕条溜下场的。后台还有人把我朝回赶，但我是死活都再不重返了。狗日的舞台！

离开喜剧坊时，仍是我主潘银莲来接的。那天我到后台惨遭了前所未有的暴虐，险些丢掉小命。上了车，我主见我还浑身抽搐，就把我紧紧抱在怀里不停地抚摸。不过嘴里也在埋怨，嫌我上台不该乱了阵脚，胡喊叫乱蹦跶个啥？尤其嫌我不该表演一半就“罢演”退场，说舞台那地方，死你都得硬撑着。我无奈地看着她，只能一声叹息：蠢到家了！你真是蠢到家了！你的着落都不知在哪儿呢，还埋怨我。谁拿这样的蠢女人有什么办法呢？我也只能是尽狗事，听天命了。

七十一

贺火炬和白梦露早出晚归地拍戏，始终都没有捞到大角色，也没挣下大钱，一切仅只够两人糊口而已。这是绝大多数麇集在拍摄基地门口的“漂族”的基本状况。贺火炬一直有个丑星梦，想着以自己的特殊长相，兴许可以出人头地。但混来混去，扮演的最大一个角色，就是一个用纪实手段拍的《四·二八大案》中的杀人魔头“二把刀”。电视剧播出后，的确也火了一阵。甚至他走在街上，吓得一些娃娃，没命地逃着喊着撞见“杀人魔头”了。还有一次，竟然把一个孩子吓得当下抽搐成了歪歪嘴、斜瞪眼。他原以为，借此可以推动一下演艺事业，没想到，此类纪实惊悚片的拍摄是有限制的。而基地里绝大多数剧里的男主角，仍是要高大帅气的冷面小生型。他再努力，只能是在反派的二三类人物上，有所表现。也有导演、制片人对他演技赞不绝口的，可真正用人时，又得考量知名度、网红这些实际参数。何况近些时候，演员选择标准又有大转折：硬派冷面小生也不大吃香了，突然一种叫“小鲜肉”的面庞大行其道起来。贺火炬的菱形脑袋，

“蜂窝”颜面，与流行趋势是越来越离经叛道、水火不容。靠拍戏，恐怕是彻底没有出头之日了。

关键是白梦露连二三类角色都扮演不上。靠他建立起的一点人脉，只能是跑些“大龙套”而已。有一次为争取一个比较像样的女配角，白梦露还差点让制片人“潜规则”了。气得贺火炬端直把那货的门牙，给生生敲掉一颗。加之长期生活不规律，老吃方便面就咸菜丝，白梦露得下了比较严重的胃病。她脸色青一块白一块的，戏也就越来越难接了。挣的钱，还不够买化妆品。即使用化妆品再保养，再遮盖，也抗不过一拨又一拨投向影视业的鲜嫩生命。她们是真的年轻，真的水灵，真的高鼻梁大眼睛，真的窄腮帮翘下巴。你说那是韩国、日本、泰国版的，可人家就那样时尚，那样美观，并且海量地涌现，绝对是一浪高过一浪。而她已经是三十好几的人了。再掩饰，再少说七八岁，也还是掩饰不住胃病带来的脸色苍白与气血虚浮。她有点想向命运投降了。再不投降，她怕撑持不住，会把身体完全搞垮，精神彻底摧毁。她实话告诉了贺火炬：她比他大五岁，原名叫白彩霞，是一个县剧团唱秦腔戏的。她想再回去唱戏。她觉得唱秦腔，兴许还能把艺术生命维持到五十岁以上。而现在，她已肯定是走投无路了。她不乞求他理解她，能跟她走，他帮助自己已经不少了。搬来住，也是她情愿投怀送抱的。因为她实在被租房费搞得捉襟见肘、入不敷出了。她相信他要再坚持坚持，兴许还有机会。她不想拖住一个为自己付出太多的男人的后腿。

贺火炬几天都没说话。但他也没有让她走的意思，并且还在给她买药治胃病。可她撑不住了，她觉得该是回去的时候了。再不回，兴许县剧团唱主角的位置，都将被无情替代。她听说，秦腔又有些台口了，剧团也在蠢蠢欲动。连那些跑到外边唱歌跳舞、做生意的都回去参加点卯、排戏了。一些古老的神经末梢，好像又在抖动。

为领毕业证，他们一起回到了学校。当低年级学生还在兴致勃勃向他们打听拍摄基地以及剧组的情况时，白梦露总是会泼过去很多凉水。而贺火炬，则更多保持了沉默。当然，有时他也会说出一两句很哲学的话：要知梨子的滋味，还是自己去亲口尝尝吧。影视演艺这行，谁也说不准。兴许一个街头打工仔、酒吧小歌女，会突然被包装得爆亮荧屏，香车宝马，应有尽有；而一个读了表演学士、硕士的，却最终混得一文不名。魔术，这是一门似乎无迹可循的魔术。

说实话，白梦露要回甘肃老家，他也没有觉得这选择有什么不妥。如果再混下去，身体赔光赔尽，仍是两手空空。这行业太玄幻、太残酷，挤的人太多，而成功者真是凤毛麟角。课堂上请来的一些明星，也起了很不好的忽悠作用，让急于求成者前赴后继、误以为前程一概似锦。当然，也有说真话的老师，可他们的饱学，在明星的光环比对中，显得那么干瘪无力，学问甚至不堪一击。贺火炬初到学校时，真的充满了求知欲。他想在这里好好学习一些基础，然后寻找机会，再去实现一个更大的明星梦。他觉得他和他哥贺加贝，都不缺艺术细胞，而缺的是对喜剧艺术本质的认知，只能随波逐流、飘忽不定。因此，一个外请来讲喜剧和悲剧的顾老师的课，曾经听得他抓耳挠腮过，那种激动，有点像《西游记》里去斜月三星洞学法的猴子。顾老师就在这个城市的另一所古老中文大学任教，他还去那所大学听他讲过汤显祖的《临川四梦》和《牡丹亭》《桃花扇》。后来到底经不住诱惑，还是早早去拍摄基地实习去了。当要离开这个城市时，他突然想到了顾老师，四年来，就数听他那几堂课收获最大。听说顾老师那套《喜剧与悲剧》的讲义出版了，他想弄一本，还想请他推荐一批书目。来大学一趟，本该好好读书的，结果很快就把四年晃荡完了，他心有不甘。

贺火炬很容易就找到了那所知名大学校园里的顾教授的家。老教授已经退休，可听说有学生要拜访，还是欣然打开了门。开门的是老教授的夫人。贺火炬一眼认出，这位老师姓袁，讲过普希金和契诃夫戏剧，还听她分析过果戈理的《钦差大臣》，都是在另一所大学蹭课听的。他甚至感到一阵喜出望外。如果不是在大学校园，不知道身份，在大街上任何地方遇见他们，普通得就跟社区里的大爷大妈一样。他们头发都花白并蓬乱着，但活得很是安详、静气。两人共同的特点，是都戴着一副套袖。这年月了，还有怕把袖口和胳膊肘磨破的。他们家的客厅，甚至只能放下两只破旧的沙发，还有几个高矮不一的凳子，再就是堆积如山的杂志和尚待整理的书籍。没有电视之类可以制造响动的东西。倒是有一盆文竹，在那里静静发散着细密的枝叶。

顾教授对他是有点印象的，而袁教授一点印象都没有。她礼貌地倒了杯茶，就进房里去了。顾教授也没有任何客套，只问有什么事。他就说明了想买一本他的书，还想要一个书单的想法。顾教授甚至有点吃惊，问他："你领到毕业证了吗？"

他说："领了。"

顾教授就更是有些吃惊了："那你还要读啥？应付考研的什么秘方，我这没有。"

贺火炬说："顾老师，我不考研。我毕业了，就想再读几本有用的书。尤其是想有你给我们讲课的那本讲义，听说出版了，我想买。"说着，他还掏出了钱。

顾教授感到很是陌生地看看他说："你，你不是你们班上……那个最有希望的什么丑星吗？没演戏了？"

贺火炬有些难为情地把话题转移了："我……就想读点书。"

"读什么书？"

"喜剧、悲剧方面的。还有顾老师您觉得值得读的。"

顾教授哈哈一笑说："那可就多了，但都不是立竿见影的东西。实用主义的厚黑学、领导能力、魅力口才、演讲技巧、成功指南、一夜暴富、人际交往大全之类的，我们这里一概没货。"

说着，顾教授把他领到了里边书房，贺火炬禁不住啧啧了几声。连着三间房的书橱，还有过道的书墙，的确是把贺火炬吓得有点软瘫。而书桌，都被一通到顶的书籍，挤压得只剩下了仅可容身的地方。一间坐着袁教授，还有一间就是他的桌案。桌上还没旋上笔帽的钢笔，正斜躺在一沓稿纸上。

贺火炬在书墙前浏览了许久。

顾教授在他目光所及的地方，也会随时抽出一本书来，给他翻翻里面的内容。或者夹着纸条，或者做着眉批，几乎每一本书读完，顾教授都会在书的扉页和边角上，写满他的读后感。贺火炬突然感到了读大学的重要，但此时醒悟，似乎已“永失我爱”了。

顾教授也并没有给他讲更多更大的道理，只是说：“可惜了好多学艺术的孩子。一些学校连基本教学条件都没有，硬是要招生，到处胡拉乱扯一些人，去云山雾罩地瞎讲一通，能学下什么？孩子们学艺术并没错，每个人都需要艺术，需要艺术鉴赏力。能懂艺术，会生活得更有情趣和质地。但不一定每个人都要去做明星啊，那是我们艺术院校教学的巨大误区！我们更应该教他们去认识判断好的艺术气质和品格。其实学了艺术，也可以去种田，去开饭馆，去做导游什么的嘛！如果仅仅是来圆明星梦，能挣很多很多的钱，能活得像浮在水面上的油珠一样光鲜，那会毁了很多青年，也会废了很多在其他方面的有用之才！总之，我是很害怕这种实用主义哲学横行的教学模式。孩子，你想好好读几本书，让我大吃一惊。但愿你这不是一时心血来潮。”

他老想打问喜剧和悲剧的本质，顾教授开始没有正面回答，问得多了，他才说：“一千个学者，会解释一千个喜剧和悲剧的本质，不可执其一端。强行把喜剧和悲剧解释成某种样貌，都是对喜剧与悲剧的简单化。我也有洋洋几十万言的解释，那是一家之言。你袁老师讲的悲喜剧，又是另一家之言。其实我们的祖先孟子解释得最好，他还不是专门讲悲喜剧的，大概那时还没有这些东西。他就几句话：‘无恻隐之心，非人也；无羞恶之心，非人也；无辞让之心，非人也；无是非之心，非人也。恻隐之心，仁之端也；羞恶之心，义之端也；辞让之心，礼之端也；是非之心，智之端也。’所谓喜剧悲剧本质，思来想去，不过尔耳。做人且不够秤，还枉谈什么喜剧悲剧？喜剧的根本，恐怕还是做喜剧的人须懂得端正自己的心性和良知，在人道上着力，而不是一味地消遣、消费什么。消费主义不断把我们拉向趣味的普遍趋下，大众美育无法得到正形和塑造，有时还让巨大的消费群，像恒星对小行星的引力一样，让无力抗拒者，集体丧失对丑的抵御力和对美的感知力。任何一种低端笑料、噱头、包袱，如一夜暴富、名利追逐、谎言诓骗、色情绯闻，甚至残疾人的生理缺陷，都能戳中公众的‘美点’，点燃他们渴慕、刺激、优越而又欢愉的消费激情。这种激情又诱导和鞭策从业者，不断踩踏人性、人本、人文底线，去从其实是已堕落的垃圾文化中，获取那些可悲的利润与声名……总之，良知正，则嬉笑怒骂皆成喜剧；良知歪，讽刺、调侃、逗趣、幽默，皆失之油滑，变味走形。看似最无规矩的事，却尽在规矩方圆中。尤其你们搞的喜剧，那是一种神奇的情感，成因非常复杂，几乎没有多少理论能讲透彻。魅力大概也正在于此，它应让人惊诧、惊叹、惊醒，而不是随意贱抛、乱掷、虚踏。比如卓别林，搞笑不？滑稽不？夸张不？可他抽象出了那个时代的本质，兜住了人道人性人本的底盘，不就有大意思了吗……在塑造人类对世界的看法上，戏剧其实扮演着至关重要的角色。无论喜剧、悲剧，都是在它那个时代，做着承接历史和重找、重建现实与未来价值的工作，除此以外，大致都是闹剧尔……”

顾教授侃侃而谈了三个半小时悲喜剧，后来袁教授也加入了讨论，两人还争执得有点脸红脖子粗。直到十二点过了，袁教授才催着说，也该让人家孩子休息了，顾教授才一言以蔽之：“悲喜剧是孪生兄弟，也是难兄难弟，切不可截然瓜剖而豆分！”

送他走时，顾教授仍是心血来潮着，竟然给他捆了很多书，有他的，有袁教授的，还有一些“秘不示人的陈年旧货”。贺火炬从五楼提下来，麻绳系骆驼般的捆书绳子，竟然断了两次，还砸翻了另一个教授门口瘪了气的自行车。

第二天，贺火炬就离开了大学。他是带着白梦露一起走的。

七十二

贺加贝如愿以偿地住进了人间天上别墅区。当然，没有他想象的那么快，是在史托芬"吐口"后一个月住进去的。但这颗"定心丸"，却使他很快"带病"恢复了演出。因为舞台已被张驴儿搞得乌烟瘴气、怨声载道了。

张驴儿领衔主演后期，史托芬几乎每天都会把自己的头，对着墙壁磕得嘭嘭响。当终于把贺加贝这尊神从床上请起来后，他才恢复了正常的饮食起居。

就在他把人间天上的钥匙交给贺加贝那天晚上，他又找贺氏谈过一次话，谈得很严肃。

他问贺加贝："你住进人间天上，是为了离万大莲近些，可怎么跟潘银莲说？你想好没有？"

贺加贝想了想说："我就是住那儿，还能怎么样？万大莲是有老公的人。"

他追问道："那你为什么要住那里？"

贺加贝嬉皮笑脸地说："就是为了……跟她近些。"

他仍继续着他的追问："潘银莲怎么办？这是一个问题。"绕来绕去，他就追问着这个问题。

贺加贝说："这就不是个问题。"

"怎么能不是问题？你一个大活人，没有在喜剧坊租的宾馆住，到哪儿去了？潘银莲那么关心你，不可能不问。问了我们怎么回答？"

"就说朋友接去疗养了。"

"到哪儿疗养去了？一天四场演出，又不可能出西京城。难道潘银莲不会去找？"

"找什么找。我贺加贝活成这样，莫非还让一个潘银莲拿捏住了。你别管，一切都有我。"

贺加贝就住进人间天上了。

其实潘银莲很好哄，这是贺加贝跟潘银莲结婚以来最深切的感受。潘银莲知道他累，演出以外的时候，他想怎么出去放松一下，她从来都没为难过。这次他害病，把潘银莲急得四处抓瞎，给他弄好吃好喝的服侍，还找名大夫来号脉、推拿，熬汤煎药的。他也能感觉到，这个女人对自己无微不至的体贴，和那份不折不扣的忠爱。可也就在那几天，他也越来越感到潘银莲与万大莲之间的距离，相差已不是几条街，而是人间天上那么远。也许是生了孩子，潘银莲越来越像一个家庭妇女了。而万大莲也生过孩子，却越来越像一个大牌明星。他觉得自己奋斗成这样，把一个可算是青梅竹马的万大莲没弄到手，是人生太大的缺憾，甚至是一副全然没活成功的残破相。

潘银莲真的很相信他。他说最近有朋友让晚上演出完，去泡泡温泉，恢复恢复体力，她就说你去，再也没有细问。每天只是在演出时，她才来给他准备吃的、喝的、用的。甚至连他台上累出的汗水，也都是她等在下场口亲自用热毛巾擦拭。毛巾的温度，更是她先要在额头上试过后，才小心翼翼地搭到他脸上、脖子上和前胸后背。他也觉得有亏欠，但内心却怎么也抵挡不了万大莲的诱惑。他不能不任由自己的情感，迅猛、全速地向万大莲滑去。没有万大莲，他真的觉得一切皆无意义，包括活着。

他开始住进人间天上，也并没想立即就让万大莲知道，觉得那样不免浅薄。人家都住好几年了，你才进来，又有什么值得炫耀的呢？他是希望某一天突然碰见，然后水到渠成地让她不请自来。当然，他也需要做些准备。他甚至在想，她第一次走进自己的别墅，是从一楼先到二楼、三楼、四楼，还是先进地下室？里面都应该摆放些什么？他已无数遍地虚拟着陪万大莲走过了。最终决定的路线，还是先从一楼到地下室，那里摆放着健身器材，更有他们当初练功时用的道具“刀枪剑戟”。首先得唤醒他们当日共同走过的戏剧人生道路，然后再到二楼、三楼、四楼、泳池。他把当年跟万大莲一起拍的剧照，放大了几十张。当然，不会把自己扮演小丑作奸犯科的瞬间也放大出来。他选的都是万大莲那些光彩夺目的单身照。注意，凡有廖俊卿的一律拿下。有些照片的裁剪痕迹十分明显。另外就是自己近些年的演出和新闻照片，有的甚至放大得通天接地了。所有照片全都是金镶玉的边框，从地下室到四楼，包括泳池过道，都悬挂满了。

再就是到处都摆满了玫瑰花。开始他订了一千盆，后来发现还不锦簇，还不具有视角冲击力和情感震撼力，就又让增加了一千盆。玫瑰花布置的重点是游泳池和卧室。为实现在游泳池里某些“浪里白条”和“人鱼翻飞”的梦想，他甚至专门请了游泳教练，做了些必要的专业技能突击“点拨”，训练已来不及了。最后，就是那间被红玫瑰簇拥得几乎快下不去脚的卧室了。他躺在床上，久久注视着这个卧室，觉得无论如何，似“梁祝”般的“贺万”爱情，这次是该有个交代了。

当他觉得一切都准备得完美无缺时，就想见万大莲了。看来像《白蛇传》和《天仙配》里《路遇》那样的折子戏情节，发生概率很小。因为他每晚回来都在十一点以后。早晨没个准头，有时六七点钟就被人接走站台去了。根据他多年观察，只要没演出，万大莲一般会在晚上十一点熄灯，上午十一点左右起床。“莲姐睡功一流！”“床板是她的第一情人！”“万妹子对席梦思有魔怔。”这是他们那班男生集体对万大莲的评价。美女都是睡出来的，这话在万大莲身上尤其应验。他住进人间天上，连续好些晚上回来，都没见万大莲家亮过灯。他想肯定是睡了。直到一切准备妥帖，觉得该是见她的时候了，他才给她发了一个字的信息：“嗨！”可连续嗨了好几次，她都没理睬。他这才拨了电话，谁知是关机状态。第二天他又拨，还是关机。第三天，他就连拨直拨起来，可永远都是关机声。他就有些毛躁了，端直到万大莲的那栋别墅去找。结果发现这栋别墅的门窗已全部贴上了封条。查封日期，正好是他搬进来的前一天。他一下傻眼了。

这时，来接他去演出的车已经到了。他心慌意乱地上车后，就不停地打电话到处找万大莲。直到他演出上场前，都没打听出万大莲的踪影。史托芬怕他出事，就一把揽下来，说自己帮忙找，让他先上场，演出完保准给他好消息。他就昏天黑地地上场了。那天午场的确演得很糟糕。负责剧场效果监测的电脑员，发现同样的节目，同样的观众群，吃的也是同样的西餐，外加秦镇面皮和樊记肉夹馍，竟然把十三个最响亮的“包袱”，都抖成了“哧溜屁（这是他们监测喜剧效果的内部用语）”，有的干脆还放了“哑炮”。连现场端盘子的服务员都发现：“贺老师今天不在状态。”“不是不在状态，贺老师好像脑瓜受震了。”

演出完，贺加贝急急火火从舞台上跑下来，连二次返场谢幕都免了，直问史托芬怎么样，人找到没有？

史托芬对他如此情绪化的演出，很是不高兴。他不紧不慢地说：“万大莲本人不知去向，但牛乾坤肯定是被公安抓了。制造贩卖假药，保健品‘百寿膏’还吃死了人，可能连脑袋都保不住。”

“啥？”贺加贝着实吓一跳。

“牛乾坤可能脑袋难保。”史托芬重复了一句。

牛乾坤保得住保不住脑袋，都不是他关心的事，崩了更活该！关键是万大莲，她会受到什么样的牵连？人呢？她人在哪里？

贺加贝急得像热锅上的蚂蚁一样，在晚场演出前，还专门回了一趟剧团老院子。他希望能在最熟悉的那间大平房里，找到万大莲的身影。可那间房，连门窗都结了蛛网，很明显是好久都没人进出过。他问住在隔壁的王妈。王妈说：“好娃咧，大莲如今都成富婆了，还认得王妈是谁吗？早八辈子都没见过人了。”他差点没又软瘫在万大莲门口的那蓬冬青树下。

七十三

潘银莲当与贺加贝结婚那天起，就把自己的命运跟这个男人生死结合了起来。尽管她也知道，贺加贝是为什么才看上自己的，但既然结婚了，她就永远是他的人了。虽然经过了几番折腾，尤其是贺加贝把她从河口镇接回来，再有了孩子以后，她就觉得这个婚姻是很踏实的事了。她从来不会把任何事情想得过于复杂。她觉得应该从自己亲娘身上汲取教训：不要乱怀疑；不要乱怨恨；不要太刻薄，人的很多痛苦都是自找的。贺加贝忙、累，那就是忙、就是累，并且很忙很累。这世间，也没有几个像贺加贝那么玩命的人。见天四场演出，是铁板钉钉的事。在演出以外，他就是需要得到很好的休息。她心疼他、爱他，就希望他活得舒服一点、轻松一点。回家孩子晚上吵得厉害，的确影响他睡眠。让他在演出场地就近安歇，或者让朋友接去泡泡温泉，她没觉得这里面有什么差池。尤其是听说万大莲跟了牛乾坤，过得很是高端大气上档次，有人还用八个字形容他们的结合是：万箭穿心，牛气冲天！万箭穿心，就指的是所有觊觎万大莲的男人的痛心绝望。她听了很是有点悄然高兴，说明自己彻底安全了。因此，她就把所有心思都放在家里，放到贺喜和婆婆身上，再就是牵挂她哥、侄儿潘上风和河口镇的老娘了。

她哥潘五福，钉鞋的日子就那样不好也不赖。他自己倒是很满足，可潘银莲总觉得哥可怜，毕竟是远离家乡了，吃住都是见天胡乱对付着。多数时候，他一天就是一大碗油泼面。哥说这东西结实、解馋。晚上，他一般会买两个烧饼，就着辣子、豆腐乳，喝着白开水过活。她每次去，都要给他买些腊牛肉或者回民坊上的特色小吃。有些他藏着，说是等回去时，让娘也尝一口，自然就把好多吃食都放过期了。潘银莲说，回去时会给他再准备的。可他是细发日子过惯了的人，哪里又舍得把好东西随便往一个人嘴里塞，成为一种奢侈的“过当”呢。

最不省心的还是潘上风，怎么都不接受潘五福的那份感情。潘银莲做过多少次工作，仍是无济于事。她不想伤害她哥，就说潘上风把钱已经收下了。她哥听到这话，当下就落了泪，好像觉得一切都值了。他甚至在更加拼命地接活儿，更加拼命地打夜工加班。潘银莲心里可难受了，但又毫无办法。她不知道她还能为这个可怜的哥做些啥。她甚至还专门找了秦腔剧团的名角，跟人家学了几板“苦情戏”，都是为了见她哥好有话题，能多一份安慰的东西。

在潘上风拿到毕业证那天，潘银莲再次希望把她哥和侄儿拢到一起吃顿饭，可潘上风还是拒绝了。他只告诉他姑，他要去北上广找机会了。潘银莲问他有具体地方吗，他摇头说没有，就是想出去。

“为什么？”潘银莲问。

顿了半天，他说："那儿大。"

"西京还不够大吗？还非要到北上广去？"

他再没有说话。

潘银莲说："弄啥都得切合实际。能在西京发展最好。姑姑也在这里，总是有个照应。"

他沉默着。

潘银莲继续说："你出去一个人都不认识，咋生根？"

他仍沉默着。

"还是留在西京吧。"

他继续沉默。

潘银莲就有些不高兴："你这娃心咋这深的，你到底想咋吗？"

他还是沉默。

潘银莲就说："好吧，你想咋就咋吧。你这性格，我们谁也管不上。实在混不下去了，就回来找姑。没钱了，也可以跟姑要。你爸……也会给你的。就是记住一点，千万别犯法。要是犯法了，可就谁都没法了。"

她侄儿潘上风就这样走了。

潘上风一走，她就要她哥回河口镇去。说这下任务完成了，把大学生也供养毕业了，该回去了。潘上风成龙变凤，那都是他自己的事了。

她哥这次倒是没犟，说："我这个没用的人，也只能把他促到这一步了。农村哪家出了大学生，也都是促到这一步为止，后边就看他自己了。家里只剩下老娘，我也不放心，是该回去了。"

她哥走那天晚上，潘银莲还给他唱了好几板"苦情戏"，听得他抓耳挠腮的，直说妹子唱得好。还说有几句窦娥的戏，唱得快能跟名角忆秦娥比上了。见哥这样高兴，她也感到很欣慰。

第三天，潘银莲就把潘五福送上了回河口镇的班车。潘五福大小拿着一堆包包蛋蛋的行李，还有他的钉鞋机器箱子。这些东西都安置在客车的行李厢内，唯有一个软包袱随身挎着。

她听她哥在上到车门口时，还轻轻对软包袱叨咕了一声：“麦穗儿，咱回！”

潘银莲知道，那是在呼唤好麦穗的灵魂。

河口镇有个风俗，大凡在外边死去的人，朝回接时，无论遇见岔路、河道、桥梁，都是要给死人打声招呼的，生怕魂魄跟丢了。她爹当年在山西挖煤塌死，有人去接时，她娘一再叮咛：路上要多招呼，多喊叫。尤其是坐车、歇店，起身别忘唤他一声，说死人容易迷路。

她哥上车后，把那个软包袱一直抱在怀里，像是抱着很贵重的物品。直到觉得把包袱安顿妥帖了，他才跟她打了个招呼。

车开动时，她又见她哥嘴里在禀告着什么。她知道，那一定是招呼嫂子的亡灵，跟他一起回家的。

她眼泪唰的一下涌了出来。却见她哥还是咧着那口十分不齐整的牙齿，在朝她憨笑着。

也就在这天下午，史托芬突然打电话找她，说贺加贝又病了，还病得不轻，让她能不能带着孩子，来见见加贝，并且一再叮咛要带孩子。她立即就抱着贺喜出发了。她本来是不想带张驴儿的，可张驴儿见她要出门，自己先一步挤了出去，大屁股还差点让门夹住了。

她是在喜剧坊租住的宾馆里见到贺加贝的。贺加贝又躺回了那张床。她见他第一面，先把自己吓一跳，怎么瘦成这样了？而且两个眼窝陷成了两个深坑，黑洞洞地睖着两颗白眼珠子，简直有些像她在医院第一次见到病重的好麦穗。这是咋了？她的眼泪禁不住就要往下落，但她得忍住，害怕这股泪水会给加贝一种非常可怕的刺激。她坐在床边，先伸手摸了摸他的额头，滚烫滚烫的，更是吓她一跳。

贺加贝在她突然出现在门口时，眼前似乎也有一惊的感觉，但很快就黯淡下去了。她没有去想这里面的意思。她希望贺喜能给他带来一线快慰。可他对贺喜似乎也并无太多关注，只是用无力的手指，逗了两下嘴唇，就又无力地收回了。她问他哪儿不舒服，他只是略微摇摇头，有种一言难尽的感觉。

她说：“加贝，住院看看吧！”

贺加贝仍是摇头，然后就把身子侧向一边，眯上了眼睛，像是要睡的样子。她就带着孩子出来了。

在另一间房里，潘银莲打问史托芬："加贝是咋了？为啥不住院？"

史托芬说："他不去。"

"到底是啥病？恐怕得好好检查检查。"潘银莲十分焦急地说，"他不去，背都要把他背去。这严重的，还能由了他！"

史托芬大概实在是无法解释这一切，才不得不婉转地说："恐怕不是医院能解决的问题。"

潘银莲愣了一下："那是啥问题？"

史托芬说："潘老师……"史托芬一直这样称呼她："我们已经尽力而为了，可人已成这样，也不好不给你实说。我们想，兴许你带着孩子来，还能唤起他一点什么。可刚才我也看见了，好像效果不大。"

"到底是咋了吗，史老师？你别拐弯抹角了好不好？"潘银莲急了。

可史托芬还是有点拐弯抹角："大概与情感有关。这个时代，感情这东西，一般我们不相信会到这种程度，可他偏偏成了个案。"

"史老师，你就直说吧，我也是经见过一些世事的人了，什么都能接受。只要能为他好。你看他成什么样子了，搞不好会要命的。"潘银莲甚至都快哭了。

史托芬才说："也许与他过去的一段……情感经历有关吧，当然，都是道听途说。兴许你更清楚一些。"

潘银莲单纯，但不是傻子。她似乎已经意识到了是怎么回事，但还是希望史托芬把话说明白。

史托芬在舌尖上又绕了几个来回后，终于问了一句："你最近见过万大莲没有？"

这句打问，就像一记重锤，狠狠敲在潘银莲的脑门上。她已意识到可能是万大莲，但又不希望是这个女人，可偏偏就是这个女人。她也被迅速击溃了。

张驴儿汪汪乱叫起来，把贺喜都吓得哇哇直哭。

七十四

史托芬是实在没法了，才想起潘银莲这一招。他希望潘银莲，尤其是孩子，能唤醒爱得如此走火入魔的贺加贝。可结果令他大失所望，并且可能带来新的麻烦。他在连连责备自己一而再、再而三的失误，终使贺加贝朝越来越难以自拔的情欲泥沼中滑去。

贺加贝的情感“狂悖”程度，也令团队所有人大跌眼镜。都什么年代了，还有为一个梅开数度的女人失魂落魄的，并大有欲绝食、绝世、绝尘而去的殉情态势。都说这本身就是一场无法编造的喜剧，甚至是一种超级黑色幽默。当然，也有人为此深深感叹的。

演出不得不又按下暂停键。二百多号人，都在等待着“喜剧坊的心率”的“无序震荡”结果。史托芬带进喜剧坊团队的不仅有大学生，还有研究生，他们几乎每天都能创造出一些很特别的表述话语。“喜剧坊的心率”是他们新近给贺老板安的代号，简称“心率”。“心率”如此“无序震荡”，让他们越来越始料不及。他们大概已经做了很多努力，仍是无望，史托芬才请潘银莲抱着孩子来，看能不能有所“镇静”与“缓释”。结果连潘银莲也有些“无序震荡”起来，孩子更是哭个不住。连张驴儿也毫无厘头地狂吠乱叫着。喜剧坊真正叫走投无路了。

史托芬觉得什么理论问题都好说，一到实践层面，就全然不是那回事了。比如贺加贝，你永远都别指望他按套路出牌。尤其是包装成大牌喜剧明星后，就几乎处于一种失控状态。他想干什么就干什么。很多台词，他上台想怎么说就怎么说。以贺加贝的文化素养，的确是撑不住这么大的喜剧台面；可没有贺加贝，这个台面又会荡然无存；这大概也就是喜剧天然的悖论吧。好在贺加贝喜剧感觉好，很多时候胡说八道，底下也都笑了，认了，觉得是幽默中的幽默，把他包容了。可为了万大莲，他竟然再三再四地挑战史托芬的底线，让他真是哭笑不得。更多时候，史托芬甚至觉得有些无地自容。

在满足贺加贝那套人间天上别墅时，史托芬就很犹豫：该不该给他弄这套别墅？尤其是弄在万大莲附近。他明明知道贺加贝是奔啥而去，可“团队”还得“顺应”，甚至为之“筹谋”。作为“团队”实际领导人，自己算不算在做着下贱的“拉皮条”勾当？这是他暗地里感到羞愧耻辱、情何以堪的地方。自己毕竟是大学教授，当然，是副的，可副的也是教授。那时他也想过潘银莲的感受，但同时又不得不为喜剧坊和这两百多号人做打算。贺加贝寻死觅活地非要得到那套别墅，得不到就得病，就罢演。贺氏喜剧坊摊了那么大的广告宣发成本，正在货币回笼阶段，不能因“主体”倒塌而全线溃败。何况那段时间，贺加贝还在不停地进行人生追问：“我付出这一切，到底为个啥？我是有病吗？见天跟牛一样出力，吃的是草，挤的是奶！”他跟大学生们混得多了，也老爱断章取义地用些名人名言，做自己所需要的那些事情的骨架支撑。总之，他的这种人生意义追问，令史托芬感到十分恐惧。既然已经把他抬到这一步了，他需要相应的享受和待遇，你也不敢说不合理。说不合理，他就要“去他娘的蛋”了。你不能不为他付出你并不愿付出的那些代价。可费了九牛二虎之力，让他住进人间天上了，万大莲又被牛乾坤带进人祸深渊，踪迹全无了。史托芬已动用了所有社会人脉查找，可在一个近千万人口的城市，要想捕捉到一个人的踪影，还是有点大海捞针感。不像那晚贺加贝出走，他并没有想刻意规避什么，就容易找。而万大莲是在玩消失。她也许是针对公安机关的追逃；也许就是不愿再见到任何人的一种彻底隐匿；当然，不排除自杀的可能。天哪，这个女人要真死了，他都不知道贺加贝还能不能再活下去。

当第三、第四、第五天都找不到万大莲的踪影时，史托芬眼看着贺加贝，就像中医书《形色外诊简摩》里所描述的那样：“大骨枯槁，大肉陷下，胸中气满，喘息不便……目眶陷……目不见人，立死……见其人者，至其所不胜之时则死……”真是快要把史托芬吓死了。贺加贝面对他一再找不到万大莲的“屄样儿”，就是一副“目不见人，立死”的感觉了。史托芬的父亲是老中医，他也跟着学过几天的。后来觉得还是从文天地更大些，鲁迅、郭沫若不都改医从文了吗？但中医的观面相，他还是略知一二。贺加贝如果不能很快得到所需要的东西，有可能真的“立死”。他要真为情而死，那可就把喜剧坊害惨了。贺加贝绝对不能出问题，这是贺氏喜剧坊目前的头等大事。史托芬一边发动群众，广罗线索，四处寻找，一边请来潘银莲，企图谋求某种意外转机。谁知潘银莲面对这个无情的事实，也被打击得险些要“目不见人，立死”了。真是危机四伏，祷告无门。

讨厌的张驴儿，还一个劲地乱汪汪叫，像是故意要挑起什么事端一样。气得他照那肥屁股，想狠狠给一脚，但还是踢得很轻，毕竟打狗要看主人。谁知这家伙还是个不依不饶的货，竟然转过身来，以直面、威胁、恫吓，甚至要讨个说法的嘴脸，直向他扑来。要不是身边几个学生挡得快，还真有可能被这货咬一口。

他安慰潘银莲说：“我也就是问问，看你知不知道万大莲在哪里。这里面也许没有什么必然联系。”他在努力掩饰。

潘银莲说：“万大莲在哪里我怎么知道？她难道不在她家里吗？”

史托芬说：“你真不知道？万大莲的丈夫牛乾坤被公安抓了，你也不知道？”

“我怎么知道？他为啥被抓了？”潘银莲倒是想听。

史托芬说：“制造假药，很严重，都死人了。”

“牵扯到万大莲了吗？”

“还不知道。不过万大莲失踪了。”

潘银莲听到这话，心绪倒是有所缓解。她连连追问：“那和贺加贝有什么关系？他也卷进去了吗？他怎么会呢？他是做过这方面的广告吗？”

史托芬摇摇头说：“他做过很多医药保健品广告，但绝对没做过牛乾坤的。”

“那他咋了？”潘银莲还反倒越说越轻松起来。她就是没朝更复杂、更微妙的地方想，这大概就是这个女人的单纯幼稚了。

张驴儿还在汪汪乱叫，潘银莲还把它呵斥了一下。

史托芬看潘银莲有所缓释，就想尽快结束这种尴尬局面。谁知潘银莲突然问他："我不相信，史老师叫我来，就为问最近见没见过万大莲这句话。"

史托芬支吾着说："当然，也想让你来看看贺老师。"

"还是送他去医院吧！"

"他咋都不去，我们也没办法。你能再劝劝也好。"

潘银莲也没多说啥，就又抱着贺喜进贺加贝房里去了。

史托芬像热锅上的蚂蚁一样，步子在房里突然踱得更加激烈起来。几个身边人就说：也许不该让潘银莲知道。

史托芬说："不知道又怎么办？她是贺加贝的合法妻子。人成这样了，不让她知道一点，出了大事谁负责？"

"我看这女人挺好哄的。"史托芬的一个学生说。

"也未必。"另一个学生还有不同看法，"她不一定不懂得我们的意思。"

史托芬被这句话还说愣了一下，问："那又会怎么样呢？"

"她很爱她的丈夫。兴许她还不愿意捅破这件事。"一个学生说。

史托芬点了点头，自言自语道："截至目前，我还真没有看到世界上哪个喜剧权威，把喜剧能解释到位的。连我给你们讲的乔治·迈瑞迪斯的《论喜剧》，也只在论说幽默的层面。真正的喜剧，是笑不出来的，是欲哭无泪的。一个获奥斯卡金像奖的喜剧演员说：死亡很容易，但喜剧很难。我们今天就置身于这样一种喜剧氛围中。"

也就在这时，还真有喜剧降临了：

万大莲找到了！

她是在郊县一个亲戚家里住着。

史托芬对自己团队的执行力，还是颇有一点感到欣慰的。他长长地舒了一口气。不过，未来到底该怎么处置？是喜剧还是悲剧的路子，他还无法预测。更无法让这个团队，按电脑和数据程序，搞出一个可以控制住走向的好剧本来。他可以在这个故事的发展进程中，按分秒计算、制造出一系列笑料、包袱，却无法操纵它的结局。悲剧和喜剧，看似区别很大，其实转换就在一瞬间。悲剧里充满了喜剧因子，而喜剧里布满了悲剧陷阱。史托芬也在实践中，不断完善着自己的戏剧理论。

他说："去请潘老师回吧。这里的事，我们可以料理了！"

一直躲在桌下的张驴儿，终于被史托芬看见。这个不顺眼的东西，在潘银莲不在场时，他还是狠狠给了它一脚。

七十五

你们大概已看清，我为啥要从史托芬家出逃了。老史踢我一脚，那都无关紧要，无非是搞动物低人一等，可以任意歧视、侮辱那一套。身为狗，我已司空见惯，甚至可以逆来顺受。让我感到愤怒的是，他对我主人潘银莲女士实在机心太重。

贺加贝能走到今天这一步，他们脱不了干系。所谓"明星包装"，简单地说，就是用假的把真的包起来、装起来。把散的烂的，包成一个浑全的，装成一个棱整的。常常会把一分硬拽成十分，把假象掩盖得乱真，把朴素捯饬成华丽，把脑残生扮成天真，把正常人调教成疯子，把狗屎包装成黄金（这不是我屡屡对同类粪便的鄙视，而是这种约定俗成的臭气更能道明真相）。我主人的丈夫贺加贝，倒不至于一无是处。他有天生的喜剧天分，有绝对征服观众的台缘魅力。我初见他时，觉得人也朴朴实实，很是本色。可自打他们开始全面"形塑""包装""打造"起，这个人就不大对劲了。并且越来越不着调，一举一动都透着虚假，好像自己已不是自己了。演员这个职业，对于我不是个陌生领域，说起来我进这个圈子都好几年了。三年的棒槌也混成内行了，何况我还亲自登台领衔主演过一段时间呢。我初到梨园春来时，觉得上台神奇，也曾渴望露露脸，竟在他们闹腾得最热闹时，从大幕侧面溜上去跟观众照了一面。仅一面，就发现果然了得，那种狂轰滥炸式的掌声、口哨声、尖叫声、欢呼声，放在再清醒的演员，都是会糊涂一时的。虽然事后我受到了苛责，还罚了舞台监督的款，说是看管不严，导致狗都上了台的严重演出事故发生。可万万没想到的是，在喜剧坊时代，我竟然能以正儿八经的主角身份，堂而皇之地登台表演了，并且体味到了比贺加贝有过之无不及的暴风骤雨般的剧场热捧。虽然好景不长，但我要强调的是，戏台的确是个容易使人昏头的地方，角儿不好当，尤其是名角不好当。如果不是我较为理性，抽身退步早（当然，也是被打怕了），兴许也会像贺加贝一样，在他们的过度包装中渐次沦陷，直至疯癫成魔。

关于万大莲的事，我真是无言以对。他们把贺加贝包装成那样，自己都无法控制时，又想把锅甩给我主潘银莲。找不到万大莲时，他们急急呼呼把潘银莲弄去解围，刚一找到，又糊弄我主立即走人。我再三阻止，主人仍是抱着贺喜离开了。要她离开的原因，他们找得也很拙劣，说已请到贺加贝的医生朋友来劝他住院了。并让她一定放心，转机就在眼前。只要能为贺加贝好，让潘银莲怎么都行。我主是一直隐忍着回到家，才哇的一声关门大哭起来。我想她是明白了一切，但又绝不想说破而已。她对贺加贝的那份真情，只有我心知肚明。她是一心在打理着这个家庭的一切后勤保障，只想让贺加贝更加省心地排练、演出、休息。连贺加贝他妈的生活，都是我主服侍得停停当当。饭端到他妈嘴前，茶递到他妈手上。连他妈扭了腰，都是她亲自料理擦洗。没想到，绳子真的能从老地方再次断裂。这有些像我前前主人家里老爱说的那个什么墨菲定律：事情往往会朝你所想到的最坏方向发展。她只能关门痛哭。那种哭声，让我毛发倒竖，冷汗涔涔。哭到最后，她甚至紧紧抱着贺喜问："你将来会跟谁走？妈妈要是离开这个地方，你会跟妈妈走吗？"长得极像贺加贝那个菱形脑袋的贺喜，平日给这个家带来"贺喜"的机会还真不多，动不动就"贺悲"地哭号起来，弄得我有时都想乘主人不在踢他一脚，但你们还是要相信我的素质和耐心，弱小我还是懂得体恤和爱怜的。我虽然经见事广，可对于主人如此痛彻肺腑的悲怆，也是泪眼障目，心生悲凉。

我能替我可怜的主人做点什么呢？她似乎已经在准备她的结局

了。我难以想象，老史他们会把这台戏的剧情最终制作成什么样子。我只感到，对于我主人来讲，可能凶多吉少。尽管如此，贺加贝他妈腰伤还不能下地，我主仍是去床前给她接下了一大盆十分难闻的热溺。那气味，熏得我调头就跑。可她在端往厕所时，还滑了一跤，漾得我满头都是，苍天哪大地呀，你让我如何呼吸？你让我近期如何出门？关键是把潘银莲的腰也扭了。所谓福无双至，祸不单行，这些人间俗语，在她身上我领会得尤其透彻深刻。

我主都在思考结局了，我不比她笨，自是不得不思考这个严峻的现实问题了。她会到哪儿安身？我又该往哪里投奔？一切都摆在议事日程上了。悲喜剧，真的是转瞬间的事。

我主这天晚上在床上哭了一夜。我还好，比她算能随遇而安，半夜还小眯瞪了一会儿。后来是她打电话把我吵醒了。她竟然还在打问：贺加贝吃下啥东西没有？当听说那家伙晚上吃了一大海碗羊肉泡时，她还直说那就好，那就好！我能感觉到，她不停地打电话，是慌乱无计，也是希望那边能让她过去。但每次史副教授都在电话里说，让她一切放心，千万别过来，说贺老师都休息了。她就越发地坐卧不安了。她已知道事态的严重性，但并不知道具体情节和细节，而情节和细节，才是戏剧和一切事物的关键所在。信息不对称，是酿成许多事物由喜剧陡转为悲剧的根本原因。当然，与此相反，信息不对称也会让悲剧转换为喜剧，不过一般概率较小，所以好的喜剧才少之又少了。我知道她这场悲剧的许多细节，可惜又与她沟通不了。这阵儿，我甚至能想象到，贺加贝也许已在郊县的什么地方过夜去了。但愿他虚弱成那样，别疯张得真的感冒了。感冒重了也是会死人的。

七十六

贺加贝在听到万大莲已找到的消息时，几乎是在一瞬间，眼睛立即放出光芒来，像是黑暗的无底深渊中，突然亮起了两个射灯。身上也像打了强心剂一样，忽地就坐了起来。尽管立即又虚弱得要朝下倒，可看上去，的确从“立死”的“形色”中摆脱出来，是在还魂补阳了。

贺加贝立即要下床，去郊县见万大莲。

史托芬一把将他摁住，说：“还在于这一晚上吗？你近乎五天没吃饭，虚脱成这样，怎么去见人？现在必须老老实实躺着，我已找大夫来给你补能量了。补完能量，身体恢复一些，再去看不迟。”

贺加贝的确有些动弹不得。不过，心底的大石头一落地，立即感到浑身轻松，也恢复了对美食的欲求。他说他想咥羊肉泡，有碗黏面也行。

史托芬说：“现在肠胃粘连着，哪能咥羊肉泡、黏面呢？先得喝些粥，把肠胃润泽润泽才成。”

很快，粥来了。大夫把能量合剂也给吊上了。贺加贝就像晒干的还阳草，突然遇见雨露一般，眼看着汁水暗涌，绿叶开散起来。到凌晨三点，他喊叫还是要吃羊肉泡，要咥黏面。史托芬就安排人请宾馆师傅一样做了一碗。吃得贺加贝直喊：

“羊肉泡，黏面，万大莲，人生有此三样足矣！”

然后，就再也摁他不住地拔了吊瓶，非上路不可。

他们一行就开车奔郊县而去。

史托芬为了跟贺加贝说话，专门自己开了一辆车，一路问了几个很严肃的问题：“贺老师，你到底爱万大莲的什么？”

贺加贝几乎不假思索地说：“一切，一切的一切。连她在我肩上放屁我都喜欢，哈哈哈……知道那个排练故事不？”

史托芬皱了皱眉头，有些不想听。

“没办法，还越来越喜欢，说是一种病也行。”贺加贝在他面前，已丝毫不隐瞒对万大莲的痴情了，“反正是爱死她了！”说完，他仍是畅美得大笑不止，真是有点疯魔了。

史托芬紧接着提出了第二个问题，也是老问题：“潘银莲怎么办？”

贺加贝愣了一会儿，依然很是轻松地说：“本来就是个误会。像所有喜剧里‘李代桃僵’的故事一样，最终李树是李树，桃树还得是桃树。”

“没有那么轻松吧？”史托芬这句话说得很缓慢，但很沉重。

贺加贝说：“莫非还要让我再尝封建苦果不成？我们在舞台上都批判几十年封建思想了，哪一出戏不是讲究有情人终成眷属？怎么到我这儿就有了问题了？啊？什么逻辑？你们不是老讲逻辑吗？”

史托芬有点无奈地说：“一切事物都存在着硬币的两面性。很多喜剧，包括经典喜剧，都会把爱情的反面，描写得虚伪、吝啬、贪财、丑陋、自私……反正人类的种种不堪，都会集中到这个人身上。摆脱这样的婚姻，自是很有道德感、崇高感、反叛感，让围观者也很有满足感。可问题是你面对的潘银莲，她虚伪吗？她吝啬吗？她贪财吗？她丑陋吗？她自私吗？她是什么样的人，我想你比我清楚十倍。你把这样一个女人怎么办？得把一切都想透了，再朝前迈这一步好不好？”

贺加贝有些不高兴了：“你什么意思史老师？我爱万大莲你不知道吗？再说我爱万大莲有什么错？我堂堂一个贺加贝，想爱一个女人都得不到，那我还奋斗狗屁呀我？！”

史托芬有些无法面对，也无法回答贺加贝之问，这似乎牵扯到很多哲学命题。人类都有回答，但又都在继续演进、质疑、追问。“暴得大名”如贺加贝这样的明星，无论是怎么包装而成，反正今天他的确是出场即“山呼海啸”“张口值千金万金”。他该不该有个心爱的女人？本来这是他的私生活，可他的私生活每每牵扯到“贺氏喜剧坊”的生死存亡问题，而让史托芬这个“操盘手”也越卷越深。越卷，他越觉得有问题需要廓清。他说：“贺老师呀，我不是个保守的人，我也不反对你去爱你所爱的人。我的问题就是，你把潘银莲老师怎么办？”他还特别强调了“老师”二字。

“你们就是活得麻烦，什么都要想来想去。其实这事很简单：车到山前必有路。”

“贺老师，依我看，恐怕没那么简单。你如果仅仅是一个寻花问柳的花花公子，倒是简单了。可你不是，你是一个在感情上十分执着、危险的人物。”

贺加贝被说笑了，问：“我咋危险了？”

“你还不危险吗？我觉得你比我抱着一个火箭筒、燃烧弹都更加危险。这些东西还有机关可控，而你，是完全失控的。不知道什么时候会爆炸、燃烧。一旦燃爆，天地都会束手无策，人神为之瞠目结舌。何况我一介凡夫乎！”

史托芬再次把贺加贝惹得哈哈大笑起来：“我有那么可怕吗？”

“其实你比我形容的还有过之无不及！”史托芬也只敢就这阵儿的话题，顺便吐吐心中郁结。

“我也就是在爱万大莲这件事上，拿不住稀稠。没办法，你就权当我是个精神病患者吧！”

“可问题是你没到这一步，还送不进精神病院。你得给潘老师一个交代呀！”

贺加贝突然有些恼了，说：“你别说潘老师潘老师了，再说我跟你急噢！”

“可潘老师是个现实存在，你得想好了再去见万大莲哪！”

“停车！”

贺加贝是真的恼了。

“怎么了？”

“我让你停车。”

“还没到呢。”

“我已经受够了。我的事情我做主，用不着你说三道四、指手画脚！”

史托芬就再没话了。他也不敢说了，再说害怕贺加贝跳车。

天大亮时，他们把车开到了郊县的一个村口。手下人指了指一个院子后，史托芬就让把车停到一边去了。直等到那家院子开门后，贺加贝才急不可待地朝里走去。

这是一个典型的关中三进三出的院落：从大门进去是第一个院子，两边有正房、厢房；再进一个院门，又是一个院子，仍有几间严整的房子四合着；最后一道院门进去，更加空旷起来，甚至中间还有菜地，种着葱蒜之类的时令蔬菜。万大莲就住在这个院子的最里边一间房。

贺加贝进第一道大门时，就被一个头上顶着灰帕帕的老婆叫住了，问他找谁。但很快她又认出了他："这不是……'老戏模子'火烧天的公子嘛！"关中人把那些唱戏的大把式、肚里戏多的爱叫"戏模子"。她问："你是大公子么二公子？反正我们都看过你们的戏。你们十一二岁就跟你爹来村里唱过《墙头记》。你演大怪么二怪，父子仨长得太像了！"贺加贝一笑说："我是老大贺加贝。姨！""对，贺加贝，这名字响亮！你来是……""我是来找大莲的。"老太太突然把脸一沉说："你大概找错地方了吧？我们这里没有万大莲。"

老太太正说时，万大莲已经出现在第二道院门口了。万大莲也是一惊："你怎么来了？"然后，她就领着他进了第三个院子。

这是万大莲她大姨家，刚才门口遇见的就是她大姨。万大莲自牛乾坤被抓走那天，配合公安搜查完别墅，眼看着人家贴了封条后，就领着廖万躲到了这里。她倒不是躲公安，她给专案组留了真实地址，她是怕见熟人。任何人都不想见。何况自己又是名演员，脸更觉得无处放。

万大莲一改城市明星的那种"高大上"装束，突然穿起了很是有点乡土味儿的蜡染布衣服来。但仍是韵味十足，别有洞天。大概经过了这些天的调理、休整，脸色也不见特别的变化。她坐在炕头，盘起脚来，反倒呈现出另一种难以言说的独特景观。贺加贝看着哪儿都觉得舒服，润眼，养人。尤其是眉宇间投射出的那股淡淡的愁绪，更是让一个女人显示出无比的成熟与内涵来。

万大莲嘭地点燃了一支烟。

"你抽烟了？"

万大莲吐了一口烟圈说："没事，抽着玩玩。"

"这事……与你关系大吗？"

"我什么也不知道。厂子我也很少去。他也什么都不给我说。现在好了，什么也没有了。连房子都查封了……"说这话时，万大莲磕烟灰的手有点抖，但她能控制住。这就是万大莲，十七八岁在舞台上演穆桂英时，她就能掌控得千军井然、万箭有序。很多人都夸她，这将来必定是个大角儿。

“老在这儿待着，恐怕也不是个办法。”

“先待待再看吧，反正也没哪儿可去。回剧团院子？能回去吗？”

贺加贝终于鼓起勇气说：“也不要太悲观，一切还有我么。”

万大莲看了看贺加贝，一笑说：“老同学，我不需要同情。”

“绝没有这个意思，大莲，我的心……你不是不了解。今天走到这一步……无论如何，你就是犯法坐牢，我也会负责到底！”他说得有些激动，但明显语无伦次。

万大莲笑了，说：“我还没到这一步。放心，无非是净身出户，坐不了牢的。”

“回吧，我给你安排地方住。比你过去住的地方还要大。”

万大莲又一笑：“凭什么？”

贺加贝嘴里憋了半天，终于憋出一个字来：“爱！”

万大莲哈哈哈哈地大笑起来，说：“加贝，我们都是三十好儿的人了，快奔四了，再别说那些没头没脑的话了。我也听得太多了，真的烦了，烦死了！”

贺加贝说：“我是认真的，大莲，我可以为你做出一切！”在谁面前都已活得风风光光甚至有点颐指气使的他，面对万大莲，却永远只是一副奴仆、跟班相。他天生就愿意给她跑龙套，当“底座”，甚至做反衬。“大莲，相信我吧！我是真诚的！”他说这话时，没有一丝一毫的掩饰与伪装。

万大莲再没有笑，只是说：“你是有家室的人，我不愿意再卷到任何情感纠葛里。我已经够窦娥、够李慧娘、够秦香莲的了。”

“一切都可以改变，只要你愿意。”贺加贝甚至都想站起来起誓。

万大莲急忙说：“再别瞎说。潘银莲对你很好，你别瞎胡闹。”

“绝不是胡闹。我心里真的只有你。她……她就是你的一个影子……”

万大莲断然制止了贺加贝的话："别说了，今天再别提这个话题了。我不想听，我不想听！"她猛然拧断了半截烟头，端直说："加贝，你回去吧，让我好好清净一下再说。我现在还是牛乾坤的老婆，我还得配合调查。请不要打扰我，我真的很烦很烦！"

贺加贝无奈地站了起来。不过他对未来充满了信心。万大莲已明显走投无路，他觉得他刚好可以出演这个"英雄救美"的主角。他是心甘情愿的，绝无任何扮演与矫饰。

他是时候该站出来了！

七十七

贺氏喜剧坊又恢复了一切正常演出。

贺加贝表面在几个剧场来回穿梭着，心里，却始终惦记着万大莲。好几个晚上演出完，他立即就朝万大莲她大姨家跑。路熟了，也就四十几分钟车程。见到万大莲，一般在晚上十一点左右。这种热乎劲儿，不能不让万大莲受感动。但她自始至终都保持着冷静。每次都让他再别来了，说对他不好，对她也不好，可贺加贝还是要去。万大莲甚至以准备换地方相威胁，但他仍去，她也仍没换地方。有几晚上，谈得太晚，他甚至住了下来。当然，是住在前院，早上才离开。无论怎么黏糊，他与万大莲之间都保持着必要的距离。这个距离，不仅是物理上的，也是心理上的。有万大莲的矜持，也有他的故意。他觉得现在这感觉就挺好，特别像是一场恋爱，时间闷得越久越好。严格讲，他还没正经恋过爱呢。过去对万大莲的那种爱，后来证明全是单相思。而与潘银莲之恋，又完全是这种单相思的继续。今天终于有了这么绝好的机会，让他几乎每晚都可以见到万大莲，并且绝对是独享一份。什么廖俊卿，什么牛乾坤，全都再无干扰了。她大姨无非是在他们谈得太晚时，利用上厕所，故意咳嗽一声。狗和猫都很自觉，绝不会做出惊扰他们的声响。除了"牛乾坤""假药""公安局"这几个敏感词外，什么都可以涉及。他们从开始学戏的压腿、劈叉、下腰、拿顶开始，直谈到排练、演出、下乡、出国，话题可是太多太多了。任意拉开一个戏的角色分配、排练花絮、演出过程，都是一晚上也说不完的。恋爱大概不过如此，就是所有在其他地方显得无聊至极的话题，在这里都有了极妙的意思，你放开了扯就是。只要发现对方没打哈欠，没看表，没提醒你：哎呀，太晚了！你咋说都成。如果对方笑点较低，那就更好对付了，这年月谁手头还没积攒几个段子。要命的是，万大莲笑点很高，搞得贺加贝不停地得搜肠刮肚。好在她很配合，就像当年他给她配戏一样入脑入心，让他就时时感到自己处在妙语连珠的状态中。

他们也谈到了廖俊卿，却是一带而过的。万大莲倒是没有回避的意思，是他不想去揭这个创痛，一想起廖俊卿，就有很多苦水，似乎瞬间就要涌上心头。好几年了，他都没再见过廖的影子，只听传过他的一个笑话，说廖俊卿不知在哪儿接受一个小报记者采访时，随口说了句："我是专事调戏妇女工作的。"记者问他什么意思，他说演了多年的舞台小生，不是"公子落难后花园"，就是"钻床跳墙中状元"，总归一件事：调戏妇女工作者！这话被不会处理调侃幽默的记者放大出来，再被标题党进行一番"吸引眼球"的处理，就成了《廖俊卿：一个专事"调戏妇女"的舞台工作者》。一石激起千层浪，有人还真扒出他调戏妇女的事实来，听说好长时间都登不了台。后来，传说他已改行到海边养鲍鱼去了。这件事贺加贝倒是乐意跟万大莲絮叨絮叨。可万大莲也是一带而过，说："记者写文章吓死人的，你也得注意着。"总之，他们聊得天南海北，谈得地阔方圆。有几次，他甚至感到如果自己讪皮搭脸一点，也可以把万大莲压倒在土炕上，只是顺势而已。但他没有这么做，也不愿这么做，他是在爱她，呵护她，绝不能乘人之危。现在任何过头动作，都有些像他过去在戏里扮演的张驴儿、高衙内那些小丑，他不能坏了自己的形象。

不过有一天晚上，谈得实在太晚，院子里的公鸡都打早鸣了，万大莲也没有提醒他去休息的意思。他看着万大莲侧卧的臀部，的确曲线优美，加之有些地方勒痕也过于分明，就有些不安分。他几次想朝炕沿上蹭，终于还是被万大莲提醒了："休息吧，你中午还有演出。"然后，她自己拽了拽裤腿，让一切归于常态了。他有点再也把持不住的意思，突然拉住万大莲的手说："大莲，跟我回城里吧！"

"别说了。那是不可能的。"她立即又与他保持了距离。

"咋不可能？"

"你说咋不可能？我们都成这样了，还有什么可能？你也是有孩子的人了，都冷静些。"

"只要你愿意，一切皆有可能。"

"如果倒回去十年，十五年，也许一切皆有可能。可现在……除非你是单身。但我还不是……想起来都烦死了，你快走吧！我真的要换地方了。"

从这天后，万大莲还真换了地方。

不过现在贺加贝倒是没有那么惊慌失措或痛不欲生了。万大莲落到这样一种境况，已给了他无限希望。"除非你是单身"这句话，始终萦绕在他脑际。他觉得再也不能放过这个机会了。对万大莲越来越深的爱，使他一步步在朝那个方向狂奔而去。

关键的关键，还是史托芬的那个问题：潘银莲怎么办？

他始终没有找到跟潘银莲摊牌的理由。到了这一阵，他多么希望潘银莲是个泼妇、悍妇啊！最好能人多人少地把他骂将起来；到街上破口大骂最好；扭打起来尤其妙不可言；若能把他脸皮撕烂、抓伤，身上再打爆几块，那才叫正中下怀呢。可潘银莲偏偏没有任何反应，就像一个软包袱一样，怎么折来叠去地包裹，都仍让里面的东西浑全着。他也希望潘银莲是一个刁妇：恨不得多长八个心眼子出来，什么都要算计；哪怕是一点针头线脑也不放过；最好是能把他的一点家当，偷偷转移到自己账上，做好随时散伙、随时切割家产的准备。他当初要娶潘银莲时，他妈就曾有这方面的担心，说农村来的，小家寒气，容易在针头线脑上打主意；就连回娘家，也少不了会夹带一两块香皂、一两截布料啥的，不好看管。可潘银莲当初管着梨园春来那么大的账户，竟然从未出过半点差错。就是花钱，也基本是花着她自己的份额、“包银”。他给的钱，多数贴补家用了。在“刁”上，你也找不出任何值得弹嫌的地方。他这阵儿，尤其希望潘银莲是个醋坛子，一醋起来啥都好办了。要是碰上王熙凤，大概也是时候该去撕万大莲的臭脸了。一旦闹到这种地步，也就好顺风扬场、借汤下面了。可潘银莲竟是稳如磐石，毫无动静。她是真麻木、真愚蠢，还是在克制、在隐忍？静得让他有些害怕。他在不断地寻找机会，希望能擦枪走火，挑起矛盾。

唯一需要战胜的就是自己的良心。他没有理由废掉这个自己死乞白赖缠到手的女人。除了她屁股上的疤痕，他还真没找到更多“废后”的理由。影视圈把成就最高的那些艺人称“影帝”“影后”。喜剧坊团队也早把他称为喜剧“剧帝”了，尽管有些滑稽，可还是叫出去了，甚至有噱称潘银莲为“剧后”的。最近，团队老有人公开问他：“贺老板是不是要‘废后’？”这话问得好！既然是“废后”，还需要理由？无论古典喜剧还是悲剧，“废后”的情节可是太多了，理由也大多荒唐可笑至极。既然你们已经把我炒作成了“剧帝”，那么“剧帝”要“废后”，还需要理由吗？本来找潘银莲，就是为了“顶包”。戏里“顶包”“替换”太子、公主、皇后、贵妃的情节多的是，还有拿“狸猫换太子”的，哪一个最后不是“冤情昭雪”“易主归位”了。现在“原配”万大莲就已经候位，“废”掉潘银莲，又有什么值得去谴责自己良心的呢？我一个堂堂的贺加贝，换个老婆算什么鸟事？大不了多赔几个就是。看她要多少，给！可这个“后”是不能不“废”了。万大莲必须上位，这是他人生喜剧的最高潮一幕，必将到来！也必须到来！

当贺加贝痛下决心后，就开始了最后的冲刺与突围。

他正式跟潘银莲摊牌了。

他是回家跟她摊的牌。

自从有了孩子，潘银莲每晚演出就很少到剧场去了。贺喜好哭闹，尤其到了晚上，她不在家，会哭得嗓子沙哑，浑身憋气，谁都没办法。因此，整个晚上潘银莲都会耗在家里，他也就彻底自由了。潘银莲也几次让他回家睡，说能睡踏实，孩子有她，保证不哭闹，他却总是有很多理由推托掉。今晚，是他主动回来的，也没提前打招呼，搞得他妈和潘银莲都有些措手不及。他妈忙着还是老一套，给他打了四个荷包蛋。过去他爹在，父子仨演出完，他妈都是要一人打四个荷包蛋，吃得三个光葫芦撒（头）满头冒汗的。如今他已嫌油大，可荷包蛋没了油，那又是什么鬼味道呢？

潘银莲已安顿孩子睡下，正在给他侍弄脚盆泡脚。过去泡脚，他是享受得那么自然，只顾玩手机、打电话，有时累得连半句话都懒得说。可今天，潘银莲把水端来，他就显得很不自然，要自己起身接，还死活不要潘银莲帮他把双脚朝盆里放。但潘银莲仍是重复着惯常动作。他几次想开口，可这个口总是开不了。他甚至都想，要是能娶上两房，也就不作这难了。可那是老戏里的"大团圆"方式，今天的婚姻法，已不给他提供这种"解扣"剧情了。他也知道，有老板"家里红旗不倒，外面彩旗飘飘"的，可万大莲又不是那种可以随便"飘飘"的人。唯一的戏剧陡转方式，就只能是"废后"了。

他是用喜剧方式开的头："银莲，咱俩要分手，你说咋分？"

他说得很轻松，但潘银莲正给他搓脚的手，抖动了一下，什么话也没回答。

"我说的是真话，想跟你分手，你说咋办？"他竟然说得那样轻松，就像在舞台上搞笑、抖包袱。

潘银莲却沉重得喉结哽动起来："你不是开玩笑。"这句话既不是疑问，也不是肯定，就那样不由自主地脱口而出了。她的手，还没有完全停止搓动。

张驴儿已经有些坐卧不安起来。

大概是贺加贝心不在焉，把脚盆差点踩翻，溅了张驴儿一点水，张驴儿竟然大躁，汪汪汪，对着他凶猛地嚎叫个不住。是潘银莲把它屁股拍了一下，才止住它的暴怒和狂躁。

贺加贝接着说："我也是没办法了。我觉得对不起你，可你总不愿意看着我死吧。”这句话他说得很认真，也很悲情。他接着说：“你也知道，我娶你，是因为你长得像她。你可以提条件，什么条件我都答应，你就权当我是个屁，把我放了吧！”

潘银莲突然站起来，把毛巾狠狠朝洗脚盆里一砸：“你们真恶心！”然后就愤然回到自己房里，嘭地甩上了房门。张驴儿要不是跟脚快，差点被甩在门外。

自打跟潘银莲结婚，贺加贝都没见过潘银莲发这么大的脾气。即就是生气回娘家河口镇，也是悄无声息地走了。她把所有抗议，都能转化成一种无声的风雨。而今晚，她却是在打雷闪电了。

他妈过来问咋了。

他说没咋。

这事暂时绝对不能让他妈知道，估计她是不赞成“废后”的。因为这个“后”，把“太后”打理得有些过于妥帖舒服。而“新后”万大莲，是不可能让她享受这等尊贵舒坦的。何况他妈可不是好惹的主儿，当初他爹在后台给管“三衣箱”的刘妈“揉肚子”的风波，他可是亲眼所见，他妈为此光上吊就闹了两回，那可不是好耍耍的。今天，要是知道他做了这等损害“太后”根本利益的事，只怕他是吃不了得兜着走了。

他说：“没事。”

他妈说：“人家带娃着哩，啥事都得让着点，不然妈可不依！妈这脾气你爹知道。”

看来“废后”比戏里唱的果然要麻烦许多。

七十八

该来的终是要来。

潘银莲不是没有精神准备，可贺加贝能这样嬉皮笑脸地跟她说这事，还是深深扎伤了她的心。这桩婚姻，始终给她一种不稳定感。那阵贺加贝穷追猛攻时，她就觉得不真实。当知道自己是因为长得像万大莲，而被“顶包”错爱时，更是预感到一种不祥。可那时已不能自拔。一步步卷到今天，终还是要以长久萦绕在心头的那种阴晦预兆收场。

为稳固这桩婚姻，她已付出了一切。她知道，自己作为一个农村孩子，在城里能找到一份工作已属不易，何况还找了贺加贝这么一位丈夫。嫁他时，他已经是一个不小的名人了。新婚之夜，她就在暗暗发誓：一定要好好待这个男人，给他一个女人应该给他的全部温暖和幸福。她最害怕别人说她来自山里，见识短浅，小家寒气。因此，她总是在努力克服着这方面的毛病。她不是不爱钱，但任何一笔钱经过自己的手，都会打理得清清爽爽。哪怕是给剧组买盒饭、订夜宵，也从不沾一星半点。连在婆婆家临时去买点葱蒜，自己忘带钱，用了婆婆的，也会分文不少地把找零放回原处。她始终在总结自己母亲的教训，也是因为太穷，而把财物看得比亲情和生命都更贵重。她娘哪怕是出门打猪草，也会眼皮子浅，把邻居家的葱蒜扭一把揣回家。有人叮咛：凡她娘走过的地方，都得瞪大眼睛盯紧了。可盯着盯着，仍会丢掉一两颗鸡蛋。娘对爹也始终没有好脸，抠抠唆唆，哪怕是一包烟，也管得让爹在乡党邻里面前丢尽脸面。爹挖煤挣回来的钱，她四处窖藏，最后甚至被热炕把一沓钱烘烤成了纸渣。潘银莲也在总结嫂子好麦穗的教训，尽量不与任何别的男人来往，以免落下轻薄淫荡的恶名。她始终在把自己朝一个好媳妇的方向塑造：孝敬婆婆，相夫教子，善良宽厚，贤淑有加。除了身体上那点无可挽回的疤痕外，她是千方百计地想让自己尽量完美起来。谁知努力到最后，竟然还是努力成这样一种结果。那么像她这样的人，出路又在哪里呢？

自从知道贺加贝是因万大莲而形容枯槁时，她就知道，这桩婚姻可能不保。一个人能为另一个人生命耗损到这种程度，那就不是人为能改变得了的。何况这是今天的贺加贝，已经活成很大的人物了，在西京也都快放不下了。她明明知道他已活得很不真实，但又无能为力。因为史托芬他们说：贺氏喜剧坊的事业，需要把他包装得更加玄幻起来。如果真实得任何普通人都能达到，这个喜剧明星就没有魔力效应了。而票房是需要魔性的，他不魔已不由他了。

现在她唯一感到真实的，就是贺喜。这是她跟贺加贝生的儿子。自从有了贺喜，她才有了一些真实的感觉。无论贺加贝怎么虚空、玄幻，他总是贺喜的父亲。她每天紧紧抱着贺喜，就觉得一切喜剧的夸张、变形，都有了一种似乎可以把握、矫正的度数。可没想到，儿子的分量是如此轻飘，放到他床边，他还是把头扭向另一边了。生活正朝着更加夸张、变形的方向猛烈滑去。看着睡熟的儿子，她怎禁得住泪流满面？

自从那天看到贺加贝为万大莲的消失，几近崩溃的身形时，她就在思索：问题到底出在了哪里？也许贺加贝从来就没有真实地爱过自己。可她，自从上了贺加贝的婚床，就把他看成是比自己所有亲人都更重要的人了。她听好多女人讲，失败的婚姻，多数是因为把男人困得太死，呼吸不畅，才逼着对方出轨跳槽的，她就努力尝试着给他自由。当然，也是因为他过于劳碌，几乎没有自由的时间。结婚以后她才知道，演员竟然是这样一种苦累职业，熬更守夜不说，甚至比农村的石匠、铁匠活得更需要体力，脑子还得高速运转。她是深深体贴着这个男人的，即就是有些怪异的长相，在她眼中，也是一种非常可爱动人的容貌了。因此，她给贺加贝的婚姻宽松，可能比任何女人都要舒展很多。尤其是在万大莲与牛乾坤结婚以后，她几乎不再去管贺加贝的任何行踪。特别是从孩子出生那天起，她就完全放松了对贺加贝作为一个女人的警惕。她相信自己的婚姻，已是锁在保险柜里的重要物件了。可没想到，万大莲会遭遇牛乾坤的断崖式翻车。让她更没想到的是，贺加贝能重蹈覆辙，竟然为这个女人寻死觅活，要把一切都置之度外了。

她也在做最后努力。在打听到万大莲的住处后，她端直去了一次万大莲大姨的村子，还专门抱着贺喜。张驴儿也是紧随其后，撵都撵不掉。

那天见万大莲的情景，直到现在她还都历历在目。

她第一个见到的，是万大莲的大姨。那个大姨见了她先是一惊，端直说："大莲，你抱的谁家娃？"然后很快就发现不对头，但她已闯进家门了。

万大莲见了她，不仅没有给她任何为难，而且还让她大姨炖肉、杀鸡，非留着吃饭不可。万大莲是知道她的来意的，但始终不主动挑明，这大概就是人家的聪明处了。可她忍不住，只说了几句话，就先哭起来。她哭，贺喜也吓得哭。万大莲就忙着递纸巾，帮着擦泪。

潘银莲终于还是开口了："我知道……你也不容易，落难了……可……可我们母子容易吗……"她有些语无伦次。

万大莲大概是被她"落难了"那句话刺激得也哽咽起来。但人家明显能克制住自己，没让泪水流出来，只是两眼微微潮红了一下，很肯定地发问道：

"银莲，你觉得你想的那些事……可能吗？"

这句话，还把潘银莲反问住了，她甚至有点暗自庆幸：得亏自己情绪有所控制。来时在路上她甚至想，必要时，也得采取一些过激行动。不能像她哥一样，人善被欺，马善被骑。她甚至都收拾起了手表，还活动过手腕。小时被人逼急了，她也打过架的。尤其是河口镇的女人们，打架都爱相互揪住头发死不丢，那一招很管用。在她想来，那也是女人动手最狠的一招了。她记得万大莲头发不短。她刚见万大莲第一面，也是先打量头发，发现依然不短，甚至还更加蓬勃起来，不缺下手的地方。可这阵儿，她已经在后悔自己的那些野蛮想法了。

后边她们就再没涉及敏感话题，只是在孩子身上说来说去，无非是饭量、睡眠、哭闹这些事。说得话匣子洞开，还很是津津有味的。她甚至还由衷地赞美了万的头发，怎么保养得这么好？发质就像二月嫩黄的柳梢。万大莲还故意将一把好头发，递到她手中，让她细细看，细细揉搓。她是一种爱不释手的欣赏有加感，不仅发现万的发质好，而且发梢还连一点分叉都没有。要不是张驴儿不停地团团乱转着叫唤，她兴许还真的能留下跟万大莲共进晚餐呢。

那天潘银莲从万大莲那里出来，甚至有一种如释重负感。她想着，可能就是贺加贝的单相思而已。要成，他们早就成了，何必等到现在呢？可事情不是她想象的那么简单。很快，贺加贝就跟她进行了第二次、第三次谈判。当她再去找万大莲时，她大姨说，自她那天来找过后，万大莲就离开她家了，去了哪里，她也不清楚。无奈间，她又去找了史托芬。

其实，万大莲她姨家的村子，就是史托芬提供给她的。提供给她这个地址时，史托芬甚至有些神秘，说希望她去见见万大莲，有好处。她也领会了史托芬的意思。可见了万大莲，一切都不是她想象的那种境况，就又松懈了下来。没想到，贺加贝是这样地不依不饶，接二连三地跟她摊牌。他甚至厚颜无耻地说："只是办个离婚证就成，你还是我老婆。我给你把那套房装修好，你去住着。钱给你花上，随便花。我随时也会来看你和贺喜，你还是实际上的正宫娘娘。"面对嬉皮笑脸的贺加贝，她这次是真的甩了一耳光。可他不仅没还手，而且甩了左脸，还把右脸又凑了上来，他是软缠硬磨着非离不可了。

潘银莲最后又找了一次史托芬。

史托芬是在喜剧坊的工作室与她进行这次谈话的。

潘银莲没带贺喜，但带着摆不脱的张驴儿。

潘银莲每次见史托芬都很客气，但这次，她有些激动，第一次开口没有称呼他史老师。她质问："这下你满意了吧？"

史托芬一愣，但没有接话。

潘银莲说："你们自始至终都在欺骗我。贺加贝为什么生病，你们早就知道，可就把我蒙在鼓里。你们是串通好了，在欺负一个乡下女人。我现在才一点点回忆起来，你们时常流露出的那些不怀好意的笑，那种把一个人当傻子作弄的灵巧智慧。你们的确聪明，你们能把丝毫没意思的东西，弄得将观众笑翻在地。你们能把可怜人的病痛、残疾、单纯、痴憨，变成满台的包袱和笑料。我们乡下人培养一个大学生，有可能献出女人的贞洁、父母的生命，你们却把他们弄到这样的地方，让他们整天用电脑计算五分钟能大笑多少次、中笑多少次、微笑多少次。而那些笑，在他们的父母来看，可能是打瞌睡的催眠剂。因为我哥就是他们父母中的一个，他完全看不懂你们的喜剧。当然，他不配看，他低档，他层次不够。可我在想，你带来的好多学生，也并不比我哥的孩子家庭生活更优越。我问过他们中的好几个，都是靠父母打工挣下的辛苦钱供养来上学的。你为什么不教他们怎么回报父母，怎么为改变他们家庭和兄弟姐妹的命运，学点更有用更有人味的东西？他们竟然帮着你一起来坑害我。看看他们每个人写在桌前的座右铭，你自己来看看，你来看看：'笑料和包袱就是一切''笑料和包袱就是喜剧坊的生命''笑料和包袱就是喜剧的终极目的''笑料和包袱就是我赖以生存的衣食父母'……这都是你平常灌输给他们的吧？他们还记得生活的沉重和艰辛，还记得父母为他们所付出的一切吗？平心而论，贺加贝过去并不这样冷漠、自私、狂妄，都拜你们所赐，几年时间，就把一个好端端的人，包装成了疯子。自己不认识自己是谁了，也不认识别人是谁了。他对一切都不管不顾了，只想得到自己想得到的一切。如果得不到，他就会把你包装起来的喜剧坊毁于一旦，对不对？你怕了，你就拼命迁就他，甚至不惜把我潘银莲踩在脚下，而去满足他无休止的欲望。我再尊敬地称呼你一声史老师，贺加贝成今天这样，你有罪！我和孩子被他这样不负责任地抛弃，你有罪！！你带的学生成为这样一些只懂得计算和迎合观众笑料的可怜虫……除此之外，已是非不分、麻木不仁，甚至想方设法地帮着作弄、坑害我，你有罪！你们有罪！！！"

说完，潘银莲就要离去。

"等等。"史托芬叫住了她。也许这声等等，叫得有点重，一直卧在那里静观着潘银莲控诉的张驴儿，猛地站起来，对着史托芬狂叫了几声。

史托芬说："潘老师，我……还能做点什么吗？"

潘银莲很干脆："你还能做点什么？你们还能助纣为虐，让贺加贝把我伤害得更狠一些。只要你们的'喜剧帝国'垮不了，什么事你们都能干出来。我不对你们做任何指望。我就是觉得可惜了，这些只会计算笑料的孩子，可惜了他们父母的一片苦心。他们学了一整，就学会了迎合别人笑脸的精致算计。”

“难道……你见我就想说这些吗？”

潘银莲说：“也许本来我是想说别的，甚至可能跪下求你史老师，求你的团队帮帮我。可突然间，我面对这个喜剧工作坊，就不想再说别的了，说了也无益。求谁，也许只会落下你们新的喜剧笑料和包袱。我突然想明白了，我该离开了！”

史托芬一直追到门口，但潘银莲没有回头。只是张驴儿在边撤退边汪汪汪地还击着。

祸不单行这句古语，在潘银莲身上反复应验着。就在她从史托芬那里出来后，接到了潘五福的一个电话，她哥说：“家里要是没有大事，我实在都不想打扰你，可是……莲，我摔了一跤，爬不起来了。关键是娘，有点麻烦，她彻底疯了，要是没人服侍，我怕掉到河里淹死了。她已经几回掉到河里了……”

潘银莲回家就收拾起了东西。

贺加贝这天晚上再次回来，要她答应他的请求。她已不想再跟他多说一句话。贺加贝甚至跪在地上，求她给他一条生路，说要不然，他也不会活得太长久，你潘银莲还得当寡妇。

张驴儿不长眼，面对着跪在地上的贺加贝，使劲乱咬着，咬得贺加贝心烦意乱的，竟然一大头皮鞋过去，把它踢得满嘴是血。

潘银莲浑身颤抖地抱起张驴儿，看它痛得直抽搐，就疯狂地喊道：“贺加贝，你去死吧！欺负狗算什么本事。”说完，她哇哇大哭起来：“我离，行了吧！我跟你离！”

贺加贝软瘫在地上，磨磨唧唧地说：“就是名义上离……你的一切……我还都管着，钱……啥我都给……”

“请你滚开，我什么都不要你的，我只要贺喜，只要这条狗！贺喜是我生的，狗是我收留的。我害怕我走了，连狗命都难保！”

七十九

贺火炬带着白梦露回到那个县剧团，白梦露的主角位置，已经被彻底替代了。替代她的，是团长的老婆。团上大大小小几个本戏和折子戏，女主角全是团长老婆一人包圆了。并且新近编出的新戏《貂蝉》，也都是根据团长老婆“量身定制”的。连在全国请的大牌编剧、导演、作曲、舞美设计、灯光设计、服装设计，都把团长老婆的戏看了，特点也研究了，身材也量了。胖是胖些，上身长、下身短、屁股圆、腰腹厚实的比例也很明显，但服装设计说还是有办法解决的，只要舍得投入。反正一切都是按团长老婆的“原材料”进行“打造”。貂蝉的戏份很重，其余角色，戏本来就不多，还要求能减尽减，反正不能有任何人抢了她的风头。演吕布的生角有几句上场就是“碰头彩”的好戏，都被活活掐掉了，说是喧宾夺主。凡平常跟自己“关系不卯”的，“不是自家人的”，统统都是“群众若干人”角色。大编剧、大导演、大作曲都很配合，只要钱给到位就行。有人给白梦露说：“你既然上了大学，就到别处谋饭碗去吧，回来也没你的戏。人家都给全团放话了，谁要不长眼，跟我的敌人打得火热，合唱队都休想进。”白梦露身体也不好，就死了回团当主角的心，只是可惜了肚里的十几本大戏。在外面混了一圈，她还是有些舍不得唱主角的感觉，哪怕再唱一回也行，但已经没有这个舞台了。再小的台面，主角都是十分稀缺的资源，任谁站上去也是不愿意给别人留一碗饭的。

贺火炬就把白梦露带到了西京。

西京秦腔团这时也在慢慢恢复元气，说是又要重视传统文化了。这些年剧团也折腾美了，一时唱歌，一时跳舞，一时演小品，一时走模特儿步，一时又闹腾流行音乐会，还开饭馆、茶楼、洗浴搞三产，反正啥热闹钻啥。你去钻啥都有人表扬说你能创新，步子迈得大，就是唱戏老遭人批评、嘲弄：说都啥年月了，还死脑筋守着戏。结果转了一大圈又转回来了，戏从茶园开始，如雨后春笋般地回到了舞台上。

如果团里能把白梦露调进来，贺火炬也许就先回团当演员算了。可与团上协商了一整，团长也组织人看了白梦露一个折子戏，专家们都觉得没有什么前途。说她无论功底、嗓子都很一般，也就是县级剧团水平，与同期考试的其他一些演员相比，差距还比较大。尤其是学了一些影视表演，“台架”和“台步”都又“水”又“飘”，搞成了“四不像”。而进人指标又十分有限，团长就很是遗憾地告诉他：“火炬，暂时可能不行，以后再看机会吧！”贺火炬知道这是客气话。西京是秦腔人才的终端流向和高地，各路人马都在省市各家院团门口盘桓已久，想谋个“单位正式人员”谈何容易。就是真有几下，恐怕也得脱几层皮，何况梦露的确不算挑梢者，年龄也没优势了，他就只好另谋出路了。

其实他回到西京，最想干的还是喜剧。他哥贺加贝知道他回来，也想把他再拉进去。喜剧坊的实际“操盘手”史托芬，已找他谈过几次，希望他加盟，但都没谈拢。因为他去看了几场演出，很是失望。这已不是他心目中所想搞的喜剧了。首先他对一边吃饭一边演出很不适应。尽管火爆得一塌糊涂，但演出内容空泛，语言充满刻薄，并痞里痞气。很多笑料，都是从网络上临时扒下的噱头，生硬充斥进去，从剧的完整性上显得疙里疙瘩，极不协调。加上机巧布景、魔术道具、肢体搞怪，再勉为其难地增加一些特殊效果，总体显得虚浮肿胀、花里胡哨。并且时时还透着对弱小的捉弄和对权贵的谄媚。反正全不是内在流淌出来的属于艺术的奇绝和惊喜。也许是出去走动几年，与这个城市有了隔膜，语言系统也不大兼容，大家觉得好笑的地方，他已觉不出有什么好笑了。相反，倒是他哥那一身“大牌”脾性，令他有些瞠目结舌，甚至大倒胃口。贺加贝怎么成这样了？上台后，那种唯我独尊的感觉，以及语气中随意带出的傲慢无礼，都让他有些不敢相认。他是真把自己当成喜剧巨星、“剧帝”了，已丝毫看不出一个演员对舞台应有的敬畏和尊重。他爹火烧天过去老教导他们说：戏演得再红火，都要知道自己几斤几两、姓甚名谁。你可以给天王老子摆谱，但不敢给观众装大。但贺加贝现在就是在给观众装大，用时髦的话叫装×。即使说出那么一两句感谢观众的谦卑话来，也是言不由衷，充满了虚情假意和做作。就连私下跟他哥交谈，也觉得贺加贝是已活在半空中悬着了，自始至终都心不在焉。没拉几句，贺火炬就不舒服得想赶紧逃离。

贺火炬与白梦露在外面租了一套房住着。嫂子潘银莲倒是通情达理，希望他们回家来住，要是觉得挤卡，她可以搬出去。但贺火炬不想住在家里，觉得外面更自由些。加上他在筹谋一个小剧场，想自己干起来。他对喜剧突然有了自己的一些理解，特别需要一个属于自己的“实验室”。就在把小剧场快促起来时，他听到了越来越多的有关他哥的笑话，都是跟万大莲的。有些笑话，但见说，就有人喷饭。说贺加贝为万大莲，都自杀过几次了。自杀现场分别在：郊区某个村头的老槐树上；二环某个三十层楼楼顶上；古城墙的某个城墙垛子上；护城河的某段水域里……都传得有鼻子有眼的。说他把自己比作梁山伯、柳梦梅、贾宝玉，而笑话把他传成了秦腔《游龟山》里欺男霸女的花花公子卢世宽，《逼上梁山》里强占林冲娘子的小丑高衙内，还有《窦娥冤》里靠乞讨上位的流氓无赖张驴儿。文艺界这点事，就像长了翅膀一样，无论你在哪个角落有点动静，都会形成蝴蝶效应，搞得飞沙走石、狂风巨澜的，何况贺加贝的确是家喻户晓的名人。有关他殉情自杀的消息，就几天谣出一拨来。连多少次演出，都因万大莲而停摆的“内幕”也传得沸沸扬扬。还说为万氏，贺加贝竟然把建贺氏喜剧大剧院的钱，都动用着去买了高档别墅。总之，传得风月无边，神乎其神。他知道他哥过去对万大莲的那份执着，但现在已是有孩子的人了，还这样疯狂，他倒不是太相信。可有一天，他妈突然打电话让他回去，骂贺家出了报应。他说他正忙着小剧场装修呢，他妈说：“忙着埋你爹都得回来！”他就知道事情的严重性了。

他一回去，他妈就哭得坐在地上，说贺家完了，香火要让你那个哥彻底断送了。

他问，咋了？

他妈说："你说你哥是不是病了，突然不要潘银莲，非要万大莲不可。万大莲再跟他，都是三婚了。就是长得赛天仙，能吃，能喝，能给你当娘、做先人是吧？我都给他跪下好几次了……他还是……把你嫂子气走了。你嫂子人厚道，没亏过你哥，也没亏过我呀！你哥做出这等事来丧尽天良啊！你知不知道，你嫂子把贺家的命根子贺喜都带走了哇！看来这女人也不是善茬，她是把贺家连根刨了呀！我想着没那么简单，哪家闹离婚不闹个五黄六月、天昏地暗的。闹一闹，好多不也就过去了，何况还有我这个老娘给她撑腰着。可潘银莲性子竟然这么硬，说走就走，只带着贺喜，还有那条大屁股狗就走了！我打电话给你那个死哥说，你猜他咋说：走吧，让她走吧，把儿子带到哪里还得姓贺。还说娘你放心，儿子混成这样，再给你生一堆公子公主都行！他皇上能生几个，我贺加贝就能给你生几个，你就安生做你的皇太后吧！谁的位置都能动，唯独你这个太后宝座稳如泰山！你说你哥是不是疯了？把戏唱到这份上，说话天一句的地一句，做事也是人一半的鬼一半，是不是得进精神病院了？这个不成器的东西呀！你必须把他摁住，让他把我孙子接回来！没孙子我也不活了哇……"他妈哭得几乎要在地上打起滚来。

无奈，他去找到贺加贝，很严肃地指出："你这样做不对！"

谁知贺加贝已完全没有过去能跟他商量事的亲兄弟感觉了，只说："我想讨个老婆还要你管？"

"你是有老婆的人。何况潘银莲过去并不想跟你，是你死乞白赖着跟人家结的婚。前前后后我清清楚楚。"

"你知道什么？那就是影子。她只是长得像万大莲，可并不是万大莲。何况还有你并不知道的事情……我堂堂一个贺加贝，奋斗了这些年，连个心爱的女人都占有不了，我亏我的先人！活㞞呢活！"

"怎么活，都得有责任吧？"

"怎么活，我都得有万大莲！"

"你疯了是吧？"

"谁都别劝我。在这件事上，不管是亲娘还是亲兄弟，都没用！

没用！没用！知道不？”

“贺加贝，你能不能冷静一下。”

贺加贝暴跳如雷：“我冷静不了。要我放弃万大莲，我马上死给你们看。你回去告诉妈，想要她这个儿子活命了，就准备认万大莲这个儿媳妇吧！孙子会有的，一切都会有的！因为我是贺加贝！贺加贝！贺加贝！知道不？”

贺火炬久久凝视着这个哥，他真的已经完全不认识他了。

八十

贺加贝没想到跟潘银莲谈得这么利索，都说乡下女人不讲道理，难缠，可这个女人却很是撇脱，说离就离，只要贺喜和张驴儿。贺喜她要到哪里，还不都是贺加贝的儿子，谁能把种变了？张驴儿就更不值一提了，那个死大屁股狗，近来就没给过他好脸色，一点也不好玩。潘银莲是一气之下，在离婚协议上签了字。虽然纸划破了，可并不影响法律效力。难缠的还是他娘，竟然给他三番五次跪下要孙子，并破口大骂万大莲，说那就是个灾星、瘟神，谁沾谁倒霉。竟然还让贺火炬来给他做工作。这工作要是能做通，史托芬早就把问题解决了。史托芬说：“爱万大莲，是你的隐私权，可与潘银莲离婚，就有社会道德在里面了。你是明星，不可为此付出过于沉重的代价。”他说：“都少管。我贺加贝要是连个心爱的女人都得不到，就枉当了什么‘剧帝’。今天给你们说实话，我之所以能下这样的势，一天演四场，比拉磨驴子都累，就是想有一天能得到万大莲。我就不信邪，一辈子得不到这个女人。我也不隐瞒你们，过去想过，哪怕一夜情都行，可现在 NO，是全部。我必须得到！请你们所有人在这件事上都闭嘴。谁要再皮叨叨，小心牙着！”

一切都准备停当后，贺加贝再次去找了万大莲。

万大莲从她大姨家离开后，又住在了她二姨家。她二姨也在那个村子，不过一家在村东头，一家在西头。二姨家条件没有大姨家好，但也是三进三出的院子。她仍住在后院。

万大莲是在潘银莲找过她以后，从大姨家搬到二姨家的，她不让告诉任何人。但贺加贝在拿到与潘银莲的离婚协议书后，还是很快找到了她二姨家。因为他听万大莲说过，她有两个姨和一个舅都住在这个村里。他想万大莲这时还能到哪里去呢。几乎没费啥力，他就在她二姨的后院，把万大莲对见了。

他把与潘银莲的离婚协议书，拿给万大莲看了，万大莲很是愣了一阵。

“你还真离呀？”

“这还能有假吗？”

“潘银莲没跟你闹？”

“闹什么呀闹。要什么条件，提就是了。”

“她提了什么条件？”

“只要孩子。”

“只要孩子？”

“只要孩子。”

“没有那么简单吧？”

“再难，婚都离定了！”贺加贝把离婚协议啪地朝桌上一拍，是一副很坚决的神情。

万大莲怔怔地看了他一会儿说：“加贝，你为啥要这样？”

“因为爱你，爱了你二十多年。从十三四岁开始。”说着，他眼角还闪烁起了泪光。

万大莲也背过身，兴许是擦泪，兴许是回避贺加贝这种太过执着的感情。她说：“加贝，还是好好想想吧，我觉得我现在还不能去想这些事。我也不愿意当……破坏你们婚姻的罪人。”

“这完全是我自愿的。在任何地方我都不隐瞒，就是爱你。一切与你无关。我只是想让你回到人间天上去看看，看看我是怎么为你准备这一切的。”

“那里……我是绝对不会再去的！”

“就回去看一下，哪怕以后不住那儿都行。我为你准备了这么久，你总得去看看不是。”

“不去，绝对不去！”

“大莲，晚上我把你拉去，不会碰见任何人的。”

“你别再说了。”

“难道我为你花了两千多万，你连看一下的面子都不给吗？看了，我卖掉，再在你喜欢的地方买都成。”

万大莲实在拗不过，就在第二天晚上，戴了帽子、口罩，与贺加贝一起去了一趟人间天上。

一进门，万大莲看到一幅幅自己的大剧照，眼泪先夺眶而出了。无论放在谁，面对这样的用心用情，都会立即被击倒。但万大莲很快镇定下来，即使到了贺加贝精心设计的卧室，也只是把嘴微微张了一下，分明是惊愕，但又很快变成了有控制力的微笑。

这间房里的玫瑰，已经是第三次更换，终于才迎来了为她而盛开的主人。玫瑰以红色为主基调，但在红色中间，却有用粉色拼贴出的一个大大的“爱”字。这还不是中心，中心是那张床，占据着整个卧室的三分之一位置。床上用品，是贺加贝花了上十万元，从本市最高档的商场买下的意大利产品。至于高级到什么程度，高级在什么地方，他并不懂，关键是价格最贵。他觉得这个床需要这个价值，就毫不吝惜地买回来了。而他当初跟潘银莲结婚时，本想买一套好点的床上用品，货比三家，最后潘银莲硬是只买了一套价值三百元的。就这潘银莲还嫌贵，给上面老苫着一个旧床单。

所有布置的点睛之笔，在于暖色床单正中的那颗“心”。“心”的正中，摆放着一颗价值十五万的钻石项链。他给潘银莲买过两个项链，一个是结婚时的金项链，价值五千元；一个是潘银莲赌气回娘家，被他从河口镇接回来时，买的那个白贝母项链，一万五千元。而这一颗的价值，整整翻了十倍。硕大的钻石，在刻意装置的射灯照耀下，光芒四射，美轮美奂，像是一个活物在抖动着它的稀世鳞片。贺加贝看见，万大莲的眼神为之动了一下，但很快，又恢复了一个成熟女人对于司空见惯的物质的冷静。贺加贝能理解，万大莲跟牛乾坤后，这样的钻石，兴许戴过，更高级的生活，也许都享受过。而他所布置的一切，还是希望她能从中体味出“用心用情”四个字。

他感到目的还是有所达到。因为连自己置身于这样一个氛围中，都有些感动。加上灯光的特殊效果，他已经有点把持不住地想要拥抱万大莲了。他引诱了一句：

“我还可以像过去排练那样，抱住你吗？”

万大莲也有些开玩笑地说：“你抱我可从来都没好事，那叫欺负民女。”

“你今天可不是民女呀！”

万大莲说：“我永远都是有一肚子苦水说不出的民女。”

“那我还是花花公子卢世宽、高衙内了？”说着，他就把万大莲抱住了。

万大莲倒是并不像过去演戏那样地拼死反抗，甚至还要大喊：“我把你个贼呀！”她今天也伸出臂膀，轻轻地回应了一下贺加贝的拥抱。

贺加贝就把她放倒在床上了。

万大莲算是比较顺应地倒在了那颗“心”中。

贺加贝就像决堤的大坝一样，欲剥掉河床上所有阻挡洪水前行的物质。可万大莲却死死守住了最后的防线，没有让洪水恣肆汪洋。

“这都是过去排练演出时动过的地方。”

万大莲说：“但现在不是排练演出。”

“给我吧！”

“绝对不行。”

“为啥？”

“这是我的底线。”

“我们是要结婚的人。”

“可还并没有结。”

“难道非要等到那一天吗？”

万大莲笑笑说：“我们都不是孩子了，应该懂得克制。”

“我克制不了。”

“那我们不要再在这里待了。”

“大莲，你怎么是这样……冷血的一个人，我都快疯了。”

“我们都再疯不起了加贝，尤其是我。走，到阳台上坐一会儿吧。”

“不，这么美妙的床，我们为什么就不能躺下来。躺下吧！”

“那好吧，你冷静一下。”

贺加贝说：“你是石头吗？”

“快成寒石了。”

“也差不多。让我暖暖。”他又想朝一起凑。

万大莲直朝后退，说：“保持距离。保持距离。”

“我保持不了。”

“那我就起来。”

“好吧好吧，我服你了。”他盯着万大莲，情不自禁地感叹，“多美呀！老天爷是怎么创造了你，要让你这样完美无缺呢？”

万大莲一笑：“潘银莲不是也很美嘛！”

“别说这个好不？我就不理解，你为什么当初看不上我，要跟廖俊卿呢？”

还没等他说完，万大莲扑哧一笑说：“加贝，我过去还真没仔细看过你，你咋……”

“我咋了？”

“没咋。”

“我到底咋了吗？”说着，又扑上去，要吻万大莲。

万大莲把嘴朝一边躲着说：“你真的……长得跟闹着玩似的。”并且笑得有点岔气。

“我真有那么难看，真有那么难看吗？”他还在找万大莲的嘴。

万大莲说：“幸亏世界上还有喜剧这个行当。”

他到底还是把万大莲的嘴扳到了自己的嘴上。虽然万大莲给了他不小的尺度，让他吻了，也让他抚摸了，但最终到底没有突破底线。

当然，贺加贝也没有太勉强。万大莲能如此守卫着那道防线，不仅吊高了他的胃口，也让他越发觉得自己所做出的一切是值得的。

他希望万大莲能搬到这里来住。

万大莲说，今生，她不会第二次踏进这个别墅区的大门。这是让她伤尽了脸面，伤透了心的地方。

他说，那就在别的地方重买一套。

万大莲没有接话，只是笑得唇齿微颤，又一次把贺加贝迷得要拿自己的嘴，去探索那张十分性感的口了。

贺加贝坚持要她在这里住一晚上，并且保证，绝对“非礼勿动”。但万大莲死活还是要走。

那个钻石项链，也是贺加贝一再坚持，才戴在了万大莲的脖项上。

别墅区灯火辉煌，唯有万大莲与牛乾坤住的那栋，墨黑如漆。

万大莲站在贺加贝的别墅四层，朝那边看了一眼，然后扭身离去。这里，她真的再没有回来过。

八十一

还得从贺加贝那栋别墅说起。

贺加贝给史托芬提出，要住到人间天上别墅区去，这是一个巨大的难题。因为那栋“拎包入住”的精装修别墅，需要两千多万。而贺加贝自己这些年的收入，全入股在喜剧坊的扩大经营上了，算来算去，也就六七百万股金。数字是有，可大账上的钱始终是负数。看着四个剧场天天爆棚，但净收入并不多。尤其是史托芬希望搞成一个“喜剧帝国”的野心，让宣传和广告投入十分惊人。机场路上一块广告牌就好几万，繁华商业区的更贵。广告立起来，花钱不老少，摘下来，就是一堆破垃圾。可那都是贺加贝的股份、股金。而旅游公司的“霸王蛋糕分切法”，几乎把人头收入的百分之六七十又切走了。从很大程度上讲，有“掏钱赚吆喝”的成分。再加上贺氏喜剧产业园区的设计开发费用，也是个“填不满的坑”。其实公司是入不敷出状态。因此，史托芬把喜剧坊的未来，就要全部寄托在产业链的开发上了。

这里又要卷进来那个十分特殊也十分隐秘的人物了：武大富。就是当年红石榴度假村那个老总，现在已是十分有名的房地产大亨。他曾在红石榴度假村搞了第一个喜剧剧场，让贺氏兄弟给他带来了滚滚人脉。后来贺加贝“不忍盘剥”，出来自己开了梨园春来。再后来，武大富又在贺氏喜剧的“王廉举时代”，错打算盘，二度卷入喜剧经营，“赔了个底儿掉”。直到史托芬操盘的“贺氏喜剧产业开发时代”，武大富又盯上了那一百五十亩开发用地，算是第三次染指喜剧世界。但这次，他始终只做幕后人物，出面打交道的，只是那几个帮着喜剧坊搞土地的处长。十分信任几位处长情谊的史托芬，也是在贺加贝愣要人间天上别墅时，才正式跟武大富见了一面。让他没想到的是，武大富摇着一面“桃园三结义”的扇子，竟然是那么“洒脱不羁”，“气度恢宏”。只问了一句：“要多少？”他随口一答：“得两下半。”武大富二话没说，就把大笔一挥，让贺加贝立即梦想成真。与此同时，贺氏喜剧大剧院和喜剧坊美食一条街的启动经费，也在这个饭桌上敲下了两千万的支持额度。也就在这个饭桌上，史托芬才知道，其实那八栋三十层高档住宅的“幕后”楼盘主，正是这个处事很是“低调”“朴实”“诚恳”“忠厚”的武大富。这些词都是几个处长介绍他时，常常挂在嘴边的。也就在那天饭局上，史托芬就隐隐感到一种危机，但又不知这条慢慢走向他的“灰犀牛”，会在什么时候猛然奔跑起来，直到把贺氏喜剧坊猝然踏翻在地。

史托芬的危机感，是从贺加贝被包装成“剧帝”以后。这小子的情绪越来越难控制。尤其是对万大莲的感情，几乎让这个男人幼稚得像未成年儿童：要什么玩具都得满足，都得给他买；满足不了，他就要满地打滚，哭闹得能毁掉整个“喜剧帝国”。史托芬觉得自己对潘银莲是有罪的，明明知道贺加贝在伤害一个无辜，却又不得不去做这个帮凶。做了，良心受谴责；不做，“喜剧帝国”又将毁于一旦。他在两难选择中，一次次无奈地把筹码投在了贺加贝一边。其实，万大莲在她大姨家的住处，就是他给潘银莲故意提供的。他希望潘银莲亲自出马，去挽回这个危局。但潘银莲显然不是万大莲的对手，而终致这个家庭分崩离析。在潘银莲最后一次见他时，他真有跪下谢罪的意念。他觉得自己可能平生最对不起的就是这个女人了。

如果说武大富是他心中那头迟早要奔向他的“灰犀牛”，那么，在潘银莲离开喜剧坊不久，一只“黑天鹅”又不期而至，并且很快就形成了不大不小的事件。网上舆论突然一边倒地批评起贺氏喜剧坊的低级、媚俗来，甚至端直用了“比雾霾更加毒化社会空气”的字眼。最早出现的作者名叫“镇上老树”，然后叫“别树斯基”，随后很快就波及到了更多的发声系统。这些批评都是有的放矢，所指出的作品问题，当单独“切片”“剪辑”“粘贴”出来看时，连史托芬都吓一跳：难道我们每天演出的就是这样的“臭狗屎”？的确，为了迎合观众，喜剧坊的演出有品位、格调不断下滑的问题，这其实与史托芬的初衷是背道而驰的。他的初始理想，是建构起一个真正属于喜剧艺术的帝国，让沉睡的喜剧理论在这个“实验室”中获得新生。他开始反复对他的学生、团队讲，没有比在实践中学习更重要了。获取喜剧创作感觉与才华的最重要途径，就是直接面对观众，去获取他们对喜剧的知觉与直感。至今他也没有觉得自己的这些理论有什么不妥。可理想很丰满，现实很骨感，面对越来越大的经营压力，他也不得不屡屡调适艺术追求与生存需求之间的关系。的确在“找乐子”的尺度上不断放宽放大着，导致很多作品其实又在滑向当初王廉举的那种“乱搞时代”。不仅恶搞残疾人、嘲弄调侃社会底层在都市生活的愚蠢可笑；也有对权贵、高消费群以及奢靡生活方式的“膜拜跪舔姿态”，这些都成了“镇上老树”们严厉抨击的焦点。甚至还引发了一股少见的“真刀真枪”的“批评思潮”，说贺氏喜剧坊就是“娱乐至死”的“行刑床”。弄得整个创作团队连续几天几夜，对所有作品进行了一次重新“梳理”“定位”“改造”，可又立即失去了一帮固定消费群，让他们吐槽为“味同嚼蜡”。很快，上座率急剧下滑，他们在一个半月内，就持续停掉了两个午场演出，收入锐减。而急速膨胀起来的管理经营团队，又一时清退不了。小马拉着大车，气喘吁吁，史托芬简直不知哪里该是尽头了。

他也想找到“镇上老树”这个源头，可始终“查无此人”。贺加贝认为，很有可能就是当年他用过的那个镇上柏树。但海一样的网络，又到哪里捞去。史托芬也找人帮着删过帖，可越删越多，越删越繁。并且管理部门也来“找茬”。虽然平常对他们都有所经营，但到了关键时刻，都要自保，他也只能表示理解。而真正压垮喜剧坊这个骆驼的最后一根稻草，并不是由“镇上老树”们引发的“黑天鹅”事件，恰恰是武大富那只“灰犀牛”，在喜剧坊危机四伏时，突然狂奔而来了。

先得从贺氏喜剧文化产业园区的土地性质变更说起。当初批出的是一百五十亩地。因为建剧场和美食一条街没有资金，几个帮喜剧坊撺掇地皮的处长，就在饭桌上，商量着又将其中四十亩，变更成了房产用地。这样，以每亩三十万拿到的地皮，就以六十万的翻倍价格卖给了地产商。而这个地产商，其实就是始终没有露面的武大富。喜剧坊由此得到一千多万启动资金，开始了整个大剧院和美食街的几轮设计。加上自己的一些演出资金投入，也终于使剧院得以破土动工。但很快，那些钱就如指缝漏沙，直到漏完才挖出一个大坑来。然后，几个处长再请武大富出山“帮一把”，他就又投了几千万进来。加上帮贺加贝买人间天上别墅的两千多万，至此，喜剧坊就欠下了武大富五六千万债务。而整个工程，仍是个“大坑”，连“正负零”都做不起来。当初买一百五十亩土地时贷下的四千多万，全是拿演出剧场做的抵押，可那几个剧场又都不是喜剧坊的全产权……总之，各种债务纠葛，加上资金链断裂，尤其是其中一个要害部门的处长被反贪局抓走，一百五十亩土地审批权受到严重质疑，一下就天塌地陷了。史托芬和贺加贝连连被传唤、讯问，喜剧坊的脖子，眼看就被掐断了。

无论谁叫，贺加贝都一问三不知。他也真的是除了万大莲，喜剧坊的财会人员都叫不上名字。他也就是个喜剧天才，外加一等一的情痴郎而已。连法院传唤时，他还在忙着“蹲守”万大莲的住处，仍在高度疑似：这女人是不是有了“新动向”？他还要求史托芬派人轮流值班，帮着盯梢。气得史托芬都想把这货的那一吊贪嗔痴的玩意儿，割了喂狗去。总之，天塌下来，只有靠他史托芬用瘦弱的脊梁撑着着。终于，他也撑不住了，眼看一天两场演出，都只剩下五六成上座率了。而产业园区的官司，连信誓旦旦的律师，都发出了最后通牒：现在放弃，还能勉强抹平，再拖下去，只怕还得割肉饲虎。这个虎，就是武大富。也不知人家是咋倒腾的，一百五十亩园区全赔给他，连贺加贝的别墅都一并没收，还倒欠了人家几百万。武大富还很是大气，说三五百万的零星小账，就刀割水洗，免了算球，朋友一场嘛！说完，他还把印有“钟馗打鬼”的扇子摇得呼啦啦一片乱响。

史托芬做梦都没想到，自己信心满满打造的“喜剧帝国”，会以这样惨败的结局收场。自己把家底掏空，哄着研究古希腊悲剧的副教授老婆，也入进去六十多万现金的股本。还有自己几年的月薪，戏行叫“包银”，也一并席卷进去了。他梦想着，定会有大回报的，现在看来，是投之以桃，要报之以铁棍、铜杵、流星锤了。他还得安顿他的团队，因为那都是他的学生。学生在他的蛊惑下也有入股的，少则一万两万，多则十万八万，有的还是拿父母的钱。他想，无论如何，都得把这些学生的钱退回去。可演出收入，已捉襟见肘，又哪来的“余粮”，去填补那些“黑洞”呢？他想让老婆拿出一点来，把几个贫困生的股金先退了，老婆却以从未见过的母老虎姿态，把他彻底赶在门外了。

持续爆发的“地震”，让喜剧坊的队伍越来越没法带。一些学生，甚至公然围困住他，讨要最后那点血汗钱。看着一些孩子跟他打拼几年，为“笑点”和“包袱”整得华发初上，双鬓堆雪，有的甚至都熬秃了前额，成了清代“大阿哥”，他也是心生愧疚，深感难以面对。尤其是想起自己的一些“教诲”金句：“笑点”就是学识，“包袱”就是论文，“上座率”就是学历，“回头率”就是能力，等等，甚至自己都突然沁出一身冷汗来。可人人都得享受自己行为的完全报答，谁也无法例外。他是真的病了，并且病得不轻。

他们在宾馆包的一整层楼办公房，也已缩水到几间。他甚至和贺加贝都住在一间房里了。贺加贝除了两场演出，就是做些与万大莲有关的事。他感到，这家伙现在的所思所为，就像在和尚聚集的地方，日夜筹划着办一个木梳厂，还希望适销对路、发财致富那样不靠谱。他已没心思听他唠叨那些情欲的痛苦与哀伤了。他在考虑如何了结、了断、了了诸般事宜了。

史托芬也发烧了，甚至烧到了四十度。嘴里不停地说胡话，那话也不是他的，是《红楼梦》里边的，他在反复吟诵："枉费了，意悬悬半世心，好一似，荡悠悠三更梦。忽喇喇似大厦倾，昏惨惨似灯将尽。呀！一场欢喜空悲辛，叹人世，终难定……"

经管他的几个学生，那态度让人感觉也是怕他跑了。都盼着他赶快退烧以后，好说欠债的事。

他的脑洞烧成了这样一锅粥：但丁《神曲》里的地狱，歌德《浮士德》里的地狱，荷马《奥德赛》里的地狱，甚至还有川戏《目连救母》里的地狱……反正全都一个模样，像贺氏喜剧大剧院挖下的那个坑，那个永远也填不满的大坑。坑里奔突起狼烟地火，蹿出了森森鬼魂。那些鬼魂都在喊叫：把这个小丑拖下来，把这个"老鸨儿"拖下来，把这个墨菲斯托拖下来！地狱里也有他的学生，学生们在控诉他：你说剧场是一个巨大的实验室，连萨特、贝克特这样的哲学家和小说家都要进入剧场，让一千多名观众一道去检验他们的哲学抽象能力和破解社会问题的能力，结果你把我们弄到剧场，就穷尽生命地追索了"笑点"和"包袱"。你就是那个叫墨菲斯托的魔鬼，把我们的灵魂引向灾难，引向万劫不复。下来吧，你！然后是很多双手，把他拼命往下拽……怎么里面还有他那个副教授老婆，也有武大富，还有那几个处长……

他的身子眼看就要被拖进地狱了，突然，飞来一个天使，近看，竟然是潘银莲。她伸出了一双很长很长的手，对他说："你良知尚未尽泯，兴许有救！"然后就把他带向了天空。

越向上，天穹越金碧辉煌，光芒万丈。天空竟然到处都是剧场，让他有些目不暇接。天使向下一指，他一看，人间才是一个更大的剧场，竟然没有一个观众，全都是演员，都在忙忙碌碌地化妆、换装、上场、下场。他居然被剥得一丝不挂，捂着下体站在那个硕大的台口。许多熟脸观众，突然都成了演员，他们每人手里拿着一个道具，不停地把他双手朝一边拨。每拨开一下，就是一个笑点，再拨开一下，又是一个“包袱”。并且越拨人越多，他就被吓醒了。

醒来后，他立即给学生都写下了欠条。尤其是贫困生，他承诺一月内全部兑现。他还收藏着一只唐代的瑞兽铜镜，几年前有人要给十几万拿走，他都没舍得卖的。

八十二

喜剧坊在潘银莲走后所发生的一切，贺加贝不是不知道，但他真的没心思去过问。史托芬唠叨多了，他还嫌烦：“雇你们这么多人是干啥吃的？雇律师是干啥吃的？那些处长天天来娱乐，来吃喝，娘死了，我去祭奠他娘；爹死了，我去祭奠他爹，他们都是干啥吃的？”他只考虑演出，只考虑万大莲，除此以外，一两百号人，都该去为他打理好一切才对。他对史托芬这样一些书念多了的人，接触长了，有一个基本估价：爱危言耸听。他就不信他的喜剧世界能突然“熔断”了，“崩溃”了，“毁于一旦”了。即就是按他们说的那样惨，他贺加贝也不愁吃，不愁穿，不愁没有挤到台前仰望他的笑脸。他现在唯一要做的，就是抓住机遇，把万大莲一举拿下。

万大莲自那晚去人间天上与他会面后，便从她二姨家，转到了她三舅家，离她大姨二姨家也不远。她三舅和三舅娘在县城工作，家里也是三进三出的宅子，常年空着。万大莲一人住在里面，贺加贝来见，也就更方便了。贺加贝还问她，为啥不一开始就住这里。万大莲说，她舅怕她当时心情不好，一人住这里胡思乱想，会出事。

“现在心情好了吗？”他问。

万大莲一笑说："就那样。"脸上分明闪出一丝轻快了。

"跟老牛……办利索了吗？"

万大莲点了点头，然后说："我已一无所有了。好在，什么也没卷进去。"

"有我就有一切，你放心！"

万大莲没有回绝他这个表态，甚至还有点羞涩。他明显感到，她是有准备交给他的意思了。

他又想顺势抱住她，可那几天，史托芬的电话比粪坑的苍蝇都多。他随身的两个手机，一个关着，而另一个，就是专门为史托芬准备的。史托芬有言在先：无论何时何地，都要保持与他联系的畅通。尤其最近，是叮咛再三，他不得不接。但那些接二连三的电话，引起了万大莲的警觉，能看出，她很关注，并屏住呼吸，在侧耳倾听。尽管他回答得很轻松，可万大莲还是巧妙地追问了几次。他说啥事都没有，但万大莲似乎还是听出了蛛丝马迹，几次要他不敢大意，说任何事情垮起台来都快得很。当一个人脑子百分之百被一件他所认定的大事占据时，哪怕地球马上要毁灭，也得先干完了这事再说，何况是情欲这个披坚执锐的魔鬼。万大莲仍是只允许他拥抱，始终没给他突破那道防线的机会。有一晚上，他甚至因大雨困在那里，与万大莲都同床共枕了，可她仍是和衣而卧。他们躺在那里，也聊得面红耳热，有一阵，他甚至感到是可以再推进一步的时候了。因为他听到万大莲心跳加速，拦截的双手也在渐渐发软。可该死的史托芬，竟然在凌晨两点又打进电话来，像报丧一样嚎道："产业园区可能完了！那套别墅也完了！剧场抵押也栽……"没等这个乌鸦哇哇完，他到底还是把手机关了。可自那以后，他的情绪，半天都调动不起来。万大莲也扭过身，说瞌睡了。电话里的内容她肯定是听得一清二楚，史托芬的声音差点没震破他的耳膜。他还把手机音量朝小的调了调，可寂静的深夜，那声音仍像猫头鹰在墓园歌唱，惊悚而又难听至极。他扳了几扳她的身子，硬得有些像扎了大靠的刀马旦。这个生硬的脊背，给了他小半晚上，直到天亮才扳转来。她接受了他的吻，也接受了他的抚摸，还接受了他几近铁丝箍桶般的拥抱，她甚至含泪说：

“加贝，谢谢你这么多年……一直这样……爱着我，真的很感谢！可我……已经历了两次婚姻，再不能……”

“别说了莲，你就是经历了三次、四次、五次，我还是要娶你……”

“再别说这样的浑话了，我们都冷静一段时间，你也得处理好喜剧坊的事。”

“那儿不用我处理，我就只操心你。就是啥都没有了，只要有你，我仍是富足天下的豪门贵族！”

“那是戏里的词，真输得一干二净你试试。得现实，得生活。加贝，我们都不小了，还是先处理好眼前的事吧。赶快回去跟史托芬老师好好商量商量，我看他挺着急的。”

“文人就是那样，总要把啥都说得天塌地陷的。而我现在正在九天揽月摘星星着呢。”贺加贝再次紧紧抱住了她。

窗外大雨倾盆，万大莲也接受了他几近窒息的激吻。他突然发现，万大莲有放弃抵抗，而欲引颈就范的意思。他甚至很轻松地脱掉了她的上衣，她说：“非要吗？那我给你吧！”也就在那一刻，他的心头忽地闪现出了许多舞台画面，自己似乎还不是那些正经角儿，仍有些高衙内面对林冲娘子、卢世宽面对胡凤莲、张驴儿面对窦娥的感觉。他觉得对自己所爱的人，必须有一种圣洁的东西，他得像个正经角儿，而不是地痞流氓和什么采花大盗：“不，再忍忍，再忍忍，十几年都等过来了，我一定要把最美好的那一刻留着！我要像新婚一样把你娶回来！让洞房花烛之夜，成为最经典的喜剧场面。”

她没有穿衣服，只笑笑地问：“你确定？”意思是你确定现在不要了吗？

贺加贝非常肯定地说：“必须等到那一刻！”

万大莲嘴角还微笑了一下，贺加贝终是没看透那里面的意思。

再然后，他在她三舅家，就找不到她的身影了。

贺加贝在万箭穿心的煎熬中，度过了一礼拜，才与万大莲联系上。她说她去海边休息了。至于哪个海边，他没问出来，只是让他再别找了。他不相信她去了海边，她还让他听了海水和海鸥声。他问她啥时回来，她说休息一段时间就回来了，并让他处理好自己的事，别任性。他说让她别关机，她说她一礼拜会跟他联系一次，平常不希望有人打扰。然后，她就关机了。果然，她会一礼拜打来一个电话。为等这个电话，贺加贝甚至常常在睡着时，将手机放在胸脯上，一旦铃音叫不醒，还有振动声。可后来，这电话还是越来越稀疏。而喜剧坊的事，却真到了土崩瓦解的时候。

一切都像史托芬预计的那样，一个看似那么炫目的喜剧世界，就像遭遇地震和持续余震一样，很快就梁柱倾圮、天崩地漏了。让贺加贝怎么都没想到的是，连他注入的几百万股金，也是他的血汗老本，都在产业园的大发展中，以亏欠形式归零了。而那栋人间天上的别墅，被贴了封条不说，还连他自己增添的近百万讨好万大莲的各种布置摆设，也都一同清算进了借贷利息。有些东西，花钱贴在那里，挂在那里，摆在那里，吊在那里，看似金碧辉煌，价值不菲，可一旦让你铲除拉走，也就是一堆还得付费的垃圾而已。他都想把史托芬剁了。可史托芬也是倾家荡产，几头受气：胖得连自行车屁股座都能淹没掉的老婆，三天两头来闹着要离婚；学生整日也群着他，要投入的股本和他吹嘘的知识产权股金，弄得他把收藏了几十年的陶罐、汉砖、唐代古铜兽镜都变了现，才算打发完全部学生。还能拿他怎么样呢？啃他两口？老史瘦得只剩下干胯骨敲破椅子响了，整日萎蔫在那里，像是一堆好久不曾用过的破抹布。好在他还有万大莲，有来自海边的电话。而史副教授，连方便面里加火腿肠的那点奢侈都自律掉了。他还鼓励老史说：无论怎样，还剩了两个小剧场，只要见天能开台，史教授吃方便面就可以加火腿肠，并且还可以加两根，外带一颗松花蛋。史托芬已经没有任何喜剧幽默感了，只是摇着头说：“但愿，但愿方便面还能整箱往回扛。火腿肠和变蛋就免了，吃多了得直肠癌。”老史也在勉强喜剧着，可已彻底没有了“王炸”效果。

很快，喜剧坊连见天两场演出也撑持不下去了。演出效果，没有那帮学生进行电脑监测计算，完全处于自生自灭状态。一些笑点、包袱在舆论围攻下，也持续流失。新的喜剧因素，一时又无法确立。特别是贺加贝的自我感觉越来越不好。万大莲的电话，有一下的没一下，无法找到她的任何行踪，他演出就常常跑马走神、心不在焉。而喜剧表演，最重要的就是状态。一个演员在自信和心情大好的时候，同茫然与灰暗时期所表演出来的东西，会呈现出天差地别的效果。自信，会插上难以想象的翅膀，给观众和自己都带来意外的喜剧才华与惊喜。而现在，他找不着北了。有时简直就像一头蠢驴戳在台上，有些不知所以。正演着，那套已不属于自己的别墅会蹦出来；正说着，那一百五十亩被武大富玩了“空手道”的土地，又会重重叠叠，像布景画面一样反复出现。尤其是万大莲，她在哪里？她什么时候会回来？到底何时能够与她真正完婚？一切都真的如梦如幻，如露如电，也就把喜剧表演所需要的抻劲和定力，搞得躁乱而虚晃了。任何笑点和包袱，都是一连串埋线、铺陈、组织、营造、聚焦、控制、引爆的结果，其中一个环节断裂，就会满盘皆输。何况他是满脑子糨糊，端上去一团乱麻，还有人不停地飞刀、捣杵、搅拌、灌浆，他又怎能捋出喜剧比正剧和悲剧都更需走向清晰的头绪来呢？

两个剧场很快又萎缩掉一个：一个勉强撑着演出，一个租出去洗脚了。不过洗脚的还沿用了贺氏喜剧坊的一半名字，叫“贺氏濯足坊”。保留下来的那个，也不能保证见天开张。因为本地顾客，已对贺加贝的表演十分失望。加上一些像样的配演，也都在喜剧坊失势时，树倒猢狲散了。靠贺加贝一人，也真是有点像他爱自嘲的那句歇后语：癞蛤蟆支桌子——硬撑。这时，机关单位招待包场，也因上边出台的几项规定非常强硬，也非常管用而突然叫停，那可是一大块肥肉啊！现在只剩下旅游团零星光顾，日子真是朝不保夕了。史托芬倒是够意思，没有在最艰难的时刻溜号，一直帮他料理着债权善后，直累到吐血住院才彻底歇倒。

贺加贝哪里甘心这种失败，尤其是最近跟万大莲通电话，好像说她有快回来的意思，就希望自己的喜剧坊，能在心爱的人儿回来前有所转机。无论什么转机，都是靠节目、靠内容，而根本还是靠观众。他发现游客观众特别喜欢比较刺激的表演和段子。一天，他无意间看见两个小男孩，给避孕套里灌满水后，拎着一吊一吊的到处乱喊乱跑，竟然使他获得了艺术灵感。晚上演出，他立即换了一个说媒的节目，把自己打扮成媒婆，给胸前装了两个灌满水的避孕套，骑着虚拟的驴，就风风火火冲上台去。两个假乳房，酷似两个蹦跳不已的兔子，在粉色褶子里，上下翻飞，左右摇摆，前后冲突，逗得已被景点折腾得昏昏欲睡的观众，突然像打了吗啡一样，狂呼乱喊起来。有几个中年大妈和油腻大爹，竟然还跑到台口，近距离观察他胸前到底是安了个什么"鬼"，竟然如此灵动、活泛。两个拿着塑料手的大妈，笑得一屁股坐下去，还使劲摇着一绿一红的假手喊叫："哎呀娘娘爷，把我快笑死了！"看到这般演出效果，贺加贝更是得意万分，不仅加快了驴步，又是尥蹶子，又是打喷嚏，又是"昂昂"乱叫唤的，而且还增加了高难度系列动作："跌叉""按头""卧鱼""刀翻身""倒扑虎""驴打滚""五龙绞柱"……就在这些动作的花样翻新中，突然，一个鼓囊囊的东西从左胸前跌下来，并且摔得噗的一声，炸出了一汪水迹。紧接着，右胸那个也滑脱了，倒是没摔炸，只滚了几滚，就停下了。而这一团"活泛"的停歇处，正好是舞台最前沿。大家潮水般涌上来定睛一看，原来是装满了水的避孕套。顿时，剧场再次炸锅掀顶，引来了久违的"王炸"动效。

当天晚上"假乳穿帮"的演出事故，似乎并没有引起观众多大反感。谢幕时，贺加贝甚至觉得观众热情还大幅度提升了。可就在第二天，署名"镇上老树"的人又一次连连出手：《贺氏"丑"剧自掘坟墓的最后嘚瑟》《从喜剧到悲剧的惊人落差》《丑的极限已被悍然"刺破"》《艺德到底滑到哪里是个底》……很快，这件事就发酵成了一个新闻事件，并且一拨比一拨厉害。不是一个镇上老树的诘问，而是群情激愤的众怒难犯。不仅剧场演出停业整顿，连贺加贝也被要求原单位召回"修理"，明令禁演。

那几日，风和雨，把该撕烂的都撕烂了。不是舞台效果，而是实实在在的风雨如晦。城里大树连根拔起，连几块喷着贺加贝剧照的广告牌，都吹得嘴脸抢地，脖颈折断在沉渣乱泛的道沿上。没有被风雨摧毁的，也勒令三日内全部扳倒、铲除、销毁。

贺加贝进入了人生至暗时刻。

八十三

贺火炬怎么都没想到，他哥能混得背成这样，剧场被查封，个人演出被叫停。说有相好的，偷偷把他带到一百多公里外的农村赶“热丧”，仍是被撵下了台。所谓“热丧”，就是才死了人，一边停着棺材一边唱。很多演员都是不屑于唱这种戏的。除非是自家亲戚，或是一方显贵，再就是能给较高戏码者。听说他哥贺加贝这次去奔的“热丧”，就是一个出了大价钱的主儿：家有十好几台挖掘机，到处都能揽下修高速路的活儿。人家答应给他三万元出场费，结果他刚演完第一个独角戏，准备加一小段儿，以谢观众时，台下就有人喊叫：“让贺流氓滚下去！”并且有人还站起来揭露，说这个家伙在城里演出玩避孕套，耍流氓，已经被收拾了，我们这里也不许他唱！紧接着，有村里长者，铲了一锨牛粪，端直上台扬到了他脸上。只听台下齐喊：“让高衙内滚下去！”“让张驴儿滚下去！”他就再上不了台了。事后有人说，这可能是主家做的局，为了赖包戏钱。可他哥贺加贝的确是从此再也没人敢叫去唱戏了，都怕惹事。那么热爱他的观众，竟然在一夜之间，好像地不分南北，人不分老幼，一律都把他弃之若敝屣了。

连贺火炬想起这事都害怕。看着是唱戏的舞台，红火了，千人喝彩万人捧脚；一旦唱砸，千人腌臜万人踩踏。难怪他爹在他们父子仨红火时，要那么暗中骂他们：“狗肚子装不下二两板油的货，张狂啥？回院子顺着边边走，没人把你们当土鳖虫。”到乡间演出，每每有戏迷把他们一跟几里路的，其他主角老凉场，他爹就吆喝他们兄弟俩低着头走快些，给人家都留些彩头。尤其是唱得火的下不来台时，他爹更是一再给观众打躬作揖，还愣介绍其他角儿的好处，并故意演个效果弱一点的段子退下场来，好给别人都留一碗饭！他爹说：“看着是唱戏，其实是在唱道，懂不？这里面的道道把不住，迟早都是一塌火。”

他爹的“唱道”到底是个什么“道”呢？

贺火炬自从在人口稠密的老庙街附近，租下一个二百来座的小剧场，挂了“梨园春来”的牌子开业后，一直都是提心吊胆的，生怕他哥的悲剧再重演。他首先是敬畏起舞台来了，觉得这个地方太神奇太诡异：成就了多少角儿，又败葬了多少角儿啊！有人眼看越唱越红火，甚至红一辈子、火几辈子；可有的，也是眼看着起高楼，又眼见着楼塌了。创业实在是太难场了，他跟白梦露现在就吃住在舞台上。外面嘈嘈杂杂的市井吆喝声，有时能持续到第二天早晨。他觉得这里人气绝对没问题，就看自己的能耐了。白梦露的胃病还越来越严重，最近做了一次手术，切掉了不少息肉，好在活检出来是良性。但医生已发出严重警告，说再也不敢不规律地生活了。他在下决心，要经营好这个剧场，给白梦露一个稳定的饭碗与一口健康的饮食，她跟着自己不容易。

每天晚上演出完，他就安排白梦露先休息，自己却独自坐在舞台上，想招，收拾戏。他觉得一切神奇都在戏里，在那一点一滴、一招一式、一咏一叹、一字一句里。那时他离开贺加贝出去上学，一来不想受他哥的压抑，更重要的，还是越来越看不上舞台上的瞎搞，不想吃那碗“弄得很低级”的饭。现在剧场是自己的了，担子全压在一人肩上，他又突然感念起他哥当初创业的不易来。先后请了那么多“写手”，还不都是为了那一字一句的戏文。他爹说过，丑角必须自己会收拾戏本，当然还需有高手点拨，得有“师爷”。他爹的师爷就是南大寿。他爹还说了，丑角得自个儿能给自个儿导戏，自己给自己设计唱腔，还要自己能给自己制作道具；要不然，你永远都说不入辙，唱不爽快，动不舒服，演不受活。所谓入辙，爽快，舒服，受活，就是根据每晚观众的反应，不断地做出更加切合演出实际的台词和表演微调。那时王廉举也在反复微调，可与他爹的微调方向不同。他爹坚决反对舞台上说脏话，做脏动作，底线就是一家老小要能同时看戏。他爹在临终时还对他兄弟俩讲："能说能谝是好事，但你得在台上说出点道道来，高级的'乱谝'里都是有道道的。说不出道道，人家看你干啥？还不如看逗蛐蛐耍猴去。光靠一张片儿嘴不成，谝来谝去，越谝越显出一副贫贱相来，细嚼跟鸡肋似的，谁还老来听你耍贫嘴？"可王廉举偏偏就犯了他爹所说的忌讳，特能胡谝，瞎说，还总在"下三路"上做文章，因此就越微调越离谱了。他爹还有一个特点，就是讲究"绝活"，手里一把扇子能玩出几十种花样来。开始他以为他爹就是别人说的"鬼聪明"，连他妈都说，"你爹是百年不出的怪物，是精细鬼、伶俐虫，有鬼魂附体呢！"后来才发现，他爹暗中比谁都能下死功夫，有时"活儿"没练出来，连他和加贝也是不许看的。他就偷偷在他爹门口往里窥探过，发现他爹为练扇子功，要是连续几次跌在地上，自己能拿小铁锤敲自己的手背，恨不长进。因此，才有了上台后"扇子就跟长在他手上一样"的灵巧生动，花样百出。他爹无论带个什么物件、道具上场，都能让观众心生惊异、眼花缭乱。因而也就都说火烧天不是普通人，而是神人、奇人、异人了。可他爹背后下的苦功，还真不是一般人能下得下的。

贺火炬把他爹火烧天的相片放大了一张，安置在舞台一角。那既是对他爹的思念，也有一种舞台敬祭在里面。过去艺人在台上敬祭的"戏神"是唐明皇，因为他创建了梨园。贺火炬倒是不信这个，但他信他爹，觉得他爹是把唱戏，尤其是"唱丑"参透了的人。他希望他爹每天看着他，让他别把小丑唱走了样。他也在这里下"暗功夫"，希望自己能"艺不惊人死不休"。人的生命毕竟是太短暂了，想要做成点事，就得有过人的地方。他爹的过人之处，他都清清楚楚，那就是关起门来"熬鹰"，上到舞台"敛才"。他所敛的才是才学的才，他要故意把听取观众直接反应叫"敛才"。看着他在人前不着一痕，甚至嘻嘻哈哈，其实哪一点又是闹着耍子的。他想以他爹对喜剧的谨严，来撑持这个剧场的上座，可在戏本的编排创造上，仍是有诸多的拿捏不住，他就又想到了一个人：他爹的"师爷"南大寿！

他是找了几天才把南大寿老师对见的。南老师现在已是"西京流浪猫保护协会会长”。师娘揭露说，是自封的。南大寿说：“你胡说啥呢，没人扎拳头我能自封？！”贺火炬是在南二环长安大学院子里见到南老师的。见他时，他还背着那根擀杖，正在一蓬花草前喂野猫。他每天领着一帮老汉老婆，一条街一条街地“普查”，一个院子一个院子地“抽检”。由多少条街道到多少个大院的普查、抽检，来计算西京的野猫总量。他最后得出的结论是：西京城区共有三万只左右野猫，关心爱护野猫的人群，也在八千上下，“其中就包括你师娘”。师娘气得呼呼地说：“不跟着有啥办法，他都多大年纪的人了，血压还高，天天到处乱钻，出个事咋办？”贺火炬好奇地问：“南叔，这么大的西京，你咋能知道野猫数量在三万只左右呢？”南大寿说：“我还知道老鼠的总量呢。”师娘一撇嘴：“可吹！”南大寿说：“科学，吹啥？西京人口近千万，根据垃圾量，计算老鼠的量；由老鼠存量，再计算野猫存量，这叫生物链，懂不懂？通过抽检，我们发现完全与这个数字相吻合。”贺火炬问：“那老鼠的总量是多少？”南大寿一口道出：“一百一十万只左右。”“这么多！”“你以为呢。所以我们要好好保护这个城市的野猫呀，要不是这几万只野猫，老鼠可就把人都抬走了！你没想想，现在人这生活方式，要制造多少垃圾，那就是老鼠的天堂，知道不？喵，喵，喵……”说着，南大寿又唤起猫来。跟他一起的老汉老婆们，背上背着包，手里也都拿着吃食在恭候猫驾光临。

直到把猫喂完，贺火炬才通过师娘，硬把南大寿请去喝茶，谁知却请到了他的梨园春来。南大寿见是要进剧场，扭头就走，贺火炬一把拦住了，说：“南叔，哪怕就进去看一眼，都不行吗？”

“不去不去！”南大寿脑袋摇得跟拨浪鼓一般，“戒了，叔把戏早戒了。那跟戒大烟、纸烟是一样的，说不抽，连烟枪、烟盒、烟缸都是见不得的。不去不去！”说着他已撤出老远。

贺火炬喊了一声：“南叔，我爹叫你呢。”

南大寿突然停住了脚步：“说鬼话，你爹都死上十年了，叫我，你咒我呢！”

“真的，我在舞台上供着我爹的像，昨晚他托梦，说让我找你商量戏咋往下演呢。”

南大寿用手叨着贺火炬的鼻子说：“你个驴失下的，就知道哄你叔。你哥都把叔日弄几回了。叔不上你们的当了！”说着又要走。

贺火炬再次拦住了南大寿的去路：“南叔，你个长辈还跟晚辈计较哩？我爹昨晚说了，说你要是不帮侄儿的忙，就让我给你捎话，他请你过那边改戏去！”

“都是在电视里学下的那一套，嫑骗我。过那边我也不改戏了，还喂猫！”

师娘发话了：“你也是的，娃这样求你，进去坐一下能咋？”

“一辈子都招了你的祸，瞎吵吵。走，家门口那条街的猫还等着咱喂呢。”

贺火炬急得没法了，突然对着剧场大喊一声：“爹，你叫叫我南叔，我叫不来！”

这一招还真把南大寿有点吓着了，他突然感到身后麻阴阴的，就叨咕：“火烧天，贺少天，你个羊蛋儿，别吓我，我是吃饭长大的，不是吓大的。叫我咋？叫我能咋？戏我早戒了，叫我能咋？”说着，他还从脊背上抽出擀杖，把身边物件敲得一片乱响地走进了剧场，那明显是在给自己壮胆哩。惹得贺火炬和师娘跟在后边偷偷笑了。

南大寿一走上舞台，就问火烧天在哪里，火炬把他领到了灵位前，南大寿仍是把擀杖敲了敲，说：“老贺，叫我来咋了？睡得不安生了，还想胡成操啥呢？够了，你一辈子把丑唱到这份上就够了，嫑操那些闲心，没用，啥啥都没用。你加贝连避孕套都拿到台上，一吊一吊的当奶耍呢，还有戏？有个辣子戏。好好睡你的觉，别自个儿寻烦恼。我给你上一炷香就走了，嫑吓唬我，我就是过去也不弄戏了，改行务猫了。弄戏的事别攀扯我，我南大寿亏不起那先人！上香！”说完，南大寿就给火烧天烧起香来。

贺火炬突然说：“南叔，你看我爹笑了。”

吓得南大寿把香都差点跌在地上：“你这娃胡说啥呢。你爹一辈子要哭不哭、要笑不笑的，那就是副老苦瓜脸，他啥时还会正经笑了。”

“你看么。”

南大寿见火烧天还果然有点发笑的意思，就吓得连连禀告说：“覅笑，羊蛋儿，我害怕你笑，比哭都难受。还想用笑颜来谄媚贿赂我呢，再贿赂，我还是给你上一炷香就走。喜剧，我真的是半个眼见不得，也半个字都懒得说了。”禀告完，他和夫人给火烧天鞠了三躬，还真要离开。可他刚转身不久，就听香炉嘭的一声跌在地上，连火烧天的遗像也倒扣了下来，这次是真把南大寿吓蒙了：“还真撞见鬼了！老贺，我南大寿一辈子对你不薄，哪个戏没帮你咬文嚼字，你到底想咋？”

贺火炬见南大寿脸色煞白，连师娘也不停地拍胸口，就赶紧打圆场说：“别怕，可能我没放稳当，没事。”

这一阵哪里是没事呢，南大寿早吓得魂飞魄散地急忙缴械投降说：“你，你，你有啥事要问叔的，问，你问，问，问。”

“叔，你坐！”贺火炬把南大寿请到舞台正中的道具椅子上坐了下来。那也是他每晚加班改戏的地方。这时，白梦露笑吟吟地端茶从后台走了出来。给他们上好茶后，她还特意把师娘领到后台吃元宵去了。贺火炬就请教起改戏来。

他手头改了几个小戏本，都有些吃不准，便一句一句地给南叔念起来。

也许是环境弄人，南大寿置身于舞台中间，就突然又有了某种搞戏的神圣感，听着听着，他会突然让贺火炬把那一段再念一遍。贺火炬就发现南老师终于上道了。

两人折腾了很久，总算把几个小戏本都过了一遍。南大寿就对供在侧台的火烧天喊了一声：“羊蛋儿，这下你该满意了吧？老挨枪的，死了死了还吓唬我。”

贺火炬乘机说：“南叔，你还是回来当个顾问吧！”

“打住，打住！打住！顾问我是绝对不当了，叔都快八十的人了，真顾不住你的那些问了。加上喜剧这东西，用一句时兴的话说，你还真得与时俱进。就我今天说的这些点子，你也得再找人好好推敲推敲，尤其是要拿到舞台上去试试，看观众吃不吃这一壶。记住，没有人是这个舞台上的永远赢家、懂家。还别说我，就是他莎士比亚、关汉卿、汤显祖，也不敢说他就掌握了戏剧的绝对真理，这东西在一个劲地变哩！平心而论，你哥也不是个混混，还是想弄些事，为啥弄到了沟里，就是对舞台不知道敬畏了。王廉举就不说了，前边的那个啥子柏树，还有后边的那个啥子托芬……”

“镇上柏树，史托芬。”

“听听这名字！其实他们也都不是起意要把喜剧朝瞎的弄，可都太想煽大、抡圆、挣钱，最后也都弄成了四不像。你说那个史托芬，缺学问？大学教戏剧的，啥不知道？西京有名的‘喷子’，以为他就掌握了喜剧的‘葵花宝典’，可偏是他把你哥吆喝到悬崖上去了。可以说他们把精都成遍了，一时时尚喜剧，一时情景喜剧，一时通俗喜剧，一时浪漫喜剧，一时又干脆打出外国喜剧；发现水土不服，又搞成什么‘东方朔开坛’；再又拧成‘芝麻开门’‘潘多拉魔盒’，等等，等等。甚至连一条叫张驴儿的狗都拉上去，搞什么‘全球化背景下的流浪狗的极限挑战’，真是玩得飞沙走石、五马长枪。到头来呢？你哥连演戏的资格都没了。当然，我认为史托芬有责任，你哥有责任，观众也有责任。拿避孕套当假乳房上去，不也有那么多人受活得尖叫、喊好吗？但舞台是你贺加贝占着，你有责任不给他提供那些玩意儿呀！为了讨好掌声、要出票率，还要圈什么粉，你看都是一副啥样的贱作相了。有时他们也装谦虚，可假得让人不敢直视。谦虚不是谄媚，不是油井上安的‘磕头虫’，只要出油就朝死里磕。谦虚是心中有底，有大主意、正主意后的一种自信把握、自如拿捏，他都以为是给人耍把戏呢。扯远了，反正喜剧到底是个什么鬼，你得自己慢慢体味去。我的理解就是你爹那副老苦瓜脸的味道：有点苦涩，有点凝重，还得如履薄冰。你爹的喜剧火候就把握得很好，他有三不为：不惟财；不犯贱；不跪舔。这可是了不得的唱戏原则呀！他也是从看惯了眉高眼低的地方冲杀过来的人。他还有三不演：脏话连篇的不演；吹捧东家的不演；狗眼看人低的不演。关键是他还有三加戏：给懂戏的加戏；给爱戏的加戏；给可怜看不上戏的人加戏。我想，该说的你爹都说尽了，喜剧还有啥子《九阴真经》、'降龙十八掌'，我还真想不出来了。舞台这地方，是乱哄哄你方唱罢我登场，明星会随时造就，可还不等你过气，新的就扑面而来了。没点好玩意儿，没点硬通货，你只是供人耍戏一阵儿，就背晦过气、新鲜不再了。还记住一点，唱戏这玩意儿发不了大财的，几千年都没听说谁唱戏发了横财，除非旁门左道。一旦想发暴财，喜剧就成闹剧，甚至端直演成悲剧了。世上弄啥都是有下数的，真的想发财，那你挖矿、淘金，还有什么集资、传销去啊！用你爹的话说，唱戏你还就得讲个道道唻！又扯远了。反正无论是喜剧的'少林秘笈'，还是'武当真功'，都得靠你自己修炼去。演一辈子丑，也是一辈子的修行过程。修行不好，你就演成真丑了。修行好了，你也就美得疼死个人了！咋样？你个死鬼火烧天，满意不满意？我都把喜剧戒几年了，你又吓唬我来给你儿子批叨叨批叨叨半夜。"

这时，南大寿突然发现剧场的几个出风口里，都蹲着野猫，就直喊："猫，你这里也有野猫，快，给喂一下。喵，喵，喵……"

"知道是会长来了。"南师娘也从后台走出来，还调侃了他一句。

也不知从哪几个拐角里，嗵嗵嗵地连续跳下几只野猫来，把贺火炬都看呆了。

南大寿说："修行也包括喂野猫哩，不要让它们饿着了。连身边的可怜生命都漠不关心，还有喜剧？你还想演好喜剧？再演都是假的。"

直到喂完猫，南大寿才别起擀杖离开了。临走时他还回头喊了一句："羊蛋儿，你个老东西，再吓唬我，我就找老道把你封到镇妖塔里去！"

师娘在后边叨着贺火炬的鼻子直偷笑。

原来白梦露已经给师娘说了，香炉和火烧天遗像突然倒扣下来，都是他们夫妻提前导演好，才唱的双簧戏。

贺火炬扶了扶他爹的遗像说："爹，今晚把南叔吓美了，可收获真的不小！”他还给火烧天禀告说：“爹你放心，等过了这一阵，我就把哥弄到这里来演出，我们兄弟俩还会把丑唱红的。”

白梦露说：“你哥今天还让人送来一辆摩托车，我说不要，来人说让交给你就行了。”

贺火炬沉吟了半天说：“他哪里还有钱买摩托车？！”

八十四

贺加贝已经住回家了，现在哪儿都去不成，也只能耗在家里。可他心里，还是老惦记着万大莲。万大莲自去海边，也有三个多月时间了。虽然电话越来越少，但在他最困难的时候，也曾专门来电话安慰过一次。说明她是知道他的境况的。他尽管那么爱着这个女人，但此时，似乎也觉得不是自己能够谈婚论嫁的时候了。可转念想，万大莲是落难人，自己也是落难人，兴许惺惺相惜，还真是最好的一对呢。心里有了这等希望，也就觉得自己还没输光，甚至还有更美好的生活，在等待着。自己毕竟才三十多岁，用他妈的话说，路还长着哩。他妈劝他说：“就是暂时挣不下钱，还有你爹攒下的一点老底子。加上你弟火炬也不会不管你这个当哥的。”

火炬确实来安慰过他几次，也想他到梨园春来去帮忙，说暂时上不了台，帮着收拾收拾戏也行，以后仍然以“贺氏兄弟喜剧”的名义演出。可他觉得自己还没输到那个份上吧，至于这样矮人一头地去弟弟那里搭锅入伙？他还有些舍不下那面子，就没表任何态。不过他一直对弟弟有一份亏欠，就是那辆他要了好久都没给买的摩托车。这让他在弟弟走后很长时间，都心有不安。现在弟弟回来，并且已成家立业，作为当哥的，总该有所表示，也算是了却一桩心愿吧。尽管他已身无分文，但还是卖了手上那块劳力士表，给火炬买了一辆还算不错的进口摩托，让人送去了。他觉得火炬已不像当初那么武生一般地猛决冒失，骑摩托也会安全许多。加上他们现在搞小剧场，也需要一个交通工具，那种苦苦奔波的日子，他是尝得要都不要了的。

日子的确是充满了暗淡和空虚，可只要想着万大莲还在，贺加贝就觉得一切皆好。他甚至都想到海边找万大莲去。可万大莲说，她马上就会回西京，并且还要回团排戏。说团上张罗着要重振雄风了。剧本《人面桃花》已创作完成，就等万大莲回来上马。听内部人说，这次阵容齐整，有可能还要让禁演期结束的贺加贝出演小丑大反派呢。贺加贝心里甚是一振：又要和万大莲泡在一起了。这辈子他最喜欢的事，就是跟万大莲一起排戏、演戏，哪怕一晚上发三五十块钱演出补贴都行，要的就是那点搭眼就能见上人的美好滋味儿。

一天，院子里突然开进一辆十分豪华的劳斯莱斯，日地停在排练场门口。先下来了廖俊卿。然后，廖俊卿亲自去打开车门，迎出了春风满面的万大莲。在排练前，廖俊卿突然当场宣布，他和大莲已经复婚。整个排练场掌声雷动，全团都为廖哥欢呼！为万姐庆祝！并且说好，中午统统到喜来登大酒店赴宴，廖老板请客，还欢迎同仁携带家眷！都说廖俊卿现在发大财了，光几个指头上戴的大金镏子和翡翠，就值上百万。还有问看清那扳指没？抹香鲸的，无价！

人的长相，真是千差万别，比如廖俊卿和贺加贝，就完全是一个朝南极生长，一个往北极扩张，并且越来越显出背道而驰的面相来。廖俊卿也是四十好几的人了，却是一副“在那桃花盛开的地方”的模样。有的说他像《罗马假日》里的格利高里·派克，有的说他像《碟中谍》里的汤姆·克鲁斯，还有的说他像球星贝克·汉姆的。总之，硬派、挺拔、潇洒，似一头公牛，如一匹种马，像一只傲视群雄的狮王。现在他又有了财富所赋予的特殊魅力。据说他在海边光养鲍鱼，就挣了上千万，还倒腾鱼翅什么的，可身上却没有一点鱼的腥味。有的只是健身带来的肌肉力量，还有荷尔蒙对浑身各个器官积极有效的协调组织调动。连一些十几二十岁的姑娘，都喜欢他拥一下、抱一下，哪怕是遭了万大莲的白眼，也不愿失去廖哥的一搂。

这一天，整个院子都在哼唱《人面桃花》的主题歌：

去年今日此门中，
人面桃花相映红。
人面不知何处去，
桃花依旧笑春风。

这天晚上，表情越来越漠然、看上去已似有痴呆相的贺加贝，拿着印有自己菱形脑袋文创产品的芭蕉扇，还有捏得奇形怪状的贺加贝陶罐、贺加贝挂盘、贺加贝老碗、贺加贝夜壶，摸着，看着，把玩着，就自个儿头朝下，从四楼窗户上栽下去了。

八十五

我做梦都没想到，一条祖籍可考到大不列颠及北爱尔兰联合王国的名贵柯基犬，最后会以中国元杂剧里的小丑张驴儿的名字，落户到一个千山深处一文不名的小镇上。并且还大有可能，是永久居住。

镇子很小，我主潘银莲带我从上街头走到下街头，也就用了十一分半钟时间。而从北城坡根，走到南河岸，才是七分二十秒。据说小镇历史也不短，现在正在开发一个有关唐朝诗人的隐居旅游点。专家的争论焦点是：诗人当初到底是骑驴来的，还是骑骡子来的。留了几首诗，一时说花脚骡子，一时说跛腿驴。看来文人自古就没个科学态度，好信口雌黄。关键是另一个县的另一镇，还在抢占诗人隐居的所有权。事实是诗人确实在人家那儿隐居了一年，还建了一个云朵寺。并且明确研究出是骑着驴去的。因为云朵镇头一个巨石上，有驴脚印，说确乎是唐朝的遗迹。这样一来，我看河口镇的旅游开发就有点悬。城里人都多得溢出来了，可乡下还是想方设法，盼着来很多很多的人。无非是指望他们把吝啬的钱口袋，开出二指宽一个缝，挤出几个镚子儿来而已。其实他们永远也不知道，城里有钱人都会把钱挥霍到哪里去。但这样一个偏僻小镇，想要发展经济，不想些奇招，又何不是比让柯基犬踩高跷都更难的事体呢？以我的猎奇与考据癖，是要把小镇的历史沿革、来龙去脉翻个底朝天的。可作者一再交代，说小说快结束了，让我不要婆婆妈妈，啰里啰嗦，得拣紧要的说。何况我的门牙，还被遭“炮毙”的贺加贝踢掉了两颗，跑调漏气，很是不关风。许多趣闻轶事、民俗掌故，就容我从略了。

我得从我主潘银莲带我回小镇说起。

首先是婚姻变故，让她不得不抽身退步。以我的脾气，是要跟贺加贝鱼死网破的。可我主在与我前主史副教授托芬先生的最后谈话中说：“那我咋办，跟他打？跟他闹？打完闹完，他还是要跟那个女人好。心走了，死了，就是能打闹个空壳留着，又有什么用呢？杀了他……我还有娘在，哥在，贺喜在……（注意，没有提到我，我也不生气，作为宠物，我们还没有争取到与人生而平等的权利。人类在这个问题上始终自视甚高）不值得，想想真的不值得……我们还有我们的活路，我不做万大莲的影子了……这个影子……让我做够了！”我能听出，我主对做别人影子这件事已恼火至极。

我主急着离开西京，还有第二个原因，这是我独家获取的：她哥潘五福来了几个电话，说他老婆好麦穗骨灰的事让他娘知道了，闹腾得不行，已疯疯癫癫。他也摔成半身不遂，一卧不起，家里实在是砸锅倒灶得提不上串了。因此，贺加贝逼我主在离婚协议上签字时，她就显得有点过于草率，甚至有种不抵抗主义的懦弱、草包感。知道内情的我，倒是理解了她那时的着急、无奈。只要有时间磨，谁会在这种事情上急头绊脑、拱手相送呢？不耗他个一年半载，不打他个人仰马翻，不诅咒他个遗臭万年，人类谁能把婚离和谐、离整单、离零干了？可许多重大事情，都是细节在起关键作用。我前主——那个瘦得跟猴一样的史副教授就老爱卖弄说：一只南美洲热带雨林中的蝴蝶，偶尔扇动几下翅膀，可以在两周以后，引起美国得克萨斯州的一场龙卷风。意思就在这里，我主那么急着离开西京，其实是远在数百里外小镇上的蝴蝶，在扇翅膀了。何况那翅膀对潘家来说，扇得有点天塌地陷。

那天我和我主，包括我的小主贺喜，就像丧家之犬，沦落在西京的一个远郊车站上。看来人类形容他们的败落凄惨景象，从孔子以降，就是拿狗做比喻的。我主眼泪汪汪，小主哼哼唧唧。只有我，还保持着一种紧随主人步伐的从容淡定。我是有过丧家经历的犬，斯时，我也有很激烈的思想斗争：是追随，还是逃离，这是一个很大的问题。那个不可知的遥远乡村，对于我，就像是面对地球以外的浩瀚星空，还没有任何拿捏和把握。最终没有在上车以前，选择夺路而逃，还是因为对我主的那份感情和信任。信任起了十分关键的作用。我觉得跟她，不至于在无路可走时，被一脚踢开。何况我已没有年龄优势，折腾不起了。最最关键的是，我主在离婚协议签字时，选择了贺喜和我，而没有选择别墅、金钱或其他什么。我觉得我有这样一些思想斗争行为，都是十分可耻的。我应该忠诚而义无反顾地跟随她走向不可知的一切，甚至地狱。

需要补记一笔的是，我和我主在车站遇见了王廉举。他已完全不认识我们了。他的现状，介乎于疯子与地摊艺人之间。除了那个油汪汪的“大背头”还不时用矿泉水抿几抿外，其余只剩下那根文明棍还斑驳地躺在那里做道具用了。他在滔滔不绝地讲述着他的“梅开二度”“三度”“四度”，甚至“五度”浪漫史。还是那样完全跳脱现实、没有任何逻辑关联度地极尽夸张之能事。有些等车人，闲得发慌，围着他提些酸溜溜的问题，在努力逗他的笑料和包袱，他总是张口就来，对答如流。虽不着边际，却也会掀起一阵阵笑的狂浪。我主还从包里抽了三百块钱，放在他面前一个已搪瓷斑驳的瘪口碗里。围观者都觉得莫名其妙，甚至还多看了我主几眼。随后，我们就上车了。那摊笑声，隔着车窗玻璃，仍能听到甚或有“王炸”般的动效。

来到小镇，比我预期要好很多。首先是没有雾霾，那玩意儿十分讨厌。人还能戴口罩，我们就只能死憋着，尽量不深呼吸，以免形成过多的肺部结节。再就是镇子周边的山上郁郁葱葱，比城里种的树木花草茂盛许多，也不见给树身上乱挂吊瓶的。当然，挖得窟窿眼睛的地方也不少，都在真景观上面造着假景观，企图吸引游客。我想这些创造大概不会给小镇带来什么财富，因为我知道城里人愿意为什么掏腰包。他们连真雁塔、真钟鼓楼、真博物馆都已懒得去看，还来看你的什么假凤阁龙楼，那就是给水泥上刷了一层下雨就掉色的廉价颜料而已。我在客车上，还听几个乘客聊，说他们那儿搞了个什么孙悟空水帘洞项目，外带大型户外景观演出，又是“取经”，又是“闹龙宫”的，背了几十年都还不清的债，可游客的鬼影子都难见到几个。闲话少谝，言归正传，还是说我主的家事吧。

我对好麦穗死亡的细节不大清楚。只知道，那段时间，我主一直朝医院跑。她从来不带我，也不带贺喜。还要我老在家里看着贺家这棵好哭好闹的“苗苗”，真是没把我活活累死。偶尔会听到她与她哥的通话声，连接起来的信息就是：一个叫好麦穗的女人病了，然后死了。这个女人是潘五福的老婆。这个老婆与其他男人还有染。人类就这点破事，搞得一代代文人还神秘兮兮地写个没完。其实依我看，路数大体已写尽，无非都是在他们的时代里翻些烧饼，弄些技巧上的花样，就以为自己有了创造力。恕我爱唠里唠叨。那个叫好麦穗的女人死了以后，骨灰一直在潘五福那里保存着，直到带回这个小镇。

而一切问题就都出在这坛骨灰上。

大概是亡者逝去一周年的日子，潘五福要让死者入土为安，谁知他娘坚决要把骨灰倒了喂狗。难道我们狗，给人类就留下了这样的馋相，连骨灰都要咥？何况在潘五福他娘心中，那摊骨灰就是不亚于人类的 × 屎堆。我还是用 × 替代了对我们的污名化表述吧。可潘五福仍是坚持要入土，说他连续做噩梦，见好麦穗回来讨要她的化身。要不然，她就始终飘荡在半空里，做了《游西湖》戏里的孤魂野鬼，说她也要演一出《杀生》了。然后，这个家庭就陷入了母子反目成仇的大悲剧中。潘五福也做了妥协，悄然把那坛骨灰安埋在老坟山的一个角落，只做了他明白的标记。谁知却被他娘勘探出来，说离祖宗的魂灵太近，尤其是离他爹的坟，还不到八丈远，说这是想让婊子跟你爹合坟吗？然后，他娘就把骨灰扒出来，要朝镇上公共厕所里倒。潘五福在争夺骨灰时，一跤跌下，竟摔成了半身不遂。我主就是在这时，带着我和贺喜回到老家的。

我主她娘，此时已经疯魔，整天跑到镇上的一些单位门口，破口大骂嫖客、婊子，整得一镇的人都不得安宁。尤其是那个带着好麦穗出逃的叫什么张青山所长的原单位，竟然被她娘骂得经常无法开门营业。他们控诉给我主潘银莲说：我们也是受害者，张青山赌掉了营业所几百万，整得我们到现在都发不下工资。你娘天天来骂街，还给大门上抹狗屎（的确糟糕透顶）。我主一边伺候着她哥，一边还得把她娘也看起来。可转过身，她娘又会从窗户跳出去，直奔大街，骂得涛声依旧。这样我的责任就重大了，但见她娘有风吹草动，就得豁出命地狂吠起来。我天生是小嗓门，也不太习惯大喊大叫，何况日夜值守，嗓子还发炎沙哑着。她娘对我毫无好感，已用石头、土块、木屑、蒲篮、扫帚、板凳、锅铲、猪食瓢，反正抓住啥就是啥吧，把我浑身打得青一块紫一块的很不舒坦。可我还得忠于职守，一切都是为了尽量减少我主的痛苦和麻烦。

这就是跟随我主回到小镇的基本情况。

下面，我也得说说这个小镇上我同类的一些信息。尽管这不是小说的需要，但我觉得与后边的叙述有关，谁让作者要把结尾的烂摊子撂给我呢，也就别怪我夹带私货、信马由缰了。

小镇有很多犬，比我想象的要多许多，并且都活得很自由。不像城里，一天才会被主人拉出去遛那么一两次。这里的犬，都敞养着，因此，聚集的时候就很多。比如我来到小镇，就是一件很大的事体，几乎在一天内就传遍了。立即，都三三两两地聚到潘家院子来看稀奇。我的长相和身材比例，明显与它们有别。我能感到，它们是一种嘲弄的眼神。尤其是我的短腿和大屁股，在这里成了笑柄。作为一条雌性狗，特别受到了雌性群体相互之间挤眉弄眼、交头接耳、蹭胳膊拐肘的议论，好像河口镇来了个怪物。它们尤其要在雄性面前，秀出自己的长腿和瘦弱翘臀，似乎是为了比对与强化我的“弱点”。而雄性犬们，倒是保持了客观、冷静与好奇的态度，也许是在调整固有的审美观念。总之，在以后的日子里，它们都对我表示出了友好和接纳。我没有暴露张驴儿这个恶名。我反复强调，我是一只叫柯基的犬。它们对柯基的解释有所不同，有的甚至误会成了簸箕。还有在镇政府大院里出来的，一口咬定，“科级”是一种级别，在镇上最高最大，弄得有的狗还有点仰望。它们的名字也都叫得很特别，比如黄色的，就叫大黄、二黄、小黄；黑色的叫黑子、大黑、小黑；而有斑点的，叫花子；个儿矮的，叫矬子；眼睛有点毛病的，叫斜瞪眼，或者朝天望；也有叫虎子、豹子的；还有干脆叫花生、土豆、蓼花糖的。我无法记清那些五花八门的名字，但我，很快就成了小镇上一条叫“豁豁牙”的名狗，这都拜贺加贝所赐，是他踢的来。好在“豁豁牙”比张驴儿好听多了。也许是潘家老有新闻发生，因此，这些同类，就老是要群集过来，企图从我缺牙的嘴里，套些“料”，好去满街抖搂。

比如，在我跟我主回到小镇的第三天，就来了一个人，直住到现在都没走。从他们的谈话中，我才得知，他叫镇上柏树。真实名字叫彭跃进，挺朴实的嘛。过去曾是梨园春来的编剧，甚至堪称贺加贝的“教父”。后来因爱上我主潘银莲，被断然拒绝，而连夜逃走江湖，隐姓埋名至今。我主问他一直住哪里，他说：四海为家，网络为生。网络咋为生？他说网上写作。从他的穿着打扮、一应用度看，好像活得有些志得意满。我主很好奇，说网上写作怎么赚钱？镇上柏树说：一天码一万字，月亮东升再西落一次，收入也在四位数以上。是不是吹牛我不知道，反正他手上戴的是江诗丹顿，那块表我认识。自驾的车，也是颇为张扬的陆虎。我主问他都写些啥，他说：网络小说，有时也写时评。都用的笔名，什么镇上柏树、村上老树、半生哽咽、寂寞寒塘……还有个什么月锁银莲（这名字未来还得费我时间考据一下）。所谓时评，他的解释就是逮谁捶谁，看不顺眼就捶。尤其是那些有毛病的，还会朝死里捶。比如“王廉举时代”的低俗闹剧，还有“史托芬时代”的恶俗“毒剧”，他都率先下捶，直捶到他们满地找牙。我对“满地找牙”一词很敏感，贺加贝踢掉我的那两颗门牙，至今还都不知在哪里冒着。而他说捶得贺加贝他们满地找牙，倒是引起了我的一点幸灾乐祸。可怜我的主人，听到贺氏喜剧坊关门大吉的事，还反复责问镇上柏树："为啥不给人都留一口饭？雪崩时，哪一片雪花能是无辜的？"这是我跟了我主以来，第一次听她谈哲学问题，并且像是在为贺加贝鸣冤，这个傻帽！总之，镇上柏树出现在河口镇，是想圆他那个蓄谋已久的美梦，而我主几乎没有给出什么缝隙。在察言观色这个问题上，没有比我更懂行的动物了。有些束手无策的镇上柏树，只好长期住在小镇的一个宾馆里，继续着他的网络写作和"实捶"。但每天他都会到潘家大院来溜达一圈。主人很客气，可又从不让他进屋，有话就在场院的石桌石凳上谈。我也就照猫画虎，给他些好脸色，却会在他抬腿想进主人的卧房时，适时给以必要的警告和拦截。我怎么越看镇上柏树越像《老人与海》里那个死守着那条马林鱼的古巴渔夫。

这是第一个在镇上引起热议的人。

第二个人来时，把我吓一跳。怎么是贺加贝？我都不敢相认。但我主很快就认出来了，说他是贺加贝的弟弟贺火炬。我到梨园春来时，他已离开，只是听说过他的一些故事。说他的戏是冷幽默，而贺加贝是油锅崩豆，连别直炸。我就服了，老天造人，怎么就能造得如此毫厘不差：那个老火烧天我没见过，可这小兄弟俩简直是难分轩轾。包括贺喜，那菱形脑袋，那走路神气，那音容笑貌（用词可能不当），难道将来也只有演喜剧一条路了吗？瞧我这思维，缺乏逻辑训练，老是发散式。贺火炬是在镇上柏树来小镇两月后，才到潘家院子来的。他带来了很多信息，比如我前主史托芬，已彻底弃营拔寨，回大学还当他的副教授去了。再比如，武大富"鹊占鸠巢"的那一百五十亩贺氏喜剧大剧院的土地，把两个处长都栽进去了，还带出一个局长来。而武大富与其他更大的"自然风景保护区"生态破坏案还有染，已是磨扇压手取不利。最猛的料是：万大莲已跟前夫廖俊卿复婚，喜宴都在曲江池吃过了，一次摆了一百二十八桌。这对我主是个惊喜吗？我看见我主听得手直抖，觉得好像是在看外国谍战片，而完全忘了自己也是其中的主角之一。还有更猛烈的呢，贺火炬故意放在了最后：贺加贝自杀了。

听到这话，潘银莲嗵地站起来，又扑塌软瘫下去了。急得贺火炬连忙说："你别急嘛！"

这可能就是喜剧了：贺加贝那晚从四楼窗户栽下去，却栽在了一汪剪不断、理还乱的电线上。剧团正准备把这团乱线下沉到地下，壕沟都开挖了，要再迟三天，他就注定没命了。可贺加贝却偏偏被这团电线夹住了溜光的脑袋，在里面纠缠了十几秒钟，才二次坠落。只是将那把芭蕉扇上的变形脑袋戳得更是没了形儿，而他才摔断了一条腿。当然，说他的颈椎也因骨折，而打了百日牵引。社会上有人传言他已摔死。那个传说，甚至在那一天比他的知名度都高，有很多人还哄去看现场了。结果让大家觉得十分搞笑，甚或还有些莫名的失望。这让我想起拿破仑最爱说的一句名言：从伟大到可笑只有一步之遥。伟大用在贺加贝身上，明显高帽子戴不住，但从暴得大名到可笑只一步之遥，还是蛮有喜剧性的。贺火炬说，他哥还想在喜剧上东山再起。我对这个美好愿景并不乐观，因为丑星时代好像已告一段落，而小鲜肉已全面粉墨登场了。

贺火炬来的目的很明确，就是接他嫂子回去。

潘银莲说她已不是他嫂子。

贺火炬说："你永远都是我的嫂子！我哥说了，他要是脖子和腿能动弹，就亲自接你来了。我娘也骂他：你贺加贝要不把我孙子和媳妇接回来，就干脆再跳一回窗户死了算了……"

我主潘银莲摇摇头说："你别说了……我再也不想活在别人的影子里了。"

也就在这时，潘家又发生了一件大事：我主的疯子娘，到底还是找到了好麦穗的骨灰罐，拿到桥上朝水里倒时，一不小心，跌到了河里，被人发现时，已僵硬如柴。我主抱着她半身不遂的哥，唱了好几天"苦情戏"……

好了，我该开最后一个新闻发布会了，我的同类已经急得在满院子乱叫唤了，它们都特想知道我和潘家的那些猛料。

八十六

面对已站满了大黄、二黄、小黄，还有大黑、小黑、黑子，以及小白、花花、花生、土豆、蓼花糖、斜瞪眼、朝天望等同类的潘家院子，我先定了定神。我知道它们有无尽的问题要问，有些还来者不善，要不是我有些见识，常常就会掉进它们的陷阱爬不出来。

我说，请提问吧！

花花：请问，你到底是不是一条纯种家用犬？怎么长成了这样儿？用你的话说，长得真喜剧！

大家哄地一笑。

这家伙对我从来都不怀好意。它也是雌性，腿很长，蜜桃臀，颇受雄性恩宠。我得给它玩点高端的。我说，人类生物学家达尔文说：犬科中的几个野生物种曾被驯养过，它们的血液混合在一起，在现在几乎所有家狗的血管中流淌着。意思很明白，无论我们来自哪里，长相、形貌有何不同，抑或是意大利的细腰猎狗、德国的嗅血警犬、法国的斗牛犬，还是中国的蒙古牧羊犬、拉萨狮子犬、北京的京巴，以及老陕的细狗，还有你们俗称土狗的，其实都有相同的血缘关系。因为我们的进化史太长太长，几乎是人类驯化的第一批动物。尽管因地貌、气候、风物、家族、贫富的形塑不同，而使我们长相差异可能较大，但谁也不能说自己就是正宗或纯种。任何优越感都是可笑的，它的喜剧性在于我们的视角、视野出了偏差。我们实在是需要彼此了解、欣赏、沟通，而不是相互鄙视、敌意、踩踏。下一个！

大黄：请问，你老说你是一条哲学狗，善于思考。你思考清楚你主人她娘与儿媳妇之间相互仇恨、彼此折磨，甚至恨其不亡、至死不能原谅的理由了吗？

我想了想，这是一个复杂问题，回答以简要为妙，别把自己绕进去。我说：这个问题其实刚才我已有所涉及，恕不重复，下一个！

黑子：请问，人类动不动不让他们的同类入祖坟，祖坟就那么重要吗？

这也是一个诡异的问题，事关文化传统、民风民俗，甚至风水玄术，我还不大有这方面的全面修养，为了不闹笑话，我用了一个很老派的外交辞令回答道：无可奉告，多请教地方长者。下一个！

斜瞪眼：请问，你主人她哥潘五福，为抚养并不明确血缘关系的儿子潘上风，专门到西京钉鞋打工，现在这个儿子下落不明，小镇都很关心。如果在，他是认潘家呢，还是认河口镇上某个诸如张青山之流的其他父亲呢？

斜瞪眼这个问题问得很刁。好在此前我听我主给她哥念叨了半天，说潘上风从珠海寄回了八千块钱，这是他挣的第一笔工资。让给他妈好麦穗立个碑，上面只刻一句话："这里种着好麦穗！"这话我记得特别清。剩下的，说让给他爸买个轮椅。我看潘五福满脸泪光，说：值了，值了！我就回答它们说：这个问题问得很好！潘上风在珠三角已安居乐业，近日寄回现金一万元（我有所夸张），五千用于给母亲立碑；三千明示是给亲生（注意这两个字是我加的）父亲买轮椅，现轮椅已在潘五福屁股下坐着。下一个！

大家一阵交头接耳。

朝天望：请问，你是泡在喜剧窝子里的人，你也曾多次明里暗里标榜过自己，好像是还做过什么喜剧明星，那什么叫喜剧？什么叫悲剧？什么又叫正剧呢？

别小瞧了这个小镇，什么角色都有，这问题还真不好回答。大概我有些孤陋寡闻，这方面还并没有觉得谁回答得让我心服口服过。那就胡诌几句吧：你这个问题很有水平！没有比我更懂喜剧、悲剧和正剧的。有些事物在你是喜剧，而别人看着就是悲剧；同样，有些你体验到的悲剧，而在别人眼里却是喜剧了。不同的视角、不同的存在环境、不同的生命感受，会看出不同的悲喜剧来。简单地说吧：喜剧让人智慧而陶醉；悲剧让人开悟而警醒；而正剧，就是大家现在正在进行的生活，离喜剧和悲剧也就一步之遥。比如你，一只眼仰望天空，一只眼扫描大地，就包含了所有喜剧、悲剧和正剧的元素。下一个！

土豆：请问，你会离开河口镇吗？听说你主都有人来接了，还有男人在宾馆里也等几个月了。一切迹象都表明，你们还会离开，真的会离开吗？

这个问题倒是不难回答。我主已再三再四明确告诉贺火炬：我永远也不会再去做任何人的影子了。可又有一句话，高级得连我都说不出来，她说："仔细想，他贺加贝懂得真去爱一个人，就还有救。万大莲是不是值得他去真爱，我不懂。希望他还能有真爱！"这话让我掂量再三。当然，我也认识到了可能要在小镇驻扎很长一段时间的现实。潘五福毕竟需要人照顾，并且我主都在学习打芝麻饼了，说是还要复兴她哥的什么旧业。我对土豆的回答是：这个小镇很美，已足够我美好地生活一辈子了。德国有个古典哲学家叫康德，他一生都没走出方圆一百里的地方，但并不影响他对世界的思考。任何一个再小的世界，都不影响思考的边界，关键你得思考。小镇已足够我大脑灵活地转动起来了。下一个！

蓼花糖：请问，你会重操旧业，再演喜剧，给我们找点乐子吗？

我说：这要看你们的品位，如果仅仅是想看要丑，我会保持沉默。我怕把你们统统都看成了"傻白甜"，连家门都找不着了。我不会做一个反智主义者。下一个！

斜瞪眼：请问，如果你在我们"小西京"永久居住下来，会找老公吗？要长腿的还是短腿的，屁股大的还是屁股小的？

大家哄堂大笑起来。

我也笑笑说：这话很喜剧，但你别斜瞪着眼说。我无可奉告！

2012 年 5 月—2020 年元月一稿于西安、北京

2020 年 3 月二稿改于北京

2020 年 5 月三稿改于北京

2020 年 7 月四稿改于北京

2020 年 8 月五稿改于北京

喜剧是人性的热能实验室

——长篇小说《喜剧》后记

陈 彦

这也是一部写了好多年的小说，开始叫《小丑》，写写停停，直到2020年新冠肺炎疫情突如其来，每个人都被禁足在一定范围内，我才翻检出来，又开始了断裂十几年的茬口衔接。之所以改名叫《喜剧》，是因为一部外国电影已经叫《小丑》了，并且很出名。而中国舞台艺术中的小丑，是喜剧的天然催生婆，我就改名《喜剧》了。

这次续写，我首先写下了这么一个题记：喜剧和悲剧从来都不是孤立上演的。当喜剧开幕时，悲剧就诡秘地躲在侧幕旁窥视了，它随时都会冲上台，把正火爆的喜剧场面搞得哭笑不得，甚至会提起你的双脚，一阵倒拖，弄得惨象横生。我们不可能永远演喜剧，也不可能永远演悲剧，它甚至时常处在一种急速互换中，这就是生活与生命的常态……由此让我想到这场百年不遇的瘟疫，不正是在人类喜剧的锣鼓点敲得似“急急风”一般昂扬兴奋时，突然被诡异的病毒拎起双脚，一阵倒拖，全人类立马就进入了悲剧的哀鸣之中吗？

还是先说说小丑吧。小丑是戏曲的一个行当：生、旦、净、末、丑。每一个行当里又有更细的划分。比如旦角，还分老旦、正旦、闺阁旦、花旦、小花旦、武旦、刀马旦、彩旦等。彩旦就相当于女丑，也叫摇旦、媒旦，多以口舌生花、保媒拉纤著称。她们很容易辨认，上得台来，摇来晃去，台步也不讲究动若移莲，属自由率性奔放阔绰一路；穿大一号的衣裳，裤子比如今时尚女性早了几百年就高吊着露出脚踝骨；嘴里多半还叼根旱烟袋，烟杆一米来长，方便求婚者巴结点烟用；她们脸上注定是要画一颗特别明显的黑痣的，因为女丑过去多由男角扮演，因而化妆也舍得下狠手，光一张嘴，就血糊淋荡的能占半截脸。她们的营生多半以夸张过度、颠倒黑白、牛头不对马嘴导致婚配悲剧而收场。其实男丑行当也分得很细，大的有武丑、文丑。武丑顾名思义，就是能翻能打的主儿。而文丑还分老丑、方巾丑（指有点文化，大致能写点戏本、小说、诗歌、书法、公文之类）、官衣丑（指有品阶、顶戴、纱帽的）和小丑等。小丑也分多种，一种是机智诙谐幽默者，性格使然。还有一种就是坏得出奇的，干了见不得人的事，还要偷偷给观众卖派一句定场诗：洞房烛灭时，小姐——（做抓耳挠腮、急不可待状）投怀来！等着瞧吧您呐，那是我的菜……嘻嘻嘻！还有告密、挑唆、盯梢、下套、挖坑、暗算、“打黑枪”等诸般常人使不出的伎俩，他们却干得得意万分、风光无限，不知其勾当之恶之俗之贱之丑，所谓头上长疮，脚下流脓者，就是他们最真切生动的写照。

中国戏曲的脸谱化，有其弊端，也有好处。弊端是一眼望穿，难有惊喜改变；好处也是一目了然，明牌亮打，观众不易上当受骗。花和尚鲁智深只会“三拳打死镇关西”，外带“倒拔垂杨柳”，绝不会做出“方巾丑”陆虞候卖友求荣、勾引林冲身陷“白虎堂”并准备把朋友烧死在“草料场”的恶行。他们的脸上都画得明明白白，包公是黑脸，关公是红脸，曹操是白脸，各自都贴着标签出场，行为处事方式，大致不会越过脸面的勾勒气象。还有一种叫二花脸的，多半也是大花脸的脾性，不过年龄轻些，重要性弱些，更毛手毛脚些而已。他们一般是大花脸的晚辈、徒孙、助理之类，总之是比三花脸要体面、正经许多的角色。唯有三花脸，就是小丑，一曲戏里终是不能少了他们上蹿下跳、无事生非、添盐加醋、煽风点火、抹黑构陷、背叛变节、狼狈为奸、嫁祸于人、落井下石的。好在他们鼻子上那块“豆腐干”标得明白，只是戏里人看不清楚而已。丑角脸谱很有意思，贪财的，鼻子上画枚铜钱，甚至“银锞子”“金元宝”；做贼的，画只“黑线鼠”“白蝙蝠”；心术不正之徒，有画一颗歪歪心，烂得流黑水者。总之，演丑角的演员在脸谱上下功夫极大极深，创造性也极强，除了特定人物已被传统造像定格外，一般都见他们搞得会让同台演员每每忍俊不禁，有那故意提前深藏不露者，甫一“亮相”，都能把主演当晚的演出补贴因“笑场”事故而罚得一干二净。

当然，小丑也不都是坏水，过去传统戏多是写帝王将相、才子佳人的，自然脸面是要周正阔大些好看，而给他们配戏的书童、马弁、仆从、轿夫等，多以丑扮，也好在太过正经的场面有些插科打诨的看点。至于茶楼、酒肆、粉巷、商号、庙会、集镇、客店、船舱里，引车卖浆、跑腿打工者流，“俊扮”者鲜矣。他们至多是为了生存，狡黠、嘴溜、讨好、巴结些，见东说东好、见西说西好而已，为人大多还是没有太大毛病的。有的其实就是对底层人的丑化，今天也不好把我的那些编剧同道——过去叫“打本子”的，从棺材里拎出来进行“现代性”与“人格平等”之类的教育培训了。戏者戏也，没戏只能干瞪眼。丑角为戏之有戏、出戏、出彩，可是做了太多太大的贡献。从古希腊到中国的宋元杂剧，再到莎士比亚、汤显祖、洪升、孔尚任，直到今天的各类舞台剧，他们都是重要的作料、味精，有的甚至是失之即味同嚼蜡的提吊高汤。更别说在重要关目上，戳穴、点睛、把南辕扭向北辙、把天堂拉下地狱的“秒杀”绝招了。任何严肃场面，都会有他们的身影，就连高僧大德、红衣主教身旁，也是少不了要有一两个专门“出洋相”的小丑，颠前仆后、油嘴滑舌、自我作践一番，以烘托主子法相庄严的。

好了，该说更名后的《喜剧》了。小说《喜剧》是以剧团父子三个唱丑演员的几十年唱戏生涯，展开了一段悲喜交加的人生故事。小小舞台，其实永远都牵绊着无尽的社会生活投影。红火了，寂灭了；人五人六了，倒霉背运了；眼见他搭高台，眼见他台塌了。在喜剧演员身上，尤其能显示出这种极具倒错性的殊异况味。当严肃的正剧、悲剧艺术，在以享乐与感官刺激为前提的物欲社会中，渐次退向边缘时，喜剧，突然像炸裂的魔瓶，以各种新奇、诡异的脸谱、身段、噱头、“喷口”，变幻莫测地粉墨登场了。贺氏父子也从最传统的秦腔舞台上退下来，融入到了这场欢天喜地的喜剧热潮中。尽管“老戏母子”火烧天希望持守住一点“丑角之道”，但终是抵不过台下对喜剧“笑点”“爆款”的深切期盼与忽悠，而让他们的“贺氏喜剧坊”，也进入了无尽的升腾跳跃与跌打损伤中。

喜剧是人类调节生存情绪的最佳良药；喜剧是洞悉人性弱点的一面显微镜；喜剧也是自我反观后会把自己吓一跳的凹凸镜；喜剧还是讽刺敲打他人的一种尚留情面的“投枪”方式；当然，喜剧也是一种抹了“丹顶红”的欢乐“投毒”；喜剧更是一种比悲剧愈加悲惨无情的“无意义生命揭穿”。试想，一个没有喜剧的世界，该是多么单调、无趣的世界，可喜剧一旦泛滥，成为我们的生活习性，尤其是希望把它索要成我们的生命日常，那么喜剧就会变味走样，直至轻浮如鱼鳔、浮萍。喜剧在舞台艺术的表演中，尤其强调严肃性。小说中的老丑角艺术家火烧天，一再告诫儿子贺加贝和贺火炬：我们演丑的，在台上流里流气、油不拉唧，生活中再嘻嘻哈哈、歪七裂八、没个正形，那就没的人可做了。丑角为人类贡献了无尽的喜剧笑料，但一个成熟的喜剧演员，一定具有十分辩证的哲学生存之道，否则，小丑就不仅仅是一种舞台形象了。小说中大儿子贺加贝在喜剧的时代列车上一路狂奔时，就没有逃脱父亲对丑行的“魔咒”。弟弟贺火炬却在跌跌撞撞中，努力寻觅着喜剧的沧桑正道。以我对戏剧的理解，喜剧，尤其是一种最难把握火候的烹炸蒸馏、煎灼生汆。

当一个时代，拼命向喜剧演员索要“包袱”“笑点”时，很可能把一个很好的喜剧演员逼疯逼傻。可当他们真的“疯掉”“傻掉”时，唾弃最快、决裂最彻底的，仍会是捧他的观众。一个娱乐化，或者叫泛娱乐化时代的造成，不是一群喜剧演员的责任，而是集体的精神失范和失控。我们都有责任为喜剧的沦陷买单。我们索求了太多不该索求的“笑料”，而让他们不得不搜肠刮肚地为我们“抖包袱”。当他们抖尽了生命最后一根笑神经的时候，我们突然发现，怎么已置身于如此低俗的环境之中，而会一脚把他们踢开，从而“热粘猛裂”地拉大距离，以显示出“高雅追求”与“低俗献媚”之间的分野。这也是“国民性”之一种。无论我们集体拥到台前欢呼，还是唯恐退避三舍不及，都显现出了我们比喜剧演员鼻子上那坨“小丑白”并不洁净多少的“豆腐干”。剧场是一个巨大的人性实验室，就像宇宙是科学家探测深空的实验场一样，那里有无限的可能性会出现。人生观、价值观、世界观，包括真善美与假丑恶，也像万有引力一样，在剧场中会相互作用、牵引；掌声和欢呼声更像是星际之间彼此拉拽的引力与潮汐，会形成越来越不可撼动的运行轨迹与规律。可也有很多时候，一些左奔右突的小行星，在看似热情备至的拉拽中，就纵身撞向了引力过大的星球怀抱，而招致万劫不复的生命坠毁。这就是既渺小，其精神与想象力又可以大到无限的舞台之诡异。

喜剧演员是为人类制造欢乐的人，人类应该感恩他们。古代宫廷小丑，大概是他们最早的表演舞台。当成熟的戏剧，将他们一步步塑造成越来越为大众所享受的艺术形象时，他们便具有了生命的高贵意义。他们在娱乐大众的时候，也在提示和警醒大众：你们并不比小丑高明、圣洁。那些鄙俗、阴暗、丑陋、邪恶的心理与行为，时时都会闪念，甚至已麻木地深陷其中而不自知。不过是经他们表演出来，在笑声中被吓煞了亲亲才有所收敛而已。喜剧永远是警示人类生活的最可口饮品，只有喜滋滋地吞咽下去，才感到辛辣刺激，后劲十足。

因职业原因，我有幸几十年时常坐在剧场里，感受演员与观众之间那种无比美妙的互动关系。常常忽发奇想：喜剧就像蒸汽机，是人性的热能实验室，它能产生无限昂扬亢奋的激情和热量，表现出一种升腾与滂湃的生命气象。而悲剧更像内燃机，外表看似平静，一旦内部驱动，便不动声色地点火压强了。人的体能，热量不足时，会血糖降低，手足无力。而一旦热能过量，又会皮脂增厚、膨大肥胖，并进一步导致各种器质性病变。如何找到一种平衡，是生命这个小宇宙的最大难点。喜剧从某种程度讲，是人类生存智慧的最高表现形式，其结果代表着一个时代的智性高度，本质上是集体催生的结果，无非是由个别天才表现出来而已。好的喜剧演员绝对是那个时代的生命精华，也可简称为“人精”。他们的智慧高度令人不能不拍案叫绝。但任何智慧都须有边界，大众在寻找这些天才代言人时，也会胁迫，甚至勒索他们，希望呈现出高过期望值的表演，往往悲剧就发生了。

但无论怎样，我们的文学艺术都需要幽默、诙谐和喜剧，人一无趣，大概夫妻之间也是要过得冰锅凉灶、大眼瞪小眼的，何况为亲、为友、为团、为队、为社、为群乎。尤其是为戏、为文，无趣便“食之无味”，不得不食者，也形同啃鸡肋、嚼矿蜡，需作“硬着头皮状”。七八百年前的关汉卿，写了多么悲惨伤痛的《窦娥冤》，可里面却出现了一群丑角，他不仅是痛恨着那个时代的丑陋，也是以喜剧风格，将悲剧引人入胜、导向深刻的一种手法。我在小说中，就给一条狗，赋予了小丑“张驴儿”的名字。《窦娥冤》里的张驴儿，正是迫害窦娥的第一元凶。这条名贵的柯基犬，是痛恨着这个贱名的，但人们却偏以喜剧的方式，硬生生强加在了它的头上。它在努力挣脱这种“污名化”，并从它的视角，看到了真正的“张驴儿”。这也是我希望统一起一种喜剧叙事风格的书写方式吧。

我要特别介绍的小说女主人公潘银莲，是一个一直都活在名角万大莲的影子当中的人物，她以她卑微的生命力量，努力走出“月全食”般的阴影，并发出了自己的光亮。她不属喜剧行中人，但她不缺十分朴素的民间喜剧真理。

喜剧到底来自宫廷还是民间，还需要进一步发掘考证。而它流传至今的形式，都是以戏剧的标本存在下来的。既然是戏剧，那它就必须回到民间，只有民间会心“捧场”并甘愿喂养的形式，才能让它传之久远。我在文艺院团做管理的时候，每每看见民间对喜剧的喜爱和对丑角演员的百般稀罕，就感慨系之：唯有在那里，才能真正看到他们的生命价值和高贵。喜剧应该成为“致广大”的生命群体乐呵呵围拢来的一簇烧得毕毕剥剥的热烈而盛大的火光。

一部小说懒懒散散写了这么多年，却在新冠肺炎疫情的禁足中画上了句号。是喜是悲，是乐是忧，五味杂陈，难以言表。调来首都已两年有余，多数时候半夜醒来，还以为是躺在长安的床上。做梦也在原单位开会“分房”，为几百套福利房，每每分出一身冷汗才吓醒来。有时连午睡一小会儿，也梦见的是西安的正午阳光。这大概就是我不得不以《喜剧》的形式，继续延伸《西京故事》《装台》《主角》的命吧！命是无法抗拒的，在我阅世不深的印象中，人类好像是已经很厉害了，主了宰了，却怎么大自然随便动了一下小拇指，就措手不及，许多地方甚至乱象横生了。看来人类的力量是远远不能与大自然相抗衡的。谁也不知天上随时会掉下什么来，肯定有馅饼卷大葱，但也不排除能砸伤人的陨石和新冠病毒。悲剧和喜剧的转换都在一瞬间，虽然我们那么爱喜剧，但喜剧并不循规蹈矩、温顺常在。人类唯有敬畏规律、摒弃狂悖、谦逊劳作，方才可能在喜剧方面有所收获。

2020 年 12 月 31 日于北京